DAVID LINDSEY

Requiem für ein Herz aus Glas

Buch

Sie ist so schön, daß Männer und Frauen bei ihrem Anblick schwach werden – und sie ist eine eiskalte Killerin. Nur wenige Menschen kennen Irina Ismailovas tragischen Lebensweg von der begabten Kunststudentin zum Werkzeug des russischen Großkriminellen Krupatin. Jetzt soll sie wieder für ihren Boß zuschlagen. In Houston/Texas findet ein Gipfeltreffen der Chefs von drei international operierenden Verbrecherorganisationen statt; zukünftige Aktivitäten sollen koordiniert werden. Krupatin plant, seine beiden mächtigen Konkurrenten auszuschalten. Er verspricht Irina, daß es ihr letzter Auftrag sein soll. Aber Irina traut Krupatin nicht und versucht ein gefährliches Doppelspiel: Sie will sich mit Hilfe der zwei anderen Bosse, die sie geschickt zu manipulieren versucht, Krupatin für immer vom Hals schaffen.

In Houston trifft sie auf Cate, die in FBI-Diensten ebenfalls hinter Krupatin her ist. Schon bald sind die beiden Frauen voneinander fasziniert. Doch die immer enger werdende Freundschaft weckt bei ihren jeweiligen Drahtziehern Argwohn. Cate und Irina spielen tatsächlich ein gefährliches Spiel: Obwohl sie sich zueinander hingezogen fühlen, versucht jede, die andere für ihre Zwecke einzuspannen, ohne Rücksicht auf Verluste. Doch bei diesem Spiel, das ist beiden klar, kann nur eine gewinnen …

Autor

David L. Lindsey, 1944 in Texas geboren, arbeitete nach seinem Studium der Literatur bei verschiedenen Verlagen, bis er sich ganz dem Schreiben widmete. Mittlerweile gehört er zweifellos zu den Meistern des modernen Thrillers. Der große Durchbruch gelang ihm mit *Abgründig,* der von der Frankfurter Rundschau als »heißester Thriller des Jahres« gerühmt wurde. Der Autor lebt heute in Austin/Texas.

Bisher bei Goldmann erschienen:

Abgründig. Roman (42097) · Amaranta. Roman (41214) · Dunkles Leuchten. Roman (42979) · Kalter Amok. Roman (41045) · Teuflisch. Roman (41480) · Todesspirale. Roman (9908) · Die Farbe der Dunkelheit. Roman (41657/Juli 2000)

David L. Lindsey

Requiem für ein Herz aus Glas

Roman

Aus dem Amerikanischen
von Elke vom Scheidt

GOLDMANN

Die Originalausgabe erschien 1996 unter dem Titel
»Requiem for a Glass Heart«
bei Doubleday, New York

Umwelthinweis:
Alle bedruckten Materialien dieses Taschenbuches
sind chlorfrei und umweltschonend.

Der Goldmann Verlag ist ein Unternehmen der
Verlagsgruppe Bertelsmann GmbH

Taschenbuchausgabe 12/99

Umschlaggestaltung: Design Team München
Umschlagmotiv: Photonica/Special Photo
Druck: Elsnerdruck, Berlin
Titelnummer: 44562
BR · Herstellung: Sebastian Strohmaier
Made in Germany
ISBN 3-442-44562-0

1 3 5 7 9 10 8 6 4 2

FÜR JOYCE,
die die fruchtbare Vorstellung des
Miteinanders treu mit mir teilt
und bereichert.

EINS

St. Petersburg, Rußland Es war fast halb elf Uhr abends, als sie aus der Tiefe der Metrostation am Gribojedowa-Kanal auftauchte und den Newskij-Prospekt erreichte. Normalerweise hätte der eindrucksvolle Boulevard um diese Zeit im Dunkeln gelegen, aber man schrieb Ende Juni, und die Weißen Nächte waren gekommen, ein paar Wochen, in denen die Sonne nie tiefer als einige Grade unter den Horizont sank. Es wurde nicht dunkel. Die Nachtstunden hüllten die Stadt in ein unheimliches, endloses Zwielicht. Mit den Weißen Nächten begann die Saison der Feste. Überall in der Stadt fanden Konzerte, Ballette und Partys statt.

Irina Ismailowa stand einen Augenblick auf dem Bürgersteig am Eingang der Metro und ließ die Scharen von Nachtschwärmern an sich vorbeiziehen – Touristen, Straßenverkäufer, Taschendiebe, Studenten, Leim schnüffelnde und Handtaschen raubende Zigeunerbengel, Drogendealer, Milizionäre, junge Liebespaare und Hausierer, die von den banalsten bis zu den ausgefallensten Gegenständen alles mögliche feilhielten. Das neue Rußland. In vielerlei Hinsicht war es dem alten Rußland ähnlich. Hoffnung und Verzweiflung teilten ein Bett.

Irina wandte sich dem Admiralitätsgebäude zu, das am Ende des Boulevards aufragte. Die goldene Kuppel schimmerte sanft im rosigen Licht der anhaltenden Dämmerung. Irina ließ sich von der Menschenmenge treiben, die die breite Kazanskij-Brücke überquerte. Auf dem Kanal darunter glitten Taxiboote gemächlich dahin, beleuchtet von den fahlen Lichtkegeln der Straßenlaternen am Ufer. Am anderen Ende, ehe der Kanal in die Mojka mündete, konnte sie gerade noch den Glanz der Zwiebeltürme der Kirche des blutenden Erlösers ausmachen.

Die Menge schob sich voran. In halbdunklen Säulengängen stellten Künstler ihre Gemälde aus, gleich daneben warteten Prostituierte – Nachtfalter – im rötlichen Schein von Hauseingängen auf Freier. Irina kam an Cafés vorbei, die in dieser nachtlosen Jahreszeit lange geöffnet blieben. Liebend gern wäre sie einer der glücklichen Menschen im heiteren Licht dieser freundlichen Räume gewesen.

In der Nähe der Narodnij-Brücke erreichte sie gerade noch einen überfüllten Oberleitungsbus und stand gedankenverloren in der Öffnung der defekten Tür. Die frühlingshafte Brise der Dämmerung zupfte am Saum ihres Baumwollkleides. Als der Bus über die Palastbrücke holperte, starrte sie im Halbdunkel in das bleierne Wasser der Newa.

An der Haltestelle Strelka an der Nordspitze der Wassilij-Insel stieg Irina aus dem Bus, ignorierte die zahllosen Spaziergänger, die auf dem Puschkin-Platz am Ufer einherschlenderten, überquerte die Kreuzung und ging den Universitäts-Kai hinunter. Sie hielt sich an eine genau geplante Route und eilte an den klassischen und barocken Gebäuden am Ufer der Newa vorbei, bis sie den Rumjanzew-Platz erreicht hatte. Dort blieb sie stehen und sah zu, wie ein Kriegsschiff mit Kurs auf den Finnischen Meerbusen den Fluß aufwühlte. Sie fürchtete sich davor, hinüber zum Park zu gehen, denn dort würde sie die Gesichter sehen, die die Schlußszenen des Dramas auslösen würden, in dem sie eine Hauptrolle spielte. Die Namen zu den Gesichtern erfuhr sie nie. Krupatin zeigte ihr nur Fotos von den Männern, die hinter ihr arbeiten würden; das war alles. Er war geradezu fanatisch vorsichtig.

In dem Wissen, daß man sie schon beobachtete, wandte sie sich vom Ufer ab und überquerte die Straße. Die Viertel auf der Wassilij-Insel gehörten zu den ältesten der Stadt; ihre Bürgersteige waren von uralten Ahornbäumen und Ulmen gesäumt, die das anämische Licht in tintenschwarze Silhouetten verwandelt hatte.

Irina blieb auf der Parkseite der Straße und schaute unbeirrt geradeaus, als sie in die dunkler werdenden Schatten eintauchte. Die blaßgrünen Unterseiten der Blätter wurden von den Straßenlaternen schwach erhellt, und Irina konnte das Chlorophyll riechen, das das frische, feuchte Grün verströmte.

Jetzt ging jemand auf den düsteren Wegen des Parks parallel zu ihr, und genau in dem Augenblick, in dem sie die Straßenecke erreichte, wo es eine Laterne gab, tauchte er zwischen den Hecken auf und überquerte vor ihr den Bürgersteig. Der Zeitpunkt war perfekt gewählt; einen Moment lang konnte sie im schwachen Licht sein Gesicht sehen. Dann war er verschwunden.

Links von ihr befand sich nun das Repin-Institut für Malerei, Bildhauerei und Architektur, wo ihr das erste Zusammentreffen mit Vera Vikulova gelungen war. Vera war Kunststudentin an diesem renommierten Institut und wohnte ein Stück die Straße hinunter am Bolschoi-Prospekt. Wie viele Frauen, vor allem Studentinnen, die sich schon vor dem Zusammenbruch des Kommunismus kaum selbst ernähren konnten, hatte sich Vera der Prostitution zugewandt, um ihren Lebensunterhalt zu verdienen.

Sie war ein hübsches, dunkelhaariges Mädchen von vierundzwanzig Jahren und hatte das Glück – oder Pech – gehabt, Pjotr Maikov aufzufallen, einem mittleren Beamten aus dem Sicherheitsministerium. Maikov hatte eine Schwäche für das uralte Vergnügen der *ménage à trois.* Sein Hauptquartier befand sich in Moskau, doch er kam regelmäßig nach St. Petersburg und versäumte es nie, Vera zu besuchen, die ständig auf der Suche nach einer zweiten Frau war. Aber Maikov war wählerisch. Er wollte nicht einfach irgendwelche armen Studentinnen oder Nachtfalter. Vera mußte Frauen mitbringen, die achtbar wirkten. Bei zwei Gelegenheiten hatte sie ihm sogar die Ehefrauen von anderen Regierungsbeamten zugeführt. (Maikov hatte diese »Sitzungen« heimlich fotografiert.) Vera erwies sich als ziemlich begabte Kupplerin und wurde dafür von Maikov sehr gut bezahlt.

»Pünktlich auf die Minute«, sagte Vera und hüpfte die Treppe am Seiteneingang des Instituts hinunter. Sie küßte Irina auf die Wange und nahm ihren Arm; liebevoll untergehakt gingen sie weiter.

»Nervös?« fragte sie mit breitem Grinsen.

»Ein bißchen, ja«, gab Irina zu.

»Keine Sorge. Er ist nicht sehr einfallsreich.«

»Das ist es nicht. Es ist bloß… er ist Regierungsbeamter. Vielleicht macht mir das ein bißchen Angst.«

Vera lachte. »Paß auf, wenn er sich auszieht, wird deine ganze Nervosität vergehen. Zum Glück ist er ein sehr attraktiver Mann.«

»Über das Geld kann ich mich nicht beklagen.«

»Nein, das können wir beide nicht. Und wenn du ihm gefällst – und du wirst ihm gefallen –, dann wird er dich noch ein paarmal haben wollen. Er mag echte Blondinen wie dich. Zu viele erweisen sich als unecht, wenn sie erst ihren Slip ausziehen.« Sie lachte.

Weiterhin an Irinas Arm geschmiegt, erzählte Vera lebhaft von einem neuen CD-Player, den sie mit Hilfe von Maikovs besonderen Beziehungen kaufen wollte. Sie sagte, er bringe ihr jetzt jedesmal, wenn er nach St. Petersburg komme, Kosmetikartikel von Lancôme mit und habe versprochen, ihr nächsten Monat italienische Schuhe zu besorgen.

An der nächsten Ecke überquerten sie die Straße und gingen auf ein dreistöckiges Jugendstilgebäude zu, ursprünglich eine Privatvilla, die inzwischen längst in kleine Wohnungen unterteilt worden war. Hier bewohnte Vera Vikulova ein Apartment, das sie sich nur dank Maikovs Gelüsten leisten konnte.

Am Straßenrand unter den Bäumen vor dem Haus war ein amerikanischer Lincoln mit getönten Scheiben geparkt, Maikovs ganzer Stolz.

Irinas Magen verkrampfte sich. Hastig sah sie sich auf dem Boulevard nach Krupatins Gesichtern um. Sie entdeckte zwei. Ein Mann mit einer Lebensmitteltüte ging in einiger Entfernung hinter ihnen her, und auf der anderen Seite des Bolschoi-Prospekts kam ihnen von der rosa-weißen St.-Andreas-Kathedrale her ein Mann auf einem Fahrrad entgegen.

Während sie sich der Eingangstür des Gebäudes näherten, zählte Irina im Inneren des Lincoln vier Männer. Wie viele korrupte Funktionäre unterhielt Pjotr Maikov Beziehungen zur russischen Mafia, was man an der Auswahl seiner Leibwächter nur allzu deutlich sah. Solche Schlägertypen waren häufig begeisterte Fans amerikanischer Gangsterfilme und ahmten unbefangen Verhalten und Kleidung der Akteure nach. Ihre brutale Skrupellosigkeit hatten sie sich allerdings bei niemandem abgeschaut.

»Wie heißen Sie?« fragte jemand aus dem Inneren des Wagens.

»Gar nicht beachten«, sagte Vera. »Der, über den wir uns Gedanken machen müssen, ist oben.«

Als sie die Steinstufen zum Eingang hinaufgingen, bemerkte Irina blühenden Rittersporn in ordentlichen Beeten zu beiden Seiten der Vortreppe. Oben angekommen, stießen sie die bleiverglaste Tür auf und betraten das Haus.

»Wir werden von einem Leibwächter durchsucht«, warnte Vera sie mit gedämpfter Stimme, während sie die Treppe hinaufgingen. »Ein richtig grober Mistkerl. Ich hab mich bei Pjotr beschwert, aber das nützt nichts. Sie sind ganz verrückt auf Sicherheit. Laß ihn einfach machen, was er will. Was spielt das schon für eine Rolle? Schließlich faßt er uns ja bloß an – bei dem Geld, das wir bekommen, hat das keine Bedeutung.«

Auf dem Treppenabsatz im ersten Stock nahm sie ein stiernackiger junger Mann mit kurzgeschorenem Haar in Empfang. Trotz des warmen Wetters trug er ein wollenes italienisches Sportjackett. Auf seinen Ohren saßen winzige Kopfhörer. Als er die beiden Frauen sah, schob er die Kopfhörer nach unten und ließ sie um seinen Hals hängen, während er sich vor Vera und Irina aufbaute.

»Laßt euch mal ansehen, Schwestern.« Seine Miene war düster, seine Stirn gerunzelt.

Zuerst nahm er Irinas Tasche, öffnete sie und tastete darin herum, während er Irina unverwandt ansah. Sie konnte die dröhnenden Bässe einer Heavy-Metal-Band aus den Kopfhörern um seinen dicken Hals hören.

»Gut… gut… gut…«, sagte er langsam und leise und ließ die Tasche einfach zu Boden fallen. »Und jetzt…«

»Seien Sie vorsichtig«, warnte Vera ihn. »Sie wollen doch sicher nicht, daß ich Pjotr erzähle, Sie wären vor ihm dringewesen.«

Der Leibwächter zog abfällig die Mundwinkel herunter.

»Umdrehen«, sagte er zu Irina.

Sie gehorchte. Er begann bei ihren Fußknöcheln und tastete sich unter dem Kleid an ihren Beinen hoch, wobei seine großen Schenkel ihre Schenkel massierten. Im Schritt hielt seine Hand einen Augenblick inne, und dann schoben sich seine dicken Finger unter dem engen Gummiband ihres Slips durch, und sehr schnell waren sie in ihr. Irina zuckte zusammen und erstarrte. Doch sie war nicht überrascht. Bei den Leibwächtern der Mafia gehörte das inzwischen zur Routine. Vor zwei Wochen war in Kiew ein Gangsterboß von einer Frau enthauptet worden, die an dieser Stelle eine kleine Rolle Klavierdraht verborgen gehabt hatte.

Er zog seine Finger zurück und kniff sie rasch in den Hintern, bevor er ihren Rock wieder fallenließ. Noch immer von hinten – er roch nach saurem Schweiß und süßlichem Rasierwasser – griff er um sie herum und knöpfte das Oberteil ihres Kleides auf. Er schob seine Hände in ihren Büstenhalter und untersuchte die Drahtbügel. Danach tastete er unter dem Haar ihren Schädel ab und schubste sie dann mit einem Stoß seines Beckens von sich.

Irina stolperte, drehte sich aber nicht um, während sie ihren Büstenhalter zurechtzog und ihr Kleid zuknöpfte. Als sie sich bückte, um ihre Tasche und die paar Sachen, die herausgefallen waren, vom Boden aufzuheben, konnte sie hören, wie er hinter ihr Vera durchsuchte. Einmal zischte er etwas, und Vera sagte scharf: »Blödes Schwein.«

Als Irina sich aufrichtete und umdrehte, bückte Vera sich gerade, um ihren Slip hochzuziehen, und der Leibwächter wedelte mit der Hand durch die Luft, als wolle er seine Finger trocknen. Veras Gesicht war rot vor Wut.

»Blödes Schwein.« Vera spuckte die Worte regelrecht aus, aber selbst ihr herausfordernder Ton konnte nicht verbergen, wie gedemütigt sie sich fühlte.

Die Tür des Apartments befand sich in einem langen, kahlen Gang, dessen Tapete von vielen feuchten Wintern fleckig war. Am Ende des Korridors öffnete sich ein Fenster zur Straße und ließ das Zwielicht der Weißen Nacht auf den Holzboden fallen. Bei diesem Anblick war Irina auf einmal den Tränen nahe. Sie versuchte, den Impuls zu unterdrücken, schluckte heftig und wehrte sich einen Augenblick lang gegen eine Traurigkeit, die sich nicht abschütteln ließ.

Vor ihrer Wohnungstür blieb Vera stehen und nahm einen Schlüssel aus ihrer Handtasche. Sie drückte ermutigend Irinas Hand und lächelte. Dann wandte sie sich um und schloß die Tür auf.

In den vergangenen zwei Monaten hatte Irina Veras Wohnung sehr gut kennengelernt, denn die Freundschaft zwischen den beiden jungen Frauen war so weit gediehen, daß Irina häufig eingeladen wurde, um Musik zu hören und über ihre gemeinsamen künstlerischen Interessen zu sprechen. Sie betraten ein gemütliches Wohnzimmer mit einer Küchenzeile und einem kleinen Tisch auf der linken Seite. Dem Eingang gegenüber befand sich die Schlafzimmertür. Rechts führte eine Tür ins Badezimmer, von dem aus man durch eine zweite Tür ebenfalls ins Schlafzimmer gelangte.

»Komm«, sagte Vera wieder, nahm Irina bei der Hand und zog sie ins Schlafzimmer. Maikov saß auf der Bettkante, nackt, und goß aus einer halbleeren Flasche amerikanischen Whiskey in ein Glas. Als er sich ihnen zuwandte, sagte Vera stolz: »Das ist Irina.«

Irina brachte ein Lächeln zustande, während ihr Magen sich verkrampfte.

Maikov musterte sie schweigend. Irina versuchte seinen Blick zu deuten.

»Wie alt bist du?« fragte Maikov überraschend, während er das Glas mit dem dunklen Whiskey an den Mund hob. »Ich meine das nicht böse. Du bist sehr schön. Ich will es bloß wissen.«

»Zweiunddreißig.«

Er schluckte den Whiskey und betrachtete sie. Er war tatsächlich ein gutaussehender Mann. Sie schätzte ihn auf Anfang Vierzig.

»Ich hab dir doch *gesagt*, daß ich sie in der Kunstakademie getroffen habe«, sagte Vera, die sich bereits auszog und mit routinierter Vertrautheit ihre Kleider zu Boden fallen ließ. Sie kniete sich auf das Bett, rutschte zu ihm hinüber, beugte sich über ihn und streifte mit einer ihrer kleinen Brüste seinen Rücken. »Ich habe nicht gesagt, daß sie jung ist.«

»Zweiunddreißig *ist* jung«, sagte Maikov und sah Vera über die Schulter an. »Du kleine Kuh.« Sie kicherte. Er wandte sich wieder Irina zu. »Also, willst du dich ausziehen?«

»Ich habe etwas … Besonderes gekauft«, sagte sie und hielt ihre Tasche hoch. »Ich möchte es anziehen.«

»Fühl dich ganz wie zu Hause.« Maikov zuckte mit den Schultern, angenehm überrascht, weil es vielleicht zu einem kleinen Extraspielchen kommen würde.

Irina ging ins Badezimmer und machte die Tür hinter sich zu. Dann schloß sie leise die andere Tür, die ins Wohnzimmer führte. Rasch zog sie am Fußende der alten eisernen Badewanne einen Wäschekorb von der Wand, kniete nieder und hob das Ende eines losen Dielenbretts an. Sie hatte Veras Apartment oft besuchen müssen, um genau die richtige Stelle zu finden und ihren Bedürfnissen entsprechend zu präparieren. Als sie das Dielenbrett entfernt hatte, sah sie den Griff der CZ 75, einer tschechischen 9-mm-Automatik, und fühlte sich erleichtert. Obwohl sie sie erst vor zwei Tagen dort deponiert hatte, war sie seither ständig in Sorge gewesen, sie könne durch irgendein unvorhergesehenes Mißgeschick entdeckt werden. Doch sie war genau dort, wo sie sie zurückgelassen hatte; der Lauf hing zwischen den Bohlen, und der Schalldämpfer war aufgesetzt, damit die Waffe nicht nach unten rutschen konnte. Sie war bereits geladen – und entsichert.

Irina ergriff die Pistole. Sie machte sich nicht die Mühe, das Dielenbrett oder den Wäschekorb wieder an ihren Platz zu rücken. Sie hatte sich ausgerechnet, daß sie nach dem Öffnen der Badezimmertür mindestens zehn Sekunden brauchen würde. Während dieser zehn Sekunden durfte Maikov nicht argwöhnisch werden. Sie wußte, daß er sich in dem Moment, in dem er die Tür aufgehen hörte, nach ihr umschauen würde; sie legte die CZ also auf den Wäschekorb, knöpfte das Oberteil ihres Kleides auf, schlüpfte aus den Ärmeln und zog den Büstenhalter aus. Das Oberteil des Kleides ließ sie um ihre Taille hängen, als sei sie im Begriff, den Rock fallen zu lassen.

Sie ergriff die CZ und atmete zweimal tief durch. Auf der anderen Seite der Tür kicherte Vera albern, und Maikovs tiefe Stimme murmelte ein paar unverständliche Worte. Irina nahm die Pistole in die rechte Hand und entsicherte sie mit dem Daumen. Dann ließ sie die Hand ganz natürlich an ihrer Seite hängen und verbarg die Waffe in den Falten ihres Kleides.

Sie öffnete die Tür und betrat das Schlafzimmer.

Maikov und Vera saßen einander gegenüber auf dem Bett und umarmten sich. Beim Geräusch der Badezimmertür hob Maikov sein Gesicht von Veras Brüsten, und beide schauten sie an. Ihre Köpfe waren dicht beieinander wie die zweier Liebender auf einem Foto, Wange an Wange.

Wortlos hob Irina die Arme, führte sie zusammen, packte die CZ mit beiden Händen und feuerte viermal hintereinander. Jede der vier Kugeln fand innerhalb des kleinen Quadrats, das die beiden Gesichter bildeten, ihr Ziel.

Sie konnte nicht genau erkennen, was die Kugeln trafen – ein Auge, einen Mund, eine Stirn –, nur, daß das imaginäre Quadrat zu scharlachroten Wölkchen explodierte, begleitet vom diskreten Stakkato der schallgedämpften Schüsse. Es war vollbracht.

Rasch trat sie ans Fußende des Bettes, die Waffe in ihrer schlaffen Hand. Sie betrachtete den Mann und die Frau, die dort starben; mit leisen Seufzern hauchten die beiden ihr Leben aus. Irina war jedesmal überrascht, wieviel Blut da noch floß. Gespannt und mit angehaltenem Atem sah sie zu.

Auf dem Weg nach draußen schoß sie dem jungen Leibwächter in den Hals. Dann beugte sie sich über ihn, steckte ihm den Schalldämpfer in den Mund und drückte noch einmal ab. Als sie die Haustür erreicht hatte und die Treppe hinunterging, sah sie, daß Krupatins Gesichter verschwunden waren. In dem dunklen Lincoln am Straßenrand hatten sie nur Tote zurückgelassen.

Draußen in dem rosigen, zeitlosen Zwielicht eilte sie um die Ecke, vorbei an der St.-Andreas-Kathedrale, vorbei an der weißen Kirche der Drei Heiligen und durch die Allee zur Metrostation am Srednij-Prospekt.

Sie fuhr mit der Rolltreppe hinunter in die makellose und hell erleuchtete Unterwelt tief unter dem russischen Frühling, und binnen vierzehn Minuten saß sie in der Bahn zum Finnischen Bahnhof. Dort erwischte sie den letzten armeegrünen Zug nach Helsinki. Die Fahrt dauerte sechseinhalb Stunden und würde den Rest der Nacht in Anspruch nehmen.

Sie lehnte den Kopf ans Fenster, und als die Lichter von St. Petersburg in der immerwährenden Dämmerung zurückblieben, weinte sie, weinte ohne aufzuhören, bis sie einschlief.

Houston, Texas Cate saß am behaglich beleuchteten Ecktisch eines italienischen Restaurants einem alten Freund gegenüber und sah zu, wie er tiefer und tiefer in gingetränktem Kummer versank. Sich zu beklagen, gehörte zu seinem Metier; unter Kollegen war das so etwas wie ein Geburtsrecht, erkauft mit der Verantwortung, die sie akzeptierten, den Risiken, die sie auf sich nahmen, und der Desillusionierung, die schließlich viel zu viele von ihnen innerlich auffraß.

Sie hatte ihn vor fast achtzehn Monaten zuletzt gesehen; da hatte Tavio noch gelebt. Griffin war im Ausland gewesen, und als er zurückkam, rief er sie gleich an und verabredete sich mit ihr. Sie hatte gehört, daß er wieder zuviel trank und daß man ihn von Rom nach Triest und dann zurück nach Washington und nun schließlich nach Houston versetzt hatte. Darüber war fast ein Jahr vergangen, aber er trug Neapel noch immer mit sich herum, als sei es gestern gewesen.

Sie waren vor einer Stunde mit dem Essen fertig geworden und hatten sich alle Neuigkeiten erzählt, hatten alles und jeden durchgehechelt bis auf Tavio, dessen Abwesenheit zwischen ihnen stand wie eine Säule, um die sie herumredeten. Außerdem hatte Griffin das Ziel seines Abends, nämlich sich zu betrinken, ohnehin erreicht.

»Weißt du«, sagte er und schwenkte einen frischen Drink in ihre Richtung, farblosen Gin in einem farblosen Glas mit farblosem Eis, »ich hab dir nie erzählt, wie sehr ich von den Socken war, als ich dich zum ersten Mal sah. Tavio hatte mir nur gesagt, daß er da eine Freundin hat, mit der er mich bekannt machen will. Er wußte, daß ich dachte, sie ist Mexikanerin, und das dachte ich wirklich. Es machte ihm ungeheuren Spaß, mit den ›Annahmen der weißen Jungs‹ herumzuspielen; so nannte er das. Er sagte, wir alle hätten Vorurteile und wüßten es nicht mal. Davon ließ er nicht ab. Spielte dauernd drauf an. Und er hatte wahrscheinlich recht. Du kamst in diesen Club... Erinnerst du dich an das Lokal? Wie hieß es noch?«

»Carioca.«

»Stimmt!« Wieder schwenkte er sein Glas, daß der Gin nur so

schwappte. »Cari-oca! Was für ein Schuppen… Wie auch immer, du kamst jedenfalls rein, ganz rosig und schottisch, und dazu das rötliche Haar, meine Güte.« Sein erinnerungsseliges Grinsen sah dümmlich aus.

Griffin war ein waschechter texanischer Kleinstädter, und trotz seiner akademischen Grade, seiner Erfahrung und seiner weltweiten Reisen würde er im Grunde seines Herzens immer ein texanischer Kleinstädter bleiben. Er war groß und schlank und fast so dunkel, wie Tavio es gewesen war, und hatte das Ende seiner Undercover-Laufbahn fast erreicht, zumindest an der vordersten Front der ausländischen Operationen der DEA, der Bundes-Drogenpolizei. Er hatte sich bis zum Äußersten verausgabt und so viele Rollen gespielt, daß er zwischen dem, was er war, und dem, was er zu sein vorgab, kaum noch unterscheiden konnte. Er brauchte immer länger, um aus der Haut zu schlüpfen, die er in Palermo oder Neapel oder Triest oder Saloniki überstreifte. Man munkelte, er fange an, Fehler zu machen; angeblich hatte man ihn nach Houston geschickt, weil man noch nicht wußte, wie man weiter mit ihm verfahren sollte.

Cate betrachtete Griffin und fragte sich, wie nahe Tavio selbst vor einem solchen Punkt gestanden hatte. Wer wußte schon, was diese Männer wirklich dachten? Sie war fünf Jahre mit Octavio Cuevas verheiratet gewesen, und obwohl sie ihn geliebt hatte – und noch immer liebte – und gut zu kennen glaubte, hatte sie auch gewußt, daß sie nur einen Teil von ihm bekam, als sie ihn heiratete, und sie hatte es akzeptiert. Allerdings mußte sie zugeben, daß es gegen Ende angefangen hatte, sich auf ihre Ehe auszuwirken. Da war nichts Unüberwindliches – nur ergab es sich, daß der kleine Teil, den er für sich behielt, das, was zwischen ihnen geschah, manchmal stärker bestimmte, als ihr lieb war.

Griffins Lächeln schwand, und er schaute mit schiefgelegtem Kopf unsicher ins Leere.

»Ich konnte ihm *vertrauen*!« sagte er grimmig.

Bei seinem verärgerten Tonfall runzelte Cate die Stirn.

»Diese ganze Sache in Neapel war heikel«, sagte er. »Und ich wußte das – aber ich hatte Vertrauen zu ihm. Wenn du anfängst, an deinen eigenen Leuten zu zweifeln… Na ja, Scheiße, das darfst du einfach nicht.« Langsam schüttelte er den Kopf. »*Darfst* du... einfach nicht.«

Cate sah ihn an. »Salerno.«

»Was?«

»Du meinst Salerno. Du hast Neapel gesagt.«

Er zögerte eine Sekunde zu lange.

»Salerno, Neapel – was auch immer.«

Jetzt war sie ganz Ohr. Sie hatte die Details der Ereignisse rund um Tavios Tod niemals erfahren, und sie hatte das als die dunkle Kehrseite des Berufs akzeptiert, den sie ausübten. Aufgrund ihrer eigenen Karriere beim FBI und weil sie selbst an Undercover-Operationen beteiligt gewesen war, hatte man von ihr erwartet, daß sie die Realitäten des Jobs begriff. Sowohl Tavios Kollegen bei der DEA als auch ihre eigenen FBI-Kollegen gingen davon aus, daß sie nicht versuchte, Einzelheiten über gewisse Operationen in Erfahrung zu bringen. Auch das gehörte zum Metier; man fand sich mit der Tatsache ab, daß es Geheimnisse gab, die immer Geheimnisse bleiben würden.

Doch etwas nagte an Griffin, nicht nur der Umstand, daß er ausgebrannt war.

»Als ich mit Steve Lund geredet habe, hat er mir gesagt, sie hätten nicht gewußt, was in Salerno schiefgelaufen war, und wüßten es noch immer nicht«, sagte Cate.

»Großer Gott! Steve Lund. Der Kerl ist nutzloser als...«

»Sie wissen es also doch.«

»Die wissen mehr, als sie dir gesagt haben, Schätzchen, aber sie wissen *überhaupt nichts.*«

»Das versteh ich nicht, Griffin.«

»Schau, du kennst die große Geschichte.« Pause. »Sie kennen die kleine Geschichte.« Pause. »Ich kenne die ganze kleine Geschichte.« Pause. »Und Tavio, na ja, er kennt die ganz, ganz kleine Geschichte.« Mit den Ellbogen auf dem Tisch hob er eine Hand vor sein Gesicht und zeigte ihr mit Daumen und Zeigefinger, wie klein die Geschichte war. »Bis in den letzten Winkel«, sagte er, und seine blaugrünen Augen zwinkerten ihr über seine Finger hinweg zu.

Mit der Schlichtheit des Betrunkenen hatte Griffin Younger

soeben sämtliche Undercover-Operationen zusammengefaßt. An irgendeinem Punkt verstand nur der Mann, der am tiefsten drinsteckte, alles, und nicht selten behielt er einen Teil davon in jenem kleinen Prozentsatz seiner selbst, den er niemals mit jemandem teilte.

»Dann erzähl mir die kleine Geschichte, die du kennst«, sagte Cate tonlos.

Die große Geschichte – die, die sie kannte – lautete, daß Griffin und Tavio verdeckt fast zwei Jahre lang an einem einzigen Fall von Drogenschiebung gearbeitet hatten. Er hatte in Houston klein begonnen, war in Kolumbien gewachsen und schließlich so riesig geworden, daß er auch andere Geheimdienste anzog. Das war, als er auf Italien übergriff, wo er mit einer Drogen- und Waffenoperation verschmolz, die über die berüchtigte »Balkanroute« lief und zusammen mit zwei Dritteln des aufblühenden weltweiten Heroinhandels seine westeuropäischen Zielorte erreichte. Der Fall war natürlich verwickelt. Während Tavio tiefer und tiefer grub, war Griffins Rolle ausgelaufen. Er wurde abgezogen und in Rom installiert, wo er Tavios Fallagent sein sollte.

Fast sieben Monate lang lief die einzige Verbindung, die Cate zu Tavio hatte, über entlegene Kanäle der DEA, und auch das geschah nur selten. Ein Anruf eines Agenten, der »draußen« war und Tavio in Brindisi gesehen hatte. *Er läßt Sie herzlich grüßen.* Eine Tasse Kaffee mit einem Agenten, der gerade aus Mailand zurückgekommen war, wo er in der Galleria mit Tavio gegessen hatte. *Tavio läßt Sie herzlich grüßen.* Eine Stimme, die sie nie zuvor gehört hatte, ein Chiffrierer der DEA um drei Uhr früh. *Tavio läßt Sie herzlich grüßen.* Die DEA war eine kleine Familie. Jeder wußte Bescheid, und jeder nahm Anteil. *Tavio läßt herzlich grüßen.*

Und dann eines Tages, als sie ins Büro kam, traf sie dort ihren Abteilungsleiter und Steve Lund von der DEA an, die auf sie warteten. Lund war sichtlich erschüttert, schaffte es aber, Tavios Tod mit einem Minimum an bürokratischem Getue in groben Umrissen zu schildern. Cate erinnerte sich an einen scharfen Geschmack, der plötzlich irgendwo aus ihren Nebenhöhlen gekommen war und sich in ihrem Mund ausgebreitet hatte. Sie erinnerte sich auch, daß ihr erster Gedanke die bildliche Vorstellung von Tavios Leichnam im Leichenschauhaus von Salerno gewesen war, eine Vorstellung, die sich als gespenstisch zutreffend erwies, als sie ihn dort zweiundzwanzig Stunden später mit eigenen Augen sah. Sie hatte darauf bestanden, seine Leiche selbst zurückzubringen.

So etwas kam vor – nicht sehr oft, aber oft genug, um sie begreifen zu lassen, daß sie es ohne Empörung akzeptieren mußte, ohne den Argwohn, daß ein ungeheuerliches Versagen der Verantwortlichen Tavio das Leben gekostet hatte. Sie hatte Lunds Erklärung akzeptiert. Sie hatte den Bericht akzeptiert, den sie Monate später in den Untersuchungsakten gelesen hatte. Lund war so freundlich gewesen, sie ihr zu zeigen, als sie darum gebeten hatte. Weil sie FBI-Agentin war, hatte man ihr Zugang zu mehr Informationen gewährt, als eine zivile Ehefrau erhalten hätte. Sie hatte in dem Bericht über Tavios Tod nichts gefunden, was ihr unglaubwürdig vorgekommen war. Aber damals hatte sie auch nicht danach gesucht.

»Dieser Hurensohn«, sagte Griffin und schüttelte langsam den Kopf. Er sah sie an, und seine Augen wurden rot und feucht. »Weißt du, er… ist da in was reingeraten…« Seine Stimme klang gepreßt. Er verstummte.

»Reingeraten?«

Griffin atmete tief ein und trank den Rest seines Gins aus. »Eine Frau. Er konnte seine verdammten Finger nicht von den Weibern lassen… Und das hat ihn das Leben gekostet.«

Seine Worte nahmen ihr den Atem. Eine Hitzewallung überkam sie. Dann auf einmal war ihr eiskalt und so übel, daß ihre Stirn und ihre Brüste feucht wurden. Sie kämpfte die Übelkeit nieder, während sie beobachtete, wie Griffins Gesicht auf ihren Ausdruck reagierte. Als er die Hand ausstreckte, um ihre zu ergreifen, die auf dem Tisch lag, zog sie sie ruckartig zurück.

»Den *Weibern*?« Sie hörte ihre eigene Stimme wie aus weiter Ferne.

»Cate…«

Sie war verwirrt, weil er gequält wirkte. War das ihretwegen? Seinetwegen – oder wegen Tavio?

»Ist es so passiert?« Ihre Stimme war ein angestrengtes, ungläubiges Krächzen. »Er wurde reingelegt – eine Frau hat ihn reingelegt?«

Griffin sah sie an. Trotz seines Rauschs spürte er, daß er etwas losgetreten, daß er einen riesigen Fehler gemacht hatte. Aber er war zu betrunken, um ihn irgendwie zu korrigieren. Sein Nicken war rührselig und traurig.

Ihre Blicke bohrten sich in seine. »Und es gab andere?«

Er sah sie an. »Cate…«

»Es gab noch *andere*!« schrie sie. Er zuckte zusammen. Augenblicklich herrschte Stille im Restaurant. Griffin und sie standen im Mittelpunkt der Aufmerksamkeit. Sie konnte sehen, wie er in seiner Benommenheit zu überlegen versuchte. Würde er es wagen, sie zu beschwichtigen?

Wieder nickte er.

»Wie viele?«

»Was?« Er war ehrlich verwirrt.

»Wie viele?« Ihre Stimme klang ganz ruhig, aber schneidend scharf.

»Mein Gott, Cate.«

Sie konnte ihre Atmung kaum kontrollieren. Sie merkte, wie sie innerlich immer erregter wurde.

»Dauernd? Die ganze Zeit…?«

»Mein Gott, Cate.«

Er schien unfähig, sonst noch etwas zu sagen. Er machte sie krank. Ohne hinzuschauen, hob sie die Handtasche auf ihren Schoß, vergewisserte sich, daß sie sie fest im Griff hatte, und stand langsam auf.

»Du… verdammter… DRECKSKERL!« kreischte sie. Ohne nachzudenken packte sie den Saum der Tischdecke und riß sie mit aller Kraft vom Tisch, so daß alles, was sich darauf befunden hatte, durch das Lokal flog und hinter ihr klirrte, klapperte und zerbrach, als sie das Restaurant verließ und in die unangenehm drückende Hitze der Juninacht hinausging.

DREI

South Kensington, London »Haben Sie geschlafen?«

»Ja, habe ich«, sagte sie und schaute auf die Uhr neben dem Bett. Sie kannte die Stimme nicht und wunderte sich nicht darüber. Es war zwei Uhr nachmittags.

»Tut mir leid.« Eine Pause folgte. »Ich habe die Sachen für Sie.«

»Aha. Na ja, dann sollten Sie sie wohl vorbeibringen.«

»Jetzt sofort?«

»Nein. Lassen Sie mir ein bißchen Zeit… um Viertel vor drei. Können Sie das schaffen?«

»Natürlich.«

»Danke. Auf Wiedersehen.«

Sie lag in ihrer Unterwäsche auf den Laken. Das Nachmittagslicht, gefiltert durch die Bäume vor dem Fenster, fiel auf das Fußende des Bettes. Sie erinnerte sich, daß dies eine sehr schöne Wohnung war. Groß. Sauber. Gut möbliert. Sie hatten alle möglichen Unterkünfte, Drecklöcher und Villen im Landhausstil. Sie wußte nie, wo man sie unterbringen würde, und sie wohnte überall mit Gleichmut. Hier war sie erst einmal gewesen, auf der Durchreise. Sie war bei Dunkelheit angekommen, hatte geschlafen und war bei Dunkelheit wieder abgereist.

Das Sonnenlicht lag wie ein warmer Hauch auf ihren Beinen, und sie bewegte sich, um die gestärkte Sauberkeit britischer Baumwolle zu genießen.

Durch die bleiverglasten Fenster konnte sie London hören; die Geräusche der City wurden durch das üppige Grün des Parks auf der anderen Straßenseite gedämpft. Sie hoffte, ihr Zwischenaufenthalt werde einige Tage dauern; sie brauchte die Ruhe, obwohl das keinen kümmerte. Die Dokumente sollten am Nachmittag eintreffen. Abends hatte sie zu tun, und morgen – vielleicht – würde dann die Einsatzbesprechung stattfinden. Der knappe Zeitplan war ungewöhnlich, aber das erlebte sie nicht zum ersten Mal. Es ging eben nicht anders, und wie bei jeder ungeheuren Anstrengung tat man, was zu tun war, und wunderte sich erst hinterher, wie man es überhaupt geschafft hatte.

Tatsächlich hatte sie nichts gegen diesen Teil der Arbeit einzuwenden, bei dem sie von Land zu Land gehetzt wurde, ohne zu wissen, wohin sie ging. Das erfuhr sie erst unmittelbar vor der Einsatzbesprechung. Dann ließ man sie wieder ziehen. Zumindest konnte sie so den größten Teil ihrer Zeit allein verbringen.

Sie spürte eine leichte Verkrampfung im Unterleib und rollte sich auf die Seite, um auf die sonnige Straße hinauszuschauen. Mit der linken Hand griff sie nach dem Medaillon, das an einer Kette um ihren Hals hing. Sie nahm es niemals ab. Sie konnte es nicht. Das Medaillon abzulegen, selbst in jenen schrecklichen Momenten, die es zu besudeln drohten, hätte sie völlig abgeschnitten. Sie wünschte sich brennend, es jetzt zu öffnen und hineinzuschauen, doch noch wollte sie das nicht tun. Bolschoi lag noch nicht lange genug zurück. Sie war der Dunkelheit noch zu nah und konnte nicht riskieren, daß dieses ganz besondere, schwache, hoffnungsvolle Licht erlosch.

Müde versuchte sie nachzurechnen, wieviel Zeit vergangen war. Der Zug aus St. Petersburg war in der grauen finnischen Morgendämmerung in Helsinki angekommen, und sie war direkt zu einem muffigen kleinen Hotel in der Nähe des Hafens gegangen. Sie hatte geduscht und im Waschbecken ihre Unterwäsche und ihr Kleid gewaschen. Danach hatte sie den ganzen Tag auf dem Bett in dem häßlichen, engen Zimmer gelegen und darauf gewartet, daß ihre Sachen trockneten. Am Spätnachmittag klopfte ein Mann an ihre Tür. Ohne sich vorzustellen, gab er ihr einen Fahrschein für die Fähre nach Stockholm, einen Paß, einen Ausweis, ein KLM-Ticket nach London und einen Schlüssel. Er sagte, der Schlüssel sei für die Wohnung in South Kensington. Wieder verbrachte sie die Nacht auf Reisen und den folgenden Tag damit, aus den Fenstern zu starren, diesmal in einer karg möblierten Wohnung in einem öden modernen Apartmenthaus in Stockholm. Am Abend bestieg sie die letzte KLM-Maschine nach London, kam sehr spät in Heathrow an und nahm ein Taxi zu der Adresse in Kensington.

Sie rollte sich auf den Bauch, streckte die Arme nach beiden Seiten aus und spreizte die Beine, so weit sie konnte, während sie das Gesicht in die frischen Laken preßte. Sie stellte sich vor, wie ihre Gliedmaßen sich dehnten und dehnten, sich langsam aus den Gelenken lösten, bis sie ordentlich aufgereiht wie auf den Abbildungen in medizinischen Büchern um sie herumschwebten. Ihr blondes Haar lag strahlenförmig am oberen Ende ihres gliederlosen Rumpfes, als sei es elektrisch aufgeladen.

In diesem zerlegten Zustand begann sie an eine Ikone zu denken, die sie als Kind in einem Kloster in St. Petersburg gesehen hatte. Sie stellte einen Engel dar, der fließende, zinnoberrote Gewänder mit Goldlitzen trug. Die großen, ausgebreiteten Flügel des Engels waren schwarz.

Der Mann, der ihre Sachen brachte, war kein Russe, sondern ein Deutscher. Obwohl er es nicht sagte, wußte sie, daß er aus Berlin kam, wo eine russische Emigrantengemeinde von mehr als 300 000 Menschen das Aufmarschgebiet für die Operationen der russischen Mafia in ganz Europa bildete.

»Paß«, sagte er, während er die Dokumente nacheinander aus seiner Mappe zog und auf den Eßtisch zwischen ihnen legte. »›Olja Serowa‹.« Er war groß und kräftig, bewegte sich ohne Hast und hatte eine leise Stimme. Er trug eine randlose Brille.

Sie nahm das Dokument in die Hand und betrachtete ihr Foto auf der ersten Seite. Olja wohnte in St. Petersburg. Aus den Stempeln auf den folgenden Seiten ging hervor, daß sie anscheinend ausgedehnte Reisen durch Europa unternommen hatte.

»Wieso bin ich soviel gereist?«

Er zuckte mit den Schultern. »Sie erzählen mir nur, was sie mir erzählen wollen.« Er legte den zweiten Paß auf den Tisch. »›Vera Mendel‹. Tschechische Republik. Prag.« Er sah sie an. »Sprechen Sie tschechisch?«

Sie antwortete ihm nicht. Vera war ebenfalls in Europa herumgereist. Aber auch in England und den Vereinigten Staaten.

Der ruhige Deutsche legte ein Visum auf den Tisch. »Olja verläßt St. Petersburg und reist nach London. Von London nach Paris. Von Paris nach Amerika.«

»Von Paris aus?«

Er nickte.

Sie nahm das Visum in die Hand und sah, daß sie eine Geschäftsreisende war, die für Produktionsmöglichkeiten in der Russischen Republik warb. Immer war sie Geschäftsreisende.

Es gab weitere Papiere für beide Frauen, alles, was nötig war, um ihre legale Zugehörigkeit zu dem jeweiligen Land zu beweisen. Wenn Olja Serowa nach Paris ging, konnte man darauf wetten, daß Vera Mendel schließlich nach Prag zurückkehren würde. Sie prüfte alle Dokumente. Sämtliche Einzelheiten stimmten – Alter, Größe, Augenfarbe, alles.

»Das sind persönliche Gegenstände«, sagte der Deutsche und legte zwei Fotos auf den Tisch. »Olja hat anscheinend einen Ehemann und eine Tochter.«

Irina erschauerte. Eine Tochter. Sie nahm das Foto zur Hand. Ein völlig fremdes Kind. Auch der Ehemann war ihr natürlich unbekannt.

»Vera hat eine alte Mutter und eine Tante«, sagte der Deutsche und legte zwei weitere Fotos auf den Tisch.

»Briefe, um sie herumliegen zu lassen. Einer von Oljas Mann«, murmelte er und legte sie neben die Fotos, »einer von Veras Mutter, die krank ist und die Tante für sich schreiben lassen muß.« Er lehnte sich ein wenig zurück. »Der Inhalt ist jeweils sehr detailliert«, fügte er mit einer gewissen Befriedigung hinzu.

Sie blätterte die Seiten durch und legte sie wieder hin.

»Ich denke, man wünscht, daß Sie die Details kennen.«

Sie sah ihn an. Er war ein Mann, dem es Spaß machte, genau zu sein. Ordentlich. Um diese Nachmittagsstunde war sein weißes Hemd noch immer faltenlos und seine Krawatte fest gebunden. Ihr war aufgefallen, daß seine Hände so sauber und frisch gebürstet aussahen wie die eines Chirurgen. Die Nägel seiner schlanken Finger waren manikürt. Sie konnte sich nicht erinnern, wann sie zuletzt einen Mann mit manikürten Fingernägeln gesehen hatte. Er lächelte nicht gerade, aber sein Ausdruck war freundlich.

»Noch etwas«, sagte er nach einer Pause. Er beugte sich wieder über seine Mappe und nahm ein kleines Buch heraus. »Ein Adreßbuch.« Er legte es nicht wie die anderen Gegenstände auf den Tisch, sondern reichte es ihr.

Es war von guter Qualität, ledergebunden, etwa dreizehn mal achtzehn Zentimeter groß und ziemlich abgenutzt. Es gehörte Olja Serowa. Sie blätterte die vollgeschriebenen Seiten durch; häufig waren Namen und Telefonnummern durchgestrichen und neue darüber- oder daruntergeschrieben. Einige der Seiten hatten Eselsohren, Zahlen waren neben Initialen gekritzelt, die keine näheren Angaben enthielten. Da ihr Paß bewies, daß sie ausgedehnte Reisen durch Ost- und Westeuropa unternommen hatte, ging dies auch aus ihrem Adreßbuch hervor. Ihr war klar, daß man auf dieses falsche Dokument beträchtliche Zeit verwandt hatte. Solche Mühe hatten sie sich vorher nie gegeben. Diese Erkenntnis verursachte ihr Unbehagen.

»Das ist ein sehr wichtiger Gegenstand«, sagte der Mann mit eigenartig freundlicher Stimme. »Wichtiger als die anderen. Bis zu Ihrer Einsatzbesprechung sollte ich sehr sorgfältig damit umgehen.« Er hielt inne.

Sie blickte von dem Adreßbuch auf. »Haben Sie diese Dokumente selbst präpariert?« fragte sie.

»Ja.«

Behutsam legte sie das Adreßbuch auf den Tisch und musterte ihn. Er war älter als sie, aber nur ein paar Jahre. Sie schätzte ihn auf vielleicht fünfunddreißig. Er trug einen dicken Ring mit einer Gravur. Sie hätte gern mit ihm geredet, ihn wirklich kennengelernt, nach seiner Arbeit, seiner Familie gefragt, etwas über sein Leben erfahren, aber sie wußte, daß das unmöglich war. Sie wünschte sich nur eine normale Unterhaltung, aber sie hatte seit Jahren keine normale Unterhaltung mehr geführt, und sie bezweifelte ernsthaft, daß sie es je wieder tun würde.

»Möchten Sie vielleicht etwas trinken?« fragte sie.

Zum ersten Mal wirkte er ein wenig unsicher.

Sie stand auf und ging zu dem Barschrank im Nebenzimmer. Sie öffnete ihn und betrachtete den Inhalt.

»Da gibt es eine Flasche Scotch, das ist alles«, sagte sie, während sie sich zu ihm umwandte. Er war aufgestanden, hatte sich aber nicht von der Stelle gerührt. »Scotch?«

Er legte unsicher den Kopf schief und zog eine Schulter hoch. Sie nahm Gläser aus dem Schrank, goß in jedes einen Schuß Scotch, drehte sich um und sah, daß er seine Mappe genommen hatte und ihr ins Nebenzimmer gefolgt war. Sie trat zu ihm und reichte ihm eines der Gläser. Dann hob sie ihres und sagte: »Zum Wohl.«

Sie tranken, einander gegenüberstehend. Er war etwas größer als sie, obwohl sie für eine Frau ziemlich hochgewachsen war. Sie schauten sich an. Er hielt die Mappe in einer Hand und sein Glas in der anderen. Sie legte den linken Arm unter ihren Brüsten in die Armbeuge des rechten, der das Glas hielt. Sie wußte, daß ihr Ausschnitt sich verschoben hatte, so daß der Mann einen guten Teil ihrer Brüste sehen konnte. Tatsächlich hatte er darauf geschaut, als er das Glas vom Mund genommen hatte.

»Führen Sie ein glückliches Leben?« fragte sie. Sie zog ihren losen Ausschnitt nicht zusammen.

»Im Vergleich wozu?« fragte er. Die Antwort überraschte sie.

»Ich frage Sie nicht nach Vergleichen«, sagte sie. »Ich möchte einfach wissen, ob Sie glücklich sind.«

»Ich könnte mehr Geld brauchen.«

Sie schlürfte ihren Drink und sah, daß seine Augen wieder zu ihren Brüsten wanderten, während er sein Glas hob.

»Wie lange machen Sie diese Arbeit schon?« fragte sie.

»Seit der Universität. Also schon lange.«

»Für diese Leute?«

»Für Leute wie diese Leute.«

»Reisen Sie viel?«

»Nicht mehr, als ich möchte. Es macht mir nichts aus.«

»Sind Sie manchmal lange fort?«

Er schüttelte den Kopf. »Na ja, vielleicht gelegentlich.«

Bei dieser Antwort spürte sie eine leise Besorgnis in seiner Stimme. Sie war zu weit gegangen. Was ein Versuch normaler menschlicher Kommunikation hätte sein sollen, war in seinen Augen zum Verhör geworden. Eine weitere Frage würde ihn vertreiben. Diese Tatsache machte sie gleichzeitig zornig und traurig. Und sie kam sich töricht vor. In der düsteren Scharade, die sie in den letzten drei Jahren gespielt hatte, war kein Raum für etwas anderes als Argwohn und Furcht und Verderbtheit. Sie hatte gelernt, damit zu rechnen, daß alles, was sie sah und hörte, Täuschungen waren, von Unbekannten fabrizierte Tricks, Irreführungen, die sie zerstören sollten und die sie durchschauen mußte, wenn sie überleben wollte.

Sie hatte keine Ahnung, wieso sie gedacht hatte, sie könnte mit diesem Mann normal reden. Sie hatte schon lange vergessen, was normal reden bedeutete, oder wie es sich anfühlen würde, wenn sie es erlebte.

»Danke, daß Sie gekommen sind«, sagte sie abrupt und griff nach seinem Glas, das noch nicht leer war. Er war verblüfft und runzelte verwirrt die Stirn, aber er gab ihr das Glas.

Sie stellte die Gläser auf den Barschrank und öffnete ihm die Eingangstür.

»Auf Wiedersehen«, sagte sie.

Er nickte ihr zu. »Danke für den Drink«, sagte er. Sie entdeckte keine Spur von Ironie.

Erleichtert machte sie die Tür hinter ihm zu und dachte, daß sie gerade noch einmal davongekommen war.

VIER

Houston Cate war auf dem Southwest-Freeway, als sie zu weinen begann, plötzlich und ohne Vorwarnung. Ein Sturzbach von Tränen drohte die flammende Wut auszulöschen, die wie eine Fackel in ihr loderte, seit sie das Restaurant verlassen hatte.

Am meisten bestürzte sie, daß sie sofort geglaubt hatte, was Griffin Younger über Tavio erzählt hatte. Er hatte Tavios Untreue nicht absichtlich verraten, sondern in seiner kummervollen Wut über Tavios Dummheit die Wahrheit ausgespien wie einen Fluch, ein verbales Faustschütteln gegen Tavios lüsternen Geist.

Sie wußte augenblicklich, daß alle sie belogen hatten – Griffin, Tavios Partner; Lund, Tavios und Griffins Vorgesetzter; und Ennis Strey, ihr eigener Abteilungsleiter, der sicher die ganze Zeit alles gewußt hatte. Gott, vielleicht war er sogar seit Jahren über Tavio informiert gewesen. Schulter an Schulter hatten sie sie im Namen jener uralten männlichen Treue belogen, die alles überlagerte und die Tavio selbst anscheinend wichtiger gewesen war als seine Treue zu ihr.

Gott verfluche sie alle, dachte sie, und in diesem Moment begann sie zu weinen. In dem kurzen Augenblick von Griffins betrunkenem Bekenntnis war Tavio, ihr allervertrautestes zweites Ich, plötzlich zu einem Fremden geworden.

Nach Tavios Tod hatte Cate sich beurlauben lassen. Ihre Schwester war aus Charleston gekommen und fast zwei Wochen bei ihr geblieben, in denen Cate ihre Qual in eine Wüste tränenlosen Schweigens verbannt hatte. Sie hatte einfach dagesessen und tagelang aus dem Fenster ins Nichts gestarrt. Jedes normale Gefühl in ihr trocknete aus, schrumpfte, bis es nicht mehr vorhanden war. Es waren zwei düstere Wochen gewesen, eine Zeit, die ihr im Rückblick wie eine Halluzination vorkam.

Dann erwachte sie eines Morgens sehr früh, als der Himmel vor den Fenstern gerade hell wurde, stieg aus dem Bett und goß sich eine Kanne Kaffee auf. Sie trank sie allein, und als ihre Schwester aufwachte, sagte Cate ihr, sie solle ihre Koffer packen, denn sie habe für sie um halb zwölf einen Rückflug nach Charleston gebucht.

Noch am selben Tag begann sie mit einer Diät, die ihren durch zwei Wochen Fasten und inneren Aufruhr völlig durcheinandergeratenen Körper wieder ins Lot bringen sollte. Sie verordnete sich ein Fitneßprogramm. Sie telefonierte mit einem Immobilienmakler und bot das Haus zum Verkauf an. Am Ende der Woche war sie in eine Eigentumswohnung in einer abgelegenen Straße im nördlichen Tanglewood umgezogen. Am folgenden Montag erschien sie wieder zur Arbeit.

Die entschlossene Euphorie ihrer wundersamen Genesung hatte fünf Wochen angehalten; dann hatte sie sich als Narrengold erwiesen, und Cate war wieder in ein schwarzes Loch gefallen. Ganz unerwartet. Danach begann sie einen langsameren, nüchterneren und wahrhaftigeren Wiederaufstieg, einen wohlbedachten Kampf mit ihrer Trauer, zu dem auch psychologische Beratung gehörte.

Sie war Ende Zwanzig gewesen, als Tavio in ihr Leben trat, und sie war fast Mitte Dreißig, als er es wieder verließ. Wenn die psychologische Beratung ihr überhaupt etwas gebracht hatte, dann die Erkenntnis, daß sie Tavio von dem Piedestal herunterholen mußte, auf das sie ihn unmittelbar nach seinem Tod gestellt hatte. Die Überzeugung, niemand könne jemals so wundervoll sein wie die verlorene Person, vor allem, wenn der Verlust durch einen plötzlichen Schicksalsschlag erfolgt war, stellte eine natürliche Überkompensierung dar. Die Beratung hatte ihr geholfen, das zurechtzurücken.

Doch sie war nicht so abgehärtet, daß sie mit dem umgehen konnte, was Griffin Younger in seiner Trunkenheit preisgegeben hatte.

Und deshalb weinte sie. Sie verließ den Freeway bei der nächsten Ausfahrt und bog in einen leeren Boulevard ein, auf dessen begrüntem Mittelstreifen der wolkenlose Regen einer Sprinkleranlage niederging. Hastig fuhr sie an den Straßenrand und ignorierte das Scheuern ihrer Reifen an der Bordsteinkante, als sie anhielt. Sie schlang die Arme um das Lenkrad, legte den Kopf darauf und weinte, während das Wasser mit einem leisen Flüstern über ihren Wagen rann.

Das Vibrieren des Piepsers an ihrer Taille riß sie aus ihrer Versunkenheit; sie hob den Kopf und starrte die nasse Windschutzscheibe an. Sie hatte keine Ahnung, wie lange sie so dagesessen hatte. Sie schaute auf den Piepser. Er zeigte Streys Nummer an, und das konnte sie unmöglich ignorieren. Sie nahm das Handy vom Beifahrersitz und wählte. Während es läutete, wischte sie sich mit der Hand die Wangen ab. Die Tränen tropften auf ihr Kleid.

»Strey.«

»Hier ist Cate.«

»Hallo, Cate. Wo bist du?«

»Ich, äh, ich bin auf dem Weg nach Hause, Southwest-Freeway.«

»Okay. Hör zu. Ich muß mit dir reden. Es hat sich was ergeben, und das kann nicht bis morgen warten.«

Sie zögerte. »Du hast mit Younger gesprochen.«

Diesmal zögerte Strey. »Verdammt, ja. Wann hat er sich bei dir gemeldet?«

»Heute. Er hat mich im Büro angerufen.«

»Verstehe. Ach, verdammt.« Er hielt inne. »Tut mir leid, Cate. Ich weiß nicht. Griffin ist ein Wrack.« Wieder machte er eine Pause. »Aber darum dreht sich's nicht, Cate. Kann ich zu dir kommen?«

»Ja«, sagte sie und legte die Hand an die Stirn, während sie das Wasser auf der Windschutzscheibe betrachtete. »Ich bin in einer Viertelstunde zu Hause.«

Strey trug ein altes Polohemd, dessen Kragen teilweise hochgeschlagen war, lose über einer Blue Jeans, dazu Leinenschuhe ohne Socken. Sein fünfundfünfzigjähriges Gesicht war um die Augen herum etwas faltig von zuwenig und erst kürzlich unterbrochenem Schlaf.

»Komm rein«, sagte sie, sich von der Tür abwendend. Sie hatte Zeit gehabt, sich das Gesicht zu waschen und mit einer Bürste durch ihr dickes, widerspenstiges hennarotes Haar zu fahren. Aber sie wußte, daß sie mitgenommen wirkte und ihr Kleid aussah, als habe es eine Woche lang ganz unten in einem Wäschekorb gelegen. Das Zimmer war dunkel bis auf eine kleine Lampe neben dem Sofa, die sie beim Hereinkommen eingeschaltet hatte. Sie setzte sich ans andere Ende des Sofas und zog einen ihrer nackten Füße unter sich.

»Was hat er gedacht, was ich machen würde? Mich umbringen?«

Strey ging zu einem Sessel und setzte sich. »Er hat sich Sorgen gemacht. Er war so betrunken, daß er eine Weile brauchte, um die Geschichte zu erzählen. Er hat gesagt, du hättest in dem Restaurant eine ziemliche Szene hingelegt.«

»Hat er auch gesagt, warum?«

Strey nickte.

Sie sah ihn an. »Hast du das gewußt?«

»Ich hab gcwußt, wic Tavio ums Leben kam, ja.« Strey war knapp einsachtzig groß, kompakt und athletisch. Sein kurzärmeliges Polohemd ließ die Muskeln seiner Arme sehen, und er bewegte sich wie ein zehn Jahr jüngerer Mann. Sein glattes dunkles Haar wurde an der Stirn etwas schütter und an den Schläfen grau. In den letzten fünf Jahren war er Cates Abteilungsleiter gewesen, und eigentlich wußte man bei ihm immer, woran man war, und mußte keine Spielchen spielen. Er richtete sich nicht sklavisch nach Vorschriften, machte sich aber auch nicht darüber lustig; er hielt sich meistens an den schlichten gesunden Menschenverstand. Und das gleiche erwartete er von seinen Agenten.

»Warum zum Teufel hab ich diesen verdammten falschen Bericht bekommen, Ennis? Was ist wirklich passiert?«

Er sah sie einen Moment mit schräggelegtem Kopf an und dachte nach. Dann nickte er und schaute ihr direkt in die Augen.

»Der Bericht, den du gelesen hast, war vollkommen korrekt, Cate. Bis auf die Art, wie Tavio starb. Er wurde nicht aus dem Hinterhalt getötet, sondern lag mit einer im Bett. Das hat Lund verändert, weiter nichts. Er glaubte, dir damit einen Gefallen zu tun.«

Cate starrte ihn an; ihre roten, geschwollenen Augen blinzelten nicht, und sie schwor sich, daß sie sich keine weitere Träne gestatten würde.

»Als Tavio der Verdacht kam, er sei kompromittiert worden«, fuhr Strey fort, »hat er sich sofort mit Griffin in Verbindung gesetzt. Er hat ihm gesagt, daß er glaubte, aufgeflogen zu sein; er würde kommen, um mit ihm zu reden. Sie vereinbarten, sich in Rom zu treffen …«

»Das habe ich alles gelesen, Ennis«, sagte sie.

»Gut, okay. Na ja, all das passierte sehr schnell, binnen acht bis zwölf Stunden. Er war in Salerno, als er Griffin anrief. Er sagte Griffin auch, daß er in Neapel Station machen würde …«

»Um diese Frau zu sehen.«

Strey nickte. »Griffin flehte ihn an, das nicht zu tun.« Er hielt inne und schüttelte den Kopf. »Als nächstes bekam Griffin mitten in der Nacht einen Anruf von den *carabinieri*, zehn Stunden, bevor er Tavio in Rom treffen sollte.«

Schweigen.

»Und die Frau?«

Strey zuckte mit den Schultern. »War weg.«

»Wer war sie?«

»Das weiß keiner. Keiner hat sie je getroffen. Griffin hatte Tavio vor dem offenkundigen Sicherheitsrisiko gewarnt. Trotzdem hat er ihn gedeckt. Natürlich denken sie jetzt, daß die Frau damit zu tun hatte. Vielleicht war sie sogar diejenige, die ihn auffliegen ließ.«

»Großer Gott.« Cate hatte den Kopf abgewandt; sie konnte nicht sprechen. Die kleine Lampe gab nur ein schwaches Licht.

»Ennis«, sie räusperte sich, »war er für solche Sachen bekannt?« Sie brachte es nicht über sich, ihn anzusehen.

»Es gab Gerüchte«, sagte er. »Aber Cate, du solltest doch besser als jeder andere wissen, wie über die Undercover-Leute geredet wird.«

»Sei nicht so...« Sie hielt inne, zügelte ihren Zorn und senkte die Stimme. »Sei nicht so gönnerhaft. *War* er für so was bekannt?«

Einen Augenblick lang dachte sie, er werde überhaupt nicht antworten. Dann sagte er: »Ja, Cate. Er war dafür bekannt, daß er die Frauen liebte.«

Sie fühlte sich, als habe er in ihr Inneres gegriffen und eine Handvoll Eingeweide gepackt.

»Wenn wir schon ehrlich sind«, sagte Strey, »dann will ich dir noch was sagen. Es wäre ein schrecklicher Fehler, wenn du zulassen würdest, daß diese eine Sache alles andere auslöscht, was Tavios Leben ausmachte. Das war nur ein Teil von dem, was er war. Noch dazu ein kleiner Teil. Ich erwarte nicht, daß du das verstehst, nicht sofort jedenfalls, aber diese Frauen, sie waren nicht...«

»Mein Gott, Ennis, sag's nicht – ich will diesen Mitleidsquatsch nicht hören.«

»Nein, hör mir zu.« Strey rückte auf die Kante seines Sessels und beugte sich zu ihr. »Was du mit Tavio zu haben glaubtest, das hattest du *wirklich* mit ihm. Diese Frauen hatten damit nichts zu tun. Ich will ihn nicht entschuldigen. Ich sag dir nur, wie es war. Tavio hatte gelernt, sich selbst in Teile zu spalten – deshalb hat er so lange überlebt; das ist nämlich die schreckliche Realität, wie diese Burschen am Leben bleiben –, und der Teil, den er dir gab, den er dir vorbehielt und mit dir teilte, war das Beste, was er hatte. Das hatte er mit niemandem sonst, und was er von dir bekam und von dir brauchte, konnte ihm keine andere geben.« Er machte eine Pause und sah sie an. »So war das. Ich sag nicht, daß es leicht zu verdauen ist. Ich sag nicht, daß es richtig ist. Aber es ist nicht zu ändern. Weder durch Flüche noch durch Haß, nicht mal durch alle Trauer der Welt.«

Cate sah ihn an. Das gedämpfte Licht der kleinen Lampe machte sein Gesicht weicher.

Sie seufzte tief. »Es ist … Ich verfluche ihn trotzdem, Ennis. Ich kann nicht anders.«

Dann dankte sie ihm für sein Kommen, versicherte ihm, sie sei in Ordnung, und sagte, er solle nach Hause gehen.

Aber Strey rührte sich nicht; er starrte sie bloß an.

»Was ist los?« fragte sie.

»Ich hab's dir schon gesagt, Cate. Das war nicht der Grund, warum ich dich sehen mußte. Es ist was anderes.«

Sie zwang sich, ihm zuzuhören, ihre Gedanken von den düsteren Höhlen abzuziehen, in die sie gewandert waren.

»Hör zu«, sagte er, lehnte sich zurück und musterte sie. »Ich will ehrlich zu dir sein. Ich wollte mit dir über einen neuen Undercover-Einsatz reden.«

»Undercover.«

»Ja, aber das ist eine Sache, weißt du, bei der du wirklich auf Draht sein mußt, und … Ich weiß nicht, wie du dich im Moment fühlst, ob du glaubst, dazu imstande zu sein. Selbst wenn du wolltest …«

»Was ist es?« Sie mochte die Art nicht, wie er das gesagt hatte; als fürchte er, sie müsse noch ein Weilchen gehätschelt werden.

»Hast du noch irgendein Interesse an FCI?«

Foreign counter-intelligence, Spionageabwehr, war das erste Arbeitsgebiet gewesen, um das sie sich beworben hatte, als sie vor fast sechs Jahren nach Houston versetzt worden war. Statt dessen hatte man sie der Abteilung für Organisierte Kriminalität zugewiesen. Sie meldete sich freiwillig für verdeckte Operationen, ging zur Spezialausbildung nach Quantico zurück, und in den folgenden drei Jahren bearbeitete sie dann drei Undercover-Fälle. Sie hatten nichts mit FCI zu tun, aber sie waren aufregend genug gewesen. Das war die Hauptsache. Jetzt hatte sie seit fast zwei Jahren nicht mehr verdeckt gearbeitet. Was sie betraf, wurde es höchste Zeit, das wieder mal zu tun.

Sie sah ihn an. »Ja, ich bin interessiert«, sagte sie.

Er nickte und erwiderte ihren Blick. »Das ist ein Spezialfall der Gruppe I, einer Sonderkommission aus der New Yorker Niederlassung. Sie haben eine Zielperson, die nach Houston kommt, und sie wollen eine Frau, die in der Stadt Bescheid weiß. Ich kenne den

Abteilungsleiter, Curtis Hain, er ist ein alter Freund. Er wird die Fäden in der Hand haben. Ich schalte mich ab und zu ein, aber er leitet die Operation. Du wirst mit einer kleinen Gruppe von Leuten von einem geheimen Stützpunkt aus arbeiten.«

»Hier in Houston.«

»Richtig.«

Cate konzentrierte sich auf diese Information. Ein Spezialfall war ein Fall, der Vorrang vor allen anderen hatte. Das war eine außerordentliche Chance.

»Warum ich?«

»Sie wollten eine Frau, und sie wollten eine, die gewisse Erfahrungen mit organisiertem Verbrechen und mit verdeckten Operationen hat.«

»Und solche weiblichen Agenten haben sie in Washington nicht?«

»Die kennen Houston nicht. Schau, Cate, wenn du nicht hundertprozentig dabei bist, dann ist das nichts für dich. Das weißt du.«

»Ich übernehme den Auftrag einfach, oder ich übernehme ihn nicht? Ist das so?«

»Nein, sie wollen zuerst mit dir reden.«

»Wann hast du davon erfahren?«

»Vor ungefähr einer Woche. Sie nahmen Kontakt mit mir auf und ließen mich wissen, sie seien ziemlich sicher, daß sie hier eine Zielperson haben würden; sie wollten eine gemeinsame Operation koordinieren. Sie sagten, sie bräuchten eine Frau für Undercover-Arbeit. Aber sie sagten, es würde noch ein paar Wochen dauern. Dann, vor ein paar Stunden, riefen sie an und sagten, sie bräuchten sofort jemanden. Schau«, sagte er, »ich weiß, wie scharf du auf FCI-Arbeit warst. Da ergab sich diese Sache, und ich hab dich empfohlen. Das ist alles.«

Sie starrten einander an, und sie spürte die nächsten Worte, die er zu ihr sagen würde, noch ehe er sie aussprach. »Aber unter den gegebenen Umständen«, sagte er, »weiß ich nicht, ob es richtig ist…«

»Nein«, hörte sie sich selbst sagen. »Nein, das ist kein Problem.« Sie wollte diese Arbeit, verdammt, worin auch immer sie bestehen mochte. In den letzten vier Stunden hatte sich ihre Auffassung von ihrem Leben ungeheuer verändert. Plötzlich gab es gewisse Dinge, die sie nicht wiederholen wollte. Sie wollte nicht wieder ein Morgen, das nur eine lauwarme Variation des Gestern war. Sie brauchte eine dramatische Veränderung, und hier war sie.

»Hör zu, im Grunde bin ich einfach sauer«, sagte sie. Sie war sich ihrer Unaufrichtigkeit bewußt und hoffte, sie verbergen zu können. »Was erwartest du? So was hinterläßt einen verdammt üblen Geschmack im Mund, aber meine Güte, ich hab doch keinen Nervenzusammenbruch oder so.« Sie hielt inne, sah ihn fest an, versuchte, seine Gedanken zu lesen. »Ich möchte diese Chance wirklich haben, Ennis.«

Strey, der sie noch immer musterte, nickte. Einen beklommenen, kurzen Augenblick lang dachte sie, er werde einen Rückzieher machen. Dann sagte er: »Also komm morgen nicht ins Büro, sondern warte einfach hier. Jemand wird dich anrufen und dir sagen, wie's weitergeht.«

»Gut«, sagte sie rasch und schluckte.

FÜNF

South Kensington Irina lag nackt auf dem Bett. Sie hatte sich auf die Seite gedreht und starrte ihr perlgraues Profil an der Wand an. Eingehend musterte sie immer wieder seine Konturen – das geneigte Oval ihres Kopfes, die steile Kurve der Schulter, die allmählich absank bis zur Hüfte, dann eine weitere, langsamer abflachende Kurve, die ihr unten schlanker werdendes Bein nachzeichnete. Nach einiger Zeit wurde es immer länger und verzerrter, bis das schräg einfallende Licht des Spätnachmittags keine Kontraste mehr erzeugen konnte.

Das Telefon stand hinter ihr auf dem Bett. Als es läutete, griff sie nach hinten, ohne sich umzudrehen, und nahm den Hörer ab.

»Hallo«, sagte sie.

»Ich denke, Sie sollten losgehen und eine Dose Tee besorgen«, sagte die Stimme.

»Welche Art von Tee?«

»Schwarzen Tee.«

»Gut, das werde ich tun«, sagte sie. Wieder ohne hinzusehen, reckte sie den Arm nach hinten, legte den Hörer auf die Gabel zurück und stand auf.

Sie ging um das Bett herum zu einer Kommode neben dem Kleiderschrank und zog die unterste Schublade auf. Sie war leer. Sie nahm die Schublade ganz heraus und suchte und fand einen kleinen Stoffstreifen in der Ecke des Schubladenbodens, wo dieser an die Vorderfront stieß. Mit dem Fingernagel lockerte sie den Stoffstreifen, bis sie ihn fassen konnte. Sie zog kräftig daran, und der falsche Boden löste sich aus der Schublade.

Auf dem echten Boden waren mit Klebeband zwei Schlüssel, ein dicker Umschlag aus Manila-Papier, zwei Päckchen mit weißem Pulver und ein Paar Chirurgenhandschuhe befestigt. Sie löste die Gegenstände vom Schubladenboden und legte sie aufs Bett. Dann setzte sie sich ans Fußende des Bettes, öffnete den Umschlag, schüttelte das Geld heraus und zählte es. Zwanzigtausend Pfund. Weitere fünfzig Pfund in kleinen Scheinen. Sie nahm die Päckchen mit dem Pulver und untersuchte sie. Das eine hatte einen roten Druckverschluß, das andere einen grünen. Die Farbmarkierung war ganz unauffällig, wenn man nicht darauf achtete.

Sie steckte sämtliche Gegenstände vom Bett in ihre Handtasche, dieselbe, die der Leibwächter in scheinbar ferner Vergangenheit durchsucht hatte. Das Geschehen selbst hatte sie noch so lebhaft in Erinnerung, als sei es eben erst passiert, doch die Begleitumstände waren mit den Umständen anderer Ereignisse verschmolzen, die ihr alle fern und längst vergangen erschienen.

Sie ging ins Badezimmer, um sich anzuziehen. Von den Drahtbügeln nahm sie dieselbe Unterwäsche und dasselbe leichte Baumwollkleid, das sie vor so langer Zeit bei den Bolschoi-Morden getragen hatte. Sie brauchte eine Weile, um mit den kleinen Knöpfen zurechtzukommen. Sie fuhr sich mit einer Bürste durchs Haar und bemerkte im Spiegel, daß Schweiß die Achseln des billigen Sommerkleides verfärbt hatte. Russischer Stoff. In Rußland bekam alles leicht Flecken, Kleider, Leben und Seelen.

Wieder im Schlafzimmer, nahm sie ihre Tasche vom Bett und

ging durch den Flur zur Eingangstür, wo sie einen dritten Schlüssel auf einem Tisch neben der Tür fand. Sie trat nach draußen, verschloß die Tür hinter sich und ging dann in der Dämmerung durch die ruhige, baumbestandene Straße; jedermann hätte sie für ein Dienstmädchen gehalten, ein osteuropäisches Mädchen in einem einfachen, kleingemusterten Kleid mit einer glänzenden, schwarzen Kunstledertasche. Binnen fünf Minuten hatte sie die nächste Ecke und eine Bushaltestelle erreicht. Die Busfahrt zur U-Bahnstation South Kensington dauerte knapp zehn Minuten.

Als sie aus dem Bus gestiegen war, ging sie ein Stück bis zu einem Pub und wartete auf dem Bürgersteig. Sie beobachtete den frühabendlichen Verkehr und winkte dem ersten Taxi, das vorbeifuhr.

»Ja, Ma'am, wo geht's hin?« fragte der Fahrer, als sie die hintere Tür öffnete und einstieg.

»Nach Wapping«, sagte sie.

Über die Rückenlehne hinweg musterte er sie, ihr schlichtes Kleid, das fehlende Make-up, das unfrisierte Haar.

»Das ist ein ganz schönes Ende«, sagte er. »Billiger wär's mit der U-Bahn, gleich da drüben.« Mit dem Kopf wies er in Richtung der Station South Kensington. »Fährt direkt nach Wapping.«

»Danke, aber ich fahre lieber mit dem Taxi«, sagte sie.

Er nickte, ohne den Blick von ihr zu wenden. Jetzt hatte er ihren Akzent bemerkt. Eingewandert. Haushaltshilfe oder Zimmermädchen in einem Hotel.

»Tut mir leid, aber bei der Entfernung…«

»Ich zahle im voraus«, sagte sie und öffnete ihre Tasche. »Wieviel?«

Er sagte es ihr, und sie reichte ihm zwei große Scheine.

»Oh«, sagte er überrascht. Er begann, in seiner Jackentasche nach Wechselgeld zu kramen.

»Wenn Sie mich hinfahren können, ohne zu reden, können Sie den Rest behalten«, sagte sie.

Er riß den Kopf hoch und drehte sich erneut zu ihr um. Doch er zögerte nur kurz.

Es war ihr egal, wie lange es dauerte. In die linke hintere Ecke des Wagens gedrückt, beobachtete sie, wie die Lichter vorbeizogen, während das Taxi durch den frühen Londoner Abend fuhr. An den Ampeln konnte sie einzelne Gesichter ausmachen und betrachten, doch wenn das Taxi in Bewegung war, flossen die Lichter und Farben zu einem bunten Konfettistrom ineinander.

Sie schlief ein.

»Wapping«, sagte der Taxifahrer, und sie erwachte ruckartig. »Wohin möchten Sie?«

Sie setzte sich auf und sah sich um. Wapping lag inmitten der Docklands, einem Sanierungsprojekt, das achteinhalb Quadratmeilen umfaßte und in den frühen achtziger Jahren begonnen worden war. Die Umgebung der berühmten, aber stillgelegten Schiffswerften der Themse sollte mit neuem Leben erfüllt werden. Die Regierung hatte Anreize geboten, und Immobilienspekulanten und ausländische Investoren hatten das größte Stadterneuerungsprojekt in Europa in Gang gesetzt. Es sollte das Gesicht einer Gegend verändern, die schwere Zeiten erlebt hatte. Die neu entwickelte Gemeinde aus Büro- und Wohngebäuden würfelte alteingesessene Cockney East Enders und schicke Yuppies zu einer noch nie erprobten Zukunftswelt zusammen.

Von allen Vierteln der Docklands wies Wapping die offensichtlichsten Extreme von Reichtum und Armut auf. Hier lebte eine der buntesten Mischungen von Immigranten aus aller Welt – Juden, Hindus und Muslime, Bengalen und Pakistanis, Vietnamesen und Chinesen, Nigerianer und Inder; es war ein endloses Durcheinander fremdländischer Hoffnung und Durchsetzungskraft. Vom Taxi aus sah Irina die blauschimmernden Fenster moderner Bürogebäude und roch das abgestandene Wasser der Themse und die durchdringenden Kochdüfte der Abendmahlzeiten vieler Nationen.

»Das Camberwell Building«, sagte sie.

»Ja, das kenn ich«, sagte der Fahrer.

Nach ein paar Augenblicken hielt er vor einem Block mit vielen Glasfronten.

»Das da ist es«, sagte er und zeigte auf drei hohe Glasgebäude, »das rechte.« Er sah sie an. »Es ist nachts geschlossen, wissen Sie.«

»Heute ist meine erste Nachtschicht bei einem Bewachungsdienst«, sagte sie. »Ich hatte Angst, zu spät zu kommen.«

Sie öffnete die Tür und stieg aus dem Taxi.

»Na, dann viel Glück«, sagte der Fahrer und fuhr davon.

Sie überquerte einen kleinen, sauberen Platz und ging zwischen dem Camberwell Building und seinem Nachbarn hindurch zu einem dritten Bau, der von der Straße aus kaum zu sehen war. Sie erreichte einen weiteren Platz und ging hinüber zu den Eigentumswohnungen von Margate Tower. Das Erdgeschoß des Gebäudes bestand aus verdunkelten Läden, Fast-food-Imbißstuben und Restaurants, die abends schlossen, wenn die vielen tausend Angestellten der umstehenden Bürogebäude nach Hause in die Vororte oder in die City fuhren.

Sie benutzte den ersten Schlüssel, um den Aufzug in Gang zu setzen, und drückte auf den Knopf für den achten Stock. Als der Aufzug hielt, wandte sie sich nach links und ging zwei Flure entlang bis zu Nummer 817. Sie läutete. Nichts. Sie läutete erneut. Und noch einmal. Gerade wollte sie den zweiten Schlüssel aus ihrer Handtasche nehmen, als sie hörte, wie sich jemand von innen an der Tür zu schaffen machte. Sie wurde einen Spaltbreit geöffnet.

»Ja?«

»Haben Sie schwarzen Tee bestellt?«

»Verdammte Axt«, sagte der Mann. »Sie sind aber pünktlich, was?«

Der Mann war Ende Zwanzig. Er hatte eine Hakennase, breite Schultern und glattes, langes, dunkles Haar. Er sah sie bloß an. Es kam ihr so vor, als habe er vor kurzem geduscht; sein feuchtes Haar war achtlos gekämmt, und sein kohlschwarzes Hemd hing ihm aus der dunkelgrauen Hose. Die Manschetten waren nicht zugeknöpft. Er trug schwarze Slipper aus Krokodilleder.

»Haben Sie schwarzen Tee bestellt?« fragte sie erneut, diesmal mit einem leisen Lächeln.

»Oh, jaaa.« Er blickte glatt durch die dünne Sommerbaumwolle ihres Kleides hindurch.

»Ich komme erst herein, wenn ich weiß, daß Sie den schwarzen Tee bestellt haben«, sagte sie freundlich, fast schüchtern, aber bestimmt.

»Ich hab den verdammten Tee bestellt, ja.« Er sah verzweifelt aus, aber sie wartete. »Okay, Augenblick mal.« Er richtete die Augen nach oben und versuchte, sich an den genauen Wortlaut zu erinnern. »Ja-ich-habe-ihn-bei-Clarks-in-der-Cromwell-Road-bestellt«, sagte er in spöttischem Singsang und legte den Kopf von einer Seite auf die andere.

»Sehrrr gut.« Sie lächelte breit, und ihre Stimme lobte ihn dafür, daß er die Regeln befolgt hatte. »Ich bringe ihn.«

Er trat zurück, um die Tür weiter zu öffnen.

»Sie sollten allein sein.« Sie hob fragend die Augenbrauen.

»Ich bin tatsächlich allein.« Jetzt grinste auch er.

Er trat noch weiter zurück, und sie betrat das Apartment. Es war phantasielos mit modernen Möbeln eingerichtet, eine Menge Glas und Chrom und gerade Linien. Die Beleuchtung war gedämpft und stimmungsvoll. Eine massive schwarze Stereoanlage nahm den größten Teil einer Wand ein; ihre Bedienungsknöpfe und Monitore mit kleinen bunten Lichtern blinkten und zwinkerten in einer lautlosen Komposition, denn der Ton war abgestellt. Der Raum war ein Eckzimmer: Glaswände auf zwei Seiten boten einen Blick in das Herz von London. Was immer er für die Wohnung bezahlt hatte, zwei Drittel des Preises waren sicher für die Aussicht gewesen.

»Sind Sie Russin?« fragte er, als er ihr ins Wohnzimmer folgte.

»Wann sind Sie hier angekommen?« fragte sie, während sie sich prüfend im Raum umsah.

»Vor zwei Stunden bin ich auf dem City Airport gelandet.« Er lächelte sie an, als wolle er mit ihr flirten. »Sie sind eine verdammt hübsche Russin.« Er war sehr selbstsicher, stolzgeschwellt nach einem erfolgreichen Job.

»Ich bin Deutsche«, sagte sie mit einem leisen Lachen.

Er zuckte mit den Schultern und blieb grinsend zwischen ihr und dem Eingang stehen.

»Wie wär's mit einem Drink?« fragte er. »Sie sehen aus, als könnten Sie einen vertragen. Ich hab schon einen.« Er wies auf ein Glas auf einem gläsernen Couchtisch vor einem sichelförmigen Sofa, das zwischen ihnen stand.

»Gern«, sagte sie. »Ich nehme das gleiche wie Sie.«

»Sofort«, sagte er und wandte sich der Küche zu. Sie schaute sich um.

»Was für eine wunderbare Aussicht«, rief sie ihm nach.

»Ja, die muß einem gefallen, nicht?« rief er zurück.

Er kam wieder in den Wohnraum, ein Glas wie das auf dem Couchtisch in der Hand, mit munterer und erwartungsvoller Miene. Er reichte ihr das Glas.

»Setzen Sie sich doch«, bat er.

Sie setzte sich nahe der Mitte auf das sichelförmige Sofa, das kalte Glas in der Hand. Sie konnte den Rum riechen. Gott, wer hätte geahnt, daß es Rum sein würde?

»Sie sind eine tolle Botin«, sagte er, setzte sich auf das Sofa, lehnte sich zurück und legte einen Arm auf die Rückenlehne.

Sie hob ihr Glas. Er nahm seines vom Tisch.

»Ich gratuliere Ihnen«, sagte sie, »zu Ihrem erfolgreichen Job.«

Sie tranken.

»Machen Sie das ganz allein?« fragte er, nachdem er den Rum geschluckt hatte.

»Man weiß immer, wo ich bin«, sagte sie. »Ich fühle mich ziemlich sicher.«

»Darauf möchte ich wetten.«

Sie lächelte. »Ich hab etwas für Sie.« Sie stellte das Glas ab, griff nach ihrer Tasche, nahm den Manila-Umschlag heraus und reichte ihn ihm. »Ich muß zusehen, wie Sie es zählen.«

»Oh, ja. Mit Vergnügen«, sagte er. Er zählte die zwanzigtausend Pfund nach und legte sie in zwei Stapeln auf den Glastisch.

»Sie wollen wissen, ob Sie ihnen noch einmal helfen können«, sagte sie.

»Wird mir ebenfalls ein Vergnügen sein.« Er hob sein Glas erneut und trank einen Schluck Rum. »Wann?«

Sie lachte. »Nun ja, man will Sie zu nichts drängen. Zuerst sollten Sie sich ein bißchen entspannen.« Sie drehte sich leicht auf dem Sofa, und ihr Kleid fiel auseinander und enthüllte ein gutes Stück ihres Oberschenkels.

»Entspannen?« fragte er. »Ich könnte ein bißchen Entspannung brauchen… Wie ist es mit Ihnen?«

»O ja, ich auch.« Es war unglaublich, wie wenig Körpersprache erforderlich war, um eine Phantasie wie seine in Gang zu setzen.

Er streckte die Hand aus und legte sie auf ihr nacktes Knie. Sie ließ sie dort liegen.

»Ich habe etwas, das uns beim Entspannen helfen könnte«, sagte sie. Sie griff erneut in ihre Tasche und warf wie beiläufig zwei Päckchen Kokain auf den Tisch. Sie lächelte. »Eins für Sie, eins für mich.« Sie bewegte ihre Beine ein wenig und ließ ihn einen Blick auf das erhaschen, was er wollte.

»Ist mir recht«, sagte er. »Ist mir verdammt recht.«

Bei der Einsatzbesprechung hatte man ihr gesagt, er sei unbesonnen und werde das Angebot nicht ablehnen. Die Chance, daß er das richtige Päckchen nahm, stand fünfzig zu fünfzig. Sie mußte es auf diese Weise machen, damit er keinen Verdacht schöpfte; sie mußte ihn das Päckchen selbst wählen lassen. Wenn er das mit dem roten Siegel erwischte, würde sie eine Gelegenheit abwarten müssen, die Päckchen zu vertauschen. Doch er nahm das mit dem grünen.

Binnen Augenblicken waren sie auf den Knien und legten auf der Glasplatte des Couchtisches Linien aus. Sie begann, nahm eine der britischen Banknoten von dem Päckchen auf dem Tisch und rollte sie zu einem Röhrchen zusammen. Dann testete sie zuerst eine ihrer Linien, befeuchtete ihren Finger, steckte ihn in das Pulver, rieb sich damit das Zahnfleisch und lächelte genießerisch. Nur zur Sicherheit. Danach beugte sie sich vor und sog eine Linie Backpulver in die Nase, warf den Kopf zurück und atmete tief ein. Sie schnupfte eine zweite Linie. Er rollte ebenfalls eine Banknote von dem Päckchen zusammen. Er inhalierte den Stoff rasch, wobei er schnaufte wie ein Bulle, und zog so in schneller Folge eine, zwei, drei Linien in seine Nase.

Sie hatte keine Ahnung, was man für ihn zusammengemixt hatte, oder ob die Droge einfach unverschnitten war. Im ersten Moment passierte gar nichts. Er richtete sich auf und lächelte. Er wischte sich die Nase, schloß die Augen. Sein Lächeln wurde zu einem Grinsen, einem Grinsen, das breiter und breiter und schließlich grotesk wurde. Er kniff die Augen zusammen, als sein Körper steif wurde und schließlich zu zittern begann. Speichel rann durch seine zusammengebissenen Zähne und tropfte auf sein teures Seidenhemd. Dann wurden seine Zähne dunkler, als der Speichel sich in Schaum verwandelte; seine Augen öffneten sich einen Spalt. Die Iris war nach oben gerollt, man sah nur das Weiße der Augäpfel. Er verfiel in Krämpfe. Der Speichel, der aus seinem Mund strömte, war mit etwas Klumpigem, Fettgelbem vermischt. Sie sah zu, wie er langsam auf den Fußboden glitt, nach Atem ringend, ächzend, zitternd.

Es würde ein paar Minuten dauern.

Sie öffnete ihre Handtasche und zog die Chirurgenhandschuhe über. Sie nahm ihr Glas, trug es in die Küche, spülte es ab und stellte es wieder in den Schrank. Sie befeuchtete ein Papiertuch, ging ins Wohnzimmer, wischte das Backpulver auf und trocknete die Stelle, an der ihr Glas gestanden hatte. Sie nahm das Geld, ließ den einen Schein, den er benutzt hatte, lose zusammengerollt neben seinen restlichen Linien aus Kokain – oder was immer es war – liegen und steckte die übrigen Scheine in die Handtasche.

Einer seiner Füße schlug rhythmisch gegen ein Chrombein des Couchtisches, aber sie sah ihn nicht an. Sie wollte erst wieder hinschauen, wenn sie seinen Puls fühlen mußte.

Sie nahm das feuchte Papiertuch, ging ins Badezimmer und spülte es zusammen mit dem rot versiegelten Päckchen in der Toilette hinunter. Als sie wieder herauskam, sah sie sich im Flur um. Drei weitere Türen, eine davon geschlossen. Eine … geschlossen?

Das Herz klopfte ihr bis zum Hals. Sie hatte keine Waffe. Sie ging einige Schritte auf die geschlossene Tür zu, blieb stehen und hielt den Atem an. Jetzt konnte sie die gedämpften Geräusche eines Fernsehapparats hören. Vermutlich hatte er der Person, die sich in diesem Zimmer befand, gesagt, sie solle dort bleiben, bis er mit seinem Besucher fertig sei. Das ließ sein offensichtliches Interesse an einer sexuellen Begegnung überraschend kühn erscheinen. Falls sich wirklich jemand in diesem Zimmer aufhielt. Vielleicht hatte er allein ferngesehen.

Sie drehte sich um, ging durch den Flur zurück und holte ihre Handtasche aus der Küche. Dann betrat sie das Wohnzimmer noch einmal, um sicherzugehen, daß es zu Ende war.

Er lag zusammengerollt wie ein Fötus in dem schwach erleuchteten Raum, in dem die Kontrollämpchen der Stereoanlage lautlos in der Dunkelheit blinkten. Es roch stark nach Erbrochenem und

Fäkalien. Der Mann war tot. Sie warf noch einen bewundernden Blick aus dem Fenster, bevor sie das Apartment verließ und sorgfältig hinter sich abschloß.

SECHS

Houston Cate lag wach im Bett. Ihre Gedanken wanderten zwischen den beiden jüngsten Neuigkeiten hin und her. Die eine lag ihr wie eine schwere Last auf der Seele, machte sie wütend und traurig, wie nur ein Betrug es vermag. Die andere war ein verlockendes Fragezeichen, das sie anzog, weil es ein Fluchtmittel war, ein Gegengewicht zu dem anderen – und außerdem eine einmalige Chance. Ihre Situation hatte etwas Schwindelerregendes an sich, ein Gefühl der Unwirklichkeit, das sie nicht loswurde.

Doch es war Tavios Untreue, die die Nacht dominierte und ihren Schlaf mit unerwünschten Bildern seiner Begegnungen mit anderen Frauen füllte, Frauen, deren Gesichter sie nicht sehen konnte, deren nackte Körper aber um so deutlicher vor ihrem geistigen Auge erschienen, deren Glieder und Schöße dunkel waren statt hell wie ihre, deren Brüste wollüstige Zimt- und Mandeltöne aufwiesen statt des zarten Rosa ihrer eigenen. Sie träumte von seiner vertrauten Zärtlichkeit und davon, daß er mit denselben Bewegungen die dunklen Frauen ihrer Phantasie berührte und entkleidete. Sie wachte weinend auf und fiel erschöpft wieder in Schlaf, doch nur, um erneut mit tränennassen Augen wach zu werden.

Als der Wecker sie am Morgen aus dem Schlaf klingelte, lag sie quer am Fußende des Bettes. Einen Augenblick lang war sie völlig desorientiert; das Fenster auf der anderen Seite des Raumes war nicht wiederzuerkennen und sogar bedrohlich in dieser Zusammenhanglosigkeit.

Mit pochendem Herzen schälte sie sich aus den Laken und stand auf. Ihr volles Haar war zerzaust. Sie versuchte, einen klaren Kopf zu bekommen und sich wieder heimisch zu fühlen. Schließlich fiel ihr Blick auf ihre am Fußende des Bettes liegenden umgedrehten Schuhe, und nach einem Moment rückte alles an seinen Platz.

Sie duschte und putzte sich nackt vor dem Spiegel die Zähne, die linke Hand in die Hüfte gestützt. Sie betrachtete ihr Spiegelbild mit dem Turban aus einem um den Kopf geschlungenen Handtuch. Sie sah schrecklich aus. Sie spülte sich den Mund aus und stellte die Zahnbürste weg. Dann wandte sie sich vom Waschbecken und begann ihr Haar zu fönen. Plötzlich schluchzte sie unerwartet, einmal, dann noch einmal. Sie hielt den Atem an und schloß die Augen.

Rasch richtete sie sich auf, warf das nasse Haar mit einer entschlossenen Kopfbewegung nach hinten, öffnete die Tür des Medizinschranks und nahm Tavios Rasierapparat heraus, den sie auf dem gläsernen Regal neben seiner letzten Flasche Rasierwasser aufbewahrte. Ohne nachzudenken, schlug sie den Apparat wieder und wieder auf den Rand des Waschbeckens, bis der Griff sich löste und der Kopf auf den Fliesenboden flog; ohne hinzusehen warf sie den Griff hinterher. Er prallte von der Wand ab.

Sie riß sich zusammen, stützte die Hände auf den Rand des Waschbeckens, die Arme gestreckt, den Kopf gesenkt. Sie atmete dreimal tief durch, wandte sich vom Waschbecken ab und fuhr fort, ihr Haar zu fönen. Mit geschlossenen Augen.

Sie zog sich an, frühstückte und wartete. Sie trank zuviel Kaffee und las die Zeitung zweimal. Sie belud die Geschirrspülmaschine und schaltete sie ein. Während die Maschine dampfte und klapperte, wusch sie den Kühlschrank aus. So brachte sie den halben Vormittag hinter sich.

Sie sah nach dem Telefon, um sich zu vergewissern, daß der Hörer richtig aufgelegt war. Alles in Ordnung. Zweimal widerstand sie der Versuchung, Strey anzurufen.

Um zwölf beschloß sie, sich etwas zu essen zu machen, doch sie war beim Säubern des Kühlschranks übereifrig gewesen und fand nicht mehr viel. Sie machte sich ein Käsesandwich. Es schmeckte nicht besonders gut, aber sie spülte es mit Ginger Ale hinunter. Eine lausige Mahlzeit. Sie fühlte sich, als kuriere sie einen Kater aus.

Um fünf vor eins klingelte es am Gartentor, und sie eilte zur Sprechanlage.

»Hallo?«

»Catherine Cuevas?« Es war eine Frauenstimme.

»Ja.«

»Special Agent Loder.«

Nach wenigen Augenblicken öffnete Cate einer langbeinigen, dunkelhaarigen Frau, die ein paar Jahre jünger war als sie selbst, schief lächelte und mit der linken Hand ihre FBI-Marke hochhielt. Sie streckte die rechte Hand aus. »Ann«, sagte sie

»Freut mich, Sie kennenzulernen«, sagte Cate und schüttelte ihr die Hand. »Lassen Sie mich nur meine Handtasche holen.«

»Äh…« Loder trat zögernd näher. »Ich glaube, es wäre am besten, wenn Sie ein paar Sachen einpacken würden. Für ein paar Tage, wissen Sie – eine Woche, vielleicht eine Woche.«

Cate sah sie an.

»Tut mir leid, es gab wirklich keine Möglichkeit, Ihnen das vorher zu sagen.«

Cate nahm sich zusammen. »O nein, ist schon okay. Einfache normale… Kleidung?«

»Ja, sicher.« Loder zuckte mit den Schultern. »Was Sie auch im Büro tragen würden.« Sie lächelte ihr schiefes Lächeln, und diesmal bemerkte Cate ihre schönen geraden Zähne.

»Okay«, sagte Cate. Sie war entschlossen, ihre Überraschung nicht zu zeigen und flexibel zu sein. »Geben Sie mir ein paar Minuten.« Sie drehte sich um und ging ins Schlafzimmer.

Loder folgte ihr. »Catherine. Nennt man Sie Catherine?«

»Cate.«

»Tja, so geht's eben bei diesen verdeckten Operationen, Cate«, sagte Loder, als sprächen sie über Einkäufe. Sie sah sich um. »Und bei den Spezialeinsätzen auch. Meistens informieren sie einen erst in letzter Minute. Man muß bloß ›Prima‹ sagen und bereit sein. Und außerdem sind ein paar von diesen Typen ziemliche Freaks; denen macht es Spaß, einen so lange wie möglich im dunkeln tappen zu lassen.«

Cate zerrte einen Koffer aus ihrem Wandschrank und begann, Kleider von den Bügeln zu nehmen. Sie war nur halb bei der Sache, aber es gelang ihr, Kleidungsstücke auszuwählen, die farblich zusammenpaßten.

»Aber der Mann, mit dem wir arbeiten, ist ein toller Typ«, fuhr Loder fort. »Sie werden ihn mögen. Ich hatte schon mal mit ihm zu tun. Er spielt diese Art Spielchen nicht, was einem die Sache erleichtert. Man muß sich nicht dauernd fürchten und überlegen, was dahintersteckt.«

»Können Sie mir sagen, worum es überhaupt geht?« fragte Cate, während sie Schuhe vom Boden des Schrankes nahm.

»Ist nicht mein Job, Cate«, sagte Loder und schüttelte den Kopf, während sie Cate beim Packen zusah. »Hören Sie, nehmen Sie ein paar lässige Sachen mit, Hosen vielleicht. Wir werden viel rumsitzen.«

Cate griff sich noch ein paar bequeme Kleider und einige Hosen. Sie nahm noch ein Paar Schuhe vom Schrankboden und ging dann ins Badezimmer. Loder schlenderte hinterher und sah einen Augenblick zu.

»Wissen Sie, Sie sollten besser Ihren Fön mitnehmen«, schlug sie dann vor. »Das ist kein Hotel oder so. Ich hab meinen vergessen und mußte mir im Drugstore einen kaufen, was blöd war. Zu Hause hatte ich mir nämlich grad einen neuen angeschafft.«

Zu Hause, hörte Cate, mußte irgendwo in New York sein. Trotz ihres Namens war Loder offensichtlich italienischer Abstammung. Sie hatte hohe Wangenknochen, große, schwarze Augen und dieses schiefe Lächeln, von dem sie häufig Gebrauch machte.

Der Name Loder stammte von einem Ex-Ehemann, erklärte sie, als sie aus der Einfahrt bogen und in Richtung West Loop fuhren. Sie hatte seinen Namen behalten, weil er sie nicht verriet, ehe man sie sah. Ann Loder besagte gar nichts, während Anna Mazzini, ihr Mädchenname, zuviel sagte. Sie war einunddreißig, in Secaucus, New Jersey, aufgewachsen und besaß einen Sinn für trockenen Humor, den sie auch selbstironisch einsetzte.

Als Loder den Freeway verließ und in Richtung Innenstadt fuhr, hatte sie es so weit gebracht, daß Cate sich wohl oder doch beinah wohl fühlte. Bald erreichten sie ein dicht mit Kiefern und Eichen bewachsenes Viertel und eine ruhige Straße in einem überraschend eleganten Teil der Innenstadt, nicht weit vom Zentrum entfernt. Loder bog in den Hof eines einstöckigen, im mediterranen Stil erbauten Hauses, das offenbar U-förmig angelegt war. Sie parkte hinter dem zweiten der beiden Wagen, die dort bereits standen; die drei Autos bildeten einen Halbkreis um drei Palmen in der Mitte des mit Ziegelsteinen gepflasterten Hofes. Das Haus war dicht von Bäumen umgeben, die jeden Blick auf benachbarte Häuser verdeckten.

»Als geheimer Stützpunkt nicht schlecht, was?« Loder grinste, als sie die Zündung ausschaltete und in Richtung Hauseingang wies. »Wüßten Sie was Besseres? Gott, ich liebe beschlagnahmtes Eigentum.« Sie schüttelte den Kopf. »Es ist nicht zu fassen. Sie sollten die Buden sehen, von denen aus wir in Brooklyn operieren. Allmächtiger.«

Sie stiegen aus dem Wagen, und Cate nahm ihren Koffer vom Rücksitz, folgte Loder in die Vorhalle des Hauses und stellte ihn neben sechs oder acht andere, die dort bereits standen.

Obwohl das Haus schön und geräumig war, wirkte es unbewohnt. Es war einfach leer. Die Eingangshalle führte gleich in einen großzügigen Wohnraum, der ein oder zwei Stufen tiefer lag als der Eingang selbst, und Cate erkannte jetzt, daß das Haus tatsächlich die Form eines H hatte; das Wohnzimmer war der waagrechte Strich zwischen den beiden parallelen Seitenflügeln. Die hintere Wand war aus Glas und eröffnete den Blick auf einen üppigen tropischen Garten. Die drei Personen, die sie erwarteten, kamen ihr in dem großen leeren Raum winzig vor.

»Also, Leute«, sagte Loder fröhlich, während sie ihre Schultertasche auf einen Stuhl warf, »das ist Special Agent Cate Cuevas.«

Die beiden Männer und die Frau standen bereits; sie hielten Notizbücher und Aktenordner, mit denen sie offenkundig gearbeitet hatten. Andere Dokumente lagen auf einem Klapptisch und einem halben Dutzend zusammenklappbarer Metallstühle herum, die sich in der Mitte des Raumes befanden. Der näher stehende der beiden Männer trat zu Cate und stellte sich vor.

»Ich bin Curtis Hain«, sagte er und streckte die Hand aus. »Ich bin hier der Einsatzleiter. Nett, Sie kennenzulernen.«

Hain war Anfang Fünfzig, groß, vermutlich über einsachtzig, und hatte eine breite Brust, die ihn zu einer imponierenden Gestalt machte. Sein dichtes hellbraunes Haar war stark mit Grau gesprenkelt und etwas widerspenstig. Er trug ein blaues Hemd mit aufgekrempelten Ärmeln, keine Krawatte, dunkelblaue Hosen, die unglaublich zerknittert waren, und rotbraune Slipper. Er schien sich in der kärglichen und provisorischen Umgebung vollkommen wohl zu fühlen. Aus irgendeinem Grund wirkte er wie ein Mann, der viele Stunden an entlegenen Orten bei heiklen Operationen zugebracht hat. Mit einer beiläufigen Geste wies er auf den Mann, der neben ihm stand.

»Leo Ometow.« Ometows Alter war schwer zu schätzen. Er war dunkelblond und hatte die Art von glatter Haut, die ihr Alter nicht verriet. Der Anzug, den er trug, war europäische Konfektion, und seine auffallend klobigen Schuhe waren seit einer guten Weile nicht mehr geputzt worden. Auch er trug keine Krawatte, und sein Hemdkragen war offen. Er hatte ein längliches, hübsches Gesicht, einen scharfgeschnittenen Mund, eine leicht gebogene Nase und das höfliche Benehmen eines Gastes in einem fremden Land. Er neigte leicht den Kopf, als sie sich die Hände reichten, und sein Lächeln konnte man nur als amüsiert bezeichnen. Cate mochte ihn auf der Stelle.

Hain hob erneut den Arm.

»Und Erika Jäger.« Jäger war eine sportliche junge Frau.

Sie hatte kurzes blondes Haar und eine gesunde Sonnenbräune. Sie trug maßgeschneiderte dunkelbraune Hosen und eine enge, ärmellose Bluse. An dieser Frau gab es kein überflüssiges Gramm, und vom bloßen Anschauen wußte Cate, daß sie sich als tüchtig, konzentriert und ernsthaft erweisen würde. Ihr Händedruck war fester als der von Ometow.

»Hier«, sagte Hain und wies auf einen der Metallstühle. »Machen Sie sich's bequem.« Er grinste über die offensichtliche Unmöglichkeit, dieser Aufforderung zu folgen. »Unsere Unterkunft verdanken wir einem kürzlich inhaftierten Drogendealer, der bei Immobilien in Houston einen ziemlich guten Geschmack hatte, aber kein Glück bei den Frauen in Miami.« Alle nahmen wieder Platz. »Leider hat derjenige, der für die Beschlagnahme seines Vermögens zuständig war, jedes verdammte Möbelstück aus diesem Haus verkauft.« Er zeigte auf den Kartentisch und die Stühle. »Diese Sachen stammen aus dem Lagerraum Ihres hiesigen Büros.« Er streckte die Beine aus. Sein Stuhl knarrte. »Aber wir haben endlich die Genehmigung bekommen, Möbel zu mieten. Sie werden heute irgendwann geliefert.«

Er sah Cate an. Aus dem Augenwinkel bemerkte sie, wie Jäger Papiere in ihrem Ordner durchsah. Ometow betrachtete sie weiterhin mit freundlichem Lächeln.

»Okay«, sagte Hain. »Ich weiß, Sie fragen sich, was zum Teufel hier eigentlich vorgeht. Wenn Ihnen das ein besseres Gefühl gibt, wir alle haben uns eben erst kennengelernt, buchstäblich erst heute vormittag. Nur Ann und ich kannten uns bereits aus New York.« Er kratzte sich mit dem Daumen zwischen den Augenbrauen. »Erika ist Agentin beim BKA, das ist das deutsche Gegenstück zum FBI. Leo ist eine Art Leihgabe des Moskauer Innenministeriums an uns, aus der Abteilung Organisierte Kriminalität.«

Cate zog die Augenbrauen hoch.

»Ich dachte, das wäre eine FCI-Sache.«

Hain nickte. »Nun, ja und nein. Sie geht vom Washingtoner Büro der Spionageabwehr aus. Ann gehört zur FBI-Abteilung Organisiertes Verbrechen in der New Yorker Niederlassung. Sie hat eng mit der New Yorker Polizei und deren Abteilung Organisiertes Verbrechen/Rußland zusammengearbeitet.«

Er legte eine Pause ein. »Möchten Sie was trinken? In der Küche haben wir alkoholfreie Getränke, Eistee und …«

»Nein, danke«, sagte Cate.

»Sie sind uns sehr empfohlen worden.«

»Das weiß ich zu schätzen«, sagte sie. »Aber ich weiß nicht genau, wieso eigentlich.«

»Was wir hier gemeinsam haben«, sagte er und wies dabei auf Jäger, Ometow und sich selbst, »ist das Interesse an einem russischen Mafioso namens Sergej Krupatin. Dieser Mann ist seit fast zwei Jahrzehnten einer der großen Akteure in Rußland, seit fast einem Jahrzehnt auch in Deutschland. Wir haben gewisse Informationen bekommen und glauben, daß die uns die ungewöhnliche Chance bieten, uns mal genauer anzusehen, wie Krupatin arbeitet. Unsere Sonderkommission wurde gebildet, um diese Chance zu nutzen. Und das haben wir vor, mit Ihrer Hilfe.«

South Kensington Sergej Krupatin war ein gutaussehender Mann Anfang Vierzig. Er hatte dichtes, vorzeitig ergrautes Haar und trug einen sauber gestutzten Schnurrbart, der die ursprüngliche Farbe seines Haupthaars verriet. Er war ein Mann mit traurigen Augen, die sich in den äußeren Winkeln leicht nach unten zogen, was ihm ein bitteres und seelenvolles Aussehen gab. Seine Nase war kräftig und gerade, sein Gesicht oval.

Zarte Tassen aus englischem Porzellan standen zwischen ihnen auf dem Tisch. Sie tranken gehaltvollen, starken Tee, nach dem Krupatin süchtig war. Zum vierten Mal steckte er sich einen Zuckerwürfel in den Mund und schlürfte dann den dunklen, mit Sahne angereicherten Tee.

Neben Krupatin, der auf demselben Stuhl saß wie der deutsche Fälscher am Vortag, lagen zwei dicke Ordner auf dem Tisch. Manchmal griff er danach und rückte müßig die Kanten genau übereinander, während er sprach.

»Und schließlich habe ich heute morgen die Einzahlung beim Crédit Suisse in Bern getätigt.«

Sie nickte. »Und?«

Krupatin lächelte liebenswürdig. »Und eine weitere bei der Banca Svizzera Italiana in Zürich.«

»Auf ihren Namen?«

»Natürlich. Ja, ja.«

Irina sagte nichts, sondern legte eine Hand auf den Tisch, die Handfläche nach oben. Krupatin grinste, griff in die Brusttasche seines Anzugs und zog zwei telegrafische Überweisungsbelege heraus, die er in ihre Hand legte. Sie las sie. Später, wenn er gegangen war, würde sie anrufen und sich die Quittungen bestätigen lassen.

Krupatin trug einen maßgeschneiderten englischen Anzug aus dunklem Sommerkammgarn, zweireihig und mit Nadelstreifen. Als eitler und intelligenter Mann wollte er nicht aussehen wie die einfältigen russischen Mafiosi, die für ihre Brutalität bekannt waren und auch da Gewalt anwendeten, wo sie mit List das gleiche oder mehr erreicht hätten. Er wollte als klug gelten, bemühte sich, entsprechend aufzutreten, und legte großen Wert auf seine Kleidung, die untadelig und von klassischem Stil war. In Wirklichkeit verstand er allerdings von Gewalt weit mehr als von irgend etwas anderem. Gewalt hatte ihn dahin gebracht, wo er war, und sie würde ihn dorthin bringen, wo er hinwollte.

»So, zum nächsten Punkt«, sagte er und spülte den letzten Rest Zucker mit einem weiteren Schluck Tee hinunter. »Ich möchte, daß du diese Akten liest.« Er legte den Unterarm in dem gut geschneiderten Ärmel auf die beiden dicken Ordner und ließ das Handgelenk locker herunterhängen. »Das sind die Dossiers über die beiden nächsten Zielpersonen. Du mußt sie genau kennen, bevor wir zum nächsten Schritt übergehen können. Diesmal, Irina, haben wir es nicht mit unseren begriffsstutzigen Genossen zu tun.«

Es gab keine neue Erkenntnis, keinen logischen Grund für das, was Irina in diesem Augenblick empfand. Es war unerwartet und unerklärlich, ein beunruhigendes und anfangs leises Angstgefühl.

Krupatin betrachtete seine Porzellantasse und schob den Henkel ein wenig vor und zurück. Er und Irina saßen in seinem Stadthaus, das mit britischen Antiquitäten eingerichtet war; es spiegelte die Vorstellung eines Ausländers davon, wie die Stadtwohnung eines englischen Gentleman auszusehen hatte. Hinter dem Haus gab es einen kleinen Garten mit Rosenbüschen und fischgrätgemusterten Plattenwegen, sorgfältig gepflegt von einem alten Ehepaar, das auf Krupatins Gehaltsliste stand.

»Lies dir die Dossiers einfach durch«, sagte er. »Wir haben noch etwas Zeit.«

»Wieviel?«

»Ein paar Tage, eine Woche. So ungefähr.« Er musterte ihr schäbiges Sommerkleid. »Und bitte, kauf dir ein paar verdammte Klamotten.«

»Was für welche?«

»Ein paar Sachen für die nächsten Tage hier, etwas Hübsches. Was die Reise betrifft ... ich weiß noch nicht recht.«

Sie saß mit übereinandergeschlagenen Beinen am Tisch, das dichte blonde Haar nach hinten frisiert und mit einer Spange im Nacken gehalten. Bei solchen Zusammenkünften, bei denen sie die

Informationen über ihre Zielpersonen erhielt, waren nie Dritte anwesend. Akten gab es oft, aber noch nie solche umfangreichen Dossiers. Gewöhnlich informierte er sie persönlich.

»Warum erzählst du mir nicht selbst von diesen Männern, wie immer?«

»Weil ich ein Vermögen für die verdammten Dinger ausgegeben habe«, sagte er, auf die Ordner klopfend. »Solche Informationen über diese Art von Männern sind wie Platin. Wir reden ›wie immer‹, aber zuerst will ich, daß du jedes verdammte Wort in diesen Ordnern liest. Tatsache ist, Irina«, sagte Krupatin nun leiser und mit einem selbstzufriedenen Ausdruck auf dem hübschen Gesicht, »daß diese… Situation schon seit vielen Monaten geplant worden ist. Wir treten jetzt in das letzte Stadium ein. Viele Leute haben lange und sorgfältig an diesem Gebäude gearbeitet, jeden einzelnen Stein nachgemessen, damit er perfekt paßt, den Mörtel geprüft, damit er stark ist und nicht zerbröckelt« – er hielt eine flache Hand hoch, mit der Handkante zu ihr und den Fingern nach oben, und drehte sie leicht hin und her –, »und alle paar Augenblicke nach der Lotleine geschaut, damit wir keinen Fehler machen, nicht um einen Millimeter.« Behutsam senkte er die Hand und legte sie wieder auf den Tisch. »Bei diesen Leuten wäre es fatal, wenn wir uns auch nur um Haaresbreite verrechnen würden.«

Für sie klang das alles, als schicke Krupatin sich an, sich selbst und vielleicht auch viele andere in große Schwierigkeiten zu bringen. Das unbestimmte Gefühl, das sie vor ein paar Augenblicken empfunden hatte, wurde nun zu eindeutiger, ausgeprägter Angst. Plötzlich schienen sich alle Gefahren, denen sie in den letzten vier Jahren entkommen war, zu summieren und sich gegen sie zu wenden wie eine Phalanx alter Schulden, die endlich bezahlt werden wollten.

»Hör mal, Sergej«, sagte sie, senkte langsam den Blick und begann stirnrunzelnd den Kopf zu schütteln, »das klingt nicht wie etwas, wofür ich tauge. Wenn es derartig heikel ist, glaube ich nicht, daß ich der Spannung gewachsen bin. Wirklich, du hast mich schon zu oft benutzt. Ich sollte dir sagen… ich kann nicht… die letzten paar Male… Manchmal fühle ich mich, als würde ich den Verstand verlieren.« Sie schluckte. »Sergej ... ich glaube nicht ...«

Krupatin schüttelte gemessen den Kopf und sah sie mit einem Ernst an, der bedeutete, daß er nicht auf sie hören würde.

»Doch, Irina, du bist *perfekt* dazu geeignet. Du bist genau richtig. Du sprichst am besten englisch. Du hast deine tollen Universitätsdiplome – und das auch noch in *Kunst*, meine Güte! Du wirst sehen, wie glänzend alles zusammenpaßt, wenn du die Akten liest.« Er lehnte sich auf seinem Stuhl zurück, streckte die Arme aus und öffnete die Hände. »Und du bist schön.«

Schweigen.

»Sergej ...«

»Verdammt, wovon redest du eigentlich?« platzte er zornig heraus und schlug mit der Hand so hart auf den Regency-Tisch, daß der Löffel von seiner Untertasse sprang und ihre Hand traf.

Es hatte keinen Sinn, noch etwas zu sagen. Sie starrte auf ihre Teetasse und berührte mit dem Finger leicht den dünnen Goldrand.

»Du bist müde«, sagte er, und seine Stimme nahm einen mitfühlenden Klang an, »das ist verständlich. Natürlich. Ich hätte ein paar Tage warten sollen, bevor ich dir die Dossiers brachte. Ich habe einfach nicht darüber nachgedacht. Schau, morgen schläfst du dich erst mal richtig aus, und übermorgen oder so schaust du sie dir dann an. Ich verlange zuviel von dir. Es tut mir leid.«

Er griff über den Tisch, nahm ihre Hand von der Teetasse und hielt sie sanft in seiner.

Sie kannte Krupatin schon lange. Sie hatte miterlebt, wie er durch schiere Willenskraft und nie nachlassende Gerissenheit aus dem menschlichen Schutt der russischen Verbrecherwelt nach oben gekommen war. Sie hatte von ihm profitiert und mit ihm gelitten, während sein Stern stieg. Er konnte sich die teuersten Anzüge von den besten britischen Schneidern kaufen, er konnte besser aussehen als ein Filmstar und noch mehr Reichtum ansammeln, um sich von seiner früheren Armut abzusetzen – sie würde in diesen traurigen Augen immer den Satan sehen. Und sie würde immer Angst haben, daß er die einzige Drohung wahrmachte, die er ihr gegenüber je geäußert hatte. Diese Drohung band sie fester an ihn als die sexuellen Beziehungen früherer Zeiten, griff tiefer in ihre Existenz ein, als sie je für möglich gehalten hätte; sie reichte bis zu ihrem eigenen Tod und darüber hinaus.

Daran dachte sie jetzt, als er sie ansah, und sie glaubte einen Schimmer seines alten Verlangens zu sehen. Sie hatte gelernt, daß es ein kompliziertes Verlangen war, gespeist von Ehrgeiz und Machtstreben und der erotischen Aura dessen, was sie mittlerweile für ihn darstellte. Sie fürchtete, daß sie in seiner Vorstellung den Kreis vollendet hatte: Der Rote Engel des Begehrens und der Schwarze Engel des Todes schlugen in Krupatins Seele mit ihren großen Schwingen. Sie lieferten sich einen wilden Kampf wie zwei himmlische Streithähne, die in ihrer blutrünstigen Verbissenheit nicht mehr voneinander zu unterscheiden waren.

ACHT

Houston »Vor fast zwei Wochen«, begann Hain, direkt an Cate gewandt, »bekam ich in meinem Büro in Washington ein Fernschreiben unseres Moskauer Botschafters. Er hatte aus ziemlich guter Quelle erfahren, daß Krupatin nach Amerika reisen würde und vermutlich nach Houston wollte. Na ja, das ist nicht seine erste Reise in die Staaten. In Brighton Beach, Brooklyn, gibt es eine größere russische Emigrantengemeinde, und die russische organisierte Kriminalität sitzt da fest im Sattel. Krupatin ist in den letzten zwei Jahren dreimal in Brighton Beach gewesen – soweit wir wissen.«

»Die russischen Mafia-Banden, die da jetzt operieren, sind eigentlich nicht organisiert«, nahm Loder den Faden auf. Sie saß da, die Handtasche auf dem Schoß, bürstete ihr Haar und faßte es hinten zu einem Pferdeschwanz zusammen. »Sie sind ein Haufen böser Buben, die wissen, wo's langgeht. Obwohl es die Mafia in der einen oder anderen Form seit Beginn des Kommunismus gegeben hat, war sie nie in dem Sinne organisiert, in dem wir das verstehen. Tatsächlich war sie notorisch *un*organisiert – und gespalten. Deshalb ist es eine so große Sache, daß Krupatin auf der Bildfläche erscheint. Er ist das zukünftige Gesicht der russischen Kriminalität. Und das zukünftige Gesicht der internationalen Kriminalität. Seine Unternehmungen laufen zwar in den üblichen Bahnen – Betrug, der unter anderem die Benzinsteuern und die Krankenversicherung betrifft, Drogen, Fälschung, Erpressung –, aber der Unterschied besteht darin, daß Krupatin *organisiert* ist. Viele von seinen Leuten sind gebildet. Sie verbünden sich mit gewissen sizilianischen Gruppen und einigen der asiatischen, wie sie es vor ein paar Jahren in Europa gemacht haben. Wichtig ist, daß diese verschiedenen ethnischen Gruppen sich nicht bekämpfen, sondern zusammenarbeiten.«

Sie hielt inne, nahm ein Gummiband von ihrem Schoß und wickelte es ein paarmal um ihr schwarzes Haar.

»Und sie töten ohne viel Federlesens«, fuhr sie fort, beugte sich vor und verschränkte die Arme auf den Knien. »Bei jedem seiner drei Besuche in Brighton Beach hat Krupatin sich mit einer Reihe von Männern getroffen, die dort die lukrativsten Banden leiteten. Krupatin reiste ab, und binnen weniger Wochen wurden diese Typen tot aufgefunden. Neue Gesichter übernahmen, und die Dinge liefen allmählich ein bißchen anders. Alle Operationen spielen sich jetzt glatter ab, und wir können schwerer feststellen, was vor sich geht. In allen Fällen sind wir der Meinung, daß die Organisation sich vergrößert. Die Details stehen in diesen Akten dort«, schloß sie und nickte in Richtung des mit Papieren übersäten Kartentischs.

»Die Gewaltbereitschaft der Russen ist verdammt eindrucksvoll«, fuhr Hain fort. »Die Italiener und die Asiaten sind periodisch gewalttätig, wenn sie sich um Reviere streiten, aber sie wissen auch, wie wertvoll Frieden ist. Die Russen denken, Gewalt *sei* der Vorteil. Wir wissen, daß sie Killerteams aus ehemaligen KGB-Agenten zusammengestellt und an die Sizilianer vermietet haben. Auftragsmorde sind eine der wesentlichen Dienstleistungen, wo immer die russische Mafia sich niederläßt oder niederlassen will. Unsere vermutlich beste Akte über diese Leute kommt aus Deutschland, wo solche Killerteams schon lange operieren.«

Hain senkte den Kopf und sah die BKA-Agentin an, die ihm gegenübersaß.

»Erika, geben Sie uns einen kurzen Überblick über die Situation in Deutschland.«

Jäger nickte und rutschte auf ihrem Stuhl nach vorn.

»Nun, Sie müssen natürlich wissen, daß wir nach dem Fall der Berliner Mauer 1989 von Osteuropäern förmlich überrannt wurden«, sagte sie. Sie sprach mit starkem Akzent, hatte aber keine Schwierigkeiten, sich auf englisch auszudrücken. »Alle – Rumänen, Tschechen, Bulgaren, Ungarn, Jugoslawen, Polen –, alle kamen. Wir waren überwältigt; es wuchs sich zu einem Alptraum aus. Wir hatten bereits eine große russische Emigrantenpopulation, die im Laufe der Jahre nach Deutschland gekommen war. Die Kriminellen bildeten schnell Schutzgeldbanden, die ihre eigenen Landsleute erpreßten. Als nach dem Fall der Mauer die neuen, jüngeren Kriminellen anrückten, übernahmen sie die Stellung der älteren Banden. Die Autodiebstähle nahmen explosionsartig zu.« Jäger schüttelte den Kopf. »Von Berlin aus kann man in zwanzig Stunden nach Moskau fahren. In diesem ersten Jahr wurden vierundzwanzigtausend Autos der Marken Audi, Mercedes und BMW aus Deutschland nach Osten verschoben. Binnen weniger Jahre stiegen die Autodiebstähle auf hundertdreißigtausend im Jahr. Es war absurd.«

Jäger stützte die Unterarme auf die Knie; ihre Füße standen gespreizt auf dem Boden. Sie verschränkte die Hände und gab sich keine Mühe, die Tatsache zu verbergen, daß die von ihr beschriebene Situation sie aufregte. Sie nahm sie persönlich.

»Die Sizilianer haben wir seit den sechziger Jahren in Deutschland, die Japaner und die Kolumbianer kamen kurz danach. Aber sie etablierten sich allmählich, hier ein bißchen, da ein bißchen, und ehe wir uns versahen, waren wir mit einem weiteren Parasiten angesteckt. Aber bei den Russen war das anders. Die lösten einen Blitzkrieg aus. In nur *drei Jahren* schleusten sie illegal mehr als sieben Milliarden Dollar ein, die sie in ihrer zerfallenen Heimat geraubt hatten, und brachten sie bei deutschen Banken und Handelsunternehmen unter. Und im gleichen Zeitraum waren sie direkt an einem Drittel des organisierten Verbrechens in unserem Land beteiligt. Es gibt viele russische Banden, und wie hier sind sie nicht organisiert, sie arbeiten nicht immer zusammen. Sehr schnell kam es zu … wie heißt das noch … Gebietskämpfen?«

»Revierkämpfen«, sagte Loder.

»Ja, diesen Revierkämpfen zwischen den Georgiern und den Tschetschenen. Sehr blutig. Auf einmal wurden überall tote Russen gefunden, nicht nur in Deutschland, sondern in ganz Europa. 1993 waren Krupatin und seine Tschetschenen zur führenden Verbrechergruppe geworden, und sie hatten sich mit dem Cali-Kartell und israelischen Schiebern verbündet. Aufgrund dieser Verbindungen strömten Tonnen von Kokain nach Europa. Krupatin hatte Import-Export-Firmen mit Hauptsitz in Berlin und Tochterfirmen in Holland, Belgien, Luxemburg, Ungarn, Südkorea, New York, Los Angeles. Was zwischen diesen Firmen herumgereicht wurde, waren Diamanten, Kokain, Heroin und Bargeld aller Währungen, gestohlene Antiquitäten, radioaktive Stoffe, Chemikalien zur Drogenherstellung, gestohlene Waffen. Eine Flut von gefälschten Dokumenten unterstützte diese Firmen und bewegte Güter durch die ganze Welt.

Kurz gesagt«, schloß Jäger, richtete sich wieder auf und streckte frustriert die offenen Hände aus, »wir wachten eines Morgens auf und entdeckten, daß wir uns in einem Krieg befanden.« Sie hielt inne und sah sich um. »Als die Amerikaner zu uns kamen und von Zusammenarbeit gegen die russische Mafia sprachen, waren wir bereit.«

Hain ließ keine Pause eintreten.

»Okay, gut«, sagte er. »Ein paar Tage nach dem ersten Fernschreiben des Moskauer Botschafters bekamen wir wieder eins: Krupatin hatte St. Petersburg verlassen. Ein paar Tage später bekamen wir ein Fernschreiben der Londoner Botschaft: Scotland Yards Computer zeigten an, daß Krupatin in Gatwick gelandet war. Darauf hatten wir gewartet. Der Mann liebt London, aber für ihn ist es neutrales Gebiet. Abgesehen von Berlin« – er sah Jäger an – »ist es die Stadt, die er außerhalb Rußlands am häufigsten besucht. Ein großer Teil seines Geldes ist dort, und London ist für ihn seine zweite Heimat. Nur weiß Scotland Yard nie, wo zum Teufel er sich versteckt. Sie vermuten, daß er in der Stadt ein halbes Dutzend Häuser besitzt – natürlich alle auf andere Namen eingetragen –, die er und seine Leute benutzen, wenn sie in London sind.«

Hain rutschte auf seinem Stuhl herum; sein großer Körper schien häufige Haltungsänderungen zu brauchen.

»Vor zwei Tagen«, fuhr er fort, »erschien in einem Reisebüro in der Cromwell Road ein Russe und kaufte zwei Erste-Klasse-Tickets der British Airways nach Houston, und zwar auf die Namen Nikolai Jeljutin und Vasilij Matvejenko. Das Abflugdatum ist morgen früh, neun Uhr fünfundfünfzig Londoner Zeit. Morgen nachmittag um halb drei werden sie in Houston landen. Außerdem haben diese beiden Typen Business-Visa beantragt. Die Londoner Botschaft hat uns ihre Paßfotos geschickt, aber wir erkennen sie nicht als irgendwelche bekannten Mitarbeiter von Krupatin. Wir wissen also nicht genau, wer sie sind oder wofür sie in Krupatins Organisation zuständig sind.«

»Wir wissen, daß unsere OK-Leute im vergangenen Jahr vorläufige Ermittlungsakten über drei hiesige russische Gruppen angelegt haben«, sagte Loder und nickte Cate zu. »Aber diese Typen sind unbedeutend. Es scheint nicht logisch, daß Krupatin herkommen würde, um sich mit ihnen abzugeben – es sei denn, sie repräsentieren etwas, von dem wir noch nichts wissen.«

»Da stehen wir also«, sagte Hain. »Wir wissen verdammt nicht, wozu, aber wir sind hier, weil er hier ist – oder sein wird. Vielleicht macht er einen ausgedehnten Besuch, vielleicht steigt er aber auch nur für ein paar Tage ab und ist dann wieder verschwunden. Was immer er tut, wir fünf« – er machte eine ausholende Geste zu den anderen – »werden seine engsten Freunde sein, solange er hier ist.«

Hain hielt inne, runzelte die Stirn und beugte sich auf seinem Stuhl vor. Anscheinend bemühte er sich, seine Worte sorgfältig zu wählen.

»Wir wissen, daß Sie diese Art von Undercover-Erfahrung noch nicht haben«, sagte er. »Aber wir wissen auch, daß Ihnen die Belastungen des Jobs nicht fremd sind.« Er musterte seine großen Schuhe.

»Falls Krupatin beschließen sollte, eine Weile hierzubleiben«, sagte er, »möchten wir zu einem Teil seiner Umgebung werden.« Er blickte auf. »Ich möchte näher an ihn rankommen, nicht bloß mit einer Kamera in einem Auto hocken oder in einem Abhörwagen sitzen und belauschen, wie sie sich Essen ins Haus bestellen. Wir wissen aus den Erfahrungen der Deutschen, daß Krupatin selbst eine erstklassige private Spionageabwehr hat, aber wir wissen auch, daß er die nicht immer mitbringt, wenn er herkommt. Einmal hat er es getan. Bei den beiden anderen Gelegenheiten nicht. Vielleicht sind wir ihm ein bißchen voraus. Ihn zu beschatten ist teuer und auf lange Sicht schwierig. Wenn er sich also niederläßt, wollen wir Leute haben, die Teil seiner Umgebung werden können.«

Hain neigte den Kopf und wies ganz allgemein auf die anderen, ohne den Blick von Cate abzuwenden.

»Sie, Ann und Erika sollen ein Teil von Krupatins Hintergrund sein«, sagte er. »Aber wir wissen noch nicht genau, wie. Wir werden das klären müssen, sobald wir sehen, mit welcher Situation wir es zu tun haben.«

Eine Pause entstand. Ometow hatte kein Wort gesagt, und es sah so aus, als werde er das vorerst auch weiterhin nicht tun.

»Drei Frauen«, bemerkte Cate. »Das ist kein Zufall.«

»Richtig«, sagte Hain. »Ich wollte das so. Kriminelle Organisationen sind nicht gerade ein Musterbeispiel für Chancengleichheit. Das ist Männerarbeit. Alles, was wichtig ist, wird von Männern getan; Frauen haben ihren Platz gewöhnlich flach auf dem Rücken liegend oder in anderen interessanten Positionen. Ansonsten werden sie ziemlich mißachtet. Verkäuferinnen, Dienstmädchen, Kassiererinnen, Kellnerinnen, Hausfrauen, Sekretärinnen – solange sie nicht so gut aussehen, daß sie Aufmerksamkeit auf sich ziehen, sind sie unsichtbar.«

»Curtis' Traumteam sind fünf Frauen nach den Wechseljahren mit grauem Haar und Bifokalbrille, ohne Make-up, ohne Titten und mit einer Menge Undercover-Erfahrung«, erklärte Loder lachend.

»Verdammt richtig«, sagte Hain. »Dann hätten diese Typen keine Geheimnisse mehr. Wie auch immer, wenn Krupatins Leute prüfen, ob sie beschattet werden, dann halten sie nach anderen Männern Ausschau. Sie wissen alles über verdeckte Beschattung, über falsche Telefontechniker, Klempner, Hausmeister, Tankwarte oder Lieferanten. Frauen gegenüber sind sie nur dann besonders mißtrauisch, wenn es sich um Sex handelt. Die Honigfalle. Sie benutzen sie selbst auch ganz geschickt.«

Cate spürte, wie ihr Gesicht brannte. Wenn Hain die Umstände von Tavios Tod kannte, so zeigte er es jedenfalls nicht.

»Wenn sich auch nur entfernt eine Chance dazu bietet«, sagte er, »dann werden wir euch drei direkt vor Krupatins Nase plazieren.«

NEUN

London Sie kaufte Kleider, hatte aber keine Freude daran. Sie kaufte eher wie jemand ein, der die für einen speziellen Job erforderliche Ausrüstung beschafft. Instinktiv wußte sie, was Krupatin wollte. Er mochte das Dramatische. Aber es mußte elegant sein. Er hatte es gern, wenn sie schicke Kostüme trug, die zu ihrem Haar und ihrem Teint paßten. Starke Farben wie Scharlachrot, Schwarz oder Smaragdgrün. Für weniger offizielle Anlässe gefielen ihm Hängekleider oder Futteralkleider, die ein gutes Stück über den Knien endeten, um ihre langen Beine zur Geltung zu bringen, oder feingestrickte Baumwolle mit Abnähern, die ihre Taille und ihren Busen betonten.

Zwei volle Tage lang tat sie nichts als einkaufen. Sie probierte Kleider an, gab präzise Instruktionen für Änderungen und bestellte Modelle aus Stoffen, die ihr besser gefielen als die, die vorrätig waren. Dann ließ sie alles in das Stadthaus in South Kensington liefern. Sie packte es aus, räumte es ein und ließ sich nieder, um die Dossiers zu studieren, die sie sich nach Krupatins Willen einprägen sollte.

Am vierten Tag rief er an.

»Hast du eingekauft?«

»Ja.«

»Hast du die Unterlagen gelesen?«

»Ja.«

»Gut. Wir gehen heute abend essen. Hast du ein passendes Kleid zum Dinner?«

»Ja.«

Er zögerte. »Du hörst dich mürrisch an.«

»Tut mir leid. Vielleicht bin ich ein bißchen müde.«

»Dann schlaf ein Weilchen. Ich werde um acht da sein.«

Sie trug ein schwarzseidenes Abendkleid mit Decolleté, dessen Oberteil und lange Ärmel aus hautengem Chiffon bestanden; wie dünner Rauch lag er auf ihrer goldenen Haut. Als Ohrschmuck trug sie je eine schwarze Perle.

Krupatin hatte in einem französischen Restaurant namens Geneviève in Belgravia einen Tisch in einer Nische für sie bestellt. Er gab sich höchst charmant, und sie sah, wie er es genoß, daß ihnen alle Blicke folgten, als sie durch den vollbesetzten, intimen Raum zu ihrem Tisch geleitet wurden.

»Du hast nichts verloren – *nichts,* Irina«, sagte er, als sie Platz genommen hatten. Seine Bemerkung kam ihm nicht taktlos vor. Hatte er gemeint, das, was er ihr im letzten Jahr zugemutet hatte, würde ihr Aussehen beeinträchtigen?

Er saß mit dem Gesicht zu den Spiegelwänden, damit er beobachten konnte, wie die Männer hinter ihm sie verstohlen betrachteten.

»Mein Gott, ich weiß nicht, warum du dich nicht immer so anziehen willst«, sagte er. »Warum führst du kein besseres Leben?... Weißt du, deine Art von Schönheit ist vergänglich. Du solltest sie genießen, solange du sie noch hast.« Er nahm seine Serviette, faltete sie auseinander und griff nach der Weinkarte. »Meine Güte, du hast so einen Märtyrerkomplex...« Seine Stimme verklang, als er seine Aufmerksamkeit den Jahrgängen zuwandte.

Nachdem der Weinkellner seine Bestellung entgegengenommen hatte, kreuzte Krupatin die Unterarme auf dem Tisch und beugte sich ihr mit erwartungsvollem Lächeln entgegen.

»Okay«, sagte er. »Wei Tsing.«

»Zweiundfünfzig Jahre alt«, begann sie langsam. »Geboren und aufgewachsen in einer reichen Familie in Hongkong. Sein Vater war Taipan für einen australischen Baukonzern. Erzogen in Großbritannien – er hat einen Abschluß in Betriebswirtschaft von der Universität Oxford. Nach seiner Rückkehr nach Hongkong nahm er den größten Teil der Treuhandgelder seines Vaters und investierte sie in eine neue Handelsorganisation, um Heroin aus dem Goldenen Dreieck herauszuschaffen. Das war während des Vietnamkriegs, als der Drogenkonsum in den Vereinigten Staaten explodierte. Mit dreißig war er Multimillionär. Aber Tsing war intelligent…«

»Wei«, unterbrach Krupatin sie. »Bei den Chinesen geht es umgekehrt. Wenn du ihn Tsing nennst, benutzt du seinen Vornamen. Er ist Mr. Wei.«

»Er schmuggelte Waffen nach Nordvietnam und Schwarzmarktwaren nach Südvietnam. Mit den Profiten kaufte er Immobilien in London, Paris, Los Angeles und New York.«

»Und Sydney«, erinnerte Krupatin sie.

»Ja, und Sydney.«

Der Weinkellner kam, und sie hielt inne, während er ihnen einschenkte, den Eiskübel aufstellte und wieder ging.

»Diese großen Immobilienkäufe ließen ihn erkennen, welche Vorteile es hatte, wenn er sich von den Operationen des Drogenhandels distanzierte. Er gründete legitime Firmen in Hongkong, als Aushängeschild, und Tarnfirmen, um sein eigenes Geld zu waschen. Dann machte er einen großen Sprung und fing an, für die Yakuza und die Triaden Geld zu waschen.«

»Zu…«

»Zwanzig Prozent.«

Krupatin nickte und grinste. »Der Hurensohn kam schon damals an diese Art Geld ran.«

»Und er tut das noch immer für sie.«

»Ja, aber jetzt zu *sieben*undzwanzig Prozent. Er behauptet, es würde schwerer bei all den neuen internationalen Gesetzen und Ländern, die zu kooperieren versuchen. Das hat er mir selbst gesagt. Quatsch.«

»Wie auch immer«, fuhr Irina fort, »seine legitimen Geschäftsunternehmen in Hongkong wuchsen enorm an. Seit zwei Jahren versucht er jetzt, sie herauszuholen, ehe Hongkong 1997 an Rotchina fällt. Er hat sie hauptsächlich nach Kanada und in die Vereinigten Staaten verlegt… und eines nach Frankreich.«

Sie hielt inne und sah zu, wie Krupatin ihr Weinglas und dann sein eigenes nachfüllte. Er betrachtete ihre Brüste durch den hauchdünnen Chiffon, wie er es zu Anfang ihrer Bekanntschaft getan hatte, als er das Spiel der Verführung noch genoß. Sie empfand nichts. Ebensogut hätte er ihre Handtasche anstarren können.

»In den Vereinigten Staaten«, sagte sie, »ist er aus seinen Verbindungen zur Cosa Nostra herausgewachsen und expandiert außerhalb der asiatischen Gemeinde. Er wäscht auch dort Drogengeld. Fälschung. Prostitution. Glücksspiel. Und natürlich schmuggelt er Asiaten ins Land – damit hat er 1995 fast eine Milliarde verdient. Und Heroin, wie immer. Für einen Prozentanteil hilft er außerdem bei der Flucht von Kapital aus Hongkong nach Amerika. Das gesamte Fluchtkapital im Jahre 1994, dem letzten Jahr, für das du konkrete Zahlen hast, betrug nahezu sechs Milliarden Dollar.«

»Sehr gut, Irina.« Krupatin trank von seinem Wein, ein glückliches Glitzern in den Augen. »So, und jetzt zu seinem Privatleben.«

Sie trank aus ihrem Glas. Der Wein war sehr teuer, samtweich und rein.

»Er heiratete eine Chinesin aus Hongkong«, sagte sie, »eine Frau aus einer Familie, die einen festen Platz in der gesellschaftlichen Elite der Kolonie hatte. Schon in jungen Jahren hielt er sich immer Geliebte. Seine Frau weiß das. Eine asiatische Geliebte hatte er nie. Es sind immer Amerikanerinnen oder Europäerinnen. Na ja, einmal hatte er ein Mädchen aus Israel, einmal aus Argentinien.«

Krupatin schüttelte amüsiert den Kopf.

»Woanders ist das Gras immer grüner, nicht?« Er lachte. »Du kannst der reichste Arsch in Asien sein, aber mit allem Geld der Welt kannst du dir keine kleine blonde asiatische Möse kaufen. Die werden da einfach nicht hergestellt.« Wieder lachte er.

»Er sammelt seit langem antike asiatische Kunst, aber in den letzten paar Jahren hat er seine Aufmerksamkeit osteuropäischen Ikonen und Reliquien zugewandt.«

»*Das* ist wahrhaftig ein Glücksfall«, sagte Krupatin und schnalzte mit der Zunge. »Ich dachte mir, daß dir das gefallen würde. Tatsächlich habe ich vor einigen Monaten zwei sehr hochwertige mazedonische Ikonen für ihn gekauft. Er wollte noch mehr, und wir werden sie ihm besorgen.«

»Drei seiner Geliebten haben ein böses Ende genommen«, fuhr sie fort, »nachdem er sie abgelegt hatte. Eine starb in Paris an einer Überdosis Heroin. Eine andere kam bei einem Bootsunfall auf dem Comer See ums Leben. Die dritte starb bei einem Hubschrauberabsturz auf Korsika.«

»Und es gab Gerüchte...«, half Krupatin nach.

»Ja, Gerüchte, sie seien bezüglich seiner sexuellen Neigungen indiskret gewesen.«

»Und die bestehen aus...«

»Verschiedenen Dingen«, sagte sie. Sie wollte darauf nicht näher eingehen. »Er hat eine exotische Phantasie.«

Krupatin lehnte sich auf seinem Stuhl zurück und lachte, leise und wirklich amüsiert, sowohl über ihre Weigerung, ihm Einzelheiten zu berichten – die er ohnehin kannte –, als auch über Weis Schwächen. Krupatin fand die Schwächen anderer Leute immer zum Lachen.

Der Geschäftsführer brachte ihnen die Speisekarten; der Oberkellner nahm ihre Bestellungen entgegen. Krupatin suchte im Spiegel nach Anzeichen dafür, daß sie noch immer bewundert wurde. Er schien zufrieden und warf sich in die Brust.

»Und jetzt Carlo Bontate«, sagte Krupatin.

»Ein sizilianischer Mafioso der dritten Generation aus Palermo«, begann sie. »Er hat seine Familie mit dem modernen Drogengeschäft bekannt gemacht. Sehr hilfreich für die Kolumbianer als Verteiler ihres Kokains in Europa, wo die Sizilianer bereits die Verbindungen hatten, die herzustellen den Kolumbianern schwerfiel. Bontates Familie wäscht ebenfalls Geld für die Kolumbianer, und da kamst du ins Spiel, indem du ihnen halfst und ihnen Rubel verschafftest. Die Sizilianer haben auch Mordaufträge für die Kolumbianer übernommen. Von uns aus haben sie Verbindungen im Waffengeschäft hergestellt; sie verkaufen nach Westeuropa und an die Kolumbianer. Natürlich sind sie auch in die traditionellen Mafiageschäfte in Süditalien verwickelt.

Jetzt hat Bontate anscheinend vor, in den Vereinigten Staaten ernsthaftere Operationen zu starten, genau wie einige der anderen sizilianischen Familien, die schon dort sind. Sein Einfluß in Amerika wächst, und die Cosa Nostra ist durch die jüngsten Erfolge der amerikanischen Behörden ernstlich geschwächt. Inzwischen ist die sizilianische Präsenz in den Vereinigten Staaten vermutlich größer als die der Cosa Nostra selbst. Bontate ist ehrgeizig.«

»Privatleben?«

»Außerhalb der Mafia und seiner Familie hat er nur wenige Interessen. Er heiratete die Tochter des Capos einer angeschlossenen Familie und hat drei Kinder. Er hat ebenfalls Geliebte, aber das sind Italienerinnen, Frauen aus seiner Region, deren Hintergrund ihm vertraut ist. Er ist kein gesellschaftlich besonders gewandter Mann, aber er ist clever. In der jüngeren Generation der Sizilianer ist er ein einflußreicher Mann, mit dem alle anderen sich arrangieren müssen.«

Krupatin hatte die ganze Zeit gegessen und beim Zuhören nur zustimmend genickt. Jetzt wischte er sich den Mund ab und griff nach seinem Glas.

»Im Augenblick sind ihm seine amerikanischen Ambitionen am wichtigsten«, sagte er. »Tatsächlich sind sie im Moment für uns alle drei am wichtigsten«. Er trank seinen Wein, während er sie ansah, behielt ihn einen Augenblick im Mund und schluckte dann. »Wei, Bontate und ich haben zusammengearbeitet, waren einander in Europa nützlich. Wir alle haben einen Stützpunkt in den Vereinigten Staaten, aber in verschiedenen Einflußgebieten. Wir alle wollen mehr als einen Stützpunkt, und keiner von uns will allzu lange darauf warten. Wir glauben, daß wir uns gegenseitig helfen können. Wir werden uns darüber unterhalten.«

Krupatin zog sie langsam aus, schälte sie aus den engen Ärmeln und dem Oberteil aus schwarzem Chiffon, bis er sie nackt vor sich hatte wie die Essenz seiner Phantasie, etwas Reines, das dennoch aller Reinheit beraubt war. Sie hatte nie ganz begriffen, warum er ein so starkes Bedürfnis hatte, sie zu demütigen. Vielleicht war es Scham, Scham über die Art, wie er sie benutzte – so, als sei sie seelenlos, ein Androide aus einer noch nicht real gewordenen Zukunft. In der Gegenwart war die Art, wie er sie behandelte, noch nicht erlaubt, war Blasphemie, ließ ihm keine Ruhe, und dafür haßte er sie.

Nur eines zwischen ihnen besaß Integrität, und dieses eine lebte in dem Medaillon, das um Irinas Hals hing und an der Kette zwischen ihnen in der Luft hin und her schwang. Er tat mit ihrem Körper, was immer er wollte; das war ihr stoisches Zugeständnis, ihr Teil ihrer unausgesprochenen Verabredung. Doch das Medaillon berührte er nie, und Irina wandte nie den Blick davon ab, wenn es zwischen ihnen glänzte und pendelte. Es wurde von Bosheit in Bewegung gesetzt, doch es war das einzig Helle zwischen ihren beiden Dunkelheiten, eine Art *sacramentum* im Abgrund, ein Versprechen, daß die Finsternis nicht ewig andauern würde.

ZEHN

Houston Leo Ometow hatte während des ersten Teils von Cates Einweisung geschwiegen. In unbequemer Stellung saß er auf seinem Metallstuhl und schlug die Beine immer wieder anders übereinander, was rastlos gewirkt hätte, wäre es nicht mit solcher Gleichgültigkeit geschehen. Er schien in Gedanken, als folge er nur mit halber Aufmerksamkeit Jägers Bericht über den steigenden Einfluß des russischen organisierten Verbrechens in Deutschland.

Doch als Curtis Hain anfing, über Krupatin zu reden, zeigte Ometow wieder Interesse an dem, was gesagt wurde. Besonders aufmerksam wurde er, als Hain davon sprach, weibliche Beschatter einzusetzen und in Krupatins Kreis einzudringen.

»Ja«, unterbrach er ihn, »ja, ja. Das ist extrem wichtig.« Er schaute Hain an. »Entschuldigen Sie bitte, aber es ist so wichtig, daß Mrs. Cuevas Sergejs Persönlichkeit versteht. Das ist ganz entscheidend. Tatsächlich ist es das wichtigste Element bei dem, was wir vorhaben.«

Er hatte sich auf seinem Stuhl aufgerichtet und vorgebeugt. Cate bemerkte, daß Ometow sein Englisch offenbar in Großbritannien gelernt hatte. Sein Akzent war besonders nuancenreich.

»Mrs. Cuevas«, sagte er, die letzte Silbe ihres Namens betonend. »Cate. Sergej Krupatin ist ein komplizierter Mann.« Er sah Hain an, um klarzumachen, daß er sagen würde, was er zu sagen hatte.

»Sie müssen unbedingt wissen«, fuhr er fort, »daß er Tschetschene ist. Ich bin sicher, aus Ihren Nachrichten wissen Sie alles über Tschetschenien. Alles über den Krieg. Was Sie vielleicht nicht wissen, ist, daß die Tschetschenen jahrhundertelang eine Art geschlossene Gesellschaft gebildet haben, da sie in einer entlegenen Region lebten. Sie sind ein isoliertes und schweigsames Volk und geben sich ihre Gesetze selbst. Tschetschenien war generationenlang der Nährboden für Rußlands bösartigste Verbrecher, ähnlich wie Sizilien für die italienische Mafia.

Heute sind sie die gewalttätigsten aller russischen Gangster, sie töten bereitwillig und wahllos. Das ist ihre erste Reaktion auf jede Herausforderung, ihre erste Lösung für jedes Problem. Kriminelle tschetschenische Organisationen sind seit einer Reihe von Jahren in allen größeren Städten Westeuropas präsent.«

Ometow schien ein Mann zu sein, der lieber durch Denken als durch Handeln zu Lösungen kam. Cate hatte den Eindruck, daß er selbst einmal Agent gewesen, inzwischen aber schon lange dazu übergegangen war, mehr an der Planung als an der Durchführung von Operationen mitzuwirken.

»Sergej wuchs in einer Schmugglerfamilie auf«, fuhr er fort, offensichtlich ganz in Krupatins Vorgeschichte vertieft, »und als Teenager hatte er bereits seine eigene Bande, die Zigaretten und Whisky aus der Nordtürkei über das Schwarze Meer nach Georgien brachte. Bald dehnte er seine Aktivitäten auf Waffenhandel und Heroin aus. Als er achtzehn war, wurde er zusammen mit seinem Vater, drei Brüdern und einigen Vettern von einer sowjetischen Küstenpatrouille erwischt, und zwar an der russischen Schwarzmeerküste. Einer ihrer eigenen Leute hatte sie verraten. Der Vater und der älteste Buder wurden gefangengenommen, und während Sergej und die anderen aus ihren Verstecken in den Felsabhängen über dem Strand zusahen, wurden die beiden von der Miliz gefoltert. Man schleppte sie nackt hinter einem Jeep am Strand auf und ab, und die Soldaten stachen mit ihren Bajonetten auf sie ein, bis sie nur noch blutige Fetzen waren. Dann ließ man sie am Strand liegen. Sergej und seine beiden anderen Brüder konnten nicht auf die Patrouille schießen, sonst hätten sie ihren Standort verraten. Sie sahen stillschweigend zu.

Hinterher machte Sergej es zu seinem persönlichen Anliegen, herauszufinden, wer sie verraten hatte. Es war ein Vetter. Sergej ließ den Mann zusehen, wie zuerst sein Haus niedergebrannt und dann seine Frau und seine beiden Töchter einer Massenvergewaltigung unterzogen wurden, bis sie tot waren. Danach riß Sergej dem Mann persönlich mit einer Schaufel die Eingeweide aus dem Leib.

Ein paar Jahre später zog Sergej nach Moskau, wo sich zahlreiche tschetschenische Banden bereits etabliert hatten. Aber er arbeitete nicht für eine dieser vielen Banden, sondern tat etwas, das zum Markenzeichen seiner Vorgehensweise werden sollte. Statt selbst Schwarzmarktgeschäfte aufzuziehen oder Schutzgelder zu erpressen, nahm er sich die Zeit, die Welt zu studieren, in der diese Banden operierten. Wie sah die Hierarchie aus? Welche Banden erzielten das höchste Einkommen? Welche waren am besten kontrolliert? Welche hatten die besten Beziehungen zu städtischen Politikern oder einflußreichen Parteimitgliedern? Als er sich lange genug mit diesen Fragen beschäftigt hatte, suchte er sich eine ›Branche‹ aus und übernahm sie einfach. Binnen achtzehn Stunden starben ganz schnell fünf Männer, und Krupatin war buchstäblich über Nacht als wichtiger Schwarzmarkthändler etabliert.

Innerhalb der nächsten drei Jahre machte er das gleiche bei einem Ring von Autodieben, einem Prostitutionsring und einem großen Ring von Schutzgelderpressern. Ehrgeizig, präzise und ohne Zögern setzte er Gewalt ein. Wenn er einmal ein Auge auf ein Geschäft geworfen hatte, war nichts mehr gegen ihn zu machen.«

Ometow legte eine Pause ein. Seine blaßgrauen Augen, die zuvor so sehr ein Teil seines Lächelns gewesen waren, wirkten jetzt ruhig und nachdenklich. Er machte einen erschöpfteren Eindruck als die anderen.

»Anfang der achtziger Jahre«, fuhr er fort, »war Sergej zu einem sehr reichen Mann geworden. Aber er war immer noch ein Dieb unter Dieben, und das wollte er ändern. Damals wurde die Sowjetunion von Profiten aus ihren Ölexporten überschwemmt. Das Embargo hatte die Weltpreise für Öl auf fünfunddreißig Dollar pro Barrel hochgetrieben, und die Sowjetunion machte ungeheure Gewinne, weil wir große Ölreserven hatten. Doch die restliche Infrastruktur des Landes war ein Trümmerhaufen – unsere Fabriken waren veraltet und zerfielen, unsere Landwirtschaftsprogramme waren unproduktiv, nichts funktionierte. Buchstäblich sämtliche Konsumgüter mußten importiert werden. Also wurde Krupatin zum Großimporteur mit Regierungslizenz und zahlte üppige Bestechungsgelder an Beamte, um seine gefälschten Frachtpapiere bestätigen zu lassen. Zwischen 1982 und 1985 machte er schwindelerregende Gewinne und fing an, in ganz Europa Bankkonten zu eröffnen.

Aufgrund seiner bewährten Regierungsbeziehungen stand er in der ersten Reihe, als die Perestrojka mit ihren Möglichkeiten begann, der Anfang des goldenen Zeitalters der organisierten Kriminalität in Rußland.« Ometow lehnte sich zurück, verschränkte nachdenklich die Arme und schüttelte den Kopf.

»Freie Marktwirtschaft. Na ja, Gorbatschow war verzweifelt. Der arme Kerl, alles um ihn herum brach zusammen. Die einzigen Leute, die Geld hatten, um es in diese ›freien Unternehmen‹ zu investieren, waren die Parteibonzen, die während ihrer ganzen Laufbahn Regierungsgelder für sich abgezweigt hatten, und die Gangster, deren Schwarzmarktwirtschaft faktisch die wirkliche Wirtschaft war, die die sowjetische Gesellschaft vor der Implosion bewahrte. Was glauben Sie, wer sein Geld in diesen neuen ›privaten Handel‹ steckte?« Er nickte müde. »Schwarzes und graues Geld floß in Joint-ventures mit westlichen Unternehmen, es floß in die Börsen, in Genossenschaften und Banken und gemeinsame Aktiengesellschaften. In sechs Jahren Perestrojka wurde Krupatin zu einem kriminellen Giganten. Und er war nicht der einzige.«

Ometow seufzte schwer und stand auf. Er steckte die Hände in die Taschen und ging zur Glaswand hinüber.

»Im August 1991 fiel die Sowjetunion auseinander. Fünfzehn neue Nationen entstanden, und die Verbrecher machten sich richtig an die Arbeit. Rußland war wie eine hilflose Frau, die von ihren eigenen Kindern vergewaltigt wird. Es kam zu einem sofortigen Ausbluten der natürlichen Ressourcen Rußlands, Tonnen um Tonnen täglich, tagein und tagaus – Aluminium, Petroleum, Kobalt, Nickel, Stahl, Holz, Cäsium, Uran, Titan, Silber, Zinn und und und. Die unabhängigen Republiken plünderten das Land mit Hilfe der Mafia aus, die das Geld und die Beziehungen hatte, um an das Material heranzukommen.

Und Waffen. Mein Gott. Jeder betrügerische General, der die Kontrolle über irgendwelche beliebigen militärischen Einrichtungen hatte, behandelte deren Arsenal wie sein persönliches Eigentum – und verkaufte es an die Mafia. Panzer, Raketen, Flugzeuge, automatische Waffen, Mörser… Sie können sich das vorstellen. Und an wen verkaufte die Mafia diese Waffen? An jedermann! Kriminelle, Terroristen, Drogenschmuggler, militärische Einrichtungen, kriegführende Armeen von Drittweltstaaten.

Und unser kleiner Sergej war mittendrin. Geld floß in seine Tasche. Mit diesen Gewinnen stieg er in den internationalen Drogenhandel ein, und zwar so groß, daß seine früheren Geschäfte sich dagegen winzig ausnahmen. Jetzt, da Rußlands Grenzen durchlässig waren, benutzte er sie als Durchgangswege. Er nahm Kontakt mit den Sizilianern auf; er wußte, daß sie für die Kolumbianer, die in Europa kein eigenes Verteilernetz hatten, Kokain verschoben. Er bot seine Importfirma als Mittler an. In Europa begann es das ganze Jahr zu schneien. Der europäische Kokainkonsum stieg auf zweihundert Tonnen jährlich – im Straßenverkehrswert zehn Milliarden Dollar. Binnen kurzem vervierfachten sich Krupatins Drogengewinne.«

Ometow machte eine Pause, schürzte die Lippen und dachte einen Augenblick nach. »Sergej reiste. Er folgte seinem Geld, wie Ratten dem Müll folgen, und er folgte seinen Geschäften, die nun in Holland, Luxemburg, Belgien, Schweden, Deutschland, Großbritannien und den Vereinigten Staaten gut liefen. Seine tschetschenischen Schläger ließen die Kriminalitätsrate in allen Ländern hochschnellen – Geldwäsche, Handel mit Drogen, Waffen, gestohlene Antiquitäten und Autos, Wucher, Erpressung, Schutzgelder. Es war ein Fest für die Russen.

Krupatin selbst hat schon lange nichts mehr mit den alltäglichen Operationen dieser Art zu tun. Heute reist er einfach von einer Großstadt zur anderen und trifft sich mit seinen Leutnants, um sich zu vergewissern, daß alles glattläuft. Wenn es nicht glattläuft, rollen Köpfe.«

»Okay, ich habe eine Frage«, unterbrach Erika ihn. Sie hatte

Ometow bisher aufmerksam zugehört. »Was wissen Sie über Krupatins Killer?«

Ometow sah sie mit schiefem Lächeln an. »Was ich weiß?«

»Ja. Das größte Problem der Behörden in der Europäischen Union ist...«

»Das Weitergeben von Erkenntnissen. Keiner will Erkenntnisse weitergeben«, sagte Ometow mit einem müden Nicken.

»Genau.« Erika ballte eine Hand zur Faust. »In der EU haben wir fünfzehn verschiedene Regierungen mit fünfzehn verschiedenen politischen Philosophien und fünfzehn verschiedenen Rechtssystemen. Aber Polizeibehörden sind überall gleich – sie vertrauen keinem anderen ihre Erkenntnisse an. Also können diese Leute, Krupatins Leute, in einem Land töten, hundert Meilen weiterfahren, in einem anderen Land töten, eine Flugstunde zurücklegen und wieder in einem anderen Land töten. Für uns ist das, als hätten drei verschiedene Täter drei verschiedene Anschläge verübt. Es gibt keine Möglichkeit, eine Akte über diese Leute anzulegen. Krupatins Männer haben im wesentlichen freie Hand, weil niemand ein von Land zu Land durchgehendes Dossier führt.«

Ometow, der an den Glasschiebetüren lehnte und in den Garten hinausgesehen hatte, drehte sich nun halb um, um ihr zuzuhören.

»Die Frage ist also«, sagte Erika und warf Hain einen hilfesuchenden Blick zu, »wer sind Krupatins Killer? Wir wissen, daß er seine engen tschetschenischen Freunde benutzt hat. Vor sechs Monaten haben wir zwei davon in Berlin erschossen, nachdem sie drei holländische Schmuggler erledigt hatten. Aber benutzt er nur Tschetschenen? Wie setzt er sie ein? Wie operieren sie?«

Ometow schien seine Schuhe zu mustern und wandte sich dann wieder an die anderen.

»Am Anfang waren es natürlich seine tschetschenischen Gefolgsleute. Schläger.« Er schüttelte den Kopf. »Bloß Schläger. Raffinesse war kaum erforderlich.«

»Am Anfang«, sagte Erika.

»Ja. Mit der Zeit, als seine Organisation ausgefeilter wurde und seine Zielpersonen wichtigere Männer waren, mußten die Morde mehr... chirurgisch erfolgen. Er fing an, aktive KGB-Agenten zu benutzen, die heimlich Aufträge von ihm entgegennahmen. Nach dem Fall des Kommunismus bestand natürlich kein Mangel an solchen Männern. Es machte keine Schwierigkeiten mehr, Grenzen zu überschreiten. Sergej hatte immer glänzende Fälscher. Dokumente sind kein Problem.«

»Die KGB-Agenten sind für uns nicht so problematisch«, sagte Erika. »Unsere Spionageabwehr aus den Jahren des Kalten Krieges ist da sehr tüchtig. Aber das sind nicht die einzigen Killer.«

»Nein, Sie haben recht«, bestätigte Ometow. »In anderen Ländern benutzt er oft ›Wegwerfkiller‹, Leute, die für die jeweilige Aufgabe angeheuert und dann selbst umgebracht werden, wenn sie nach Hause kommen – wo immer das sein mag.« Er schwieg einen Moment. »Und dann gibt es da noch ein paar ›Chirurgen‹ – Krupatins Spezialität. Das sind die Topleute. Gewöhnlich sind es hochgebildete Menschen, Profis, die nicht aus Krupatins Welt stammen, aber irgendwie das Pech hatten, ihm über den Weg zu laufen. Diese Leute haben häufig Zugang zu jemand Besonderem, jemandem, den zu erwischen sonst fast unmöglich wäre, ohne sensationelle Aufmerksamkeit zu erregen. Aber der Chirurg hat da kein Problem, weil er dazugehört. Er ist Bankier. Er ist Manager. Bürokrat. Anwalt. Krupatins Theorie lautet: Wenn du einen Politiker umbringen willst, dann laß es einen Politiker machen. Wenn du einen Börsenmakler umbringen willst, laß es einen anderen Börsenmakler machen. Weil sie Insider sind, wissen sie, wie man das ohne Aufsehen erledigt. Und weil sie kein Motiv haben, werden sie niemals verdächtigt.«

»Wie meinen Sie das?« fragte Erika stirnrunzelnd.

»Sehr einfach ausgedrückt, werden diese Leute von Krupatins Leutnants angesprochen und vor eine Entscheidung gestellt. Entweder erledigen sie einen Job, oder eine Ehefrau wird von Schlägern brutal vergewaltigt und umgebracht. Entweder erledigen sie einen Job, oder ein Kind verschwindet. Entweder erledigen sie einen Job, oder ein alter Vater oder eine alte Mutter kommen beim Brand eines Hauses ums Leben. Man sagt ihnen, daß sie es nur ein einziges Mal tun müssen, eine Information, die ihnen hilft, ihre Entscheidung zu rationalisieren. Sie sagen sich, daß das ein Krieg ohne Uniformen ist, ein Kampf ums Überleben. Entweder dieser eine Mann oder meine Tochter. Entweder dieser Manager oder meine Frau, dieser Bankier oder meine Eltern. Und wenn sie jemals an der Ernsthaftigkeit von Krupatins Drohung zweifeln, dann gibt er ihnen einen Vorgeschmack davon. Ein Cousin stirbt, ein Nachbar, ein guter Freund. Glauben Sie uns jetzt? Nach diesem Exempel glauben sie ihm alle. Und sie entscheiden sich alle dafür, den Job zu erledigen.«

ELF

South Kensington Irina lag im Dunkeln. Vor den Fenstern wuchsen Rosen an Spalieren, und die Straßenlaternen malten ihre Schatten wie schwarze Spitzenrosetten auf die Wand.

Hinter ihr bewegte sich der Teufel im Schlaf. Irina war verzweifelt und deprimiert; sie kam sich vor wie eine längst bekehrte Hure, die nach Jahren der Abstinenz wieder in ein liebloses Bett zurückgekehrt ist, weil ihr ein Augenblick unechter Zuneigung lieber ist als endlose Nächte echter Einsamkeit.

Sie sah auf die Uhr. Es war halb zwei. Vorsichtig streifte sie die Decke ab und stieg aus dem Bett. Sie hoffte, er werde nicht aufwachen. Es wäre zu grausam, jetzt mit ihm reden zu müssen.

Sie ging ins Badezimmer und wusch sich, wusch sich mit Seife, bis ihre Haut sich fettlos und sauber anfühlte. Sie nahm einen neuen Morgenrock vom Haken hinter der Badezimmertür, schaltete das Licht aus, ging durch die Dunkelheit des Schlafzimmers in den Flur und zog die Tür hinter sich zu.

In der Küche schaltete sie eine kleine Lampe auf der Arbeitsfläche ein und setzte Wasser auf, um sich eine Tasse Tee zu machen. Als es kochte, goß sie es in eine blaue Porzellankanne. Binnen Augenblicken drang das rauchige Aroma von Lapsang Souchong in die dunklen Winkel des großen, quadratischen Raumes, und der Duft trug sie an andere Orte, so viele Orte, wo sie Erinnerungen gesammelt hatte, süße und häßliche, eine ganze Bibliothek von Erinnerungen, die zu ordnen ihr niemals gelungen war. Alles war da, aber in einem Chaos; sie wußte nie, was sie finden würde, wenn sie suchte.

Sie goß den Tee in eine Tasse und ging damit hinaus in den Garten. Die Steine waren feucht unter ihren nackten Füßen, und feuchte Luft umwehte ihre Beine, als sie zu einem Gartentisch mit Stühlen ging und sich setzte. Die Geräusche der City waren um diese Stunde fern und gedämpft. Sie zog die Füße auf den großen, bequemen Armstuhl, wickelte den Morgenrock darum und umfaßte ihre Beine. Der Geruch von Pflanzen und feuchter Erde hing in der Luft und mischte sich mit dem Aroma des starken Tees.

Plötzlich öffnete sich die Küchentür, und Krupatins Silhouette hob sich schwarz von dem schwachen Licht in der Küche ab.

»Irina?«

Sie konnte sich kaum überwinden zu sprechen. »Ja.«

Krupatin zündete sich eine Zigarette an, und einen Augenblick lang flackerte sein Gesicht wie eine Halloween-Maske. »Einen Moment«, sagte er und kehrte in die Küche zurück.

Ihr sank das Herz, und Tränen der Erschöpfung und Frustration stiegen ihr in die Augen.

Krupatin erschien wieder in der Tür, eine Tasse Tee in der Hand. Die Zigarette glühte in seinem Mund, als er über den Plattenweg auf sie zukam und sich ihr gegenüber auf einen Gartenstuhl setzte.

»Wir können genausogut jetzt reden«, sagte er, nahm die Zigarette aus dem Mund und hauchte ein helles Rauchwölkchen in die stille Luft. »Ich wollte morgen wiederkommen, aber jetzt sind wir einmal da. Also ist jetzt die beste Zeit.«

Er hob seine Tasse und blies über seinen Tee. Das schwache Licht aus der Küchentür betonte seine Silhouette und umgab sie mit einem goldenen Saum, der die Schultern seines Anzugs, seinen Kopf und die Umrisse seines Arms betonte, wenn er ihn hob, um zu rauchen oder Tee zu trinken.

»Dieses Treffen. In Houston, Texas. Hab ich dir das erzählt?«

»Nein.«

»Es war sehr schwer zu arrangieren. Weis Leute, Bontates Leute und meine Leute reden pausenlos miteinander. Sie reden und reden und reden. Die beiden sind extrem vorsichtig – aber sie machen auch mal einen Fehler, hoffe ich.«

Bei dieser Bemerkung schnaubte er belustigt, steckte ein Stück Zucker in den Mund und hob die Teetasse. Sie hörte, wie er die

Flüssigkeit durch den porösen Zuckerwürfel einsaugte. Sie haßte jede seiner Bewegungen.

»Wir haben für dieses Treffen ein ausgeklügeltes Regelsystem aufgestellt«, fuhr er fort. »Bontate besteht auf gewissen Dingen, Wei reagiert mit eigenen Forderungen. Ich passe mich an. Dann bestehe ich natürlich auch auf gewissen Dingen, und sie passen sich an oder machen Gegenvorschläge. Wir gehen vor und zurück, vor und zurück, und nach und nach gelangen wir zu etwas, bei dem sich alle gleichermaßen unwohl fühlen.«

»Wessen Idee war dieses Treffen?« fragte Irina.

Er wartete einen Augenblick. »Weis. Er hat diese großen Vorstellungen von Kooperation. Ein Konsortium.«

Irina trank ihren Tee. Krupatin sprach weiter.

»Mit der Zeit habe ich gesehen, wie sehr Wei sich diese Sache wünschte«, sagte er und drückte seine Zigarette aus. »Ich war noch vorsichtiger als die anderen. Ich habe gesagt: Schauen Sie, ich habe in letzter Zeit ein paar ernsthafte Schritte in den USA unternommen, und was die Gesetzeshüter betrifft, bin ich jemand, auf den sie ein Auge haben.«

Krupatins Silhouette war unbeweglich; ein Unterarm lag auf dem Tisch, seine Finger berührten die Teetasse.

»Ich habe auf Unauffälligkeit bestanden. Ich habe gesagt, ich könnte nicht wegen dieser Treffen in ganz Houston herumfahren.«

»Warum haben sie Houston gewählt?«

Krupatin schwieg wieder einen Moment. Sie konnte sein Gesicht nicht sehen, aber sie wußte, daß ihre Fragen ihn ungeduldig machten.

»Das war auch Weis Idee. In Houston leben viele Asiaten. Er glaubt, seine Leute würden dort weniger auffallen.«

»Weniger als in New York oder Los Angeles?«

»Was? Was zum Teufel spielt das für eine Rolle? Warum stellst du diese Fragen?«

»Ich wollte es wissen, Sergej, das ist alles.«

Diesmal schwieg er länger.

»Ich habe ihnen gesagt«, fuhr er fort, »daß ich, wenn es um die endgültige Abmachung geht, bei der alles auf den Tisch kommt, erscheinen und meinen Teil tun werde. Aber bis dahin sollen alle

Verhandlungen von meiner Seite aus von meinem vertrauenswürdigsten Emissär geführt werden. Ich habe darauf bestanden, daß dieser Emissär die ganze Vorarbeit leisten und alle vorbereitenden Verhandlungen führen wird.«

Er hielt inne. Seine Silhouette bewegte sich nicht. Dann hob er einen Arm und zeigte auf sie, und ein goldener Schimmer säumte seinen dunklen Anzug.

»Was heißt das?« fragte sie.

»Du bist mein Emissär, Olja Serowa.« Sie konnte es nicht glauben; das war eine absurde Idee. »Du bist verrückt.«

»Nein, das ist perfekt«, sagte er und ließ seinen Arm fallen.

»*Das* ist dein großer Plan? So soll ich an sie herankommen?«

»Ganz genau. Ich werde dich hin und her schicken, hin und her. Sie werden sich an dich gewöhnen. Dein Kommen und Gehen wird für ihre Leute zur Routine werden. Du wirst sie alle gut kennenlernen. Vertrautheit. Das ist hier der Schlüssel, Irina. ›Oh, das ist die Frau, die Krupatin schickt. Ja, ja, Sie können durchgehen.‹ Das ist die Idee.«

»Das ist Wahnsinn, Sergej. So sehr werden sie sich in der kurzen Zeit nicht an mich gewöhnen – eine Woche, vielleicht zwei.«

Krupatins Silhouette zuckte mit den Schultern. »So lange es eben dauert. Aber hör zu, Irina, ich werde nicht bis zur letzten Minute warten, um dich vorzustellen.«

»Was soll das heißen?«

»Wei ist in Paris. Er möchte dich kennenlernen.«

»O mein Gott. Du meinst es wirklich ernst.«

»Es ist bereits entschieden«, sagte Krupatin tonlos.

»Und Bontate?«

»Am Tag danach. Du wirst von Paris nach Palermo fliegen.«

»Nach Palermo?«

»Es ist alles arrangiert.«

Sie starrte ihn an. »Und was hast du ihnen über mich erzählt? Du kennst diese Männer jetzt seit einem Jahr. Du hast mit ihnen Geschäfte gemacht. Wie in aller Welt hast du ihnen meine Beteiligung erklärt, wo sie mich doch in all der Zeit weder gesehen noch von mir gehört haben? Und ich soll deine vertrauenswürdigste Emissärin sein? Das können sie doch unmöglich glauben.«

»Sie glauben es«, sagte Krupatin. »Ich habe ihnen gesagt: Diese Frau ist die einzige, der ich in dieser Sache vertraue. Ich möchte, daß ihr sie kennenlernt, bevor wir uns alle in Houston treffen. Ich möchte, daß sie selbst die beiden Männer sieht, mit denen sie es in Amerika zu tun haben wird.«

»Aber was soll ich ihnen sagen, um Gottes willen? Sie werden mir geschäftliche Fragen stellen. Sie werden versuchen, mir eine Falle zu stellen, mich bei irgendeinem Fehler zu ertappen.«

»Nein«, sagte Krupatin. »Weil du von mir kommst, hast du bereits Autorität. Du brauchst dich vor ihnen nicht zu beweisen. Wenn sie versuchen, dich auf die Probe zu stellen, dann fall nicht darauf rein. Es geht darum, daß ich dich schicke, um *sie* auf die Probe zu stellen, nicht umgekehrt. Ich sehe das so, daß du ihnen einfach einen Besuch abstattest. Du ißt ein paarmal mit ihnen, tust so, als wolltest du einfach ein Gefühl für sie bekommen. Sorg dafür, daß sie dich mögen, sich in deiner Gegenwart wohl fühlen.«

»Das ist alles? Du hast keine spezifischen Anweisungen für mich, kein Ziel?«

»Nicht bei diesen Reisen, Irina. Was immer du machst, tu, was dir paßt. Sag, was immer du sagen mußt, damit du dich wohl fühlst, damit du unbefangen bist, wenn du sie in Houston triffst. Wenn du aus Paris und Palermo zurückkommst, werden wir die restlichen Einzelheiten ausarbeiten.«

Und was ist, wenn ich mich weigere? Sie konnte die Frage kaum in Gedanken stellen, geschweige denn aussprechen. Das war Wahnsinn. Ihr Herz schlug unregelmäßig, und sie spürte Schweißperlen am Haaransatz. Das konnte ihr Ende sein. Es war höchst unwahrscheinlich, daß sie ein so abenteuerliches Vorhaben lebend überstehen würde. Und Krupatin wußte das natürlich ganz genau.

Sie sah ihn an. »Sergej ...«

»Irina.« Seine Stimme brachte sie zum Schweigen, und er hielt inne, um sich noch eine Zigarette anzuzünden. Wieder die Halloween-Maske. Und dann gleich wieder Dunkelheit. »Irina«, sagte er, und durch den Rauch klang seine Stimme belegt in der feuchten Londoner Nacht, »ich bin bereit, das als deinen letzten Auftrag zu betrachten.«

Wieder war sie verblüfft. Sie glaubte ihm nicht. Was sollte sie auch machen: ihn sein Versprechen unterschreiben und es notariell beglaubigen lassen? Was war ein Versprechen wert, das von einem Mann wie ihm kam? Er war bereit, das als ihren letzten Auftrag zu betrachten? *Bereit?* Was sollte das heißen? Was bedeutete es, wenn der Teufel mit einem sprach und sagte, er sei bereit, einen Handel abzuschließen? Es bedeutete, daß sie verloren war.

Irina spürte, wie unter ihrem Stuhl Kälte aufstieg und die Bodenplatten überzog. South Kensington schlief, während Irina auf einem Gartensessel saß, die nackten Füße unter den Morgenrock gezogen, und mit dem Teufel sprach.

»Du bekommst dein Ticket nach Paris morgen«, sagte Krupatin und ließ die Glut seiner Zigarette aufleuchten wie ein kleines rotes Auge. Als er diesmal den Rauch in die Luft blies, war der Goldrand, der sein Gesicht umrahmt hatte, verschwunden. »Was den Flug nach Palermo betrifft – da bekommst du Bescheid, wenn es soweit ist.«

Krupatin schwieg einen Augenblick. Dann beugte er sich vor und stützte den Ellbogen auf den Tisch zwischen ihnen.

»Hör mir zu, Irina. Hör mir zu.« Die Glut seiner Zigarette tanzte in der Dunkelheit, als er mit der Hand gestikulierte. »Das ist das Wichtigste, was du je getan hast. Mach es richtig, dann ist es für dich vorbei. Alles. Du brauchst dir dann keine Sorgen mehr darüber zu machen.« Er zögerte. »Wirf diese Chance nicht weg. Du kannst es schaffen. Vermutlich bist du die einzige, die es schaffen kann.«

Sie war so verblüfft und benommen, daß sie seine Worte kaum begriff. Für sie hörten sie sich an wie ein Totengeläut. Und sie konnte nichts dagegen tun.

Sie saß noch in der Dunkelheit des Gartens, als er schon lange gegangen war.

Houston Am Spätnachmittag wurden die gemieteten Möbel, die Hain bestellt hatte, angeliefert. Es handelte sich nur um das Allernotwendigste: ein Sofa und einige Sessel, zwei lange Klapptische aus Metall und ein Aktenschrank für den leeren Wohnraum; ein Eßtisch mit Stühlen; ein Bett und ein Stuhl für jedes der fünf Schlafzimmer.

Da die Möbelpacker die Einsatzbesprechung ohnehin unterbrochen hatten, nahmen Ann und Cate eines der Autos und kauften Laken, Decken und Kissen für die Betten und Handtücher und Waschlappen für die Badezimmer. Sie hielten bei einem Discountladen und erwarben billiges Geschirr, Plastikutensilien und eine Kaffeemaschine.

Als sie ins Haus zurückkehrten, hatte man die Tische im Wohnzimmer aufgestellt, und Erika hatte die Akten, die überall herumgelegen hatten, geordnet und in die Aktenschränke geräumt. Die Techniker der Houstoner Niederlassung waren dagewesen und hatten ein Computerterminal aufgestellt, das sie mit allen nötigen Verbindungen zum FBI versorgte. Außerdem waren noch zwei Telefone installiert worden; sie standen auf den Klapptischen, die man zusammengeschoben hatte, so daß sie eine große, rechteckige Arbeitsfläche mit Blick in den Garten bildeten.

Dann traf Neil Jernigan ein. Als Einsatzleiter der Spezialgruppe für Sonderoperationen, die für die Überwachung der ankommenden Russen verantwortlich sein würde, wollte Jernigan wissen, was Hain an Abwehrmaßnahmen von Krupatin erwartete. Cate fühlte sich durch Jernigans Anwesenheit beruhigt. Sie hatte schon früher mit ihm gearbeitet und kannte ihn als unerschütterlichen und als ungewöhnlich scharfen Beobachter. Für ihn war eine Überwachung ein komplizierter Tanz, ein Tango mit Finten und Drehungen und versteckten Fallen. Er war ein dunkelhäutiger Mann mit dickem, glattem Haar und Gesichtszügen, die an Bombay oder Delhi denken ließen.

Jernigans Fragen führten zu einer weiteren langen Sitzung, bei der Ometow, Jäger und Loder ihre Erfahrungen mit Krupatins Technikern schilderten. Sie waren raffiniert. Er setzte ehemalige

KGB-Offiziere ein, was bedeutete, daß sie Methoden und Technologien verwendeten, die der Spionageabwehr des FBI nicht ganz unbekannt waren. Aber in Rußland hatte sich vieles verändert. Leute wie Krupatin konnten sich die beste Technologie und die besten Leute leisten und taten das auch.

Als Jernigan ging, hatte der lange Tag allmählich alle erschöpft. Sie einigten sich darauf, sich in ihre Zimmer zurückzuziehen, um auszupacken und ein paar Minuten allein zu sein.

Von einem der Korridore des Hauses gingen drei Schlafzimmer ab, und die drei Frauen bezogen sie. Cates Zimmer war am Ende des Gangs in der inneren Ecke, so daß zwei ihrer Fenster auf den Innenhof des Hauses gingen, zwei andere auf das dichte Gehölz an der Rückseite des Hauses. Einer der Bayous der Stadt war nicht weit entfernt.

Sie packte ihre Kleider aus und stellte zu ihrer Erleichterung fest, daß sie besser gepackt hatte, als sie sich erinnerte. Binnen weniger Minuten hing alles in ihrem Schrank. Sie nahm die Laken aus ihren Plastikverpackungen und bezog das Bett. Dann ging sie ins Badezimmer und verbrachte einige Zeit mit Putzen. Unterdessen dachte sie über die Leute nach, denen sie in den letzten paar Stunden zugehört hatte. Sie dachte an Krupatin und einmal sogar an Tavio, aber diesen Gedanken schob sie schnell wieder von sich.

Als das Putzen erledigt war, wusch sie sich Gesicht und Unterarme und wischte sich mit einem feuchten Waschlappen den Nacken. Sie bürstete ihr Haar und versuchte auszusehen, als sei sie nicht so müde, angespannt und verwirrt, wie sie tatsächlich war.

Entschlossen strich sie ihr Kleid glatt und ging wieder hinunter in den Hauptteil des Hauses, wo sie Jäger, Ometow und Hain antraf.

»Hallo«, sagte Hain, als er sie hereinkommen sah, »wie wär's mit einem Bier? Eiskalt. Ansonsten gibt's nur Wasser.«

»Na, dann nehme ich das Bier«, sagte sie. Die kalte, beschlagene Flasche fühlte sich gut an.

Ometow saß in einem der neu gelieferten Sessel und schaute hinaus in den Garten, wo das Sonnenlicht noch immer durch die

Bäume gefiltert wurde. Endlich hatte er sein Jackett ausgezogen und seine langen Hemdsärmel bis zum Ellbogen aufgekrempelt.

»Wir haben Juni«, sagte er. »Bleibt es jetzt noch zwei Monate lang so heiß?«

Cate grinste. »Ich hab schon erlebt, daß es bis in den November so geblieben ist«, sagte sie und setzte sich in die Nähe der Tische.

Ometow sah sie erstaunt an. »November? Sie machen Witze.«

»Krupatin hat sich für seinen Besuch eine tolle Zeit ausgesucht«, sagte Hain. Er stand neben den Tischen und betrachtete den Computer.

»Ich hoffe bloß, daß der Mistkerl tatsächlich erscheint«, sagte Erika. Sie trank lustlos aus einer Bierflasche, und Cate nahm an, daß sie grundsätzlich etwas gegen Alkohol hatte.

»Ich denke, unsere Informationen sind gut«, sagte Ometow. »Ich denke, die Chancen stehen gut.«

»Verdammt richtig«, sagte Hain. »Ich kann euch sagen, unsere Budgetleute würden uns nicht so weit gehen lassen, wenn sie dächten, daß unsere Erkenntnisse nichts wert sind.«

»Er wird vorsichtiger sein«, sagte Erika. »Seine hiesigen Leute werden ihm zweifellos sagen, daß er vorsichtig sein muß.«

»Ganz bestimmt«, bestätigte Hain, »und das wird er auch. Aber das wird ihn nicht davon abhalten zu kommen.«

Erika legte den Kopf auf die Seite und zog skeptisch die Augenbrauen hoch, erhob aber keine Einwände. Cate fragte sich, wie Erika an diesen Auftrag gekommen war.

»Was halten Sie von unserem kleinen Jungen?« fragte Ometow und sah Cate mit seinem belustigten Lächeln an. Sein Hemd war so zerknittert, als habe er es im Waschbecken eines Flugzeugs gewaschen und danach in seiner Reisetasche trocknen lassen.

»Bevor ich darauf antworte, habe ich eine Frage«, sagte Cate.

Ometow nickte.

»Welche Art von Mann würde ich sehen, wenn ich Krupatin jetzt begegnen würde und nichts anderes über ihn wüßte, als daß er Geschäftsmann ist?«

»Ah, gute Frage, sehr gute Frage.« Ometow strahlte. »Welche Art von Mann?« Er nahm einen tüchtigen Schluck aus seiner Flasche und starrte auf den nackten Fußboden. »Nun, wenn Sie

Sergej Krupatin heute begegnen würden, dann würden Sie einen gutaussehenden Mann kennenlernen«, sagte er und sah sie an. »Vorzeitig ergrautes Haar, sauber gestutzter dunkler Schnurrbart, gute, gerade Nase. Eine Narbe, quer, hier.« Er zog mit dem Finger einen Strich unter seinem rechten Auge. »Er würde intelligent mit Ihnen plaudern, in passablem Englisch, und er würde sich sehr kultiviert verhalten. Wenn Sie ihn nach seinem Beruf fragen würden, würde er etwas Ungenaues sagen wie ›internationaler Handel‹ oder ›internationale Investitionen‹. Er würde einen tadellosen englischen Maßanzug tragen. Nach einigen Stunden mit ihm wären Sie beeindruckt. Nach einigen Tagen mit ihm würden Sie vielleicht zu dem Schluß kommen, daß er nicht die Art Mann ist, die Sie kennen möchten, und ihm in Zukunft aus dem Weg gehen.«

Er machte eine vage Geste mit seiner Bierflasche. »Aber er kann natürlich unwiderstehlich charmant sein, und das, zusammen mit seinem guten Aussehen und seinem Reichtum, macht ihn verlockend. Wenn Sie geneigt wären, seinen Avancen nachzugeben, würden Sie feststellen, daß er eine Vorliebe für brutalen Sex hat. Soweit wir wissen sind zwei Frauen an seiner ›Zuneigung‹ gestorben. Aber das ist Jahre her.«

»War er nie verheiratet?« fragte Cate.

Ometow lächelte und schien erneut entzückt über ihre Frage.

»Nein«, sagte er leise, und dann verging sein Lächeln, als sei er im Begriff, über etwas sehr Trauriges zu sprechen. »Sergej war nie verheiratet. Tatsächlich ist der Mann, mit einer möglichen Ausnahme vor langer Zeit, unfähig, irgendeine Art von wirklicher Bindung an eine Frau zu entwickeln.«

»Eine mögliche Ausnahme«, sagte Cate.

»Ja«, sagte Ometow. Mit melancholisch zur Seite gelegtem Kopf seufzte er, trank noch einen Schluck Bier und schürzte die Lippen. »Sergej war schon ein wichtiger Mann, als er sie kennenlernte. Das ist vielleicht zehn Jahre her. Wie auch immer, er war reich und hatte schon etliches hinter sich. In diesem Herbst war er in St. Petersburg und sah auf dem Bürgersteig ein Mädchen. Sie war Studentin am Repin-Institut, einer sehr renommierten Kunstakademie, in die man nur schwer aufgenommen wurde. Sie kam aus einer angesehenen Akademikerfamilie – ihr Vater war Literaturprofessor an der Universität von St. Petersburg, ihre Mutter Restauratorin am Museum Eremitage. Sehr feine Familie, finanziell nicht gutgestellt, aber brillante Leute. Gute Leute. Sie war das einzige Kind.

Krupatin machte ihr ganz ernsthaft den Hof. Er war nicht nur wirklich verliebt, glaube ich, sondern wußte auch sehr genau, daß es sein Image heben würde, wenn er sie an seiner Seite hätte, daß ihm das einen Anschein von Kultiviertheit verleihen würde, den er sonst nicht hätte.

Er bezauberte sie; er bezauberte ihre Familie. Er log das Blaue vom Himmel herunter über seine Vergangenheit und seine Gegenwart und er schuf sich eine neue Persönlichkeit. Eine Zeitlang durchschauten diese Leute ihn nicht. Vergessen Sie nicht, daß Sergej da bereits seinen Londoner Schneider entdeckt hatte. Seit Tschetschenien hatte er einen weiten Weg zurückgelegt, war Importeur und internationaler Geschäftsmann.«

Ometow trank sein Bier aus und betrachtete die Flasche nachdenklich. »Sie verliebte sich in ihn; ich glaube, das muß man fairerweise sagen. Kurz nach ihrer Begegnung beendete sie ihre sechsjährige Ausbildung am Repin-Institut. Sie hatte sich wie ihre Mutter auf die Restaurierung von Kunstwerken spezialisiert. Sie bekam außerdem ein Stipendium, um hier in den Vereinigten Staaten eine Spezialausbildung zu absolvieren. Das hatte das Museum arrangiert. Krupatin konnte es ihr nicht ausreden. Sie reiste ab und blieb ein Jahr in Amerika.

Als sie wiederkam, überschüttete er sie mit Aufmerksamkeit und Geschenken. Er bezahlte ihr ein wundervolles Apartment, viel schöner als die Wohnung, in der sie mit ihren Eltern gewohnt hatte. Er zog sie an wie eine Dame und verwöhnte sie auf eine Weise, die auch eine doppelt so alte Frau verführt hätte. Aber sie war ein außergewöhnlich gescheites Mädchen und ging weiter ihrer Arbeit im Museum nach.«

Ann Loder kam ins Zimmer und nahm sich eine Flasche Bier aus dem Kühlkasten. Ometow nutzte die Gelegenheit, um sich auch noch eine zu holen. Seine Geschichten schienen sich ihren eigenen Zeitrahmen zu schaffen. Cate bemerkte, daß es jetzt wie zuvor am Nachmittag allen widerstrebte, den Fluß seiner Gedanken zu unterbrechen. Er kehrte zu seinem Sessel zurück und schaute wieder hinaus in den Garten.

»Die folgenden beiden Jahre begannen triumphal und endeten in einer Tragödie«, fuhr er fort. »Sie war jetzt hochspezialisiert auf einem bestimmten Gebiet. Andere Museen in ganz Europa bezahlten dafür, daß sie anreiste und Seminare über Gemälderestaurierung veranstaltete, Vorträge hielt, Ratschläge gab. Und natürlich war sie der Liebling des Museums; die Tatsache, daß sie so gefragt war, war gut für das Prestige der Eremitage und das Prestige Rußlands. Sie reiste viel, zur Alten Pinakothek in München, zur National Gallery in London, zum Schweizerischen Institut für Kunstwissenschaft in Zürich, nach Venedig, nach Rom. Zum Prado in Madrid.

Die Tragödie begann, als Krupatin entschied, daß er nicht ohne sie leben konnte, und ihr überallhin folgte, durch ganz Europa. Sie liebte ihn, aber sie liebte auch ihre Karriere, und Krupatin konnte diese geteilte Aufmerksamkeit nicht ertragen. Irgendwann im Jahre 1989 muß er den bewußten Entschluß gefaßt haben, das zu ändern. Sie war eine leidenschaftliche Frau, sehr romantisch, und das nutzte er aus. Irgendwie – Gott weiß, wie, ich kann mir nicht vorstellen, daß sie es freiwillig tat, aber das wurde nie geklärt – machte er sie mit Kokain bekannt... und mit Heroin.«

Wieder seufzte Ometow tief und starrte auf die Palmen, die im ersterbenden Licht schwarz wirkten.

»Alles, wofür sie und ihre Eltern gearbeitet hatten, seit sie fünfzehn war, fiel langsam und schmerzvoll auseinander. Wissen Sie, die Drogen übernahmen schließlich ihr Leben. Während Krupatin ihr von einem Auftrag zum nächsten folgte, sie ständig mit Drogen fütterte, immer mehr von ihrer Zeit in Anspruch nahm und sie in sein korruptes und luxuriöses Leben hineinzog, wurde sie unzuverlässig. Manchmal erschien sie überhaupt nicht in den Museumswerkstätten, manchmal war sie, wenn sie doch auftauchte, unfähig zu arbeiten. Das Eremitage-Museum rief sie schließlich zurück, aber sie kam nicht. Inzwischen war sie zu etwas geworden, das Krupatin gehörte.

Am Ende verlor sie sogar den Kontakt mit ihren Eltern, die sich bis zum Wahnsinn grämten. Lange Zeit hörte niemand etwas von ihr. Sie reiste mit Krupatin, folgte ihm wie sein Geschöpf, lebte zunehmend in seiner Welt, die ihr fremd und von ihrer eigenen durch den Alptraum der Drogen getrennt war. Es gab Gerüchte über sie, aber ihre alten Freunde sahen sie nur selten, und die Geschichten, die sie zu erzählen hatten, waren erschreckend. Sie war zu einem Geist geworden.

Ende 1991 stellte ich fest, daß sie nicht mehr bei Krupatin war. Nicht nur das. Er war hektisch auf der Suche nach ihr. Irgendwie war sie entkommen. Schließlich fand ich heraus, wo sie gewesen war, aber dort hielt sie sich auch nicht mehr auf. Es war eine Privatklinik in Zürich. Deren Unterlagen zufolge war sie allein dort angekommen und hatte falsche Papiere vorgelegt. Sie wollte von den Drogen geheilt werden. Außerdem war sie schwanger. Soweit ich feststellen konnte, wurde sie nie von jemandem besucht, der Krupatin auch nur entfernt ähnelte.

Nach fast fünf Monaten reiste sie ab. Allein. Das Baby war einen Monat später fällig. Der Direktor der Klinik sagte, sie sei eine bemerkenswert entschlossene Patientin gewesen, sie hätte einen starken Willen, und es gebe gute Gründe für die Annahme, daß sie möglicherweise einer der wenigen Menschen sei, die ihre Sucht besiegen könnten.

Danach hörte ich erneut Gerüchte. Sie habe das Kind bekommen, ein kleines Mädchen. Sie lebe in Paris. Sie lebe in Zürich. Sie arbeite in einer Kunstgalerie in Berlin. Sie arbeite in einer Kunstgalerie in Brüssel. Sie sei wieder in Zürich. Dann, Ende 1992, verstummten die Gerüchte. Sie war einfach verschwunden.«

Ometow war mit seiner Geschichte zu Ende. Schweigen herrschte im Raum. Er wirkte erschöpft und ausgelaugt.

»Es tut mir leid«, sagte Cate. »Sie … es scheint Sie persönlich zu berühren.«

»Sie waren alte Freunde«, sagte Ometow mit einem abschätzigen Achselzucken, das nicht ganz überzeugend war. »Ihre Eltern, meine ich. Krupatin beschäftigt mich seit vielen Jahren. Das ist mein Job. Aber als das Mädchen in die Sache verwickelt wurde, wurde es persönlich. Krupatin hat das Leben dieser Familie zerstört, wissen Sie. Die Eltern waren schon in mittleren Jahren, als die Tochter zur Welt kam, und sie bedeutete ihnen alles. Als Krupatin auf der Bildfläche erschien und anfing, das Leben des Mädchens zu beherrschen, war den Eltern das eigene Leben nichts mehr wert. Er schuf ein Vakuum, wo vorher eine Familie voller Liebe und Intelligenz gewesen war. Die Eltern sind beide gestorben, ohne ihre Tochter wiedergesehen zu haben. Menschen so etwas anzutun ist schrecklich. Und was er dem Mädchen angetan hat – wie erklärt man so etwas? Dabei sind das nur drei Leute. Geschichten wie diese gibt es zu Hunderten. Sergej Krupatin hat sich für eine Menge Dinge zu verantworten.«

DREIZEHN

South Kensington Sie saß noch im Garten, als er schon lange gegangen war. Tau sammelte sich auf den Rosen neben den Wegen, und Feuchtigkeit hüllte auch den Gartensessel ein, in dem sie saß, die Füße noch immer hochgezogen und von ihrem Morgenrock bedeckt.

Krupatins Plan war zu kompliziert. Nicht, daß die anderen Aufträge nicht auch sorgfältige Planung erfordert hätten. Aber sie war auf sich selbst gestellt gewesen. Krupatin hatte sie unter vier Augen über die Zielpersonen informiert und ihr die namenlosen Gesichter gezeigt, falls sie Unterstützung brauchte. Den Plan und das Timing aber hatte sie allein ausgearbeitet. Jetzt hatte Krupatin sie mitten in eine komplexe Operation hineingezogen. Wie konnte sie, eine neue Figur in einer Gleichung, die ohne sie ein Jahr lang perfekt funktioniert hatte, von diesen beiden gerissenen Männern jemals ganz akzeptiert werden? Und selbst wenn das gelang, würde es so weit gehen, daß sie bei beiden sowohl die Gelegenheit als auch die Intimität erreichte, die ihr gestatten würde zu tun, was sie tun mußte… und danach zu entkommen? Sie würde sie alle beide binnen einer halben Stunde – oder weniger – umbringen müssen. Und dabei mußte der Zeitplan minutengenau sein. Sie würde sich weitgehend auf Krupatins Gesichter verlassen müssen. Und all das in einer amerikanischen Stadt, mit der keiner von ihnen vertraut war.

Sie starrte in den kleinen Garten und fragte sich, ob sie nun tatsächlich ihre Grenze erreicht hatte. Wieviel konnte sie noch ertragen, selbst um des einzigen willen, das ihr teuer war?

Mit steifen Bewegungen streckte sie die Beine aus und zuckte zusammen, als ihre warmen Füße die kalten, feuchten Steine berührten. Sie nahm die Tassen und ging ins Haus. Im Schlafzimmer zog sie die Laken vom Bett, legte sich auf die nackte Matratze und deckte sich mit einer Wolldecke zu, die sie im Schrank gefunden hatte.

Sie wachte kurz vor Mittag auf und ging gleich in die Eingangsdiele, wo sie vor der Haustür das Flugticket fand. Jemand hatte es durch den Briefschlitz geworfen. Rasch öffnete sie den Umschlag und sah sich die Abflugzeit an: Gatwick, British Airways, siebzehn Uhr vierzig. Auf einem Zettel, der an das Ticket geheftet war, stand handschriftlich, Wei werde sie vom Flughafen abholen lassen. Man würde sie zu seinem Stadthaus bringen.

Zuerst packte sie alles Nötige ein, bis auf ihre Kosmetika und das Kleid, das sie auf dem Flug tragen würde. Dann kochte sie Kaffee und setzte sich an den Eßtisch, um die Akten über die beiden Männer noch einmal durchzugehen. Aber es fiel ihr schwer, sich zu konzentrieren. Immer wieder mußte sie daran denken, daß sowohl Wei als auch Bontate zweifellos ähnliche Dossiers besaßen. Deren Informationsquellen waren mindestens so gut wie die von Krupatin, und plötzlich hatte sie Angst, daß »Olja Serowa« als Betrügerin entlarvt werden würde. Sie konnte den Gedanken nicht abschütteln, daß sie in eine Falle lief.

Als sie auf dem Flughafen Charles de Gaulle den Abfertigungsbereich verließ, war sie überrascht, nicht die übliche Eskorte von Männern in Anzügen zu treffen, sondern eine Asiatin, die sich als Mr. Weis Assistentin vorstellte. Sie war in Begleitung eines Leibwächters, der sich ehrerbietig im Hintergrund hielt und nicht vorgestellt wurde.

Die Frau hatte tadellose Manieren, und auf der Fahrt in die Stadt in Weis aschgrauem Bentley gelang es ihr, ein intelligentes Gespräch zu führen, ohne irgend etwas von Belang zu Irinas Besuch zu äußern. Irina vermutete, daß sie mit Weis legaler Welt zu tun hatte und wahrscheinlich nichts von den dunklen Geschäften ihres Arbeitgebers ahnte. Für den Leibwächter, der auch Chauffeur war, galt das mit Sicherheit nicht. Er trug einen kleinen Kopfhörer mit einem winzigen Mikrofon vor dem Mund, in das er von Zeit zu Zeit sprach. Irina erhaschte nur einmal im Rückspiegel seinen Blick, während sie leise in die Innenstadt glitten; im verblassenden Tageslicht gingen um diese Stunde gerade die Lichter an.

Wei Tsing wohnte im Herzen des sechsten Arrondissements auf einem unglaublich teuren Grundstück in einer schmalen, kopfsteingepflasterten Straße zwischen der Place St.-Sulpice und dem Jardin du Luxembourg. Die Häuser in dieser Straße waren *ancien régime,* beschattet von Kastanienbäumen, die fast so alt schienen wie die Häuser. Er lebte in einem *hôtel particulier* aus dem siebzehnten Jahrhundert, dessen Mauern über alle drei Geschosse mit wildem Wein bewachsen waren. Als sie unter dem gewölbten Säulenvordach der Haustür anhielten, war sie überrascht, Wei zu ihrer Begrüßung die Stufen herunterkommen zu sehen. Er öffnete persönlich die Tür des Bentley und half ihr beim Austeigen.

»Willkommen in meinem Haus, Madame Serowa«, sagte er auf englisch. »Ich hoffe, Sie hatten einen angenehmen Flug.«

Er schloß die Tür des Bentley, der leise davonfuhr und die steife Assistentin mitnahm. Ein Hausmädchen in schwarzer Uniform erschien und trug Irinas Reisetasche, während sie die paar Stufen zum Eingang hinaufgingen.

»Möchten Sie für ein Weilchen nach oben in Ihre Suite gehen?« fragte er, als sie eine gewölbte Vorhalle mit Säulen betraten, an deren hinterem Ende sich anscheinend ein Ballsaal befand.

»Aber nein, ganz und gar nicht«, sagte sie. »Sie wissen ja, es ist nur ein kurzer Flug.«

Wei war exakt so groß wie Irina und hatte dichtes schwarzes Haar, das glatt nach hinten gekämmt war. Er trug ein weißes Dinnerjacket mit schwarzer Krawatte sowie blaue Abendschuhe aus Samt. Seine Gesichtszüge waren wie sein Haar präzise geschnitten, seine Haut war makellos. Das glatte Fleisch wies nicht die geringste Spur von Bartwuchs auf.

»Ich dachte, wir könnten vor dem Dinner ein Glas Wein trinken«, sagte er. »In der Bibliothek.«

Die Fußböden bestanden aus quadratischen weißen Marmorplatten mit schwarzen Rhomben in den Ecken. Zwischen den Säulen standen eine Reihe steinerner Podeste, jedes von einer kleinen Frauenskulptur gekrönt, von denen keine höher war als dreißig Zentimeter. Verdeckt angebrachte Lampen hüllten die Skulpturen in weiches Licht und ließen sie in der dämmrigen Halle fast so durchsichtig erscheinen wie rote Hologramme. Der Effekt war so ungewöhnlich und verblüffend, daß Irina unwillkürlich vor einem der Podeste stehenblieb.

»Gefallen Ihnen meine Seraphim?« fragte Wei, offensichtlich erfreut.

»Sie sind exquisit, aber ich bezweifle, daß es sich um Seraphim handelt«, sagte sie. Sie erkannte jetzt die autoerotischen Stellungen dieser nackten Frauen, die unmöglich antik sein konnten. Sie kannte aus der griechischen und römischen bildenden Kunst kein einziges Beispiel weiblicher Masturbation.

Wei lachte. »Sie sind aus dem Stein gemeißelt, den die Alten Karneol nannten – rotem Chalzedon. Das Detail ist bemerkenswert, finden Sie nicht?«

Irina spürte seinen Blick auf sich, als sie weiterging und sich jede der sinnlichen Figuren anschaute.

»Ich habe sie bei einem Händler in Bern gekauft, der behauptet, sie von einem bekannten Sammler in Istanbul erworben zu haben. Keiner war bereit, sie einer bestimmten Herkunft zuzuschreiben, aber das ist mir ziemlich gleichgültig. Ich habe nie Frauen gesehen, die sich bei solchen Vergnügungen so offen zeigen. Sie vielleicht?«

»Nicht in Stein«, sagte sie trocken. Die Figuren waren unglaubliche Stücke, ebenso faszinierend in ihrer wollüstigen Selbstversunkenheit wie in den Details der Darstellung und dem Einfallsreichtum der Positionen. Irina hatte nie etwas dergleichen gesehen, eine so inspirierte Komposition von Ausführung, Thema und Farbe.

»Bitte«, sagte Wei und berührte sanft ihren Arm, »ich habe noch andere Dinge, die ich Ihnen zeigen möchte.« Er führte sie an zweien seiner ekstatischen rosigen Skulpturen vorbei weiter durch die Halle. »Sehen Sie, zweierlei habe ich im voraus über Sie erfahren, Olja. Darf ich Sie beim Vornamen nennen?«

»Natürlich.«

»Ich wußte, daß Sie schön sind – das hat Sergej ausdrücklich erklärt –, und ich wußte, daß Sie irgendwann in Ihrer Vergangenheit eine Expertin für Pigmente, für die Restaurierung von Gemälden waren. Das ist alles, was er mir erzählt hat.« Wei lächelte. »Es war knapp, aber verlockend. Ich würde gern mehr darüber hören.«

Irinas Haut prickelte von einem heißen Adrenalinstoß, und plötzlich fiel ihr das Atmen schwer. Sergej war wahnsinnig gewesen, diesem Mann gegenüber ihren Hintergrund zu erwähnen. Reiner Zufall, daß Wei ihn schon in den allerersten Augenblikken ihres Treffens angesprochen hatte. Ihre Gedanken wirbelten durcheinander und verwarfen die Erfindungen über sich selbst, die sie Wei und Bontate hatte erzählen wollen. Jetzt würde sie anhand der Informationen, die Sergej ohne ihr Wissen weitergegeben hatte, improvisieren müssen. Sie würde ihre Kenntnisse demonstrieren und dabei ständig im Kopf behalten müssen, daß sie nicht allzu tief in ihre eigene Realität eintauchen durfte.

Sie hatten nun die Tür zur Bibliothek erreicht, und Wei führte sie hinein. Bücherregale aus Rosenholz bedeckten die Wände des rechteckigen Raumes. Sie waren nicht höher als ein Meter fünfzig, und darüber waren die Wände bis zur vollen Höhe von fünf Metern mit Gemälden und Zeichnungen bedeckt. Die Bücher in den Regalen befaßten sich alle mit einem Thema, der Kunst: Kunstgeschichte, Biographien von Künstlern und Sammlern, gelehrte Monographien, Kataloge besonderer Sammlungen.

»Das ist meine Passion«, sagte er. »Zumindest eine meiner Passionen.«

Ein silberner Eiskübel mit Weißwein und zwei langstielige Gläser standen auf einem Barocktischchen gleich am Eingang der Bibliothek. Wei goß Wein in die beiden Gläser.

»Würden Sie gern einen kleinen Rundgang machen?« fragte er und wies mit seinem Glas auf die Sammlung. »Ich wäre entzückt, Ihre Meinung zu hören.«

»Das ist so lange her«, sagte sie. »Ich bin keine Autorität in Geschmacksfragen. Wie Sie sicher bemerkt haben, weiß Sergej so wenig über diese Dinge, daß in seinen Augen jeder ein Experte ist, der ein bißchen mehr weiß.«

Wei sah sie mit einem Ausdruck amüsierter Überraschung an. Er hatte nicht erwartet, von Krupatins vertrauenswürdigster Emissärin eine so abschätzige Bemerkung zu hören.

»Ich bin sicher«, sagte er mit einem Anflug von Bewunderung, »daß ich Ihre Ansichten schätzen werde, ganz gleich, welche Referenzen Sie haben.«

Sanft legte er ihr in Taillenhöhe eine Hand auf den Rücken und führte sie zu der langen Reihe von Bildern auf der rechten Seite des großen Raumes. Dort hingen die obligatorischen französischen Impressionisten – Wei gab zu, sie ganz zu Beginn seiner Sammlerkarriere erworben zu haben – neben einigen exquisiten Gemälden des *quattrocento.* Noch schöner war eine kleine Sammlung venezianischer und florentinischer Zeichnungen aus dem fünfzehnten Jahrhundert, um die ihn jedes größere Museum beneidet hätte. Überraschenderweise war auch das *fin de siècle* zahlreich vertreten – Klimt, Schiele, Czeschka, Khnopff, von Stuck. Außerdem gab es einige französische Symbolisten.

Man hörte ihr Fortschreiten auf dem Marmorfußboden nur an Irinas Schritten, denn Wei bewegte sich geräuschlos auf seinen Samtslippern, sprach leise über seine Sammlung und blieb hier und da stehen, um ein Werk zu betrachten oder eine mit dem Erwerb eines anderen verbundene Anekdote zu erzählen. Sie erreichten das andere Ende der Bibliothek und gingen auf der gegenüberliegenden Seite weiter. Hier endlich kamen sie zu seiner wachsenden Sammlung von Ikonen. Offensichtlich war Krupatin nicht der einzige, der gestohlene Kunstwerke verhökert und Weis Appetit auf sakrales Schmuggelgut gestillt hatte. Es gab zahlreiche unschätzbare Ikonen, die zweifellos undokumentiert waren, elfenbeinerne Diptychen aus der Türkei, ziseliertes Silber und Gold aus Georgien, Mosaiken aus Griechenland, Fresken vom Balkan, Tempera auf Holz aus Rußland – eine Sammlung geschmuggelter Kunstwerke, die ihn für den Rest seines Lebens ins Gefängnis hätte bringen können.

Und dann kamen sie zu Weis neuester Liebhaberei, für Irina ein lebensrettender Glücksfall: asiatische Gemälde auf Papier, Holz und Seide. Einige von Irinas Forschungen über Pigmente hatten sich an ebendiesen Künstlern orientiert, als sie in der Freer Gallery in Washington arbeitete. Sie kannte die Materialien ganz genau.

Als sie wieder bei der Bibliothekstür angelangt waren, hielt Wei inne, drehte sich um und überblickte die volle Länge des Raumes.

»Ich habe in meinem Leben den Punkt erreicht, an dem mir diese Werke mehr bedeuten als fast alles andere«, sagte er.

Er nahm den Wein aus dem Kübel und bot ihr ein weiteres Glas an, das sie annahm. Er hatte ihr keine einzige spezifische Frage über die Werke seiner Sammlung gestellt, die ihr erlaubt hätte, ihre angeblichen Kenntnisse zu demonstrieren. Sie wußte, daß es ihre Aufgabe war, ihm die Bestätigung zu geben, auf die er wartete.

Während er die Weinflasche wieder in den Eiskübel stellte, ging sie ein paar Schritte auf die Mitte der Bibliothek zu und blieb vor einem der asiatischen Stücke stehen.

»Ich war Restauratorin für Farben«, sagte sie ohne Einleitung, während sie das Gemälde betrachtete. »Und während meiner Studienzeit habe ich mit einigen der besten Gelehrten meines Fachs gearbeitet. Auch international. Wenn das nicht so gewesen wäre, hätte ich das Werk dieses Mannes nie gesehen.« Sie wies auf das Bild, das sie bewundert hatte und noch immer betrachtete. »Chao Meng-fu, vierzehntes Jahrhundert.« Sie wandte sich nach Wei um und war entzückt zu sehen, daß er sie überrascht und verblüfft anschaute. »Habe ich recht? Ist das ein Chao Meng-fu?«

»Ja, unglaublich, es ist einer«, sagte er unverkennbar überrascht.

Irina lachte beiläufig und wandte sich wieder dem Gemälde zu. »Beim Restaurieren geht es natürlich darum, daß man die Chemie der Pigmente kennt, mit denen man arbeitet«, fuhr sie fort. »Sie könnten ein Gemälde binnen Sekunden zerstören, wenn Sie nichts über die Zusammensetzung und die Eigenschaften seiner ursprünglichen Pigmente wüßten.« Einen Augenblick lang starrte sie das Bild an, das sie vor sich hatte. »Das Rot im Gewand dieses Reiters beispielsweise ist Scharlachrot und wird in seiner natürlichen Mineralform Zinnober genannt, die kristalline Form von Quecksilbersulfid. Aber die Chinesen hatten ein trockenes Scharlachrot entdeckt, indem sie Quecksilber, ein Derivat von Zinnober, und

Schwefel kombinierten; das erzeugt ein schwarzes Produkt, und sie verfeinerten es zu der roten Variation, die man Scharlach nennt. Ein relativ stabiles Pigment, aber launenhaft. Manchmal hält es seine Farbe jahrhundertelang… aber manchmal auch nicht.«

Wei starrte sie an, als traue er seinen Ohren nicht. Irina ging zum nächsten Bild weiter.

»Das stammt aus der Nanga-Schule. Ich vermute, der Künstler ist Watanabe Kazan, Japaner, neunzehntes Jahrhundert.«

»Großer Gott… Sie haben vollkommen recht.«

»Die Farbe dieses Kimonos ist mit Malachit hergestellt, einem einigermaßen dauerhaften Pigment. Unter bestimmten Bedingungen neigt es dazu, schwarz zu werden, aber die Malachitstellen auf mittelalterlichen italienischen Fresken sind noch immer ziemlich leuchtend.«

Sie ging zum nächsten Gemälde. »An der Identität dieses Künstlers habe ich keine Zweifel. Ishikawa Toyonubu, Japaner, achtzehntes Jahrhundert.«

Wei nickte strahlend.

»Sehen Sie sich das Weiß in den Fleischtönen dieser Kurtisane an. Das erreicht man durch Verwendung eines Pigments aus pulverisierten Austernschalen, das *gofun* genannt wird. Es ergibt ein gedämpfteres Weiß als die schweren Metallweiße und ermöglicht es, diese subtilen, aber fast leuchtenden Fleischtöne zu erzielen. Dafür ist dieses Bild ein prachtvolles Beispiel. Sie sollten besonders stolz darauf sein.«

Wenn Irina daran gezweifelt hatte, daß Wei sie akzeptieren würde, dann verschwanden diese Zweifel rasch bei den Kommentaren, die sie abgab, während sie von Bild zu Bild ging. Manchmal kannte sie einen Künstler oder eine Datierung nicht oder tat zumindest so, was Wei Gelegenheit gab, seine eigene Kennerschaft zu demonstrieren. Sie hatte schreckliche Angst gehabt, zuviel von ihrem Wissen vergessen zu haben, um ihn zu beeindrucken, doch sie stellte erfreut fest, daß ihr immer mehr wieder einfiel, je länger sie redete.

Sie dinierten zusammen in einem kleinen Speisezimmer nicht weit von der Bibliothek, bedient von schweigenden französischen

Hausangestellten, die nur Strümpfe, aber keine Schuhe trugen. Das Essen wurde lautlos serviert, und die benutzten Teller verschwanden lautlos. Während des ganzen Abends bemerkte Irina kein einziges Mal, daß Wei dem Personal auch nur das leiseste Zeichen gab.

Wei war tatsächlich ein bezaubernder Mann, und ihr war klar, daß ihm der Abend sehr gut gefiel. Krupatin hatte sich, wie Irina jetzt feststellte, überaus geschickt verhalten. Er hatte Wei einen denkwürdigen Abend beschert, der seine beiden Leidenschaften verband: Kunst und westliche Blondinen.

Doch in seiner typischen Mißachtung Irinas hatte Krupatin nicht alles vorhergesehen. Irina selbst fand den Abend ebenfalls anregend. Nur unter größten Schwierigkeiten konnte sie im Sinn behalten, daß sie einen Job zu erledigen hatte.

Irina beobachtete ihn aufmerksam. Aus irgendeinem Grund aß er keine der Speisen ganz auf, die ihm serviert wurden. Einmal sah sie sogar, daß er den letzten Bissen zu Munde führen wollte, dann aber innehielt und die Gabel niederlegte. Er war Linkshänder und trug einen ziselierten Goldring mit einem ceylonesisch geschliffenen Rubin an dem Finger, an dem man sonst den Ehering trägt. Er neigte dazu, ihren Worten manchmal mit leicht nach rechts gedrehtem Kopf zu lauschen, als höre er mit dem linken Ohr besser.

Zweimal im Lauf des Abends wurde ihm ein Telefon an den Tisch gebracht, und beide Male zeigte Wei weder Überraschung noch Ungeduld über die Störung. Beide Male entschuldigte er sich bei ihr, hielt den Hörer ans Ohr – links – und begann zu sprechen, ohne nachzufragen, wer am Apparat war. Er sprach chinesisch und schien Informationen zu erhalten, nicht zu geben. Sein Ton war der gleiche wie ihr gegenüber: sanft, höflich, entspannt.

Irina stellte fest, daß er sie tatsächlich faszinierte. Sie mußte sich das Schicksal seiner drei Geliebten ins Gedächtnis rufen und ertappte sich bei der Überlegung, ob das Ende dieser Frauen nicht eine Desinformation war, die Krupatin in Weis Dossier geschmuggelt hatte, damit Irina auch genügend Abscheu vor dem Mann empfand, den sie töten sollte.

Paris »Haben Sie gut geschlafen?« fragte er.
Die Terrasse war schattig, doch die Sonne des späten Vormittags drang stellenweise durch die hoch aufragenden Kastanienbäume, die den tiefer liegenden Rasen umgaben.

»Sehr gut«, sagte sie und trat an den Tisch. »Danke.«

Sie war von einem asiatischen Hausmädchen mit Kaffee auf einem Silbertablett geweckt worden. Das Mädchen hatte ihr mitgeteilt, Monsieur Wei wünsche sie in fünfundvierzig Minuten auf der Terrasse zu sehen.

»Manchmal kann eine fremde Stadt, ein fremdes Bett verwirrend sein«, sagte er und erhob sich, um ihren Stuhl zurechtzurücken, als sie sich an den Tisch mit der Marmorplatte setzte.

»Mich stört das nie«, sagte sie. »Außerdem ist Paris für mich keine fremde Stadt.«

Fragend zog er die Augenbrauen hoch.

»Vor nicht allzu langer Zeit habe ich ein Jahr lang hier gelebt«, erklärte sie. »Und seither war es für mich immer eine freundliche Stadt.«

»Aber jetzt wohnen Sie in St. Petersburg«, sagte Wei. »Kaffee?«

»Bitte. Ja, St. Petersburg ist mein Zuhause. Die meiste Zeit jedenfalls.«

»Also reisen Sie viel?«

»Ja, ziemlich«, sagte sie.

Sie plauderten einige Minuten beim Kaffee, während sie von dem Gebäck aß, das auf dem Tisch stand. Sie sah *Le Monde* und die Londoner *Times* neben seinem Ellbogen liegen, nach der Lektüre mehrmals gefaltet. Krähen krächzten in den höchsten Bäumen des Grundstücks, und ganz im Hintergrund war durch das dichte Buschwerk gedämpft der Pariser Verkehr zu hören.

Nachdem sie lange genug mit ihrem Frühstück herumgespielt hatte, drehte Wei seinen Stuhl zur Seite, so daß er ihr gegenübersaß, schlug die Beine übereinander und nahm eine frische Tasse Kaffee in die schmale Hand.

»Was Sergej tun möchte, ist sehr ungewöhnlich«, sagte er ohne Einleitung.

»Was meinen Sie?« fragte sie, um ein wenig Zeit zu gewinnen.

Wei lächelte, als wisse er, daß sie unaufrichtig war. »Daß er einen ›vertrauenswürdigen Emissär‹ benutzen möchte.«

»Wenn Sie nicht auf einem Treffen in den USA bestehen würden, wäre das nicht nötig«, sagte sie.

»Vielleicht werde ich meine Meinung ändern.«

Sie zuckte mit den Achseln und nickte, als wollte sie sagen, dann sei ja alles in Ordnung.

»Haben Sie so etwas schon einmal für ihn gemacht?«

»Ja.«

»Ich glaube, er ist paranoid.«

»Ach ja?«

»Was meinen Sie?«

»Ich habe festgestellt, daß Sergej Krupatin meistens genau weiß, was er tut.«

Er lächelte. »Gut gesagt. Sie glauben also nicht, daß er paranoid ist.«

»Monsieur Wei, Ihnen muß klar sein, wie ich darauf zu antworten habe.«

Wei starrte sie an. Sie konnte seinen Gesichtsausdruck nicht deuten; vielleicht war da ein Anflug von Bewunderung.

»Sergej hat mir nicht gesagt, woher er Sie kennt.«

Sie sah ihn an, trank von ihrem Kaffee und betrachtete ihn über den Rand ihrer Tasse hinweg. Er lächelte sanft.

»Tatsächlich?«

»Ja.«

Sie stellte ihre Tasse ab und lehnte sich zurück. »Dann hat er das sicher nicht für wichtig gehalten.«

»Vielleicht. Aber ich würde es trotzdem gern wissen.«

Sie musterte ihn einen Augenblick und spürte dann, daß jetzt sie lächeln mußte. »Warum?«

Aber Wei war ebenfalls nicht leicht auszuhorchen.

»Wie lange kennen Sie ihn schon?«

»Ich glaube kaum, daß das von Bedeutung ist«, sagte sie.

»Aber wichtig ist doch, daß es für mich von Bedeutung ist, oder?«

Sie sah ihn an, hielt inne und schob dann langsam ihre Kaffeetasse von sich. »Monsieur Wei, ich bin ein sehr verschwiegener Mensch. Ich bin sicher, daß Sie dafür Verständnis haben werden.« Darauf reagierte er nicht. »Ich bin bereit, dies für Sergej Krupatin zu tun, weil ich ihm einen Gefallen schulde, nicht, weil ich muß. Aber mein Bedürfnis, ihm diesen Gefallen zu tun, ist nicht größer als mein Wunsch nach meiner Privatsphäre. Wenn Sie mit mir so, wie Sie mich kennen, nicht zufrieden sind, dann sollten Sie das Sergej Krupatin sagen, und er wird jemand anderen für diese Aufgabe finden. Ich versichere Ihnen, daß ich nicht gekränkt sein werde.«

Wie auf ein Stichwort begannen die Glocken von St.-Sulpice am Ende der Rue Férou zu läuten.

Wei war ernst geworden, während sie sprach, doch als sie geendet hatte und die Glocken in der klaren Morgenluft läuteten, kehrte ein friedliches Lächeln auf seine glatten asiatischen Gesichtszüge zurück.

»Ich verstehe, warum Sergej Sie gewählt hat«, sagte er mit einem kaum merklichen Nicken. »Bitte, verzeihen Sie mir. Mein Interesse, Olja, ist eher persönlich als beruflich. Ich unterziehe Sie keinem Verhör. Ich bin … nun ja, einfach neugierig, wie eine Frau auf eine Frau neugierig ist, weil sie eine Frau ist, nicht ein Emissär.«

Sie war ehrlich betroffen, was offenbar genau die richtige Reaktion war, wie sie seinem Gesichtsausdruck entnehmen konnte.

»Ich möchte wissen, ob Ihre Beziehung zu Sergej Krupatin über das rein Geschäftliche hinausgeht«, sagte Wei. »Oder steht es mir frei, Sie besser kennenzulernen?«

Sie sah ihn an, insgeheim erstaunt, daß Sergejs Einsatz sich so schnell bezahlt gemacht hatte. Er war ein teuflischer Psychologe; er hatte genau gewußt, wie dieser Mann auf sie reagieren würde.

»Unsere Beziehung ist rein geschäftlich«, sagte sie und fügte dann rasch hinzu: »Aber ich bin nicht sicher, ob das, was Sie da vorschlagen, eine …« Sie wollte ihn nicht kränken. »Ob es … unter den gegebenen Umständen eine gute Idee ist.«

»Ich schlage nur vor, daß wir nicht so förmlich miteinander umgehen«, sagte er wenig überzeugend. »Wir haben soviel gemeinsam, wie wir gestern abend festgestellt haben.«

»Ich nehme an, die Frage ist, wer von uns ihn besser kennt«, sagte sie. »Ich kenne ihn gut genug, um zu denken, daß er das als … eigenartige Entwicklung ansehen würde.«

»Meinen Sie?« Wei gestattete sich ein weiteres amüsiertes Lächeln.

»Ja.«

»Sie fühlen sich also verpflichtet, ihm alles zu erzählen, was zwischen uns vorgeht?«

»Nicht verpflichtet, nein. Aber ich bin dafür verantwortlich, die Position, die ich hier repräsentieren soll, nicht zu kompromittieren«, sagte sie.

Sie mußte vorsichtig sein und den richtigen Ton treffen. Der Chinese war kein Dummkopf. Vielleicht spielte er mit ihr. Sie mußte unabhängig bleiben, selbst über eine gewisse Autorität verfügen, aber gleichzeitig konnte sie sich nicht in eine Lage bringen, die Wei selbst illoyal finden würde, wenn sie für ihn statt für Krupatin arbeitete. Und doch konnte sie es sich nicht leisten, auf den Verführungsfaktor zu verzichten. Er würde der Schlüssel zu allem sein, was sie brauchte.

Zum Glück wurde ihr noch eine Atempause gewährt, als eines von Weis lautlosen Hausmädchen mit dem Telefon über die Terrasse glitt.

»Entschuldigen Sie mich«, sagte er.

Während er in den Hörer sprach, wandte sie sich von ihm ab und zeigte ihm ihr Profil. Sie wußte, daß er sie beobachten würde, und sie wollte genau das Maß an Unsicherheit darbieten, von dem sie annahm, daß er es sehen wollte. Wahrscheinlich würde er gern glauben, daß sein Charme auf sie wirkte und sie in Versuchung führte.

Sie hob das Kinn und starrte über den Rasen, wobei sie abwesend mit dem Handrücken über ihren langen Hals strich. Gedankenverloren richtete sie sich auf und spürte seine Blicke mit solcher Gewißheit auf ihren Brüsten, als habe er die Hand darauf gelegt.

Als er sein Telefongespräch beendet hatte, starrte sie weiter vor sich hin, anscheinend in Gedanken über das Gespräch versunken, das sie soeben geführt hatten, vielleicht unsicher, wie sie sich verhalten sollte.

»Olja.«

Sie fuhr zusammen, als habe er ihre Gedanken unterbrochen, und wandte sich ihm zu. Das Hausmädchen glitt über die Terrasse davon.

»Woran haben Sie gedacht?« fragte er.

»An nichts.« Der Dialog war älter als die Pariser Kirchen.

»Sie haben meine Frage nicht beantwortet.«

»Ich sollte herkommen, damit Sie über meine Rolle bei den Verhandlungen beruhigt sind. Ist mir das gelungen?«

»Natürlich. Ich habe nichts dagegen einzuwenden.«

»Sehr gut«, sagte sie. »Dann sollten wir es dabei belassen, denke ich.«

»Nein, das denke ich nicht«, sagte er.

Innerlich versteifte sie sich. Sie sah ihn aufmerksam an.

»Was meinen Sie?« fragte sie knapp. Sie hatte gesehen, wie diese Art von Mann mit den zärtlichsten Worten auf den Lippen bösartig wurde.

Er sah auf seine Uhr. »Ich habe gerade dafür gesorgt, daß eines meiner Flugzeuge Sie nach Sizilien bringt. Sie sollen heute mittag um eins dort sein, was bedeutet, daß Sie binnen einer Stunde abreisen müssen. Sie fliegen nicht nach Palermo selbst, sondern zu Carlo Bontates Anwesen, das im Landesinneren liegt, auf den Hügeln südlich von Palermo.«

»War das die ursprüngliche Vereinbarung?«

»Sergej hat ihr zugestimmt. Und Bontate«, sagte er, ohne ihre Frage direkt zu beantworten. Er zögerte einen Augenblick. »Sie kennen Carlo noch nicht?«

»Nein.«

»Wir sind sehr verschieden«, sagte er.

Sie fragte sich, warum er es für nötig hielt, ihr das zu sagen.

»Wenn Sie in Palermo fertig sind, wird mein Pilot Sie nach Paris zurückbringen.«

»Nach Paris?«

»Sergej hatte nichts dagegen, daß Sie auf dem Rückweg noch eine Nacht hier verbringen«, sagte Wei. »Um wieder über Kunst zu sprechen...« Er lächelte. »Wenn Sie einverstanden sind. Es wäre mir eine Ehre, wenn Sie mich besuchen würden.«

Houston Es war ein langer Tag gewesen.
Als Cate und Ann mit Pizza, Salaten und frischem Bier zum Haus zurückkehrten, versammelten sich alle zum Essen um den gemieteten Tisch. Das Tischgespräch wandte sich den verschiedensten Gegenständen zu, von denen keiner etwas mit dem Grund des Hierseins zu tun hatte. Es war, als hätten sie sich unausgesprochen darauf geeinigt, dieses Thema für eine Weile beiseite zu schieben, und sei es nur so lange, wie man brauchte, um eine Pizza zu essen.

Curtis Hain schob sich einen letzten Bissen in den Mund und lehnte sich auf seinem Stuhl zurück. Einen Augenblick wirkte er nachdenklich. Dann sah er Cate an.

»Cate, wir haben Sie ein bißchen hingehalten«, sagte er. »Na ja, nicht hingehalten. Vielmehr sollte ich besser sagen, daß wir etwas zurückgehalten haben.«

Cate hatte schon den ganzen Tag das vage Gefühl gehabt, daß sie aus irgendeinem Grund nicht das vollständige Bild zu sehen bekam, trotz der Tatsache, daß ein großer Teil der Besprechung speziell ihr gegolten hatte. Sie schob ihren Teller von sich und wischte sich mit der Serviette den Mund ab.

»Okay«, sagte sie. »Worum geht es?«

»Ich werde gleich zum Kern der Sache kommen«, sagte Hain. »Sie sind hier für einen speziellen Job vorgesehen. Speziell sogar innerhalb unserer Spezialgruppe. Und Sie sind aus ganz bestimmten Gründen ausgewählt worden. Erstens, um es unverblümt zu sagen: Ennis Strey meinte, Sie hätten den Mumm dazu. Zweitens: Sie haben das richtige Aussehen dafür. Drittens: Ennis Strey hat gesagt, Sie hätten auch den nötigen Grips.«

»In dieser Reihenfolge?« fragte sie.

»Eigentlich ja«, sagte Hain und trank einen tüchtigen Schluck aus seiner Bierflasche. »Wir möchten versuchen, jemanden in Krupatins persönliche Nähe zu bringen, vor allem, wenn es so aussieht, als wolle er für eine Weile hierbleiben. Für diesen Versuch haben wir nicht allzuviel Zeit, aber wir haben eine Karte im Ärmel, von der wir hoffen, daß sie uns einen Vorteil verschaffen wird.« Er starrte zu ihr hinüber. »Vor ein paar Jahren hat Krupatin einen seiner vertrauenswürdigsten Leutnants in New York installiert. Er heißt Valentin Stepanov. Er scheint der Eckpfeiler von Krupatins Infrastruktur hier in den Staaten zu sein. Stepanov ist von Krupatin nach Houston bestellt worden. Das ist der wirkliche Grund, warum wir so sicher sind, daß er herkommen wird. Stepanov ist unser Mann.«

»Du meine Güte.« Cate war verblüfft. Sie sah Ann Loder und dann wieder Hain an. »Wie ist es dazu gekommen?«

»Das ist kompliziert«, sagte Hain.

»Sie sollten es ihr sagen«, warf Ometow ein. »Wenn wir das von ihr verlangen, dann sollte sie alle Einzelheiten kennen.«

Falls Hain über diese Unterbrechung verärgert war, zeigte er es nicht.

»Stepanov ist zusammen mit Krupatin aufgestiegen«, sagte er, »und zwar schon seit den frühen Moskauer Tagen. Stepanov und Krupatin waren die besten Freunde, aber im Lauf der Zeit stellte sich heraus, daß Stepanovs Stellung der von Krupatin untergeordnet war. An der Spitze ist niemals Platz für mehr als einen. Als Krupatin in Amerika tätig wurde, setzte er Stepanov ein, um hier die Stellung zu halten.«

»Vor einiger Zeit hat Stepanov einen Fehler gemacht«, sagte Ann, die an einer Gurkenscheibe knabberte. Sie sah müde aus. »Wir haben ihn abgehört und dabei detaillierte Vereinbarungen für eine Erpressung aufgezeichnet. Es ging um das ganz große Geld. Ihn erwarteten dreißig Jahre ohne Bewährung. Wir haben mit ihm geredet, und er hat sich kooperativ gezeigt.«

»Wann war das?«

»Vor neun Monaten.«

»Dann hat er über Krupatin ausgepackt?« fragte Cate.

»Nein, nein, so einfach war das mit ihm nicht«, sagte Hain und schüttelte den Kopf. Er nahm ein Stück Peperoni und steckte es in den Mund. »Aber für den Anfang gab er uns Informationen über eine von Krupatins großen Operationen in Deutschland. Das BKA schaffte es dadurch, eine weitverzweigte, vielköpfige Organisation in Deutschland zu zerschlagen. Diese Organisation zu verlieren, war ein harter Schlag für Krupatins deutsche Interessen. Dabei kam Erika ins Spiel, die bei dieser Operation verdeckt mitarbeitete.«

»Stepanov konnte uns diese Informationen geben, weil er die dortige Zelle kannte«, sagte Ann. »Er hatte sie früher geleitet. Da er auf der anderen Seite des Atlantiks und seit fast zwei Jahren nicht mehr direkt beteiligt war, war er vor Verdächtigungen gut geschützt. Was die Operation in Amerika betrifft, war er allerdings sehr eigensinnig. Er sagte, wenn er sie verriete, würde Krupatin ihn umbringen, ob er ihm nachweisen könne, daß er damit zu tun hatte, oder nicht. Der Boß, der die deutsche Operation geleitet hatte, wurde zusammen mit seinen drei Bewachern in die Luft gesprengt, als man ihn in Mainz von einem Gefängnis in ein anderes verlegte. So läuft das. Krupatin läßt nie was durchgehen. Wenn Sie Mist bauen, müssen Sie dafür bezahlen.«

»Dann bekamen wir die Informationen des Moskauer Botschafters.« Hain schaukelte auf den hinteren Beinen seines Stuhls vor und zurück. »Wir setzten uns sofort mit Stepanov in Verbindung. Er gab zu, daß er von Krupatin Anweisung erhalten hatte, ihn in Houston zu treffen. Und schwor bei Gott dem Allmächtigen, nicht mehr zu wissen. Aber er war damit einverstanden, uns zu helfen, jemanden einzuschleusen.«

Eine Pause entstand.

»Warum ich?« fragte Cate.

»Aus den Gründen, die ich genannt habe«, sagte Hain.

»Was haben Sie gemeint, als Sie sagten, ich hätte das richtige Aussehen dafür?«

»Vier Frauen kamen dafür in Frage«, sagte Ann Loder. »Eine aus der Niederlassung in San Francisco, eine aus der in Chicago und eine aus unserem Büro in Brüssel. Und Sie.«

»Und?«

»Wir haben Stepanov die Fotos von allen gezeigt«, sagte Loder.

»Verstehen Sie«, schaltete Ometow sich leise und höflich ein, »Valentin kennt Sergej sein Leben lang. Er kennt ihn… ganz privat.« Er schüttelte den Kopf, und ein leises Lächeln begleitete sein unauffälliges Achselzucken, als teile er ihr etwas Unvermeidliches mit. »Sein Finger« – Ometow tippte neben seinem Teller auf den Tisch – »wählte Ihr Bild aus. ›Die ist es‹, sagte er.«

Das war die eigenartigste Rekrutierung, die Cate je erlebt hatte, vor allem, weil sie sie selbst betraf. Was es für Konsequenzen hatte, wenn man einen solchen Auftrag annahm, brauchte ihr niemand groß zu erklären. Sie wußte es. Wenn sie einmal drinnen war, dann würde sie keiner fragen, wie sie an ihre Informationen gekommen war. Man ging eben so weit, wie man gehen mußte. Die Realität des Geschäfts bestand darin, daß die Information so wichtig war, daß einem niemand irgend etwas zum Vorwurf machte, das man hatte tun müssen, um sie zu bekommen.

Alle schauten sie an, aber ihr Blick war noch immer auf Ometow gerichtet.

»Aber Sie werden nicht von mir verlangen, daß ich ein Abhörgerät trage, nicht? Das ist unmöglich.«

Für den Bruchteil einer Sekunde sah es so aus, als wisse Ometow nicht, wie er seine Antwort formulieren sollte, aber bevor ihm etwas einfiel, beugte Ann Loder sich vor und stützte die Unterarme auf den Tisch.

»Cate, haben Sie jemals Norplant benutzt?«

»Nein.«

»Aber Sie wissen, wie es funktioniert.«

»Natürlich.«

»Die Techniker von Quantico haben zwei Geräte entwickelt, von der gleichen Größe wie Norplant. Genauso anzuwenden. Eines ist ein hochempfindliches Mikrofon, das menschliches Gewebe als eine Art Antenne benutzt oder so. Scheiße, ich weiß es nicht. Spielt auch keine Rolle. Das andere ist ein spezieller Peilsender. Linker Arm, rechter Arm. Wir wissen jederzeit, wo Sie sind.«

»Und Sie hören alles… die ganze Zeit.«

Loder nickte. »Die Dinger schalten sich nie ab.«

»Ich wäre ein wandelndes Mikrofon.«

»Sie schalten sich *niemals* ab«, wiederholte Loder bedeutsam.

Einen Augenblick lang herrschte Schweigen.

»Mein Gott«, sagte Cate. »Und was erwarten Sie von mir?«

»Stepanov hat sich bereit erklärt, Sie mitzunehmen. Er ist verheiratet. Sie würden seine Geliebte sein.«

»Ich dachte, ich sollte… für Krupatin verfügbar sein.«

»Krupatin… na ja, es heißt, daß er sich nimmt, was er haben will. Die Tatsache, daß Sie Stepanovs Geliebte sind, spielt keine Rolle.«

»Ach, Scheiße.«

»Nein, nein, nein«, sagte Erika schnell, eifrig darauf bedacht, ein mögliches Mißverständnis zu bereinigen. Sie sah alle am Tisch Sitzenden an, ehe ihr Blick sich Cate zuwandte. »Sehen Sie, er ist nicht so… ungehobelt, so grob. Er ist kein Tier, nicht in dieser Weise. Nein. Er wird nicht zögern, Sie Stepanov wegzunehmen, aber er wird es auf listenreiche und romantische Weise tun, einigermaßen zivilisiert. Beleidigend für Stepanov, das zweifellos, aber nicht für Sie. Er wird nicht vor den Augen aller anderen über Sie herfallen und Sex mit Ihnen haben.«

»Wie funktioniert es denn dann?« fragte Cate. »Womit muß ich rechnen?« Sie konnte nicht glauben, daß sie dieses Gespräch führte.

»Wie ich sagte.« Erika runzelte ihre klare, faltenlose Stirn. »Er wird mit Ihnen flirten. Das ist bei ihm nicht ungewöhnlich. Er würde vor Jesus Christus mit der Jungfrau Maria flirten. Da gibt es keine Regeln, wissen Sie. Was seinen Leutnants gehört, gehört ihm – wenn er es haben will.«

»Sie meinen also«, sagte Cate, die versuchte, zwischen den Zeilen zu lesen, »daß ich die Situation in gewissem Maß kontrollieren könnte. Ich brauche nicht zu fürchten, vergewaltigt zu werden.«

»Meine Güte, nein.« Erika schüttelte den Kopf. »Je klüger Sie sind, desto länger können Sie es hinziehen. Er liebt – nun ja, das Spiel dabei. Aber«, sagte sie und hob warnend den Zeigefinger, »wenn Sie mit ihm ins Bett gehen müssen, dann sollten Sie besser auf eine verrückte Situation gefaßt sein. Als ich verdeckt in Berlin arbeitete, habe ich mit Frauen gesprochen, die mit ihm geschlafen hatten. Er ist grausam. So einfach ist das. Passen Sie auf.«

Erikas unverblümte Anspielungen auf die sexuellen Möglichkeiten bei diesem Auftrag waren wie ein Guß kaltes Wasser ins Gesicht. Ihre europäische Direktheit ging weit über das hinaus, was Loder oder Hain gewagt hätten, doch Cate bemerkte, daß keiner von beiden eingriff, um Erikas Bemerkungen abzuschwächen.

Offenbar hatten alle das Gefühl, daß das, was auf dem Spiel stand, beträchtliche moralische Zugeständnisse rechtfertige.

Es war still, als Cate auf ihren Teller schaute: verstreute Krumen, ein Stückchen Salat, eine verkohlte Peperonispitze, ein öliger Fleck Salatdressing. Sie dachte, wie seltsam es war, daß sie diese trivialen Kleinigkeiten überhaupt bemerkte. Der Vorschlag, den man ihr machte, war mit nichts zu vergleichen, was sie je getan hatte.

»Wie sieht es mit Unterstützung aus?« fragte sie. »Wie weit draußen soll ich operieren?«

»Ich glaube, daß wir uns jetzt noch nicht über Details unterhalten müssen«, sagte Hain schnell. »Wichtig ist, daß wir Ihnen nun eine kleine Atempause gönnen. Wir sind alle erschöpft. Es war ein verdammt harter Tag. Räumen wir auf und gehen wir schlafen. Cate, denken Sie darüber nach. Schlafen Sie eine Nacht drüber, wenn Sie können.« Er lächelte schwach. »Morgen früh werden wir reden. Aber dann müssen wir es wissen. Es ist hart, ich weiß das, aber wir haben nicht viel Zeit. Wenn Sie sich entscheiden, es nicht zu machen – und das steht Ihnen vollkommen frei, es beeinflußt Ihre Karriere in keiner Weise –, dann vergessen Sie den Vorschlag. Aber wenn Sie ablehnen, müssen wir das bald wissen, damit wir Agentin Nummer zwei schnellstens herbeischaffen können. Verstehen Sie? Ich weiß, daß ich Sie damit unter Druck setze, aber es geht nun mal nicht anders.«

Ihr kam es vor, als habe sie fast eine Stunde wachgelegen, ohne irgendwelche erkennbaren Fortschritte in Richtung auf eine Entscheidung zu machen. Sie malte sich Szenarios aus, die alle möglichen Schlüsse hatten, vom rauschenden Erfolg bis zur verheerenden Niederlage. Sie hatte sich nie vorgestellt, einmal eine solche Entscheidung treffen zu müssen. Und, ja, sie dachte an Tavio. Sie zog alle Vergleiche, alle Rationalisierungen heran, wie anders dies sei, aber innerlich war ihr peinlich bewußt, wie leicht sie über etwas erbleichte, das er routinemäßig viele Jahre lang getan hatte. Zu viele Jahre.

Sie war gerade im Begriff, in einen erschöpften Schlaf zu fallen, als sie aus dem Garten Stimmen zu hören glaubte. Sie warf das

Laken zurück, stand auf, ging zum Fenster und schob die Jalousctten leicht auseinander. Die einzige Beleuchtung im Innenhof war der Lichtschein der Stadt, der von den Wolken über dem Golf reflektiert wurde. An der hinteren Mauer des Innenhofs gab es einen Grillkamin aus Stein. Curtis Hain saß mit vor der Brust verschränkten Armen daneben und hörte mit gesenktem Kopf Ann Loder zu, die einen hitzigen Monolog zu halten schien und gelegentlich einen Arm hochwarf, um ihre Worte zu betonen.

SECHZEHN

Marineo, Sizilien Wie die meisten Landhäuser in der *Campagna* lag Carlo Bontates Villa nicht direkt in dem kleinen Dorf Marineo, sondern in einiger Entfernung in einem Tal nordwestlich des Weilers, der im wesentlichen aus zwei antiken Kapellen auf einer Hügelkuppe bestand, um die sich eine kleine Gemeinde angesiedelt hatte. Irina konnte das Dorf mit den weißgetünchten Häusern und Terrakottadächern durch das Fenster von Weis Düsenflugzeug in der Ferne liegen sehen, als es im Senkflug die Rollbahn inmitten der staubigen Ebene ansteuerte.

Daß es diese Landebahn überhaupt gab, war kennzeichnend für die neue Generation, die Bontate repräsentierte. Ein solches Zeichen von Reichtum, selbst in dem entlegenen Tal von Marineo, wäre noch vor einem Jahrzehnt verboten gewesen. Derartige Extravaganzen konnte sich die Mafia nur außerhalb Siziliens leisten. Zu Hause galt die Regel, Bescheidenheit zu zeigen. Darin unterschieden sich die Sizilianer bisher von den Kolumbianern, die ihren Reichtum vor den schmutzigen Nasen ihrer verarmten Bauern zur Schau stellten.

Als das Flugzeug am Ende der Rollbahn langsam wendete, sah Irina neben der Landebahn zwei Seite an Seite geparkte Mercedes-Limousinen. Der vertraute Anblick von Leibwächtern, die an den Autos lehnten, war für Irina nicht sonderlich beruhigend, als die Falcon 2000 in fünfundzwanzig Schritten Entfernung von ihnen zum Stehen kam.

Zwei hübsche *palermitani* traten zu Irina, als sie aus dem Jet stieg, und geleiteten sie zum Rücksitz ihrer Limousine. Der Pilot nahm mit zwei anderen Männern den zweiten Wagen, während zwei weitere bei der Maschine und Weis Sicherheitsmann zurückblieben, der stets mit dem Piloten reiste, den Jet aber nie aus den Augen ließ. Die beiden Limousinen rollten über die unasphaltierten Straßen des Tals auf die ansteigenden Hügel zu, die dem Dorf Marineo gegenüberlagen.

Bontates Landhaus war eine alte, zweistöckige Villa mit verblichenem, ockerfarbenem Stuck. Es lag wie Marineo auf einer Hügelkuppe und schaute nordostwärts über das Tal auf das acht Meilen entfernte kleine, helle Dorf. Zu beiden Seiten der Straße, die zur Villa führte, wechselten sich Getreidefelder, Olivenhaine und Weingärten ab, und alles, was direkt neben der Straße lag, war von einem kalkigen Staub bedeckt, auf den die Sommersonne niederbrannte. Die Villa war von einer hohen Mauer umgeben, vor der auf der Außenseite dicht an dicht Zitronen- und Limonenbäume standen, ab und zu von hohen Palmen unterbrochen, deren Wedel über die hellbraune Mauer hingen.

Die beiden Limousinen passierten das Tor in der Mauer und kamen auf der kiesbedeckten Einfahrt zum Stehen. Die Leibwächter sprangen sofort aus den Autos und öffneten Irinas Tür so schnell, daß sie noch von der Staubwolke eingehüllt wurde, die ihnen in der drückenden Sommerhitze in den Gartenhof gefolgt war.

Einer der jungen Männer führte sie über den Kies in den Schatten eines Säulenvordachs. Sie spürte jemanden zu ihrer Rechten und sah, als sie sich umwandte, mehrere Personen in einem Garten unter gesprenkelten Baumschatten sitzen. Es waren nur Frauen, drei oder vier. Sie saßen in hölzernen Deckstühlen und fächelten sich in der Hitze Luft zu. Bücher und Zeitschriften lagen herum, und auf einem kleinen runden Tisch in der Nähe standen Gläser, eine Schale mit Obst und ein Krug mit irgendeinem geeisten Getränk. Alle Frauen drehten sich ebenfalls nach ihr um, zusammen mit einem kleinen Mädchen in einem weiten, weißen Kleid, das sich mit einer Hand das schwarze Haar aus dem Gesicht strich, während es mit der anderen eine Schnur hielt, die um den Hals eines gefleckten Huhns gebunden war.

Irina blieb reglos stehen und sah das Kind unverwandt an. Dann wandte sie sich rasch um und folgte dem Leibwächter in die dämmrige Vorhalle der Villa.

Die Steinwände waren dick, ebenso wie die Läden, die das Innere des alten Hauses kühl hielten. Der hefeartige Geruch eines Weinkellers hing im Erdgeschoß. Der Leibwächter ging sofort eine der Steintreppen hinauf, die zu beiden Seiten der Halle nach oben führten. Irina folgte ihm an der geschwungenen Balustrade entlang in den ersten Stock, wo sich ein offener Mezzanin zu beiden Seiten erstreckte. Dazwischen führte eine Doppeltür in einen großen, quadratischen Empfangsraum mit Parkettboden und dunklen, schweren Möbeln. Hohe Fenster in den Wänden ließen gedämpftes Nachmittagslicht ein. Sie gingen zu einer zweiten Doppeltür, hinter der eine breite, schattige Loggia lag. Der Blick von hier aus war atemberaubend; er umfaßte das ganze Tal und die Berge dahinter. Die wellige Landschaft glänzte im Sommerlicht. Riesige, schaumweiße Wolken zogen von der Küste aus nach Norden und warfen graugetönte Schatten auf die unter ihnen liegenden Haine und Felder.

»Signorina Serowa.«

Irina wandte sich nach links und sah einen schweren Mann in zerknitterten Hosen und einem kurzärmligen karierten Hemd, der von einem Stuhl aufstand und auf sie zukam. Sie erkannte Bontate, da sie in Krupatins Akte Fotos von ihm gesehen hatte.

»Willkommen auf dem Land«, sagte er und streckte eine Hand aus, ohne zu lächeln.

»Danke«, sagte Irina und schaute über seine Schulter. Außer ihm war niemand im Raum.

»Setzen wir uns dort drüben hin«, sagte er, drehte ihr den Rücken zu und ging zu dem kleinen Tisch, an dem er gesessen hatte und dessen Marmorplatte zerkratzt und verfärbt war. Auf dem Tisch stand eine Weinflasche ohne Etikett mit zwei Gläsern. Daneben lagen ein Päckchen amerikanischer Zigaretten und der Schraubdeckel eines Einmachglases, den er als Aschenbecher benutzt hatte.

»Ich habe gerade auf meine Weinberge hinausgeschaut«, sagte er und winkte ihr, sie möge sich setzen, »als ich Ihr Flugzeug sah.

Es ist nicht die beste Gegend für Wein hier um Marineo herum, aber ich experimentiere mit ein paar *moscati*.«

Ein alter brauner Hut, dessen Band Schmutz- und Schweißflecken hatte, hing an der Rückenlehne seines Stuhls. Sein Hemd war an den Achseln dunkel vor Schweiß, und seine Stirn war oben, wo der Hut ihn vor der sizilianischen Sonne beschützt hatte, weiß.

Er goß Wein in ein kleines Bistroglas und stellt es vor sie hin, ohne zu fragen, ob sie es wollte. Er fragte auch nicht, ob sie sich frischmachen oder etwas Kaltes trinken wolle. Er sah aus und benahm sich eher wie der Verwalter seines Besitzes, nicht wie der Eigentümer.

»Das ist ein bißchen ungewöhnlich«, sagte er und kam damit gleich zur Sache, während er sich selbst Wein in das andere Glas goß. Wie Wei sprach er englisch, allerdings mit starkem Akzent. Er war Anfang Vierzig, ein bißchen kleiner als Irina und hatte zerzaustes, sandbraunes Haar. Sein Gesicht war rund und sonnenverbrannt und wies einen Tagesbart auf. Am auffallendsten jedoch waren seine Augen. Sie waren von hellem Bernsteingelb und hatten lange, weiche Wimpern. Die Honigfarbe der Augen schien in der dunklen sizilianischen Sonnenbräune fast zu glühen.

»Vielleicht«, sagte sie und stellte ihre Umhängetasche auf den Boden neben ihrem Stuhl. »Aber Krupatin hofft, daß es Sie beruhigt, wenn Sie mich kennenlernen.«

»Ich bin nicht beunruhigt«, sagte er und lehnte sich auf seinem Stuhl zurück. »Trotzdem ist es ein bißchen ungewöhnlich.«

»Was finden Sie denn ungewöhnlich?«

»Nun ja, das haben wir nie zuvor gemacht. Wird es dadurch nicht ungewöhnlich?«

»Ja, tatsächlich«, sagte sie. »Ich werde mit Vergnügen jede Frage beantworten, die Sie vielleicht haben.« Sie griff nach dem kleinen Weinglas und trank einen Schluck. Sie war überrascht, wie mild der Wein schmeckte.

»Wenn er solche Angst vor der amerikanischen Polizei hat, warum sagt er dem Chinesen dann nicht, daß wir uns woanders treffen müssen?«

»Würden Sie das tun, Signor Bontate?«

Er schaute sie an. »Ich würde den Chinesen bitten, das Treffen woanders stattfinden zu lassen.«

»Vielleicht hat er das getan.«

»Das wissen Sie nicht?«

»Nein, das weiß ich nicht. Signor Bontate, ich sollte Ihnen sagen, daß ich nicht für Sergej Krupatin arbeite. Ich habe mich bereit erklärt, dieses eine Mal, nur bei diesen Verhandlungen, als seine Abgesandte zu fungieren, und zwar, weil ich ihm eine Gefälligkeit schulde. Danach sind wir quitt, und ich möchte nichts mehr mit ihm zu tun haben.«

Bontate zog an seiner Zigarette und sah sie an. »Er muß Ihnen einen ziemlich großen Gefallen getan haben.«

»Ja, das hat er.«

Er wandte das Gesicht dem Tal zu, wo die Wolken und Schatten über seine Weinberge und Olivenhaine zogen, und blinzelte in das helle Licht.

»Woher kennen Sie Sergej Krupatin?«

»Ich bin ihm vor vielen Jahren begegnet, als ich an der Universität von St. Petersburg studierte. Wir lernten uns kennen. Einige Jahre vergingen, und ich entschied, daß ich ihn nicht mehr kennen wollte.«

Bontate starrte noch immer in die Helligkeit hinaus. »Das kommt vor.«

»Es gefiel ihm nicht, aber er respektierte die Art und Weise, wie ich die Dinge sah. Das tut er noch immer.«

»Was bezahlt er Ihnen?«

»Nichts. Ich sagte Ihnen doch, ich bin ihm etwas schuldig.«

»Sie mögen diesen Mann nicht, denken aber trotzdem, daß Sie ihm etwas schulden? Wenn Sie ihn nicht mögen, warum nehmen Sie dann Rücksicht auf eine alte Schuld?«

»Für manche Leute hat so etwas wenig mit der Person zu tun, der man etwas schuldet. Eher mit der Person, die etwas schuldig ist.«

Bontate drehte sich um, um sie anzusehen. Die bernsteinfarbenen Augen in seinem dunklen Gesicht funkelten. Er nahm sein Glas, hob es in ihre Richtung und trank einen Schluck. Dann rauchte er weiter und betrachtete sie.

»Ich habe ein Bild von Ihnen, wußten Sie das?«

»Nein.«

Er schüttelte den Kopf. »Dieser Krupatin. Schlauer Mistkerl.« Er seufzte. »Haben Sie unten die Frauen gesehen?«

»Ja.«

»Meine Frau, ihre Schwester und meine Schwiegermutter. Ich habe drei Frauen geheiratet.«

»Und das kleine Mädchen?«

Bontate sah sie scharf an. »Meine Tochter. Netter als die drei anderen zusammen. Haben Sie ihr Huhn gesehen?«

»Ja.«

Ein Lächeln breitete sich auf Bontates Gesicht aus, der erste freundliche Ausdruck, seit Irina gekommen war. Er lachte lautlos, und sein Bauch unter dem karierten Hemd bebte.

»Der Huli-Buli-Mann hat es ihr geschenkt.«

»Wer?«

»Ach, ein Straßenzauberer in Palermo. Er steckte ihr ein schwarzes Samenkorn hinter ein Ohr, und als er es wieder wegnahm, war es diese verdammte gesprenkelte Henne. Aus irgendeinem Grund dachte die Kleine, sie käme aus ihrem Kopf, und daher sagt sie, sie seien Schwestern. Dieses Huhn … Sie hat diesem Huhn beigebracht, Vater, Sohn und den Heiligen Geist in derselben Reihenfolge aufzupicken, in der man sich bekreuzigt, wissen Sie.« Er schlug ein Kreuzzeichen. »Das Verrückteste, was ich je gesehen habe.«

Irina sah diesem italienischen Don zu, wie er über das fromme Huhn seiner geliebten Tochter lachte, und versuchte nicht an das zu denken, was sie mit ihm tun sollte oder was er ihr antun würde, wenn er Krupatins verräterische Absichten je entdeckte. Der Abstand zwischen diesen beiden Alternativen war so gering, daß sie kaum fassen konnte, in was sie da hineingeraten war.

Als habe Carlo Bontate ihre Gedanken gelesen, verschwand das Lächeln von seinem Gesicht.

Er nahm einen letzten Zug aus seiner Zigarette und drückte sie in dem Blechdeckel aus. Während Rauch aus seinen Nasenlöchern quoll, hob er sein Glas und trank. Dann sah er sie an.

»Was halten Sie von dem Chinesen?«

»In welcher Hinsicht?«

»In jeder beliebigen.«

»Es wird nicht von mir erwartet, daß ich eine Meinung über ihn habe. Das gehört nicht zu meiner Aufgabe.«

»Und was ist Ihre Aufgabe?«

»Botschaften von einer Partei zur anderen zu übermitteln und den Mund zu halten.«

»So.« Bontate nickte. »Strenge Instruktionen von Sergej.«

»Ja.«

»Nun, dann als Frau. Vergessen Sie Ihren Job. Was halten Sie von dem Chinesen?«

»Er ist ein interessanter Mann.«

Bontate lachte leise und wandte sich ihr zu. »Signorina Serowa, ich glaube nicht, daß Sergej Krupatin irgend etwas – *irgend etwas* – tut, ohne vorher zu berechnen, was es ihm selbst einbringt. Weiß er nichts von der Vorliebe, die Signor Wei für blonde Europäerinnen hat? Das glaube ich nicht. Sie sind ein hübsches Marzipanherz für den Chinesen. Das ist gut für Krupatin, gut für die Verhandlungen.« Er hielt inne und schüttelte nachdenklich den Kopf. Dann sprach er weiter. »Nun, ich kann nur annehmen, daß Sergej auch für mich etwas Besonderes im Sinn hat. Etwas, um auch meinen speziellen Vorlieben zu entsprechen. Aber was kann das sein?« Er zog die Augenbrauen hoch und verzog in gespielter Verwirrung das Gesicht. »Dieselbe Frau? Das glaube ich nicht. Was kann es also sonst sein?«

Irina starrte ihn an. Gerade, als sie geglaubt hatte, Bontates Argwohn habe nachgelassen, zeigte er ihn erneut, und zwar so subtil, daß sie überrascht war.

»Verstehen Sie meine Verwirrung?« fragte er. »Ich denke, sogar diese Wolken da draußen werden von einem Zweck geleitet«, sagte er und wies mit dem Kinn auf die Ebene unter ihnen. »Meine Aufgabe ist es herauszufinden, ob dieser Zweck irgend etwas mit mir zu tun hat. Und wenn mein guter Freund Sergej Krupatin mir eine schöne Frau wie Sie schickt und mir sagt, ich solle ihr in allem vertrauen, was sie tut und sagt, was muß ich dann denken?«

Er hielt inne, sah sie mit schräggelegtem Kopf an und zog die Augenbrauen wie bittend hoch.

»Und dann – welche Überraschung – erbietet sich mein guter Freund Signor Wei, Sie in seinem eigenen Privatjet einfliegen zu lassen, damit wir uns sehen können. Nun, das gibt noch mehr Stoff zum Nachdenken.«

Irina sah Carlo Bontate ins Gesicht. Die hellen bernsteinfarbenen Augen waren enge Schlitze und funkelten sie an wie die einer Katze. Nur eine Verschwörung würde diesen schlauen Sizilianer mit dem breiten Unterkiefer zufriedenstellen. Nur ein neuer Blickwinkel würde sich vernünftig anhören. Wenn Irina diese Intrige Krupatins überleben wollte, dann mußte sie so erfinderisch sein wie ein Dichter. Sie mußte Engel vom Himmel holen und sie mit einem Geheimnis zu dem Sizilianer schicken, das selbst den Großen Betrüger zum Glauben zwang.

SIEBZEHN

Sie redeten bis in den späten Nachmittag hinein.

Die schattige Loggia wurde dunkler, während sie zwei von den Weinflaschen des Dons leerten. Nun näherten sie sich dem Bodensatz einer dritten. Irina entschuldigte sich, um ins Bad zu gehen, und einer von Bontates jungen Männern erschien aus dem dunklen Empfangsraum und geleitete sie durch den Gang, wo er in diskreter Entfernung vor der Tür wartete. Als sie fertig war, wusch sie sich mit kaltem Wasser das Gesicht. Sie hätte auf leeren Magen nicht soviel trinken sollen. Bontate selbst schien absichtlich bis zu einer gewissen Abstumpfung trinken zu wollen, keine leichte Aufgabe angesichts seiner gesunden Leibesfülle.

Als sie in die Loggia zurückkehrte, sah sie zu ihrer Erleichterung, daß auf einem zweiten Tisch neben dem, an dem sie saßen, eine Mahlzeit serviert worden war. Man hatte gegrilltes Fleisch, einen Teller mit Brot und Schalen mit verschiedenen Olivensorten bereitgestellt, außerdem gebackenen Kürbis, gebratene Kartoffeln mit Paprika und Zwiebeln, Käse, frische Tomaten und in Scheiben geschnittene Früchte sowie eine weitere Flasche Wein.

Bontate nahm gerade den letzten Zug aus einer Zigarette.

»Ich hatte Hunger«, erklärte er. »Es ist ohnehin Essenszeit.«

Ohne Förmlichkeiten reichte er ihr einen Steingutteller, auf dem auf einer weißen Leinenserviette ein Messer und eine Gabel lagen, und nahm selbst einen zweiten. Dann, noch immer wortlos, begann er die Speisen zu verteilen.

Sie aßen, während die untergehende Sonne das weiße Dorf Marineo auf den Hügeln jenseits des Tals in rotgoldenes Licht tauchte. Fledermäuse kamen heraus und jagten in der Dämmerung Insekten, und unten in dem *Moscato*-Weinberg zwitscherte träumerisch trillernd ein Vogel zwischen den Reben.

Bontate aß wie ein Arbeiter, schweigend und ganz mit dem Essen beschäftigt. Irina fragte sich, welche Fortschritte sie bei diesem Mann mit den schlichten Gewohnheiten und dem gewalttätigen Ruf gemacht hatte.

Dieses eigenartige, schweigsame Mahl nahm ihr den Appetit, mit dem sie zu Tisch gegangen war. Sie aß nur ein wenig Brot und ein paar Oliven – und trank noch mehr Wein.

Plötzlich legte Bontate laut seine Gabel nieder und wischte sich mit der Serviette den Mund ab. Er schaute auf seine Uhr und dann auf Irina; seine Augen glänzten im weichen Licht der Loggia.

»Signorina Serowa«, sagte er, zündete sich eine Zigarette an und stieß dichte blaue Rauchwolken durch die Nase aus.

»Ich glaube noch immer, daß das, was Sergej Krupatin von Ihnen will, eine seltsame Sache ist«, sagte er, »aber das Leben ist voller seltsamer Sachen, und sie sind nicht unbedingt alle schlecht. Das ist wahr.«

Er rauchte.

»Und ich glaube, ich verstehe, welche Art von Frau Sie sind, da Sie das tun, um eine Schuld zu begleichen … was eine ehrenhafte Absicht ist, die ich respektiere.«

Er trank von seinem Wein.

»Jetzt möchte ich, daß Sie verstehen, welche Art Mann *ich* bin. Ich möchte, daß Sie mit mir nach Palermo fahren. Ich möchte Ihnen etwas zeigen.«

Er rauchte.

»Sind Sie satt geworden? Ich möchte Sie nicht zur Eile antreiben.« Seine Stimme klang unbesorgt.

»Danke, ich bin fertig«, sagte sie, schüttelte den Kopf und wischte sich den Mund ab. In diesem Augenblick war sie dankbar, daß sie genug Wein getrunken hatte, um ihre Nerven zu beruhigen. Eine abrupte Einladung, nachts mit Don Carlo Bontate nach Palermo zu fahren, war nicht sonderlich verlockend. Aber sie hatte keine Wahl.

Bontate stand auf und beugte sich über das steinerne Geländer der Loggia.

»Nino«, rief er nach unten in den Garten, »wir fahren.«

Unten ertönten Rufe, als die jungen Männer die Botschaft weitergaben. Eilige Schritte knirschten auf dem Kies, und die Motoren der beiden Mercedes-Limousinen wurden angelassen.

»Sind Sie schon mal in Palermo gewesen?« fragte Bontate, während er Irina winkte, voranzugehen. »Es ist nicht allzu weit – etwa vierzig Kilometer bis zu dem Viertel, in das wir fahren.«

Während Irina auf dem Rücksitz des zweiten Wagens Platz nahm, trat Bontate zu dem anderen und sprach mit mehreren der jungen Männer, die lauschten und nickten. Dann kam er und setzte sich neben Irina auf den Rücksitz. Die beiden Autos verließen das Grundstück und fuhren zwischen den Weingärten und Olivenhainen die unasphaltierte Straße entlang. Langsam verschwand die Villa Bontate mit ihren im blauen Abend gelb erleuchteten Fenstern außer Sicht.

Bald hatten sie eine schmale, kurvenreiche Zufahrtsstraße erreicht, und die jungen Fahrer steuerten die Autos mit entspannter Hingabe. Kurz darauf kam die Autobahn, und sie wandten sich nördlich in Richtung Palermo.

»Das ist eine interessante Geschichte«, sagte Bontate zu Irina und lehnte sich in seine Ecke des Rücksitzes, ohne die tollkühne Fahrweise seines jugendlichen Chauffeurs zur Kenntnis zu nehmen. »Sie handelt von einer Frau namens Emilia.« Bontate wirkte jetzt träge; endlich wurden die Auswirkungen des starken Weinkonsums sichtbar. »Emilia war die Frau eines Richters aus Palermo, eines pompösen alten Gockels, der doppelt so alt und halb so klug war wie sie. Sie war eine gute Ehefrau und bewirtete, wie der alte Gockel das wünschte, in ihrem *palazzo* in der Nähe der Quattro Canti alle gesellschaftlich und politisch wichtigen Leute.

Aber Emilia war zu lebendig für den alten Mann. Sie hatte Sehnsüchte. Wünsche. Zufällig lernte ich sie kennen«, sagte Bontate und sah gleichzeitig aus dem Fenster, »und wir sahen uns ziemlich oft – heimlich. Das war 1992, als ganz Italien nach der Ermordung der Richter Giovanni Falcone und Paolo Borsellino in Wehklagen ausbrach. Palermo kochte bereits wegen Falcones selbstgerechter ›Mafia-Ermittlungen‹, und da die Richter oft zu geselligen Abendessen in Emilias Haus kamen, hörte sie alles, was von Regierungsseite über die Situation geredet wurde. Mit Hilfe ihrer Informationen konnte ich meine Familie ganz aus dem Chaos heraushalten und sogar lukrative Vereinbarungen mit den Kolumbianern und den Türken treffen, während einige der anderen Familien Sorgen hatten.«

»Und warum hat sie all das für Sie getan, Signor Bontate?« fragte Irina. »Liebte sie Sie?«

Bontate zuckte mit den Schultern. »Vielleicht. Aber vermutlich lag es daran, daß ich für sie eine Menge Geld auf ein Schweizer Konto einzahlte.«

Die Wagen rasten jetzt auf die Außenbezirke von Palermo zu, denn in der Ferne sah man einen fahlen Lichtschein.

»Der alte Gockel starb«, fuhr Bontate fort. »Glück für Emilia, Pech für mich. Sie war mir nicht mehr nützlich. Aber sie hatte mir eine Menge Geld verschafft, und sie hatte eine Menge Geld an mir verdient, also war es ein gutes Geschäft für uns beide gewesen. Nun, sie erbte den *palazzo* bei den Quattro Canti, doch kaum hatte sie alle Formalitäten geregelt, kaufte sie sich eine Wohnung in Rom und fing an, den größten Teil ihrer Zeit dort zu verbringen. In Wahrheit war Palermo ihr immer zu klein gewesen. Manchmal besuchte ich sie, wenn ich in Rom war, aber nach einer Weile verloren wir den Kontakt.«

Bontate hielt inne, beugte sich vor und tippte dem jungen Mann auf die Schulter, der neben dem Fahrer saß. Er machte eine Trinkbewegung, und der Mann reichte ihm eine Taschenflasche. Irina konnte den Schnaps riechen und fragte sich, wie er den nach dem schweren Wein noch vertragen mochte.

»Vor einem Jahr setzte Emilia sich mit mir in Verbindung«, fuhr Bontate fort und stützte die Taschenflasche auf seinen Schenkel.

»Als ich sie in Palermo traf, erzählte sie mir, sie habe einige Bekanntschaften gemacht, die mich vielleicht interessieren könnten. Wie sich herausstellte, kannte sie einen israelischen Geschäftsmann, der eine große Menge Heroin kaufen wollte. Sie gab mir zahlreiche Informationen über ihn, und ich ließ sie von meinen Leuten überprüfen. Er war ein Ex-Agent des Mossad. Er stand mit einigen sehr großen Namen in Osteuropa in Verbindung. Sergej hatte mit ihm Geschäfte gemacht, Wei ebenfalls. Wir sprachen mit den Kolumbianern. Wir taten alles, was angemessen war. Das dauerte mehrere Monate, aber am Ende schien er jemand zu sein, mit dem wir arbeiten konnten. Schließlich verkauften wir diesem Mann in einem Zeitraum von fünf Monaten insgesamt drei Tonnen Heroin, das wir für ihn durch unsere Kanäle durch Europa bewegten. Wir bekamen unser Geld. Er bestellte mehr.«

Bontate trank erneut aus der Flasche, schraubte sie wieder zu und warf sie mit einer angewiderten Geste dem Mann auf dem Vordersitz zu.

»Vor vier Tagen nun erfuhren wir, daß er ein Agent der amerikanischen DEA ist.« Er schaute wieder aus dem Fenster. »Gestern nacht wurde er in Brindisi getötet.«

Sie waren jetzt in den Vororten von Palermo. Die letzten vier oder fünf Kilometer hatten sie auf einer Schnellstraße zurückgelegt, doch nun bogen sie ab und fuhren in die Altstadt hinein. Die Straßen waren schmal, kopfsteingepflastert und von baufälligen Läden und zerfallenden *palazzi* gesäumt.

Bontates junge Männer, die mit den gewundenen Gassen vertraut waren, steuerten die Autos rasch durch enge Einfahrten in den ummauerten Innenhof eines alten *palazzo*, wo unter dem gewölbten Portico der Haustür eine trübe Lampe brannte. Die Wagentüren wurden aufgerissen, und die jungen Männer verteilten sich im Hof. Bontate seufzte schwer und stieg aus. Nur eins der hohen Fenster im Erdgeschoß war erleuchtet.

Irina betrat mit Bontate den Portico, wo bereits einer seiner Leute vor der Haustür wartete. Sie gingen in eine riesige, düstere *sala grande*, die mit erlesenen Antiquitäten möbliert war, wie sie nur in den Häusern der in die Vergangenheit verliebten Reichen anzutreffen sind. Auf einer Seite des Raumes saß an einem kleinen, verzierten Spieltisch eine Frau, dunkel wie eine Zigeunerin, die sie mit einem Ausdruck philosophischer Melancholie ansah. Sie trug ein Abendkleid, das ihre schönen Schultern und ein vollkommenes, verführerisches Decolleté zeigte. Sie hielt ein Kartenspiel in der Hand, und neben ihr standen eine Schnapsflasche und ein Glas.

Sie starrte sie an, als sie den Raum durchquerten.

»Wer ist das, Carlo?« fragte sie mit trauriger und leicht tadelnder Stimme.

»Das spielt keine Rolle, Ilia«, sagte Bontate. »Eine Freundin.«

Emilia legte ein paar Karten aus und betrachtete sie. Irina sah, daß es sich um Tarotkarten handelte.

Die Frau studierte die Karten einen Augenblick und blickte dann zu Bontate auf.

»Ich dachte, vielleicht eine letzte Verführung«, sagte sie und richtete die müden Augen auf Irina. »Aber …« Resigniert legte sie den Kopf schräg und sah Bontate an. »Komm, Carlito, setz dich hin.«

Bontate setzte sich ihr gegenüber an den Spieltisch. Schweigend sahen sie einander an.

»Was ist in dich gefahren?« fragte er. Die Frage verriet Bedauern und Enttäuschung. Das einzige Licht des großen Raumes stammte von einer Lampe am Eingang und einer weiteren, rustikalen schmiedeeisernen Lampe, die neben dem Spieltisch stand. Das tiefgoldene Licht schien auf die beiden Personen am Tisch, doch die Schatten oben an der hohen Decke hingen über ihnen wie drohende Wolken.

Sie sah ihn an, den Tränen nahe, und ihr Mund verzog sich zu einem zittrigen Lächeln.

»*Passione, mio caro.* Dasselbe wie immer. Es war so verrückt.«

»Konntest du Leidenschaft nicht woanders finden? Mußte es dieser Mann sein?«

Sie zuckte hoffnungslos mit den schönen Schultern und sagte: »Ich bin eine Närrin.«

Bontate fiel das Sprechen schwer. »Das habe ich an dir geliebt.«

»Das und meine schönen Brüste«, erinnerte sie ihn.

Er nickte. »Und deine schönen Brüste.«

Einer der jungen Männer bewegte sich langsam durch die Schatten an den Wänden und gelangte so hinter Emilia, die sich dafür entschied, ihn nicht zu bemerken.

Bontate wies mit seinem kräftigen Kinn auf die Karten auf dem Spieltisch. »Also, was sagen sie dir?«

Emilia wandte den Blick von ihm ab und schaute auf die Karten.

»Heute nacht nichts. Sie belügen mich.«

»Woher weißt du das?«

»Immer wieder zeigen sie Glück an.«

Ohne die Augen von den Karten zu wenden, griff sie nach ihrem Glas und nippte ein wenig daran. Bontate beobachtete sie.

Endlich sagte er: »Ich kann nicht verstehen, warum du das getan hast, Emilia. Du mußtest doch wissen, daß es nur ein schlechtes Ende nehmen konnte. Hast du gedacht, es würde ewig dauern?«

Sie blickte mit nassen Augen zu ihm auf.

»Ich denke oft, irgendeine leidenschaftliche Sache würde ewig dauern, Carlo. Das weißt du. Darum dreht es sich ja bei der *passione.* Daß man an die Ewigkeit des Augenblicks glaubt.« Sie hielt inne. »Es ist eine Art magisches Wunschdenken.« Wieder verstummte sie kurz. »Sag mir, *mio caro,* in all diesen Nächten zwischen meinen Schenkeln… an diesen Brüsten« – sie versuchte zu lächeln –, »hast du da nie, auch nicht für einen Augenblick, geglaubt, es würde ewig dauern?«

Das Schweigen, das folgte, war schmerzhaft, und Irina wünschte, Bontate würde dieser Frau eine mitleidige Lüge erzählen. Trotz der Profitgier, die ihnen gemeinsam war, hatte sie ihm zweifellos etwas bedeutet.

»Es gibt einen Unterschied zwischen glauben und wünschen, Ilia«, sagte Bontate. »Und damals, häufiger, als du vielleicht denkst, habe ich mir gewünscht, es würde ewig dauern.«

Bontate griff über den Spieltisch und nahm ihre beiden Hände in seine. Zärtlich wie ein Verehrer betrachtete er ihre Finger, ihre nackten Arme und die üppigen Brüste.

»Kein Bedauern?« fragte er.

»Ach, Carlito, Bedauern ist immer dabei«, sagte sie.

Die Schnur fiel so rasch und leicht über Emilias Kopf, daß sie sie nicht sah.

»Addio«, sagte Bontate.

Sie fuhr auf ihrem Stuhl hoch, bog den Rücken und stieß heftig atmend die Brüste nach vorn – die gleiche Bewegung, die unter anderen Umständen Bontates Lenden hätte schmerzen lassen. Doch diesmal handelte es sich nur um einen Reflex.

Bontate stemmte die Füße auf den Boden, während er ihre Hände gepackt hielt und ihre Unterarme auf das grüne Tuch preßte. Die Tischbeine klapperten auf dem Fliesenboden. Emilia wandte den Blick nicht von Bontate, während ihr Rücken sich noch weiter durchbog. Doch in ihren Augen lag weder Zorn noch Anklage, nur Nachgiebigkeit und eine natürliche Angst vor der nahenden Dunkelheit. Unwillkürlich begann sie rhythmisch zu grunzen, als die Schlinge ihren Hals zu einem absurd geringen Umfang zusammenschnürte.

Bontate blieb sitzen, hielt ihre Hände gepackt und beobachtete ihr Gesicht, als ihre Augen sein Bild ein letztes Mal in sich aufnahmen. Mit zitternden Armen erreichte Emilia im Tod endlich, was ein ausschweifendes Leben ihr versagt hatte – einen Augenblick, der ewig währte.

ACHTZEHN

Es war fast halb zwölf Uhr nachts, als Weis Falcon in der sizilianischen Dunkelheit abhob und einen weiten Bogen über dem Tal von Marineo beschrieb. Irina hatte mehr als elf Stunden in der Gesellschaft von Carlo Bontate verbracht. Sie war vollkommen ausgelaugt. Sie streifte ihre Schuhe ab und sank in ihren Sitz zurück.

Krupatins Akte hatte sie auf Bontates Rücksichtslosigkeit vorbereitet. Doch das Erdrosseln einer alten Freundin, deren Achtlosigkeit eine seiner Drogenrouten gefährdet hatte, war eine Lehrstunde gewesen, auf die sie gern verzichtet hätte.

Don Carlo war praktisch in jeder Hinsicht unverblümter und weniger rätselhaft als Wei. Er hatte wenig Geduld für eine verschlüsselte Sprache, während Wei vage Aussagen für nützlich hielt. Sie boten ihm Wahlmöglichkeiten, ließen alle Türen offen und waren nie bindend. Aber Irina mußte direkt sein, um Bontates Vertrauen zu gewinnen.

Sie hatte also ehrlich mit dem sizilianischen Don gesprochen. Sie war ein weiteres Risiko eingegangen und hatte dabei eine weitere Karte aus einem Blatt ausgespielt, von dem sie zunehmend fürchtete, daß es ihr weniger und weniger Möglichkeiten offenließ. Wie viele Karten hatte sie noch? Alle ausgespielten lagen vor ihr, aber sie hatte keine Möglichkeit, sich auszurechnen, wie ihre Chancen mit den verbleibenden Karten standen.

Als endlich wieder die irdischen Sterne in Sicht kamen, merkte sie, daß sie den Blick nicht vom Fenster abgewandt hatte. Wozu gehörten diese Sterne? Marseille? Nizza? Monaco? Langsam verschwanden sie aus ihrem Blickfeld. Paris war nicht mehr weit. Ein anderes Drama, ein anderer Akt, eine andere Rolle. Aber jedesmal mußte sie über die Leichen hinwegsteigen, um die Bühne zu verlassen, und immer ging sie allein ab. Da war niemand, mit dem sie reden konnte. Sie hatte keinen Menschen, mit dem sie eine Erinnerung teilen konnte, und, was noch schlimmer war, wenige Dinge, an die sie sich überhaupt erinnern wollte.

Wieder wurde es dunkel: das ländliche Frankreich. Die Beleuchtung in der luxuriösen Kabine, die sie für sich allein hatte, war zu einem dämmrigen Schein heruntergedreht. Sie griff an ihre Brust und spürte das kleine, rautenförmige Medaillon unter ihrer Bluse. Als sie den Kopf drehte und das Gesicht an das Lederpolster lehnte, fühlte sie Feuchtigkeit. Sie hatte nicht einmal gemerkt, daß sie weinte. Konnte man weinen, ohne es zu merken? Offenbar. Aber es war auch ein Anzeichen dafür, daß sie zerbrach. Körper und Psyche entfernten sich voneinander. Und sie spürte, daß sie wenig tun konnte, um dem standzuhalten.

Sie erwachte, als die Falcon beim Anflug auf Orly die erste steile Kurve beschrieb. Draußen unter dem Fenster wurde Paris seinem Namen als Stadt der Lichter gerecht; sie glitzerten in der Nacht so extravagant, wie man das am Boden selten wahrnahm.

Der Bentley fuhr der Falcon entgegen, und Irina brauchte nur ein paar Schritte über die Rollbahn zu gehen, bis sie wieder von Leder umgeben war. Wie beim ersten Mal war der Leibwächter ihr Chauffeur, aber das hübsche asiatische Mädchen war nirgends zu sehen.

Als sie in der Rue Férou ankam, wurde sie nicht von Wei, sondern von einem der unbeschuhten asiatischen Dienstmädchen erwartet. Sie führte sie durch das große, stille Haus zu ihrem Zimmer.

Als Irina das Mädchen an der Tür entlassen wollte, lächelte sie und senkte unterwürfig den Kopf. »Bitte«, sagte sie leise und öffnete die Tür. Sie machte ein Zeichen, Irina möge vorangehen. Sie folgte ihr ins Zimmer, schloß die Tür und ging unverzüglich in das Badezimmer, wo sie den Wasserhahn der Dusche aufdrehte. Sie kehrte ins Schlafzimmer zurück und bestand darauf, der müden Irina beim Auskleiden zu helfen. Zu erschöpft, um zu protestieren, schloß Irina die Augen und ließ sie gewähren.

Als sie nackt war, drehte sie sich um, ging ins Badezimmer und stellte sich unter die Dusche. So wäre sie gern stundenlang stehengeblieben, doch die Müdigkeit lag auf ihr wie ein bleierner Umhang. Als sie die Augen öffnete, sah sie zu ihrer Überraschung das Dienstmädchen ebenfalls im Badezimmer; sie war im Begriff, sich zu entkleiden. Durch das geriffelte Glas sah Irina, wie das Mädchen aus seiner Uniform schlüpfte, sie ordentlich zusammenfaltete und auf eine Marmorbank legte.

Irina rührte sich nicht, als das Mädchen die Tür der Kabine öffnete und sich zu ihr unter die Dusche stellte. Sie tat nichts, als das Mädchen die duftende Seife nahm und anfing, Irina von Kopf bis Fuß einzuseifen.

Irina fiel in einen emotionalen Dämmerzustand und merkte kaum, daß sie ins Schlafzimmer zurückgeführt wurde, eingewickelt in ein großes Badetuch, das verschwand, als sie sich auf die sauberen weißen Laken legte. Sie spürte, wie ihr Körper eingeölt wurde, und roch fremdartige Düfte, als die kleinen Hände der Asiatin begannen, sie Muskel für Muskel auf eine andere Ebene der Wirklichkeit zu tragen. Binnen weniger Augenblicke waren die Hände keine Hände mehr, sondern ein Atem, der über ihren Körper wehte, und dann ein Strom in ihrem Inneren, der sich durch die Muskelschichten, Venen und Arterien zog, bis Irina den einzigen Ort erreichte, an dem sie überhaupt so etwas wie Frieden finden konnte – das Vergessen.

Einmal während der Nacht wachte sie auf, schluchzend, voller Angst und mit dem Gefühl herannahenden Unheils. Da spürte sie, daß sie umarmt, ihr Körper an einen anderen gezogen wurde, eine Empfindung, die sie mit dankbarer Sehnsucht nach Trost annahm. Sie drückte ihr Gesicht an die Brüste der Asiatin und umfaßte deren schlanke Taille. Kleine Hände streichelten ihr Haar und ihren Nacken, und ein kleiner Mund legte sich weich an ihr Ohr und flüsterte Worte, von denen sie außer dem unverkennbaren Mitleid nichts verstand.

NEUNZEHN

Houston Cates Entscheidung, den Auftrag zu übernehmen, wurde mit geschäftsmäßiger Nüchternheit aufgenommen. Es gab keine Glückwünsche, keine Ermunterung, keine Anerkennung. Es war ein Job, und alle Anwesenden spürten den Druck vor dem Start. Sie wollten loslegen.

Valentin Stepanov, der während der Nacht in Houston angekommen war, wurde in seinem Hotel angerufen, und man vereinbarte mit ihm ein nachmittägliches Treffen in einem anderen Hotel. Hain setzte sich mit seinen Kontaktleuten bei der technischen Forschungsabteilung des FBI in Quantico in Verbindung. Man teilte ihm mit, man werde so bald wie möglich einen der Techniker mit den Geräten vorbeischicken.

Nachdem alle gefrühstückt hatten, erhielt Cate Valentin Stepanovs ziemlich dicke Akte und zog sich in ihr Zimmer zurück. Ann Loder war für die Zusammenstellung verantwortlich gewesen und hatte erstklassige Arbeit geleistet. Das Ding las sich wie ein Roman. In den nächsten zwei Stunden studierte Cate die Akte, machte sich Notizen und stellte eine Liste mit Fragen zusammen.

Sie hatte keine Schwierigkeiten, sich auf Stepanovs Dossier zu konzentrieren, und merkte, daß sie sich nun beinahe ruhig und überaus erwartungsvoll fühlte. Tatsächlich waren die Schmetterlinge aus ihrem Magen verschwunden, als sie sich entschlossen hatte, weiter an dem Einsatz teilzunehmen. Sie brannte förmlich darauf, an die Arbeit zu gehen.

»Bei Stepanov darf man nicht vergessen«, sagte Ann, die an einem Ende der Klapptische vor einem Notizblock saß, »daß es ihm immer nur um Stepanov geht. Ganz gleich, was geschieht, an diesem Anliegen ändert sich nie was. Er ist seiner Rolle als Verräter verpflichtet – um seine Haut zu retten –, aber er hat sich noch nicht dran gewöhnt. Seit er achtzehn war, ist sein Leben mit dem von Krupatin verbunden; Verräter ist er erst seit neun Monaten. Die meisten Folgen hatte das in der Ferne, in Deutschland. Jetzt wird er Krupatin zum ersten Mal, seit wir ihn umgedreht haben, von Angesicht zu Angesicht gegenüberstehen.«

Wieder saßen sie alle zusammen im Wohnraum. Cate hatte Stepanovs Akte und den Zettel mit ihren Fragen auf dem Schoß. Hain saß am anderen Ende der Klapptische, die Schultern von ihnen abgewandt, einen Telefonhörer ans Ohr gedrückt, und verfolgte das Gespräch aufmerksam. Cate hatte nie jemanden so mit dem Telefon umgehen sehen wie Hain.

Erika und Leo Ometow saßen in zwei Drehsesseln, die die Mietagentur geliefert hatte, Cate gegenüber.

»Und er hat immer die Frage im Sinn«, warf Ometow ein und tippte sich mit dem Mittelfinger an die Stirn, »ob man ihm auf die Schliche gekommen ist.«

»Was glauben Sie, wie Krupatin damit umgehen würde?«

»Ihre Beziehung ist von der Art, daß Krupatin sich wahrscheinlich persönlich um Stepanov kümmern würde, wenn das der Fall wäre.« Ometow trank aus seinem Becher. »Aber das würde später passieren, kurz vor Krupatins Abreise aus der Stadt.«

»Was hält Stepanov davon, daß er mit mir zusammenarbeiten muß?« fragte Cate.

»Das ist ihm völlig egal«, sagte Erika mit ihrem starken Akzent. »Außerdem spielt es keine Rolle, ob es ihm paßt oder nicht.«

Sie war die einzige, die tatsächlich in einer Undercover-Situation mit ihm gearbeitet hatte. Während der Operation in Deutschland war Stepanov einmal mit einer amerikanischen Militärmaschine nach München geflogen, um Krupatins Zellenleiter zu identifizieren, den nur er kannte. Das BKA hatte sich nie ein Foto von ihm beschaffen können. Stepanov traf sich in einem kleinen Lokal mit dem Mann, den das BKA an Ort und Stelle festnehmen wollte. Irgend etwas ging schief, und im Lauf einer Auseinandersetzung brachte Stepanov den Mann um. Später behauptete er, das sei Notwehr gewesen. Erika, die dabeigewesen war, hatte den Verdacht, Stepanov habe verhindern wollen, daß er lebend gefaßt wurde.

»Wird er in der Lage sein, das durchzuziehen?«

Erika grinste. »Das wird tatsächlich die wichtigste Rolle sein, die er in seinem ganzen Berufsleben gespielt hat. Der Mann ist wie die meisten Gauner, die ich kennengelernt habe, von Natur aus ein Schauspieler. Und hier agiert er in seiner natürlichen Umgebung – wie ein Mistkäfer auf dem Misthaufen.« Erika senkte den Blick und sah Cate an. »Aber die gleiche Frage wird er sich im Moment auch über Sie stellen. Er wird Ihnen gegenüber sehr skeptisch sein also seien Sie darauf gefaßt, daß er Sie herausfordern wird, um zu sehen, wie Sie reagieren.«

»Sie glauben also, daß er in der Lage sein wird, Krupatin zu täuschen?«

Erika zuckte mit den Schultern. »Wenn irgend jemand dazu fähig ist, dann er.« Sie schaute nach unten und blätterte die Seiten ihres Ordners durch. »Krupatin und Stepanov kennen sich so gut wie ein altes Ehepaar. Sie werden diejenige sein, die von außen dazukommt. Zwischen den beiden werden Dinge ablaufen, die Sie überhaupt nicht mitkriegen. Wenn Stepanov Krupatin nicht täuschen kann, werden Sie das nie erfahren. Und meiner Meinung nach ist das die gefährlichste Situation, in die Sie da geraten könnten. Sie werden nichts von der explosiven Natur der Chemikalien wissen, die die beiden zusammenmixen. Die kleinste Kleinigkeit …« Sie schnippte mit den Fingern.

Cate sah auf ihre Notizen herunter und dachte einen Augenblick nach. Dann schaute sie Ann an.

»Glauben Sie wirklich, daß ich es schaffen kann, nah genug ranzukommen, um in irgendwas von Bedeutung eingeweiht zu werden? Wir haben so wenig Zeit.« Sie sah Ometow an.

»Ja«, sagte Ometow sofort und nickte bekräftigend, »Sie können es schaffen. Aus mehreren Gründen.« Er hielt einen Daumen hoch. »Erstens, und das ist am wichtigsten, gehören Sie zu Stepanov. Alle diese Typen haben Frauen, und wenn Sie auf Stepanovs Ebene stehen, zweifelt keiner an Ihnen. Er ist dafür verantwortlich, er muß sicherstellen, daß Sie sauber sind. Wenn Sie es nicht sind, folgt die übliche Strafe – er fährt zur Hölle.«

Er hob den Zeigefinger. »Zweitens: Krupatin ist tatsächlich besessen von Sicherheitsfragen, und diese Besessenheit wird bei seinen Untergebenen mit brutaler Disziplin in die Praxis umgesetzt. Aber an der Spitze verläßt man sich auf Vermutungen, soweit wir wissen. Wie Spitzenleute überall denken die obersten Bosse, daß man sich um alle grundlegenden Dinge bereits gekümmert hat, bevor sie überhaupt auf den Plan treten.«

Hain legte den Telefonhörer auf und drehte sich auf seinem Stuhl um. Er nahm einen Schluck aus seinem Kaffeebecher und hörte zu.

»Außerdem«, sagte Erika, »wird Freundinnen, die reden, die Zunge rausgerissen und die Kehle durchgeschnitten. In dieser Reihenfolge. Das bringt man Ihnen als erstes bei.«

»Aber wenn Sie den Mund halten können, haben Sie als Freundin ein gutes Leben«, sagte Ometow.

»Sie können doch unmöglich vor diesen Frauen über *alles* reden«, protestierte Cate.

»Nein, vielleicht nicht.« Erika zuckte mit den Achseln. »Aber wir wissen aus Erfahrung, daß sie genug sagen. Wenn sie sich mit ihren Frauen wohl fühlen, werden ihre Zungen locker. Wissen Sie«, sagte sie, ohne ihre Verachtung männlicher Schwächen zu verbergen, »es ist so eine Art männlicher Großspurigkeit. Prahlerisches Gerede. Es sind Pfauen.«

»Diesem Profil zufolge«, sagte Cate und klopfte mit dem Stift auf ihr Notizbuch, »ist Stepanov ein ziemlich abgebrühter Bursche. Was bringt ihn ins Schwitzen? Haben Sie ihn jemals richtig nervös erlebt?«

»Krupatin«, sagte Erika. »Ich glaube wirklich, daß Krupatin das einzige ist, was ihm angst macht. Krupatin ist die letzte große Geistererscheinung vor dem Tod.«

»Ja, das stimmt vielleicht«, sagte Ann. »Bei den Sachen, die wir in Brighton Beach von ihm verlangt haben, hat er nicht mit der Wimper gezuckt. Ich meine, was die Operationen betraf. Er würde alles machen.«

»Nur nicht die amerikanische Organisation aufgeben«, sagte Cate.

Ann zuckte mit den Schultern.

»Aber er ist bereit, Krupatin aufzugeben«, sagte Erika.

»Nein, er ist bereit, uns zu helfen, jemanden einzuschleusen«, berichtigte Hain sie. »Das ist was ganz anderes. Wenn man drüber nachdenkt, gibt er in Wirklichkeit nicht viel auf. Er verschafft uns nur einen Zugang, wo wir uns in Stellung bringen können.«

»Im Grunde spielt es keine Rolle«, sagte Erika, »wie wenig oder viel er für uns tut. Über ihm schwebt trotzdem ein Todesurteil. Aus seiner Sicht zögert er das unvermeidliche Ende bloß hinaus, wenn er sich weigert, die hiesige Organisation an uns zu verraten. Manchmal denke ich, daß er da ein bißchen fatalistisch ist. Für ihn geht es um *das* große Spiel. Entweder kommt er jetzt für den Rest seines Lebens ins Gefängnis, oder er würfelt mit Krupatin. Im Grunde kann er nicht groß wählen. Aber er ist schließlich auch nur ein Mensch. Er setzt auf die Zukunft und klammert sich an die Hoffnung, später könnte irgendwas passieren, was ihn rettet. Diese Möglichkeit besteht immer.«

»Sie schätzen seine Chancen anscheinend nicht sehr hoch ein«, antwortete Cate.

»Nein, ich glaube, er ist ein toter Mann«, sagte Erika mit erneutem Achselzucken. »Stepanov ist ein Soldat, ein Leutnant. Krupatin ist ein General. Generäle überleben den Krieg, Soldaten nicht. Hinter all seinem Getue weiß Stepanov das.«

»Diese beiden Typen, die aus London kommen – haben Sie Stepanov deren Paßfotos gezeigt?«

»Natürlich.«

»Und?«

»Nein, er erkennt sie nicht. Krupatin hat ihm zwar gesagt, vor ihm käme noch jemand anderer, aber nicht, wer das sein wird.«

»Ist das nicht ein bißchen beunruhigend? Wenn Stepanov so lange dabei ist, sollte man doch annehmen, daß er die beiden Leute kennt, die zu so einem wichtigen Treffen anreisen.«

»Ja«, pflichtete Ometow ihr bei, »es ist beunruhigend. Das steht außer Zweifel.«

Nach dieser Bemerkung trat eine unbehagliche Pause ein.

»Okay«, sagte Cate dann, »all diese Leute kommen nach Houston. Wo wohnen sie?«

»Das wissen wir nicht«, sagte Ann. »Es läuft folgendermaßen: Zu festgelegten Zeiten hört Stepanov seinen Anrufbeantworter in New York ab. Auf dem Band ist eine Nachricht, die ihm mitteilt, was als nächstes zu tun ist. So läuft das routinemäßig. Wir können nicht feststellen, ob diese beiden Typen wissen, wohin sie gehen, oder nicht.«

»Was ist mit Unterstützung?« Das war die Frage, deren Beantwortung Hain am Vorabend ausgewichen war. Erika sah Ann Loder an, doch es war Hain, der sprach. Die Verantwortung für diese Operation lag letzten Endes bei ihm. Er schaute Cate an.

»Es gibt keine«, sagte er.

Niemand sprach, um die Stille zu durchbrechen. Das war eindeutig eine Bombe, die sie sorgfältig vor ihr versteckt hatten. Bei diesen drei Worten wurde zum ersten Mal völlig klar, wie geschickt Cate manipuliert worden war. Diese Leute wußten sehr genau, welcher Persönlichkeitstyp sich freiwillig für verdeckte Operationen meldet. Und sie wußten auch, daß bei dem richtigen Agenten, mit dem richtigen Timing und unter den richtigen Umständen das größte Hindernis auch zum größten Anreiz werden kann.

»Fahren Sie fort«, sagte Cate. Sie fühlte sich, als habe sie soeben den ersten Schritt auf den feuchten, glitschigen Abhang eines Labyrinths getan. Sie konnte spüren, daß alle sie ansahen, aber ihre Aufmerksamkeit war auf Hain konzentriert.

»Dafür gibt es mehrere Gründe«, sagte er. »Erstens ist die Situation, in die Sie sich begeben, nicht bloß ein punktueller Kontakt. Ich meine, Sie werden nicht Drogen oder Waffen oder gewaschenes Geld kaufen oder verkaufen. Die Gefahr einer Eskalation ist also gering.«

Cate sah das nicht ganz so, aber das war nicht weiter überraschend. Es war wie ein Streit über die Farbe Rot mit einer Person, die nur Grauschattierungen sah.

»Zweitens, wenn es Ihnen gelingt, reinzukommen, wollen wir keine Entdeckung riskieren. So was wird nicht oft gemacht, und wir wollen nicht Gefahr laufen, es mit einer konventionellen Unterstützungsstruktur zu zerstören, die Ihre Mobilität einschränken könnte. Wenn Sie ständig versuchen müssen, mit irgendwelchen Hintermännern in Verbindung zu bleiben, dann könnte es Situationen geben, in die Sie sich nicht begeben möchten, weil Ihre Verbindung zu Ihren Hintermännern dadurch geschwächt werden oder abreißen könnte. Und der Versuch, solche Situationen zu vermeiden, könnte auffallen und Verdacht erregen. Wenn es keine Hintermänner gibt, sind Sie vollkommen unabhängig.«

Und verwundbar, dachte Cate.

»Drittens ist die Spionageabwehr der Russen verdammt bemerkenswert – sie haben eine Menge Erfahrung aus dem Kalten Krieg und auch das nötige Geld. Wenn Krupatin beschließen sollte, all das einzusetzen, dann müßten wir eine Stange Geld ausgeben, um ein Unterstützungssystem aufzubauen, von dem die andere Seite nichts merkt. Eine Menge Agenten, eine Menge Technologie.«

Hain nicke mit Blick auf ihre Arme. »Die Implantate werden Sie zu unserer Fliege an der Wand machen, Cate, und Fliegen kriegen keine Unterstützung.«

Cate schaute auf den Notizblock in ihrem Schoß. »Hat Strey das von Anfang an gewußt?« fragte sie.

»Ja, hat er. In allen Einzelheiten.«

Das ist interessant, dachte sie. Sehr interessant.

»Was ist mit Stepanov? Weiß er von den Implantaten?«

Hain schüttelte den Kopf. »Er hat keine Ahnung.«

Es hatte keinen Zweck, eine lange Diskussion über die fehlende Unterstützung zu führen. Sie gehörte eben zum Job. Cate schätzte die Art und Weise nicht, wie das gehandhabt worden war, aber sie verstand, warum man es für nötig gehalten hatte. Die Operation war das, was hier zählte, nicht ihre Gefühle. Wenn sie die Art von Mensch gewesen wäre, die solche Dinge persönlich nimmt, dann würde sie nicht als Undercover arbeiten. Man hatte sie tatsächlich richtig beurteilt. Sie war sorgfältig für einen einmaligen Job ausgewählt worden. Und den würde sie sich nicht entgehen lassen.

Sie hatten vereinbart, Stepanov in einem der Hotels für Geschäftsleute am Katy Freeway zu treffen. Äußerlich war er Curtis Hain nicht unähnlich, grobknochig und kräftig, aber er war mindestens zehn Jahre jünger. Cate war überrascht, wie gut er aussah mit seinen eher groben Gesichtszügen, dem dunkelbraunen Haar, das an den Schläfen ergraute, und der niedrigen Stirn. Er trug einen guten Anzug, weißes Hemd und Krawatte und war glatt rasiert. Seine Kleidung war vollkommen westlich. Nichts an seinem Aussehen hätte sie vermuten lassen, daß er etwas anderes war als ein Amerikaner in der fünften Generation.

Mit unbefangenem Lächeln reichte er Ometow die Hand. Es war offensichtlich, daß sie schon früher zusammengearbeitet hatten und Stepanov sich freute, ihn zu sehen. Sie wechselten einige Sätze auf russisch, ehe Stepanov sich an Erika wandte und wieder ein paar Sätze sagte, diesmal auf deutsch. Ebenso herzlich benahm er sich Ann gegenüber, vielleicht sogar etwas vertraulicher, fast flirtend. Da sie diejenige war, die ihn umgedreht hatte, kannte er sie länger als die anderen, und sein Benehmen ihr gegenüber schien aufrichtigen Respekt vor dem Sieger zu enthalten. Als Ann ihm Cate vorstellte, musterte er sie rasch von oben bis unten. Offenbar bestätigte sich der erste Eindruck, den sie anhand der Fotos auf ihn gemacht hatte.

»Bitte, nehmen Sie alle Platz«, sagte er mit einer ausgreifenden Armbewegung. »Cate, bitte setzen Sie sich hierher.« Er zeigte auf die Ecke am Fußende des Bettes. Sofort setzte er sich ihr gegenüber in einen Sessel, sah sie einen Augenblick an und wandte sich dann abrupt an Ometow.

»Leo, ich habe meinen Anrufbeantworter abgehört. Ich werde in einem Hotel wohnen, das Château Touraine heißt.«

Ann sah Cate an. »Kennen Sie das?«

»Sicher. Es ist groß und teuer. Privatpark. Sehr exklusiv.«

»Okay«, sagte Ann, stand auf und ging zum Telefon. »Ich werde Hain wissen lassen, daß unsere Burschen in der Luft mit einiger Wahrscheinlichkeit dorthin fahren werden, wenn sie gelandet sind.« Sie sah auf ihre Uhr. »Wird jetzt nicht mehr allzu lange dauern.«

Stepanov wandte sich wieder an Cate und ignorierte augenblicklich alle anderen im Raum.

»Ich werde Sie nicht fragen, was Sie davon halten, weil Sie hier sind. Sie haben also offensichtlich eingewilligt«, sagte er mit kaum wahrnehmbarem Akzent. »Aber ich muß Ihnen sagen, daß die Situation für mich eine auf Leben und Tod ist. Ich werde also sehr streng sein, und Sie müssen alles tun, was ich Ihnen sage, wenn wir beide am Leben bleiben wollen.« Er sah sie an. »Verstehen Sie das?«

Doch er ließ ihr keine Zeit für eine Antwort.

»Ich kenne amerikanische Frauen«, sagte er mit selbstsicherem Nicken. »Emanzipation. Unabhängigkeit.« Er schüttelte den Kopf. »Ich will Ihnen was sagen: Wenn Sie aus dieser Sache wieder rauskommen wollen, dann können Sie sich Ihre Emanzipation an den Hut stecken. Kein russischer Mann würde etwas mit einer Feministin zu tun haben wollen.«

Ein oder zwei Augenblicke lang herrschte Schweigen, während er und Cate einander anstarrten.

»Ich habe kein Problem damit, das zu tun, was ich tun muß, um am Leben zu bleiben«, sagte Cate.

»Hören Sie, Sie sind mir egal, okay? Ich hab zuviel Angst, um mit Ihnen rumspielen zu wollen. Aber möglicherweise muß ich Sie auf eine Art behandeln, die Ihnen das Gefühl gibt, Sie müßten sich eine Menge Scheiß gefallen lassen.« Er wies mit dem Kopf auf Erika, ohne den Blick von Cate zu wenden. »Fragen Sie sie.«

»Ich verstehe«, sagte Cate. »Und ich bin einverstanden. Aber wenn Sie es weiter treiben, als ich es für nötig halte, dann werde ich Ihnen die Eier abschneiden, wenn es vorbei ist.«

Totenstille. Stepanovs Gesicht war völlig leer, aber nur für eine Sekunde.

»Sagen wir, ich hätte Sie auf jede vorstellbare Art nackt gesehen«, sagte er mit unverändertem Gesichtsausdruck. »Was hätte ich gesehen?«

Die Frage wirkte so abrupt und provozierend, daß Cate plötzlich klarwurde, was vor sich ging. Stepanov benahm sich ihr gegenüber absichtlich kränkend, um ihr von Anfang an begreiflich zu machen, daß er sich nicht sonderlich um ihre Gefühle kümmern würde.

Ohne mit der Wimper zu zucken begann sie, ihm die Form ihres Körpers zu erklären.

»Ich habe ein Muttermal auf der rechten Hüfte«, sagte sie, »auf halber Höhe.« Sie zögerte einen Moment, unmerklich, wie sie hoffte. »Ich habe eine kleine Tätowierung unmittelbar über dem Schamhaar, eine rote Blume, eine Mohnblüte… genau in der Mitte.«

»Ist sonst noch was eintätowiert? Irgendwelche Initialen?«

»Nein. Doch, ja, ein kleines grünes Blatt unter der Mohnblüte.« Plötzlich kam sie sich dumm vor. Verdammt, es machte sie wütend, diesem Mann etwas so Intimes erzählen zu müssen.

»Ist das alles?«

»Sonst fällt mir nichts Ungewöhnliches ein«, sagte sie. »Nichts, was Sie wissen müßten«, fügte sie spitz hinzu.

»Ich möchte, daß Sie sich zwischen den Beinen rasieren«, sagte er.

»Was?«

»Meine Frauen tun das. Es gefällt mir. Sergej weiß das.«

»Um Gottes willen, also wirklich …«, begann Ann, aber Cate unterbrach sie.

»Nein«, sagte sie, die Augen auf Stepanov gerichtet. »Ich werde mich zwischen den Beinen rasieren.«

»Gut«, sagte er rasch. »So, das wäre alles.«

Noch immer ignorierte er alle anderen und musterte Cate weiterhin, während er nachdenklich einen Aschenbecher von einer

Kommode neben seinem Stuhl nahm, auf seinen Schoß stellte, die Beine übereinanderschlug und sich eine Zigarette anzündete. Er stieß den Rauch aus, ohne den Kopf abzuwenden, und fixierte sie weiter.

»Ich sollte Ihnen was erklären«, sagte Stepanov. »Unter normalen Umständen wäre das überhaupt nicht zu machen gewesen. Aber Sergej wollte, daß ich die Reise allein mache und die Leibwächter in New York lasse.«

»Er wollte, daß Sie allein kommen?«

»Na ja, eine Frau zählt nicht.« Er zuckte abfällig mit den Schultern. »Das versteht sich von selbst.«

»Was ist mit ihm?« fragte Cate. »Er wird Leibwächter mitbringen, oder?«

»Vielleicht. Ich weiß nicht.« Stepanov runzelte die Stirn. »Mittlerweile reist er tatsächlich oft ohne Leibwächter. Ganz anders als in den alten Zeiten, das kann ich Ihnen sagen. Er mag's nicht, mit einem ganzen Gefolge aufzutreten wie die Italiener. Er betrachtet sich jetzt als Geschäftsmann. Wenn Geschäftsleute auf Reisen sind, hängen auch nicht überall diese Typen rum. Sie ziehen nur die Aufmerksamkeit auf sich, wenn sie Türen aufreißen und Stärke demonstrieren. Hier besteht keine Gefahr. Moskau, St. Petersburg, Berlin, New York, das ist was anderes. Aber hier möchte er unauffällig ankommen, ein paar geschäftliche Termine wahrnehmen und unauffällig wieder abreisen. Das ist die neue Art. Nicht wie in den Filmen.«

Alle kannten die Filme.

»Sie haben also keine Ahnung, warum er kommt«, sagte Ann.

Stepanov wandte sich an sie. »Es geht um Geschäfte. Das versteht sich von selbst.«

Für Stepanov schien sich vieles von selbst zu verstehen.

»Er hat Ihnen nicht gesagt, um welche Geschäfte?«

»Nein.«

»Ist das ungewöhnlich?«

»Ja. Nun ja, es ist schon vorgekommen, aber es ist ungewöhnlich.«

»Wie finden Sie das? Fühlen Sie sich unbehaglich dabei?« fragte Cate.

»Nein, es verrät mir nur, daß es sich vermutlich um eine sehr wichtige Zusammenkunft auf höchster Ebene handelt.«

Eine Pause entstand, als Stepanov seine Zigarette im Aschenbecher ausdrückte und ihn wieder auf die Kommode zurückstellte.

»Also, wie soll es laufen?« frage Cate. »Was machen wir von jetzt an?«

»Wir müssen zusammen im Hotel ankommen. Sie brauchen Gepäck. Kleider. Kleider für eine Woche.« Er sah Ometow und dann Ann an. »Ich rechne eigentlich nicht damit, daß Sergej die Absicht hat, auf dieser Reise groß was zu unternehmen. Jedenfalls hat er mich nichts vorbereiten lassen. Er schickt zwei Leute voraus, was normal ist. Wenn er an ihr was merkwürdig findet« – er wies mit dem Kopf auf Cate –, »dann läßt er vielleicht unser Zimmer durchsuchen. Haben Sie schon eine Legende für sie?«

»Wir arbeiten dran«, sagte Ann.

»Okay«, sagte Stepanov, »gut. Ich brauche sie so bald wie möglich.« Er wandte sich wieder an Cate. »Ich war ein paarmal in Houston. Sergej ist an einigen hiesigen russischen Organisationen interessiert. Deshalb denke ich, wir geben Sie als Geliebte für diese Reise aus. Ich treffe Sie, wenn ich nach Houston komme. Das hat seine Vorteile, aber auch gewisse Nachteile. Ein Vorteil ist, daß er nicht erwarten wird, daß wir beide sehr vertraut miteinander sind. Er wird nicht damit rechnen, daß Sie die Leute kennen, die ich kenne. Also ist die Gefahr nicht so groß, daß Ihre Geschichte Lücken aufweist. Sie halten an der Geschichte fest, die man für Sie erfindet, und alles ist in Ordnung.«

»Und die Nachteile?« fragte Cate.

»Na ja, nicht so gut ist, daß Sergej weniger geneigt sein wird, in Ihrer Anwesenheit über Geschäftliches zu reden. Andererseits wird er, wenn er nicht allzu besorgt ist, einfach russisch sprechen. Ich brauche Ihnen bloß später zu erzählen, was er gesagt hat.«

»Wird er eine Waffe tragen?« fragte Erika.

»Ja.« Er sah Cate an. »Fünfundvierziger Smith & Wesson, Modell 645. Kennen Sie die?«

»Ich habe damit geschossen.«

»Sie sollten sie besser gut kennen. Es wird die Waffe sein, die Ihnen am nächsten ist, wenn Sie eine benutzen müssen.«

»Wann, glauben Sie, wird Sergej ankommen?« fragte Ometow.

»Heute abend, denke ich.«

»Diese beiden Typen aus London sollen heute nachmittag eintreffen«, sagte Ann. »Da haben sie nicht viel Zeit für Vorbereitungen.«

»Ich stelle nur Vermutungen an.«

»Wie wird er sich mit Ihnen in Verbindung setzen?«

»Ich soll im Château Touraine absteigen. Dort wird eine Nachricht für mich mit den Namen der beiden Männer, die meine Kontaktleute sein werden, bereitliegen. Mehr weiß ich nicht. Am besten wär's, wenn wir heute ankämen. Heute abend wäre gut. Kann sie bis heute abend fertig sein?«

»Wir denken schon.«

»Wann erfahre ich das?«

Ann sah auf ihre Uhr. »Setzen wir einen Treffpunkt fest. Dann können Sie zusammen im Château Touraine ankommen.«

»Neun Uhr?« sagte Stepanov.

»Im Four Seasons in der Innenstadt?«

»Ja, aber in der Tiefgarage. Ich ziehe hier aus und treffe sie in der Tiefgarage. Ebene zwei. Okay?«

»Ebene zwei. Four Seasons. Neun Uhr.«

Cate saß da und hörte zu, wie die anderen über sie verfügten, als sei sie ein Gepäckstück. Alles schien zu schnell zu gehen. Die Planung wirkte, als habe sie große Löcher. Sie hatte tausenderlei Fragen. Auf einmal raste die Zeit, und sie fühlte sich schrecklich unvorbereitet auf das, was geschehen würde.

EINUNDZWANZIG

Paris Als Irina am Vormittag erwachte, waren ihre Glieder wie aus Blei, und sie konnte die schläfrige Benommenheit nur schwer abschütteln. Plötzlich erinnerte sie sich an die asiatische Frau, streckte die Hand aus und fühlte, daß das Bett leer war. Sie versuchte, sich das Gesicht der Frau ins Gedächtnis zu rufen. Obwohl die Episode fast wie ein Traum gewesen war, konnte sie sich an Einzelheiten der Farbe, der Berührung und des Duftes erinnern und vor allem an das Gefühl, getröstet zu werden, nicht allein zu sein.

Während sie noch im Bett lag, öffnete sich die Schlafzimmertür, und schlaftrunken sah sie eine Frau in Dienstmädchenuniform vorsichtig mit einem silbernen Kaffeetablett eintreten. Erwartungsvoll hielt sie den Atem an, als die Frau aus dem Schatten neben das Bett trat.

»Madame?« Es war das Mädchen von gestern morgen.

»Ja«, sagte sie enttäuscht, »ich bin wach.«

Das Mädchen stellte das Kaffeetablett auf einen kleinen Tisch neben dem Bett und teilte ihr mit, daß Monsieur Wei sie in fünfundvierzig Minuten auf der Terrasse zu sehen wünschte. Wenn Madame irgend etwas benötige, möge sie bitte am Telefon die Sechs wählen.

Irina duschte wieder, wählte ein bequemes Kleid für den Rückflug nach London und ging nach unten auf die Terrasse.

Wei, der einen Sommeranzug aus mattweißer Seide trug, erhob sich, als sie die Terrasse betrat. Er nahm ihre Hand und rückte ihr den Stuhl zurecht.

»Bitte, verzeihen Sie, daß ich nicht zur Verfügung stand, als Sie letzte Nacht ankamen – oder vielmehr heute früh«, sagte er und schenkte ihr Kaffee ein.

Der Morgen war eine präzise Wiederholung des vorigen – die rosige Sonne des späten Vormittags, die gedämpften Geräusche von Paris, das Krächzen der Krähen in den Wipfeln der hohen Kastanien und Kiefern.

»Ich hatte auch nicht erwartet, daß Sie noch wach sind«, sagte sie und schaute ihn an, als er ihr ihre Kaffeetasse reichte.

»Haben Sie genug Schlaf bekommen?«

»Ja, danke.« Sie sah in seinem Gesicht nichts, was darauf hingedeutet hätte, daß er von ihrer Episode mit der Asiatin wußte. Aber vielleicht war so etwas für Weis Gäste gar nichts Besonderes. Sie gelangte zu dem Schluß, daß er alles über die vergangene Nacht wußte und daß ihr das gleichgültig war.

Wei lehnte sich mit einer frischen Tasse Kaffee in seinem Stuhl zurück und lächelte sie an.

»Nun, wie fanden Sie Signor Carlo Bontate?«

»Der Besuch ist gut verlaufen«, sagte sie und bestrich ein Croissant von dem Tablett auf dem Tisch mit Butter.

»Ein langer Besuch.«

Irina nahm an, daß der Pilot hatte Bericht erstatten müssen, ehe er in den frühen Morgenstunden schlafen gehen durfte.

»Ein langer Besuch«, sagte sie.

»Hat Bontate Ihnen gefallen?«

»Ja«, sagte sie. »Er ist sehr direkt.«

Wei lachte. »Ja, das hat er mit Sergej gemeinsam. In vieler Hinsicht sind sie gar nicht so verschieden.«

»Tatsächlich? Inwiefern?« Irina hielt es für an der Zeit, auch Wei ein paar Fragen zu stellen.

»Ehrgeizig. Direkt.« Er hielt inne, um seine Worte sorgfältig zu wählen. »Aggressiv. Nicht zu … Verfeinerung neigend. Nicht für sehr lange jedenfalls.« Er sah sie an, und sein Lächeln schwand für einen Moment. »Beide haben eine utilitaristische Auffassung von Frauen.«

»Haben Sie etwas dagegen?«

»Ich sehe das vielleicht anders.«

»Das?«

»Das Thema.«

Irina nickte und nahm einen Bissen von ihrem Croissant. Sie war wie ausgehungert.

»Elf Stunden sind eine lange Zeit«, sagte Wei und kam damit schließlich zum Zweck seiner Konversation.

Irina schluckte den Bissen hinunter und trank von ihrem Kaffee. Wei war sehr neugierig auf ihr Treffen in Sizilien. Sie war nicht verpflichtet, ihm irgend etwas zu erzählen.

»Ja, allerdings«, sagte sie und sah ihn an.

»Hier waren Sie kaum elf Stunden, und so lange geredet haben wir schon gar nicht.«

»Und wir haben über ganz andere Dinge gesprochen«, sagte sie. »Mit Bontate habe ich nicht über Kunst diskutiert.«

»Worüber haben Sie denn gesprochen?«

»Er fühlte sich mit mir weniger wohl als Sie. Er mußte … beruhigt werden.«

»Und wie haben Sie das gemacht?«

Sie sah ihn einen Moment an, ehe sie antwortete. Sie wollte nicht, daß es so aussah, als unterwerfe sie sich bereitwillig seinem Verhör.

»Ich habe seine Fragen beantwortet«, sagte sie.

»Sie haben ihm gesagt, was er hören wollte.«

»Ich weiß nicht, was Sie von Carlo Bontate halten«, sagte sie. »Aber ich habe ihn als Mann empfunden, der sich mit dieser Art von Antworten nicht zufriedengeben würde. Ich glaube nicht, daß man ihm etwas vormachen könnte.«

»Nun, ich denke, in diesem Punkt haben Sie recht, Madame Serowa.«

»Ich habe ihn so wenig zu täuschen versucht, wie ich Sie zu täuschen versucht habe, Monsieur. Aber um ehrlich zu sein, Sie beide sind argwöhnische Menschen, und ich weiß nicht genau, welchen Erfolg ich hatte.«

»Was meinen Sie?«

»Ich bezweifle, daß Sie beide sich in meiner Gesellschaft völlig unbefangen fühlen. Sie sind höflicher, aber Sie halten auch Ihre Gefühle besser unter Kontrolle. Doch ich bezweifle, daß Sie mich ohne ernsthafte Besorgnis akzeptieren.«

»Sie scheinen etwas abwehren zu wollen, was offensichtlich ist. Habe ich Ihnen nicht gesagt, daß ich Ihnen vertraue?«

»Doch.«

»Dann verstehe ich Sie nicht.«

»Natürlich verstehen Sie. Sergej vertraut mir ebenfalls, aber ich bin nicht so naiv anzunehmen, daß er nicht jeden meiner Schritte beobachtet und sich nach meiner Abreise bei Ihnen beiden erkundigt, um zu sehen, ob ich mich so verhalten habe, wie ich mich verhalten sollte.«

»Das ist nur gutes Management.«

»Nennen Sie es, wie Sie wollen. Ich bin sicher, daß Sie alle drei miteinander gesprochen haben, seit ich gestern nacht Marineo verließ. Ich weiß, daß Sie bereits zusammengearbeitet haben. Sie würden nicht wieder zusammenarbeiten, wenn Sie einander nicht auf irgendeiner Ebene vertrauen würden. Ich bin nur ein Element, ein zeitweiliges Element, notwendig geworden durch die spezielle

Logistik ihrer neuen Unternehmung. Mehr bin ich nicht, und mehr möchte ich auch nicht sein. Ich habe in diese Sache nichts investiert und wünsche mir nichts mehr, als daß sie erledigt wird und vorbei ist.«

Wei hatte die Beine übereinandergeschlagen und sah sie mit seinem amüsierten Lächeln an. Er nickte und betrachtete sie.

»Sie sind eine sehr direkte Frau«, sagte er, schob seine Tasse von sich und faltete sorgfältig seine Serviette zusammen. »Was gut ist. Ich hätte von Sergej nichts Geringeres erwartet.«

Für einen Augenblick schaute er in das Licht, das auf den Rasen fiel, und Irina hörte erneut die Krähen, deren geistloses Krächzen sich in Richtung Seine entfernte. Als Wei sich ihr wieder zuwandte, lag kein amüsiertes Lächeln mehr auf seinen feinen Zügen. Sie zweifelte nicht daran, daß er gleich sehr intensiv auf Geschäftliches zu sprechen kommen würde.

»Ich weiß, daß Sie Krupatin gegenüber loyal sind, und ich akzeptiere das. Wir alle umgeben uns mit Menschen, denen wir vertrauen und von denen wir glauben, daß sie auch unter extremen Umständen loyal sein werden.

Diese ganze… Operation ist meine Idee und wurde von mir sorgfältig geplant. Sie sind ein neues Element darin und deshalb Gegenstand genauester Untersuchungen durch Informationsmakler.« Seine linke Hand lag auf dem Tisch; sie ruhte auf der Serviette, die er gerade gefaltet hatte. Er hob die Hand kurz an und ließ sie dann wieder sinken. Es war eine Geste, die Endgültigkeit ausdrückte. »Ich vertraue Ihnen. Wir werden weitermachen wie geplant. Aber Sie müssen wissen, daß ich nicht aufhören werde, Sie zu beobachten. Wenn ich den Verdacht habe, daß Sie mich täuschen oder auf irgendeine Weise gegen mich arbeiten, dann lasse ich Sie töten. Ohne Vorwarnung.«

Sie starrten einander an.

»Das habe ich Sergej gesagt«, fügte er hinzu. »Und ich habe ihm auch gesagt, daß ich es Ihnen sagen würde. Carlo brauchte ich es nicht zu sagen. Er sieht das genauso wie ich.«

Irina sagte nichts. Wei erwartete auch keine Antwort von ihr.

»Ich weiß, daß Sie das verstehen«, sagte er. »So, und nachdem das nun ausgesprochen ist, möchte ich noch etwas sagen. Was Sie

Krupatin schuldig sind, kann ich nicht beurteilen. Ich weiß nur, was Sie mir darüber sagen. Aber ich möchte mich ebenfalls um Ihre Treue bemühen.«

Weis Stimme wurde leise, und er sprach langsamer. »Wenn Sie sich an irgendeinem Punkt dieser Verhandlungen im Besitz von Informationen befinden, die für mich entscheidend wichtig wären, oder wenn Sie sich in einer Position befinden, die für mich hilfreich sein könnte, dann würden Sie mich als so großzügig kennenlernen, wie ich unter anderen Umständen kompromißlos sein könnte. Ich verlange nicht von Ihnen, daß Sie irgend jemanden verraten – das müssen Sie wissen. Aber falls *ich* verraten werde – falls etwas bevorsteht, das zu meinem Nachteil wirkt und das ich nicht erwarte –, dann würde ich eine Warnung als Akt der Loyalität betrachten, der eine großzügige Belohnung verdient. Ich suche keinen Vorteil, indem ich Ihnen diesen Vorschlag mache. Ich möchte vielmehr einem Nachteil vorbeugen.«

Indem er Irina dieses Angebot machte, hatte Wei ein bereits ausgeklügeltes Spiel unendlich kompliziert. Sie erfuhr von jedem der Männer Geheimnisse; jeder band sie mit etwas an die Verhandlungen, von dem keiner der anderen wußte. In einem sehr realen – und gefährlichen – Sinn wurde sie so stark in den Stoff dieser Triade verwebt, daß sie in einem komplexen Muster von Lügen festsaß. Die Wahrheit war ein einzelner dünner Faden, der tief und versteckt im Gewebe eines dichten Mantels von Täuschung lag.

»Warum haben Sie mir das gesagt?« fragte sie. »Ich bin verpflichtet, das an Krupatin weiterzugeben. Sicher wissen und verstehen Sie das.«

»Ich weiß, was Sie mir gesagt haben«, antwortete Wei. »Aber ich muß mich schützen. Ich muß glauben, daß Sie bei dieser Verhandlung ebenso zu mir gehören wie zu Sergej. So muß es sein. Ich wäre überrascht, wenn Carlo nicht etwas Ähnliches getan hätte. Verstehen Sie, Sie müssen gleichermaßen zu uns allen dreien gehören. Sergej weiß das. Deshalb hat er Sie geschickt. Es kann sein, daß jeder von uns Sie auf eine andere Weise an sich binden wird, um sicher zu sein. Aber Sie können mir glauben, wenn Sie einmal gebunden sind, dann ist diese Bindung nur chirurgisch wieder zu trennen… wobei Blutverlust unvermeidlich ist.«

Irina betrachtete das glatte Gesicht des Chinesen mit soviel Gelassenheit, wie sie aufbringen konnte. Er mußte wissen, daß sie genauso kühn war wie er; er mußte wissen, daß sie weder klein beigeben noch gegen Bezahlung Verrat begehen würde.

»Ich kann Ihnen nur dies sagen«, antwortete sie endlich. »Ich werde an keinerlei Betrug teilnehmen, weder an Ihrem noch an seinem. Ich möchte nicht für den Rest meines Lebens Angst vor dem haben, was mich hinter der nächsten Ecke erwartet. Ich möchte schlafen können.«

Wei betrachtete sie schweigend; sein Gesicht drückte nichts als Interesse aus.

»Ich glaube Ihnen«, sagte er.

ZWEIUNDZWANZIG

Nur wenige Minuten nach diesem Gespräch entschuldigte sich Wei und ließ Irina am Tisch auf der schattigen Terrasse allein. Ihr Herz pochte noch nach seiner Erklärung, sie sei Gegenstand intensiver Recherchen gewesen. Sicherlich hatten Wei und Bontate Zugang zu den gleichen Informationsmaklern wie Sergej. Diese Verkäufer von Erkenntnissen waren noch raffgieriger als Waffenhändler und verkauften an den Meistbietenden. Sie urteilten nicht. Sie sammelten Informationen und verkauften sie. Ob das viele tausend, einen einzigen oder gar keinen Toten zur Folge hatte, interessierte sie nicht.

Daß Krupatin aus einer geschlossenen Gesellschaft kam, war für ihn immer vorteilhaft gewesen. In der internationalen Verbrecherwelt hatten die Russen von der Tatsache profitiert, daß sie keine Vergangenheit besaßen. Die ehemalige Sowjetunion pflegte Geheimniskrämerei als Lebensstil, und die Informationsmakler stießen immer nur auf Dunkelheit, wenn sie in diesem großen Archipel Gulag Informationen zu kaufen suchten. Doch mit dem Zerfall des Sowjetreichs wurden die Archive der Geheimpolizei, die Akten aus den Gefangenenlagern, Transitzentren und Spionageorganisationen, die Unterlagen von KGB und Staatssicherheit auf dem Weltmarkt genauso wertvoll wie die Bestandteile der Nuklearwaffen der ehemaligen Sowjetunion, die der Welt solche Sorgen machten.

Was hatte Wei wirklich über sie in Erfahrung gebracht? Wie gut waren seine Quellen in Rußland?

Sie hatte den Verdacht, daß man sie beobachtete. Sie goß sich noch eine Tasse Kaffee ein und lehnte sich zurück, um sie zu »genießen«. Es war wichtig, daß sie, wenn schon nicht gelassen, so doch zumindest nicht nervös wirkte. Sie nahm einen Bissen von ihrem Croissant und schaute über den Rasen auf das Sonnenlicht, das in Streifen durch die Bäume fiel. Ihr Mund war so trocken, daß das Croissant ihr beinah im Hals steckenblieb. Sie zwang sich, trotz ihres Herzklopfens logisch zu denken. Wenn sie Weis Drohung glauben konnte – und sie zweifelte keine Sekunde daran –, dann mußte sie noch immer im Vorteil sein; schließlich lebte sie noch.

»Madame?«

Irina zuckte zusammen. Sie drehte sich um und brachte eine gelassene Miene zustande. »Ja?«

»Monsieur Wei läßt Ihnen ausrichten, daß er gehen mußte, und bittet Sie, ihn zu entschuldigen.«

Irina nickte.

»Monsieur läßt Ihnen ausrichten, daß ein Wagen Sie in einer halben Stunde im Portico erwarten wird.«

Irina sah auf ihre Uhr. »Danke.«

Sie nahm an, daß im Wagen außerdem ein Flugticket und Anweisungen für die nächsten Schritte auf sie warten würden. Dieses Triumvirat von Teufeln arbeitete sehr schnell und auf rätselhafte Weise. Soweit sie es beurteilen konnte, hatte sie die Prüfung bestanden und würde Wei und Bontate häufiger sehen. Krupatin würde höchst erfreut sein.

Ruhig leerte sie ihre Kaffeetasse und aß ihr Croissant auf.

Dann legte sie die Serviette weg, stand vom Tisch auf und verließ die Terrasse, um oben ihre wenigen Sachen zu packen. Im Haus schritt sie allein durch die marmornen Gänge und hielt Ausschau nach der Asiatin vom Vorabend, aber die Frau war nirgends zu sehen.

Als sie in ihr Zimmer kam, fand sie ihr Gepäck bereits fertig auf dem Fußboden vor. Sie ging ins Bad, um zu sehen, ob irgend etwas vergessen worden war, aber das war nicht der Fall. Die Suite war so makellos, als habe sie nie darin gewohnt.

Niemand kam, um ihre Tasche zu tragen, und auch auf den Gängen sah sie niemanden, als sie dem weißen Tageslicht entgegenschritt, das durch die Eingangstür fiel. Als sie die Tür erreichte, fuhr unten ein Wagen vor. Vom Beifahrersitz – es war diesmal nicht der Bentley, sondern ein glänzend schwarzer Mercedes – erhob sich ein Mann, nahm ihre Tasche und öffnete ihr die hintere Tür. Als sie einstieg, stellte sie zu ihrer Überraschung fest, daß bereits jemand auf dem Rücksitz saß.

»Gut gemacht, Irina«, sagte Krupatin.

Sie setzte sich neben ihn. Der Wagen roch leicht nach Leder und dem französischen Limonenrasierwasser, das er bevorzugte.

»Was machst du hier?« Sie versuchte, unbekümmert zu klingen, als sei sie von seinem unerwarteten Erscheinen nicht betroffen. Der Mercedes bog in die Rue Férou ein und fuhr durch die enge Straße in Richtung Rue de Vaugirard.

»Ich bin gekommen, um dich abzuholen«, sagte er und zupfte die weiße Hemdmanschette unter dem Ärmel seines dunklen Anzugs zurecht. Er wirkte gepflegt, präzise, jedes graue Haar lag an seinem Platz. Sein Schnurrbart war perfekt gestutzt, sein Gesicht glatt wie polierter Stein.

»Das sehe ich. Ich hätte ohne deine Hilfe nach London fliegen können.«

»Aber sicher. Nur fliegen wir nicht nach London.«

Sie sah ihn an.

»Wir sind unterwegs zum Flughafen Charles de Gaulle.«

»Wir?«

Er nickte freundlich.

»Ich hoffe, du weißt, was du tust«, sagte sie. Wieder pochte ihr Herz. Sie waren, seit sie angefangen hatte, für ihn zu arbeiten, noch nie zusammen gereist. Wenn sie einen Auftrag hatte, reiste sie immer allein. Er hielt sich absichtlich Tausende Meilen von dem entfernt auf, was sie tat.

»Ich weiß, was ich tue«, sagte er.

»Ich nehme an, es spielt keine Rolle, daß ich nichts anzuziehen habe.« Es war dumm, das zu sagen, aber ihr fiel nichts anderes ein. Was da passierte, gefiel ihr nicht.

»Nein«, sagte Krupatin. »Hör zu, ich habe mit beiden geredet, mit diesem fetten Sizilianer und mit dem Chinesen. Sie sind von dir begeistert. Wei möchte mit dir schlafen.«

Krupatin schüttelte lachend den Kopf. Irina wandte sich ab und starrte aus dem Fenster. Paris. Paris wäre ein guter Platz zum Sterben. Wenn es danach nichts mehr gab, hätte sie ihre letzten Gedanken wenigstens inmitten der Geräusche, Sehenswürdigkeiten und Gerüche einer wunderschönen Stadt gedacht. Was konnte man sich am Ende mehr wünschen als Schönheit? Schönheit war kostenlos. Jeder konnte sie schätzen – die Reichen, die Armen, die Gesunden, die Sterbenden. Paris wäre ein guter Ort zum Sterben.

»Verdammt, was hast du denen eigentlich erzählt?« fragte Krupatin mit anzüglichem Lächeln. »Welche Versprechungen hast du ihnen gemacht, Irina? Hm?« sagte er und stieß sie an, während sie weiter aus dem Fenster starrte. Sie waren in den Boulevard St.-Michel eingebogen und näherten sich der Seine. »He, sag's mir, ja?« Er grinste gut gelaunt.

»Hat Wei dir gesagt, daß er mich umbringen würde, wenn er den Verdacht hätte, daß ich ihn täusche?« fragte sie, noch immer aus dem Fenster schauend.

»Was? Oh, natürlich. Er sagt solche Sachen.«

»Er hat mir gesagt, er habe meinen Hintergrund überprüft.«

»Und?«

»Was hat er herausfinden können?«

»Nicht so verdammt viel, was? Sonst wärst du bereits tot, nicht? Nein, Wei ist zufrieden. Glaub mir. Ich schwöre bei Gott, er war absolut verzaubert. Diese Sache mit der Malerei – Pigmente. Ich wußte, daß das wirken würde. Großer Gott. Man hätte meinen können, er hätte eine Königin kennengelernt.«

»Du hättest mir vorher Bescheid sagen können«, sagte sie. »Wenn du einen Hintergrund für mich erfindest, dann sollte ich wenigstens darüber informiert sein.«

»War nicht nötig. Das *ist* ja dein Hintergrund.«

Wütend wandte sie sich ihm zu. »Was ist los mit dir, Sergej?

Verdammt, das ist kein Spiel. Wenn du willst, daß ich es mache, dann laß es *mich* tun. Man wird uns beide umbringen, wenn du darauf bestehst, hier *herumzupfuschen*. Es ist nicht zu fassen. Was erwartest du eigentlich von mir?«

Krupatin ließ ihren hektischen Ausbruch einen Moment unbeantwortet. Sie starrten sich an.

»Diesmal läuft es anders«, sagte er ruhig. »Vollkommen anders. Nicht wie bei den anderen, sondern genau entgegengesetzt. Irina«, sagte er sarkastisch. »Diesmal bist du nicht allein. Ich werde dich anleiten, und du mußt tun, was ich sage. Ich kenne diese beiden Männer. Ich weiß, wie sie denken, was sie wollen und was sie tun werden, um es zu kriegen. Ich habe diese Männer studiert, und ich weiß, wie sie reagieren werden, wenn du sie in Houston wiedersiehst.«

»Wann werden sie in Houston sein?«

»In zwei Tagen.«

Sie sah ihn an, ohne mit der Wimper zu zucken. »Was passiert, wenn du einen Fehler machst?«

Er starrte sie an. »Du würdest überrascht sein, wie wenig ich an diese Möglichkeit denke.«

»Dann bist du ein Dummkopf, Sergej.«

Schweigen.

»Vor fünf Jahren hättest du das vielleicht mit einer gewissen Autorität sagen können«, antwortete Krupatin, »aber jetzt nicht mehr. Ich kenne dich, Irina, genau, wie ich Wei und Bontate kenne. Ich weiß, daß in diesem schönen Körper, den du auf deinem Skelett herumträgst, eine emotionale Katastrophe wohnt. Ich sehe es deinen Augen an. Ich habe es beim Sex mit dir gespürt.« Er schüttelte den Kopf, einen Ausdruck gelangweilten Mitleids im Gesicht. »Du hältst nicht mehr lange durch, das kann ich dir sagen. Jedesmal, wenn ich dich sehe, muß ich dich wieder zusammenflicken, und jedesmal wird es schwerer. Also erspare ich dir diesmal jede Verantwortung für die Planung. Du brauchst nur meine Anweisungen zu befolgen. Ich habe alles geplant... bis zum letzten Atemzug.« Er lächelte über die Doppeldeutigkeit seiner Worte. »Hör zu, eine Sache machst du außerordentlich gut. Tu sie noch zwei weitere Male, und dann kannst du zur Hölle gehen.«

Sie wandte sich ab und schaute wieder aus dem Fenster des Wagens. Draußen zog die schöne Stadt an ihr vorbei – Boulevard de Sébastopol.

»Natürlich hast du immer eine Wahl«, sagte er. »In der Hinsicht ist es diesmal nicht anders als sonst.«

Es war, als erinnere man eine Lepröse an ihre Krankheit oder eine Heilige an ihre Erlösung; diese Wahl hatte sie jede Sekunde im Gedächtnis. Sie konnte sie weder ignorieren noch vergessen. Sie war sowohl ihre Fessel als auch ihre Befreiung; sie trieb sie in den Wahnsinn und rettete ihr den Verstand; tatsächlich war diese Wahl das einzige, was ihre Existenz bestimmte.

Die Schönheit der Stadt zog unbeachtet an ihrem Fenster vorbei.

Sie hatte keine Ahnung, wieviel Zeit verstrich, der Wagen fuhr einfach weiter und nahm sie mit. Sie fuhr mit dem grinsenden Satan in einem schwarzen Mercedes zur Hölle.

DREIUNDZWANZIG

Houston »Unsere beiden Freunde aus London sind angekommen, während ihr unterwegs wart«, sagte Hain, sobald sie zur Tür hereinkamen. Er stand an den Tischen im Wohnraum, den Telefonhörer noch am Ohr.

»Wann?« Ometow war plötzlich lebhaft. »Wo sind sie im Moment?«

»Sie sind vor etwas mehr als einer Stunde gelandet, haben einige Zeit beim Zoll verbracht, einen Wagen gemietet… Jetzt sind sie auf halbem Weg vom Flughafen in die Stadt.« Er schaute auf den Telefonhörer, den er zwischen Ohr und Schulter geklemmt hatte. »Das ist Quantico.« Er nickte in Richtung Tisch. »Das sind Fotos, die uns unsere Leute vom Flughafen gefaxt haben. Gute Bilder von den beiden, wie sie durch den Zoll gehen.«

Ometow ging rasch zu den Tischen, setzte sich und nahm die Fotos zur Hand. Erika setzte sich unverzüglich neben ihn. Zusammen betrachteten sie die Bilder. Das Funksystem, das die Techniker der Sonderkommission installiert hatten, damit die Mitarbeiter im Stützpunkt die Fortschritte des Beschattungsteams verfolgen konnten, war leise gestellt, nur sporadisch durchbrachen gedämpfte Stimmen die Stille mit unregelmäßigen, einsilbigen Mitteilungen.

»Wie ist es gelaufen?« fragte Hain und sah Cate an.

»Gut. Gut, glaube ich«, sagte sie und warf ihre Tasche auf einen Stuhl.

Sie sah, daß Hain Ann anschaute, die gleich in die Küche ging, um sich ein alkoholfreies Getränk zu holen.

Ometow studierte jedes einzelne Foto und gab es dann an Erika weiter.

»Das sind außerordentlich scharfe Fotos. Und viele. Dieses ist sehr gut.« Noch während er sprach, nahm er die Fotos wieder an sich und breitete sie nebeneinander auf dem Tisch aus. Erika hatte kein Wort gesagt.

»Was ist damit, Leo?« fragte Hain, der noch immer den Telefonhörer hielt.

Ometow schüttelte den Kopf. »Ich kenne diese Typen nicht.«

Hain runzelte die Stirn. »Erika?«

»Nein, ich auch nicht.«

»Leo, Sie kennen alle ständigen Mitarbeiter von Krupatin.«

»Ja, ja, ja, ich kenne sie«, sagte Ometow ein bißchen gereizt und betrachtete die Faxe stirnrunzelnd. Wieder schüttelte er den Kopf und sah dann Erika an. »Wissen Sie, was ich glaube? Ich glaube, daß diese Männer maskiert sind.«

»Was?« Hain hielt noch immer den Hörer am Ohr, doch das Wort »maskiert« ließ ihn das beinah vergessen. »Was meinen Sie? Sie glauben, daß die beiden maskiert sind?«

Erika zog die Augenbrauen hoch und nahm ein Fax in jede Hand. Ihr Blick wanderte zwischen ihnen hin und her. Nachdem sie sie einen Moment betrachtet hatte, begann sie langsam zu nicken.

»Ja, ich verstehe … Okay, das ist sehr gut möglich«, sagte sie.

»Sie sind maskiert?« Hain konnte es nicht glauben.

Ometow ignorierte ihn, beugte sich über den Tisch und griff nach seiner Handakte mit den Fotos von Krupatins Leibwächtern und Mitarbeitern. Er begann sie durchzublättern, und nach einer Weile hielt er bei zwei Fotos inne. Auch Cate betrachtete jetzt die Faxe. Ann war wieder hereingekommen, als Ometow gesprochen hatte.

Frustriert, daß sowohl Quantico als auch Ometow ihn warten ließ, schien Hain fast geneigt, den Hörer aufzulegen, als plötzlich jemand in der Leitung war. »Ja, ja, ich bin hier«, sagte Hain. Er lauschte. »Großartig – nein, das ist großartig. Danke«, sagte er, schaute auf seine Uhr und legte den Hörer auf. Er beugte sich über Ometow. »Sie sind maskiert?«

»Ja.« Ometow nickte. Er blickte zu Cate auf, die ihm über die Schulter sah. »Sehen Sie sich diesen Mann an. Vergessen Sie sein Gesicht. Betrachten Sie seinen Körperbau, die Art, wie er steht, wie er die Schultern hält, auf einer Seite etwas höher. Sogar die Kopfhaltung. Und jetzt schauen Sie sich unsere Neuankömmlinge an. Erkennen Sie die Ähnlichkeiten?« Er tippte auf ein Foto von der Zollabfertigung im Flughafen, auf dem »Nikolaj Jeljutin« stand. »Grigorij Izwarin«, sagte er.

Cate fiel die kosmopolitische Kleidung der beiden Männer auf, die vor etwas mehr als einer Stunde durch den Zoll gegangen waren. Sie hätten gutsituierte Geschäftsleute aus irgendeinem amerikanischen Bundesstaat sein können. Der Mann, von dem Ometow sprach, war groß und gut gebaut, und seine Haltung wies deutlich auf einen Sportler hin.

»Verdammt, von welcher Art von Maskierung reden Sie?« beharrte Hain.

In den nächsten paar Minuten erläuterte Ometow die Einzelheiten im Aussehen der beiden Männer. Bei Izwarins Begleiter schwor er, der Mann habe seine Nase mit künstlichen Hilfsmitteln verdickt, um seinen Nasenrücken zu verbreitern. Die Diskussion ging hin und her, bis Hain die Frage stellte, an die alle dachten.

»Sie glauben doch nicht, daß dieser Typ Krupatin ist, oder?«

Ometow studierte die Faxe, die ausgebreitet vor ihm lagen.

»Wissen Sie«, sagte er, »er könnte es sein.«

»Das ist schwer zu glauben«, sagte Ann. Auch sie beugte sich wie alle anderen über den Tisch und betrachtete die Faxe.

»Die Größe stimmt«, sagte Ometow. »Das Gewicht auch. Wenn

man die veränderte Nase berücksichtigt, die Haare …« Er zuckte mit den Schultern. »Vielleicht.«

»Herrgott, kennen Sie ihn denn nicht gut genug, um es uns sagen zu können?« fragte Hain ungeduldig. »Diese beiden Typen sehen so aus wie ihre Paßfotos. Was werden sie machen, sich erneut maskieren, wenn sie das Land verlassen?«

»Warum nicht?« fragte Ometow.

»Verdammt, *warum* wäre eine bessere Frage«, sagte Ann. »Ich meine, warum machen sie das? Es ist doch nicht so, als könnten sie uns mit Theaterschminke täuschen.«

»Anscheinend tun sie aber genau das«, sagte Hain spitz.

»Das wissen wir nicht«, sagte Ann. »Bei diesem Izwarin hat Leo es ja schon gemerkt.«

»Das ist nicht Krupatin«, sagte Erika und schüttelte mit der Endgültigkeit persönlicher Überzeugung den Kopf.

Ometow sah sie an. Sie setzte sich auf ihren Stuhl und rückte ihn vom Tisch weg.

»Selbst wenn die Masken professionell gemacht sind – und wir wissen nicht einmal, ob das wirklich Izwarin ist, Leo –, Sergej Krupatin würde das niemals tun. Das ist unter seiner Würde. Sich heimlich in die USA einzuschleichen.«

»Er war schon früher mit falschen Pässen hier«, erinnerte Ann sie.

»Sicher«, sagte Erika, »aber nicht *maskiert*, du meine Güte. Es hat eine gewisse Würde, mit prachtvoll gefälschten Dokumenten durch den Zoll zu rauschen und felsenfest davon überzeugt zu sein, daß man schlauer ist als diejenigen, gegen die man arbeitet. Dazu braucht man …« Sie suchte nach dem richtigen Wort.

»Mumm«, sagte Ann.

»Ja, Mumm. Aber eine falsche Nase aufzusetzen …« Sie schüttelte kurz und überzeugt den Kopf. »Nein.«

»Vielleicht hat sie recht«, sagte Ometow. »Psychologisch ist das richtig.«

»Vielleicht ist es auch nur die Denkweise, die er von uns erwartet«, sagte Hain. »Herrgott.«

»Also, wo sind sie jetzt, Curt?« fragte Ann. »Was haben die Beschatter über sie?«

»Vor ungefähr zehn Minuten waren sie auf dem Northwest Freeway auf dem Weg in die Stadt.« Er nickte zu dem Funkgerät auf dem Tisch, dessen Monitore mit flackerndem grünem Licht die Sprechstimmen visuell begleiteten. »Hört sich an, als tasteten sie sich vorwärts. Vermutlich lesen sie alle Straßenschilder und versuchen festzustellen, wo zum Teufel sie eigentlich sind.« Er schüttelte den Kopf, senkte den Blick und dachte nach.

»Okay«, sagte er dann, fuhr herum und ging zu den Telefonen. »Ich lasse Jernigan einen Fotografen zum Château schicken. Wenn diese Kerle im Wagen ihre Masken abnehmen und sich unter neuen Namen und mit anderen Papieren im Hotel anmelden, dann möchte ich das auf Fotos sehen.«

Alle warteten, während Hain erneut telefonierte. Als er fertig war, ließ Ann ihm keine Zeit, zu Atem zu kommen.

»Was ist mit den Implantaten?«

»Sie haben einen Mann in der Luft«, sagte Hain. »Es ist eine Chartermaschine, also ...« Er sah auf die Uhr. »Er müßte gegen halb neun auf dem Houston Intercontinental ankommen.«

»Scheiße«, sagte Ann und sah sich um. »Erika, am besten setzen Sie sich mit Stepanov in Verbindung und sagen ihm, daß es erst morgen geht.«

»Er wollte heute abend einchecken«, sagte Erika kurz angebunden. »Und wenn diese beiden Männer vor ihm da sind ...«

»Was dann?« sagte Ann scharf. »Nichts, gar nichts. Sie kommen eben einfach vor ihm an. Ich hab ihn nicht sagen hören, wer als erster eintreffen sollte, verflucht noch mal. Ich werde diese Sache mit dem Implantat nicht überstürzen. Ich will sicher sein, daß es richtig funktioniert, und ich will sicher sein, daß Cate sich damit wohl fühlt. Überlegen Sie sich was für morgen. Und erzählen Sie ihm von unseren Neuankömmlingen. Hören Sie sich an, was er dazu zu sagen hat.«

»Wir könnten ihm diese Faxe zeigen«, sagte Erika. »Vielleicht fällt ihm was auf.«

»Ja, gute Idee«, sagte Hain.

»Er wird sie ohnehin früher oder später treffen«, sagte Ann. »Wir haben noch eine Menge Zeit, sie ihm zu zeigen, wenn sich rausstellt, daß sich nicht alles nach unserem Plan entwickelt.«

Erika wandte sich mit trotzigem Schulterzucken ab, ging um den Tisch herum und griff nach einem der Telefone.

»Cate«, sagte Hain und nahm einen Manila-Umschlag zur Hand, »das ist vorhin aus Washington gekommen. Es ist Ihre Legende.«

Cate nahm den Umschlag und zog sich auf einen Sessel in der entfernten Ecke des Raumes zurück, wo die Glaswand den Blick auf den Garten freigab. Die Nachmittagssonne brannte auf die Palmen und Bougainvilleas nieder; ihr grelles Licht warf tiefe Schatten. Erika absolvierte die telefonischen Manöver, die notwendig waren, um Stepanov zu erreichen, während Ometow noch immer über den Fotos der beiden Russen brütete. Hain und Loder hatten zu einem Gespräch unter vier Augen die Köpfe zusammengesteckt.

Der Umschlag enthielt sechs Seiten mit einzeilig getippten Informationen und einen texanischen Führerschein auf den Namen Catherine Miles, den sie schon zweimal benutzt hatte, als sie verdeckt für die Abteilung Organisierte Kriminalität arbeitete. Ihre Adresse war ein Duplex in Nordwest-Houston, dessen andere Seite einem Mitglied der unterstützenden Spezialtruppe gehörte – einem von etlichen als Gs bekannten freien Mitarbeitern, die bei Operationen des FBI kleine Hilfsdienste leisteten und dafür auch nur den Bruchteil des Gehalts eines Festangestellten bezogen. Der Mitarbeiter konnte sie decken, wenn irgend jemand an der Tür erschien und Cates Adresse überprüfen wollte. Ihre Legende war ebenfalls ein Amalgam aus Legenden, die sie schon früher benutzt hatte. Sie war Assistentin des Personalchefs eines großen Architekturbüros. Unter ihrer Telefonnummer würde sich eine Agentin der Houstoner Niederlassung melden, die Hains Kontaktperson war, falls er lokale Unterstützung brauchte. Der echte Personalchef des Architekturbüros war ein langjähriger freier Mitarbeiter und würde sie decken, falls jemand tatsächlich die Firma aufsuchte, um sich nach ihr zu erkundigen.

Man hatte an alles gedacht. Cate las die Legende zum zweiten Mal durch und überprüfte erneut die Details, als Ann Loder herüberkam und sich einen Stuhl heranzog.

»Haben Sie irgendwelche Probleme damit?« fragte sie mit Blick auf die Legende.

»Nein. Sieht so aus, als hätten sie an alles gedacht.«

»Sie können verändern, was Sie wollen. Wir müssen bloß darüber reden.«

»Ich möchte gar nichts verändern.«

»Okay, gut. Noch was, wir müssen uns ein Wort ausdenken, das Sie benutzen können, wenn Sie alles zum Stillstand bringen wollen, wenn Sie sich bedroht fühlen oder so – wenn es Ihnen einfach reicht. Ein gewöhnliches Wort, aber nicht zu gewöhnlich, damit Sie es nicht versehentlich benutzen, weil dann alles gestoppt wird. Vielleicht ein ganzer Satz.«

»Ein persönlicher Hinweis«, sagte Cate. »Das wäre vermutlich am besten. Etwas darüber, wie ich mich fühle. Äh, wie wär's mit ›Mir ist heiß‹ oder ›Ich glühe‹? Das passiert mir manchmal unmittelbar vor dem Einsetzen der Periode.«

»Was Sie wollen.«

»Okay, dann nehmen wir das.«

»Fein, ich werde es zu den Unterlagen für die Operation nehmen und dafür sorgen, daß jeder, der es kennen muß, Bescheid weiß. Und jetzt sagen Sie mir, was Sie von unserem Mann Stepanov halten.«

»Der Kerl ist ganz schön frech«, sagte Cate und legte die Papiere auf ihren Schoß. »Es wird nicht leicht sein mit ihm.«

»Ja, das denke ich auch. Man kann nur schwer nachvollziehen, wieviel für ihn auf dem Spiel steht. Der Einsatz ist sein Leben.«

»Was ist mit seiner Frau und seinem Sohn zu Hause in Rußland? Will er die einfach verlassen?«

Ann nickte. »Nach seinen Worten ist die Ehe ohnehin schon seit langem kaputt. Er hat eine Freundin in Brooklyn. Natürlich sollte die Familie in Moskau das Schwert sein, das Krupatin über seinen Kopf hält, falls er Mist baut.«

»Und was wird mit seiner Frau und seinem Sohn passieren?«

»Das hängt davon ab, wie's ausgeht. Wenn Krupatin wirklich sauer ist, werden sie sterben. Als Rächer ist Sergej ganz groß.«

»Das heißt doch eigentlich, daß Stepanov die beiden schon abgeschrieben hat.«

»Da können wir nicht sicher sein.«

Cate schüttelte den Kopf. »Du meine Güte.«

Ann drehte sich ein wenig zur Seite und schaute in Hains Richtung. Dann wandte sie sich wieder Cate zu. »Also, was die Vereinbarungen über Ihr Zusammenleben mit Stepanov betrifft«, sagte sie mit leiser Stimme. »Er weiß zwar, daß er keine Dummheiten anstellen soll, aber wenn er's versucht, brauchen Sie sich nichts gefallen zu lassen. Das gehört nicht zum Spiel.«

Sie sah Cate an. Insgeheim schien sie etwas anderes sagen zu wollen, aber ihre Ausbildung hielt sie davon ab, es auszusprechen.

»Sie werden mir doch nicht erzählen wollen, daß das ein Krieg ist, oder?« fragte Cate. »Daß wir Soldaten sind und Soldaten manchmal Dinge tun müssen, die häßlich sind?«

»Ich glaube nicht, daß ich Ihnen das sagen muß«, antwortete Ann ohne Ironie. »Die Frage, die Sie sich bei dieser Sache stellen müssen, ist nur, wie häßlich *Sie* zu werden bereit sind.« Sie hielt inne; ihre Augen waren reglos und tief. »Vergessen Sie bloß nicht, wer Sie wirklich sind. Und tun Sie nichts, womit Sie nicht leben können, wenn die Sache vorbei ist.«

»Ann.« Hain hatte sich vorgebeugt und die Unterarme auf den Tisch gestützt, er betrachtete das Funkgerät, das ihn mit dem Beschattungsteam verband. »Sieht so aus, als würden die Typen auch zu dem Hotel fahren.«

»Château Touraine?« Ann stand auf und ging mit ihrer Limonadendose zum Tisch.

»Ja«, sagte Hain, berührte einen Drehknopf und stellte das Gerät genauer ein. »Ja, das tun sie. Dürfte interessant werden.«

VIERUNDZWANZIG

Cate verbrachte den Rest des Nachmittags mit Ann, Erika und Ometow. Noch einmal besprachen sie ihre Legende als Catherine Miles. Erika erzählte Anekdoten über Stepanov, die mehr über seinen Charakter aussagten. Offenbar flüchtete er sich in Prahlerei und Großmäuligkeit, wann immer er sich in einer zweifelhaften Situation befand. Das erklärte ein wenig sein herrisches Gehabe bei ihrem Treffen am Vormittag.

Am späten Nachmittag trugen sich die beiden Russen, die aus London eingeflogen waren, mit neuen Gesichtern und neuen Namen im Château Touraine ein und bezogen eine Suite. Jernigans Fotograf konnte Grigorij Izwarin zweifelsfrei identifizieren; er nannte sich jetzt Anton Nakhimow. Sein Begleiter schrieb sich als Rudolf Bijkow ein, und sein Foto wurde zur Identifizierung sofort an Hains Team gefaxt.

Ein weiterer überraschender Schritt war, daß Nakhimow und Bijkow bei ihrer Ankunft auf Nakhimows Namen eine zweite Suite reservierten, für eine Person.

Allen war klar, daß das Touraine ein Treffpunkt von erheblicher Bedeutung sein würde. Jernigans Leute machten sich rasch daran, im Hotel eine komplette Kommunikationszentrale zu installieren. Sie sprachen mit der Hotelleitung und sorgten dafür, daß rund um die Uhr jemand aus Jernigans Team am Empfang Dienst tat. Sie zapften die Telefonleitungen zu den Suiten an, die die Russen bewohnten, und arrangierten ein System, nach dem das Schlafzimmer in Stepanovs Suite in regelmäßigen Abständen auf Wanzen untersucht wurde, um so einen »sicheren Raum« für den Fall zu schaffen, daß Cate und Stepanov miteinander reden mußten. In den anderen Zimmern mußten sie aufpassen, was sie sagten. Das Team sah sich außerdem sofort die beiden Speisesäle des Hotels an und ortete Positionen, an den Richtmikrofone installiert werden konnten. Diese würden verstellbar sein und jeden beliebigen Tisch überwachen können, an den die Russen sich setzten, wenn sie den Speisesaal betreten hatten. Eines wurde in einen Schlitz der Klimaanlage eingebaut, der von einem Lagerraum der Küche aus zugänglich war; das andere installierte man in einem rollenden Dessertwagen, versteckt hinter der weißen Spitze eines dekorativen Aufsatzes oben auf der Platte.

Wandmikrofone brachte das Technikerteam in den Zimmern der Russen nicht an. Nakhimows und Bijkows Gepäck sah so aus, als könnte es raffinierte Geräte enthalten, um Wanzen aufzuspüren. Die Mitglieder des Sonderkommandos versuchten einen Plan zu machen, wie man das überprüfen konnte, um dann die entsprechenden Apparate zu verwenden.

»Die zusätzliche Suite ist also für Krupatin?« sagte Cate zu niemand im besonderen. Wieder saßen sie im Eßzimmer am Tisch und aßen Speisen, die sie sich ins Haus bestellt hatten. Alle hatten sich auf Meeresfrüchte geeinigt. Sogar Ometow, der einen unstillbaren Appetit auf Hamburger hatte, war überredet worden, diesmal darauf zu verzichten. Das Funkgerät schwieg, da das Beschattungsteam still im Hotel saß. Die Russen hatten seit der Anmeldung ihre Suite nicht verlassen und sich das Abendessen beim Zimmerservice bestellt.

»Oder sonst jemand«, sagte Ann, die mit einem Zahnstocher kleine Stückchen Jakobsmuschel aß. »Könnte sonstwer sein.«

»Ich würde nicht ausschließen, daß es Krupatin ist«, murmelte Hain. Er schälte gekochte Shrimps, warf die Schalen in eine der Liefertüten und häufte die rosa gestreiften Shrimps auf seinen Pappteller. Neben seinem Teller stand eine Flasche Heineken, von der Kondenswasser perlte.

Erika spießte mit ihrer Gabel eine gebratene Auster auf. »Scheiße, ich würde *nichts* und *niemanden* ausschließen.«

»Was meinen die Techniker, wenn sie das Zimmer abhören können?« fragte Ann.

Hain schüttelte den Kopf. »Sie diskutieren noch drüber; die eventuelle Ausrüstung der Russen ist ihnen noch ein bißchen unheimlich.«

»Dieser Bijkow gibt mir zu denken«, sagte Ometow und betrachtete das Fax des Fotos, das bei Bijkows Anmeldung im Hotel aufgenommen worden war. »Ich weiß nicht, was ein völlig unbekannter Spieler in dieser Runde alter Hasen macht. Das scheint irgendwie nicht zu stimmen.« Während er aß, studierte er das Bild mit der Art von Konzentration, die man sonst bei Puzzle-Enthusiasten sieht, wenn sie die blauen Abschnitte fast ganz zusammengesetzt haben.

»Und aus London ist nichts über Krupatins Abreise von dort gemeldet worden?« fragte Cate.

»Nichts.«

»Sie wissen, was passieren wird, nicht?« sagte Ann. »Er wird einfach im Hotel auftauchen. So, wie er auch in Brighton Beach auftauchte, aus dem Nichts.«

»Wäre mir auch recht«, sagte Hain.

»Ja.« Erika nickte. »Ich möchte bloß, daß der Mistkerl auftaucht.«

Die Türglocke läutete.

»Das sind Jernigan und John Parmley von der Technik«, sagte Ann, wischte sich den Mund ab und schaute auf die Uhr, während sie aufstand. »Sie haben schon mit Parmley gearbeitet, nicht?« fragte sie Cate.

Cate nickte.

»Sie haben vor etwa einer Stunde den Typ aus Quantico vom Flughafen abgeholt«, sagte Ann und ging zur Tür.

Cate versuchte, ein flaues Gefühl im Magen zu ignorieren und weiter ihre gegrillten Shrimps zu essen.

Der Agent, der mit Ann und den beiden anderen Männern ins Eßzimmer kam, war Mitte Vierzig – schütteres Haar, Brille, spindeldürr. Er trug ein bügelfreies kariertes Hemd mit kurzen Ärmeln. Sein Jackett hatte er über den rechten Arm gelegt; in der linken Hand trug er einen großen Aluminiumkoffer.

»Alan Geller«, sagte Ann.

Geller setzte sich mit einer Diätcola zu ihnen, während sie ihr Abendessen beendeten. Er nahm die Brille ab und wischte sich mit einem Papiertuch das Gesicht. »Was ist hier eigentlich los?« fragte er. »Herrscht in Houston eine Hitzewelle, oder was?«

»Ich nehme an, man hat Ihnen gesagt«, erklärte Geller ein paar Minuten später, als er auf den Tischen im Wohnraum den Koffer öffnete, »daß es im Grunde genau wie Norplant ist. Haben Sie Norplant jemals benutzt?«

»Nein«, sagte Cate und sah Ann an, »aber ich weiß, wie es funktioniert.« Sie und Geller saßen einander am Ende der Tische gegenüber.

»Okay, gut.«

Der Koffer enthielt eine Schaumstoffpolsterung mit mehr als einem Dutzend eingeschnittener Vertiefungen, in denen sehr speziell aussehende Geräte lagen. Geller nahm ein Paar Chirurgenhandschuhe heraus und begann sie anzuziehen.

»Ob Sie's glauben oder nicht, ich mußte dafür eine Art dreitägigen Einführungskurs absolvieren«, sagte er mit einem Ausdruck gequälter Ungeduld über die Übertreibungen der Bürokraten. »Bloß wegen der hygienischen Aspekte der Prozedur. Sie müssen Ihre Ärmel aufkrempeln. An beiden Armen.«

Er nahm eine Flasche mit Alkohol und einige Wattetupfer heraus. »Ich werde die Implantierungsbereiche sterilisieren. Die gleiche Prozedur wie bei Norplant, sogar mit dem gleichen Gerät. Diese Implantate haben die gleiche Größe wie Norplant.«

»Warum erklären Sie mir nicht, wie es funktioniert?« sagte Cate.

»Natürlich.« Geller arbeitete weiter und bereitete alle Komponenten vor. »Ich erkläre Ihnen das *Prinzip*, nach dem es funktioniert, denn die eigentliche Funktionsweise ist selbstverständlich geheim, bla, bla, bla. Aber ich habe es auf dem Weg vom Flughafen nach hier eingehend mit den anderen besprochen«, gab er zu und wies mit dem Kopf auf Jernigan und Parmley.

»Das ist der Peilsender«, sagte er, als er damit begann, das Implantat in ihren rechten Arm einzusetzen. »Ein ziemlich schlichtes Gerät, das gleiche wie immer, aber in vieler Hinsicht verbessert; es sendet klarere und dauerhaftere Signale. Für Störungen längst nicht so anfällig wie die älteren Apparate.«

Alle sahen zu, wie Geller auf der Innenseite von Cates Oberarm geschickt ein einzelnes Stäbchen einsetzte.

»Dieses Ding sendet unter allen nur denkbaren Umständen ein empfangbares Signal.«

»Und wie sehen die undenkbaren Umstände aus?« fragte Cate.

Geller grinste. »Okay. Sie sind in einem mit Blei ausgekleideten Raum. Sie sind in einem Raum, der mit Strahlung bombardiert wird. Sie befinden sich mehr als dreißig Meter tief unter Wasser. Ich würde mir darüber keine Sorgen machen. Hier werde ich fünf Mikrostäbchen einsetzen«, fuhr er fort, als er sich Cates linkem Arm zuwandte. »Der größte Nachteil, wenn man jemanden konventionell verkabelt, ist selbstverständlich die Gefahr, daß es entdeckt wird. Mit der Chip-Technologie haben wir das überwunden.«

»Schauen wir mal«, sagte er, als er zwischen zwei Implantationen innehielt. »Sagen wir einfach, daß das so ist wie eines der alten integrierten Systeme. Jedes dieser Stäbchen ist batteriebetrieben, und die Energie, die die Batterie erzeugt, ist sehr viel größer als die Fähigkeit des Körpers, sie zu absorbieren. Aber die Batterien entleeren sich schneller, weil diese Verstärkung mehr Energie verbraucht. Was wir hier haben, sind fünf rotierende Batteriesysteme. Wenn eins erschöpft ist, schaltet sich das nächste ein. Es ist wie ein Medikament, das seine Inhaltsstoffe nach und nach abgibt.«

»Wieviel Zeit haben wir mit diesen fünf Stäbchen?« fragte Hain sofort.

»Zehn Tage«, sagte Geller und schob das letzte Stäbchen durch den spritzenähnlichen Applikator in Cates Arm. »Jedes hält zwei Tage. Kann man sich leicht merken. Das war's«, sagte er und sah Cate an.

»Und wie sieht es mit Entdeckung aus?« fragte Cate. »Mit Geräten zum Aufspüren von Wanzen?«

Geller schüttelte den Kopf. »Da sind Sie sicher. Mit solchen Geräten sind die Dinger nicht zu finden. Mit irgendwelchen konventionellen Methoden kann man sie nicht entdecken.«

Cate rieb über die leicht erhabenen länglichen Stellen, die in einem strahlenförmigen Muster auf der Innenseite ihres Oberarms zu spüren waren. Sie empfand eine eigenartige, aber vertraute Erregung – eine Mischung aus hochgespannter Erwartung und dunklen Vorahnungen. Das war vor jeder verdeckten Operation so gewesen, an der sie teilgenommen hatte. Sie glich keiner anderen emotionalen Erfahrung. Es war die Herausforderung, das Unbekannte zu wagen, und zwar mit ungewissem Ausgang.

»Noch eins«, sagte Geller und nahm ein kleines Päckchen aus seinem Koffer. Er reichte es Cate. »Das sind ein Dutzend Plastikklebestreifen, die genauso aussehen wie Heftpflaster. Aber die saugfähige Einlage dieser Pflaster ist in Wirklichkeit eine dünne Schicht aus Blei.« Er wandte sich von ihr ab und fing an, seine Utensilien wieder in den Koffer zu packen.

Cate sah ihn an. »Und was soll ich damit machen?«

Geller blickte nicht auf. »Sie kleben einfach eins über die Stäbchen, wenn Sie nicht senden wollen«, sagte er.

Diskretion. Eine Möglichkeit, die Schlafzimmertür zu schließen. Cate sah Hain an. »Und wer wird mich abhören?«

»Ich, Leo, Ann und Erika hier im Haus«, sagte Hain. »Es geht an den Technikraum in Ihrem regionalen Büro. Ennis wird entscheiden, wer dort mithören kann. Und Jernigan und Parmley. Denken Sie dran, selbst wenn Sie das Pflaster über die Drähte kleben, decken Sie den Peilsender bitte *nicht* ab. Wir müssen jederzeit wissen, wo Sie sind, auch wenn wir Sie nicht hören können.«

»Aber Jernigan wird nicht hier sein«, sagte Cate.

»Nein, Neil leitet die Beschattung der Russen. Damit werden sie rechnen; selbst wenn Neils Leute auffallen, ist das also nicht so schlimm. Aber Stepanov beschatten wir nicht. Nur die beiden Typen, die heute abend eingeflogen sind. Wenn Sie und Valentin das Hotel verlassen, werden Sie ebenfalls nicht beschattet. Wenn Krupatin seinerseits Beschatter einsetzt, werden die also nichts sehen. Gar nichts.«

Cate nickte. Hain beschloß, das anzusprechen, was sie vielleicht dachte.

»Wenn Sie Hilfe brauchen«, sagte er, »wird sie wahrscheinlich unmittelbar von Neils Leuten kommen. Sie werden auf der Straße sein, und Neil wird Leute im richtigen Teil der Stadt plazieren, selbst wenn die erst erfahren, wo Sie sind, wenn er es ihnen sagt. Aber sie werden wissen, daß da draußen eine Undercover-Agentin arbeitet und daß sie für einen Notfall bereit sein müssen. Es wird schnell gehen.«

Die nächste Stunde verbrachten sie damit, dafür zu sorgen, daß Jernigan und Parmley wußten, wie der ungewöhnliche Empfänger für Cates Sendungen zu handhaben war. Der Empfänger – der sich als eine Art elektrisches Relais herausstellte, das den Empfang der Sendung ermöglichte – befand sich unter der Schaumstoffpolsterung in Gellers Koffer. Es handelte sich um einen seltsam aussehenden Computer mit digitalen Anzeigen, einer speziellen Tastatur und einem hochauflösenden Monitor.

»Also«, sagte Geller mit unverhohlener Begeisterung, »dieses kleine Ding da ist die *Zukunft.* Hier haben wir einen Chip mit einem Stadtplan von Houston eingesetzt. Er wird uns genau sagen, wo sich der Peilsender befindet.« Er drückte auf eine Taste. »Straße und Hausnummer.« Eine andere Taste. »Sie verrät uns, ob die Adresse eine Wohnadresse ist – Haus, Eigentumswohnung, Apartment – oder eine Geschäftsadresse – Einzelhandelsgeschäft,

Nachtlokal, Hochhaus, Hotel, Einkaufszentrum, Supermarkt, Parkplatz.« Noch eine Taste. »Zeigt uns an, wo die nächste Feuerwache, der nächste Notarzt, Polizei, Krankenhaus etc. sind. Zeigt Grünanlagen, unbebaute Grundstücke, Brücken, Gassen und und und.« Er hielt inne und schaute in die Runde.

»Nur eins kann es nicht – aber wir arbeiten daran –, und das ist Höhen ablesen.« Er sah Cate an. »Ob Sie sich in einem siebzigstöckigen Bürogebäude aufhalten oder in einem einstöckigen Doppelhaus, es verrät nicht, in welchem Stockwerk Sie sind. Wenn das wichtig ist, müssen Sie einen verbalen Hinweis geben. Vergessen Sie das nicht.«

Sie fuhren in Autos durch die Stadt und testeten die Geräte. Cate sendete, während sie inmitten einer Menschenmenge durch ein Einkaufszentrum schlenderte, in einer Imbißstube unmittelbar neben der lauten Küche saß und sogar in einer Arkade, wo sie Computerspielen zusah. Hain, der vor lauter Zufriedenheit fast albern wurde, erklärte, das Gerät sei allem überlegen, was er je gesehen habe.

Nach einer weiteren halben Stunde, in der Cate und Hain ihm Fragen stellten, hinterließ Alan Geller ihnen seine Durchwahlnummer und flog nach Virginia zurück.

Cate bedeckte die Stäbchen mit einem Pflaster und ging hinaus in den Garten, um nachzudenken. Es war schon spät, aber sie brauchte noch ein bißchen Zeit, um zur Ruhe zu kommen, ehe sie auch nur hoffen konnte, Schlaf zu finden.

FÜNFUNDZWANZIG

Die Nachtstunden schluckten endlich einen Teil der Tageshitze, so daß der Abend nur unangenehm, aber nicht mehr unerträglich war. Temperatur und Feuchtigkeit sanken knapp unter den Punkt, an dem die Leute sogar dann schwitzten, wenn sie bloß still dasaßen.

Cate setzte sich auf einen der schmiedeeisernen Stühle mit Blick auf das Haus. Während sie beobachtete, wie die anderen sich über die Tische beugten, redeten und gestikulierten, stand Leo Ometow im gedämpften Licht des Wohnzimmers auf und reckte sich. Dann kam er nach draußen in den Garten und machte die Tür hinter sich zu. Als seine Augen sich an die Dunkelheit gewöhnt hatten, griff er in seine Jackentasche und holte ein Päckchen Zigaretten heraus. Während er eine Zigarette herauszog, kam er auf Cate zu.

»Wenn Sie lieber allein nachdenken möchten ...« Im Näherkommen machte er eine Geste mit der Zigarette.

»Nein, natürlich nicht«, antwortete sie, obwohl sie in Wirklichkeit nicht wußte, ob sie nun allein sein wollte oder nicht.

Er zündete die Zigarette an, setzte sich neben sie auf einen Stuhl und wandte sich halb dem Haus zu.

»Wie fühlen Sie sich?« fragte er und blies Rauch in die stille, drückende Luft.

»Erwartungsvoll«, sagte sie.

Ometow hob den Kopf und nickte. »Das verstehe ich. Es ist eine Herausforderung, die eigene Intelligenz und Gerissenheit mit der eines ebenbürtigen Gegners zu messen. Aber wenn man verliert, hat das so ... furchterregende Folgen.«

Er lachte leise. Sie konnte sein Gesicht im Widerschein des Lichts aus dem Haus sehen, und aus irgendeinem Grund war es tröstlich, daß er lachte.

Cate räusperte sich. »Darf ich Sie was Persönliches fragen?«

»Aber ja.« Er lächelte. »Vielleicht antworte ich nicht darauf, aber fragen dürfen Sie immer.«

»Ich habe das Gefühl, daß es für Sie mehr als ein Job ist, Krupatin zu verfolgen.« Sie hielt inne. »Daß es persönlich ist.«

»Aha.« Ometow legte den Kopf zurück, als wollte er in den Himmel schauen. »Okay, eine Beobachtung.«

Cate wartete, aber Ometow sagte nichts mehr. Er starrte einfach in den Garten und rauchte schweigend. Sie spürte, daß er weniger darüber nachdachte, ob er ihre Frage beantworten sollte, als vielmehr über das Wie.

»Natürlich ist es persönlich«, sagte er schließlich. »Ich habe Ihnen von meinen Freunden und ihrer Tochter erzählt. Solche Dinge können einem sehr nahe gehen, wissen Sie.«

»Ich dachte, es wäre ... vielleicht noch persönlicher.«

»Wirklich?« Er sah sie an. Diesmal lächelte er nicht, während er sie aus kurzer Entfernung in dem dämmrigen Licht betrachtete. »Das ist gut. Sie beobachten sehr genau, Catherine.« Er sah sie weiter an. »Cate. Die Russen gebrauchen Abkürzungen genauso begeistert wie die Amerikaner. Aber ich glaube, sie haben mit den Jahren ihre Bedeutung verloren. Ursprünglich waren sie als Koseform gemeint, wissen Sie, aber mit der Zeit… Na ja, heute kommen sie mir oft eher praktisch als liebevoll vor. Als hätten wir nicht genug Zeit, einen Namen ganz auszusprechen.«

Cate sagte nichts. Ometows Nebenbemerkung war nur die Vorbereitung für seine Antwort. Inzwischen schätzte sie seine bedächtige Redeweise.

»Ich habe Ihnen die Geschichte von Sergejs Schmuggeleien an der Küste der Krim erzählt, bei denen sein Vater getötet wurde.«

Cate nickte.

»Ich war damals ein junger Leutnant in der sowjetischen Armee. Ich war derjenige, der den Cousin rekrutierte, der sie verriet. Es war meine Patrouille, die Sergej und seinen Vater und seine Brüder an diesem Abend einkreiste. Nur durch einen kleinen, unglücklichen Zufall haben wir sie nicht alle geschnappt.

Ich hatte erst seit vier Monaten die Verantwortung für diese Patrouille, aber mein erster Sergeant war sechs Jahre lang an der Schwarzmeerküste gewesen. Er kannte die Krupatins gut, wie man eben Feinde gut kennt. Manchmal sind sie einem näher als Geliebte.« Er hielt inne, um zu rauchen und über seine letzte Bemerkung nachzudenken.

»Wie auch immer, es kam zu einem längeren Schußwechsel, ehe wir Krupatins Vater und Bruder faßten. Wir verloren zwei Männer. Der Sergeant war wütend, daß uns nicht alle in die Falle gegangen waren. Und er war außer sich wegen der beiden Toten. Er wußte, daß Sergej und seine Brüder sich in den Felsabhängen versteckten, und er beschloß, unsere Gefangenen zu foltern, um sie aus ihren Verstecken zu locken.

Als er mir das vorschlug, lehnte ich ab. Und dann passierte etwas, was alle jungen Leutnants fürchten, wenn sie eine ältere, erfahrenere Gruppe anführen müssen. Sie weigerten sich, meinem Befehl zu folgen. Alle meine Männer standen da am Strand und sahen mich an, warteten, ob ich es wagte, meinen Befehl durchzusetzen. Zwei ihrer Kameraden lagen tot neben uns, mit Sand und Blut bedeckt. Wenn ich versucht hätte, sie aufzuhalten, hätten sie mich umgebracht. Ich wußte das, und sie wußten es auch.«

»Also haben Sie gar nicht erst versucht, sie aufzuhalten.«

Er schüttelte den Kopf. »Nein. Natürlich hätte ich es tun sollen. Ich meine, das wäre die ehrenhafte Lösung gewesen, vom Standpunkt der militärischen Disziplin aus gesehen. Aber als es um mein Leben ging, war ich feige. Mein Leben oder das der beiden Männer, die im Sand knieten.« Er verstummte und schüttelte dann langsam den Kopf.

»Nein, eigentlich ging es nicht mal um die Wahl. Meine Leute hätten diese beiden Schmuggler in jedem Fall getötet. Und so sah ich zu, wie sie Vater und Sohn am Strand auf und ab schleppten und zerstechen ließen; jeder Soldat hackte mit dem Bajonett auf sie ein, wenn sie vorbeikamen, wie Schakale nach einem verwundeten, sterbenden Beutetier schnappen. Der Sergeant stand oben auf den Felsen und schrie; er hatte Schaum vor dem Mund und kreischte bei jedem Stich der Bajonette, um Sergej zu verspotten, der sich in den Felsen versteckte, während sein Vater und sein Bruder so zugerichtet wurden, daß man sie nicht mehr als menschliche Wesen erkannte. Sie waren nur noch Fleischfetzen, die hinter dem Wagen hergeschleppt wurden, voller Sand und Blut. Das war der längste Sonnenuntergang meines Lebens.«

Ometow warf seine Zigarette auf die Steinplatten des Gartens und trat mit dem Fuß darauf. Er zermalmte den brennenden Stummel nicht, sondern stellte nur seinen Fuß darauf. Er seufzte tief, als bräuchte er nach dieser Geschichte Sauerstoff.

»Danach«, sagte er und nahm eine neue Zigarette aus dem Päckchen, »taugte ich als Leutnant nichts mehr. Natürlich logen wir alle über das, was passiert war. Die Küstenpatrouille war eine Art Außenposten. Was immer wir erzählten, wurde in die Berichte geschrieben. Für die Schmuggler empfand ohnehin niemand Sympathie. Sie galten als Schädlinge. Das Hauptquartier in Moskau fragte nicht groß danach, wie wir uns in dieser entlegenen Region aufführten.« Er zündete die neue Zigarette an.

»Natürlich suchte ich sofort um Versetzung nach. Aber ich

mußte noch ein elendes Jahr dort aushalten, ehe ich nach Moskau in die Zivilisation zurückkehren konnte.« Er blies den Rauch in die Dunkelheit und sah zu, wie er zu den Palmen aufstieg.

»Diese Palmen sind wundervoll«, sagte er. »Sie erinnern mich an Istanbul. Da war ich einmal als junger Mann.«

»War das die ganze Geschichte?«

Er schüttelte den Kopf. »Nein. Nach der Armee ging ich zur Moskauer Miliz – unserer Polizei. Weil ich gebildet war, stieg ich schnell auf. Ich wurde Direktor beim Nachrichtendienst. Dort stieß ich auf den Namen des Sergeanten. Er wurde ermordet, entweder von Krupatin oder in Krupatins Auftrag. Ich vermute, daß Sergej selbst dabei war. Der Leichnam des Sergeanten wurde in einem Teil Moskaus gefunden, der Sergej ›gehörte‹, in einem Lagerhaus. Er hing am Fleischhaken an einer Winde. Sie hatten ihn aufrecht in einen Bottich mit irgendeiner Säure runtergelassen. Bei lebendigem Leib. Sie tauchten ihn bis über den Nabel in die Säure. Dann ließen sie ihn dort zappeln, während die Säure ihm das Fleisch von den Knochen fraß. Dann, als er von der Taille abwärts fast nur noch ein Skelett war, zogen sie ihn hoch, und der Rest seiner Eingeweide fiel einfach aus seinem Brustkorb raus.«

Ometow rauchte.

Cate konnte nicht umhin, die Frage zu stellen, die auf der Hand lag.

»Hat er versucht, auch Sie zu töten?«

»Er hat noch drei weitere Männer getötet, die an diesem Spätnachmittag am Strand waren. Auch die waren schon lange, ehe ich auf diesen Außenposten kam, seine Feinde gewesen.« Er seufzte. »Was mich betrifft, ich weiß es nicht. Er hat nie einen Versuch gemacht, mich zu töten.« Er zuckte mit den Schultern. »Vermutlich wußte er nicht mal, wer ich war. Oder er wußte, daß ich dagegen war und versucht habe, es zu verhindern, wenn auch nicht energisch genug. Daraus konnte er mir keinen Vorwurf machen. Schließlich hatte er das gleiche getan. Ich wollte mein Leben nicht opfern, um seinen Vater und seinen Bruder zu retten, und er wollte es auch nicht. Er blieb in seinem Versteck in den Felsen und sah zu. Und ich sah vom Strand aus zu.«

Paris Als sie an Bord von Krupatins Gulfstream V waren, die am Flughafen Charles de Gaulle im Hangar stand, zog sich Irina sofort in ihre Kabine zurück, nahm ein paar Schlaftabletten und legte sich zu Bett. Mehr als drei Viertel der Flugzeit verbrachte sie in unruhigem Schlaf, ein dunkler Engel auf der Flucht vor den Dämonen in seinem Inneren und dem mitfliegenden Satan.

Neun Stunden später tauchte sie aus rastloser Bewußtlosigkeit auf und lag benommen zwischen den Laken, bis die bleierne Wirkung der Pillen verging. Sie fühlte sich eher dumpf als erfrischt. Nach einer Weile raffte sie sich auf, wusch sich und machte Ordnung. Danach zog sie den seidenen Morgenrock über, der innen an der Badezimmertür hing, und ging in die Hauptkabine, wo Krupatin eine Zigarre rauchte und sich im Fernsehen ein Fußballspiel ansah.

Er warf ihr einen desinteressierten Blick zu, als sie sich müde in einen der gepolsterten Ledersessel fallen ließ und die Füße unter sich zog. Sie starrte aus dem Fenster. Nach einer Weile schaltete Krupatin den Fernseher aus und drückte auf einen Knopf, um den Steward zu rufen. Er bestellte eine frische Kanne heißen Tee und starrte Irina an. Sein linker Arm lag auf einer Schreibplatte, die in die Kabinenwand eingebaut und mit Papieren übersät war.

»Du siehst schrecklich aus«, sagte er und zog an der Zigarre. Er trug noch immer seine Anzughose; das dunkelblaue Hemd mit dem weißen Kragen war zerknittert und an Hals und Manschetten aufgeknöpft.

Irina fuhr sich mit den Fingern durchs Haar und schaute weiter aus dem Fenster. Blauer Himmel und unter ihnen Wolken dicht über dem Meer.

»Wo sind wir?«

»Wir nähern uns den Caicos-Inseln. Kuba liegt genau vor uns.«

»Wie lange fliegen wir noch?«

»Eine Stunde, anderthalb Stunden.« Sie spürte, daß er sie musterte. »Reiß dich doch zusammen«, sagte er, nahm einen Paß von seinem Schreibtisch und warf ihn ihr zu. Sie zuckte zusammen, als er ihren Schoß traf. Das kleine grüne Heft rutschte von der glatten Seide ab, die ihre Schenkel bedeckte, und fiel zu Boden. Sie stellte die Füße auf den Teppich und hob es auf. Als sie es aufschlug, sah sie ihr Foto und den Namen Helen C. Kurner, Mexico City, DF.

»Kurner?«

»In Mexico City leben viele Deutsche«, erklärte Krupatin.

»Und du bist Mr. Kurner?« fragte sie müde.

»Bis wir die Grenze überquert haben.«

»Und dann?«

»Dann werde ich es dich wissen lassen.«

Sie wandte sich ab und schaute wieder aus dem Fenster. Die große Gulfstream flog durch die Luft wie eine Welt für sich, eine kleine, hübsche Hölle, luxuriös und steril.

»Du brauchst gar nichts zu tun«, sagte er. »Bloß hübsch aussehen und nett sein. Du brauchst nicht mal zu denken, bis wir über die Grenze sind.«

»Ich habe nichts anzuziehen«, sagte sie. »In Paris hatte ich nur das eine Kleid zum Wechseln.«

»In Houston kannst du dir mehr kaufen.«

Der Steward kam mit dem Tee und bediente Krupatin zuerst – Tassen und Untertassen aus englischem Porzellan, silberne Zuckerzange, frische Sahne und mit Schokolade überzogene Erdbeeren auf zwei kleinen Silbertellern. Krupatin steckte eine Erdbeere in den Mund und begann schweigend, seinen Tee zu bereiten.

Irina beobachtete ihn, Tasse und Untertasse auf dem Schoß, die Füße wieder unter sich auf den Sitz gezogen. Sie fühlte sich unbeschreiblich verlassen. Allein mit ihm in der Kabine dieses Flugzeugs kam sie sich vor wie in einem Sarg. Sie sehnte sich verzweifelt nach Gesellschaft, nach irgend jemandem, der vielleicht etwas von Krupatins Bosheit absorbierte oder ablenkte. Sie wünschte, der Steward würde zurückkehren und sich in der Kabine zu schaffen machen, damit sie nicht mit diesem Menschen allein war.

»Wann kommen Wei und Bontate in Houston an?« fragte sie.

Krupatin schüttelte den Kopf. »Ich weiß nicht. Wir sind in zwei Tagen verabredet. Was sie bis dahin machen, geht mich nichts an. Es ist mir auch verdammt egal, solange sie nur pünktlich auftauchen.«

Obwohl er gerade erst drei von den mit Schokolade überzogenen Erdbeeren gegessen hatte, steckte er sich jetzt einen Zuckerwürfel in den Mund.

Während er seinen Tee schlürfte, tat er so, als studiere er einige Papiere auf seinem Schreibtisch, und ignorierte sie. Das wäre ihr durchaus recht gewesen, hätte nicht der Verdacht an ihr genagt, daß sie sich in Gefahr brachte, wenn sie nicht auf sein Verhalten einging.

»Sergej«, sagte sie, überrascht, wie schwach ihre Stimme klang, »hast du keine Zweifel an dem, was wir bald tun werden?«

Er sah sich nach ihr um. »Wir?« Sein Gesicht war ausdruckslos. »*Ich* tue das. Du bist nur mein verlängerter Arm. Ich tue das.«

»Okay, gut.«

»Nicht den Hauch eines Zweifels.« Für einen langen Moment sah er sie an. »Sag mir«, sagte er und drehte seinen Stuhl in ihre Richtung, die Teetasse in der Hand, »welcher von unseren Partnern macht dir am meisten zu schaffen?«

»Zu schaffen?«

»Was glaubst du, wer schwerer zu erledigen sein wird?«

Sie überlegte kurz. »Wei.«

»Wirklich?«

Er schien überrascht, eine Reaktion, die Irinas Herz stocken ließ.

»Warum?« fragte er. »Er fühlt sich zu dir hingezogen.«

»Eben deshalb«, sagte sie. »So stark die Anziehung auch sein mag, er wird nicht den Kopf verlieren. Er wird immer argwöhnen, daß das, was er sich wünscht, durchaus tödliche Folgen haben könnte.«

Er sah sie einen Moment an. »Dann müßtest du für ihn um so begehrenswerter sein.«

Die Bemerkung verriet mehr über Krupatin als über Wei.

»Vielleicht.« Sie zuckte mit den Schultern. »Ich weiß nur, daß es meinen Job gefährlicher macht.«

Krupatin nickte und trank seinen Tee, ohne den Blick von ihr zu wenden. Es war, als wollte er jetzt, da er geruht hatte, sie überhaupt zu bemerken, nichts anderes sehen als sie. Benommen von den Schlaftabletten, hatte sie nicht auf ihren Morgenrock geachtet, und diese Nachlässigkeit hatte Krupatin bemerkt. Instinktiv wollte sie sich bedecken, wo die glatte Seide von ihren Schenkeln gerutscht war. Doch sie wagte nicht die geringste schamhafte Geste, während seine Augen an ihr saugten, als sei sie einer seiner Zuckerwürfel.

Sie landeten unter der tiefstehenden, heißen mexikanischen Sonne auf einem abgelegenen Rollfeld, das von Zuckerrohrfeldern gesäumt war, einige Meilen hinter der Küste. Ein neuer, aber staubiger Land Rover erwartete sie am Ende der Rollbahn, zusammen mit einem glänzend sauberen, perlgrauen Mercedes.

Als Krupatin aus der Gulfstream stieg, kam ihm ein dünner, weißhaariger Mexikaner im zerknitterten weißen Leinenanzug und mit offenem weißen Hemd entgegen. Der Mexikaner wurde von zwei bewaffneten Leibwächtern begleitet. Die beiden Männer gingen ein paar Schritte auf die hohen Zuckerrohrstengel zu und hatten eine kurze Diskussion. Nach dem gedämpften Gespräch wies der Mexikaner mit dem Kopf auf den Mercedes, griff in die Tasche und nahm einen Schlüsselbund heraus, den er Krupatin reichte.

Ihr Gepäck wurde aus der Maschine geholt und im Kofferraum des Mercedes verstaut. Krupatin sprach mit seinem Piloten. Dann bestiegen er und Irina den Mercedes. Sie folgten dem Land Rover auf einem unasphaltierten Weg vom Rollfeld durch die Zuckerrohrfelder zu einer asphaltierten Schnellstraße.

Nach fünfzehn Minuten hatten sie die engen Gassen des Hafens von Tampico erreicht. Dann kamen sie wieder auf die Küstenstraße, die an struppigen Palmen und Dünen mit holzigen Seetrauben vorbei nach Norden führte. Nach einer Weile fuhr der Land Rover langsamer, Krupatin überholte ihn, doch der Land Rover blieb in einiger Entfernung hinter ihnen, damit sie nicht einem der Gelegenheitsverbrecher zum Opfer fielen, die auf Mexikos einsamen Schnellstraßen immer häufiger zuschlugen. Die Wachen würden ihnen auf der ganzen Strecke bis zur Grenze folgen.

Der Nachmittag wurde dunstig und fahl. Das Licht über der graugrünen Brandung war schon weich und malvenfarben; ein blauer Abend nahte und hatte die Nacht im Gefolge.

Mexiko Unter einem Halbmond am wolkenlosen Himmel fuhr der Mercedes mit Höchstgeschwindigkeit nach Texas. Krupatin saß mit düsterer Miene hinter dem Steuer; der Mercedes fraß den schwarzen Asphalt, der in gerader Linie vom Golf von Mexiko zur Sierra Madre Oriental führte. Schweigend fuhren sie durch die sternfunkelnde Nacht einem anderen Land entgegen.

Irinas Aufgabe war es, mit Hilfe einer Straßenkarte, die im Wagen gelegen hatte, den Weg anzugeben. Jedesmal, wenn aus der Dunkelheit eine Abzweigung auftauchte, nannte sie Krupatin die Nummer der Straße, die er nehmen mußte, und den Namen der nächsten Stadt oder des nächsten Dorfes. Ihre Angaben waren über mehrere Stunden die einzigen Worte, die gesprochen wurden, während die Scheinwerfer des Mercedes einen kleinen Ausschnitt der einsamen mexikanischen Küstengegend erhellten. Meile um Meile fuhren sie durch Leere – vage Eindrücke von Wüste, Lichtschein in der Ferne, ein paar Hütten, ein liegengebliebener Lastwagen und die Gesichter zweier verblüffter Männer, die kurz im Licht der Scheinwerfer auftauchten. Dann wieder Wüste. Der Mond folgte ihnen und zog neben Irinas Fenster über den Golf von Mexiko.

Als endlich die schwachen Lichter von Reynosa in der Ferne auftauchten, fuhr der Land Rover an den Straßenrand und wendete. Die roten Rückstrahler signalisierten, daß Sergej und Irina allein waren.

Die Grenzstation war nicht schwer zu finden, aber einen Block vorher bog Krupatin in eine Seitenstraße ein und hielt am Straßenrand. Die Straßen waren schlecht beleuchtet und wiesen mehr Schlaglöcher als Asphalt auf. In den Grenzorten zeigte Mexiko sich nicht von seiner besten Seite. Reynosa war da keine Ausnahme. Krupatin hatte in einem Viertel mit zahlreichen Bars gehalten, doch es schien eine müde Nacht zu sein. Die Lokale hatten nur wenige Gäste. Vereinzelte Wagen parkten neben den hohen Bordsteinen, und der in der Luft hängende Staub warf einen romantischen Schleier über die Neonleuchten, die am Straßenrand flackerten.

»Wir setzen uns besser mit dem Grenzposten in Verbindung«, sagte Krupatin und zündete sich eine Zigarette an. »Geh da rein«, sagte er und wies mit dem Kopf auf eine offene Bar, während er einen Zettel aus der Jackentasche zog, »und ruf diese Nummer an. Verlang diesen Mann.« Er sah sie an. »Er ist auf der amerikanischen Seite. Wenn er seinen Namen sagt, leg auf.«

Sie tat wie geheißen, eine blonde, hellhäutige Frau in einer dunklen Bar; dunkle Gesichter wandten sich ihr zu, weiße Augen blitzten. Musik mit abgehackten Rhythmen, Akkordeon, Gitarre und Trompete übertönte ihr Gespräch. Endlich nannte Robert Menn seinen Namen mit einem Akzent, wie ihn Texaner in Filmen haben.

Ehe sie wieder in den Mercedes steigen konnte, erschienen zwei Männer in der Tür der Bar, um zu sehen, wohin sie gegangen war.

Auf der mexikanischen Seite der Brücke wurden sie durchgewinkt. Langsam fuhren sie durch die Dunkelheit, und nur einmal sah Irina den Widerschein des Mondes auf dem kleinen Gewässer. Flüchtig dachte sie an die Newa.

Auf der amerikanischen Seite stellte sie sich schlafend. Die Station war hell erleuchtet. Ein einzelner Beamter kam aus dem Zollgebäude, verlangte ihre Papiere und las sie.

Unruhig drehte Irina sich auf ihrem Sitz zur Seite und spähte unter halbgeschlossenen Lidern in die Grenzstation. Ein anderer Beamter schaute in dem hellen, fluoreszierenden Licht auf einen Computerbildschirm. Einmal blickte er auf, arbeitete dann aber weiter, ohne von dem Routinevorgang draußen Notiz zu nehmen. Dann gab der Zollbeamte Krupatin die Pässe zurück, wünschte einen angenehmen Aufenthalt in den Staaten und trat vom Wagen zurück.

Von der Grenze aus fuhren sie sieben Meilen weiter zu einem Ort namens McAllen, wo Krupatin an einer Tankstelle anhielt und ein weiteres Telefongespräch führte. Irina beobachtete, wie er sich auf einem Zettel ein paar Notizen machte, die Straße entlangschaute und nickte, eine Frage stellte, wieder die Straße entlangschaute und erneut nickte. Endlich legte er auf, und sie fuhren einen von Palmen gesäumten Boulevard hinunter, bis er vor einem Nachtcafé anhielt. Er stellte den Wagen in einer Ecke des Parkplatzes ab, fern von den Straßenlaternen, und sie betraten das Café, wo er eine Fensternische wählte. Sie bestellten sich rasch etwas zu essen, da seit Tampico keiner von ihnen etwas zu sich genommen hatte.

Wie immer sah Krupatin sich unter den Menschen im Café um. Es war jetzt weit nach Mitternacht, und die wenigen anderen Gäste, die in den Nischen und an den Tischen saßen, waren nüchtern aussehende Leute, vertraut mit den frühen Morgenstunden und geneigt, sich um ihre eigenen Angelegenheiten zu kümmern. Als die Kellnerin ihnen Kaffee brachte, zündete Krupatin sich eine Zigarette an.

Sie waren zwanzig Minuten in dem Lokal, Krupatin hatte seine Zigarette zu Ende geraucht, und sie aßen bereits, als ein weiterer Mercedes auf den Parkplatz fuhr und neben ihrem parkte. Krupatin sah genauso teilnahmslos zu, wie er zuvor den gelegentlich vorbeifahrenden Autos nachgeblickt hatte.

Ein Mann stieg aus dem Mercedes, der dunkelblau und größer war als der, mit dem sie gekommen waren, und öffnete den Kofferraum. Dann ging er zur Beifahrerseite des Wagens und öffnete die Tür. Krupatin hatte die Schlüssel steckenlassen. Der Mann nahm sie, öffnete den Kofferraum von Krupatins Mercedes und lud ihr Gepäck in den dunkelblauen Mercedes um. Als er damit fertig war, stieg er in den Mercedes, mit dem sie gekommen waren, und fuhr weg.

Es war halb drei, als sie einige Meilen weiter ein großes Motel ansteuerten. Es war neu und im Stil einer spanischen Hazienda mit Balkonen und Bogengängen erbaut. Palmen, Bougainvilleas und Topfpflanzen umrahmten den hellen, sauberen Swimmingpool.

Nachdem sie ihr Zimmer aufgesucht hatten, öffnete Krupatin eine Aktentasche auf dem Tisch unter den Fenstern. Sie enthielt lauter sauber geordnete Dokumente: Reisevisa, Pässe in verschiedenen Farben, Kreditkarten und andere Papiere, die sie als verschiedene Ehepaare sowie als diverse Einzelpersonen identifizierten. Helen und Günther Kurner waren zusammen mit dem perlgrauen Mercedes verschwunden. Die Daten auf den Papieren, die sie an der Grenze vorgewiesen hatten, würde nie wieder jemand zu Gesicht bekommen.

Als er sich vergewissert hatte, daß alle Dokumente, die er verlangt hatte, zu seiner Zufriedenheit geliefert worden waren, legte er sämtliche Papiere in die Aktentasche zurück und öffnete eine zweite Tasche. Diese enthielt Bargeld in Form von amerikanischen Dollars. Er zählte sie wie ein Reisevertreter, der die Quittungen des Tages peinlich genau addierte, um sich zu vergewissern, daß jeder Penny belegt war und er nicht zu kurz kam.

Irina war erschöpft. Sie hängte ihre beiden Kleider auf, wusch ihre Unterwäsche aus und duschte. Als sie fertig war, saß Krupatin noch immer am Tisch. Sie legte sich auf das Bett, das am weitesten von den Fenstern und von ihm entfernt war, und schaltete die Nachttischlampe aus. Mit gebeugten Schultern zählte er weiter, das Profil ihr zugewandt.

Sie schlief ein, das Medaillon an ihrem Hals umklammernd, während der Teufel nicht weit entfernt sein Geld zählte.

ACHTUNDZWANZIG

Houston Um sieben Uhr am nächsten Morgen verließen Cate und Ann Loder den Stützpunkt und fuhren zu Cates Wohnung, wo sie weitere Kleider holte, hübschere diesmal, die für ihre Beziehung zu Valentin Stepanov passender waren. Dann fuhren sie zu einem Restaurant gleich am West Loop und frühstückten.

Cate hatte Hunger, aber ihr Magen war nicht ganz in Ordnung, und das Frühstück bekam ihr nicht sonderlich gut.

»Schmetterlinge im Bauch?« fragte Ann, die ihre Kaffeetasse mit beiden Händen hielt, und sah Cate an.

»Sieht man es so sehr?«

»Überhaupt nicht. Aber ich wußte einfach, daß Sie sich so fühlen.«

Cate nickte. »Mir ist ein bißchen komisch.« Sie drehte das Handgelenk, das auf dem Tisch lag, und zeigte die Innenseite ihres Arms. »Diese Dinger sind etwas gewöhnungsbedürftig.«

»Am besten vergessen Sie sie.«

»Ja, sicher«, sagte Cate. »Das werde ich tun.« Sie nahm noch einen Bissen von ihrem Ei und strich Orangenmarmelade auf eine Scheibe Toast. Dann legte sie ihr Messer hin.

»Gestern abend, als wir sie ausprobiert haben – wie empfindlich sind sie?«

»Sie sind ziemlich gut«, sagte Ann. »Verdammt gut sogar.«

Cate holte einen Filzschreiber aus ihrer Tasche, nahm eine saubere Papierserviette aus dem Behälter auf dem Tisch und schrieb: »Können die anderen mich pinkeln hören?«

Ann grinste. »Na, ich weiß nicht, ob ich mir darüber Sorgen machen würde ...«

»Verflucht.« Cate schüttelte den Kopf und knüllte die Serviette zusammen.

»Ach, kommen Sie. So empfindlich sind die Dinger auch wieder nicht, wirklich.«

»Na ja, ich glaube Ihnen, Ann... wirklich.«

»Das sollte Ihre geringste Sorge sein.«

Cate wandte den Blick ab und schaute aus dem Fenster auf die Schnellstraße. »Na ja, an Sorgen fehlt's mir weiß Gott nicht.«

»Erinnern Sie sich an das Codewort?«

»›Ich verbrenne‹ oder ›Mir ist heiß‹ – etwas in der Art.«

»Okay. Drücken Sie sich da bloß nicht vage aus.«

»Darauf können Sie sich verlassen.«

Ann musterte sie einen Augenblick. »Ich sollte das nicht sagen, aber Sie können jederzeit aussteigen, wenn Sie wollen.«

Cate betrachtete sie über den Tisch hinweg und sagte ruhig: »Ich würde nicht aussteigen, und wenn mein Leben davon abhinge.«

Die Ausdrucksweise war unglücklich gewählt; sie merkten es beide, entschieden sich aber, nicht darauf einzugehen.

»Hört sich entschlossen an«, sagte Ann. »Hört sich aber auch so an, als müßten Sie was beweisen – oder überwinden.«

»Vielleicht. Vielleicht beides.«

Ann zuckte mit den Achseln. »Na, Sie gehen die Sache mit ganz schön schwerem Gepäck an. Aber man übernimmt solche Aufträge aus allen möglichen Gründen. Wie auch immer, es ist ein ziemlich seltsames Geschäft, wenn man es mal in Ruhe betrachtet.« Sie stellte ihre Kaffeetasse ab und hob einen Krümel auf, der neben ihrem Teller lag. »Die Leute haben alle möglichen Beweggründe.«

»Warum machen Sie's?«

Ann blickte auf. »Nein, ich mache es *nicht.* Ich sitze immer zu Hause am Kaminfeuer. *Sie* machen es. Leute wie Sie. Ich führe sie, aber das ist alles. Für mich ist das genug Druck. Ich gehe nicht da raus. Ich würde es selbst nicht machen.«

Cate musterte sie. Sie hätte gern gewußt, warum Ann es nicht machen würde, aber jetzt war wirklich nicht der richtige Zeitpunkt, um diese Frage zu erörtern.

Als sie um halb zehn ins Haus zurückkehrten, hatte Valentin Stepanov angerufen und den neuen Treffpunkt durchgegeben. Ann und Cate wollten sich gerade auf den Weg machen, als eins der Telefone auf dem Tisch läutete. Hains Ausrüstung schien zu wachsen. Man hatte noch ein Telefon und einen Computerbildschirm installiert, und die herunterhängenden Drähte und Kabel wirkten absurd bedrohlich.

Erika nahm den Hörer ab. »Cate.«

Cate übernahm ihn.

»Fühlst du dich der Sache gewachsen?« Es war Ennis Strey. Sie war erleichtert, seine Stimme zu hören.

»Ich bin bereit«, sagte sie und versuchte, munter zu klingen.

»Du wirst es prima machen.« Eine kurze Pause folgte. »Ich bin im Technikraum. Und wir setzen rund um die Uhr jemanden ein, der dich überwacht. Du hast jede Menge Gesellschaft.«

»Danke, Ennis. Ich weiß das zu schätzen.«

»Also los«, sagte er.

Cate legte auf und griff nach ihrer Tasche. Sofort war Hain an ihrer Seite. Sein alterndes Schuljungengesicht war konzentriert, als er neben ihr durch den Wohnraum auf die Eingangstür zuging.

»Seien Sie vorsichtig, damit Sie Stepanov nicht versehentlich verraten, daß Sie verkabelt sind«, sagte er, indem er sich leicht zu ihr herunterbeugte.

»Die Fliege an der Wand«, sagte sie, ohne langsamer zu gehen.

»Ja«, sagte er. »Genau.«

Sie waren an der Tür. Cate drehte sich um und blickte zu Ometow zurück. Er hatte darauf gewartet, die Hände in den Taschen, mit lächelndem Gesicht. Er nickte und neigte leicht den Oberkörper, eine angedeutete Verbeugung als Zeichen seines Respekts vor dem, was sie zu tun im Begriff war.

Draußen erwartete sie Neil Jernigan.

»Cate, ich weiß, daß ich Sie nicht zu warnen brauche, aber seien Sie vorsichtig mit allen direkten verbalen Mitteilungen, die Sie uns vielleicht machen möchten. Sogar, wenn Sie allein sind. Wenn Sie sich auf deren Terrain befinden, müssen Sie immer damit rechnen, daß alles verwanzt ist.«

»Okay, Neil. Danke«, nickte sie und ließ sich neben Ann auf den Beifahrersitz fallen.

»Viel Glück«, sagte er und schloß die Tür.

Nach zehn Minuten Fahrt läutete das Telefon, und Cate nahm den Hörer ab.

»Cate, hier ist Erika. Ich wollte Ihnen ein paar private Worte sagen, bevor Sie Stepanov treffen.« Sie machte eine Pause. »Ich denke, Sie sollten ihm gegenüber nicht zu abweisend sein. Glauben Sie ein paar von seinen Lügen. Dann fühlt er sich wohler. Wir brauchen sein Ego auf unserer Seite.« Sie räusperte sich.

»Also dann, viel Glück«, sagte sie noch knapp und hatte bereits aufgelegt, ehe Cate sich bedanken konnte.

Cate legte das Telefon auf den Sitz neben sich. Alle kreuzten die Finger, warfen sich Salz über die Schulter, rieben ihre Hasenpfoten. Ann Loder sagte nichts.

Es war nach zehn, und der Parkplatz des Einkaufszentrums war ziemlich voll. Sie fanden Stepanovs Mietwagen an der angegebenen Stelle vor dem Haupteingang, aber Stepanov saß nicht darin. Ann Loder fuhr langsam an dem Wagen vorbei, suchte auf der anderen Seite des Parkplatzes eine Stelle, von der aus sie den Mietwagen deutlich sehen konnte, und parkten. Doch kaum hatte Ann die Zündung abgestellt, erschien Stepanov. Er kam aus einem Fastfood-Restaurant und trank eine Tasse Kaffee. Als er seinen Wagen erreichte, lehnte er sich an die Fahrertür und wartete.

Ann sah Cate an. »Wir werden Sie wissen lassen, wie Sie sich mit uns in Verbindung setzen können. Das wird von den Umständen abhängen.«

»Okay«, sagte Cate.

»Bauen Sie keinen Mist.« Ann grinste sie an.

»Ich werd's mir merken«, sagte Cate und öffnete die Tür.

Sie packten Cates Reisetasche in Stepanovs Kofferraum, und Stepanov schlug den Deckel zu.

Ann sah ihn an. »Seien Sie vorsichtig, Valentin.« Es war eher eine Warnung als eine Mahnung zur Vorsicht.

»Oh, ich bin sicher, daß Sie uns genau im Auge behalten werden«, sagte der Russe ohne jeden Humor. »Keine Sorge, ich werde gut auf sie aufpassen.«

Ann sah Cate an. »Wir bleiben in Verbindung. Viel Glück«

Das war alles.

Ann stieg in ihren Wagen, und Stepanov beobachtete, wie sie wegfuhr. »Kommen Sie«, sagte er dann. »Steigen Sie ein.«

Sie stiegen in seinen Wagen, der im Schatten der Eiche stand, und Stepanov steckte den Zündschlüssel ins Schloß, ließ den Motor aber nicht an. Er saß einfach da, schaute durch die Windschutzscheibe auf den Verkehr auf dem Parkplatz, beobachtete, wie Leute aus ihren Autos stiegen und zwischen den Reihen von Fahrzeugen zu den Geschäften gingen. Dann kurbelte er sein Fenster herunter. Er trank seinen Kaffee und schien zu überlegen, wie er das, was er sagen wollte, ausdrücken sollte.

Auf Cate wirkte er größer als am Vortag. Sie betrachtete sein Profil und erkannte die Anstrengung in seinem Gesicht. Er gab sich zwar völlig gelassen, doch der innere Streß zeigte sich in einer Müdigkeit seiner Augen, die er nicht verbergen konnte.

»Also«, sagte er schließlich und starrte weiter vor sich hin. »Sind Sie verkabelt?« Er war beinahe schwermütig. Die Frage klang routinemäßig, bar jeder wirklichen Neugier.

»Nein«, sagte sie.

»Falls doch, werden die es merken, und damit ist alles zu Ende. Ich hoffe, Ihre Leute waren nicht so dumm.«

»Sie können mich durchsuchen, wenn Sie wollen«, sagte sie.

Er schaute sie an und lächelte. »Nein«, sagte er und wandte den Blick dann wieder der Windschutzscheibe zu. »Wissen Sie, wen immer Sergej schickt, irgendwann werden sie alles in unserem Hotelzimmer filzen.«

»Ich bin okay. Da gibt es nichts zu finden.«

»Sie haben Geräte zum Aufspüren von Wanzen«, bemerkte er. Er schaute ins Sonnenlicht. »Er wird überrascht sein, wie heiß es hier ist.« Er lächelte vor sich hin, aber es war ein galliges Lächeln.

»Ihre beiden Freunde sind gestern nachmittag im Château Touraine abgestiegen«, sagte Cate.

Stepanov wandte ihr den Kopf zu. »Wirklich?« Sein Gesicht verriet keine Überraschung.

»Als sie durch den Zoll gingen, waren sie maskiert.«

»Maskiert? Sie machen Witze.« Er schüttelte den Kopf.

»Als sie im Hotel ankamen, hatten sie ihre Maskierung abgelegt, und Ometow hat einen von ihnen als Grigorij Izwarin identifiziert.«

»Izwarin.« Er nickte. »Natürlich«, sagte er mit einer müden Kopfbewegung. »Wer sonst? Und der andere?«

»Den kennt Leo nicht.«

Stepanov zog leicht überrascht die Augenbrauen hoch. »Leo kennt Sergejs Leute ziemlich gut.« Er trank von seinem Kaffee. »Das ist interessant. Sie sind also im Hotel abgestiegen.« Er dachte einen Moment darüber nach. Dann zuckte er mit den Schultern und warf seine Kaffeetasse aus dem Fenster auf den Parkplatz. »Fahren wir und klären dabei ein paar Dinge.« Er startete den Wagen und sah sie dann an. »Sie sehen hübsch aus«, sagte er.

NEUNUNDZWANZIG

Valentin Stepanov steuerte den gemieteten Cadillac vom Parkplatz der Town and Country Mall und fuhr dann in südlicher Richtung auf den Sam Houston Parkway.

»Also, ich muß über Ihre Legende Bescheid wissen«, sagte er.

Sie nickte. »Catherine Miles …«

»Miles? M-i-l-e-s?«

»Ja.«

»Okay.«

»Ich bin Assistentin des Personalchefs eines internationalen Architekturbüros«, sagte sie und erzählte ihm, daß sie diese Legende bereits früher benutzt hatte und wie sie von weiteren Personen gedeckt wurde.

Stepanov hörte ihren Ausführungen zu und schien zufrieden. Er nickte und murmelte zustimmend.

»Und wie haben wir uns kennengelernt? An einer Hotelbar. Ich habe Ihnen gesagt, daß ich bei einer Firma bin, die internationale Gemeinschaftsunternehmen fördert, und in dieser Eigenschaft bin ich hier, bla, bla, bla. Dies ist unser fünftes Treffen. Sie wohnen mit mir im Touraine, weil Ihnen das Spaß macht. Sie wohnen lieber in Luxushotels als in Ihrer öden Doppelhaushälfte oder was immer es ist. Wenn ich in die Stadt komme, ist es für Sie wie ein Urlaub. Sie packen einfach eine Tasche und ziehen für eine Weile zu mir. Diesmal hatten wir Glück, weil Sie noch … wie nennt man das, wenn Sie Überstunden gemacht haben und dafür frei nehmen können?«

»Abfeiern.«

»Genau. Also, im Grunde machen wir uns nur eine schöne Zeit. Nicht mehr. Ich erzähle Ihnen nicht allzuviel, und Sie stellen nicht viele Fragen. Uns geht es nur darum, uns zu amüsieren.«

»Trotzdem ist es schwer zu glauben, daß Krupatin mir gegenüber nicht mißtrauisch sein wird.«

»Oh, mißtrauisch wird er schon sein. Aber Sergej wäre noch mißtrauischer, wenn ich keine Frau bei mir hätte.«

Er schüttelte den Kopf, sah in den Rückspiegel und wechselte die Fahrspur.

»Was können Sie mir über Grigorij Izwarin erzählen?« fragte Cate. »Was hat er für einen Background?«

»Grigorij ist einer aus der Generation von KGB-Agenten, die nie zum Zuge kam. Aber er hat die ganze Ausbildung und war fünf oder sechs Jahre aktiv, als das sogenannte Sowjetreich zerfiel. Natürlich stand er die ganze Zeit auf Sergejs Gehaltsliste. Sergej hatte immer vier oder fünf KGB-Leute auf seiner Gehaltsliste.

Auf Gori müssen Sie aufpassen. Er hält Krupatin für Gott, und er möchte Jesus Christus sein. Aber er ist ein scharfsinniger Jesus und sieht in jedem Gesicht einen Judas. Ich bin schon oft genug mit ihm aneinandergeraten. Der Bastard ist brutal ehrgeizig. Und ganz gleich, wie intelligent ein Mann ist, wissen Sie, diese Art sklavischer Ergebenheit ist schmeichelhaft. Deshalb macht Gori bei Sergej Fortschritte.«

»Also ist er hier, um dafür zu sorgen, daß Krupatin nicht in irgendwelche Schwierigkeiten gerät.«

»Ja, ich glaube schon. Selbst wenn das hier nicht seine spezielle Aufgabe ist, darum kümmert er sich immer.«

»Sie werden Waffen haben.«

»Natürlich.«

»Wie kommen sie an die Waffen?«

»Die Leute, die ich hier treffen will, können Sprengstoffe und Waffen besorgen. Sie sind bereits kontaktiert worden.«

Wieder wechselte Stepanov die Fahrspur. Cate nahm an, daß sie eine Weile fuhren, weil er wissen wollte, ob man sie verfolgte. Offensichtlich versuchte er nicht, jemanden abzuhängen. Er war bloß neugierig. Solche Dinge tat er, ohne auch nur zu überlegen.

Nach ein paar Minuten sah er sie an. »Wie setzen Sie sich mit Ihren Leuten in Verbindung?«

»Telefonisch.«

»Ach, das ist aber einfallsreich«, sagte er mit gespielter Bewunderung.

»Es ist sicher«, sagte sie.

»Ich vermute, es gibt ohnehin nicht viel zu sagen.«

»Was meinen Sie damit?«

»Vermutlich haben Sie winzig kleine FBI-Agenten in Ihrem Slip versteckt.« Er lachte, doch das klang nicht sonderlich behaglich.

»Ich bin gut genug gedeckt«, sagte sie.

»Fein. Wenn Sie umgebracht werden, möchte ich, daß die wissen, daß es nicht meine Schuld war. Übrigens, wir sind doch ein Liebespaar, wir müssen uns duzen.«

»Okay. Wie ich hörte, haben Sie ... äh, hast du mich nach einem Foto ausgewählt.«

»Stimmt. Genau, wie ich beim Metzger ein Stück Fleisch aussuche. Etwas, was hübsch und rosa ist. Etwas, wo ich mich so richtig reinschaffen kann.«

»Im Traum«, sagte sie und zwang sich, ihn anzulächeln. Ein müheloses, einladendes Lächeln, das ihm gefiel.

Er lachte wieder, sah sie an, und diesmal war das Lachen echt und zeigte Überraschung über ihren Scherz. Dann bog er plötzlich und übergangslos von der Straße ab. Ohne Erklärung steuerte er eine Tankstelle an, parkte seitlich in der Einfahrt und stieg aus. Sie wartete und sah, wie er zu einer Telefonzelle ging, eintrat, die Tür zuzog und eine Münze in den Schlitz steckte.

»Er ist ...« Sie hielt inne. Sie wollte den anderen sagen, was er machte, aber dann erinnerte sie sich an Jernigans Rat vor noch nicht einer halben Stunde. Gab Stepanov ihr Gelegenheit, sich zu verraten oder mußte er wirklich telefonieren? Er wandte ihr sogar den Rücken zu. Sie hätte also sprechen können. Aber er machte es ihr zu einfach. Sie hielt den Mund und fragte sich, wo im Wagen er wohl ein Tonbandgerät versteckt hatte.

Fast zehn Minuten lang drehte er ihr den Rücken zu. Cate wartete schweigend und fragte sich, wie lange es wohl dauern würde, bis sie sich an ihre Eigenschaft als Sender gewöhnt hatte.

Endlich legte Stepanov den Telefonhörer auf und kam zum Auto zurück, die Autoschlüssel schwenkend. Ihr war aufgefallen, daß er sie mitgenommen hatte. Alte Gewohnheiten.

»Hast du dich gut amüsiert?« fragte sie, als er die Tür schloß.

»Ich kann nicht immer alles erklären, was ich tue«, sagte er, steckte den Schlüssel ins Zündschloß und ließ den Wagen an. »Gewöhn dich dran.« Er verließ die Tankstelle und fuhr bei der nächsten Auffahrt wieder auf den Parkway.

»Abgesehen von deinen Leuten«, sagte er beiläufig, »sind dir irgendwelche anderen Beschatter aufgefallen?«

Sie sah ihn an. Dann lächelte sie langsam. »Du hast unsere Leute nicht gesehen, Valentin.«

»Was meinst du damit?«

»Das ist ein Geheimnis«, sagte sie. »Gewöhn dich dran.«

Stepanov lachte offen. »Okay«, sagte er. »Okay.«

Sie blieben auf dem Parkway, diesmal in umgekehrter Richtung. Wieder fuhr Stepanov ganz gelassen, wechselte die Fahrspuren, behielt den Rückspiegel im Auge. Sie verstand nicht genau, was er da machte. Um jemanden abzuschütteln, waren seine Manöver zu oberflächlich, und doch verrieten sie eine Absicht. Er fuhr nicht einfach ziellos umher.

Sie unterhielten sich weiter. Er fragte nach ihrer Familie, und während sie sprach, unterbrach er sie manchmal und fragte: »Redest du jetzt über Catherine Miles oder über Cate?« Es war beides und keins von beiden.

Ein guter Undercover-Agent, hatte Tavio immer gesagt, läßt sein wirkliches Selbst nie hinter sich. Das hatte einerseits den Vorteil, daß man keine ganz neuen persönlichen Daten auswendig lernen mußte. Im wesentlichen blieb man, wer man war; nur ein paar Tatsachen wurden verändert, so daß man die neue Identität einigermaßen bequem annehmen konnte. Catherine Miles und Cate Cuevas hatten die gleiche Lieblingsfarbe, mochten die gleiche Art von Musik, sahen die gleichen Filme, hatten den gleichen Geschmack in Kleidern, kauften im Supermarkt die gleichen Nahrungsmittel. Während sie Stepanovs Fragen beantwortete, war Cate also zu neunzig Prozent ehrlich und sagte ganz natürlich die volle Wahrheit, ohne über ihre Lügen Buch führen zu müssen.

Andererseits verringerte dieses Vorgehen die Gefahr, daß man sich zu sehr mit seinen neuen Gefährten identifizierte. Manchmal kam man in diesem Geschäft zu der Erkenntnis, daß einige Leute, die grauenhafte Dinge taten, im Grunde liebenswerte Menschen waren. Es war leicht, ihnen nahezukommen und diese Nähe zu mögen.

Doch das war, wie Tavio sagte, der Weg in den Untergang. Cate Cuevas mochte nicht die gleichen Leute wie Catherine Miles, und es war entscheidend für ihr Überleben, daß das auch so blieb. Cate Cuevas vergaß niemals, wer sie war, was ihre eigenen Maßstäbe waren, wer ihre Freunde waren, wo ihre Loyalitäten lagen. Catherine Miles würde Valentin Stepanov vielleicht irgendwann gern haben, sogar Mitgefühl für ihn empfinden, wenn sie mehr über seine persönliche Geschichte erfuhr. Cate Cuevas aber wollte und konnte das nicht.

Neunzig Prozent der Zeit konnten Cate und Catherine Freundinnen sein. Aber die restlichen zehn Prozent entfremdeten sie einander für immer. Wie ein Tropfen Gentianaviolett bestimmten sie die Färbung des Ganzen. Am Ende waren diese letzten zehn Prozent alles, was zählte.

»Was ist mit dir, Valentin? Hast du vergessen, wer du warst?«

Er antwortete nicht gleich. Sie hatten den Parkway verlassen, nachdem sie das gleiche Gebiet noch einmal durchfahren hatten. Auf Cates Vorschlag hin nahmen sie nun den Southwest Freeway und fuhren in Richtung Innenstadt. Von da aus ging es auf dem West Loop wieder aus der Stadt hinaus, nicht allzu weit vom Château Touraine entfernt.

»Habe ich vergessen, wer ich war?« fragte er. »Wer ich war?«

Als Cate sein Profil betrachtete, merkte sie, daß er eigentlich doch kein gutaussehender Mann war. Seine Züge waren grob. Die Nase etwas zu breit, der Mund etwas zu klein. Seine Lippen hatten keine klaren Linien. Die Oberlippe war in der Mitte zu wulstig und nicht deutlich gezeichnet. Sein Körper war massig und verriet Kraft ohne die Anmut einer deutlich ausgeprägten Muskulatur. Er war eher ein Büffel als ein Athlet. Seine Augen waren nicht besonders auffallend, aber wenn man sie genau betrachtete, konnte man darin eine Leere erkennen, die verwirrend war. Nicht das, was sie sah, ließ Cate frösteln, sondern das, was sie nicht sah. Wenn sein Blick überhaupt etwas ausdrückte, dann, daß er verdammt war.

»Tatsächlich ...«, sagte er und hielt inne; sein Gesicht veränderte sich für einen Moment, als sei die Frage für ihn absolut neu, und als seien die Gedanken, die ihm dabei kamen, überraschend. »Tatsächlich«, sagte er, »ich hab's vergessen.«

Dann lachte er ein trockenes Lachen ohne Freude oder Erheiterung. Trotzdem war es echt. Er lachte lange.

DREISSIG

McAllen, Texas »Dreihundertfünfundvierzig Meilen«, sagte Krupatin, der sich im Restaurant über die Karte beugte. Sie nahmen ein spätes Frühstück ein. »Das sind... fünfhundertfünfundfünfzig Kilometer. Großer Gott, fast sechs Stunden!«

Er ließ seinen Stift auf den Tisch fallen und nahm noch einen Schluck Kaffee. Sein Anzug hatte einige scharfe Falten, weil er sich nicht die Mühe gemacht hatte, ihn auszupacken, ehe er in den frühen Morgenstunden aufs Bett gefallen war. Er trug zu seinem weißen Hemd keine Krawatte, aber sein Gesicht war frisch rasiert.

Irina beachtete ihn nicht sonderlich. Sie schaute aus dem Fenster auf die Palmen und aß die letzten Bissen von ihren Pfannkuchen.

»Schneller geht es nicht«, fügte Krupatin laut denkend hinzu. »Angeblich ist die Staatspolizei bei Geschwindigkeitsüberschreitungen verdammt streng.«

Draußen war es windig, und die tiefgrünen Palmwedel wiegten sich wie Hulatänzerinnen vor dem hellblauen Himmel.

Krupatin sah auf seine Uhr. »Dann sind wir gegen sechs in Houston; wenn wir unterwegs anhalten, um zu essen, erst um sieben. Um diese Jahreszeit ist es dann noch nicht dunkel.«

Krupatins Markenzeichen, dachte Irina, während sie zusah, wie ein Zimmermädchen in weißer Uniform ihren Putzwagen an der Loggia vorbei zur anderen Seite des Swimmingpools schob. Er wußte alles, was er wissen mußte, um zu tun, was er tun mußte. Geschwindigkeitsbegrenzungen auf den Highways. Zeitumstellungen. Krupatin war gründlich, aber seine effiziente Planung ging nicht über seine eigenen Interessen hinaus.

»Weißt du, wie wir fahren?« fragte er, sah sie an und wies mit dem Kopf auf die Karte von Texas, die auf dem Tisch lag.

Er wußte, daß sie es wußte. Sie hatte die Highways und die Ausfahrten auswendig gelernt. Auf der Karte hatte sie sie nicht markiert. Auch das war eine alte Gewohnheit.

»Du hast nicht viel zu sagen.« Er sah sie finster an.

Sie wandte den Blick von der ruhigen Szene draußen ab und schaute ihn an.

»Was kann ich sagen, Sergej? Ich weiß nichts.«

»Das ist zu deinem eigenen Besten«, sagte Krupatin sachlich und schob sich den letzten Bissen Speck in den Mund. »Wenn das nicht wie am Schnürchen klappt, bricht alles zusammen. Ich kann es nur dadurch kontrollieren, daß ich alles selbst mache.« Er wischte sich an der Serviette die Hände ab. »Du solltest das verstehen. Du arbeitest doch auch so oder?«

»Ganz allein? Keine Jungs?«

Er hob den Kopf zu einem halben Nicken. »Und ein paar Jungs.«

Er sah sie an. »Übrigens, die wissen auch nicht mehr als du. Es muß einfach so sein.«

Eine Kellnerin kam an ihren Tisch, füllte ihre Kaffeetassen und ging dann weiter.

Krupatin sah ihr nach. »Es ist nicht zu fassen. Sie macht das jetzt das dritte Mal. Sie fragt nicht mal.« Er zündete sich eine Zigarette an und schob die Tasse von sich. »Unglaublich.«

Sie musterte ihn. »In welchem Zeitrahmen arbeiten wir?«

»Ich glaube, das hast du schon gefragt.«

»Und welche Antwort habe ich bekommen?«

»Ich werd's dich wissen lassen.«

Sie sahen einander an. Irina mußte die verschiedensten Gefühle hinunterschlucken. Angst. Wut. Ungeduld. Die Angst überwog, wenn auch mit einem verbissenen Überlebenswillen gepaart. Manchmal, in ihren schwarzen Stunden, zweifelte sie daran, daß sie sich der Umarmung dieser dunklen Schwingen jemals würde entziehen können. Zu anderen Zeiten, wenn sie an Félia dachte, stellte sie sich vor, aus einem Abgrund zu kriechen, während sie in der Ferne das Gesicht ihrer Tochter sah, klein und blaß und sehnsüchtig. In solchen Augenblicken war ihre Entschlossenheit, sich von ihm zu befreien, erbittert und unbezähmbar.

Aber trotz aller Entschlossenheit mußte sie sich eingestehen, daß sie unter dem Gewicht ihrer Taten allmählich erstickte. Nach den beiden ersten Morden hatte sie sich an Ort und Stelle übergeben müssen und ihren Mageninhalt bei den Leichen zurückgelassen. Bei den nächsten beiden hatte sie ihre Nerven unter Kontrolle halten können, bis sie in sicherer Entfernung allein auf dem Boden einer Bahnhofstoilette kniete. Noch immer erinnerte sie sich an den Geruch dieser öffentlichen Toiletten und den hohlen Klang ihres Würgens, der von den Fliesenwänden widerhallte.

Doch ihre Instinkte brachten sie zur Besinnung. Sie wußte, wenn sie sich nicht beherrschen konnte, würde sie irgendwann einen tödlichen Fehler machen. Also wandte sie sich an die einzige höhere Macht, die sie kannte. Sosehr sie sich auch schämte, sie betete um Kraft. Sie erflehte von Vater, Sohn und Heiligem Geist den Willen, ohne Qual zu töten, Leben zu nehmen, um Leben zu retten, immer aufs neue zu morden, um immer aufs neue ein anderes Leben zu bewahren. Sie betete vor den Ikonen, deren Gold und Silber im Hauch der aufsteigenden Gebete glänzte. Die Gesichter aller Madonnen und aller Engel wurden zu dem von Félia, das durch den Dunst der Kerzen und des Weihrauchs auf sie niederschaute, dankbar für ihre Errettung und Befreiung durch die von Irinas Hand vollzogenen Hinrichtungen.

Die beiden nächsten Morde selbst waren leichter, aber auf das, was hinterher mit ihr geschah, war sie ganz und gar nicht gefaßt.

Das erste Mal passierte es in Prag. Sie traf den Mann in einem Kaffeehaus in der Nähe der Karlsbrücke. Sie tranken Kaffee und aßen Gebäck; dann gingen sie zu seinem Wagen, der in einer der engen Nebenstraßen in der Nähe geparkt war. Es war Sommer. Abenddämmerung. Seine Hand war unter ihrem Kleid, machte sich am Gummizug ihres Slips zu schaffen; das Gesicht hatte er zwischen ihren Brüsten vergraben. Sie stach ihm die Injektionsnadel in den Hals. Das Zyanid ließ ihm gerade noch Zeit, sich von ihr zu lösen. Er starrte sie fassungslos an, konnte nur noch ein Wort ausstoßen, ehe die Lähmung seine Kehle erfaßte: »Greta!« Der Name traf ihr Gesicht wie Blutspritzer. Greta? Sie hatte ihre Zielperson wie immer gründlich studiert. Es gab keine Ehefrau namens Greta. Keine Tochter. Keine Schwester. Keine Geliebte, die Greta hieß. Dieser Frauenname, der das letzte Wort war, das ein von ihr ermordeter Mann ausgesprochen hatte, begann sie zu verfolgen. In Zeitungsartikeln, in belauschten Gesprächen, in Restaurants, auf der Straße. Sie träumte von gesichtslosen Frauen. Monate vergingen, bis sie das abschütteln konnte, nach vielen Gebeten, viel Weihrauch, vielen Kerzen.

Dann mußte sie in Bern eine Frau umbringen. Sie läutete an der Tür ihres Hauses in einem abgelegenen Stadtteil. Als die Frau öffnete, schoß Irina ihr ins Gesicht. Die Wucht des Schusses ließ die Frau zurücktaumeln und reflexhaft mit den Armen schlagen, um das Gleichgewicht zu halten, während sie schon starb. Diesen Totentanz wurde Irina nicht mehr los. Wieder bevölkerte er ihre Träume. Überall schlugen sterbende Menschen mit den Armen.

Dann hörten diese Komplexe ganz plötzlich auf, und das Töten wurde zur kalten Routine. Sie mordete so gleichmütig, als seien ihre Opfer Seifenblasen, die sie zwischen ihren Händen zerplatzen ließ. Sie betete darum, daß diese beruhigende Gefühllosigkeit anhielt. Und Félia lebte weiter, wußte nichts von den Sünden, die ihre ferne Mutter ihretwegen beging, wußte nichts von dem Geld, das sich unter ihrem Namen auf den Konten beim Crédit Suisse in Bern und der Banca Svizzera Italiana in Zürich anhäufte.

»Herrgott noch mal«, zischte Krupatin mit einem Bühnenflüstern, »was zum Teufel *machst* du da?«

Er schaute auf ihre Hände. Sie folgte seinem Blick und sah, daß sie sich eine der Gabelzinken durch das dünne Gewebe zwischen den Ansätzen von Zeige- und Mittelfinger gebohrt hatte. Blut und Sirup liefen über ihren Handrücken.

»Du dämliche …« Krupatin sah sie so an, wie er vielleicht einen neuen Mercedes angesehen hätte, dessen Motor aus unerfindlichen Gründen nicht mehr funktionierte. Versagen war ihm unbequem und machte ihn wütend.

»Nur die Ruhe, Sergej«, sagte sie gelassen, zog die Gabel aus ihrer Hand und legte sie hin. Beiläufig tauchte sie ihre Serviette in ihr Wasserglas, wischte sich die Hand ab und betupfte die Wunde, um die Blutung zu stillen.

Krupatin faltete seine Karte zusammen und nahm den Kassenbon. »Verrückte Scheißkuh«, murmelte er, stand vom Tisch auf und ging zur Kassiererin, um zu zahlen. In der Mittagshitze fuhren sie in nördlicher Richtung durch die langgestreckte Küstenebene. Der große Mercedes, schwer und bequem, rollte mit der vorgeschriebenen Geschwindigkeit über den Highway. Bei diesem Tempo schien die Landschaft vorbeizukriechen, und der lange Nachmittag dehnte sich ins Unendliche. Vier Stunden später hielten sie an einem Rastplatz für Lastwagen außerhalb von Victoria. Sie tankten, kauften Hamburger zum Mitnehmen und fuhren weiter. Sie waren noch immer hundertdreißig Meilen von ihrem Zielort entfernt.

Nun hatten sie schon über eine halbe Stunde die Skyline von Houston vor sich, die am Horizont aufragte wie eine Fata Morgana und ebenso unmerklich, wie der kleine Zeiger einer Uhr vorrückt, größer wurde. Der Verkehr auf dem Highway nahm zu; in der Ferne erhoben sich ringsum Vororte aus der Küstenebene, die immer näher an den Highway rückten, bis der Wagen schließlich durch dicht bebaute Bezirke fuhr, die allmählich nicht mehr vorstädtisch, sondern städtisch waren. Dann befanden sie sich plötzlich in der City, deren Architektur im vergehenden Licht der sinkenden Sonne weicher und schieferblau wirkte.

Sie waren auf einer Schnellstraße, und Irina merkte, daß Krupatin nach einer für seine Zwecke geeigneten Ausfahrt Ausschau hielt; welche Zwecke das waren, wußte sie allerdings noch nicht. Schließlich wechselte er die Fahrspur und nahm eine Ausfahrt, die in eine Zufahrtsstraße mündete. Über ihnen hing das große, noch nicht eingeschaltete Neonschild eines Restaurants, und Krupatin bog in den dazugehörigen Parkplatz ein.

Er stellte den Motor ab, griff über die Rückenlehne und nahm eine der Aktenmappen. Der Verkehrslärm über ihnen pulsierte wie Irinas Herzschlag.

»Okay, jetzt mußt du deine Dokumente als Olja Serowa benutzen«, sagte Krupatin. »Sie sind in deiner Tasche, zusammen mit dem Adreßbuch, das man dir gebracht hat. Das Adreßbuch ist wichtig.«

Er griff in die Aktentasche und nahm mehrere gebündelte Päckchen Geldscheine heraus.

»Fünftausend Dollar.« Er gab ihr das Geld. »Erinnerst du dich an Valentin Stepanov?«

»Natürlich.«

»Er wird ebenfalls im Château Touraine wohnen, genau wie Grigorij Izwarin, der als Anton Nakhimow, und Walerij Wolkow, der als Rudolf Bijkow eingetragen ist. Nakhimow hat auf seinen Namen eine Suite für dich reserviert. Du wirst von hier aus mit einem Taxi hinfahren.«

»Sie erwarten mich also?«

»Izwarin und Wolkow wissen, daß eine weitere Person ankommt. Sie wissen nicht, daß du das bist. Stepanov weiß, daß zwei von meinen Leuten ihn dort treffen werden, aber er weiß nicht, wer das sein wird.«

»Und was ist mit dir?«

»Ich halte mich anderswo auf. Keiner von euch kann mich erreichen, keiner von euch weiß, wo ich bin. Das muß so sein, um

Wei und Bontate von meinen Absichten zu überzeugen. Die eigentliche Verbindung bist du.«

»Und Stepanov?«

»Er hat auch einen Job zu erledigen«, sagte Krupatin, klappte den Deckel der Aktentasche zu und ließ die Riegel einschnappen. »Für eine Weile brauchst du dich wirklich um nichts zu sorgen. Zu gegebener Zeit wirst du erfahren, wie wir Kontakt aufnehmen.«

»Wo soll ich Wei und Bontate treffen?«

»Ich weiß nicht. Sie treffen ihre eigenen Vorkehrungen. Sie wissen, wo du bist. All das ist vorher vereinbart worden. Sie werden sich bei dir melden.«

»Soll ich mich bei Grigorij und Walerij melden, wenn ich im Hotel angekommen bin, oder soll ich warten, bis ich von ihnen höre?«

»Du solltest dich mit ihnen in Verbindung setzen«, sagte er. »Du wirst ihnen sagen, daß ich die Absicht habe, hier vorerst nicht in Erscheinung zu treten, und daß der Kontakt zu mir über dich läuft.«

»Das wird Grigorij nicht gefallen.«

»Sag's ihm einfach. Sag ihnen, daß sie vielleicht mehrere Tage warten müssen, bis ich Anweisungen für sie habe.«

»Wissen sie von Wei und Bontate?«

»Nein.«

»Was glauben sie denn dann, was sie hier machen?«

»Ich habe ihnen nur gesagt, sie sollten hier sein, und sie würden bei ihrer Ankunft Instruktionen erhalten.«

Er griff in seine Anzugtasche, nahm ein Scheckbuch heraus und reichte es ihr.

»Das ist auf ein Londoner Konto ausgestellt. Höhe unbegrenzt, Deckung in jedem Laden leicht zu überprüfen. Gib dir Mühe, wenn du dir neue Kleider aussuchst. Ich möchte, daß du sehr elegant und modisch aussiehst.« Er zog den Schlüssel aus dem Zündschloß. »Ich trage dein Gepäck ins Restaurant.«

EINUNDDREISSIG

Irina stand im Foyer des Restaurants und schaute hinaus auf die Stadt, die ihr fremd war. Sie dachte an all die anderen Anlässe, bei denen sie den ersten Blick auf eine unbekannte Stadt geworfen hatte. So viele Jahre, so viele Meilen, so viele Welten. So viele Tote.

Doch etwas war jetzt und hier anders. Kulturell und geographisch fremde Länder ängstigten sie nicht mehr. Krupatin hatte sie mit einer einzigen, mächtigen Motivation in dieses Geschäft gestoßen: seiner Drohung. Ihre natürliche Schüchternheit in fremder Umgebung wog bei weitem nicht so schwer wie die Folgen, die es haben würde, wenn sie seine Befehle nicht ausführte. Sie war in so vielen fremden Ländern auf sich gestellt gewesen, hatte sich in so vielen fremden Sprachen, Traditionen und Konventionen zurechtfinden müssen, daß sie eines erkannt hatte: Die Menschen waren überall ziemlich gleich, nur die Details ihrer Kleidung, ihrer Sitten und Bräuche unterschieden sich voneinander. Die menschliche Natur blieb dieselbe. Darauf konnte sie sich verlassen. Nachdem sie das einmal begriffen hatte, war das Überschreiten von Grenzen weniger erschreckend.

Was sie jetzt als anders empfand, hatte nichts mit normaler Scheu zu tun, sondern mit dem, was Krupatin ihr durch seinen brutalen Despotismus unfreiwillig beigebracht hatte: einem hochentwickelten Überlebenswillen. Von Anfang an hatte Krupatin sie ins Wasser geworfen. Sie mußte schwimmen oder untergehen. Ihre Angst war ihm so gleichgültig wie der Ausgang. Wenn sie es überlebte, war sie ihm nützlich. Wenn sie es nicht überlebte, ersparte sie ihm die Mühe, sich um sie zu kümmern.

Deshalb wartete sie mit einem fein abgestimmten sechsten Sinn auf das Taxi, das sie gerufen hatte. Sie wußte, daß sie eines niemals tun durfte, nämlich Krupatin vertrauen. Genau das aber verlangte, ja, forderte er von ihr. Sie hatte keine Wahl.

Das Taxi kam, gefahren von einer jungen Frau in abgetragenen Blue Jeans, Cowboystiefeln und kariertem Hemd, dessen Ärmel an der Schulternaht abgeschnitten waren. Ihr kastanienbraunes Haar war männlich kurz gestutzt, ihr sommersprossiges Gesicht von Sonne und Wetter gegerbt, aber ihre grauen Augen musterten

Irina mit unerwarteter Zärtlichkeit. Blitzschnell taxierte sie Irinas Londoner Eleganz. Als sie die hintere Tür des Taxis aufhielt und Irina sich zum Einsteigen bückte, betrachtete die Frau wohlwollend das, was sie von Irinas Brüsten und langen Beinen sehen konnte.

Im Rückspiegel spielte Irina mit den Augen der Taxifahrerin Verstecken, während sie durch die Houstoner Straßen glitten, in denen jetzt der Abend begann. Überall wurden die Lampen eingeschaltet, und die Stadt begann zu funkeln; die Tageshitze wich der klaren Abendkühle, und der besondere Blauton der Dämmerung vertiefte sich.

Irina war überrascht, wieviel Grün es in der Stadt gab – Kiefern, wie es aussah, und Eichen, überall dichte Blätterdächer, üppige Haine, Häuser und Büros mit dunklen, grünschattigen Vorgärten. Gartenlaternen schufen Inseln von blassem Jadegrün.

Das Taxi bog in eine baumbestandene Allee ein und steuerte auf ein gedrungenes Steingebäude zu; durch das Grün der Kiefern konnte Irina die indirekt beleuchtete Fassade des Château erkennen. Sie passierten ein hohes Eisentor zwischen massiven Säulen und verlangsamten die Fahrt, als sie sich einem gepflasterten Hof näherten, umgeben von hohen Mauern, die von den Torsäulen aus die beiden Flügel mit dem Hauptgebäude in der Mitte einrahmten. Beiden Flügeln des Hotels waren Loggien vorgebaut, und an den Hecken entlang standen glänzende, dunkle Autos aufgereiht wie Soldaten bei einer Parade: Mercedes, BMWs, Rolls-Royces, Jaguars, Bentleys, schwarz und mitternachtsblau, funkelndes Chrom und dunkle Scheiben.

Als das Taxi unter dem Vordach anhielt, war der Portier sofort an Irinas Seite, öffnete ihr die Tür und reichte ihr die Hand, um beim Aussteigen behilflich zu sein. Sie ignorierte ihn und bezahlte die Fahrerin, die sie über die Rückenlehne hinweg betrachtete und ihr eine Karte gab, als sie den stark aufgerundeten Betrag entgegennahm. Sie lächelte Irina an; Irina zögerte, nickte der Frau zu und schaute auf die handgeschriebene Nummer auf der Rückseite der Karte. Dann blickte sie noch einmal in die grauen Augen, wandte sich ab und stieg aus; ihr Gepäck überließ sie der Fürsorge des Personals.

Innen an der marmornen Empfangstheke stellte Irina sich als Olja Serowa vor und sagte, auf den Namen Anton Nakhimow sei eine Suite für sie reserviert.

Ja, natürlich, sagte die Empfangsdame, ihre Räume erwarteten sie bereits.

»Entschuldigen Sie«, sagte Irina. »Würden Sie mir zeigen, wo sie liegen?«

»Aber gewiß.« Die Empfangsdame breitete einen Geschoßplan aus und zeigte mit der Goldspitze ihres Füllfederhalters, wo sich Irinas Suite befand. Sie sagte, zu ihrer Bequemlichkeit liege die Suite gleich neben der ihrer Kollegen und habe einen eigenen Vorhof und Garten. Irina studierte den Plan.

»Und Mr. Stepanov?« fragte sie. »Ist er auch in der Nähe?«

Die Empfangsdame nickte zufrieden und zeigte mit der Goldspitze auf die Suite gleich gegenüber. »Die Herrschaften logieren dort«, sagte sie.

»Die Herrschaften?«

Die Empfangsdame zögerte unmerklich, hatte sich aber rasch wieder gefaßt. »Der Herr und seine Freundin«, sagte sie.

»Oh, natürlich.« Irina zog nachsichtig die Augenbrauen hoch und lächelte matt; die Empfangsdame erwiderte das Lächeln, eine Verständigung von Frau zu Frau. »Ja, danke, Sie haben wirklich an alles gedacht. Sind denn alle schon angekommen?«

Ja, in der Tat.

»Ausgezeichnet«, sagte Irina. »Ach, wissen Sie, ich bin zum ersten Mal in der Stadt; ich weiß zwar die Bequemlichkeit im Erdgeschoß und die Nähe meiner Freunde zu schätzen, aber ich würde lieber in einem höheren Stockwerk wohnen – mit Aussicht.«

Wieder zögerte die Empfangsdame kaum merklich. »Aber Mr. Nakhimow hatte ausdrücklich um diese Suite gebeten.«

»Das war sehr freundlich von ihm, aber mir wäre ein höheres Stockwerk wirklich lieber«, beharrte Irina liebenswürdig. »Der zweite Stock, der oberste. Haben Sie dort eine freie Suite?«

Die Empfangsdame, die sich nicht aus der Ruhe bringen ließ, zog ihren Computer zu Rate. Im Nu hatte sie eine weitere Suite gefunden, von der aus man einen ausgezeichneten Blick auf die Stadt hatte. Sie war allerdings ein wenig teurer.

»Sehr schön. Wo ist sie?«

Wieder benutzte die Empfangsdame die goldene Spitze ihres Füllfederhalters, um Irina auf dem Plan die Suite zu zeigen.

»Ausgezeichnet.«

Die Empfangsdame zeigte sich höchst erfreut, daß sie ihr einen Dienst hatte erweisen können.

»Eine Frau?« Hain lehnte sich auf seinem Stuhl vor den Computern zurück, das Telefon in einer Hand, eine Tasse Kaffee in der anderen. »Eine gutaussehende Frau?« Er sah Ometow an, der ohne Schuhe auf dem Sofa lag und einen Ordner mit Dokumenten studierte, den er auf dem Schoß hielt. »Olja Serowa?«

Ometow erwiderte seinen Blick und zuckte mit den Schultern. Hain schaute zu Erika hinüber, die mit hochgezogenen Füßen in einem Sessel saß und eine Zeitschrift las. Sie schüttelte bei dem Namen den Kopf, stand dann auf und ging zu einem der Computerbildschirme. Sie beugte sich vor, tippte den Namen ein und wartete.

»Wo wohnt sie?« Hain lauschte. »Ist ja interessant. Ich will verdammt sein. Okay, danke. Hören Sie, wann können Sie uns ein Bild zukommen lassen?« Er sah auf seine Uhr. »Okay, prima, wir warten drauf.«

Sobald er den Hörer auf die Gabel geknallt hatte, wandte er sich Ometow zu.

»Okay, was zum Teufel hat das zu bedeuten, Leo?«

Ometow setzte sich auf und stellte die bestrumpften Füße auf den Boden. Er blickte nach unten und überlegte. Er antwortete nicht.

»Krupatins Freundin?« meinte Hain.

»Der Name steht nicht in den Akten«, sagte Erika, die Augen auf den Bildschirm gerichtet. »S-e-r-o-w-a, richtig?«

»Richtig«, bestätigte Hain. Er sah den russischen Geheimdienstmann an.

Ometow rollte die Füße ein paarmal von den Fersen auf die Fußballen, eine nachdenkliche, unrhythmische Bewegung; er hatte die Unterarme auf die Knie gestützt und starrte auf den Boden.

»Keine Geliebte«, sagte er endlich.

»Warum nicht?«

»Diesmal nicht. Seine Favoritin einschleusen – das würde er nicht machen. Wäre zu hinderlich, glaube ich.«

Hain sah Erika an.

»Ich weiß nicht«, sagte sie. »Könnte sein, daß Leo recht hat.«

»Gut, okay.« Hain zuckte mit den breiten Schultern und sah zwischen ihnen hin und her.

Ometow stand langsam vom Sofa auf und tappte zu den Fenstern, die auf den Garten hinausgingen. Kurz zuvor hatte er den Schalter für die Gartenlaternen gefunden, und er genoß es, auf die Palmen und Bougainvilleas hinauszuschauen.

»Haben Sie gefragt, wo sie wohnt?« erkundigte er sich.

»Ja. Als sie eincheckte, fragte sie, wo die anderen wohnten. Als man es ihr sagte, erklärte sie, sie würde lieber weiter oben wohnen, wegen der Aussicht. Sie sei neu in der Stadt und wolle eine Suite mit Aussicht. Sie sah sich den Plan des Gebäudes an und wählte eine Suite im obersten Geschoß.«

»Eine Suite«, sagte Ometow nachdenklich, den Blick in den Garten gerichtet. »Sehr teuer, nehme ich an.«

»Das stimmt.«

Eine Weile sagte Ometow nichts. Er hatte die Hände hinter dem Rücken verschränkt und betrachtete die nächtlichen Palmen.

»Um ehrlich zu sein«, meinte er schließlich, »ich habe keine Ahnung, Curtis.« Er sprach Hains Vornamen wie »Cur-TESS« aus. »Könnte sein, daß diese Frau zu jemand anderem gehört.« Er drehte sich um. »Ich weiß nicht, warum ich nicht glauben will, daß sie zu Krupatin gehört, aber aus irgendeinem Grund paßt das einfach nicht.«

Das Faxgerät piepste, und Hain ging hinüber und wartete. Ungeduldig griff er nach dem Papier, als es aus dem Gerät kam, und hielt es fest, bis der Apparat es ausspuckte. Er betrachtete das Foto.

»Meine Güte, ja, sie sieht gut aus. In dem Punkt hatten sie recht.«

Ometow kam zu ihm und streckte die Hand aus. Hain gab ihm das Blatt mit dem Foto. Rasch drehte Ometow es um und betrachtete es stirnrunzelnd. Dann wichen abrupt alle Erwartung und Spannung aus seinem Gesicht; er trat zwei Schritte zurück und setzte sich auf das Sofa.

»Mein Gott«, sagte er. »Mein… Gott.«

ZWEIUNDDREISSIG

Das Klopfen an der Tür kam unerwartet. Cate und Valentin hatten bereits ausgepackt. Die Suite umfaßte drei Zimmer. Die Eingangstür führte in den Salon, der mit Sofas und Sesseln möbliert war; er war groß und luftig. Fenstertüren führten in einen Garten hinaus. Das Schlafzimmer neben dem Salon ging ebenfalls auf den Garten. Auf der anderen Seite des Salons befand sich eine Art Wohn- und Arbeitszimmer mit Schreibtisch, Computer, Faxgerät und Anrufbeantworter, einigen Sesseln und einem Fernsehapparat. Der Garten, der von hohen Ziegelmauern eingeschlossen war, um völlige Intimität zu gewährleisten, war schön angelegt; es gab eine Fülle blühender Pflanzen, einen Bistrotisch und Stühle. Die steinerne Statue einer nackten Frau, die sich niederbeugte, um ihre Füße abzutrocknen, verbarg sich halb in den Kletterpflanzen hinter einem kleinen Brunnen.

Sie bestellten beim Zimmerservice eine Mahlzeit und aßen. Danach blieb Cate sitzen, schaute in den Garten hinaus und trank den Rest aus ihrem Weinglas. Valentin beschloß, sich zu duschen. Er war noch keine zehn Minuten fort, als jemand an die Tür klopfte. Cates Herz tat einen Satz. Sie trank noch einen Schluck Wein und atmete tief ein. In einem solchen Hotel pflegten die Zimmermädchen nicht an die Tür zu klopfen, um sich zu erkundigen, ob sie die Betten aufschlagen sollten. Cate hatte auch nicht den Zimmerservice bestellt, um den Tisch abräumen zu lassen.

Sie nahm noch einen tüchtigen Schluck Wein, bevor sie durch den Salon zur Tür ging. Ihre Schuhe zog sie nicht an.

»Hallo«, sagte der erste Mann. Sein Gefährte stand dicht hinter ihm und schaute den Gang entlang.

»Ja?«

»Wir sind Freunde von Valentin. Ist er da?« Er lächelte liebenswürdig. Cates erster Eindruck war, daß er ziemlich groß war und einen gezierten Mund hatte, eine einigermaßen affektierte Art, mit geschlossenen Lippen zu lächeln. Er war blond, und sein Haar war modisch geschnitten, oben auf dem Kopf ziemlich lang. Sein glattes und fleckenloses Gesicht hatte gerötete Wangen, die aussahen, als sei er gerade geohrfeigt worden. Er trug einen beigefarbenen Maßanzug, der seinen Körper elegant und locker umspielte, und ein schwarzes, langärmliges Hemd aus gewirkter Baumwolle mit zugeknöpftem Kragen.

»Nun ja, im Augenblick steht er unter der Dusche.«

»Unter der Dusche.« Der Mann strahlte. »Valentin ist immer so *sauber*.« Er strahlte noch breiter. »Entschuldigen Sie«, sagte er. »Ich bitte um Verzeihung. Mein Name ist Anton Nakhimow, und dies« – er wies hinter sich, ohne sich umzuschauen – »ist Rudolf Bijkow.«

Beim Klang seines Namens sah Bijkow Cate an und lächelte. Er war blasser und schlanker als Nakhimow, und sein dunkles Haar wich auf der Stirn zurück. Er besaß weder den Charme noch die Ausstrahlung seines Partners; sein dunkler Geschäftsanzug mit dem weißen Hemd hätte in jeder Stadt der Welt unauffällig und anonym gewirkt. Während Nakhimows Teint fast Technicolorfarben hatte, war Bijkows Haut teigig und grau, wohl eher durch ein Versehen der Natur als durch Mangel an Sonne. Seine Lippen waren sehr schmal und von einem etwas dunkleren Grau als seine Haut; ein rötlicher Hauch war nur andeutungsweise zu erkennen.

»Nun«, sagte Nakhimow strahlend, »darf ich vielleicht fragen, mit wem ich spreche?«

»Äh… Catherine Miles«, sagte Cate.

»Eine Freundin von Valentin?«

»Äh, ja.«

»Sie wohnen während seines Aufenthalts hier bei ihm, nehme ich an.«

Cate nickte. »Ja, richtig.«

»Nun«, sagte Nakhimow und schaute grinsend auf seine Füße, »hätten Sie etwas dagegen, wenn wir auf ihn warten würden…

hier?« Er blickte wieder zu ihr auf. »Wir sind nämlich der Grund, warum er hergekommen ist.«

»Natürlich nicht«, sagte Cate und lächelte etwas dümmlich. »Tut mir leid. Ich hatte Sie einfach nicht erwartet.«

»Klar.« Nakhimow strahlte weiter und betrat das Zimmer fast schneller, als Cate zurückweichen konnte. »Wir hätten angerufen, aber wir dachten, Valentin wäre allein.«

Jetzt stand er im Zimmer, sah sich um, musterte den zweiten Raum, schaute in den Garten hinaus, machte sich ein Bild von der Situation, während Bijkow langsamer eintrat und nur Cate ansah. Sie schloß die Tür. Nakhimow fuhr herum, schob die Hände in die voluminösen Hosentaschen und strahlte.

»Wie lange kennen Sie Valentin schon, Catherine?«

»Oh«, sagte sie. »Ein Jahr vielleicht.« Sie nahm ihr Weinglas in die Hand. »Nicht länger.«

»Nicht länger.« Nakhimow nickte und musterte sie. »Und woher sind Sie? Aus New York?«

»Nein, nein. Ich wohne hier in Houston.«

»Ach?« Er zog seine blonden Augenbrauen hoch. »Eine Texanerin also. Ein Cowgirl«, fügte er gutgelaunt hinzu.

»Nicht direkt«, sagte sie, auf seinen scherzhaften Ton eingehend.

»Was machen Sie denn hier in Houston, Catherine?«

»Ich arbeite in einem Architekturbüro. In der Personalabteilung.«

»Wirklich? Welche Firma?«

»Guillen und Boardman.«

»Und was bauen Ihre Architekten?«

»Was immer die Kunden bezahlen wollen«, sagte sie. »Sie arbeiten international.«

»Aha, international«, gurrte er und grinste gezwungen, amüsiert über ihr Bemühen, ihren Arbeitgeber in bestem Licht zu zeigen und damit womöglich Eindruck auf ihn zu machen.

Er ging zu dem Rollwagen, auf dem ihr Abendessen serviert worden war. Die Reste zwischen den fleckigen Leinenservietten waren erkaltet. Er sah sich an, was übriggeblieben war.

»Und wie oft sehen Sie Valentin?«

Sie antwortete nicht gleich. Sie erinnerte sich noch einmal an Stepanovs Worte und an ihre Stellung. Sie war stark in Versuchung, diesen Kerl zurechtzustutzen.

»Immer, wenn er nach Houston kommt«, sagte sie und trank von ihrem Wein.

»Es ist also eine Art Party, wenn Valentin in die Stadt kommt«, sagte Nakhimow und hob mit den Fingerspitzen die Weinflasche aus dem Eiskübel, um das Etikett zu lesen.

»So könnte man sagen. Er amüsiert sich gern.«

Nakhimow ließ die Flasche los, und sie rutschte in den Kübel zurück.

»Und was machen Sie?« fragte Cate. Sie setzte sich in einen Plüschsessel, zog die Füße unter sich, nippte an ihrem Wein und brachte eine liebenswürdige Miene für Nakhimow zustande. »Sie sind auch Russen, nicht?«

»Allerdings«, sagte er. »Ich tue das gleiche wie Valentin. Hat er Ihnen gesagt, was er macht?«

»Darüber redet er nicht viel. Internationale Geschäfte oder so.«

»Richtig, Catherine. Wir sind Geschäftsleute und arbeiten weltweit.« Er sah auf seine Uhr. »International, genau wie Ihr Architekturbüro. Vielleicht könnten wir zusammen Geschäfte machen.«

Sie trank ihren Wein und sagte nichts. Während des ganzen Gesprächs schien Bijkow sich offensichtlich zu langweilen. Für ein paar Augenblicke schlenderte er in der Suite herum, trat dann in den Garten, betrachtete die Mauer, die ihn vom Nachbargarten trennte, und kam wieder herein. Er setzte sich in einen der Sessel und schlug ein Bein so über das andere, daß sein Fußknöchel auf dem Knie lag. Seine Socken waren zu kurz; zwischen Sockenrand und Hosenbein war ein Streifen weißer, unbehaarter Haut sichtbar. Cate nahm an, daß Nakhimow Kniestrümpfe trug.

»Ich hätte mir denken können, daß ihr das seid«, sagte Stepanov, der plötzlich an der Schlafzimmertür erschien. Er trug einen der weißen Hotelbademäntel mit Monogramm. Sein Haar war noch naß, aber glatt zurückgekämmt, sein Gesicht ebenfalls feucht. Er zündete sich eine Zigarette an, zog daran und steckte das Feuerzeug in die Tasche des Bademantels.

Nakhimow strahlte ihn an, die Hände wieder in den Hosentaschen. »Valentin«, sagte er, »wir haben uns gerade mit Catherine bekanntgemacht.«

Stepanov grunzte und zog an seiner Zigarette.

»Wie lange bist du denn schon da?« fragte Nakhimow.

»Wo ist dein Boß?« Stepanov ignorierte die Frage.

»Alles zu seiner Zeit«, sagte Nakhimow. »Wir wußten nicht, daß du einen Gast hast.«

Stepanov sah an Nakhimow und Bijkow vorbei und nickte.

Bijkow mit seinem teigigen Gesicht erwiderte das Nicken. »Valentin.« Seine Stimme war ein überraschend angenehmer Bariton.

»Schön, daß unsere Suiten sich gegenüberliegen«, sagte Nakhimow. Cate sah keinen Grund, warum er darauf hinwies.

»Bei der Anmeldung habe ich gesehen, daß noch eine Suite reserviert ist, Anton«, sagte Stepanov.

»Ich auch«, sagte Nakhimow.

Nun wechselte Stepanov ins Russische. *»Der Boß?«*

»Ich tue nur, was man mir gesagt hat, und man hat mir nicht gesagt, daß ich mich zu der anderen Suite äußern soll«, sagte Nakhimow.

»Was bedeutet, daß du auch nichts weißt.«

»Ich weiß, daß du keine Ahnung hast, Valentin. Das weiß ich.«

Das Telefon läutete und unterbrach das Gespräch. Cate nahm den Hörer ab, und alle wandten sich ihr zu.

»Die Telefonleitung ist sauber«, sagte Ann Loder, »aber nur für diesen einen Anruf. Benutzen Sie sie nicht wieder. Entschuldigen Sie sich. Tun Sie verlegen und sagen Sie denen, es sei privat. Wenden Sie sich ab und bleiben Sie, wo Sie sind – sie werden sich vermutlich weiter auf russisch unterhalten.«

Cate tat wie geheißen. Stepanov richtete seine Aufmerksamkeit wieder auf Nakhimow und sprach weiter.

»Der andere Bursche wird Ihrem Gespräch mit halbem Ohr folgen«, sagte Ann, »also machen Sie ab und zu eine Bemerkung. Sie müssen wissen, daß gerade eine Frau namens Olja Serowa angekommen ist. Nakhimows Reservierung war für sie, aber sie ist nach oben in Suite 316 gezogen. Ihr richtiger Name ist Irina Ismailowa. Sie ist die Frau, von der Leo uns erzählt hat, Sergejs frühere Geliebte. Wir wissen nicht, welche Rolle sie hier spielt.

Sagen Sie es Stepanov, wenn die anderen gegangen sind. Die wissen noch nicht, daß sie hier ist.«

Cate murmelte ein paar Sätze darüber, was eine Freundin über eine andere Freundin gesagt hatte.

»Leo möchte, daß Sie sich an die Frau ranmachen, wenn Sie können. Er vermutet, daß sie Krupatin bestimmt sehen wird. Fragen Sie Stepanov, ob er irgendwas über Bijkow weiß. Leo weiß nichts. Wir melden uns wieder.«

Plötzlich war die Leitung tot. Cate tat so, als unterhalte sie sich noch ein wenig, und legte genau in dem Moment auf, in dem Stepanov auf englisch zu Nakhimow sagte: »Ich würde mir nicht zuviel Mühe geben, ein Arschloch zu sein. Am Ende zahlt sich das selten aus.«

»Du mußt es ja wissen«, sagte Nakhimow.

»Ihr hört euch an wie zwei Tunten«, sagte Bijkow und zündete sich eine Zigarette an. »Ist doch keine neue Situation, daß wir nicht wissen, was von uns erwartet wird. Warum bleibt ihr nicht locker, bis ihr rausfindet, worüber ihr euch aufregen könnt?«

»Wenn ihr bloß gekommen seid, um eure Aufwartung zu machen«, sagte Stepanov, »dann betrachtet sie als gemacht. Habt ihr irgendwelche Nachrichten für mich?«

Cate fiel auf, daß sein Gesicht noch immer feucht war. Sie fragte sich, ob das noch vom Duschen kam oder ob er schwitzte.

»Keine Nachrichten«, sagte Nakhimow gebieterisch.

»Gut«, antwortete Stepanov in einem Ton, der unmißverständlich das Ende des Gesprächs bedeutete.

Irina hatte diesen Augenblick viele Male erlebt. In einen Hotelbademantel gewickelt, saß sie im Dunkeln am Fenster eines Hotels, in dem sie noch nie geschlafen hatte, und betrachtete die Lichter einer Stadt, in der sie noch nie gewesen war.

Sie trank Wodka und dachte an die Leute unten. Stepanov. Stepanov kannte sie nur zu gut. Im Lauf der Jahre hatte sie miterlebt, wie ihm Krupatins Oberherrschaft zu schaffen machte. Aber nur einer konnte an der Spitze stehen, und Krupatin hatte diese Position brutal für sich beansprucht. Nicht, daß das irgendeinen sichtbaren Unterschied machte. Auch Stepanov hatte mit einem einzigen Wort dafür gesorgt, daß eine Menge Leute starben. Bevor sein Wort solches Gewicht besaß, hatte er die Arbeit selbst erledigt.

Grigorij Izwarin war nicht sehr verschieden von Stepanov, aber er gehörte einer neuen Generation an. Er war jung, sah gut aus und war vom KGB vor dem Zusammenbruch glänzend ausgebildet worden; er repräsentierte Krupatins Vorhut. Er war klug genug, ab und zu seinen Verstand zu benutzen, aber er war ungeduldig und neigte zur Brutalität.

Walerij Wolkow. Noch eine Variation des gleichen Themas; inzwischen kannte sie die Musik sehr genau.

Natürlich hatte Stepanov eine Frau bei sich. Er schleppte Frauen mit, wohin er auch ging, oder gabelte sie auf, wo er zufällig gerade war. Auch das hatten er und Krupatin gemeinsam.

Das Telefon läutete. Irina rührte sich nicht. Sie nahm noch einen Schluck von dem klaren Wodka. Das Telefon läutete in der Dunkelheit, und sie hörte zu, wie es klingelte, klingelte, klingelte. Sie hob das Handgelenk und schaute auf ihre Uhr. Mittlerweile würde der übereifrige Izwarin ihre Ankunft entdeckt haben. Und Stepanov würde davon wissen. Inzwischen hatten sie wohl miteinander geredet, diese beiden Kreaturen. Sie waren vermutlich durcheinander, weil der Name einer Frau auf dem Anmeldeformular stand. Und sie würden argwöhnisch sein, weil sie das oberste Stockwerk bezogen hatte.

Der Wodka beruhigte sie allmählich, dämpfte ihre Nervosität, machte sie gleichgültiger. Bei Wodka und Dunkelheit konnte sie sich zurückziehen, in einem Schoß Zuflucht suchen, von dem aus sie nur die Lichter der Stadt, aber nicht deren Bosheit sehen konnte.

DREIUNDDREISSIG

Die Bar war überfüllt mit Leuten, die Cocktails tranken, während sie auf ihren Tisch im Restaurant warteten. Das Lokal war beliebt, ein Ort, an dem man sich sehen ließ, schick und ungeheuer »in«.

»War fast wie in alten Zeiten, zu Anfang der achtziger Jahre«, sagte die Brünette, nahm den Plastikzahnstocher mit der Olive aus ihrem Glas, kostete den Martini und nahm dann einen tiefen Schluck. Sie schnippte die Asche von ihrer Zigarette und drehte sich um, um den Mann auf dem Barhocker hinter ihr anzustarren, der sie gerade angestoßen hatte, ohne es auch nur zu merken.

»Bestimmt ein Wahnsinnsmonat für dich«, sagte ihre Freundin. Die beiden Frauen saßen sich einander gegenüber, die Ellbogen auf die Bar gestützt, die langen Beine übereinandergeschlagen. Ihre Rocksäume bedeckten nur die Hälfte der Oberschenkel, und sie steckten die Köpfe zusammen, um sich zu unterhalten.

»Hältst du das für möglich? *Ich* nicht. Unglaublich.« Sie zog an ihrer Zigarette und hinterließ frisches Rot auf dem Filter. »Weißt du noch? Vor ein paar Jahren hatte ich doch diesen Deutschen. Der kam in die Stadt und kaufte Immobilien für einen Kunden, der ›nicht genannt werden wollte‹. Er bezahlte wahrhaftig auf der Stelle den vollen Preis, schrieb einen Scheck auf eine Bank in Brüssel aus.«

»Aus London – der Typ war aus London und hat eine Wohnung in den Amberson Towers gekauft.«

»Ja, genau. Anderthalb Millionen hat er dafür bezahlt, zack, bumm.«

»Meine Güüüte…« Ihre Freundin zog das Wort neidisch in die Länge.

»Also, er ist wieder in der Stadt.« Die Brünette hielt zwei gekreuzte Finger hoch. »Und ich zeig ihm noch ein paar Spielsachen.«

»Allmächtiger, ich wünschte, ich hätte auch mal so 'nen dicken Fisch – einen, der immer wieder kommt und mehr will.«

Die Zweideutigkeit war unbeabsichtigt, und als beiden klar war, was sie gesagt hatte, brachen sie in Gelächter aus.

»Aber ich sag dir was«, sagte die Brünette dann, zog an ihrer Zigarette und bog das Handgelenk nach hinten, den Ellbogen auf der Bartheke. Sie sprach durch den Rauch. »Die ganze Sache war ein bißchen eigenartig. Nachdem dieser Typ die Wohnung in den Amberson Towers gekauft hatte, hat er einen Engländer beauftragt, sie auszubauen. Er wollte keinen von den Architekten, die auf der Amberson-Liste standen, nein, kein Gedanke – er nahm seine eigenen Leute. Ließ sie einfliegen und *alle* Außenwände mit Bleifolie verkleiden. Abhörsicher. Ich meine, die rollten das Zeug einfach aus wie Tapete. Hast du eine Ahnung, wie teuer das ist? *Unglaublich* teuer! Dann klebten sie eine Schicht aus Rigipsplatten drüber und strichen sie an. Neue Zierleisten. Sagenhaft.«

Ihre Freundin zupfte an dem Rocksaum, der noch weiter hochgerutscht war und fast ihre ganzen Oberschenkel freigab.

»Außerdem ist dieser Kunde auch noch ein Computerfreak«, sagte die Brünette und nahm eine mit Cayennepfeffer gewürzte Brezel. »Also kam noch ein Spezialteam. Einen Monat oder so haben die gebraucht, um irgendwelche besonderen Sachen zu installieren. Er hat Angst vor ›Hackern‹, deswegen hat er besondere Verschlüsselungsvorrichtungen einbauen lassen.« Sie biß in die Brezel und kaute. »Irgend so ’n digitales Zeug, ich weiß nicht. Das gleiche mit den Telefonen. Lauter Spezialapparate, ganz sicher, erste Qualität. Muß einen Haufen Geld gekostet haben.«

»Hast du den Typ jemals gesehen?«

»Nein, nie.« Sie schüttelte den Kopf, schlürfte von ihrem Drink, zog an ihrer Zigarette und blies Rauch in die ohnehin verqualmte Luft über der Bar. »Kenn auch keinen, der ihn je getroffen hat. Um ehrlich zu sein, ich glaub nicht mal, daß diese Mittelsmänner ihn je gesehen haben. Als wenn er Jack Nicholson wäre oder so. Läßt alles unter dem Namen von jemand anderem machen, so, wie er’s haben will, und eines Tages setzt er sich ’ne Sonnenbrille auf, fährt in die Garage, nimmt den Lift nach oben, und da ist er. Zum Teufel, er könnte ein Jahr dort wohnen, ohne daß es einer merkt, wenn ihn nicht zufällig jemand kommen oder gehen sieht. Und du würdest den Typen nicht mal erkennen, wenn du ihn sehen würdest. Ich meine, er ist nicht berühmt, bloß reich.« Sie nahm einen weiteren großen Schluck aus ihrem Glas.

»Du kennst also noch nicht mal seinen Namen. Den ganzen Kauf haben seine Anwälte und Bankiers abgewickelt. Du kennst bloß die Leute in London.«

»Du hast’s erfaßt. Stimmt genau. Weißt du, es kommen wieder ’ne Menge solcher Leute nach hier. Alle möglichen Araber. Franzosen. Mexikaner. Kanadier. Deutsche. Japaner. Sieht wahrhaftig aus, als ob die Lage besser würde.«

Sie hielt inne, sah sich um und schaute stirnrunzelnd in das Restaurant hinunter. »Herrgott, was ist jetzt mit unserem Tisch?«

»Ich war überrascht«, sagte Izwarin, während er ungeduldig durch den Korridor der Haupthalle des Château Touraine eilte. »Ich dachte, Valentin wüßte, wer die andere Suite bekommen würde.«

»Vielleicht weiß er's und hat bloß nichts gesagt«, meinte Wolkow. »So hast du es mit ihm doch auch gemacht.«

»Dieser Wichser. Was hältst du von seiner Freundin?«

»Sehr hübsch. Gute Titten.«

»Titten.« Izwarin ließ die Augen rollen.

Es war noch relativ früh am Abend, und die Halle des Touraine war alles andere als leer. Doch trotz des Gewimmels der ein und aus gehenden Gäste brauchte Izwarin seine schlanke, elegante Gestalt nur der Rezeption zuzuwenden, und schon eilte das Hotelpersonal auf ihn zu wie ein Schwarm Heringe.

»Ja, Mr. Nakhimow?« sagte die junge Frau, die blauen Augen auf ihn gerichtet, nur von dem Wunsch beseelt, ihm gefällig zu sein. Innerlich war Izwarin stolz darauf, daß sie seinen Namen kannte.

»Ich hätte gern gewußt, ob mein Kollege schon eingetroffen ist.«

»Ja, allerdings. Die Dame hat sich vor einer halben Stunde angemeldet.«

Die Dame?! Nakhimow schaffte es, keine Miene zu verziehen.

»Nun, ich habe nicht auf ihren Namen reserviert, weil ich nicht wußte, wen die Zentrale schicken würde«, sagte er und bot der Frau so Gelegenheit, ihm behilflich zu sein.

»Aha, ich verstehe.« Sie ging zum Computer, drückte ein paar Tasten, wartete eine Millisekunde. Lächelnd blickte sie auf.

»Miß Serowa. Olja Serowa.«

»Wunderbar.« Nakhimow strahlte.

Am Eingang zur Halle hatte der aufmerksame Portier Izwarins Wagen schon vorfahren lassen, als dieser gerade den unteren Treppenabsatz vor der Tür erreicht hatte.

Izwarin gab dem jungen Mann, der den Wagen gebracht hatte und ihm die Tür aufhielt, ein Trinkgeld. Dann setzte er sich hinter das Steuer. Wolkow stieg auf der Beifahrerseite ein, und der gemietete schwarze Cadillac surrte leise durch das schmiedeeiserne Tor und den Tunnel aus dunklen Kiefern auf die offenen Straßen der Stadt.

»Wer zum Teufel ist Olja Serowa?« platzte Izwarin heraus, als sie das Eisentor hinter sich hatten.

»Wer?«

»Olja Serowa! Sie hat die reservierte Suite genommen.«

»Eine Frau?«

»Ja! Eine Frau, ja. Hast du je von ihr gehört?«

»Nein. Den Namen Serowa habe ich noch nie gehört«, sagte Wolkow.

»Und sie hat die Suite gewechselt!« Izwarin war aufgebracht. »Was macht Sergej bloß? Hat er *auch* seine Freundin mitgebracht? Die Suite zu wechseln! So ein anmaßendes Miststück! Wenn wir zurückkommen, gehe ich nach oben und stelle fest, was da los ist.«

»Das würde ich mir zweimal überlegen, Gori«, sagte Wolkow.

»Was zum Teufel soll das heißen?«

»Ich sage bloß, wenn er gewollt hätte, daß du Verbindung mit ihr aufnimmst, dann hätte er dir das gesagt. Ich würd's nicht tun.«

»Du wirst es auch nicht tun«, sagte Izwarin scharf. »*Ich* werde es tun.«

»Na dann – nur zu!«

Beide Männer hatten die Strecke auswendig gelernt. Zuerst fuhren sie gemächlich mit gleichbleibender Geschwindigkeit und ohne zwischendurch zu bremsen, als suchten sie nach dem Weg. Dann fingen sie an, eventuelle Verfolger abzuschütteln.

Sie brauchten anderthalb Stunden, für einen solchen Vorgang durchaus nicht ungewöhnlich. Zuerst durchliefen sie die ganze Routine von Abbiegen und Umkehren, indem sie in Einfahrten und Sackgassen einbogen. Dann fuhren sie auf den South Loop und umfuhren die Stadt auf der Südseite bis Almeda, wo sie sich nach Südwesten wandten und eine Straße nahmen, die aus der Stadt hinaus und ins flache Umland führte – einzelne Häuser, Felder, nur wenige Seitenstraßen. Eine ausgezeichnete Gegend, um Verfolger zu ertappen. Als sie die Stadt wieder erreicht hatten, bogen sie in ein vornehmes Wohnviertel nicht weit von ihrem Hotel ein und hielten auf dem Parkplatz eines Fitneßclubs.

Izwarin wartete im Wagen, während Wolkow eine schwarze Sporttasche nahm und über den Parkplatz in den Club ging. Das Gebäude war hell erleuchtet, neu und luxuriös. Überall Spiegel und Glaswände, damit man die Räume mit den Gewichten, die Squash-Plätze, eine Saftbar, eine Laufbahn und einen Pool sehen konnte. Es war so spät, daß sich nur noch wenige Personen im Club aufhielten: zwei im Gewichteraum, ein Paar an der Saftbar, ein einzelner Mann, der seine Bahnen schwamm.

Wolkow wußte genau, wohin er zu gehen hatte. Er marschierte am Empfangstisch und am Massageraum vorbei zum Umkleidebereich für Männer. Ohne Zögern ging er an einem einzelnen Mann unter den Duschen vorbei und zu einem abgeteilten Bereich am hinteren Ende der Herrenumkleideräume.

Er nahm einen Schlüssel aus der Tasche und öffnete Spind Nr. 276. Der Spind enthielt eine Sporttasche, die genauso aussah wie die, die er bei sich hatte. Er vertauschte die beiden Taschen und ging den gleichen Weg zurück, den er gekommen war. Die Tasche war schwer. Er mußte sich anstrengen, natürlich zu gehen, damit ihr Gewicht nicht auffiel.

Als er die Eingangstür fast erreicht hatte, blieb er stehen, ging ein paar Schritte zurück und trat in eine Telefonzelle, die hinter Palmen halb verborgen war. Er steckte eine Münze in den Schlitz und wählte eine Nummer. Er wartete und legte den Hörer auf. Dann steckte er wieder eine Münze ein und wählte erneut. Der Teilnehmer antwortete, und er führte ein kurzes Gespräch, bevor er ohne weitere Verzögerung zu dem schwarzen Cadillac zurückging.

»Hast du's?« fragte Izwarin, als Wolkow die Tür zuschlug.

»Ja.«

Izwarin ließ den Motor an. »Du hast länger gebraucht, als ich gedacht hatte.«

»Ich habe zwei Frauen gesehen, die sich an diesen Gewichtmaschinen gegenseitig halfen. Sie hatten bunte, enge Trikots an, und eine von den beiden hob Gewichte, auf und ab, auf und ab. Sie hatte diese wunderbaren Titten.«

»Mach die verdammte Tasche auf«, grollte Izwarin.

Wolkow grinste und zog den Reißverschluß auf. »Okay«, sagte er, während er in die Tasche schaute, »wir haben zwei TEC-9 mit 36schüssigem Magazin, zwei Smith & Wesson 659. Ein halbes Dutzend Schachteln Black Talons.«

»Na ja, wenigstens das stimmt«, sagte Izwarin.

Sie machten sich auf den Rückweg zum Château Touraine und fuhren eine Zeitlang schweigend. Im Wagen breitete sich der metallische Duft von Stahl und Blei aus.

»Ich denke, Stepanov hat von ihr gewußt«, sagte Izwarin, den Faden von zuvor wieder aufnehmend. »Er wußte Bescheid. Deswegen hat er seine eigene Freundin mitgebracht.«

»Stepanov hat immer irgendwelche Frauen, Gori. Das weißt du.«

»Aber hier läuft irgendwas Großes, und ich kann nicht glauben, daß er dazu eine Frau mitgebracht hätte, wenn er nicht gewußt hätte, daß diese Serowa kommt.«

»Du meinst also, daß sie bloß Sergejs Bettgefährtin ist?«

»Was denn sonst? Ich glaube nicht, daß er anfangen würde, irgendwelche Operationen Frauen zu überlassen. Ich bin sauer, daß sie da ist, aber sie macht mir keine Sorgen. Mich beunruhigt, daß Stepanov Bescheid weiß, was hier läuft, und ich nicht. Warum hat Sergej mich nicht informiert? Was ist das hier für eine Situation, daß er mit Valentin reden kann und mit mir nicht?«

Wolkow schüttelte den Kopf. »Du hörst dich an wie eine eifersüchtige alte Tunte, Gori.«

»Fick dich doch ins Knie.«

»Sieh mal, wir sind hier. Wir haben unsere Positionen. Wir wissen, wo wir stehen. Wir sind alle Leutnants. Mach dich doch nicht verrückt, bloß weil du Sergejs Gedanken nicht lesen kannst. Das kann keiner von uns. Also sei locker.«

Izwarin war zwar nicht gerade locker, aber er verfiel zumindest in brütendes Schweigen, als sie wieder das Tor des Touraine passierten und das goldgelbe Licht des Eingangs erreichten.

Stepanov schloß die Tür hinter Nakhimow und Bijkow, wandte sich Cate zu, hielt den Zeigefinger senkrecht vor den Mund und zeigte auf das Schlafzimmer.

»Hör mal«, sagte er, »warum nimmst du nicht eine Dusche? Danach besorgen wir uns einen Drink oder so.«

Er ging ins Bad, drehte die Dusche auf, kehrte dann ins Schlafzimmer zurück und zog die Tür hinter sich zu. Obwohl er wußte, daß das Zimmer von Jernigans Technikerteam regelmäßig auf Wanzen untersucht wurde, trat er dicht an Cate heran und sprach in heiserem Flüsterton.

»Was zum Teufel war das für ein Anruf?« krächzte er.

»Das war Ann…«

»Sind Sie verrückt? Das war verflucht riskant!«

»Hör zu«, sagte Cate und wich einen Schritt zurück, »dieses Bühnenflüstern ist unnötig. Das war wichtig. Sie wollte dich wissen lassen, daß die zusätzliche Suite von einer Frau bezogen worden ist.«

»Einer Frau?« Stepanov kniff verwirrt die Augen zusammen.

»Sie hat sich als Olja Serowa eingetragen, aber sie haben sie als Irina Ismailowa identifiziert.«

Stepanovs Augen veränderten sich, blickten einen Moment angespannt, ohne daß sein Gesichtsausdruck wechselte.

»Unglaublich«, sagte er und schaute zur Seite, während er nachdachte. Dann wandte er sich wieder an Cate. »Weißt du über diese Frau Bescheid?«

»Ometow hat mich informiert.«

»Okay. Das ist wirklich sehr seltsam.« Er drehte den Kopf zur Seite und wischte sich mit dem Ärmel des Bademantels das Gesicht ab. »Weißt du was? Ich glaube, Krupatin wird überhaupt nicht hier auftauchen.«

»Warum?«

Stepanov wandte wieder den Blick ab, als könne er nicht nachdenken, wenn er sie ansah. Aus der Nähe bemerkte sie winzige Pockennarben in den tiefen Falten zu beiden Seiten seines wenig anziehenden Mundes.

»Ich war sehr überrascht«, sagte er, »daß Izwarin anscheinend genausowenig weiß wie ich. Ich bin sicher, daß er von der Ismailowa auch nichts wußte.« Er wandte sich um, ging zu einer Kommode, nahm ein Päckchen Zigaretten und zündete sich eine an. »Was da passiert, ist ziemlich beunruhigend. Ich komme nicht dahinter.«

»Leo will wissen, ob du Bijkow kennst. Weißt du irgendwas über ihn?«

Stepanov nickte und inhalierte den Rauch seiner Zigarette. Langsam, wie bei Marihuana, stieß er ihn wieder aus.

»Walerij Wolkow.« Wieder wischte er sein Gesicht ab. »War früher auch beim KGB. Sabotageexperte in Afghanistan. Vor Jahren hat Sergej ihn die Drogenrouten aus Afghanistan, Tadschikistan, Kasachstan und Iran organisieren lassen. Er war auch verantwortlich für die Geldzahlungen an radikale islamische Gruppen in Pakistan, die überall auf der Welt Chaos stifteten. Immer wenn Krupatin irgendwelche Rivalen blutig beseitigte, mußten sie den Anschein wecken, daß es ein Terroranschlag war. Man konnte diese Leute manipulieren, und darin war Wolkow sehr gut. Er hat also die meiste Zeit Krupatins Geschäfte im Osten erledigt. Wahrscheinlich hat Leo ihn deshalb nie getroffen.«

Stepanov schüttelte den Kopf und fing an, im Zimmer auf und ab zu gehen. »Was immer Sergej vorhat, er hat dazu ein eigenartiges Team zusammengestellt.«

»Leo hat mir erzählt, daß Irina Ismailowa verschwunden war«, sagte Cate.

»Vielleicht für Leo, aber nicht für Sergej«, sagte Stepanov. »Nicht lange jedenfalls. Als sie untertauchte, um in Zürich diese Drogentherapie zu machen, konnte sie sich fast zwei Jahre lang vor ihm verstecken. Aber dann hat er sie gefunden.«

Er ging vor den Glastüren zum Hof hin und her und sah dabei aus wie eine Gestalt in einem Museumsdiorama.

»Und sie hatte ein Baby?«

»Ja, ein Baby.«

«Von Krupatin?«

»Weiß ich nicht. Vielleicht.« Er zuckte mit den Schultern. Das Baby interessierte ihn nicht. »Dann verschwand sie wirklich.«

»Wie meinst du das?«

»Sergej nahm das Baby und brachte es bei irgendwelchen Leuten unter, und Irina verschwand einfach. Ich weiß nicht, was mit ihr passiert ist. Sie wurde zu einem weiteren Geheimnis von Sergej.« Er zog an seiner Zigarette. «Scheiße, Sergej hat verdammt viele Geheimnisse.«

Cate sah, wie Stepanov verstummte; die Zigarette in seiner Hand brannte herunter, während er vor sich auf den Boden starrte.

»Mir scheint, die Dinge entwickeln sich nicht so, wie du gedacht hattest, oder?« fragte Cate.

»Ach«, sagte Stepanov, seine Besorgnis abschüttelnd, »das ist es nicht. Man weiß nie, wie die Dinge sich entwickeln, wenn Sergej beschließt, eins seiner Zauberkunststückchen durchzuziehen. Er hat eine Vorliebe für solche Methoden, und wenn man ihn lange genug kennt, erschüttert einen das nicht.« Er hielt inne und rauchte, eine Hand in die geräumige Tasche seines Bademantels gestemmt. »Außer natürlich, wenn man auf den Gedanken kommt, daß man selbst nicht Teil des Plans, sondern dessen Ziel ist.«

Wieder lächelte er sie grimmig an. Er hob die Hand mit der Zigarette und schlug sich an die Brust. »So geht's mir im Augenblick, Catherine. Ich frage mich, ob mich hier eine schreckliche Überraschung erwartet.«

Cate betrachtete ihn einen Moment, beobachtete, wie er wieder in tiefes Nachdenken versank. Sie versuchte, sich an Hains Stelle zu versetzen. Was würde Hain in diesem Augenblick wissen wollen? Welche Fragen konnte sie Stepanov stellen, die die anderen ihm noch nicht gestellt hatten? Auf welche Fragen würde er vielleicht antworten, wenn sie sie stellte statt Hain und Loder? Welche Fragen könnte er jetzt infolge der Entwicklung der letzten zwei Stunden beantworten, die er vorher vielleicht nicht beantwortet hatte? Plötzlich kam ihr ihre Verantwortung, Informationen zu gewinnen, erschreckend vor.

»Valentin«, sagte sie und bemühte sich, wie eine Frau zu klingen und nicht wie eine Agentin, versuchte, die Eigenschaften einzusetzen, derentwegen sie überhaupt ausgewählt worden war, »ich gehe jetzt duschen.«

Er nickte, hörte ihr aber nicht wirklich zu. Cate ging zum Wandschrank, in den sie beide ihre Kleider gehängt hatten, und begann sich auszuziehen. Erika hatte gesagt, sie solle versuchen, Stepanov gegenüber locker zu bleiben, und ihr war klar, daß sie sich zugänglicher zeigen mußte, wenn sie wollte, daß er ihr verriet, was er dachte.

Sie zog ihre Bluse aus und hängte sie auf einen Bügel. Sie öffnete den Taillenverschluß an ihrem Rock und ließ ihn auf den Boden fallen, ehe sie ihn ebenfalls aufhängte. Dann zog sie ihre Strumpfhose aus. Nur in Slip und BH ging sie ins Badezimmer und zog die Tür nur halb hinter sich zu. Sie legte ihre Unterwäsche ab und trat unter die Dusche, die noch immer lief, seit Stepanov sie vor fünfzehn Minuten aufgedreht hatte.

Während sie duschte, behielt sie die halb geöffnete Tür im Auge, und mit der Vorhersagbarkeit einer Kompaßnadel erschien Stepanov in der Öffnung, nicht direkt an der Tür, sondern ein Stückchen dahinter. Von da aus beobachtete er sie, und sie beobachtete ihn, wie er dastand, eine Hand in der Bademanteltasche, die andere ab und zu hebend, um an seiner Zigarette zu ziehen. Sie versuchte nicht, irgend etwas vor ihm zu verbergen, nicht einmal die Tatsache, daß sie seinen Instruktionen gefolgt war und sich zwischen den Beinen rasiert hatte.

Als sie fertig war und aus der Dusche kam, verschwand er, und sie trocknete sich unbeobachtet ab. Sie hüllte sich in ihren Bademantel und ging ins Schlafzimmer. Stepanov war nicht da. Sie trat an die Tür und sah ihn im Wohnraum, wo er einen Drink mixte.

»Was machst du?« fragte sie.

»Gin und Tonic«, sagte er. »Viel Gin und wenig Tonic. Möchtest du was?«

»Ich nehme auch einen«, sagte sie. »Aber…«

»Weniger Gin und mehr Tonic.«

»Richtig.«

Sie bemerkte, daß der Rollwagen vom Zimmerservice abgeholt worden war, doch noch immer lag ein schwacher Duft von Essen in der Luft. Sie setzte sich auf das Sofa, aber als Stepanov sich umdrehte, wies er mit dem Kopf in Richtung Schlafzimmer.

»Komm«, sagte er und ging hinein.

Cate schluckte schwer, stand vom Sofa auf und folgte ihm. Er machte hinter ihr die Tür zu, reichte ihr ihren Drink und setzte sich dann in einen der Armstühle vor den Fenstertüren, die auf den Garten hinausgingen. Sie nahm den Stuhl ihm gegenüber. Er sah sie an und hob sein Glas, als wollte er ihr zuprosten. Sie tat das gleiche, und beide tranken.

»Wie schmeckt es?« fragte er.

»Perfekt. Danke.«

Stepanovs Haar, das er noch naß vom Duschen nach hinten gekämmt hatte, war inzwischen getrocknet und lag nicht mehr glatt am Kopf, sondern fiel ihm locker über Ohren und Stirn.

»Das ist eine verteufelte Situation«, sagte er.

Sie zuckte mit den Schultern. »Eigentlich weiß ich nicht genau, was für eine Situation das ist. Ich tappe ziemlich im dunkeln.« Sie trank einen Schluck. »Um ehrlich zu sein, ich fühle mich ein bißchen verunsichert. Das … Na ja, all das kommt mir, wie soll ich sagen, fast zufällig vor, nicht sehr gut geplant. Ich habe nicht gewußt, wie sehr man sozusagen nach Gehör spielen muß.«

»Du hast noch nicht oft verdeckt gearbeitet«, sagte er. »Das dachte ich mir.«

Sie sah ihn an. »Und was empfindest du dabei?«

»Es macht mir eine Scheißangst.«

»Warum hast du Ann oder Ometow nichts gesagt? Es gab noch andere Frauen.«

»Nein, die anderen wären unsichere Kandidatinnen gewesen. Mit dir ist es eine sichere Sache.« Er nahm einen so großen Schluck von seinem Drink. Er schaute sie an und behielt das Getränk einen Augenblick im Mund, ehe er endlich schluckte.

»Du redest von mir wie von einem Köder«, sagte sie.

Er nickte. »Ich weiß bloß nicht, wie du reagieren wirst, wenn der Haifisch zubeißt.« Er hob den Kopf. »Wenn du erfahrener wärst, würdest du das begreifen. Der Ausdruck ›nach Gehör spielen‹ gefällt mir wirklich. So ist es nämlich. Du hast dieses Ziel, weißt du. In unserem Fall wollen wir wissen, wie viele von Krupatins Zwiebelschalen wir abschälen können. Und dann mußt du den Entschluß zum Angriff fassen. Alles dazwischen muß nach Gehör gespielt werden.«

Er sah sie an. Er hielt das Glas in einer Hand, und mit Daumen und Zeigefinger der anderen strich er am Glas entlang abwärts und wischte das Kondenswasser ab: eine kontinuierliche Geste.

»Manchmal«, sagte er, »haben die Menschen, mit denen du spielst, kein musikalisches Gehör. Aber das merkst du erst, wenn's zu spät ist. Und dann sterben Leute.«

Cate sah ihn an und schlürfte ihren Drink. »Was meinst du, wo ich bei ihm am ehesten einen Fehler mache?«

Er musterte sie. »Vielleicht bist du zu schlau, und er glaubt dir nicht. Vielleicht interessierst du dich zu sehr für ihn.«

»Er sieht gut aus.«

»Du kannst ihn bemerken, ihn spüren lassen, daß du ihn bemerkt hast, aber geh nicht auf ihn zu. Laß ihn zu dir kommen. Du kannst seine Aufmerksamkeit genießen. Das ist eine natürliche Reaktion, aber ich würde ihm keinerlei Fragen stellen, wie harmlos sie dir vielleicht auch vorkommen. Was du sagst und was er hört, sind zwei verschiedene Sachen.«

»Aber eben hast du gemeint, daß er vielleicht überhaupt nicht kommt.«

Ungeduldig wandte er den Kopf ab. »Hör zu, ich hab laut gedacht. Ein Fehler. Er wird zweifellos hier sein – das bestätigen Izwarin und Wolkow. Und Irina. Alles deutet darauf hin.«

Er nahm einen Schluck von seinem Gin und schaute auf ihre nackten Füße; sie war nicht sicher, ob er sie sah. Er dachte nach, und vielleicht starrte er sie einfach nur an, ohne sich dessen bewußt zu sein.

»Nehmen wir an«, sagte Stepanov, »nehmen wir einfach mal an, daß Krupatin meine … neue Situation entdeckt hat und mich umbringen will. Was dann? Will er mich durch einen der beiden anderen ersetzen? Izwarin? Wolkow?« Er schüttelte den Kopf. »Keiner von denen hat irgendwelche Erfahrungen mit Amerika. Ich schon. Deshalb bin ich hier.« Er trank noch einen Schluck. »Wahrscheinlicher ist, daß er mich verdächtigt. Vielleicht. Diese beiden Männer sind hier, um sich umzusehen. Izwarin würde mich ohnehin gern verschwinden sehen, also wird er natürlich sagen, ja, ja, dieser Mistkerl ist ein Verräter. Bei Wolkow weiß ich nicht. Er scheint nicht so ein Speichellecker zu sein wie Izwarin.«

Er hob sein Glas und trank den Gin aus.

»Und was ist mit Irina?«

»Irina«, sagte Stepanov, »ist ein Rätsel.« Doch das schien ihn nicht zu stören. Es schien ihm auch keine Angst zu machen. Er betrachtete sein leeres Glas.

»Möchtest du noch einen?« fragte er, das Glas hebend.

FÜNFUNDDREISSIG

Als in Irinas Suite die Türglocke läutete, fuhr sie aus dem Schlaf auf. Sie war auf dem Sofa eingeschlummert, nur in ihren Bademantel gehüllt. Als sie aufwachte, war ihr kalt, und sie war nicht ganz sicher, was sie gehört hatte. Da läutete die Türglocke erneut.

Sie erwartete Stepanov oder Izwarin, stand auf, zog den Gürtel ihres Bademantels fest und ging durch das Schlafzimmer zur Tür. Als sie öffnete, standen zwei dunkle Männer vor ihr, von denen einer den Finger an die Lippen hielt. Er war sehr jung und sah gut aus. Italiener.

Die beiden Männer kamen ins Zimmer, und Irina schloß die Tür. Einer der jungen Männer beugte sich zu ihr.

»Bitte, Don Carlo und der Chinese möchten Sie sehen«, sagte er langsam und leise; sein Atem war warm an ihrem Ohr. »Bitte, sprechen Sie nicht. Ziehen Sie sich an. Bei uns werden Sie sicher sein.«

Und sie wußte, daß das stimmte.

Sie eskortierten sie den Gang entlang zu einer Treppe und folgten ihr dann in den Keller, durch den sie die Hotelküche erreichten. Von da aus war es nur ein kurzer Weg bis zu den Laderampen auf der Rückseite des Touraine, wo sie alle drei durch die geöffneten Türen in einen Wäschereiwagen stiegen. Der Lieferwagen startete und verließ das Hotelgelände, und nach zehn Minuten bogen sie in die Tiefgarage eines Hotels in der Nähe des Greenway Plaza ein. Als der Wäschereiwagen hielt, stiegen sie aus und setzten sich in einen dunklen Mercedes. Der Fahrer ließ den Motor an, und sie fuhren das Gewirr von Rampen hinauf und verließen die Tiefgarage.

Da sie die Stadt nicht kannte, hatte Irina keine Ahnung, wohin sie fuhren. In dem großen Wagen war es dunkel. Einer der jungen Männer saß vorn beim Fahrer, der andere mit ihr auf dem Rücksitz, ganz in seine Ecke gedrückt. Es waren Bontates Sizilianer. Ein Funkgerät gab ab und zu kurze Signale. Keiner sprach. Sie nahmen ihren Job sehr ernst.

Sie blieben zwar in der Stadt, fuhren aber anscheinend meilenweit durch dicht mit Bäumen bestandene Straßen. Zu beiden Seiten der Scheinwerfer ragten hohe Mauern auf, und sie passierten Einfahrten mit in das Gemäuer eingelassenen Lampen, die ein sanftes Licht gaben. Der Wagen verlangsamte und glitt dann durch mehrere schmale Tore. Irina sah Wachleute, die in den grünen Schatten von Gartenlaternen standen.

Sie hielten vor der Eingangstür eines modernen Hauses, das zwischen alten Bäumen stand. Die eckige Fassade war auf merkwürdige Weise von hinten erleuchtet, so daß es sein Inneres hinter einer flachen Front, in die einfache geometrische Muster eingelassen waren, zu verbergen schien.

Die jungen Männer führten Irina drei kurze Treppen mit je drei Stufen auf einem gedrungenen Fundament hinauf und betraten das Haus durch eine Tür, die im rechten Winkel zur Fassade lag. Sie kamen in eine hohe, gewölbte Halle; eine Treppe mit sieben roten Granitstufen führte auf eine andere Ebene. Zu beiden Seiten der Treppe nahmen Wasserfälle den restlichen Raum der riesigen Eingangshalle ein; jeder fiel über abgestufte Terrassen aus poliertem schwarzen Granit, die drei Meter hoch und leicht doppelt so breit waren. Obwohl das Wasser nicht allzu schnell über den Granit rann, erzeugte sein bloßes Volumen ein widerhallendes, weiches Gurgeln und war akustisch so faszinierend, daß sie auf nichts anderes mehr achtete.

Irina folgte den beiden Sizilianern die Stufen hinauf und einen breiten, geraden Gang mit indirekter Decken- und Bodenbeleuchtung entlang. Die bleichen Lichtstrahlen von oben und unten liefen bald am anderen Ende des Gangs zusammen, wo ein riesiger, steinerner Kreis in die Wand eingelassen war und man entweder nach rechts oder links abbiegen mußte. Doch bevor sie die Hälfte des Korridors hinter sich gelassen hatten, wandten sie sich zur

Seite, wo zwei rote Türflügel auseinanderglitten und in den Wänden verschwanden. Irina wurde in einen tieferliegenden, großen rechteckigen Raum geführt, wo Wei Tsing und Carlo Bontate inmitten mandarinroter, moderner Möbel saßen.

Wei erhob sich und kam auf sie zu, stieg drei Stufen hoch und küßte ihr die Hand.

»Willkommen in meinem Heim«, sagte er und hielt ihre Hand, als sie in den Wohnraum hinuntergingen.

Bontate stand auf, als sie näher kamen. Er trug einen eleganten Anzug. Er sah recht gut aus mit seiner sonnengebräunten Haut, die sich von dem dunklen Anzug und dem weißen Hemd abhob. Sein Haar war sorgfältig geschnitten, und seine bernsteinfarbenen Augen musterten sie, während er sich erhob und ihr die Hand reichte. Er lächelte nicht, aber seine schönen Augen schauten sanft.

»Kann ich Ihnen etwas anbieten?« fragte Wei leise. Er trug wieder ein weißes Dinnerjacket, dunkle Hosen und Slipper.

»Danke, nichts«, sagte Irina.

»Dann nehmen Sie bitte Platz«, sagte Wei und wartete wie Bontate, bis sie sich gesetzt hatte, ehe er sich selbst ebenfalls setzte.

Irina sah die beiden Männer an, die sie vor sich hatte. »Sergej hat gesagt, Sie würden mit mir in Verbindung treten. Ich hatte nicht erwartet, daß es auf diese Weise und so spät geschehen würde.«

»Oh, wir bleiben sehr lange auf«, sagte Wei behaglich. Aber er machte keine Konversation. Er kam gleich zur Sache. »Wir müssen entscheiden, wie alles ablaufen soll. Die Logistik des Kommens und Gehens.«

»Kommen und Gehen – wohin?« fragte Irina.

»Hierher«, sagte Wei.

»Sergej hat Ihnen doch nichts Gegenteiliges gesagt, oder?« fragte Bontate.

»Bisher hat er mir gar nichts gesagt«, antwortete sie.

»Sie wissen nicht, wo er ist«, sagte Wei, die Frage in eine Feststellung kleidend.

Sie schüttelte den Kopf. »Ich dachte eher, wir würden uns im Château treffen.«

»Dann müßten wir zuviel herumfahren«, sagte Wei. »Wir befinden uns zwar nicht in der gleichen Zwangslage wie Sergej, aber wir möchten auch nicht, daß unsere Anwesenheit bekannt wird. Das hier ist diskreter. Wir können garantieren, daß man Ihnen hierher nicht folgt, und daher können wir auch Ihre Anonymität garantieren. Don Carlos Leute werden Sie jeweils vom Château Touraine hierherbringen, und zwar auf die Art, die ihnen angemessen erscheint. Es geht darum, bei all Ihren Fahrten dafür zu sorgen, daß Sie garantiert nicht verfolgt werden.«

»Wir haben auch Leute im Château«, sagte Bontate. »Wir wissen von Izwarin und Wolkow. Was machen die hier?«

»Ich habe keine Ahnung.«

»Was macht Stepanov hier?«

»Ich weiß es nicht. Sergej hat gesagt, er habe geschäftlich mit ihm zu tun.«

»Wer ist die Frau? Ist sie mit ihm aus New York gekommen?«

Sie zuckte mit den Schultern. »Ich habe keine Ahnung. Ich habe weder sie noch Stepanov gesprochen und Izwarin und Wolkow auch nicht. Jedenfalls kennen Sie Stepanov besser als ich, und wie ich hörte, hat er die Gewohnheit, mit Frauen zu reisen.«

Sie sahen sich an, Wei mit einem vagen Lächeln auf den glatten Lippen, Bontate so nüchtern wie ein Dorfpriester.

»Wei und ich haben uns unterhalten«, sagte Bontate. »Wir möchten, daß die Serie von Zusammenkünften in vier Tagen beendet ist. Wie Sergej möchten wir zur rechten Zeit abgereist sein. Wir haben eine beträchtliche Anzahl von Sicherheitsleuten mitgebracht, und so vorsichtig wir auch sein mögen, so viele Personen werden unweigerlich Aufmerksamkeit erregen.«

»Sobald Sergej sich mit Ihnen in Verbindung setzt«, sagte Wei, »möchten wir, daß Sie ihm sagen, wir wünschten seine Antwort auf die folgenden Vorschläge.«

»Sie brauchen sich das nicht alles zu merken«, unterbrach Bontate ihn. »Ehe Sie gehen, geben wir Ihnen eine Aufzeichnung dieses Treffens auf CD, die Sie an Sergej weitergeben sollen. Sie hat gewisse … Eigenschaften, die der Sicherheit dienen. Mit normalen Geräten ist sie nicht zu lesen. Sergej kennt alle technologischen Details und verfügt über die entsprechenden Apparate.«

»Nummer eins«, begann Wei. »Wir sind wie bei früheren Gesprächen damit einverstanden, Sergej das Recht einzuräumen, in alle osteuropäischen Gruppierungen in Amerika zu gehen – Albaner, Jugoslawen, Serben, Kroaten, alle. Wir sind uns darüber einig, daß diese zahllosen selbständigen Gruppen einer Aufsichtsorganisation unterstellt werden müssen.

Nummer zwei: Carlo wird für kompetente Rechtsberater sorgen. Jeder von uns muß bei der Gründung seiner Unternehmen Carlos Rechtsberater konsultieren. Das hat zwei Vorteile, die auf der Hand liegen. Erstens werden die Rechtsberater uns helfen, dumme Fehler zu vermeiden. Zweitens werden diese Konsultationen uns alle drei darüber auf dem laufenden halten, was die jeweils anderen unternehmen, in welche Richtung sie sich bewegen, damit unsere Unternehmungen sich nicht überschneiden und zu unnötiger Gewalt führen. Wenn wir Unternehmungen planen, bei denen Kooperation allen Beteiligten Gewinn bringen könnte, können wir das außerdem früh genug erkennen, um die bestmöglichen Vereinbarungen zu treffen.

Nummer drei: Jede Unternehmung, die regelmäßiges Überschreiten der amerikanischen Grenzen erfordert, muß von meiner internationalen Abteilung koordiniert werden. Auch da können wir von etablierten Transportrouten profitieren, ob es sich um Geldwäsche, Drogen, Waffen oder sonstige Produkte handelt. So werden doppelte Anstrengungen vermieden, also etwa, daß die Drogenhändler ihre eigenen Netzwerke aufbauen, die Waffen- und Munitionshändler wieder andere und so fort. Meine internationale Abteilung wird für die Koordination aller Grenzübertritte verantwortlich sein. Das bedeutet, daß sowohl Carlo als auch Sergej einige traditionelle Verbindungswege für ihre Operationen mit den Kolumbianern, den Mexikanern und anderen Lateinamerikanern aufgeben müssen. Die Lateinamerikaner müssen darüber detailliert unterrichtet werden. Ein paar von ihnen werden nicht zur Kooperation bereit sein. Wir werden ihnen erklären müssen, daß dies nicht nur uns nutzt, sondern auch ihnen.

Nummer vier: Die Frage legitimer Geschäftsunternehmungen. Unsere gewaschenen Gelder müssen intelligenter …«

Irina saß da und lauschte der methodischen Aufzählung geplanter krimineller Unternehmungen, die diese drei mächtigen Männer zu entwickeln begonnen hatten. Es war klar, daß international organisiertes Verbrechen von Vorstandsetagen aus geleitet werden sollte. Für die Öffentlichkeit würde es nur auf Straßenniveau »kriminell« aussehen, nämlich da, wo die gröberen Elemente dieser Geldmaschinen ihre schmutzige Arbeit verrichteten. Unwillkürlich mußte sie an das Elend denken, in das diese Männer gewöhnliche Männer und Frauen auf der Welt stürzten, an das Leid, das sie säten, um ihre unersättliche Gier zu befriedigen.

Wei fuhr mit seiner Litanei fort. Wie in Paris erschien hin und wieder eine schweigende Bedienstete auf Strümpfen, um einen Drink oder ein Tablett mit Kanapees zu servieren. Diese jungen Frauen schienen Lateinamerikanerinnen zu sein, obwohl sie gekleidet waren wie die Mädchen in Paris; ihre weißen Strümpfe verliehen der modernen Umgebung das seltsame Flair eines anderen Zeitalters. Wei hielt dann inne, bis er einige Bissen zu sich genommen hatte, und fuhr anschließend fort. Dabei zog er keinerlei Notizen zu Rate, machte keine Pausen, zögerte bei keinem Wort und keinem Satz und äußerte nicht eine einzige überflüssige Silbe.

Bontate saß neben ihm, eine dunkle Gestalt inmitten der Rottöne, und beobachtete Irina. Er rauchte. Er trank – Wein, wie sie bemerkte. Gelegentlich aß er ein Kanapee. Seine bernsteinfarbenen Augen blickten gelassen, aber nie gelangweilt, nie anders als klug und ruhig, so ruhig, wie sie gewesen waren, als er in Palermo die Hände seiner Geliebten festgehalten hatte.

Schließlich kam Wei zum Ende. Er nahm einen neuen Schwenker mit Cognac, den ein dunkelhaariges Mädchen soeben gebracht hatte.

»Wann werden Sie das an Sergej weitergeben können?« fragte Bontate Irina.

»Ich habe keine Ahnung. Er hat gesagt, er werde sich mit mir in Verbindung setzen.«

»Nun, diese raffinierte Heimlichtuerei kommt mir ein wenig theatralisch vor«, sagte Wei, verstimmt über die Unbequemlichkeit, ohne die Ironie einer solchen Beschwerde aus seinem Mund zur Kenntnis zu nehmen. Er sah Bontate an und dann Irina. »Erinnern Sie ihn an die vier Tage.«

»Das werde ich tun«, sagte sie. »Wie erreiche ich Sie, wenn ich eine Antwort habe?«

Bontate antwortete. »Ein Amerikaner namens Bob Davis hat kurz nach Ihrer Ankunft die Suite gemietet, die Ihrer gegenüberliegt. Unsere Verbindung läuft über ihn. Klopfen Sie einfach an seine Tür. Rufen Sie ihn nicht an. Er hat einen Elektronikspezialisten bei sich. Wir haben große Summen an verschiedene Angehörige des Hotelpersonals bezahlt, um Zugang zu mehreren Räumen zu haben und Informationen zu erhalten. So wissen wir beispielsweise, daß das FBI Sie alle beobachtet.«

Irina war verblüfft, und das mußte man ihr ansehen.

»Wissen Izwarin und Wolkow vom FBI?«

Bontate schüttelte den Kopf. »Das glauben wir nicht. Haben Sie gewußt, daß die beiden maskiert eingereist sind wie zwei Clowns?«

»Nein.«

»Das FBI hat außerdem Richtmikrofone in den Speiseräumen«, fuhr Bontate fort. »Sie können dort also über nichts diskutieren. Vergessen Sie das Hotel einfach.«

»Und Sie meinen, Sie könnten mich herein- und herausbringen, ohne daß das FBI es merkt?« fragte Irina. Sie kochte innerlich, ließ es sich aber nicht anmerken. Was in aller Welt hatte Sergej ihr angetan?

Carlo Bontate nickte. »Glauben Sie mir, wir sind nicht überrascht über die Anwesenheit des FBI. Wir haben das erwartet, und es ist einigermaßen beruhigend zu sehen, daß wir recht hatten. Außerdem waren wir darauf vorbereitet, also besteht auch da kein Grund zur Besorgnis.« Er trank aus seinem Weinglas und behielt sie dabei im Auge, wie er es in Marineo getan hatte. »Wir glauben jedoch nicht, daß das FBI weiß, daß Wei und ich hier sind. Und wir möchten, daß das auch so bleibt.«

»Also hat das FBI Sergej erwartet?«

Wei Tsing nickte. »Es sieht so aus. Oder, um genauer zu sein, wir glauben, sie hatten gewisse Informationen und haben darum ihre Zollbeamten alarmiert. Es war nicht sonderlich schwierig, sie auszumachen, als sie Visa beantragten. Sie beobachten ohnehin noch immer alle Russen.«

»Glauben Sie, daß er vom FBI weiß?«

Wei nickte und betrachtete sie. »Wie Sie mir einmal sagten, Olja, weiß Sergej vermutlich sehr genau, was er tut.«

»Das FBI ist nicht unfehlbar«, fügte Bontate hinzu. »Die Leute verbergen ihre Mißerfolge fast so gut, wie sie ihre Erfolge öffentlich machen. Wir sind daran gewöhnt, das FBI häufiger aufs Kreuz zu legen, als die Öffentlichkeit weiß.«

Die sexuelle Anspielung entging ihr nicht, ließ sie aber ziemlich gleichgültig. Ihre oberste Sorge war jetzt, daß sie bereits vom FBI überwacht wurde; das war ihr noch wichtiger als das Geschäft, das sie mit diesen beiden Männern zu erledigen hatte.

»Tatsächlich«, sagte Wei, »mißbilligen wir Sergejs, äh, extreme Vorsichtsmaßnahmen für seine eigene Person eigentlich nicht. Es ist uns sogar lieber, daß er Abstand von uns hält. Aber Sie sind unsere einzige Verbindung zu ihm, und wir sind enttäuscht, daß er nicht mehr Sorgfalt darauf verwandt hat, Ihnen den Rücken freizuhalten.«

»Aber dafür haben wir gesorgt«, versicherte Bontate ihr.

Durch die roten Türen trat eine Bedienstete ein, eine schwarzweiße Gestalt, die Irina in ihrer Besorgnis nur aus dem Augenwinkel wahrnahm. Sie reichte Wei etwas, und als sie sich umdrehte, sah Irina sie abwesend an. Die Frau hatte Irina ebenfalls angesehen und wandte sich schon wieder ab, als Irina sie erkannte. Sofort erinnerte sie sich wieder genau an die Bewegungen der kleinen asiatischen Hände und den Duft ihrer Haut in der Nacht in Paris.

»Die CD«, sagte Wei, stand auf und reichte Irina den kleinen, durchsichtigen Plastikbehälter. Die winzige Platinscheibe darin reflektierte das Licht in allen Regenbogenfarben.

Ohne jede sichtbare Aufforderung erschienen die beiden jungen Sizilianer an den mandarinroten Türen und blieben dort stehen. Wie zuvor nahm Wei Irinas Hand und geleitete sie aus dem großen, scharlachroten Raum.

»Ich würde Sie gern morgen abend sehen«, sagte er leise.

Sie blieb stehen. »Wissen Sie, wie das unter den gegebenen Umständen zu arrangieren wäre?«

»Natürlich.« Er zögerte. »Ich weiß, daß Sie hier in einer fremden Stadt sind, aber… wenn Sie vielleicht eine Freundin mitbringen möchten…«

Sie nickte und brachte ein Lächeln zustande. »Ich denke, das läßt sich einrichten. Ich freue mich darauf.«

»Ich auch.« Er lächelte ebenfalls. »Sehr.«

Als sie sich umdrehte, um zu gehen, sah sie noch einmal Carlo Bontate an, der aufgestanden war und nur auf diesen kurzen Augenblick gewartet hatte. Er nickte ihr zu, und seine bernsteinfarbenen Augen blickten neugierig und forschend.

SECHSUNDDREISSIG

Irina saß eine halbe Stunde in dem Mercedes; nur ab und zu durchbrachen Funksprüche aus dem Gerät der Sizilianer das Schweigen. Die Meldungen wurden auf italienisch durchgegeben, und sie konnte sie nicht verstehen. Sie hatte keine Ahnung, wie lange sie würde warten müssen. Sie wußte auch nicht, wie Bontate auf ihre Botschaft reagieren würde.

Es war ein kühner Schritt gewesen, aber ihr war klar, wenn sie überhaupt irgend etwas erreichen wollte, dann war das nur mit kühnen Schritten möglich. Beim Verlassen von Weis Haus hatte sie buchstäblich gezittert, als sie sich an einen der jungen Männer wandte und ihm zuflüsterte, er solle Don Carlo sagen, sie müsse ihn noch heute nacht allein sprechen. So bald wie möglich. Der junge Mann war sehr cool. Er nickte, machte aber keine weitere Geste. Nachdem er sie zum Auto geleitet und die Tür geschlossen hatte, sagte er etwas zu dem Fahrer, und dieser rannte noch einmal die Treppen hinauf und ging ins Haus, während sie warteten. Er blieb nur ein paar Minuten weg. Als er zurückkam, fuhren sie ab, geradewegs zu dem Park, wo sie jetzt saßen und warteten.

Erzählte Bontate Wei von ihrer Nachricht? Diskutierte er mit dem Chinesen darüber? Würden die beiden Männer sich gegen sie verbünden, oder würde Bontate ihre Bitte für sich behalten und sie zuerst einmal anhören?

Sie hatte keine Möglichkeit, das herauszufinden.

Endlich reagierten die Sizilianer auf einen der Funksprüche. Der Fahrer ließ den Wagen an, und sie fuhren wieder hinaus auf die Straße.

Das Restaurant, das sie ansteuerten, lag in einer ruhigen, baumbestandenen Straße in einem alten Stadtviertel, das eine Wohngegend zu sein schien. Das Blätterdach riesiger Bäume wölbte sich über das Lokal. Neben dem Kiesweg, der zum Eingang führte, stand dicht über dem Boden ein blaßgrünes Neonschild mit der Aufschrift L'ANGELO.

Zwei weitere Mercedes-Limousinen waren vor dem Restaurant geparkt – sie sah die Fahrer lässig hinter den Steuerrädern sitzen und wußte, daß es Leibwächter waren. Im Schatten waren sie nicht zu erkennen. Durch die Spitzengardinen an den hohen Fenstern des alten Hauses konnte Irina Menschen sehen, die in großen Räumen bei gedämpftem Licht dinierten. Sofort fiel ihr das europäische Flair der Umgebung auf, das sie an Restaurants in Rom oder Wien erinnerte. Sie nahm das als gutes Omen und versuchte, die zittrige Nervosität in ihrem Magen zu unterdrücken.

Der junge Mann vom Beifahrersitz stieg aus, öffnete ihr die Tür und führte sie zum Eingang des Restaurants, wo sie von einem der Sizilianer, denen sie bei Wei begegnet war, erwartet wurde. Er geleitete sie in einen Speiseraum, den sie schon von der Straße aus gesehen hatte. An einem langen, mit weißem Leinen gedeckten Tisch saß Carlo Bontate. Zwei Gläser und eine volle Weinflasche standen vor ihm. Er rauchte, und er war allein.

Bontate stand auf, und der Leibwächter verließ den Raum.

»Danke, daß Sie allein gekommen sind«, sagte Irina, als sie den Tisch erreichte.

Don Carlo neigte höflich den Kopf und bot ihr den Stuhl neben seinem an. Er hob die Weinflasche und zog fragend die Augenbrauen hoch.

»Bitte«, sagte sie.

Er schenkte ein. Die Gläser waren aus Kristall und klirrten hell, als die grüne Flasche die Ränder berührte. Bontate stellte Irinas Glas vor sie hin. Aus den anderen Räumen hörte man gedämpfte Unterhaltungen, und die Luft roch nach Speisen und alten Möbeln. Bontate lehnte sich auf seinem Stuhl zurück und nahm seine

Zigarette vom Rand des Aschenbechers. Er zog daran und drückte sie dann aus. Er sah Irina an, sagte aber nichts.

»Ich nehme an, Sie haben ein Dossier über mich«, sagte sie, hob ihr Glas und trank den ersten Schluck Wein.

Er nickte gemächlich. Irina stützte beide Unterarme auf die Leinentischdecke und hielt das Glas in den Händen.

»Wahrscheinlich ist es nicht sehr umfangreich.«

Langsam schüttelte er den Kopf. »Nein, das ist es nicht.«

Sie hatte eigentlich nicht erwartet, daß er das zugeben würde.

»Ich werde Ihnen meine wirkliche Geschichte erzählen«, sagte sie. »Ich werde vollkommen aufrichtig sein, weil ich Sie um etwas bitten möchte. Ich weiß, bevor Sie sich bereit erklären, es mir zu geben, müssen Sie davon überzeugt sein, daß Sie mir vertrauen können.«

Bontate wandte seine bernsteinfarbenen Augen nicht von ihr ab.

»Mein richtiger Name ist Irina Ismailowa«, sagte sie, »und in den letzten drei Jahren habe ich für Sergej Krupatin acht Leute getötet.«

Bontate bewegte keinen Muskel, hörte aber zu atmen auf. Seine goldenen Augen weiteten sich ein wenig; das war die einzige Veränderung, die man ihm anmerkte. Ohne Eile griff er nach dem Zigarettenpäckchen auf dem Tisch, nahm eine Zigarette heraus und zündete sie an.

In der folgenden halben Stunde schilderte Irina Carlos Bontate die letzten zehn Jahre ihres Lebens. Sie wußte, alles hing davon ab, ob es ihr gelang, das Vertrauen dieses von Natur aus mißtrauischen Mannes zu gewinnen. Darum war sie rücksichtslos ehrlich, was ihre persönlichen Tragödien betraf.

Schließlich berichtete sie ihm von Félias Verschwinden und dem Beginn ihrer neuen Karriere als professionelle Mörderin. Sie sprach detailliert über die Morde, erwähnte jeden einzelnen Anschlag mit Ort und Zeit. Sie wußte, daß Bontate mit ziemlicher Wahrscheinlichkeit von einigen dieser Anschläge gehört hatte, denn in Osteuropa hatten die Sizilianer viele ihrer Auftragsmorde von Russen ausführen lassen. Sie vermutete sogar, daß einige der Morde womöglich von Bontate selbst bestellt worden waren.

Ihre Geschichte brachte sie bis zu den Morden am Bolschoi-Prospekt und dann zu dem Londoner Haus in South Kensington. An dieser Stelle hörte sie auf. Ihr Weinglas war leer. Sie griff nach der Flasche, aber Bontate war schneller und schenkte ihr ein.

»Danke«, sagte sie. Aber sie setzte ihre Geschichte nicht fort.

»Und wann sind Sie in London angekommen?« fragte er.

»Vor einigen Tagen.«

Bontate nickte. »Sie haben da ein paar Tage verbracht. Einen Tag in Paris. Einen Tag mit mir. Und gestern abend sind Sie hier angekommen.«

»Ja.«

»Dann gibt es noch mehr zu erzählen.«

Sie trank von ihrem Wein. Sein Gesicht und sein Verhalten verrieten ihr nichts. Er übermittelte ihr keine Botschaft. Er war weniger raffiniert als Wei, stoischer als Krupatin, aber genauso gerissen wie die beiden anderen und dabei zurückhaltender als sie. Ihr wurde eng ums Herz, und sie mußte sich darauf konzentrieren, ruhig zu bleiben. Jetzt war der Moment gekommen, alle Karten auf den Tisch zu legen.

»In South Kensington«, sagte sie, »bekam ich von Sergej die Dossiers meiner beiden nächsten Zielpersonen.« Sie sah ihm in die Augen. »Sie und Wei.«

Diesmal wurden die goldenen Augen nicht größer, sondern schmaler. Bontate hatte die Kehle voller Rauch und schluckte. Dann atmete er langsam aus. Seine Augen wandten sich zum ersten Mal von ihr ab, blickten durch die Sprossenfenster der Glastüren zur Eingangshalle, wo seine beiden Leibwächter warteten, ohne zu ahnen, daß ihr Boß in wenigen Schritten Entfernung über sein eigenes Todesurteil diskutierte. Dann sah Bontate wieder Irina an.

»Verflucht, was läuft hier eigentlich?« Verwirrung und Angst machten ihn wie die meisten Männer wütend. Irina sprach schnell, damit er seine Wut nicht zeigen mußte, denn wenn er sie zeigte, legte er sich fest. Das war ein Gesetz, das aus dem Bauch kam. Es war unvernünftig, aber sie hatte es bei zahllosen Männern immer wieder erlebt. Wenn sie ihre Wut zeigten, konnten sie nur noch irrational sein.

»Ich möchte Ihnen eine Vereinbarung vorschlagen.«

»Was? Mich nicht zu töten?«

»Nein, das nicht. Natürlich nicht. Ich habe schon vor langer Zeit beschlossen, das nicht zu tun. Ich bin keine Närrin.«

»Was denn dann? Wovon reden Sie?«

»Ich möchte mit Ihnen die Vereinbarung treffen, Krupatin zu töten.«

Bontate starrte sie an. Diesmal konnte er seine Gedanken nicht hinter seinen Augen verstecken. Diesmal sah sie, wie er hektisch überlegte und herauszufinden versuchte, was kommen würde, aber nichts als Nebel und Dunkelheit erblickte.

»Haben Sie mit Wei auch geredet?«

»Nein.«

»Warum? Warum kommen Sie dann zu mir?«

Ihre Stimme war fast ein Flüstern. »Wegen Ihrer Tochter.«

Bei der Erwähnung des Kindes zuckte Bontate zusammen. Er starrte sie an; seine Augen glühten, sein Gesicht zornig, die runden Wangen röteten und blähten sich. Er beugte sich auf seinem Stuhl vor, und sie dachte entsetzt, daß sie sich womöglich verrechnet hatte. Doch dann wurde sein Gesicht starr, der leidenschaftliche Zorn begann zu weichen, seine Augen blickten nach und nach wieder kühl. Er hatte einen festen Punkt gefunden. Er lehnte sich wieder zurück und musterte sie.

»Ihre Tochter«, sagte er. »Sie glauben, daß ich einwilligen werde, Ihre Tochter aus Rußland herauszuholen.«

Sie nickte. »Für den Mord an Krupatin.«

»Großer Gott.« Er schüttelte langsam den Kopf.

Hastig sprach Irina weiter. »Signor Bontate, ich kann das alles nicht mehr. Ich muß aufhören – ich muß. Aber … aber ich will meine Tochter. Ich will sie um jeden Preis. Ich will sie von diesem Teufel zurückhaben, und ich will ihn in der Hölle sehen, wo er hingehört. Ich habe Geld auf Konten in der Schweiz und in Belgien. Viel Geld. Irina Ismailowa und ihre Tochter werden sich in Luft auflösen. Ich weiß, wie man das macht, wie man in ein neues Leben verschwindet.«

Bontate musterte sie, der Blick seiner goldenen Augen bohrte sich in ihr Inneres, suchte sie zu durchschauen. Er mußte eine Wahl treffen.

Sie sah seinen bernsteinfarbenen Augen an, wie er zu einem ausgewogenen Urteil zu kommen versuchte.

»Das ist unmöglich«, sagte er.

Innerlich wurde ihr heiß. »Nein.«

»Wie zum Teufel soll ich in diesem Land Ihre Tochter finden?«

»Ihre Leute … seine Leute … Ich weiß, daß Sie Beziehungen und Kontakte in Rußland haben. Sie können es schaffen.«

Er schüttelte den Kopf. »Selbst wenn ich es könnte, es würde Monate dauern.«

»Ich habe jahrelang gewartet. Ein paar Monate sind nichts.«

»Könnten Sie helfen?«

»Nein. Wenn ich das tue, kann ich für lange Zeit nicht mehr nach Rußland zurück. In der Mafia wird es Aufruhr geben. Es wird Tote geben, viele Tote, bis jemand Sergejs Stelle einnimmt. Ich bin Sergej zu nahe, um das zu überleben, was nach seinem Tod passieren wird.«

Er nickte; er wußte, daß sie recht hatte. Er zündete sich eine neue Zigarette an und musterte Irina durch den Rauch, bis er sich verzogen hatte.

»Was ist, wenn ich mich weigere, es zu machen?«

Sie hatte gewußt, daß er das fragen würde.

»Ich weiß nicht«, sagte sie. Sie mußte den richtigen Ton zwischen Tatkraft und Verzweiflung treffen, verwegen genug, um Krupatin mit einem Plan zu betrügen, den sie innerhalb von zwei oder drei Tagen ausgeheckt hatte, aber auch standhaft genug, es durchzustehen und dann zu verschwinden.

»Aber Sie würden sich etwas ausdenken.«

»Ja, das würde ich. Ich will meine Tochter, und wenn ich sie habe, will ich in Ruhe gelassen werden.«

Bontate hob sein Glas; das dünne, zarte Kristallglas wirkte in seiner dicken, sonnengebräunten Hand noch zerbrechlicher. Er trank es mit einem Zug leer und stellte es dann behutsam und präzise wieder auf das weiße Leinen. Die Bewegung war das physische Abbild seiner geistigen Verfassung. Er mußte jetzt überaus vorsichtig sein.

»Ich war überrascht, Wolkow hier zu sehen«, sagte Bontate, schenkte sich noch ein Glas Wein ein und kniff die Augen zusammen, während er die Zigarette im Mundwinkel hielt. Er zog das Glas näher zu sich heran und nahm die Zigarette aus dem Mund. »Was glauben Sie, was er hier macht?«

»Ich weiß nicht«, sagte sie zum zweiten Mal. Sie wollte ihm nichts von ihrem Verdacht sagen, daß Wolkow hier war, um sie nach der Enthüllung ihres Auftrags umzubringen. Sie wollte nicht, daß er dachte, sie habe ihm ihren Vorschlag gemacht, um nicht ermordet zu werden. Er mußte ihr die Wahrheit glauben: daß sie Félia aus Rußland herausholen und Krupatin tot sehen wollte.

»Zufällig«, sagte Bontate stirnrunzelnd und starrte auf einen Aschefleck auf dem Tischtuch, »ist Walerij Wolkow in den letzten Berichten meiner Informanten häufiger vorgekommen. Er scheint sehr ehrgeizig zu sein. Er denkt, daß er die Geschäfte besser leiten kann als Krupatin. Und dabei hat er Verbündete. Es gab Gerüchte, er würde vielleicht versuchen, gegen Krupatin vorzugehen.« Er blickte auf. »Was wissen Sie darüber?«

»Nichts.« Sie schüttelte den Kopf. »Izwarin, Wolkow, Stepanov – alle Leutnants kennen meine Vergangenheit mit Sergej gut. Sie vertrauen mir keine Gerüchte an. In dieser Hinsicht bin ich sehr isoliert.«

»Wissen die, was Sie für Krupatin gemacht haben?«

»Nein. Das war das einzige, worüber Sergej und ich uns jemals einig waren. Was ich tat, war absolut geheim. Er benutzte mich auf sehr präzise Art.« Sie hielt inne. »Ich habe immer den Verdacht gehabt, er könnte eines Tages verlangen, daß ich einen von ihnen beseitige. Das hatte ich immer im Hinterkopf.«

Bontate nickte und richtete den Blick nachdenklich wieder auf den Aschefleck.

»Ich denke, wir sollten mit ihm reden«, sagte er. »Mit Wolkow.«

Sie war betroffen, aber auf der Hut. »Mit ihm reden?«

Bontate blickte auf. »Ich will Sie nicht belügen. Ich kann das Kind nicht aus Rußland herausholen. Aber ich habe so ein Gefühl, als ob Wolkow es könnte.« Er zuckte mit den Schultern. »Sieht so aus, als hätten wir drei uns gegenseitig eine Menge zu bieten.«

SIEBENUNDDREISSIG

Um nicht zuviel Alkohol zu trinken, erbot sich Cate, die Drinks zurechtzumachen. Nachdem sie zwei- oder dreimal in den Wohnraum gegangen und noch kein Ende in Sicht war, trug sie einfach Gin, Tonic und Eiskübel ins Schlafzimmer – Stepanov wollte den abhörsicheren Raum nicht verlassen – und stellte sie auf einen Tisch neben ihrem Stuhl. Sie mixte ihm seine Drinks und reichte sie ihm, wenn er danach verlangte. Stepanov, der sitzen blieb, genoß es, bedient zu werden.

Während ihr eigenes Glas manchmal nur Wasser enthielt, mixte sie Stepanov die Drinks so, wie er sie haben wollte, also bloß mit einem Spritzer Tonic. Als geübtem Trinker merkte man ihm den beträchtlichen Alkoholkonsum nur dadurch an, daß er immer redseliger wurde. Seine Monologe gingen in Klagen über. Das FBI stelle unmögliche Forderungen an ihn. Er müsse Krupatins Geschäfte so führen, daß in Rußland niemand Verdacht schöpfe, dürfe aber gleichzeitig aus kriminellen Chancen keinen Profit schlagen. Da er nun für das FBI arbeite, könne er das Wachstum eines kriminellen Unternehmens nicht wirklich fördern.

Gelegentlich hörte er sich an wie ein Geschäftsmann, den die Komplikationen von Wettbewerb und Personalmanagement belasten. Seine Klagen waren banal und universal, die globale Sprache des Kommerzes. Cate mußte sich ständig daran erinnern, womit er handelte und welche Art von Personal er beschäftigte.

Stepanov verstummte, schaute in sein Glas und trank dann den letzten Tropfen Gin aus. Sie wünschte, sie hätte mitgezählt, wie oft er das getan hatte.

»Einen vielleicht noch«, sagte er. Das hatte er die letzten drei Male auch gesagt.

Wieder stand Cate auf, nahm sein leeres Glas, füllte es nach, tat Eis hinein und ging zu seinem Stuhl, um es ihm zu geben. So also sah ein Abend mit einem Mafiaboß aus. Sie erinnerte sich an die Berichte, die sie über das Leben in Hitlers bayerischem Refugium gelesen hatte: Stunde um Stunde, Tag um Tag monumentale Langeweile.

Doch als sie Stepanov diesmal seinen Drink reichte, nahm er das

Glas mit der rechten Hand und umfaßte mit dem linken Arm ihre Hüften. Die Monotonie der letzten Stunde hatte sie abstumpfen lassen, und so war sie auf dieses Manöver nicht gefaßt. Er hielt sie und betrachtete sie, ohne zu lächeln. Seine große Hand lag auf ihrem Rücken. Die Wärme, die diese Hand ausstrahlte, überraschte sie. Da er saß, befand sich sein Gesicht auf gleicher Höhe wie ihr Magen. Sie starrte auf ihn hinunter. Wie sollte sie damit umgehen? Wieviel Freiheit mußte sie ihm in ihrer Rolle einräumen? Steif stand sie da und versuchte, sich an ihre Ziele und die Ratschläge zu erinnern.

Er ließ seine Hand um ihre Hüfte herum zu ihrem Bauch gleiten, nahm die Kante des Bademantels zwischen Zeigefinger und Mittelfinger und zog sie zurück, bis er ihren nackten Bauch und ihre rasierte Scham entblößt hatte. Sie blieb starr stehen; ihre Verwirrung wich nach und nach einer perversen Selbstbeherrschung. Sollte er doch schauen.

»Warum eine Mohnblüte?«

»Mein Mann und ich waren betrunken«, sagte sie, entschlossen, seine Erkundungen mit eiserner Unbekümmertheit hinzunehmen. »Bei meinem Zustand hatte ich noch Glück, daß es nicht etwas Groteskes war.«

Stepanov grinste und nickte. »Ja, du hattest Glück«, sagte er, und sie spürte seinen Atem auf dem zarten Fleisch ihrer Lenden. »Das ist eine schöne Mohnblüte.«

Dann, langsam, aber entschlossen, bewegte sich sein Gesicht auf die Blume zu.

Sie reagierte schnell und ohne nachzudenken. Sie fuhr mit den Fingern der rechten Hand in sein dichtes Haar, packte es und zog seinen Kopf in dem Moment zurück, in dem sein Gesicht sie beinah berührte. Er runzelte überrascht die Stirn. Sie bewegte ihre Finger in seinem Haar, zog fester und sah, wie seine Augen zu tränen begannen.

»Ich glaube nicht«, sagte sie entschieden.

Sofort ließ Stepanov die Kante ihres Bademantels fallen. Seine große Hand fuhr hoch und packte grob und bedrohlich ihr Handgelenk. Doch sie ließ sein Haar nicht los. Sie starrten sich gegenseitig an. Ihr Herz pochte, als sie den Zorn in seinen Augen sah.

Sie zerrte noch fester an seinen Haaren, erstaunt über ihre eigene Kühnheit.

»Laß mich los!« sagte sie langsam und ruhig.

Sie starrten sich weiter an. Ihre Augen wurden trocken, aber sie blinzelte nicht. Stepanovs Mund war ein Strich, und sie wußte, nur die Tatsache, daß sie FBI-Agentin war, hielt ihn davon ab, sie zu schlagen und durchs Zimmer zu schleudern. Sie baute auf diesen Schutz und zog weiter an seinen Haaren, bis sie dachte, sie würde sie ihm ausreißen. Auf einmal gab er ihr Handgelenk frei, und sie ließ los. Ruckartig wandte er den Kopf ab.

Er sagte etwas auf russisch; er spie es geradezu aus, während er sich mit den Fingern durchs Haar fuhr. Es war ihr verdammt gleichgültig.

Wütend über ihren Widerstand kippte Stepanov den Gin, den sie ihm gebracht hatte, rasch hinunter und saß dann verdrossen schweigend da. Er verlangte keinen neuen Drink mehr, und nach einer Weile stand er auf und schlurfte zum Bett, wo er den Gürtel seines Bademantels öffnete, den Mantel zu Boden fallen ließ und nackt zwischen die Laken kroch. Er sagte kein Wort mehr zu ihr. Nach einem kurzen Augenblick war er eingeschlafen und atmete schwer.

Erleichtert mixte Cate jetzt einen starken Drink für sich selbst, schaltete das Licht aus und nahm das Glas mit in den Wohnraum, um allein zu sein. Sie machte sich nicht die Mühe, Licht einzuschalten, setzte sich an ein Ende des Sofas und schaute hinaus in den blaßgrün erleuchteten Innenhof.

Großer Gott. Was für eine unglaubliche, bizarre Situation. Sie dachte an Stepanovs traurige Langeweile, und dann dachte sie an Tavio. Herrgott, wie sie ihn vermißte. Er war ein Mann, der die Art von Langeweile, die Stepanov so natürlich fand, nicht ertragen konnte. Wie Tavio es gehaßt hatte, sich zu langweilen! Er war ein ruheloser Mann gewesen, und erst nach seinem Tod hatte sie gemerkt, daß das ein wesentlicher Grund für ihre Liebe zu ihm gewesen war. Sie erinnerte sich, wie er kurz nach ihrer Hochzeit von einem Einsatz zurückkommen sollte, der mehrere Monate gedauert hatte. Sie hatte sich auf seine Rückkehr gefreut und sich dabei vorgestellt, wie sie beide faul am Pool liegen, sich Spätfilme ansehen, lange schlafen, um elf Uhr frühstücken, um drei Uhr zu Mittag und irgendwann zu Abend essen würden, wenn ihnen danach war.

Es kam anders. Als Tavio in der Stadt eintraf, hatte er das Wochenende bereits verplant – eine Überraschung, wie er sagte. Schon am nächsten Tag standen sie sehr früh auf, er mietete ein Flugzeug, und zusammen flogen sie nach Mittelmexiko. Dort liehen sie sich einen Jeep und fuhren den ganzen Tag über unbefestigte Straßen, die zunehmend schwerer passierbar wurden, zu einem Bergdorf an den Hängen der Sierra Madre. Dort verbrachten sie eine Nacht in einem primitiven Bungalow, packten früh am nächsten Morgen Rucksäcke, nahmen zwei Landkarten mit und begannen zu wandern. Tavio sagte ihr nicht, wohin sie wollten.

Nach stundenlangem Fußmarsch wurde die Welt plötzlich zu einer vibrierenden, glitzernden, zitternden Landschaft aus leuchtendem, lebendigem Gold. Sie hatten den Überwinterungsplatz der Chrysippusfalter betreten. Milliarden von Schmetterlingen hingen wie Honigtropfen an allen Pflanzen. Es war eine Szene wie aus einem Märchen. Sie hatte noch das unauslöschliche Bild im Gedächtnis, wie Tavio mit ausgebreiteten Armen lächelnd inmitten dieser unglaublichen Versammlung stand, ganz mit Schmetterlingen bedeckt; man sah von ihm kaum mehr als seine weißen Zähne. Ein unvergeßlicher Anblick. Es war ein unschätzbar wertvolles Geschenk, ein *recuerdo* von einem rastlosen Mann.

Sie fühlte noch einmal ihre Überraschung, sehnte sich wieder nach ihm; ihr Zorn auf ihn war jetzt verwirrt, milder und traurig. Bei Gott, dieser Mann hatte nichts Gemütliches an sich; selbst im Tod überraschte er sie noch, selbst in der Erinnerung mußte sie sich wundern.

Sie leerte ihr Glas und dachte daran, sich noch einen Drink zu mixen. Müßig schlenderte sie zum Barschrank hinüber, um nachzusehen, ob er noch eine Flasche Gin enthielt. Gerade betrachtete sie im Dämmerlicht das Sortiment von Flaschen, als jemand an die Tür klopfte. Sie fuhr zusammen. Sie starrte auf die Tür, den schmalen Lichtstreifen am Boden. Sie stellte ihr Glas ab und wischte sich an einem herumliegenden Handtuch die Hände ab. Es klopfte wieder. Sie legte das Handtuch weg, ging zu einer Lampe und schaltete sie ein. Dann trat sie an die Tür und öffnete.

Die Frau war groß und blond und unglaublich beeindruckend. Ihre Haut war makellos, ihre Lippen von einem tiefen, feuchten Weinrot, und ihre Augen hatten exakt die gleiche Farbe wie ihr smaragdgrünes Kostüm. Warum zum Teufel hat Ometow ihre Schönheit nicht mal erwähnt? Das war Cates einziger Gedanke.

»Mein Name ist Olja Serowa«, sagte die Frau. »Bitte entschuldigen Sie, daß ich Sie um diese Zeit störe, aber ich würde gern mit Valentin sprechen.«

Sie hatte eine kleine Tasche unter dem Arm, so tiefgrün, daß sie fast schwarz wirkte. Sie stützte ihr Gewicht auf ein Bein, ihre Hüften waren leicht seitlich verschoben.

Cate trat zurück und öffnete die Tür weiter. »Er ist im Schlafzimmer«, sagte sie.

Irina kam herein und blieb mitten im Raum stehen. Sie drehte sich halb um, während Cate die Tür schloß. Ihre Blicke trafen sich, und in diesem Augenblick spürte Cate, daß die Frau sie taxierte, von oben bis unten, ohne auch nur die Augen zu bewegen.

»Sie sagten, daß er im Schlafzimmer ist«, sagte Irina.

»Richtig.« Cate nickte und wies auf das Zimmer vor ihr.

Irina sah sie an, zögerte unmerklich, ging dann zu der halb geöffneten Tür und trat ein. Nachdem sie ein paar Schritte ins Schlafzimmer gemacht hatte, blieb sie stehen und betrachtete Stepanov, der auf dem Bett lag. Mit dem Rücken zu Cate blieb sie einen Moment regungslos stehen, dann drehte sie sich um und kam in den Salon zurück. Sie klemmte die Tasche unter einen Arm, verschränkte die Finger und ließ beide Arme vor ihrem Körper hängen.

»Er hat bis zur Bewußtlosigkeit getrunken, nicht? Wie lange ist er schon in diesem Zustand?«

»Zwei Stunden.«

»Haben Sie mit ihm getrunken?«

»Ich habe ihm beim Trinken zugesehen«, sagte Cate. »Ich fange jetzt erst an. Möchten Sie etwas?«

Irina schüttelte sofort verneinend den Kopf, doch dann hielt sie inne. Sie betrachtete Cate und änderte in Sekundenbruchteilen ihre Meinung.

»Ja, bitte«, sagte sie und schaute zum Barschrank. »Das gleiche wie Sie.«

Cate ging zum Barschrank zurück. Innerlich verspürte sie eine leise Erregung. Sie nahm eine Flasche Scotch – sie wollte nicht ins Schlafzimmer gehen, um den Gin zu holen – schenkte etwas davon in zwei Gläser, drehte sich um und gab eines Irina, die sich nicht im Zimmer umgeschaut hatte, wie andere Leute es vielleicht getan hätten, sondern völlig reglos dastand und Cate ansah.

Sie nahm das Glas und hob es langsam. »Prosit.«

Beide tranken.

Irina berührte mit der Zunge ihre weinroten Lippen. »Wer sind Sie?« fragte sie.

»Catherine Miles«, sagte Cate und streckte die Hand aus. Sie reichten sich die Hände.

»Kennen Sie ihn schon lange?« fragte Irina.

»Ich habe ihn im vergangenen Jahr ein paarmal gesehen«, sagte Cate. »Ich kenne ihn kaum.«

Darüber lächelte Irina. Sie nickte und schlürfte ihren Drink. »Hätten Sie etwas dagegen, daß ich mich setze?«

»Nein, natürlich nicht«, sagte Cate und wies auf das Sofa, das dem Innenhof am nächsten stand. »Es ist gut, wenn man mit jemandem reden kann. Ich nehme an, daß Sie mit Valentin zusammenarbeiten.«

»Wir sind Geschäftspartner«, sagte Irina mit einem ironischen Lächeln.

»Russen.«

»Ja.«

»Die Zeiten haben sich geändert, nicht?«

»Ja, allerdings.« Noch ein Lächeln. Irinas lange Beine waren ein wesentlicher Teil ihrer Attraktivität. Der Rock ihres Kostüms endete knapp über den Knien, und als sie sich setzte, schlug sie die Beine so elegant übereinander, daß sie noch länger wirkten. Sie sah sich um. »Und was haben Sie gemacht? Nur zugesehen, wie er sich betrank?«

Cate lächelte schwach. »Na ja, ich hab ihm zugehört.«

»Wirklich? Aber warum haben Sie nicht mitgetrunken? Sie haben zugelassen, daß er sich allein betrinkt? Wie seltsam.«

»Ich bin nicht gern betrunken.«

Irinas grüne Augen weiteten sich leicht überrascht. »Ich hätte nicht gedacht, daß Valentin sich mit einer Frau zusammentut, die sich nicht gern betrinkt.«

Cate zuckte mit den Schultern und schaute zu Boden.

»Was ging Valentin denn so durch den Kopf?« fragte Irina.

»Er scheint unglücklich zu sein.«

»Unglücklich? Neuerdings unglücklich oder allgemein unglücklich?«

»Neuerdings, vermute ich«, sagte Cate.

»Und worüber ist er unglücklich?«

»Über seine Arbeit, vermute ich. Scheint nicht gut zu laufen.«

»Oh.«

»Aber ich nehme an, darüber wissen Sie Bescheid.«

Irina schüttelte den Kopf. »Nein. Er lebt in New York. Ich lebe in Brüssel. Wir reisen, wir sehen uns in London, Paris, München, aber wir kommen aus unterschiedlichen Geschäftszweigen. Ich weiß nichts von seinen Schwierigkeiten. Worüber hat er sich denn beschwert?«

Cate schlug wieder die Augen nieder, betrachtete ihren Drink und hoffte, Irina würde ihr anmerken, daß ihre Fragen ihr unangenehm waren.

Irina erkannte die Zeichen sofort und wechselte das Thema.

»Haben Sie eine Universitätsausbildung?« fragte sie.

Wieder eine Überraschungsfrage.

»Ich habe einen Abschluß in englischer Literatur.«

»Wollten Sie unterrichten?«

»Nein, das Examen für ein Lehramt habe ich nicht gemacht.«

»Wirklich nicht? Warum?«

Cate zuckte mit den Schultern. »Ich hätte es tun sollen. Es war ein Fehler.«

»Haben Sie russische Schriftsteller gelesen?«

»Ja, ein paar.«

»Wen? Dostojewski? Tolstoi?«

»Ja. Und Gogol und Tschechow. Und ein paar andere.«

»Natürlich. Alle erinnern sich nur an die.« Irina schaute hinaus in den erleuchteten Innenhof und seufzte tief.

Cate konnte nicht aufhören, sie zu betrachten. Sie wunderte sich, daß sich nichts von dem, was diese Frau durchgemacht hatte, nichts von all ihren Qualen in ihrem faltenlosen Gesicht widerspiegelte. Es erschien ihr fast unmöglich, daß diese Person all die Dinge erlebt hatte, von denen Ometow erzählt hatte.

Irina schien Cates Musterung nicht zu bemerken. Sie starrte in den Innenhof, das Glas auf den langen Oberschenkel gestützt, und schien mit ihren Gedanken weit weg zu sein.

»Waren Sie schon mal hier?« fragte Cate. »Ich meine, in den Vereinigten Staaten?« Kaum hatte sie die Worte ausgesprochen, kamen sie ihr dumm vor.

Irina wandte sich wieder ihr zu und lächelte, vielleicht über die banale Frage, vielleicht über alte Erinnerungen.

»Ja. Vor langer Zeit. Während meines Studiums.«

»Wirklich? Und was haben Sie studiert?«

»Kunstgeschichte. Aber wie Sie habe ich von meinem Abschluß keinen Gebrauch gemacht.«

»Warum?«

»Weil ich dumm war«, sagte Irina. Sie trank aus ihrem Glas.

Cate war stehengeblieben, aber jetzt ging sie zu einem der Sessel und setzte sich hin, die Füße nebeneinander auf dem Boden, die Unterarme auf den Knien, das Glas in beiden Händen.

»Und doch fragt man sich«, sagte Cate, »ob man es wirklich anders machen würde, wenn man noch mal von vorn anfangen könnte. Ich meine, wenn man genauso unschuldig wäre wie beim ersten Mal, so unerfahren … wenn alles genauso wäre …«

»Das sind Fragen, die zu nichts führen«, sagte Irina. »Sie sollten keinen Augenblick Ihres Lebens daran verschwenden.«

»Vielleicht«, sagte Cate zögernd, »vielleicht können Sie das leichter sagen als andere Menschen. Schauen Sie sich an. Sie sind schön, Sie bereisen die ganze Welt. Vermutlich haben Sie viele Männer getroffen, die Sie glücklich machen konnten.«

Irina starrte Cate an; ihr makelloses Gesicht war unschlüssig, als wisse sie nicht recht, wie sie auf Cates offenherzige, wenn auch naive Bemerkung reagieren sollte.

»Haben Sie keinen Mann gefunden, der Sie glücklich machen konnte?« fragte sie.

»Ich bin geschieden«, sagte Cate und war selbst überrascht von ihrer Antwort.

Eine Pause trat ein.

»Ich verstehe.« Irina nickte. »Und jetzt lenken Sie sich mit Männern wie Valentin ab.«

»So ungefähr.«

»Ja, ich kenne das.«

Einen Augenblick lang sprach keine von ihnen. Cate war ein bißchen nervös wegen der unerwarteten Wendung des Gesprächs. Irina schien sofort mit ihr zu sympathisieren, wenn auch mit einer Art kühler, zurückhaltender Sympathie. Trotzdem hatten sie zweifellos beide einen Hauch von Verwandtschaft gespürt. Doch ebenso plötzlich war er wieder verschwunden.

»Sind Sie in Houston zu Hause?« fragte Irina abrupt.

»Ja, bin ich. Seit acht Jahren.«

»Gut. Morgen muß ich Kleider einkaufen. Was empfehlen Sie mir?«

»Für Kostüme wie das, was Sie anhaben? Ich würde Paris vorschlagen, vielleicht London.«

Irina lächelte. »Okay, aber hier?«

»Ich kenne ein paar sehr schöne Geschäfte.«

Einen Moment herrschte ein ungemütliches Schweigen.

»Fein«, sagte Irina dann, und langsam trat wieder ein kleines Lächeln auf ihr Gesicht. »Meinen Sie, daß Sie vielleicht Zeit hätten, mich zu ein paar Geschäften zu begleiten?«

»Ich denke schon«, sagte Cate. »Sicher. Mit Vergnügen.«

ACHTUNDDREISSIG

»Unglaublich«, sagte Ann, nahm die Kopfhörer ab und ließ sich auf ihrem Stuhl zurückfallen. »Unglaubliches Glück.«

Erika, die ihr gegenübersaß, nahm ebenfalls die Kopfhörer ab und ließ sie um ihren Hals hängen. Sie war allerdings nicht so überschwenglich.

»Es war zu einfach«, sagte sie.

»Vielleicht«, räumte Ann ein und rieb sich die Augen, »aber trotzdem, ich fand, Cate hat das sehr professionell gemacht.« Sie beugte sich wieder vor und drückte eine Taste am Funkgerät. »Neil, wie ist es gelaufen?«

Kaum hatte Neil Jernigans technisches Team Irinas Stimme an Cates Tür gehört, waren sie sofort in Irinas Suite geeilt, um Wanzen zu installieren. Auf eine solche Gelegenheit hatten sie nur gewartet. Jernigan war noch immer dort.

»Ein paar sind untergebracht«, sagte Jernigan, »in allen Räumen. Nichts Raffiniertes. Die Russen werden sie finden, wenn sie danach suchen.«

»Na, das können wir nicht ändern«, sagte Ann. »Unter den gegebenen Umständen war es nicht besser zu machen.«

»Es wäre wirklich sinnvoll, auf dem Gang eine Videokamera zu installieren und ihre Tür zu überwachen«, sagte Jernigan.

»Ich weiß nicht«, antwortete Ann zögernd, da sie an die Kosten dachte, und schaute über die Telefone hinweg Hain an.

»Es braucht sich bloß ein einziges Mal auszuzahlen«, sagte Jernigan.

»Neil«, fragte Hain, das Thema wechselnd, »habt ihr noch immer nichts von Krupatin gehört?«

»Nichts.«

»Was ist mit Izwarin und Wolkow?«

»Die schnarchen.«

»Es macht die Sache verdammt viel interessanter, daß diese beiden Typen auch nicht wissen, was Krupatin vorhat«, murmelte Hain. »Darauf wäre ich nicht gekommen.«

Erika meldete sich mit prophetischer Gewißheit zu Wort. »Krupatin werden sie nicht zu sehen kriegen.«

»Na, einer von diesen Leuten wird ihn jedenfalls sehen«, sagte Hain.

»Irina«, sagte Ometow. »Daran habe ich keinen Zweifel. Wenn uns jemand zu Krupatin führt, dann wird das Irina sein.«

»Also sollen wir ihr auf den Fersen bleiben?« fragte Hain.

»Ganz entschieden.«

»Möchten Sie Cate von Stepanov abziehen?« fragte Ann. »Möchten Sie, daß sie bei Irina bleibt?«

»Natürlich«, sagte Ometow entschlossen. »Irina *wird* Verbindung mit Krupatin bekommen. Wenn Cate bei ihr bleiben kann, finden wir unseren Mann.«

»Hören Sie, Hain«, meldete sich Jernigan. »Wir brauchen mehr Leute. Wenn Izwarin und Wolkow sich trennen, kann ich nicht beide beschatten lassen. Dann wird's eng. Und was ist mit Irina? Ich weiß, wir sollen Cate und Stepanov nicht folgen, aber was ist, wenn die Frau nicht mit Cate zusammen ist? Mir scheint, daß ein Treffen mit Krupatin dann am wahrscheinlichsten ist.«

Hain sah Ometow an, der diese Frage bereits erwog. Langsam schüttelte Ometow den Kopf.

»Nein«, sagte er. »Noch nicht, noch nicht. Wenn Irina irgendwas mitkriegt, was auch nur entfernt nach Überwachung riecht, ist alles zu Ende. Sie muß von Anfang an Spielraum haben. Wenn es ihr gelingt, sich mit Krupatin zu treffen, dann wird sie sich zutrauen, es noch mal zu tun. Wir bekommen noch andere Gelegenheiten. Wir müssen uns mehr auf Cates Position verlassen. Das ist der sicherste Weg.«

»Okay, das wär's dann«, sagte Hain. »Und, Neil, ich werde mit Strey reden wegen weiterer Leute für Sie.«

»Curtis«, unterbrach ihn Ann, »was ist mit der Kamera?«

»Neil, haben Sie sich schon die Räumlichkeiten angesehen?«

»Ja. Es läßt sich machen. Der Eingang zur Suite liegt gleich an einer Ecke, und da gibt es unten eine Verschalung für die Klimaanlage. Wir könnten es machen, wenn sie nicht da ist.«

»Ihre Tür wäre die nächstgelegene?«

»Genau.«

»Okay. Dann machen Sie's.«

»Sonst noch was?«

»Was ist mit der Suite neben der von Irina?«

»Haben wir uns angesehen. Zwei Frauen aus St. Louis. Wir haben sie überprüft. Ehefrauen eines dortigen Zahnarztes und eines Anwalts.«

»Okay, in Ordnung.«

»Sonst noch was?«

»Eine kurze Frage, Neil«, sagte Ann. »Sind Sie selbst in Irinas Suite gewesen?«

»Ja.«

»Haben Sie zufällig in ihren Schrank geschaut?«

»Ja. Ich sehe mir immer die Schränke an.«

»Hatte sie viele Kleider?«

»Nein. Tatsächlich gab's da nur ein Kleid und eine Übernachtungstasche. Ich hab darin nach Wanzen gesucht – manchmal lassen die Zielpersonen eine in ihrem Gepäck, um festzustellen, ob jemand im Zimmer war und in ihren Sachen herumgeschnüffelt hat. Keine Wanzen, aber auch sonst nicht viel. Eine Garnitur Unterwäsche zum Wechseln, sonstiges Zeug, ein paar persönliche Briefe, einige weitere Sachen.«

»Aber Sie sind sicher, daß da nur ein Kleid war?«

»Andere hab ich nicht gesehen.«

»Okay, bestens. Danke.«

Damit war das Gespräch beendet.

Ann rieb sich mit den Händen das Gesicht. »Okay«, sagte sie, »wir müssen mit Cate reden und ihr sagen, was wir denken, ihr mitteilen, daß sie sich auf Irina konzentrieren soll.«

Sie sah sich im Zimmer um, und alle stimmten ihr zu. Sie atmete tief ein, nahm das Sicherheitstelefon und wählte die Nummer von Stepanovs Suite. Die anderen griffen nach den Geräten zum Mithören. Cate meldete sich sofort.

»Wir sind alle dran«, sagte Ann. »Hain, Leo, Erika und ich.«

»Wie war's?« fragte Cate, gleich zur Sache kommend.

»Reif für eine Oscar-Nominierung«, sagte Ann. »Alle sind zufrieden.«

»Was halten Sie von ihr?« fragte Erika sofort.

»Tja, zunächst mal, Leo, Sie hätten mir sagen können, daß die Frau absolut umwerfend ist«, sagte Cate. »Sie ist eine Wucht, es gibt kein anderes Wort dafür. Man fühlt sich fast unbehaglich. So, also der erste Eindruck? Sie ist natürlich intelligent. Ein bißchen… ich weiß nicht, schwieriger, als ich erwartet hätte. Sie scheint irgendwas Hartes an sich zu haben, das sich in unerwarteten Momenten bemerkbar macht. Sieht so aus, als wäre ihr erster Impuls, sich… defensiv zu verhalten. Sie hat sich unter Kontrolle, aber man merkt es, und das macht den Eindruck, als hätte sie sich nicht sehr *gut* unter Kontrolle.«

»Ich glaube, Sie haben sie ganz treffend eingeschätzt«, sagte Ann. »Ich meine, sie hätte ja auch wieder gehen können, ohne daß Sie darauf hoffen konnten, sie jemals wiederzusehen.«

»Ja, die ganze Sache hat mich überrascht«, gab Cate zu. »Das war Glück. Natürlich bedeutet das noch nicht, daß sie mich morgen früh tatsächlich anruft.«

»Ich glaube doch«, sagte Ann und berichtete Cate, was Jernigan in ihrem Kleiderschrank gesehen hatte.

»Donnerwetter.« Cates Stimme verriet ihre Überraschung. »Wissen Sie, mir ist vorhin aufgefallen, daß ihr Kostüm zwar offensichtlich teuer, aber nicht frisch war. Ich meine, es sah aus, als hätte sie es lange getragen – Knitterfalten auf dem Schoß, unter den Armen.«

»Ja, ja, das glaube ich auch«, sagte Erika schnell, als sähe sie ihre eigenen Gedanken bestätigt. »Sie war lange unterwegs, und sie hatte es eilig.«

»Und vielleicht kam diese Reise unerwartet«, fügte Ann hinzu. »Jedenfalls, Cate, hat Leo ein paar Ideen, wie man mit ihr umgehen sollte.«

»Ja, Catherine«, sagte Ometow. »Wegen ihrer besonderen Beziehung zu Krupatin glauben wir, daß Irina für die Situation, die sich hier entwickelt, sehr wichtig ist. Ich bin sicher, wenn Krupatin schließlich auftaucht, wird er es über den Kontakt mit Irina tun. Sie sehen also, daß Sie sich für uns jetzt in einer einzigartigen Position befinden. Sie haben eine unglaubliche Chance.«

Er hielt inne, aber Cate sagte nichts. Ometow sah Ann und Erika an und sprach dann weiter.

»Catherine, für mich hat es sich angehört, als seien Sie ihr irgendwie sympathisch. Was meinen Sie dazu?«

»Sympathie… ich weiß nicht… vielleicht. Ich hatte jedenfalls nicht das Gefühl, daß sie mir gegenüber besonders mißtrauisch war.«

»Ja, sehr gut. Aber ich glaube, Sie sollten diese Sympathie nicht vergessen. Das ist genau die Richtung, in die Sie gehen sollten. Da wir nicht wissen, was sie hier tut, kann man sich schwer ein Bild davon machen, in welcher Verfassung sie ist. Doch ungeachtet der Situation wird sie für Sympathie empfänglich sein.«

»Sympathie, Leo? Mir ist nicht ganz klar, was Sie damit meinen.«

»Was immer sie sonst auch sein mag, Cate, sie ist vor allem eine sehr einsame Frau. Glauben Sie mir, ich weiß das. Sie hat sich schon lange nicht mehr bei jemandem wohl gefühlt. Sie hat in einer sehr feindseligen Welt gelebt. Es gibt keinen, dem sie vertrauen kann, keinen, dem sie ihr Herz ausschütten kann. Es ist paradox. Dieses Leben hat sie zwar hart gemacht, aber sie ist dadurch gleichzeitig auch sehr verwundbar geworden, wegen der Isolation. Jeder kann nur ein bestimmtes Maß an Einsamkeit ertragen. Sie hungert nach Freundschaft, nach schlichter Freundlichkeit. Aber sie wird auf der Hut sein. Lassen Sie sie nicht sehen, daß Sie das merken. Nehmen Sie es nicht zur Kenntnis. Seien Sie einfach offen zu ihr, nicht übereifrig. Seien Sie ehrlich zu ihr. Das wird sie erkennen. Sie ist sehr scharfsinnig.«

»Was wir da von Ihnen verlangen, ist überaus schwierig«, sagte Erika. »Sie sollen sie auf sich zukommen lassen. Das erfordert viel Geduld, aber ich stimme mit Leo überein, es ist der einzige Weg, sie zu erreichen. Wir müssen uns daran erinnern, daß sie vor Krupatin weggelaufen ist. Und jetzt reist sie mit ihm. Oder reist für ihn – wir wissen das nicht, aber irgendwie steht sie wieder mit ihm in Verbindung, und wir wissen, daß ihr das nicht gefällt. Das legt nahe, daß sie unter… wie nennt man das, Einschränkung?«

»Zwang«, sagte Ann.

»Ja, daß sie unter Zwang steht.«

»Ihre Tochter«, sagte Cate. »Stepanov hat davon gesprochen, daß Krupatin ihr ihre Tochter weggenommen hat. Vielleicht hält er das Kind als Geisel.«

»Ja, Catherine, davon bin ich ebenfalls überzeugt«, stimmte Ometow zu.

»Das macht die Sache nicht einfacher«, sagte Ann. »Diese Frau hat verdammt viel durchgemacht und vermutlich jede Menge Scheiße gesehen. Kann sein, daß sie paranoid ist. Ich wäre überrascht, wenn sie nicht psychisch völlig verkorkst wäre. Es könnte also ein bißchen seltsam für Sie werden.«

»Also ist Irina jetzt unsere oberste Priorität«, meinte Cate. »Soll ich mich auf sie konzentrieren?«

»Bis Krupatin eintrifft, oder bis wir rausfinden, wo er ist und was er macht.«

»Bleibt das Schlafzimmer sicher?«

»Ja, wir untersuchen es regelmäßig. Jernigan hat Leute im Hotel, die das machen. Da drinnen können Sie immer offen reden.«

»Und das Telefon?«

»Nur das im Schlafzimmer.«

Eine Pause trat ein, und dann sagte Cate: »Diese Leute – Izwarin, Wolkow, Irina; haben sie eine Ahnung, daß sie beobachtet werden?«

»Wir sind sehr behutsam«, sagte Hain. »Aber diese Burschen sind altgediente kalte Krieger. Sie rechnen damit, beobachtet zu werden, wenn sie in diesem Land sind.«

»Und sonst ist niemand im Spiel?« fragte Cate. »Vielleicht noch mehr von ihren Leuten, die wir noch nicht identifiziert haben?«

»Leider wissen wir das nicht sicher«, sagte Ann. »Bis jetzt ist sonst noch niemand aufgetaucht, aber wir bleiben wachsam.«

»Noch«, sagte Cate.

NEUNUNDDREISSIG

Irina lag wach, starrte in die graue Dunkelheit des Zimmers und wartete darauf, daß die Schlaftabletten wirkten. Von der Nacht war nicht mehr viel übrig, doch trotz ihrer physischen Erschöpfung gaben ihre Nerven keine Ruhe. Ihre Haut kribbelte, die Gedanken rasten.

In der vergangenen Stunde hatte sie sich wieder und wieder das Treffen in Weis Haus, seinen gut einstudierten Vortrag geplanter gemeinsamer Projekte und ihre anschließende Zusammenkunft mit Bontate durch den Kopf gehen lassen. Bontate war zwar so vorsichtig gewesen, wie sie erwartet hatte, aber trotzdem sofort empfänglich für ihr Angebot; er hatte sogar den überraschenden Vorschlag gemacht, Walerij Wolkow um Hilfe zu bitten. Unter so abenteuerlichen Umständen hatte sie noch nie gearbeitet. Sie wußte, Krupatin liebte komplizierte Operationen, die zahlreiche

Personen, Zeitpläne und Unwägbarkeiten einschlossen. Seine Leute gerieten bei plötzlichen Veränderungen nicht aus der Fassung, und wenn doch, dann wußten sie zumindest, daß Änderungen für seine Art, Geschäfte zu machen, charakteristisch waren. Irina jedoch hatte in den letzten paar Jahren in selbstgewählter Isolation gearbeitet, und für sie war die Situation entsetzlich ungewiß.

Jetzt mußte sie nicht nur die für Krupatin typischen Komplikationen bewältigen, sondern hatte selbst eine Verschwörung angezettelt und so innerhalb des schon bestehenden Labyrinths noch einen weiteren Irrgarten geschaffen.

Sie legte eine Hand flach auf ihren Bauch und versuchte, an etwas anderes als diese ungreifbaren Ängste zu denken. Sie dachte an die Frau, die sie soeben kennengelernt hatte. Catherine. Irina war vielen Mafiafrauen begegnet, aber diese war ein wenig überraschend. Irina wußte nicht, ob sie sie verdächtig finden oder ihre Einzigartigkeit einfach als Attribut kultureller Umstände akzeptieren sollte. All die anderen Frauen waren Russinnen oder zumindest Europäerinnen gewesen. Waren alle Amerikanerinnen anders? Sie hatte angenommen, russische Männer würden überall ähnliche Frauen wählen, vor allem Stepanov mit seiner aggressiven Zügellosigkeit.

Doch diese Frau schien tatsächlich eine Persönlichkeit zu sein. Sie war sogar ein nachdenklicher Mensch – oder erweckte zumindest den Anschein.

Sie war unverkennbar keine Frau, die nur des Geldes und des Vergnügens wegen mit Stepanov ins Bett ging. Sie hatte nicht das Gehabe einer Mafiafrau, egoistisch, opportunistisch, intellektuell flach. Was also machte Stepanov mit ihr?

Es konnte sein, daß diese Frau ihn noch nicht gut genug kannte. Sie hatte gesagt, sie sei erst ein paarmal mit ihm zusammengewesen, und heute nacht schien seine rüpelhafte Trunkenheit sie wirklich enttäuscht zu haben.

Auch Irina war nicht der Typ der Mafiafrau, und sie wußte, wie Catherine sich gefühlt haben mußte, weil ihre eigenen Anfangszeiten mit Krupatin ihr noch abstoßend frisch in Erinnerung waren. Vielleicht waren solche Männer für Frauen attraktiv, weil sie mit Geld um sich warfen. Kein materielles Verlangen war zu teuer oder unverschämt, um befriedigt zu werden. Luxus war das tägliche Brot und wurde nach und nach zur Gewohnheit, genau wie Sex, Alkohol und Drogen zur Gewohnheit wurden. Selbst wenn man sich selbst haßte, war es merkwürdig schwer, mit all dem zu brechen.

Doch Irina war jünger gewesen, als sie zum ersten Mal Krupatins Aufmerksamkeit erregte, ein Jahrzehnt jünger als diese Frau, und Krupatin sah besser aus als Stepanov. Sie mußte auch zugeben, daß er Charisma besaß und charmant wie ein Prinz sein konnte. Stepanov dagegen war weder gutaussehend noch charmant, und für diese Frau war er ein Ausländer. Jede Stunde, die sie mit ihm verbrachte, entfernte sie von ihren Freunden; sie befand sich unter lauter Fremden. Es ergab überhaupt keinen Sinn, daß eine Frau von so offenkundiger Intelligenz und Schönheit es auch nur einen Abend mit einem flegelhaften, betrunkenen Russen aushielt, obwohl sie doch selbst wirkliche Freunde haben mußte. Diese Unvereinbarkeit war wie eine rote Flagge.

Es ergab keinen Sinn, es sei denn, sie hätte keine Wahl.

Dieser letzte Gedanke kam Irina kurz vor dem drogenschweren Schlaf; wie ein plötzlicher Funke entzündete er ihr schwindendes Bewußtsein und löste einen Traum aus. Es war ein von Anfang an qualvoller Traum voller Verrat, Betrug und Gewalt; eine Frau und ein weinendes Kind kamen darin vor. Die verzweifelte Frau versucht, ihr Kind aus zahllosen bedrohlichen Krisen zu retten, doch um Haaresbreite schlagen diese Versuche immer fehl. Die Frau sieht zwar nie mit eigenen Augen, wie ihr Kind umkommt, weiß aber, daß sie versagt hat. Das Kind ist zum Untergang verurteilt.

Die Frau in den Horrorlandschaften des Traumes hatte manchmal Irinas Gesicht, obwohl sie sich in ihr nicht erkannte, und das Kind war gesichtslos. Gelegentlich war das Gesicht aber auch das ihrer kleinen Tochter Félia, und dann drehte die Frau den Kopf nie so, daß Irina sie erkennen konnte. Doch nun, bei dieser flüchtigen, von Medikamenten ausgelösten Vision, trug die Frau zu Irinas Verblüffung das verängstigte Gesicht von Cate; die Qual, das Kind nicht retten zu können, war deutlich und ergreifend sichtbar. Die Bedrohung des Kindes blieb vage, es trieb auf eine unheilverkündende Dunkelheit zu, in der Tod oder Schlimmeres es erwarteten. Das kleine Mädchen hatte solche Angst, daß es hysterisch schrie. Mit entsetzten Augen rang es nach Atem und reckte der Frau seinen kleinen Körper entgegen.

Gerade, als die Frau das Handgelenk des Kindes ergriff, als einen Moment lang Hoffnung aufkam, sah Irina etwas Dunkles, Formloses und Feuchtes aus der Tiefe steigen und den Rumpf des kleinen Mädchens nach und nach verschlingen. Die Kleine riß die Augen weiter auf und stieß einen schrillen, tierischen Schrei aus. Catherine streckte auch noch die andere Hand aus. In diesem Moment wurde das Kind zu einem Skelett, Catherines Daumen und Mittelfinger griffen in die kindlichen Augenhöhlen, die kleinen Kieferknochen klapperten und klickten, und unerklärlicherweise hielt der Schrei an, obwohl es keine Organe mehr gab, die ihn hätten ausstoßen können.

VIERZIG

Sie konnte nicht länger als drei Stunden geschlafen haben, als sie zu erwachen begann. Sie trieb allmählich an die Oberfläche des Bewußtseins, ihre Träume glitten an ihrem Gesicht vorbei wie Spinnweben. Noch während sie zu sich kam, wußte sie, daß sie zu früh aufwachte, ehe die Wirkung der Schlafmittel vergangen war.

Sie kämpfte gegen die Bewußtlosigkeit, drehte sich um, rollte sich auf die Seite, und als sie die Augen öffnete, sah sie die Fenster und das zinnfarbene Licht vor der Morgendämmerung. Erschöpft starrte sie auf die Sprossenfenster der Glastüren. Aus dem Augenwinkel erhaschte sie eine Bewegung. Sie zuckte zusammen, sank zurück und blickte zu Krupatin auf, der am Fußende des Bettes stand und sie ansah.

»Oh… verdammt«, sagte sie; ihre Stimme war belegt vom Schlaf und der Nachwirkung der Tabletten.

Er trat an die Seite des Bettes, die weiter von den Fenstern entfernt war, und sie spürte, wie es sich bewegte, als er sich darauf stützte. Mit einem Ruck riß er ihre Decken weg. Sie lag nackt vor ihm. Doch er rührte sie nicht an. Sie kämpfte mit ihrer Benommenheit, drehte sich wieder um, fort von ihm, und schaffte es, die Füße auf den Boden zu stellen. Sie saß auf der Bettkante, vor sich den matten Schein, der durch die Fenstertüren fiel.

»Wo ist die CD?« sagte er hinter ihrem Rücken.

Sie beugte sich zur Seite und griff auf den Nachttisch. Sie nahm das Adreßbuch und schlug es auf. Am Vortag hatte sie mit einer Rasierklinge das Leder am inneren Saum aufgeschnitten. Der schmale Schlitz ergab eine perfekte Hülle für die CD, die dort sicher versteckt war. Irina hob den Rand des Schlitzes leicht an, zog die CD heraus, drehte sich um und warf die glänzende Scheibe auf das Bett.

Ohne ein Wort hob Krupatin sie auf und setzte sich auf einen nahen Stuhl. Sie konnte die klickenden Geräusche hören, als er sie in ein Abspielgerät steckte und Kopfhörer aufsetzte. Dann war alles still; er lauschte.

Sie starrte in das graue Licht. Sie wußte nicht, wie er in ihre Suite gekommen war, doch daß er es geschafft hatte, überraschte sie nicht. Vermutlich hatte er jemanden vom Personal bestochen. Das tat er überall. Ganz gleich, wie groß seine Finanztransaktionen wurden, wie oft er sich mit Buchprüfern und Bankiers beschäftigte, er vergaß niemals, daß die Welt überhaupt nur deshalb noch funktionierte, weil es immer eine arbeitende Klasse gab. Ein König trug sein Nachtgeschirr nicht selbst hinaus; er stellte einen Domestiken dafür ein. Wichtig an dieser banalen Tatsache war, daß der Domestik für soundsoviele Minuten am Tag Zugang zur mächtigsten Gestalt des Königreichs hatte, und das oft in ungewöhnlicher Freiheit. Sergej verstand den Groll der Domestiken, die die Scheiße der Welt zu tragen hatten, und er zog geschickt seinen Nutzen daraus. Wenn sie bereit waren, ihm Gefälligkeiten zu erweisen, hatte er nichts dagegen, sie so zu bezahlen, als seien sie selbst Könige.

Irina rührte sich nicht. Ihr Körper schien schwer wie der eines Elefanten. Sie starrte auf den erwachenden Himmel, die riesigen, aschefarbenen Wolken, die sie jetzt erkennen konnte, massive Wolken vom Golf her, die wie große, treibende Berge landeinwärts zogen.

»Scheiße.«

Wieder zuckte sie zusammen. Krupatin schaltete das Abspielgerät aus.

»Dieser verdammte Chinese ist ein unverschämter Mistkerl«, sagte er aus dem dunklen Zimmer hinter Irina. »Wie er mit seinem falschen britischen Akzent seine ›Vorschläge‹ herunterleiert! Ich sehe förmlich vor mir, wie er kühl und geziert dasitzt in seinen dämlichen Klamotten. Immer angezogen wie für eine endlose Dinnerparty. Meine Güte!«

Seine Stimme wanderte. Sie nahm an, daß er von seinem Stuhl aufgestanden war.

»Und Bontate. Na, der ist wenigstens ein praktischer Mensch. Daß er den pompösen Chinesen ertragen hat, war vermutlich eine Geste der Ehrerbietung. Aber Carlo ist schlau genug. Er weiß, daß ich diese absurden Vereinbarungen niemals akzeptieren werde. Hat Wei wirklich angenommen, ich würde solche Zugeständnisse machen? Oder die Kolumbianer würden mitmachen? Er sagt, ihre Buchhalter hätten ihnen gesagt, es wäre zu ihrem Vorteil. Natürlich! Dieser Schwachkopf!«

Krupatin trat wieder ans Fußende des Bettes.

»Was hat er sich wohl gedacht? Ich habe schon ein sehr gewinnbringendes Arrangement mit den Mexikanern und den Kolumbianern. Warum sollte ich das alles für diesen chinesischen Opiumtraum aufgeben? Wolkow bewegt bereits ein Vermögen über die pakistanischen Heroinrouten – eines Tages wird das dem lateinamerikanischen Geschäft Konkurrenz machen oder es vielleicht übernehmen. Wei weiß das. Der Wichser ist gierig darauf. Er versucht, mich mit diesem verlogenen Scheiß über den Tisch zu ziehen.«

Krupatin war aufgekratzt. Sie vermutete, daß er die ganze Nacht wach geblieben war. Sie wollte aufstehen, konnte aber ihre Muskeln nicht zu einer Reaktion zwingen.

Er ging um das Bettende herum auf die Seite, auf der sie saß. Mit dem Fuß zog er einen Stuhl heran und setzte sich neben die Fenstertüren. In dem blassen Licht, das ihm über die Schulter fiel, musterte er sie.

»Schlaftabletten«, sagte er.

Sie nickte, fuhr sich mit den Fingern durchs Haar und strich es aus ihrem Gesicht.

»Laß mich mein Gesicht waschen«, sagte sie. »Wenn wir reden, möchte ich hören, was du sagst.«

Im Badezimmer ließ sie kaltes Wasser laufen und benetzte ihr Gesicht. Sie wusch sich den Brustkorb, die Achselhöhlen und den Bauch. Sie spülte den Mund aus und putzte sich die Zähne. Nachdem sie sich abgetrocknet hatte, fuhr sie mit einer Bürste durch ihr Haar, nahm einen der Hotelbademäntel vom Haken an der Wand und hüllte sich darin ein. Dann ging sie zurück ins Schlafzimmer, wo Krupatin noch immer auf dem Stuhl vor den Fenstertüren saß. Er rauchte. Sie ging zum Bett, schob die Kissen beiseite und setzte sich, den Rücken an das Kopfende gelehnt.

»Also, wie läuft es bis jetzt?« fragte er.

»Gut. Bis jetzt.«

»Was soll das heißen?«

»Es soll heißen, daß bis jetzt alles in Ordnung ist.«

Krupatin rauchte. Für den Augenblick gab er sich tolerant.

»Glaubst du, du kannst das durchziehen?« fragte er.

»Ich kann es durchziehen. Aber wie *möchtest* du, daß ich es durchziehe?«

Er wies mit dem Kopf auf den Nachttisch.

»Ich habe gesehen, wie du das Adreßbuch für die CD benutzt hast«, sagte er. »Sehr schlau.« Er nickte. »Tatsächlich habe ich es auch für meine eigenen Zwecke benutzt. Nimm es.«

Verblüfft griff Irina erneut nach dem Buch auf dem Nachttisch.

»Es ist ein sehr teures Adreßbuch«, sagte er. »Du wirst sehen, daß es einen kleinen Messingstab hat, der einen soliden Rücken bildet. Obwohl er in Leder gehüllt ist, kann man den Stab oben und unten sehen. Das ist dekorativ und auch praktisch. Das obere Ende hat ein Gewinde, so präzise wie ein chirurgisches Instrument. Deutsche Wertarbeit. Mach die Lampe an.«

Irina schaltete die Lampe ein. Ein warmer Lichtschein fiel über den Nachttisch und die Bettdecken und ließ Krupatins Gesicht glänzen. Sie sah die schweren Tränensäcke unter seinen Augen.

Er stand auf, trat an das Bett und nahm ihr das Adreßbuch aus der Hand. Er beugte sich über den Nachttisch und schraubte vorsichtig das obere Ende der Messingstange ab. Dann drehte er das Adreßbuch vor der Digitaluhr auf der Nachttischplatte um. Vier kleine, elliptische, honigfarbene Kapseln fielen heraus und rollten über die Holzplatte. Mit dem Zeigefinger berührte Krupatin eine davon und zeigte Irina, daß sie weich und leicht klebrig war. Er tippte eine andere an und beobachtete, wie sie nachgab.

Dann hob er mit den Fingerspitzen die Kapseln auf, ließ sie nacheinander wieder in die Röhre fallen und schraubte den Messingdeckel wieder zu. Er schaltete die Lampe aus, warf ihr das Adreßbuch in den Schoß, kehrte zu seinem Stuhl zurück und zündete sich eine neue Zigarette an.

»Diese vier Kapseln«, sagte er, »enthalten hochwirksame Bakterien in Gelform. Das Gel ist nicht wasserlöslich. Es löst sich nur auf, wenn es in Kontakt mit bestimmten Magensäften kommt. Man muß es schlucken. Symptome treten erst nach drei Tagen auf. Sie sind irreversibel, und der Tod erfolgt in der Regel binnen fünf Tagen.«

Irina starrte Krupatins Gesicht in dem grauen Licht an. Bakterien. Sie hatte Gerüchte darüber gehört, daß er versuchte, aus den Lagern der einstigen Sowjetunion chemische und biologische Waffen zu kaufen. Doch solche Gerüchte kursierten überall über jedermann. Sie hätte es nicht einfach abtun sollen.

»Deshalb«, fuhr er fort, »befindet sich die Lösung Nummer eins in deinem Besitz, nämlich, wie man Wei töten kann – er wird der erste sein –, ohne sich einem unmittelbaren Risiko auszusetzen. Damit«, sagte er und nickte in Richtung Adreßbuch, »kannst du ihn umbringen, und er selbst wird nicht mal wissen, daß er tot ist.«

Krupatin hatte sich also tatsächlich eine Mordmethode einfallen lassen, bei der sie sich in sichere Entfernung von dem Mann bringen konnte, ehe auch nur der Verdacht aufkam, daß etwas passiert war. Die einzige Schwierigkeit würde sein, ihm diese Kapseln beizubringen.

»Das ist sehr schlau«, räumte sie ein. »Und was ist mit Carlo Bontate?«

Krupatin zog an seiner Zigarette und blies den Rauch in die stille Luft, wo er über ihnen wirbelte und schwebte.

»Alles zu seiner Zeit«, antwortete er. »Sag mal, ist Wei noch immer scharf auf dich?«

»Er hat mich gebeten, heute abend zu ihm zu kommen.«

»Oh.« Krupatin grinste, und in der grauen Dämmerung wurden seine Zähne sichtbar. »Dieses gierige Schlitzauge. Ich hoffe, er hat einen guten Appetit. Laß dich nicht von ihm bumsen. Ich würde zu gern hören, daß er *nicht* gekriegt hat, was er wollte, bevor er starb.« Er lachte. »Und was ist mit Carlo? Wie hat er gewirkt, als du ihn gestern abend gesehen hast?«

Irina erstarrte. Wußte Krupatin von dem zweiten Treffen? Stellte er sie auf die Probe?

»Genauso, wie er mir neulich in Marineo vorkam«, sagte sie. »Ruhig. Skeptisch. Wie ein Mann, der sehr viel mehr weiß, als er sagt.«

»Er weiß nichts«, blaffte Krupatin. »Hast du mit Izwarin und Wolkow gesprochen?«

»Nein. Dazu war keine Zeit.«

»Tu es heute vormittag.«

Sie schwieg einen Augenblick. »Sergej, es gefällt mir nicht, daß all diese Leute hier sind. Diese beiden. Stepanov. Ich mußte noch nie arbeiten, während andere um mich herum waren. Was machst du nur?«

»Bist du nervös?«

»Sehr.«

»Hast du mit Stepanov geredet?«

»Ich hab's versucht«, sagte sie. Sie erzählte ihm, daß er bei ihrem Besuch in seiner Suite geschlafen hatte. Sie erzählte ihm auch, daß sie mit der Frau gesprochen hatte.

»Hat er die Frau mitgebracht?« fragte Krupatin.

»Nein. Sie wohnt hier.«

»Na, das ist keine Überraschung, oder?«

Sie sah ihn an. »Also ist er geschäftlich hier?«

Krupatin nickte. »Wir versuchen, über den Nordosten hinaus zu expandieren. Noch keine große Sache, aber vielversprechend.«

»Also gibt es hier noch andere?«

»Wir haben Leute hier, ja. Valentin kommt aus New York hierher, um mit ihnen zu arbeiten.«

Diese Information ließ Irina frösteln. Ihr eigener Mörder konnte also von überall her kommen. Er konnte nicht nur einer der wenigen Männer sein, die sie kannte, sondern auch ein Gesicht, das sie niemals erkennen würde.

»Du willst, daß ich mit Izwarin und Wolkow rede«, sagte sie. »Was soll ich ihnen sagen? Ich weiß nicht, warum sie hier sind.«

»*Sie* wissen auch nicht, warum sie hier sind.« Krupatin grinste. »Sag ihnen, ich würde mich bald mit ihnen in Verbindung setzen.«

»Und Stepanov?«

»Das gleiche.«

Irina wußte nicht, warum, aber Krupatin wich eindeutig aus. Dagegen war nichts zu machen. Es war sein Spiel nach seinen Regeln. Aber es gefiel ihr ganz und gar nicht, der Dreh- und Angelpunkt einer tödlichen Scharade zu sein, die einzige Bühnenfigur, die allen anderen Schauspielern das Stichwort gab. Ihr kam das vor wie eine Falle.

»Und welche Antwort gebe ich Wei und Bontate?«

»Meine Antwort an Wei hast du«, sagte er und wies mit der Zigarette auf das Adreßbuch.

»Ich muß ihnen etwas sagen.«

»Wenn sie dich drängen, dann sag, ich arbeitete an einer Antwort. Sonst sag ihnen nichts.«

Sie schwieg einen Augenblick, und Krupatin rauchte und starrte sie nur an.

»Und du wirst einfach so in meiner Suite auftauchen?« fragte sie.

»So ungefähr.« Er drückte seine Zigarette aus. »Trag das Adreßbuch ständig bei dir. Unter K steht ein Name, Walter Kralik. Wenn du Kontakt mit mir aufnehmen mußt, dann benutz diese Nummer. Laß die internationale und nationale Vorwahlnummer weg und wähl die ersten drei Ziffern in umgekehrter Reihenfolge. Ruf mich an. Hinterlaß eine Nummer und eine Uhrzeit, wann und wo ich dich zurückrufen soll.«

»Walter Kralik.«

»Ja.«

»Und ansonsten willst du, daß ich heute abend damit« – sie hielt das Adreßbuch hoch – »weitermache?«

»Allerdings.« Er drückte seine Zigarette aus. »Ich muß gehen. Es wird hell.«

EINUNDVIERZIG

Nachdem Krupatin gegangen war, blieb Irina auf ihrem Bett sitzen und starrte hinaus auf die Armada von Wolken, die noch immer von der Küste her über die Stadt zogen. Mit zunehmender Helligkeit war ihre Farbe von Aschgrau in Blaßblau übergegangen. Die Ränder waren von der aufgehenden Sonne pfirsichfarben getönt.

Ihr erster Impuls war Flucht. Doch es war schon sehr lange her, daß Irina nach ihrem ersten Impuls gehandelt hatte. Sie hatte gelernt, solche Impulse zu unterdrücken. Alles war der Notwendigkeit untergeordnet, Félias Überleben zu sichern. Es war erstaunlich, wozu man fähig war, wenn man mit einer Katastrophe konfrontiert wurde. Man fing an, ernstlich darüber nachzudenken, wie man das Unmögliche schaffte. Man begann das Absurde zu planen wie etwas ganz Alltägliches und Vorhersehbares. Man begann an Wunder als normale Erscheinungen zu glauben.

Nachdem sie gebadet und ihr Haar getrocknet hatte, wickelte sie sich wieder in den Bademantel und bestellte ein Frühstück. Als sie mit Gebäck und schwarzem Kaffee fertig war, klappte sie ein Bügelbrett auf und fing an, eines der beiden Kostüme zu bügeln, die sie seit der Reise von London nach Paris und Palermo vor so vielen Tagen abwechselnd getragen hatte. Da klingelte es an der Tür. Sie wußte genau, wer es war. Sie ging durch den Wohnraum zur Eingangstür, schaute durch den Spion und sah ihre Vermutung bestätigt. Sie zog den Gürtel des Bademantels enger um sich und öffnete die Tür.

»Ich bin überrascht, daß Sie so lange gebraucht haben«, sagte sie.

Izwarins Lächeln, das in Erwartung, diese geheimnisvolle Freundin von Krupatin kennenzulernen, größtmöglichen Charme verspritzen sollte, erlosch in dem Augenblick, in dem er Irina erkannte. Er starrte sie wortlos und mit aufgerissenem Mund an, zu verblüfft, um sich zu fassen.

»Machen Sie den Mund zu und kommen Sie rein«, sagte Irina mit müder Unhöflicheit, als sie von der Tür zurücktrat.

Izwarin hatte sich so weit erholt, daß er eintreten konnte, und als Wolkow ihm folgte, dachte Irina, daß er sie ein wenig länger musterte, als sie erwartet hatte. Er schien nicht so schockiert, sie zu sehen. Aber Wolkow ließ sich seine Gefühle auch nicht so deutlich anmerken wie Izwarin.

»Ich habe Sie lange nicht gesehen«, sagte Izwarin, der sich in der Mitte des Wohnraums umdrehte, noch immer um Fassung bemüht. Er brachte ein Lächeln zustande. »Ich wußte nicht, daß Sie ... daß Sie diejenige sein würden, die kommt. Sergej hat nichts davon gesagt.«

»Haben Sie das Gefühl, im dunkeln zu tappen?« fragte Irina.

Izwarins tapferes Lächeln verging. Er wußte nicht recht, was er antworten sollte. Wenn er verneinte, würde sie ihn erklären lassen, was vor sich ging, und da er das nicht konnte, während sie womöglich Bescheid wußte, würde er sich zum Narren machen, wenn er einfach eine Erklärung erfand. Wenn er bejahte, gäbe er damit zu, keine Ahnung zu haben, was da lief.

»Wie meinen Sie das?« fragte er. Seine Lage war mitleiderregend.

»Sergej wird nicht zu uns in dieses Hotel kommen«, sagte sie tonlos. »Er wird nicht zu erreichen sein.«

»Nicht zu erreichen!« Izwarin war verblüfft.

»Er wird nur über mich mit Ihnen Verbindung aufnehmen«, fügte sie hinzu, »und ich soll Ihnen sagen, daß Sie vielleicht ein paar Tage warten müssen, bis er Instruktionen für Sie hat.«

»Wann haben Sie mit ihm gesprochen?« stammelte Izwarin.

»Ich habe heute morgen mit ihm gesprochen.«

»Am Telefon.«

»Nein, persönlich.«

»Hier?«

»Das spielt keine Rolle«, sagte Irina. »Das ist alles, was ich Ihnen ausrichten soll.«

Izwarin starrte sie an. Wolkow sagte nichts.

»Ich kann das unmöglich glauben«, sagte Izwarin. »Unmöglich – daß er nur über Sie mit uns Verbindung aufnehmen will ... Scheiße.«

»Warum?«

»Warum? Weil Sie ein verdammter Junkie sind, darum!«

Sie schaute ihn an und blieb ganz ruhig, um ihn in Verlegenheit zu bringen. Sie sagte nichts. Schweigen war immer schwierig für Izwarin.

»Zweierlei«, sagte sie endlich. »Erstens, wir müssen uns anderswo unterhalten. Zweitens, ich muß Kleider kaufen. Und das werde ich jetzt gleich tun. Ich nehme Stepanovs Freundin mit. Warum folgen Sie uns nicht? Wenn ich mit Ihnen reden will, werde ich es Sie wissen lassen.«

»Das kann nicht Ihr Ernst sein.«

»Es ist mein Ernst.«

Izwarins Gesicht wurde rot vor Empörung. Er wußte nicht, ob sie mit ihm spielte, oder ob Krupatin es tatsächlich so angeordnet hatte. Er ließ es darauf ankommen. Unter großen Mühen brachte er ein Lächeln zustande.

»Irina, ich hoffe, Sie wissen, was Sie tun«, sagte er. »Wenn Sie mit mir reden möchten, hinterlassen Sie eine Nachricht.« Mit aller Selbstsicherheit, die er aufbringen konnte, verließ er die Suite.

Wolkow folgte Izwarin nicht. Seine kräftige Gestalt schien auf dem Perserteppich vor dem Kamin Wurzeln geschlagen zu haben. Seine schmalen Lippen und sein grauer Teint entsprachen seinem düsteren Gesichtsausdruck. Er musterte Irina mit seinen schwarzen, runden Augen.

»Sie haben mit Sergej gesprochen?« fragte er.

Sie nickte. »Heute morgen.«

»Wir sollen also warten, bis wir von ihm hören – über Sie.«

»Das sollte ich Ihnen ausrichten.«

»Und Stepanov?«

»Das gleiche.«

Wolkow nickte und schien mehr hören zu wollen.

»Ehrlich gesagt«, sagte Irina, »ich weiß auch nicht mehr als Sie. Sie wissen ja, das ist Sergejs starke Seite.«

»Ja«, sagte Wolkow ausdruckslos. »Ich weiß.« Er betrachtete sie noch einen Moment, und mit einem leisen Flattern im Magen fragte sie sich, ob Bontate schon mit ihm gesprochen hatte. Doch dann verging der Augenblick, er ging ebenfalls aus der Tür und zog sie hinter sich zu, ohne sich noch einmal umzuwenden.

Irina ging zum Telefon und rief in Stepanovs Zimmer an.

Stepanov meldete sich.

»Hier ist Olja Serowa«, sagte sie.

Eine lange Pause folgte. Dann antwortete er. »Hallo. Ich erkenne Ihre Stimme wieder, obwohl es lange her ist. Ich bin überrascht, von Ihnen zu hören.«

»Ich habe gerade mit Nakhimow und Bijkow gesprochen«, sagte sie. »Nakhimow ist aufgebracht.«

»Was Sie nicht sagen.«

Sie konnte sein Verhalten nicht recht deuten. In vieler Hinsicht war der Umgang mit ihm schwieriger als der mit Izwarin. Stepanov leitete die amerikanischen Unternehmungen schon lange. Diese Art der Unabhängigkeit, fern von Krupatin, hatte ihn ziemlich selbstsicher gemacht. Er hatte seine Paranoia viel besser unter Kontrolle als Izwarin.

»Die Geschäftsführung wird Ihnen über mich Anweisungen zukommen lassen. Ich werde sie an Sie weitergeben, sobald ich weiß, worum es sich handelt.«

»Hmm. Weitere Überraschungen.«

Darauf antwortete sie nicht. »Hat Ihre Freundin Catherine Ihnen erzählt, daß wir uns gestern nacht unterhalten haben?«

»Ja.«

»Ich würde Sie gern sprechen.«

Stepanov zögerte. »Wann erwarten Sie, etwas von der Geschäftsführung zu hören?«

»Das kann ein paar Tage dauern.«

»Wirklich? So lange?« Er hielt inne. »Okay.«

Sie hörte ihn den Telefonhörer hinlegen und sagen: »Es ist Olja Serowa.«

ZWEIUNDVIERZIG

Sie nahmen ein Taxi, fuhren geradewegs zur Galleria und begannen einzukaufen. Cate beobachtete Irina fasziniert. Ohne jedes Zögern erkannte sie rasch die exklusivsten Geschäfte, und nach kurzer Überlegung wählte sie die Stoffe, Farben und Stile, die am besten zu ihr paßten. Als erstes kaufte sie ein neues Kostüm, behielt es gleich an und bat die Verkäuferin, das, in dem sie gekommen war, wegzuwerfen. Wenn sie Änderungen verlangte, sagte sie der Näherin genau, wie sie durchzuführen waren. Sie war bereit, horrende Preise dafür zu bezahlen, daß die Änderungen binnen weniger Stunden vorgenommen wurden. Sie war eindeutig daran gewöhnt, ohne irgendwelche finanziellen Einschränkungen einzukaufen.

Als sie gegen zwei Uhr mittags in der Galleria fertig waren, hatten sie noch nicht gegessen. Cate schlug das Café Annie in der Nähe des Palm Court vor, wo es noch exklusivere Geschäfte gab, falls Irina weitere Einkäufe machen wollte.

Obwohl sie zu einem recht späten Mittagessen erschienen, war das schicke Restaurant noch immer ziemlich voll. Irinas auffallende Erscheinung erregte sofort die Aufmerksamkeit des Oberkellners, und als sie einen Tisch verlangte, an dem sie möglichst ungestört wären, erhielt sie ihn prompt. Während sie zu ihrem Tisch gingen, drehten sich die Köpfe nach ihnen um.

Irina lehnte den Stuhl ab, den der Oberkellner ihr anbot, den Platz, von dem aus sie die anderen im Raum am besten sehen konnte und auf dem sie auch am besten gesehen wurde. Statt dessen nahm sie höflich da Platz, wo eine Säule ihr nicht nur den Blick versperrte, sondern auch ihr Gesicht verbarg. Der Oberkellner war betrübt. Irina und Cate bestellten Wein und einen leichten Lunch, und zum ersten Mal, seit sie das Hotel verlassen hatten, ließ Irina ihre grünen Augen auf ihrer Begleiterin ruhen. Ihr Gesicht wurde weicher.

»Solche hektischen Einkäufe muß ich häufiger machen, als mir lieb ist«, sagte sie. »Mein Beruf erfordert oft plötzliche Reisen, ohne daß ich Gelegenheit habe, zu packen oder zu planen. Ich habe so oft in fremden Städten eingekauft, daß ich anscheinend eine… eine Art von Konzentration entwickelt habe, die alles andere ausblendet.« Sie trank von ihrem Wasser und seufzte. »Aber ich weiß es zu schätzen, daß Sie mir erspart haben, erst nach den richtigen Läden zu suchen.«

»Ich glaube, ich habe noch nie gesehen, daß jemand in so kurzer Zeit so viel einkauft«, sagte Cate. »Das macht sicher Spaß.«

Irina legte den Kopf schräg und zuckte mit den Schultern. »Mir macht es keinen Spaß«, sagte sie.

Der Wein wurde gebracht, und Irina bat den Kellner, die Flasche zu öffnen und ihnen das Einschenken selbst zu überlassen. Er tat es und ging. Irina schenkte Cate und sich Wein ein.

»Ich muß diese Schuhe loswerden«, sagte sie, schlüpfte aus ihren Pumps und schlug die Beine übereinander. »Zum Wohl.«

Sie tranken. Der Weißwein war kühl und trocken. Irina musterte Cate.

»Sie haben einen guten Geschmack für Kleider«, sagte sie. »Diese Farbe paßt perfekt zu Ihnen. Mit Ihrem kastanienbraunen Haar und Ihrem Teint haben Sie es leicht. Zarte Farben, starke Farben – Ihnen stehen beide, wenn Sie sie richtig einsetzen.«

»Nett, daß Sie das sagen.« Cate wandte den Blick ab. »Ich wünschte, meine Finanzen würden mir erlauben, in den Geschäften einzukaufen, in denen wir heute gewesen sind.«

Irina zuckte gleichgültig mit den Achseln. »Ach«, sagte sie, »schöne Kleider sind ein kleiner Trost. Nein, eigentlich nicht mal das. Es gibt andere Dinge, die ich viel lieber hätte. Aber Kleider sind nun mal das, was ich haben kann… also leiste ich sie mir.«

»Was hätten Sie denn lieber?« fragte Cate.

Irina schaute zu ihr auf. Ihr Gesicht verriet nicht, was sie dachte.

»Nachts friedlich durchzuschlafen«, sagte sie. »Ohne Träume. Das wäre ein guter Anfang.«

Cate runzelte fragend die Stirn.

»Kommt Ihnen das seltsam vor?« fragte Irina. »Ja, natürlich.« Sie trank von ihrem Wein, und ihre Augen waren auf das Glas gerichtet, als sie es wieder auf den Tisch stellte. »Wir wissen so wenig voneinander. Ich hab fast vergessen, wie es ist, einen… na ja, einen Freundeskreis zu haben«. Sie blickte auf. »Man sagt doch ›Kreis‹, nicht?«

»Ja«, sagte Cate. »Freundeskreis.« Sie zögerte einen Augenblick, ehe sie fragte: »Warum haben Sie keinen Freundeskreis?« Dabei fiel ihr sofort wieder ein, daß man sie gewarnt hatte, Fragen zu stellen, und sie versuchte den Fehler gutzumachen, indem sie selbst eine harmlose Antwort gab. »Wahrscheinlich reisen Sie zuviel.«

»Ja«, stimmte Irina nickend zu. »Genau das ist der Grund, ich reise zuviel.«

Ihr Essen kam sehr schnell, und sie unterhielten sich über belanglose Dinge, während sie aßen. Cate war gewarnt worden, nicht zu viele Fragen zu stellen, aber Irina hatte offenkundig keine derartigen Vorbehalte. Während der ganzen Mahlzeit erkundigte sie sich nach Cate. Cate war zuerst angespannt und auf der Hut und dachte, Irina teste sie, wolle ihr auf die Schliche kommen, sie bei einem falschen Ton erwischen. Doch nach einer Weile schien es so, als drückten Irinas Fragen nur das Interesse einer Frau am Leben einer anderen Frau aus. Sie schien nach ähnlichen Erfahrungen, nach Gemeinsamkeiten zu suchen. Nachdem Cate das begriffen hatte, erschienen ihr Irinas Fragen unerwartet intensiv. Und dann traf Cate die plötzliche Offenbarung: Diese Frau war, wie Ometow behauptet hatte, ganz einfach einsam.

Irina schob ihren Teller zurück, den sie noch nicht einmal halb geleert hatte. Sie schenkte noch einmal Wein ein.

»Sagen Sie mir«, sagte sie, beugte sich vor, die Unterarme auf dem Tisch, die Hände leicht um den Stiel des Weinglases gelegt, »was interessiert Sie an Stepanov? Wenn die Frage nicht zu unhöflich ist. Verzeihen Sie, wenn ich das sage... Wirklich, Sie sind so attraktiv, Sie sind hier zu Hause, Sie müssen hier viele Freunde haben – wie ist es möglich, daß Sie sich für Valentin interessieren, der ja nun nicht gerade ein romantisches Idol ist?«

Die Frage hätte nach dem ersten knappen Satz zu Ende sein können. Und wenn sie es gewesen wäre, hätte Cates Antwort vielleicht Unsicherheit verraten. Doch Irinas Erklärung gab ihr einen Augenblick Zeit, sich etwas einfallen zu lassen.

»Sie sind selbst eine schöne Frau«, sagte sie, »und doch lassen Sie durchblicken, daß Sie einsam sind. Wie erklären Sie das?«

»Ich sagte doch, ich reise zuviel.«

»Und ich reise nicht genug. Wenn man darüber nachdenkt, ist der Unterschied gar nicht so groß.«

Irina schaute sie einen Moment an. Mit einer klugen Retourkutsche ließ sie sich nicht abspeisen.

»Nein.« Sie schüttelte den Kopf. »Ich verstehe das nicht. Ich finde, es ist überhaupt nicht das gleiche.«

Cate bereitete sich vor, einen neuen Anlauf zu nehmen, als Irina wieder sprach.

»Haben Sie ein Kind?«

Ein Kind? Würde man nicht normalerweise fragen: Haben Sie Kinder? Der Singular gab Cate den richtigen Hinweis. Sie wischte sich mit der Serviette den Mund ab; sie ließ sich Zeit, hob ihr Glas und trank einen Schluck, ehe sie antwortete und hoffte, damit Widerstreben erkennen zu lassen.

»Ich habe eine Tochter«, sagte sie.

Irinas Augen spiegelten einen Funken von Erregung wider, doch sie hatte sich sofort wieder unter Kontrolle.

»Eine Tochter? Tatsächlich? Wie alt ist sie?«

Cate war dankbar, daß das Gespräch nicht früher diese Wendung genommen hatte und Irina die Existenz ihrer eigenen Tochter nicht erwähnt hatte. Dieser »Zufall« würde nur wirken, wenn Cate ihn als erste zur Sprache brachte.

»Sie ist drei.«

Irina starrte sie an und konnte ihre Erregung nicht mehr verbergen. »Drei… oh, Gott, so jung. Lebt sie bei Ihnen?«

»Ja. Im Augenblick ist sie natürlich bei meinen Eltern, für ein paar Tage.«

»Ach ja?« Irina starrte sie noch immer an. »Ich habe auch eine Tochter«, sagte sie eifrig, hob eine Hand und legte sie flach auf ihre Brust. »Sie ist fünf. Nicht viel älter als Ihre. Ich weiß noch so gut, wie sie mit drei Jahren war…«

Cate lächelte. »Sie müssen sie vermissen, wenn Sic auf Relsen sind.«

Die Lebhaftigkeit verschwand aus Irinas Gesicht. »Ja, ich vermisse sie schrecklich.« Sie schüttelte den Kopf. »Aber sie lebt nicht mehr bei mir.«

»Tut mir leid«, sagte Cate. »Sie sind also auch geschieden?«

Irina zuckte mit den Schultern. »So ähnlich.« Sie wurde ernst und betrachtete die wenigen Tische, die sie von ihrem Platz aus sehen konnte. Ihr Verhalten ließ erkennen, daß sie das Thema fast so schnell beenden wollte, wie sie es begonnen hatte.

»Hören Sie«, sagte sie und wandte sich plötzlich wieder Cate zu. »Sie wissen nicht, was Sie mit diesem Stepanov machen.«

»Was?«

»Sie kenne ihn noch nicht lange, haben Sie gesagt.«

»Das stimmt.«

»Nun, Sie wissen nicht, worauf Sie sich mit ihm einlassen.«

»Ich lasse mich auf nichts ein«, sagte Cate.

»Oh doch, das tun Sie.« Irina beugte sich wieder vor. »Ich kann es mir vorstellen. Vermutlich haben Sie ihn in einem Club kennengelernt, an einer Hotelbar, da, wo Geschäftsleute nach der Arbeit eben auf einen Drink hingehen. Sie kamen ins Gespräch. Er war Ausländer. Das ist interessant. Russe? Wirklich? Noch interessanter. Er spendiert Ihnen ein paar Drinks. Warum auch nicht? Nach einigen Gläsern lädt er Sie ein, mit ihm essen zu gehen. Na ja, okay, warum nicht? Beim Essen, vielleicht bei einigen weiteren Drinks, versucht er eine höfliche Annäherung. Sehr höflich. Lachend weisen Sie ihn zurück. Er läßt das Thema fallen. Noch ein paar Drinks. Er kommt auf das Thema zurück. Was wäre, wenn Sie mit ihm schlafen würden, nur dieses eine Mal? Was könnte das schon schaden? Er weiß, daß Sie keine Prostituierte sind, aber er ist einsam, so einsam. Er reist soviel. Nein, sagen Sie. Tut mir leid, wirklich. Hören Sie, sagt er, wie wär's, wenn… wenn Sie nur dieses eine Mal mit ihm schlafen, und er gibt Ihnen zweitausend Dollar. Nein, dreitausend Dollar. Sie lachen. In bar, sagt er. Das ist lächerlich, sagen Sie. Nein, bitte, sagt er. Er versteht. Wie wär's mit viertausend Dollar?« Irina hielt inne und schaute Cate an. »So ähnlich ist es gelaufen, vermute ich.«

Cate musterte sie. Großer Gott. Sie schaute wieder auf ihr Glas.

»Sehen Sie«, sagte Cate, »das ist das einzige Mal in meinem Leben, daß ich je so was getan habe. Ich bin keine Prostituierte, um Himmels willen.«

»Nein, nein«, protestierte Irina, streckte die schmale Hand aus und legte sie auf Cates. »Ich verstehe nur zu gut. Vermutlich bezahlt er Ihnen für eine Nacht mehr Geld, als Sie in ein oder zwei Monaten verdienen können. Und schließlich, was bedeutet es schon, mit jemandem ins Bett zu gehen? Es ist ja nicht so, als ob Sie Ihre Seele verkaufen würden. Das kommt vor, selbst bei Leuten, die man gerade erst kennengelernt hat. Man macht eben einen drauf.«

Cate sah sie an und schüttelte den Kopf. »Soviel Geld kann ich nicht ablehnen. Es ist einfach verdammt viel Geld. Keiner weiß es. Dieser Kerl ist ein völlig Fremder. Ich kann in den fünf Tagen, die er in der Stadt ist, fünfzehntausend Dollar machen. Es ist mir egal, woher das Geld kommt. Ich habe nichts auf der hohen Kante. Mein Ex-Mann hat mir seit mehr als einem Jahr keinen einzigen Dollar geschickt.«

Irina drückte Cates Hand und beugte sich über ihr Glas. Aus der Entfernung sahen sie aus wie zwei gutbetuchte Houstoner Ehefrauen, die miteinander plaudern.

»Hören Sie mir zu«, sagte Irina fast bittend. »Ich weiß, was Sie sagen wollen. Dieser Mann hat Erfahrung mit Frauen wie Ihnen. Er sucht und versteht Verwundbarkeit. Aber ich sage Ihnen …« Sie sah Cate an; die Worte lagen ihr auf der Zunge, und ihr Gesicht verriet, daß sie gern mehr gesagt hätte, als sie sollte. Sie ließ Cates Hand los, lehnte sich zurück und sah sie an.

»Ach, lassen wir das Thema«, sagte Cate. Sie lächelte ein wenig. »Ich weiß zu schätzen, was … Sie gesagt haben. Ich weiß zu schätzen, daß Sie mich dafür nicht verurteilen. Es ist gut, jemanden zu haben, der versteht, der weiß, wie es ist … allein zu sein, die Verantwortung zu haben …«

Sie sprach immer leiser, verstummte dann ganz und überließ Irinas eigener Vorstellungskraft den Rest. Das Gespräch hatte eine dramatisch andere Wendung genommen, als Cate erwartet hatte, doch das hatte ihr sehr genutzt.

»Was hat Valentin Ihnen gesagt, wie lange er in der Stadt sein wird?« fragte Irina.

»Bis zu fünf Tagen, glaube ich.«

Irina nickte nachdenklich.

»Wie lange werden Sie hier sein?« fragte Cate.

»Zwei oder drei Tage, nicht länger.« Irina drehte den Stiel ihres Weinglases. »Was hat er dazu gesagt, daß Sie mich heute begleiten?«

»Er schien nichts dagegen zu haben, aber er fand es eigenartig.«

»Eigenartig? Er ist ein solcher Narr.« Irina war nüchtern und nachdenklich geworden.

Schweigen.

»Na ja, ich bin nicht die ganze Zeit mit ihm zusammen«, sagte Cate. »Vielleicht könnten wir gemeinsam zu Mittag essen, oder zu Abend.«

»Ich werde sehr seltsame Arbeitszeiten haben, solange ich hier bin«, sagte Irina beiläufig. »Das könnte schwer einzurichten sein.«

»Na ja, hat er dann nicht auch seltsame Arbeitszeiten?«

»Ich weiß nicht. Diese Sache mit den Handelsvollmachten ist... Nun, es ist keine Routinesituation. Wir arbeiten nicht zusammen, ich meine, nicht direkt.« Sie trank aus ihrem Glas. »Entschuldigen Sie mich.«

Sie nahm ihre Tasche und ging durch den Speiseraum, und wieder drehten sich Köpfe nach ihr um. Sie war groß, blond, teuer gekleidet und hatte einen Körper, um den jede Frau sie beneidet hätte; außerdem besaß sie eine Aura, die die meisten wohl mit einem berühmten Mannequin oder einer Schauspielerin assoziierten. Man konnte beinahe spüren, wie die Leute sich den Kopf zerbrachen, wo sie sie wohl schon mal gesehen hatten.

Da sie wußte, daß sie vermutlich zehn Minuten oder länger bleiben würde, war Cate versucht, mit Hain und den anderen zu reden. Dann wurde ihr klar, daß sie nichts sagen konnte, was sie nicht schon gehört hatten. Sie wußten, was sie machte. Wenn es ihnen nicht gefiel, konnten sie ihr eine Nachricht schicken. Für sie schien alles gut zu laufen. Ihre einzige Sorge war der Zeitplan. Wenn Irinas Bemerkung über ihre Termine keine Erfindung war, dann blieb ihnen nicht viel Zeit. Und noch immer keine Spur von Krupatin. Alle schienen zu warten. Krupatin stand noch immer im Mittelpunkt der Aufmerksamkeit, selbst in seiner Abwesenheit.

DREIUNDVIERZIG

»Nun«, sagte Ometow und schob sich die Kopfhörer von den Ohren, nahm sie aber nicht ab, »wenn wir zwischen den Zeilen lesen und Fakten und Fiktion in ihrer Geschichte auseinanderhalten, dann können wir, denke ich, sicher sein, daß wir mit unserer ersten Vermutung über sie recht hatten. Krupatin hatt ihr ihre Tochter weggenommen. Was immer sie für ihn tut, sie tut es aus diesem Grund.«

Curtis Hain nickte, nahm ebenfalls die Kopfhörer ab und legte seinen Stift auf den Block, der vor ihm lag. Die metallenen Klapptische waren jetzt derartig mit elektronischen Geräten überladen, daß sie beinahe durchhingen. Überall auf dem Boden des Wohnraums schlängelten sich Kabel.

»Cate hat das wunderbar gemacht«, sagte Ann und nickte in Richtung des Empfängers. »Sie hat den Riß im Panzer gesehen und genutzt.«

»Und Irina schien das zu akzeptieren«, fügte Erika hinzu. Sie und Ann saßen auf der anderen Seite der Tische mit dem Rücken zum Garten. Sie mußten um Computerbildschirme herumschauen, um Hain und Ometow zu sehen. »Ich war überrascht, wie ihre Stimme klang, wie sie sich veränderte, als sie über ihre Tochter gesprochen haben.«

Ometow starrte auf den Tisch und klopfte mit den Fingernägeln auf einen Bildschirm. »Allmählich vermute ich, daß Sergej vorhat, nicht auf der Bildfläche zu erscheinen. Was immer er hier will – ich glaube, er wird es durch die Leute erledigen lassen, die er geschickt hat.«

»Falls er überhaupt hier ist.«

»Richtig.«

»Wir haben noch immer keinen Beweis, daß er London verlassen hat.«

»Stimmt. Aber ich glaube, er ist hier. Mit all diesen Leuten ... Er ist hier.«

Eins der Telefone neben Hains Ellbogen läutete, und er nahm den Hörer ab.

»Curtis, hier ist Jernigan. Hören Sie, es wird interessant. Vor ungefähr einer Stunde hat Izwarin beschlossen, an den Pool draußen zu gehen und sich die Miezen anzusehen. Wolkow ging runter in die Halle und lief ein bißchen rum. Er ließ sich die Schuhe putzen. Er ging in den Tabakladen, sah sich um, kaufte ein paar Zigarren, schlug die Zeit tot. Zwei Typen kamen aus dem Laden. Einer von ihnen fing an, sich ebenfalls umzusehen, aber der andere ging zu Wolkow und sagte was. Wolkow war völlig überrascht, aber der

Bursche hatte eine Menge zu sagen, und Wolkow hörte zu. Nach ungefähr zehn Minuten ging er mit den beiden Männern zu den Aufzügen. Während die Türen sich schlossen, konnte man sehen, daß sie auf alle Knöpfe drückten. Wir konnten also nicht feststellen, wohin sie fuhren.«

»Verdammter Mist«, sagte Hain.

»Aber wir haben Fotos von den Typen. Es sind Italiener, Curt. Eindeutig Italiener.«

»Kein Scheiß?« Hain zog die Augenbrauen hoch, sah Ometow an und winkte allen, sie sollten mithören. »Wir hören jetzt alle zu.«

»Wenn sie nicht aus Sizilien sind, fresse ich einen Besen«, fuhr Jernigan fort. »Wir lassen die Fotos von Streys Leuten mit den Personendateien abgleichen.«

»Hatten Sie draußen auch Leute?«

»Ja. Sie haben das Hotel nicht verlassen. Und das ist noch nicht alles. Heute früh, vor der Morgendämmerung, hat jemand, ich nehme an Irina, alle Wanzen in ihrer Suite gefunden. Sie sind tot. Am Vormittag haben wir die Kamera installiert, und vierzig Minuten später hat jemand Farbe auf die Linse gesprüht.«

»Großer Gott.«

»Ich nehme also an, daß irgendwo im Hotel Italiener sind, aber wir konnten sie nicht finden. Jemand deckt sie. Wir müßten alle Zimmer persönlich betreten.«

»Italiener, die mit Russen Kontakt aufnehmen?« fragte Ann rhetorisch. »Curt, glauben Sie, daß das Bontate ist?«

»Die Camorra ist hier sehr munter«, sagte Jernigan. »Wir sind über die Burschen gut informiert. Es könnte sein, daß sie vom Kommen der Russen gehört und sich gedacht haben, sie sollten ihnen einen Besuch abstatten und ihnen sagen, wer hier die Dinge in der Hand hat.«

»Wer hat die Kamera unbrauchbar gemacht?« fragte Erika.

Ometow runzelte die Stirn. »Ich weiß nicht. Warum sollten die Italiener sich darum kümmern, wer aufgenommen wird, wenn er Irinas Suite betritt? Es sei denn, daß sie es *selbst* sind.«

Hain dachte einen Augenblick nach. »Als Irina sich angemeldet hat, hat sie bewußt nicht die Zimmer genommen, die Izwarin reserviert hatte, sondern willkürlich eine andere Suite.«

»Scheinbar willkürlich.«

»Sie konnte vor ihrer Ankunft nicht wissen, daß sie frei sein würde.«

Ometow zuckte die Achseln. »Dann hat Sergej noch andere Leute hier?«

»Vielleicht waren es auch die Italiener«, sagte Hain. »Vielleicht sehen sie sich Irinas Suite ebenfalls an und installieren Wanzen, genau wie wir.«

»Und sie wollten uns zu verstehen geben, daß sie wissen, daß wir da sind.«

»Ja«, sagte Hain angewidert.

»Da gibt es also offene Fragen. Sind sie Gäste im Hotel, eingetragene Gäste? Oder kommen und gehen sie bloß wie irgendwelche anonymen Besucher, die sich in belebten Hotelhallen und Speisesälen aufhalten?«

»Ich glaube nicht, daß jemand, der nur vorbeikam, diese Kamera gefunden oder gesehen hat, wie sie installiert wurde. Jemand paßt auf.«

»Ihre Tür wird todsicher beobachtet«, sagte Hain. »Die Frage ist bloß, von wo aus?«

Für einen Moment sagte keiner etwas. Alle durchdachten die Fülle möglicher Szenarien.

»Krupatin ist wie Satan«, murmelte Ometow. »Für ihn ist jeder Jesus. Er führt sie oben auf den Berg und zeigt ihnen die Welt. Er verspricht ihnen alles, was sie wollen, für eine kleine Gefälligkeit.«

»Jemand im Hotel«, sagte Hain. »Personal.«

»Ich denke, das ist eine gute Möglichkeit.«

»Neil, können Sie das überprüfen?«

»Klar.«

»Warten Sie«, sagte Hain rasch. »Das ist, glaube ich, keine gute Idee. Wir wissen nicht, auf welcher Höhe der Hierarchie er jemanden bestochen hat. Wenn wir so nach ihnen suchen, erfahren sie möglicherweise davon. Wir müssen zuerst die Köpfe zusammenstecken, Neil. Wir melden uns wieder bei Ihnen.«

Hain unterbrach die Verbindung, und alle sahen sich an.

»Vielleicht hat Sergej außer Izwarin und Wolkow noch andere Leute da«, sagte Ometow. »In anderen Zimmern. Vielleicht wird er auf diese Weise mit Irina in Verbindung treten. Vielleicht gibt es da andere, die Ihre Leute noch nicht identifiziert haben.«

»Herrgott, Leo, Sie hören sich an, als gäbe es einen ganzen Schwarm von denen«, sagte Ann.

»Ach«, sagte Ometow und nickte nachdrücklich, »ich denke, daß das in der Tat so ist. Sie arbeiten gegen Leute, die früher beim sowjetischen Geheimdienst waren. Möchten Sie darüber mal nachdenken? Wie hat Ihr Land in diesem kleinen Wettbewerb abgeschnitten? Das sind die Leute, die Aldrich Ames umgedreht und zehn von Ihren Agenten umgebracht haben. Bei uns wurde ein ganzes Volk in den Bankrott getrieben, um diese Leute auszubilden. Das Gesellschaftssystem hat nicht überlebt, aber diese Leute haben das beste nur vorstellbare Training in diesem Gewerbe erhalten, und sie *haben* überlebt. Sie haben es hier nicht einfach mit Gangstern zu tun, meine Liebe. Das sind Leute, die früher eine ganze Nation manipuliert haben.«

»Okay, Leo«, sagte Hain, lehnte sich zurück, und sein Stuhl knarrte, als er sich den rechten Oberschenkel massierte. »Was schlagen Sie vor?«

Ometow schlug die Beine übereinander und ließ den Kopf sinken. Während er über Hains Frage nachdachte, riß er abwesend ein Stück Papier von dem Notizblock, auf den er gekritzelt hatte, rollte es zwischen den Fingern, knetete es und verarbeitete es zu einem kleinen, harten Kügelchen.

»Ich habe das Gefühl«, sagte er, den Kopf noch immer gesenkt, »daß Sergej Krupatin uns bereits ausmanövriert hat.«

»Was?«

Ometow blickte auf und steckte das Kügelchen in die Brusttasche seines zerknitterten Jacketts.

»Diese kleinen Spiele mit Wanzen und Kameras«, sagte er, »sind ein Ablenkungsmanöver. Ich glaube, Ihr Instinkt, nicht gleich der Frage auf den Grund zu gehen, wer im Hotel gekauft worden sein könnte, war gut. Ich denke, Izwarin und Wolkow sind Lockvögel, die uns wie zu Zeiten des Kalten Krieges in Trab halten sollen, die uns mit Wanzen und Kameras und observierenden Agenten beschäftigen sollen, genau wie der Schachzug mit der Maskierung. Dieser Humbug soll uns weismachen, daß die Männer ernsthafte

Geschäfte betreiben. Und dann kommt Irina an. Die Freundin. Nicht so schrecklich wichtig, wo doch diese ganzen anderen Männer herumlaufen.«

»Und die Fahrt von Izwarin und Wolkow, als sie die Waffen geholt haben?«

»Bloß Beschäftigungstherapie für uns. Alte Spielchen.«

»Und wie sieht das neue Spiel aus?«

»Ich weiß es nicht.« Ometow schüttelte den Kopf und setzte sich für einen Moment gerade hin. Er betrachtete die Bildschirmschoner, Muster, die ihn durch Sternenfelder in die Tiefe des Weltraums führten, und sank wieder in sich zusammen. »Was ich weiß, was ich einfach in den Knochen spüre, ist, daß Irina Ismailowa im Mittelpunkt dieser Sache steht. Und durch einen einfachen, dummen Glücksfall befindet sich Cate genau an der richtigen Stelle. Wir hatten sie als Lockvogel für Krupatin gedacht. Aber wie sich herausstellt, besteht ihr wirklicher Wert für uns darin, daß sie einfach eine verständnisvolle Frau ist, die einer anderen Frau eine Freundin sein kann.«

»Und wie zum Teufel sollen wir dafür sorgen, daß die beiden zusammenbleiben?«

»Das können wir nicht. Irina wird sich von ihr entfernen müssen, um mit Krupatin Kontakt zu halten. Aber wir können dafür sorgen, daß sie sich näherkommen.«

»Und was schlagen Sie vor, wie wir das machen sollen, Leo?«

Ometow sah Hain mit ernstem, fast verzweifeltem Gesicht an. »Sympathie«, sagte er.

VIERUNDVIERZIG

Aus dem Vorraum der Damentoilette im Café Annie rief Irina im Hotel an und fragte nach Nachrichten. Es gab nur eine. Irina sah auf ihre Uhr. Ihr blieb etwas mehr als eine Stunde.

Als sie an den Tisch zurückkehrte und sich setzte, lächelte Catherine sie an. Irina hatte schon lange kein Lächeln mehr gesehen, das sie für echt hielt. Es war schwierig, es einfach so zu akzeptieren, wie es dargeboten wurde, schwierig, es nicht zu sezieren und nach der wahren Bedeutung zu suchen.

Sie verteilte den restlichen Wein auf beide Gläser und hob mit einer kleinen Geste ihr Glas.

»Ich muß jetzt zurück«, sagte Irina. »Ich habe zu tun.« Es war schwierig. Sie hätte gern gelächelt, konnte aber nicht.

Cate nickte. »Also, mir hat's Spaß gemacht. Ich habe noch nie jemanden auf diese Weise einkaufen sehen«, sagte sie und lachte unbefangen.

»Vielleicht... wäre es nett, wenn wir etwas zusammen unternähmen«, sagte Irina. Ihr Herz schlug tatsächlich schneller. Konnte sie sich wirklich die Überzeugung gestatten, daß diese Frau war, was sie zu sein schien? Ihren Argwohn gegen diese Frau zu unterdrücken war, als erwarte sie den Verlust ihrer Jungfräulichkeit; es machte sie nervös und erzeugte ein Kribbeln tief in ihrem Bauch, als könne sie sich die Erfahrung, ihre Empfindungen und Möglichkeiten, nicht vorstellen.

»Klar«, sagte Cate. »Das würde mir gefallen.«

Auf der kurzen Rückfahrt zum Hotel einigten sie sich darauf, daß Irina Catherine anrufen würde, sobald sie Zeit hatte. Sie brauchten nichts Besonderes zu unternehmen. Es wäre einfach nett, sich zu sehen. Es entging Irina allerdings nicht, daß diese ungebundene Frau vielleicht mehr als eine Freundin sein könnte; sie könnte sich auch als nützlich erweisen.

Als sie im Château Touraine ankamen, griff Irina spontan nach Catherines Hand und drückte sie, bevor die Türen von übereifrigen Hoteldienern aufgerissen wurden. Einen Moment lang trafen sich ihre Blicke, und Irina glaubte auf einmal, daß sie und diese Frau mehr waren als Bekannte, daß ihrer beider Leben auf eine komplexe, aber wahrhaftige Art eng miteinander verbunden waren.

In ihrer Suite ging Irina zum Barschrank im Wohnzimmer und wählte einen schottischen Single-Malt-Whisky. Sie goß ein wenig in ein Glas mit Eiswürfeln und schüttelte es, um den Whisky abzukühlen. Sie betrachtete die herumliegenden Schachteln und Tüten mit neuen Kleidern und Unterwäsche, Parfums und Kosmetika. Wie oft hatte sie das schon getan, wie oft war sie Hals über Kopf verreist und hatte alles, was sie brauchte – und mehr – unterwegs gekauft? Wie hätte sie das vor zwölf Jahren vorhersehen sollen, als sie noch Studentin am Repin-Institut war und nur an ihre Karriere dachte, an den Geruch von Farben und Lacken und Leinwand, von modrigen alten Lagerräumen und nach Chemikalien riechenden Laboratorien? Unmöglich. Sie hielt das kühle Glas an ihre Schläfe. Unmöglich.

Die Türglocke läutete. Sie rührte sich nicht. Sie nahm einen Schluck aus dem Glas und hielt es an die andere Schläfe. Wieder läutete die Türglocke.

Mit dem Glas in der Hand ging sie zur Tür und öffnete. Einer der jungen Sizilianer, den sie schon einmal gesehen hatte, stand vor ihr. Er bewegte den Kopf ruckartig zur Seite, eine anmaßende Geste, die für ihn so natürlich war wie seine schwarzen Augen. Sie sollte mit ihm kommen.

FÜNFUNDVIERZIG

Als Cate die Tür zu Stepanovs Suite öffnete, fiel die spätnachmittägliche Sonne schräg über die Gartenmauer und warf harte Schatten auf eine Seite des Wohnraums. Als sie sich umdrehte, um die Tür zu schließen, sah sie die beiden Männer dahinter, zu spät, um zu reagieren, ehe einer von ihnen sie herumgerissen, ihr einen Arm an die Seite gepreßt und den anderen hart auf ihren Rücken zwischen die Schulterblätter gezogen hatte. Der zweite Mann legte ihr eine Hand über den Mund und drückte ihr den Lauf einer Pistole an die Stirn.

Cate und der Mann mit der Pistole starrten sich einen Moment lang an, und er zog fragend die Augenbrauen hoch. Sie nickte. Der Mann holte einen Schaumstoffball aus der Tasche und stopfte ihn ihr grob in den Mund. Beide Männer trugen Chirurgenhandschuhe. Cates Handgelenke wurden mit Handschellen hinter ihrem Rücken gefesselt, und der Mann hinter ihr warf sie auf das Sofa.

Der Mann mit der Pistole legte seine Waffe auf den Couchtisch und holte einen Notizblock und einen Filzstift aus der Tasche. »Das Zimmer ist verwanzt«, schrieb er.

Sie starrte ihn an. Er war Amerikaner, etwa in ihrem Alter, und trug Jeans, Turnschuhe, ein Polohemd und ein marineblaues Sportjackett. Sein Partner war ungefähr gleichaltrig und hatte Sporthosen, ein dunkelblaues Seidenhemd und ein Leinenjackett an.

Der Pistolenmann blätterte die Seite des Notizblocks um und schrieb: »Wir wollen Izwarins Liste.«

Stirnrunzelnd sah ihn Cate an.

Er warf ihr einen verzweifelten Blick zu, griff in seine Jackentasche und nahm ein Stück Schmirgelpapier heraus. Er wickelte das Papier um seine Hand und schlug sie damit. Der Schlag verblüffte sie so, daß sie nicht einmal Schmerz spürte, nur die brennende Schürfung, die das Sandpapier hinterließ.

Er hob wieder die Augenbrauen und reckte das Kinn.

Sie runzelte die Stirn, schüttelte den Kopf und versuchte, ihre Bestürzung so gut wie möglich zum Ausdruck zu bringen.

Er nahm den Block und schrieb: »Namen!«

Sie schüttelte den Kopf.

Er schlug sie erneut, diesmal auf die Schläfe, und riß direkt neben ihrer linken Augenbraue die Haut auf. Er schlug sie ein drittes Mal, diesmal aufs Knie. Wieder war sie verblüfft, nicht über die Schläge, die eigentlich nicht so sehr schmerzten, sondern über die Tatsache, daß ihr das wahrhaftig passierte. Er schlug sie wieder auf die Wange. Ihre Augen tränten heftig.

Er nahm den Notizblock auf und schrieb: »Wir wissen von Wolkow. Wir wissen, was Sie machen. Wir wissen, daß Sie die Liste hatten.«

Jetzt schüttelte sie den Kopf. Tränen liefen ihr aus den Augen, und die Schürfungen von dem Sandpapier begannen scharf zu brennen. Sie schüttelte wieder den Kopf und sah den anderen Mann an. Durch ihre Tränen erkannte sie, daß er winzige Kopfhörer trug; gelegentlich legte er die Finger daran, als wollte er deutlicher hören.

Plötzlich streckte er die Hand aus, gab seinem Partner einen

Klaps auf die Schulter und tippte rasch auf eine Seite der Kopfhörer.

Der Mann, der sie geschlagen hatte, zog eine Grimasse, und sein Mund bildete lautlos das Wort: »Scheiße.« Er griff in die Tasche, nahm den Schlüssel zu den Handschellen heraus, warf ihn auf den Couchtisch, und beide gingen zur Tür der Suite, traten hinaus und schlossen sie hinter sich. Es war vorbei.

Sofort ließ Cate sich auf den Fußboden fallen und rollte sich auf den Bauch. Sie erhob sich auf die Knie, hielt den Mund an die Sofaecke und begann, mit dem Schaumstoffknebel über die Kante der Polsterung zu scheuern. Mit den Kinnbacken bewegte sie den Mund auf der Kante hin und her. Allmählich lockerte sich der Ball, und nach ein paar Sekunden fiel er zu Boden. Auf Knien rutschte sie zum Couchtisch, drehte sich um und tastete hinter ihrem Rücken mit den Fingern nach dem Schlüssel. Dann stand sie mühsam auf, stolperte ins Schlafzimmer und schlug mit dem Fuß die Tür hinter sich zu.

»Verdammte Scheiße, Ann«, murmelte sie hustend und versuchte hektisch, den Schlüssel in das Schloß der Handschellen zu stecken. »Als ich eben reinkam, warteten zwei Typen hier in Stepanovs Suite auf mich. Sie haben mir die Hände mit Handschellen auf dem Rücken gefesselt und mich geschlagen.« Sie drehte den Schlüssel, und eine der Handschellen sprang auf. »Ich bin sauer«, sagte sie, »wirklich sauer. Wenn ihr irgendwas darüber wißt, dann möchte ich sofort von euch hören.«

Sie saß auf dem Bettrand und drückte einen kalten, feuchten Waschlappen auf ihr Gesicht. Sie war wütend, ein bißchen erschüttert, vielleicht sogar etwas verlegen wegen ihrer hektischen Reaktion. Mit der anderen Hand hielt sie den Telefonhörer an ihr Ohr. Alle im Stützpunkt waren in der Leitung.

»Verdammt, das ergibt keinen Sinn«, sagte Ann gerade.

»Sie waren *Amerikaner*?« fragte Erika.

»Vermute ich. Na ja, ich weiß es nicht. Sie waren weiß«, sagte Cate. Sie betrachtete sich selbst in einem Spiegel, der auf ihrem Schoß lag. Sie hatte allerhand Abschürfungen. Die Schläge waren nicht hart genug gewesen, um Prellungen zu verursachen, aber das

Schmirgelpapier war sehr effektvoll, und ihre Verletzungen sahen weit schlimmer aus, als sie waren. Überall im Gesicht würde sie schorfige Stellen bekommen. Scheiße.

»Also hat jemand für sie den Gang überwacht?« fragte Ann.

»Überwacht – ich weiß nicht, von wo sie ihn überwacht haben«, sagte Cate.

»Und sie haben kein Wort gesprochen«, murmelte Erika. »Sie wissen also nicht, ob sie wirklich Amerikaner oder nur so angezogen waren.«

»Das stimmt«, sagte Cate. »Aber sie haben verdammt amerikanisch ausgesehen.«

»Die Liste«, sagte Ann, und man hörte ihrer Stimme die Verwirrung an. »Welche verfluchte Liste?«

»Okay.« Erika atmete tief ein. »Also, was sagt uns das?«

»Jemand hat irgendwelche Fehlinformationen«, sagte Cate, wischte sich die Stirn und beugte sich dichter über den Spiegel, um zu sehen, ob der Riß an ihrer Lippe anschwellen würde. »Sie haben gesagt, sie wüßten, daß ich die Liste habe, sie wüßten, was ich mache.«

»Vielleicht dachten sie, sie hätten es mit Irina zu tun«, schlug Erika vor. »Sie haben gesagt: ›Wir wissen, was Sie machen.‹ Sie haben einfach die falsche Frau erwischt.«

»Und was bedeutet das?« fragte Cate.

»Entschuldigen Sie, Catherine«, sagte Ometow. Zu Beginn des Gesprächs, als sie auf Cates Nachricht hin angerufen hatten, hatten sowohl Ometow als auch Hain sofort ihr Bedauern ausgedrückt, wie es sich gehörte. Aber nun, nachdem die drei Frauen ihr Gespräch geführt hatten, wollten die Männer anscheinend ein neues Thema anschneiden.

»Ich habe einen Vorschlag für Sie«, fuhr er mit gelassener, beruhigender Stimme fort. »Alle geben sich natürlich größte Mühe, um rauszufinden, was das alles zu bedeuten hat, das können Sie sich vorstellen, aber ich denke, daß dieser unglückliche Vorfall sich zu unseren Gunsten auswirken kann.«

»Zu unseren Gunsten?« fragte Cate.

»Ja, ja, tatsächlich. Lassen Sie mich erklären. Wie wir Ihnen schon sagten, finden wir, daß es großartig von Ihnen war, sich mit

Irina anzufreunden. Sie haben praktisch meine Gedanken gelesen, als Sie ihr gesagt haben, Sie hätten ein Kind fast im gleichen Alter wie ihre kleine Tochter. Das war eine brillante Entscheidung. Er zögerte. »Ich glaube, Irina ist ziemlich von Ihnen angetan. Vielleicht sieht Sie in Ihnen die Freundin, die sie so lange nicht hatte… Wenn sie Mitgefühl mit Ihnen haben kann, wenn sie in Ihnen etwas von dem Schmerz sehen kann, den sie selbst empfindet, wenn sie sich mehr mit Ihnen identifizieren kann, dann wird das, glaube ich, die Verbindung zwischen Ihnen verstärken.«

»Damit wollen Sie sagen…« drängte Ann.

»Ich denke, Sie sollten Irina erzählen, daß Stepanov Sie mißhandelt hat, Catherine«, schloß Ometow. »Daß er Ihr Kind bedroht hat, falls Sie nicht einwilligen, ihm irgendwie bei einer neuen Operation zu helfen, die er hier in Houston durchziehen möchte. Irina muß über Stepanovs hiesige Tätigkeiten Bescheid wissen. Vielleicht will er, daß Sie mit bestimmten Leuten schlafen, um ihm irgendwelche Vorteile zu verschaffen. Irina kennt die Zwangsmittel, von denen ich Ihnen schon erzählt habe, nur zu gut.«

Ein Moment des Schweigens folgte. Cate wußte sofort, daß der Vorschlag gut war. Sie wußte auch, daß es eine emotionale Belastung für sie werden würde.

»Was meinen Sie, Cate?« fragte Ann.

Es dauerte einen Augenblick, bis Cate sagte: »Hört sich gut an, nicht?«

»Ja, muß ich auch sagen. Hört sich gut an.«

»Aber was ist mit Irina?« fragte Cate. »Was ist, wenn sie von diesen Männern weiß? Dann ist ihr klar, daß ich lüge, daß Stepanov es nicht getan hat.«

»Nein«, sagte Ometow. »Sie kann nichts von den Typen wissen. Ich kann mir nicht vorstellen, wie sie davon erfahren haben sollte.«

Erika meldete sich zu Wort. »Cate, es hört sich gut an. Aber – und ich möchte, daß Leo das zur Kenntnis nimmt…«

»Ja, fahren Sie fort«, sagte Ometow.

»Falls Cate damit weitermacht«, fuhr Erika fort, »müssen alle wissen, daß wir mit den Gefühlen einer Frau spielen, die vielleicht kurz vor dem Zusammenbruch steht. Und wenn sie zusammenbricht, könnte sie das auf sehr radikale, sehr verrückte, irrationale Art tun. Und Cate könnte mittendrin stecken.«

Eine weitere Pause folgte. Erika hatte offen ausgesprochen, was alle anderen unausgesprochen ließen. Cate war ihr dankbar dafür.

»Ja, okay, Erika hat recht.« Ometow hatte kaum eine andere Wahl, als das jetzt zuzugeben. »Ja, das ist sehr richtig. Wenn wir recht haben mit Irinas psychischer Verfassung, dann könnte sie unberechenbar sein.«

»Und was ist mit den beiden Typen, die gerade gegangen sind? Ich möchte das nicht unbedingt noch einmal erleben.«

»Okay«, sagte Hain. »Darum werde ich mich kümmern. Seien Sie sicher, wir kümmern uns darum.« Er hielt inne. »Einen Moment, Cate. Strey ist in der Leitung. Bleibt alle dran. Sprechen Sie, Ennis.«

»Cate?«

»Ja, ich höre dich, Ennis.«

»Hör zu, Cate, die Sache bekommt ein anderes Niveau, als ich ursprünglich gedacht hatte. Sie ist heikel, ohne jeden Zweifel. Du bist nicht verpflichtet, auf dieser Ebene mitzuspielen. Ich möchte, daß dir das völlig klar ist.«

»Verlierst du das Vertrauen, Ennis?« fragte Cate.

»Nicht die Bohne«, sagte er. »Aber ich halte mich an die Regeln, Cate, und die Regeln besagen, daß eine Undercover-Agentin mit weit offenen Augen und aus freien Stücken mitspielen muß. Ich erinnere dich bloß daran. Und wenn das Spiel sich so sehr verändert, ist es eben ein ganz neues Spiel.«

Dieser kleine Ratschlag, das wußte Cate, erforderte einigen professionellen Mut. Hain war Streys Vorgesetzter, und es war schon innere Stärke notwendig, um eine Agentin vor einer Operation zu warnen, die ein Vorgesetzter initiiert hatte. Doch Hain an seinem Ende der Leitung schwieg und würde auch weiter schweigen. Aufzeichnungen dieser Gespräche würden im riesigen Archiv der FBI-Operationen gelagert. Wenn dieser Einsatz beendet war und die Ergebnisse ausgewertet wurden, dann wurde jeder nach allem beurteilt, was er dabei gesagt hatte, sogar nach dem Tonfall, mit dem er es gesagt hatte. Cate konnte sich vorstellen, wie Hain und Ometow Grimassen schnitten und die Luft anhielten.

»Ennis, ich weiß das zu schätzen«, sagte Cate. »Mehr, als ich dir sagen kann.« Sie machte eine Pause. »Aber die Sache liegt mir am Herzen. Also ist das kein Thema. Ich möchte sie zu Ende führen.«

»Ich weiß, daß du das kannst«, sagte Strey. »Du hast mein volles Vertrauen, Cate.«

»Dann sollten wir am besten entscheiden, wie wir jetzt weitermachen«, sagte Cate.

»Eine letzte Sache noch, Cate«, sagte Ann und sah dabei Hain an. »Wir haben jetzt zweimal mit Ihnen Verbindung aufgenommen und Sie einmal mit uns. Ursprünglich hatten wir nicht die Absicht, so oft mit Ihnen zu reden. Irinas Ankunft machte gewisse Feinabstimmungen nötig. Aber hören Sie, wir ziehen uns jetzt zurück. Sie werden erst wieder von uns hören, wenn es kritisch wird oder wenn wir mit der Sache fertig sind. Sie müssen sich allein durchschlagen und bei unerwarteten Vorkommnissen allein entscheiden. Sie sind jetzt auf sich gestellt.«

Es gab kein Zögern. »Ich verstehe«, sagte Cate.

»Viel Glück.«

Cate war diejenige, die die Verbindung unterbrach.

SECHSUNDVIERZIG

Carlo Bontate hatte sich in einem dichtbewaldeten Stadtviertel mehrere Meilen vom luftigen Domizil seines Partners Wei entfernt niedergelassen. Im Gegensatz zu seinem Landhaus am hellen Hügelabhang von Marineo war seine Houstoner Enklave von hohen, geraden Kiefern und stämmigen Wassereichen überschattet und auf zwei Seiten von den gewundenen Ausläufern eines schlammigen Bayou begrenzt, der zwischen unkrautbewachsenen und von Insekten wimmelnden Ufern träge südwärts in Richtung Innenstadt floß. Die Sonne sprenkelte das dichte Grün mit Lichtflecken, und die jungen Sizilianer, die das zweigeschossige Haus und das ummauerte Grundstück ihres Dons sicherten, waren nicht sehr glücklich über die sommerliche Luftfeuchtigkeit an der Küste, die sie ihre weiten Seidenhemden durchschwitzen ließ.

Irina ging hinter zwei dunklen *palermitani* einen gepflasterten Weg entlang; Kiefernnadeln knirschten unter ihren Füßen, als sie sich zwischen Kaskaden von Azaleen zu einem großen Garten hinter dem georgianischen Haus begaben. Bontate saß unter einem Zeltdach und sah mehreren jungen Frauen zu, die im Pool schwammen, gebräunten, schlanken italienischen Körpern im glitzernden azurblauen Wasser.

Er stand auf, als Irina sich näherte, und bot ihr einen Stuhl an seinem Tisch an. Er trug ein kurzärmeliges Hemd, Sporthosen und Sandalen. Er sah wie ein junger Mann aus, der schon die Gepflogenheiten eines alten Mannes übte und eines Tages an einem Cafétisch auf der *piazza* von Marineo sitzen und geruhsam beobachten würde, wie der Nachmittag verging.

Die beiden jungen Männer sagten auf italienisch etwas zu den drei Mädchen, die ohne Widerrede an den Rand des Schwimmbeckens glitten und herauskletterten.

»Entschuldigen Sie, daß wir bei dieser verdammten Hitze hier draußen sitzen müssen«, sagte Bontate und wies mit dem massigen Arm über den dunstigen Rasen, »aber ich hatte genug von dieser beschissenen Klimaanlage. Erinnert mich an die Luft in einer Leichenhalle. Lieber schwitze ich hier draußen bei den Mücken.«

Zwei Telefone standen auf dem schmiedeeisernen Tisch neben ihm, und ein drittes, schnurloses lag neben einem kleinen Blumentopf auf einem Hocker. Auf dem Tisch standen außerdem ein Eiskübel, ein Krug mit Eiswasser, ein Krug, der anscheinend Limonade enthielt, ein Tablett mit verschiedenen alkoholischen Getränken und ein paar Weinflaschen. Der Pool war von üppigen Blumenbeeten und dichtem, smaragdgrünem Rasen umgeben. Tropische Blumen blühten in bunten Büscheln zwischen den tieferhängenden Ästen der Bäume.

»Möchten Sie etwas zu trinken?«

»Nur Wasser«, sagte sie.

Er schenkte ihr Wasser mit Eiswürfeln in ein hohes Glas. Sie nahm es und trank davon.

»Wolkow ist hier drinnen«, sagte Bontate und wies mit dem Kinn auf das Haus. »Er macht ein paar Anrufe nach St. Petersburg.«

»Also haben Sie ihm meinen Vorschlag schon unterbreitet?«

»Natürlich.«

»Und seine Reaktion?«

»Skepsis.«

»Aber er war interessiert.«

Bontate lächelte, was sie überraschte. »Natürlich.«

»Und warum ruft er in St. Petersburg an?«

Bontate zuckte mit den Schultern. »›Erste Erkundungen‹, hat er gesagt.«

Irina spürte einen Adrenalinstoß; ihre Bauchmuskeln bebten, und sie wußte nicht, ob das Angst oder hoffnungsvolle Erregung war. Die Haut unter ihrer Kleidung wurde schweißfeucht.

»Da kommt er«, sagte Bontate. Seine bernsteinfarbenen Augen verengten sich zu Schlitzen, als er durch die sonnengefleckte Sommerluft zum Haus schaute.

Walerij Wolkow, stämmig und klein, kam rasch einen Weg entlang, dicht gefolgt von einem von Bontates jungen Männern. Seine Jacke trug er über dem Arm, und seine voluminösen Hosen mit dem tiefen Schritt und den weit geschnittenen Beinen hingen in der feuchten Hitze schlaff an ihm herunter. Sein Hemd war weiß und hatte kurze Ärmel. Als er an ihrem Tisch angekommen war, standen Schweißperlen auf seiner aschgrauen Haut.

Er grüßte Irina, während er näher kam, reichte ihr aber nicht die Hand. Bontate ließ ihn selbst einen Stuhl herausziehen; Wolkow warf sein Jackett auf die Rückenlehne eines anderen Stuhls und setzte sich. Irina fiel auf, daß Bontate ihm Limonade mit Eis einschenkte, ohne ihn nach seinen Wünschen zu fragen. Sie mußten vor ihrer Ankunft schon eine Weile miteinander gesprochen haben.

Wolkow trank gierig von der Limonade. Dann stellte er das Glas vor sich hin und verschränkte die Arme auf dem Tisch. Er sah zu Irina hinüber.

»Carlo hat mir von Ihrem Vorschlag erzählt. Ich habe Zweifel«, sagte er unverblümt.

»Woran?«

»Daß Sie es schaffen.«

»Warum?«

»Haben Sie überhaupt schon mit ihm gesprochen?«

»Als Sie mit Izwarin in meine Suite kamen, habe ich Ihnen doch gesagt, daß ich ihn heute morgen gesehen habe.«

»Und worüber haben Sie gesprochen?«

Sie hätte gern Bontate angesehen, tat es aber nicht. Dies hier würde nur funktionieren, wenn sie ganz offen war und nicht den Anschein erweckte, dem einen etwas zu sagen, was sie dem anderen verschwieg.

»Er hat mir Instruktionen gegeben, wie Wei getötet werden soll. Er möchte, daß Wei als erster stirbt.«

Bontate bewegte keinen Muskel.

»Wann?«

»Heute abend. Ich soll ihn in seinem Haus besuchen.«

»Ach, tatsächlich? Warum?«

»Er unterhält sich gern über Kunst«, sagte Irina spitz.

Wolkow nickte. »Und wie sollen Sie es machen?« fragte er.

Sie erzählte es ihnen.

Wolkow schnaubte; es war eine Art Lachen über Krupatins Einfallsreichtum. »Verrückter Hund. So haben Sie eine Menge Zeit, um ganz woanders zu sein, wenn der Chinese tatsächlich stirbt.«

Sie nickte.

»Und wann sollen Sie Carlo erledigen?«

»Er hat gesagt, er werde es mich wissen lassen.«

»Und wann wird er das tun?«

»Er sagte, er werde sich mit mir in Verbindung setzen.«

»Mit anderen Worten, Sie können ihn nicht erreichen.«

»Nein, das kann ich nicht.« Sie hatte zu lange allein gearbeitet, um nicht etwas für sich zu behalten.

Irina nahm einen Schluck Wasser. Wolkow musterte sie.

»Wie werden Sie Sergej umbringen?«

»Ich weiß nicht. Wie werden Sie an meine Tochter herankommen?«

»Das versuche ich gerade herauszufinden.«

Er musterte sie weiterhin. Das störte sie nicht. Sie fand es interessant, daß Bontate schwieg. Während Wolkow sie auf die Probe stellte, vergewisserte sich Bontate ihrer, indem er sie genau beobachtete. Sie konnte seine messingfarbenen Augen spüren.

»Hat Sergej Ihnen gesagt, warum wir alle hier sind – Valentin, Izwarin und ich?«

»Nein. Tatsächlich habe ich vor meiner Ankunft nicht mal gewußt, daß außer mir noch jemand hier sein würde.«

Wolkow wischte sich mit der Hand die graue Stirn und betrachtete seine schweißfeuchten Finger. »Wie sind Sie hergekommen?«

Sie erzählte ihnen, wie Krupatin sie vor Weis Haus in Paris abgeholt hatte, von dem Flug nach Mexiko und der Fahrt nach Norden.

»So«, sagte sie, »bis jetzt habe ich die Antworten gegeben. Jetzt möchte ich von Ihnen hören, wie Sie meine Tochter aus Rußland herausholen wollen.«

Wolkow trank von seiner Limonade. Er schmatzte mit den Lippen und nahm noch einen Schluck. Sie war sicher, daß er und Bontate inzwischen einige der Morde überprüft hatten, von denen sie Bontate erzählt hatte.

»Ich muß gestehen«, sagte Wolkow und wischte sich mit den Fingern den Mund ab, »ich habe nicht gewußt, daß Sie für Krupatin Mordaufträge erledigt haben. Zwei Ihrer Zielpersonen habe ich persönlich gekannt. Ich hatte den Verdacht, daß Sergej für die Morde verantwortlich war, aber ich konnte es nie beweisen. Ich wußte auch, daß Sergej Ihre Tochter hatte. Wo, wußte ich natürlich nicht. Sie waren ein besonders gut gehütetes Geheimnis. Wie auch immer, um Ihre Frage zu beantworten«, fuhr er fort, »ich habe Erkundigungen eingezogen. Im Augenblick kann ich Ihnen nicht genau sagen, wo Ihre Tochter ist, aber ich kenne Leute, die es wissen. Der Trick besteht vorläufig darin, ihren Aufenthaltsort genau zu erfahren, ohne die falschen Leute darauf aufmerksam zu machen, daß wir uns erkundigen.«

»Wie bald können Sie es schaffen?«

»Schnell.« Er warf einen kurzen Blick auf Bontate und sah dann wieder Irina an. »Ihnen ist wohl klar, daß Sie hier keinen Fehler machen dürfen. Wenn Ihr Versuch fehlschlägt, werde ich keine Nacht mehr ruhig schlafen können, solange ich lebe.«

»Stimmt«, sagte sie. »Sie haben keinerlei Rückversicherung. Ich habe aber auch keine. Seit dem Tag, an dem ich Sergej Krupatin kennenlernte, habe ich nichts als Lügen gehört. Doch wenn ich es schaffe, dann erwarte ich, daß Sie Ihr Versprechen einlösen.«

Wolkow nickte. »Manchmal kann man mit Entschlossenheit das Unmögliche schaffen.«

Eine Schweißperle lief ihren Rücken hinunter.

Wolkow fuhr sich mit den bloßen Fingern über den Mund, um den Schweiß abzuwischen, der sich ständig auf Oberlippe und Kinn bildete.

Er sagte: »Außerdem muß etwas mit Izwarin geschehen – und mit Stepanov.«

Irina erwiderte seinen Blick und schüttelte langsam den Kopf. Er warf einen Köder aus, aber sie würde nicht anbeißen.

»Wir werden darüber reden«, sagte er. »Man wird sich um die beiden kümmern müssen.«

Irina wurde klar, daß alle Telefonate nach Rußland, die Wolkow in den letzten paar Stunden von Bontates Apparaten aus geführt hatte, mehr mit seinen eigenen Umsturzplänen zu tun hatten als mit dem Auffinden von Félia. Schließlich dachte er über die Beseitigung der Spitzen von Krupatins riesiger Organisation nach, und seine eigenen Leute mußten sofort zur Stelle sein, um ihm die Macht zu sichern.

Wolkow musterte sie, doch es war Bontate, der jetzt sprach.

»Was ist mit Wei?« fragte er sie.

»Sergej hat mir gesagt, daß es drei Tage dauert, bis die Bakterien Symptome hervorrufen«, sagte sie. »Binnen fünf Tagen müßte Wei tot sein. Ich glaube nicht, daß Sergej die Symptome abwarten will, bevor er mir die weiteren Anweisungen gibt. Also wird er nie erfahren, daß ich die Bakterien gar nicht benutzt habe.«

Beide Männer sahen sie schweigend an, und sie spürte eine neue Entwicklung. Wieder war es Bontate, der sprach.

»Wir möchten, daß Sie es machen.«

Großer Gott. Darauf war sie nicht gefaßt gewesen, aber sie ließ sich nichts anmerken. »Sie möchten, daß ich Wei die Bakterien gebe?«

»Wir sehen keinen Grund, Krupatins Pläne zu vereiteln.«

Irina nickte. Innerlich war sie verblüfft und erschrocken. Die Augen der beiden Männer glänzten rötlich, gierig nach der Hebelwirkung des Todes. Wie Hyänen, die rasch zupacken, sobald sie bei einer Beute auch nur die geringste Wunde wittern, hatten sie ihre Schnauzen bereits tief in die Eingeweide gewühlt. Wie konnte sie solchen Leuten vertrauen? Wie konnte sie darauf hoffen, sie würden sich an ihre Abmachung halten? Die Antwort war düster. Sie hatte keine andere Wahl.

»Dann ist er so gut wie tot«, sagte sie.

SIEBENUNDVIERZIG

Als Irina ihre Suite betrat, sah sie sofort das rote Blinklicht an ihrem Telefon. Sie knöpfte ihre Bluse auf, während sie den Hörer abnahm, und drückte auf den Knopf, um die Nachrichten abzuhören. Es gab drei Anrufe. Alle drei waren von Catherine.

Der erste klang dringend, hektisch und hörte sich an, als weine sie. Es sei etwas passiert, sagte sie. Irina möge zurückrufen, sobald sie zurück sei. Der zweite war kurz. Bitte, rufen Sie mich an. Der dritte, vor knapp zehn Minuten, klang nüchtern, aber mit einer Spur von Angst. Bitte, rufen Sie so bald wie möglich an.

Irina stand am Telefon und sah, wie das Licht blinkte. Sie drückte auf den Knopf, der die Nachrichten löschte, und legte den Hörer auf. Sie fühlte sich allmählich wie betäubt. Warum wollte die Frau mit ihr sprechen? Um welche Art von Nofall konnte es sich handeln, bei dem Irina helfen könnte? Sie war mißtrauisch und zweifelte jetzt an ihrem optimistischen Eindruck, daß Catherine genau das war, was sie zu sein schien. Sollte sie sie anrufen? Nein, erst wollte sie duschen. Ihr Haar war schweißnaß, und ihr ganzer Körper fühlte sich an wie nach einem Dampfbad. Sie schaute auf die Uhr. Viel Zeit blieb ihr nicht.

Sie zog ihre Kleider aus, ließ sie am Fußende des Bettes fallen und trat sofort unter die Dusche. Sie drehte kein warmes, sondern nur kaltes Wasser auf, seifte sich den ganzen Körper ein und schamponierte ihr Haar zweimal. Sie fühlte sich, als könnte sie den klebrigen Film, den die Luft des schlammigen Bayou hinterlassen hatte, überhaupt nicht mehr loswerden.

Gerade spülte sie ihr Haar zum letzten Mal aus, als das Telefon läutete. Sie drehte den Wasserhahn zu, öffnete die Glastür der Dusche, trat auf die dicke Badematte und griff mit einer Hand nach einem Handtuch, mit der anderen nach dem Telefon an der Wand.

»Olja?«

»Ja, Catherine. Ich habe Ihre Nachrichten erhalten.«

»Kann ich raufkommen?«

»Alles in Ordnung?«

»Ja, ich bin okay. Es ist was passiert. Ich habe Angst, hier zu reden.«

»Okay. Ja, kommen Sie rauf.«

Irina wickelte ein Handtuch um ihr Haar und trocknete mit dem anderen ihren Körper ab. Gerade hatte sie das Handtuch vom Kopf genommen und sich darin eingehüllt, da hörte sie die Türglocke.

Sie ging zur Tür und öffnete. Catherine stand vor ihr. Das kastanienbraune Haar fiel ihr in großen Wellen ins Gesicht, konnte aber die Hautabschürfungen nicht ganz verbergen.

»Mein Gott, was ist mit Ihnen passiert?« Irina faßte sie am Arm und zog sie ins Zimmer.

Catherine schüttelte den Kopf, unfähig zu sprechen. Es war offenkundig, daß sie in Tränen aufgelöst gewesen war, sich erholt hatte und sich nun zusammennahm, so gut sie konnte.

»Könnte ich was zu trinken haben?«

Irina mixte rasch etwas für sie beide, und dann setzten sie sich auf die Kante des Sofas, die Drinks auf dem Schoß.

»War das Stepanov?« fragte Irina.

Catherine nickte und senkte den Blick. Sie weinte nicht, aber sie war wütend und verängstigt zugleich.

»Er war schon früher grob zu mir, aber noch nie so wie diesmal«, begann Catherine, nachdem sie einen Schluck von ihrem Drink genommen hatte. »Nicht oft, aber er war schon … nahe daran.« Sie trank nochmals.

Irina hörte ihren abgehackten Worten aufmerksam zu und bemerkte ihr Zögern.

»Er wollte, daß ich mit anderen schlafe, Männern, einem Mann, von dem er sagte, er sei verrückt nach meinem Typ. Ich sagte nein. Er sagte, ich würde mehr Geld bekommen. Ich weigerte mich und sagte, darum ginge es nicht. Er fing an zu fluchen… und dann hat er mich geschlagen. Zweimal, ganz schnell. Ich war verblüfft… ich bin noch nie geschlagen worden. Ich fiel hin. Er riß mich hoch und warf mich gegen die Kommode und… hat mich genommen, im Stehen.«

Sie verstummte und nahm wieder Zuflucht zu ihrem Drink. Irina zuckte nicht mit der Wimper.

»Er sagte, ich würde verdammt noch mal tun, was er wolle«, fuhr Catherine fort und schluckte. »Er sagte, ich wisse nicht, wo ich drinstecke. Er sagte, er wisse, wer sich um meine Tochter kümmere, und wenn ich nicht wolle, daß ihr was zustößt, dann solle ich tun, was er verlangt.«

Sie hielt inne, ihr Gesicht verzerrte sich für einen Augenblick, aber dann beherrschte sie sich wieder, als sie Irina ansah.

»Was geht hier vor?« fragte sie. Ihre Stimme war zittrig, aber entschlossen. »Wer zum Teufel ist dieser Mann?«

»Er ist eine Bestie«, sagte Irina ruhig. »Und er war immer eine Bestie.«

»Was ist hier *los*?« fragte Catherine wieder. »Das wirkt nicht wie… ich weiß nicht. Er ist kein normaler Geschäftsmann, oder?«

Irina antwortete nicht. Sie starrte Catherine an und sah keine Blutergüsse und blaue Flecken. Für eine Frau, die derlei nicht gewohnt war, konnten solche Schläge allerdings genauso erschreckend sein wie richtige Prügel.

»Warum fragen Sie das?«

Catherine sah sie an. »Er hat meine Tochter bedroht. Das ist doch nicht normal. Woher wußte er, wo sie ist? Warum sollte ein Geschäftsmann sich für solche Dinge interessieren?« Wieder kamen ihr die Tränen, und sie mußte innehalten. Sie schluckte. »Und heute nachmittag… Sie haben gesagt… Sie haben versucht, mich vor ihm zu warnen.«

»Ich sagte Ihnen ja, der Mann ist eine Bestie«, sagte Irina stoisch. Sie machte eine Pause. »Warum gehen Sie nicht zur Polizei?«

Catherine schüttelte nachdenklich den Kopf.

»Was ist los?«

»Das kann ich nicht. Nein, bloß keine Polizei. Stepanov würde alles erzählen: daß er mich bezahlt hat, damit ich mit ihm schlafe. Er würde sagen, daß ich bloß eine Nutte bin. Die Familie meines Ex-Mannes würde mir meine Tochter wegnehmen lassen. Das ist eine unmögliche Situation. Ich habe sowieso Angst, daß sie davon erfahren.« Catherine geriet in Erregung. »Das ist unmöglich. Vielleicht hab ich alles ruiniert. Ich hab Angst, daß Stepanov mich damit erpreßt. Er weiß, daß ich dadurch meine Tochter verlieren könnte. Er weiß das.«

Irina betrachtete die Frau, die nur eine Armlänge von ihr entfernt saß. Eine Mutter. Solche Männer nahmen die lauterste Bindung der Welt und verdrehten sie zu einer hoffnungslosen Beziehung. Sie wußten, daß eine Mutter jedes Opfer bringen würde, um ihr Kind zu schützen, und sie wußten auch, daß eine so starke Liebe gleichzeitig die größte Verletzbarkeit der Frau darstellte. Dieses Wissen benutzten sie als zuverlässige Waffe.

Cate wurde bei dieser Vorführung beinahe schwach. Sie hatte nicht nur Angst, womöglich nicht überzeugend zu wirken und von Irina durchschaut zu werden. Als sie an Irinas Gesichtsausdruck sah, daß sie mit ihrer Geschichte Erfolg hatte, war sie erschüttert. Das Mitgefühl, das sich langsam wie eine tragische Maske über die Gefaßtheit der schönen Frau legte, war ergreifend.

»Was werden Sie tun?« fragte Irina.

Cate stellte ihr Glas ab, preßte die kühlen Finger an die Stirn und wandte den Blick ab. Sie hatte keinen Zweifel daran, daß sie Verwirrung ausstrahlte, denn sie wußte tatsächlich nicht, was sie sagen sollte. Plötzlich hatte sie wieder Angst.

»Vielleicht sollten Sie die Stadt verlassen«, schlug Irina vor. »Er wird Sie nicht verfolgen.«

»Woher wissen Sie das?«

»Ich kann Ihnen versichern, daß er es nicht tun wird.«

»Aber das kann ich nicht – er kennt meinen Namen. Er kennt mein Privatleben.«

»Sie sollten weglaufen, glauben Sie mir.«

Cate zögerte einen Moment. »Er hat mich noch nicht bezahlt.«

Irina schüttelte verzweifelt den Kopf. »Gott, Sie haben keine Ahnung, wie unwichtig das ist. Was Sie aufs Spiel setzen, wenn Sie bleiben, ist unendlich viel wertvoller als das Geld, das er Ihnen bezahlen würde.«

»Wissen Sie, dazu habe ich buchstäblich nicht genug Geld. Und die Familie meines Ex-Mannes hat ein Besuchsrecht. Wenn ich meine Tochter wegbringe, werden sie mich wegen Kindesentführung verklagen.« Sie sah Irina an. »Weglaufen ist keine Lösung.«

Wieder wandte sie den Blick ab, aber sie konnte spüren, daß Irina sie anstarrte. Sie brachte es nicht über sich, ihr in die Augen zu sehen.

»Warum sind Sie zu mir gekommen?« fragte Irina. »Sie sind in dieser Stadt zu Hause. Sie haben Freunde, die Ihnen helfen können.«

Cate schüttelte bereits den Kopf.

»Nein«, sagte sie, »Sie sind die einzige, die von dieser Sache weiß… das hab ich Ihnen doch schon gesagt. Wirklich, Sie können sich nicht vorstellen, wie… wie unmöglich das ist, was ich getan habe. Ich habe… ich habe die Grenze überschritten. Ich hab einen tragischen Fehler gemacht, als ich das getan habe.« Ihre Augenlider begannen zu flattern. Zu ihrer Überraschung merkte sie, daß sie diese Gefühle wirklich empfand – als habe sie eine Tochter, als habe sie dieses beschämende Verhältnis mit Stepanov begonnen. Siedend heiß fiel ihr das Bild von Stepanovs Gesicht ein, nur wenige Fingerbreit von ihrer bloßen Scham entfernt, als er ihre Tätowierung betrachtete. »Das ist… das ist ein Alptraum.«

Ein Schluchzen stieg in ihr auf und blieb ihr im Hals stecken. Sie fühlte sich seltsam, erhitzt, fast als sei sie im Begriff, aus ihrem Körper herauszutreten und sich selbst zu beobachten. Sie glaubte beinahe an das, was sie sagte. Sie merkte, daß sie tatsächlich auf einen Lösungsvorschlag von Irina wartete, der sie retten würde.

»Können Sie Ihre Sachen aus Stepanovs Zimmer holen?«

Cate zögerte. »Das könnte ich vielleicht. Im Augenblick ist er nicht da.«

Irina nickte. Sie hielt ihren geeisten Drink in den Händen. Ihr nasses Haar hing ihr auf die Schultern, und Wasser rann in das

Handtuch, das sie fest um ihre Brüste geschlungen hatte. Ihre grünen Augen wirkten jetzt weicher, jadegrün statt smaragdgrün. Ihr Mund hatte auf einer Seite eine winzige Falte, was ihr ein nachdenkliches Aussehen verlieh.

»Ich glaube, ich kann Ihnen helfen«, sagte sie. »Aber Sie werden Stepanov verlassen und mit mir kommen müssen.«

»Mit Ihnen kommen? Wohin? Nein, auf keinen Fall, ich kann die Stadt nicht verlassen. Ich ...«

»Ich verlasse die Stadt nicht.« Irinas Stimme klang entschieden und sachlich.

Cate sah sie an.

Irina stellte ihr Glas auf den Couchtisch vor dem Sofa und fuhr sich mit den Fingern durch das nasse Haar. Sie seufzte.

»Ich will Ihnen was sagen, Catherine.« Sie hielt inne, spreizte die langen Finger einer Hand auf ihrem Oberschenkel und betrachtete sie nachdenklich. »Sie sind da in eine Sache verwickelt, die sehr kompliziert ist.«

Wieder hielt sie inne, und Cate konnte beinahe hören, wie sich in ihrem Kopf die Räder drehten. Irina griff nach einer von Cates Händen und zog sie auf ihren nackten Schenkel. Ihre Haut war glatt und kühl. Sie legte die andere Hand auf Cates Hand und sah sie an.

»Ich werde Ihnen Dinge erzählen, die Ihr Leben verändern werden«, sagte sie. »Tatsächlich hat Ihr Leben sich bereits verändert, Sie haben es bloß noch nicht gemerkt. Es hat sich verändert, als Valentin Stepanov etwas von Ihnen wollte, was Sie abgelehnt haben, und er Ihre Tochter erwähnte. Sie haben zu Recht Angst vor seinem langen Arm. Sie irren sich, wenn Sie annehmen, Sie könnten dagegen irgendwas tun ... außer ihn umzubringen.«

Cate zuckte zusammen und starrte sie mit offenem Mund an.

»Nein, warten Sie«, sagte Irina und hielt ihre Hand so fest, daß Cate sie nicht zurückziehen konnte. »Hören Sie mir zu. Vielleicht gibt es doch noch einen anderen Weg.« Sie streichelte Cates Hand. »Ich glaube, ich kann Ihnen helfen, aber dafür werden Sie mir auch helfen müssen. Wo ist Ihre Tochter?«

»Bei meinen Eltern. Ich hab gesagt, ich müßte auf eine Geschäftsreise. Sie haben sie gern bei sich.«

»Dann brauchen Sie sie also ein paar Tage lang nicht zu besuchen?«

»Nein.«

»Sie sind also frei, bei mir zu bleiben.«

Cate nickte zögernd.

»Valentin Stepanov wohnt in New York, aber er stammt aus St. Petersburg. Er ist nicht bei der russischen Handelsdelegation, sondern eine wichtige Figur des organisierten Verbrechens in Europa. Er ist Mitglied der russischen Mafia, ein sehr gefährlicher Mann.«

»Großer Gott, was habe ich getan?«

Irina griff wieder nach Cates Hand und hielt sie fest. »Die anderen Männer, Nakhimow und Bijkow, sind ebenfalls von der russischen Mafia. Sie alle sind nach Houston gekommen, um sich mit dem Mann zu treffen, der der Chef ihrer Organisation ist.«

»Und Sie?« unterbrach Cate sie und zog ihre Hand langsam, aber entschlossen von Irinas Schenkel. »Woher wissen Sie das?«

Irina nickte geduldig. »Ja«, sagte sie, »meine Geschichte werde ich Ihnen erzählen, aber zuerst müssen wir Sie von Valentin wegholen.«

ACHTUNDVIERZIG

Natürlich war es überhaupt kein Problem, ihre Sachen aus Stepanovs Suite zu holen. Irina schlüpfte rasch in ein Kleid, und die beiden Frauen fuhren nach unten, sammelten Cates Toilettenartikel und Kleider ein und trugen sie über die Treppe nach oben, um möglichst wenig Leuten zu begegnen. Als sie wieder in Irinas Suite ankamen, ging der lange Sommertag zu Ende. Das Abendlicht fiel bläulich durch die Fenstertüren in das Schlafzimmer, in dem sie Cates Kleider verstauten. Ihre Warenhaus-Garderobe nahm sich neben Irinas französischen und italienischen Modellkleidern farblos aus.

»Möchten Sie noch etwas zu trinken?« fragte Irina, als sie die Schranktüren schlossen.

»Ja«, sagte Cate, »das wäre nett.«

»Okay, gut. Würden Sie hier warten? Ich hole uns was.«

Cate trat an die Fenstertüren und schaute hinaus auf die Lichter der City, die in der sinkenden Dämmerung erschienen. Hinter sich hörte sie Irina ins Schlafzimmer kommen, aber sie schaute weiter in den Abend hinaus, genoß noch einen Augenblick die Aussicht auf die Stadt, die real und schön war.

Als sie sich umdrehte, stand Irina neben ihrem Bett und schlüpfte aus dem schlichten Kleid, das sie übergestreift hatte, um nach unten zu gehen. Sie war völlig nackt bis auf ein Medaillon, das an einer Kette um ihren Hals hing, und wieder fiel Cate ihre außergewöhnliche Schönheit auf. Ihr Körper war makellos.

»Ich muß mich umziehen«, sagte sie und warf das Kleid aufs Bett. Dann gab sie Cate mit Bewegungen der Lippen und Hände zu verstehen, sie solle schweigen.

Cate runzelte die Stirn, und heiße Angst stieg in ihr auf. Es mußte ihrem Gesicht anzusehen sein, denn mit einer beschwichtigenden Geste kam Irina auf sie zu.

Sie streckte die Hand nach den Knöpfen von Cates Bluse aus und öffnete sie; ihr Gesicht kam dabei so nah, daß Cate den feinen Haarflaum an den Seiten ihrer Wangen unterhalb der Ohren sehen konnte. Cate wollte protestieren, aber mit einer raschen Bewegung brachte Irina sie zum Schweigen.

Cate war wirklich verwirrt. Was zum Teufel sollte sie jetzt machen? Was ging da eigentlich vor? Irinas grüne Augen schauten in Cates, als sie die aufgeknöpfte Bluse öffnete und sich vorbeugte, so daß ihre Wangen sich berührten. Cate konnte Irinas zarten Duft riechen, als sie ihr die Bluse von den Schultern streifte. Irina warf die Bluse aufs Bett, griff nach dem Taillenverschluß von Cates Rock und öffnete ihn ebenfalls, wobei sie Cate noch immer ansah. Der Rock fiel zu Boden. Sie waren sich sehr nahe. Cate zögerte und stieg dann aus dem Rock. Sie spürte ein merkwürdiges Summen im Körper, als sie Brust an Brust mit dieser schönen Frau stand, noch immer ohne zu wissen, was der nächste Augenblick bringen würde.

Irina griff nach oben, fuhr mit dem Finger in die Mitte von Cates Büstenhalter, fand den Verschlußhaken und öffnete ihn. Langsam zog sie den BH von Cates Brüsten und streifte dabei mit den Handrücken ihre Haut.

Cate war wie versteinert. Aber ihre Sinne registrierten aufmerksam die leiseste Berührung, sogar Irinas Atem auf ihren Brustwarzen, als Irina ihr die Träger von den Schultern streifte.

Dann trat Irina zurück. Ohne Cate aus den Augen zu lassen, begann sie die Säume von Cates BH abzutasten, zuerst an den Körbchen, dann an den Trägern, dann am Verschluß vorn in der Mitte. Zufrieden ließ sie den BH zu Boden fallen, beugte leicht die Knie und hob Cates Rock auf. Wieder begann sie den Saum zu untersuchen, indem sie ihn zwischen ihren Fingern hindurchgleiten ließ, und tat dann das gleiche mit dem Gurtband.

Erst als sie den Rock ebenfalls fallen ließ und die Bluse nahm, wurde Cate klar, was da geschah. Irina suchte nach einem Abhörgerät. Der Gedanke ließ ihr das Herz stocken, und beinahe wäre sie getaumelt. Sie stand da, nackt bis auf den Slip, und die Implantate in ihren Armen schienen verräterisch anzuschwellen.

»Was… was machen Sie da? Was soll das?«

»Ich bitte um Verzeihung«, sagte Irina und ließ die Bluse ebenfalls fallen. »Aber ich kenne diese Leute schon lange. Ich habe gelernt, jedermann zu mißtrauen. Argwohn ist meine zweite Natur. Ich hoffe, Sie verstehen das. Sie dürfen das nicht als persönliche Beleidigung auffassen.«

Würde Catherine das persönlich nehmen? Würde Catherine wissen, was sie nicht persönlich nehmen durfte?

»Ich glaube, ich verstehe nicht, was hier vor sich geht«, sagte Cate. »Was machen Sie da? Befühlen Sie meine Kleider?«

»Catherine, ich habe die Erfahrung gemacht, daß manche Leute Abhöreinrichtungen in ihren Kleidern verstecken.« Ihre Augen ließen Cate nicht los.

»Oh«, sagte Cate. »Ich verstehe.«

»Und noch etwas«, sagte Irina. »Ich will es Ihnen zuerst erklären. In Rußland, in Osteuropa, vermutlich überall gibt es dauernd Morde unter den Mitgliedern der kriminellen Vereinigungen. Solche Mörder können sehr schlau sein. Ein paar davon sind Frauen. Es gab schon Frauen, die versteckt alle möglichen Dinge bei sich trugen – Zyanidkapseln, Rasierklingen, Klavierdrähte…«

Während sie das sagte, legte sie ihre Hände auf Cates Hüften und fuhr mit den Fingern seitlich in ihren Slip. Dann schob sie die

Hände über Cates Hüften abwärts, beugte sich vor, zog ihr den Slip über die Schenkel herunter, hielt kurz inne, als die tätowierte Mohnblume zum Vorschein kam, und strich dann mit den Händen abwärts bis zu Cates Fußknöcheln. Während sie sich wieder aufrichtete, schaute sie noch einmal die rote Blume an, legte einen Finger darauf, tastete sie ab.

»Würden Sie sich bitte umdrehen?«

Cate gehorchte zögernd und wandte sich den Fenstertüren und der Dämmerung zu, die jetzt von Violett in Schwarz überging. Sie spürte, wie Irinas Körper ihren Rücken berührte, als ihre rechte Hand die Vorderseite ihres Körpers untersuchte, über ihren Bauch und zwischen ihre Beine glitt.

Die komplexen Gefühle, die Cate dabei empfand, waren kaum zu zergliedern: Panik, weil Irinas Arm, nur wenige Fingerbreit von den Implantaten entfernt war, Erregung über Irinas Atem in ihrem Nacken, Verwirrung über die erotischen Empfindungen, als Irinas Finger in ihr waren, und schließlich Angst bei der plötzlichen Erkenntnis, daß diese Frau gefährlicher war, als man sie hatte glauben lassen. Wieder wurde ihr heiß, und sie spürte, daß sie zu schwitzen begann. Einen Augenblick lang dachte sie, ihre Beine würden unter ihr nachgeben, und sie mußte tatsächlich geschwankt haben, denn sofort spürte sie, daß Irina den linken Arm um ihre Taille schlang und sie festhielt, bis sie mit der rechten Hand fertig war.

Als Irina sie losließ, spürte Cate sofort die Kühle auf ihrer feuchten Haut, wo ihre Körper sich ein paar Augenblicke lang nicht berührt hatten. Sie drehte sich nicht um; sie wußte nicht, was sie tun sollte. Die intensive Mischung von unerwarteter Erotik und plötzlicher Angst hatte sie tatsächlich geschwächt. Als Irina sprach, kam Cate wieder zur Besinnung, als erwache sie aus einer Trance.

»Catherine«, sagte Irina, »es tut mir leid, wenn Ihnen das unangenehm war. Alles in Ordnung?«

Cate nickte.

»Ich bitte um Entschuldigung, aber ich mußte mich vergewissern.«

Cate nickte wieder – sie konnte nicht sprechen – und drehte sich um. Irina stand neben dem Bett, noch immer nackt, und hielt beide Gläser. Sie reichte Cate ihren Drink. Das Eis im Glas klirrte leise. Sie hatte das Licht nicht eingeschaltet, und das Zimmer war in das tiefe Kobaltblau getaucht, das durch die Fenster kam. Cate war dankbar für die Dunkelheit. Sie verbarg ihre nackten Arme mit den verräterischen kleinen Verdickungen der Implantate, deren Entdeckung sie fürchtete, und sie verbarg ihr Gesicht, dem man die Verwirrung sicher deutlich angesehen hätte.

Erleichtert nahm sie den Drink in Empfang, den Irina ihr gab, und trank gierig mehrere Schlucke Gin Tonic.

Außer ihrer Gefühlsverwirrung hatte das, was gerade passiert war, noch eine weitere verstörende Folge. Trotz allem, was Ometow ihr über Irina erzählt hatte, war Cate jetzt klar, daß sie es mit einer wesentlich unheimlicheren Person zu tun hatte, als Ometow sie hatte glauben lassen. Entweder war Ometow naiv – was Cate sich kaum vorstellen konnte –, oder er hatte ihr Informationen vorenthalten. Diese Frau war mit der dunklen Seite der russischen Mafia intim vertraut. Die Entkleidung und Durchsuchung war schon angsterregend genug gewesen, doch noch ernüchternder war die Tatsache, daß Irina es für nötig befunden hatte, Cate nicht nur nach einer Abhörvorrichtung, sondern auch nach einer möglichen Mordwaffe zu durchsuchen.

Cate trank noch einen Schluck Gin und versuchte sich zu beruhigen. Sie mußte die Rolle einer emotional erschütterten Frau spielen und gleichzeitig eine ruhige, kritische innere Balance halten. Das war die Herausforderung, von der sie gewußt hatte, daß sie auf sie wartete.

Irina schob ihre Kleider auf den Boden, kletterte aufs Bett, legte sich quer auf die Damastdecke und wandte das Gesicht den Fenstern zu. Ihre langen Glieder waren im Dämmerlicht kaum zu erkennen. Sie sprach leise, und ihr Akzent kam Cate irgendwie seltsam beruhigend vor.

»Kommen Sie aufs Bett, Catherine«, sagte Irina. »Ich möchte mit Ihnen reden. Es gibt vieles, was Sie verstehen müssen, bevor wir tun können, was wir zu tun haben.«

Sie lagen beide auf dem Bauch, die Ellbogen aufgestützt, die Drinks in den Händen, und schauten durch die Glastüren hinaus in die letzte Abendstunde. Das Zimmer war nur vom Widerschein der Stadtlichter erhellt, der durch die schmiedeeisernen Balkongitter fiel und aus einem anderen, fernen Land zu kommen schien. Irinas rauchige Stimme mit dem russischen Akzent verstärkte Cates Gefühl, an einem nie gekannten anderen Ort, in einer anderen Zeit zu sein.

Mit sachlicher Stimme begann Irina, Cate zu berichten, wie sie dahin gekommen war, wo sie sich jetzt befand. Ihre Geschichte war im wesentlichen die gleiche, die Leo Ometow Cate und den anderen vor kurzem erzählt hatte. War das erst wenige Tage her? Doch Irinas Version war voller Details. Es waren die Erinnerungen einer Studentin, einer jungen Frau, der die raffinierten Aufmerksamkeiten eines älteren Mannes schmeichelten, Erinnerungen an eine vielversprechende Karriere in einem angesehenen Beruf, an eine Liebe, die zur Obsession wurde, an enttäuschte Hoffnungen, gescheiterte Träume, ein Leben, das schließlich außer Kontrolle geriet.

Manchmal hielt Irina inne, um zurückzudenken; manchmal verstummte sie, um einen Schluck zu trinken und das kalte Glas an ihre Schläfe zu pressen. Einmal schob sich ihr langes, nacktes Bein über Cates, und ihr Fuß rieb zerstreut an der Seite von Cates Fuß, eine Geste, die den Wunsch widerzuspiegeln schien, mit ihren Erinnerungen nicht allein zu sein.

Dann nahm Irinas Geschichte plötzlich eine Wendung, bei der sich die Härchen auf Cates Armen sträubten.

»Nachdem ich zwei Jahre lang entkommen war«, sagte Irina, »nachdem ich von Sergej frei gewesen war und meine Selbstachtung wiedergefunden hatte, zerrte er mich wieder in sein Leben. Aber nun war alles anders. Sergej liebte mich immer noch, aber er haßte mich auch. Menschen können beides füreinander empfinden. Ich weiß das. Sergej konnte nicht ertragen, was ich getan hatte. Es war nicht das Geld, das ich gestohlen hatte. Er konnte den Gedanken nicht ertragen, daß ich so verzweifelt von ihm wegwollte.«

Sie senkte den Kopf, ließ das lange blonde Haar herunterhängen, bis es fast den Teppich berührte und bewegte den Kopf von einer Seite zur anderen, um ihre offenbar schmerzenden Nackenmuskeln zu lockern. Danach hob sie den Kopf und warf mit einem Ruck das Haar aus dem Gesicht. Sie sah Cate an.

»Er sorgte dafür, daß ich ihn nie wieder verlassen würde«, sagte sie. Sie ergriff eine von Cates Händen und führte sie an das Medaillon, das an ihrem Hals hing.

»Halt es fest«, sagte sie und legte Cates Finger um das ovale Medaillon. »Es ist zu dunkel, du kannst das Bild nicht sehen, das ich darin trage, aber du kannst sicher fühlen, wie unschuldig das Gesicht da drinnen ist, das Gesicht meiner Tochter Félia.«

Sie schwieg einen Moment und hielt Cates Hand, die um das Medaillon lag. Dann lockerte sie den Griff, Cate ließ das Medaillon los, und es schwang in der blauen Dunkelheit schwach glänzend hin und her.

»Er nahm mir mein Kind weg«, sagte Irina, »meine kleine Félia, und gab sie einer Familie, die ich nicht kannte. Er sagte, sie sei in Sicherheit, solange ich täte, was er wollte.«

Sie starrte hinaus in die nachtdunkle Stadt.

»Ich kann dir nicht sagen, wie das war«, fuhr sie fort.

Cate drehte den Kopf, um im Dämmerlicht Irinas bleiches Profil zu betrachten. Ihre Wangen glänzten feucht. Aber sie sprach weiter.

»Sergejs Verhalten mir gegenüber war schizophren. In einem Augenblick wollte er mich mehr als alles andere, im nächsten konnte er meine Nähe nicht ertragen. Und selbst wenn er mich wollte, war er grausam. Doch bei all dem blieb eins unverändert: Er vertraute mir. Wegen Félia. Er wußte, ich würde tun, was immer man mir sagte, weil ich sie niemals in Gefahr bringen würde.

So wurde ich zu seiner Botin, seinem Kurier. Eine Zeitlang war ich ständig unterwegs, und ich lernte viele seiner Leutnants kennen. Ich hielt den Mund. Ich tat, was man mir sagte. Aber ich hielt die Augen offen. Ich erfuhr, wo all seine Leichen versteckt waren. Ich erfuhr alles über seine Organisation – wer unzufrieden war, wer glücklich war, wer aufstieg, wer abstieg. Sergej regiert sein Imperium wie Caligula. Er könnte jemand sterben lassen, indem er nur die Stirn runzelt.« Sie seufzte, rollte sich auf die Seite und stützte den Kopf in die Hand.

»Aber das ist nicht alles, was ich tue«, sagte sie, hielt inne und sah Cate eindringlich an. Dann fuhr sie fort.

»Vor etwas mehr als einem Jahr war ich im Café Florian in Venedig. Ich erinnere mich genau an diesen Morgen, wie man sich an hoffnungsvolle Momente erinnert, die später zu großen Enttäuschungen werden. Ich hatte eine der kleinen Nischen ganz für mich – *il cinese*. Es war außerhalb der Saison, draußen war es kalt und naß, und der Markusplatz lag in dichtem Nebel. Ich saß an einem Fenster bei einer Tasse Espresso und beobachtete, wie hier und da Leute im Nebel über den Platz eilten.

Ein Mann kam den Gang entlang und blieb stehen. Ich bemerkte ihn, beachtete ihn aber nicht. ›Entschuldigen Sie‹, sagte er, ›darf ich mich zu Ihnen setzen?‹ Das war Leonid Ometow, ein sehr hoher Beamter aus dem russischen Innenministerium. Er war ein guter Freund meiner Eltern. Damals war er beim sowjetischen Geheimdienst, aber ich hatte ihn seit Jahren nicht gesehen und erkannte ihn nicht sofort. Er mußte sich tatsächlich erst vorstellen.«

Cate spürte, wie sie für einen Moment die Fassung verlor. Ometow! Sie dachte daran, was jetzt im Stützpunkt vor sich gehen mußte, und stellte sich das verblüffte Schweigen vor. Sie schluckte und lauschte gierig jedem Wort, als Irina fortfuhr.

»Ich tat entzückt, ihn zu sehen, aber insgeheim war ich gedemütigt. Erstens ist es schwer für Russen, bei irgend jemandem locker zu sein, der mit dem Geheimdienst zu tun hat, ob es sich nun um die Sowjetunion oder die gegenwärtige russische Republik handelt. Wir haben in den letzten fünfzig Jahren zu sehr unter diesen Leuten gelitten. Aber, was noch wichtiger ist, ich erriet sofort, was er da machte. Das war kein Zufall. Russen glauben nicht an Zufälle. Ich wußte, dieses Zusammentreffen war der Höhepunkt einer langen, komplizierten Geheimdienstoperation. Daß er einfach ganz beiläufig ins Florian kam und sich so zu mir an den Tisch setzte, bedeutete, daß überall verdeckte russische Agenten waren. Und ich wußte, daß sie wußten, daß ich allein war, daß ich meine Aufgabe auf dieser Reise bereits erledigt hatte. Ich hatte mir einen freien Tag genommen, nur für mich selbst.«

Die Erinnerung ließ Irina innehalten. Hin und wieder konnte Cate im schräg durch die Türen fallenden Licht den feuchten Schimmer ihrer Augen sehen.

»Ich muß ihm zugute halten«, fuhr Irina fort, »daß er all das in diesem ersten Augenblick von meinem Gesicht ablas und mich nicht beleidigte, indem er so zu tun versuchte, als habe er nichts mit mir vor. Wir plauderten ein Weilchen, warteteten auf seinen Kaffee, und als er kam und der Kellner gegangen war, fackelte er nicht lange.

Er sagte, er wisse, was ich in den letzten beiden Jahren gemacht hätte. So lange waren seine Leute schon hinter mir her, und inzwischen hatten sie ein ausführliches Dossier über mich. Der Vorschlag war sehr einfach. Er wollte, daß ich ihn über Sergej informierte. Sie wollten eine langfristige Beziehung, um sich ein detailliertes Bild von seiner Organisation zu machen. Sie wollten alles erfahren, was ich wußte.

Wenn ich mit ihnen zusammenarbeiten würde, sagte Ometow, würden sie nach sechs Monaten meine Tochter befreien und mir eine neue Identität geben. Und dann könnte ich gehen, wohin ich wollte.

Ich war wie in Ekstase. Endlich gab es Hoffnung, aus einer ganz unerwarteten Richtung. Ometow sagte, ich hätte den Rest des Tages Zeit, um es mir zu überlegen. Wenn ich mitmachen wollte, sollte ich eine bestimmte Nummer anrufen.

Am Abend rief ich also die angegebene Nummer an, und wie versprochen erschien er in meinem Hotel. Wir redeten darüber, wie diese Operation funktionieren könnte.«

Irina seufzte tief, rollte sich wieder auf den Rücken, ein Knie angezogen, die Hände auf dem Magen. Sie starrte an die dunkle Zimmerdecke.

»Bevor er an diesem Abend ging, fing er natürlich an, noch andere Interessen zu verfolgen. Es hätte mir nichts eingebracht, mich ihm zu verweigern. Ich gab ihm, was er wollte. Mir bedeutete das nichts. Ich war voller Hoffnung. Was war schon sein Verlangen, verglichen mit dem, was ich zu gewinnen hatte?«

Sie hielt inne, die Augen weit geöffnet, und starrte in die Dunkelheit, in der es nichts zu sehen gab.

»Damals konnte ich noch hoffen«, sagte sie. »Ich hätte es besser wissen müssen. Ich hätte zynischer sein sollen. Als ich später daran zurückdachte, wurde mir klar, daß es an Félia selbst gelegen haben mußte. Selbst wenn die Dunkelheit am schwärzesten ist, undurchdringlich und hoffnungslos, bewirkt ein Kind, daß man sich einen Lichtschimmer einbildet.«

In dem Schweigen, das folgte, legte sich Beklemmung über Cate. Großer Gott. Wieviel davon sollte sie glauben?

Und wenn sie die Wahrheit sagte – warum hatte Ometow dem FBI diese Informationen vorenthalten? Oder hatte er das gar nicht getan? Und wenn ja, warum? Konnte Cate glauben, was Irina über Ometow sagte – daß er sie sexuell ausgenutzt hatte? Das war nicht mit ihrer Vorstellung von dem freundlichen Mann in Einklang zu bringen, den sie in den letzten paar Tagen kennengelernt hatte.

Cate stellte ihr Glas auf den Boden und drehte sich auf die Seite, um Irina anzusehen. Sie betrachtete noch einmal ihr schönes Profil, die Silhouette ihres langen, feingliedrigen Körpers. Wenn eine Frau einen solchen Körper besaß und nicht von ihm zerstört werden wollte, mußte sie weiser sein als ein Philosoph. Irina war intelligent, das stand außer Zweifel, aber zu ihrem Unglück hatte sie das nicht vor den Schlangen gerettet, die vom Zufall ihrer Schönheit angezogen wurden.

»Und dann?« fragte Cate. Ihre Stimme klang seltsam unpassend im Kontext dieses Raumes, dieser Geschichte, die so ganz zu Irina gehörte. »Du hast deine Tochter nicht bekommen, aber du hast gesagt, daß du immer noch für diesen Mann arbeitest, diesen Krupatin. Bist du noch immer Doppelagentin?«

»Dreifachagentin, Vierfachagentin – ich weiß es nicht mehr«, sagte Irina abschätzig. Sie wandte den Kopf und sah Cate an. »Nach sechs Monaten sagte Ometow: Oh, es ist unmöglich, jetzt aufzuhören. Du mußt noch ein bißchen länger mit uns arbeiten. Wir sind an einem entscheidenden Punkt, was Krupatins Aktivitäten in Deutschland betrifft. Nur noch ein bißchen länger. Später hat er gesagt, ich wäre zu wertvoll für sie. Sie wären jetzt zu nahe dran, etwas über die Verbindungen nach Asien zu erfahren, um aufzuhören. Noch später, als ich verzweifelt und einem Nervenzusammenbruch nahe war aus Sorge um meine Tochter, hat er mir erzählt, sie hätten versucht, Félia zu finden, aber Krupatin hätte sie anderswo untergebracht. Sie suchten intensiv nach ihr. Sie täten ihr Bestes. Sie würden mir so gern helfen.«

»Und was passierte dann?«

»Nichts. Heute glaube ich, daß sie niemals die Absicht hatten, Félia zu retten.«

»Hat Krupatin dir nie erlaubt, sie zu sehen?«

»Doch. Ungefähr alle vier oder fünf Monate darf ich sie sehen.« Irina hielt inne. »Das letzte Mal, ach, es war so traurig.« Ihre Stimme wurde heiser. »Ich glaube, das Kind vergißt allmählich, wer ich bin. Ich erzähle ihr Geschichten über die Zeit, als wir zusammenwaren, bevor Sergej uns fand, und wie es für uns war. Sie war damals noch zu klein, um sich wirklich zu erinnern, das weiß ich. Aber wenn sie sich überhaupt an mich erinnert, dann durch diese Geschichten, die ihr vielleicht wie Märchen im Gedächtnis bleiben werden. Als ich das letzte Mal mit ihr sprach, habe ich ihr ganz tief in die Augen gesehen und ihr gesagt, daß sie mich nie vergessen soll, meine Augen, meinen Mund, den Klang meiner Stimme, meinen Geruch. Aber ich glaube, sie war verwirrt. Vielleicht habe ich sie sogar ein bißchen erschreckt.« Sie hielt inne. »Es bricht mir das Herz.«

Cate fiel nichts ein, was sie dazu hätte sagen können. Sie lag ganz still und sah zu, wie die Tränen über Irinas Gesicht und ihr Haar rannen.

Sie streckte den Arm aus und legte eine Hand auf Irinas Arm. Mit den Fingern berührte sie die Tränen an Irinas Schläfe, wischte sie fort und spürte ihre Wärme.

Irina nahm die Hand vom Bauch und wischte sich die Tränen von der anderen Schläfe. Dann räusperte sie sich und sah Cate an.

»Aber jetzt, Catherine, hab ich zum ersten Mal wirkliche Hoffnung.« Sie stützte sich auf einen Ellbogen. »Ich muß noch ein paar Dinge für Sergej erledigen, ein paar Dinge für Ometow…« Sie hielt inne, den Blick auf Cate gerichtet, und Cate glaubte, trotz der Dunkelheit das Grün ihrer Augen zu sehen.

»Ich habe eine einfache Bitte an dich«, sagte Irina. »Es ist nicht schwierig, nicht gefährlich. Du hast vielleicht Angst, aber das brauchst du nicht. Das mußt du mir glauben.«

Sie verstummte und wartete auf Cates Antwort. Cate nickte.

»Wenn ich kann.«

»Oh, du kannst. Es ist ganz einfach.« Sie streckte den Arm aus und legte eine Hand auf Cates Hüfte. »Wenn du das für mich tust, Catherine, dann verspreche ich dir, daß ich dir dafür Valentin vom Hals schaffe. Ich weiß, wie man das macht. Du kannst vergessen, daß er dich jemals berührt hat. Weder du noch deine Tochter brauchen sich je wieder vor ihm zu fürchten.«

»Wie willst du das anstellen?«

»Ich weiß einiges über ihn.«

»Erpressung?«

»Überlaß das mir.«

Cate sah sie an. »Okay.« Sie nickte. »Ich werde dir helfen.«

»Gut. Dann ist es praktisch schon erledigt.«

FÜNFZIG

Die Stimmen verstummten. Alle warteten. Jernigan und John Parmely saßen im Hauptobservierungsraum; die Digitalanzeige des Empfängers war eine flache Linie. Ennis Strey wartete, im Technikraum der Niederlassung über einen Notizblock gebeugt, während die Stimmanzeiger vor ihm stillstanden. Ann und Erika saßen Ometow am Tisch gegenüber und sahen ihn gespannt an.

Hain schaltete schweigend jeden Funkverkehr nach draußen ab, zog seine Kopfhörer von den Ohren und wandte sich ebenfalls Leo Ometow zu. Er sah ihn einen Moment an. Ometow nahm langsam seine Kopfhörer ab und drehte sich auf seinem Stuhl um.

»Ich nehme an, Sie möchten eine Erklärung«, sagte er und seufzte tief. Er schüttelte den Kopf und rieb sich die Augen. »Ich schwöre bei Gott, ich bin zu ausgelaugt für dieses Geschäft. Es bringt mich noch um.«

Auch Ann und Erika nahmen ihre Kopfhörer ab. Ihre Verwirrung und ihr Mißtrauen spiegelten sich deutlich in ihren Blicken, während sie den Schock über das zu verarbeiten versuchten, was sie gerade gehört hatten.

Ometow sah aus, als habe er mit seinem Seufzer all seine Energie verausgabt. Müde stand er auf und ging langsam zu den Glastüren zum Garten.

»Es ist wahr«, sagte er. »Ich war fast zwei Jahre lang ihr Fallofizier.« Er sah Ann an, die sich auf ihrem Stuhl umgedreht hatte und ihn anschaute, während er sprach. »Vieles von dem, was ich an Sie weitergeben konnte, stammte von ihr. Sie war eine Goldmine. Es stimmt, daß ich sie kontaktiert habe, wie sie es geschildert hat, im Café Florian in Venedig, im chinesischen Zimmer, an einem verregneten Tag.« Er lächelte. »Sie hat zu erwähnen vergessen, daß es im November war. Ich versprach ihr, ich würde als Gegenleistung für ihre Kooperation ihr Kind von Krupatin wegholen. Es stimmt nicht, daß ich das Kind wie die berühmte Karotte am Stock benutzt habe, als unerreichbare Belohnung. Die traurige Tatsache ist, daß Sergej weiß, welchen Trumpf er mit diesem kleinen Mädchen in der Hand hat. Sie war nicht aufzufinden. Irina glaubte, wir versuchten es nicht.« Er schüttelte den Kopf. »Aber wir haben sie einfach… nicht gefunden.«

Er drehte sich um und betrachtete die Palmen. Er sprach gegen die Scheibe, zu seinem Spiegelbild, und seine Stimme klang gedämpft, weil er so dicht vor dem Fenster stand.

»Daß ich mit ihr geschlafen habe, ist nicht wahr.« Er zögerte fast unmerklich. »Ich hab sie nie angerührt, obwohl sie wissen muß, wie sehr ich es mir gewünscht habe.«

Hain konnte es nicht fassen. Der Mann war in sie verliebt. Er konnte es nicht glauben, weil es abgedroschen und vorhersehbar und im Spionagegeschäft eine uralte Geschichte war. Die Schwächen der menschlichen Natur änderten sich nicht.

»Ich weiß, was Sie denken, mein Freund«, fuhr Ometow fort, jetzt an Hain gewandt, obwohl er den anderen noch immer den Rücken zudrehte. »Ich habe auch da gesessen, wo Sie jetzt sitzen, und mir solche Geschichten angehört. Aber wissen Sie, das Seltsame ist, daß ich mich deswegen nicht schäme; und ich habe immer gedacht, die Männer, die mir solche Geschichten beichteten, würden sich schämen. Ich glaube, es liegt vielleicht daran, daß dieses Metier mir alles gestohlen hat, sogar die Scham.« Er hielt inne. »Nein, das ist gar nicht wahr.« Er schien allein mit seinem

Spiegelbild zu sprechen. »Nein, das Metier hat mir nichts gestohlen – ich habe mich freiwillig prostituiert. Ich habe dieses Spiel aus Geheimnissen und Lügen eifrig mitgespielt und alles verwettet, was es von mir gefordert hat. Irgendwo unterwegs muß auch die Scham auf der Strecke geblieben sein. Jedenfalls ist sie weg.«

Ometow ging an der Fensterfront entlang und blieb mit dem Gesicht dicht an seinem Spiegelbild auf der glatten Oberfläche.

»Aber ich hab sie nie angerührt, Curtis«, sagte er. »Es war nicht meine Integrität. Ich weiß nicht, was es war. Aber es ist nie dazu gekommen.« Er verstummte. Sein Atem ließ die Scheibe unter seiner Nase beschlagen. »Es war mehr als seltsam, sie von Dingen reden zu hören, die ich mir so oft vorgestellt habe, als hätte ich sie tatsächlich getan. Es war, als wäre es wirklich geschehen, aber vor so langer Zeit, daß ich die Einzelheiten vergessen habe. Ich habe eine seltsame Trauer um etwas gespürt, das ich verloren habe, obwohl ich es nie besaß.«

Er starrte weiter nach draußen. Hinter den Scheiben hingen die Palmwedel noch immer in der heißen, stickigen Nacht. Er drehte sich um.

»Ich habe mich schon in sie verliebt, als Krupatin noch gar nicht wußte, daß sie existiert. Ich kannte ihre Eltern, wie ich schon sagte, und ich habe sie als Kind gekannt. Ich bin achtzehn Jahre älter als sie. Krupatin ist zehn Jahre älter als sie. In dem Sommer, in dem Sergej und ich zusahen, wie sein Vater und sein Bruder auf dem Sandstrand am Schwarzen Meer starben, war sie acht. Unglaublich. Ein Dutzend Jahre später waren Sergej und ich ganz von unseren gegensätzlichen Karrieren in Anspruch genommen, und sie besuchte das Repin-Institut, um Kunst zu studieren. Nicht lange darauf hat Sergej sie zufällig auf der Straße gesehen.« Er hielt inne. »Das«, sagte er, »war wirklich Pech.«

Ometow stieß sich mit der Schulter von der Glaswand ab, an der er gelehnt hatte, und kehrte an die metallenen Klapptische zurück, die mit Computern, Kabeln und Telefonen vollgestellt waren. Er zog den Stuhl heraus, auf dem er gesessen hatte, und nahm wieder Platz. Ann schaute weg, fixierte die Palmen draußen. Erika sah Ometow mit starrem, fast katatonischem Ausdruck an.

»Ironischerweise«, sagte Ometow, »ist Irina tatsächlich eine sehr vom Gehirn bestimmte Frau. Ihre außergewöhnliche Schönheit täuscht über ihren Intellekt hinweg. Sie fühlt sich zu intellektuellen Männern hingezogen. Ich kann nicht sagen, wir hätten eine wirkliche Affäre begonnen. Damit würde ich mir schmeicheln. Aber es war ein Anfang. Und dann hat Sergej … nun ja, er hat sie einfach überwältigt. Dagegen war nichts zu machen.«

Hain musterte Ometow. Er wußte nicht, wie dieser Mann tickte, aber er wußte, daß er einen Menschen vor sich sah, dem vom Schicksal übel mitgespielt worden war.

»Was Irinas gestriges Auftauchen hier angeht«, sagte Ometow und wandte sich damit seufzend wieder der aktuellen Situation zu, »hatte ich keine Ahnung. Ich war wirklich schockiert. Ich weiß nicht, warum sie hier ist. Um Ihnen die Wahrheit zu sagen, ich hatte seit drei Monaten keinerlei Verbindung mit ihr. Sie hat den Gedanken aufgegeben, daß ich jemals in der Lage sein werde, etwas für ihre Tochter zu tun.«

»Aber als Sie sie erkannt haben«, unterbrach ihn Hain, »haben Sie nicht gezögert, Cate auf sie anzusetzen?«

»Kein bißchen. Warum sollte ich? Sie ist noch immer die Botin, der Krupatin vertraut. Sie hat von allen, die uns zur Verfügung stehen, noch immer den leichtesten Zugang zu ihm. Ich weiß, daß sie hier ist, weil Sergej sie hier einsetzen will.« Er verstummte und sah Hain direkt an. »Aber das ist alles, was ich weiß.«

Hain erwiderte den Blick. Herrgott. Vielleicht war auch er zu ausgelaugt für dieses Geschäft.

»Was ist mit ihrer Andeutung, sie habe noch ein paar Sachen für Ometow zu erledigen?«

Ometow schüttelte schon den Kopf, ehe Hain seine Frage ganz ausgesprochen hatte.

»Ich weiß nicht, warum sie das gesagt hat. Ich sagte Ihnen doch, ich hatte angenommen, sie wäre mit mir fertig. Unsere letzten paar Treffen waren kaum mehr als Streitereien. Wegen ihrer Wut über unsere Unfähigkeit, das Kind zu befreien, kam nichts Richtiges zustande. Und dann habe ich sie fast drei Monate nicht gesehen, bis gestern.«

»Aber Sie meinen noch immer, wir sollten Cate weitermachen lassen.«

»Ich sehe keinen Grund, warum sie es nicht tun sollte. Wir sollten uns glücklich schätzen, in der Position zu sein, in der wir uns befinden.«

»Sie sagen also«, sagte Hain ruhig, »die Tatsache, daß Sie sie bereits umgedreht hatten, ändert nichts.«

»Genau, sie ändert gar nichts. Sie würde jetzt nicht für uns arbeiten, wenn wir sie darum bitten würden. Wir wissen, daß sie noch immer für Sergej arbeitet. Wir wollen Zugriff auf Sergej. Das geht am besten über sie.«

»Dann läuft das Geschäft für Irina also wie gewöhnlich. Krupatin hat noch immer ihre Tochter, und sie bezahlt noch immer den Preis dafür.«

Ometow nickte. »Ich fürchte, so ist es.«

Hain dachte einen Augenblick nach. »Wie sehen Sie das, Leo? Wie geht diese Sache für Irina aus?«

»Tragisch«, sagte Ometow aufrichtig und ohne Zögern. »Und sie weiß das. Vor allem jetzt, seit es mit mir nicht geklappt hat. Das war ein außerordentliches Risiko für sie. Und ich denke, daß sie es überhaupt versucht hat, zeigt, wie verzweifelt sie ist. Wenn Krupatin dahintergekommen wäre, hätte er das Kind umgebracht, aus Wut. Irina hat das Leben ihrer Tochter aufs Spiel gesetzt, um es zu retten.«

Wieder legte sich Schweigen über den Raum. Die Lichter der Funkgeräte blinkten hektisch. Hain hatte sie ignoriert. Das konnte er nicht viel länger tun. Alle wollten wissen, was als nächstes passierte.

»Sagen Sie mir eins, Leo«, sagte Hain. »Das kleine Mädchen – sie ist Krupatins Tochter, oder?«

Ometows Züge erschlafften, Müdigkeit und Niedergeschlagenheit breiteten sich auf seinem Gesicht aus.

»Höchstwahrscheinlich.«

»Sie wissen es nicht mit Bestimmtheit?«

»Nein. Irina will nicht darüber sprechen.«

»Aber sie liebt das Kind.«

»Inbrünstig. Irrational.«

»Und Krupatin erhebt keinen Anspruch auf die Kleine?«

Ometow senkte den Blick. »Er bezeichnet das Kind als ›Auswurf einer Vergewaltigung‹.« In grimmiger Resignation schüttelte er den Kopf. »Das ist eine Wahnsinnsgeschichte von dostojewskischen Ausmaßen. Die meisten Leute könnten sich so eine Situation nicht mal vorstellen. Für Irina ist sie nur zu real. Sie ist ihr Leben.«

Mehr hatte er nicht zu sagen, und auch Hain schwieg. Die beiden Frauen sprachen nicht. Das Schweigen dauerte an, alle vier waren in ihre eigenen Gedanken versunken. Endlich drehte Hain sich um, nahm die Kopfhörer, setzte sie auf und fing an, die Kippschalter zu betätigen und die Leitungen wieder zu öffnen.

Ometow ging in den Garten, um zu rauchen, und ließ Hain und Erika an den Funkgeräten. Nach ein paar Minuten nahm Hain die Kopfhörer ab, sah Erika an, die seinen Abgang nickend zur Kenntnis nahm, stand steif von seinem Stuhl auf und folgte Ometow nach draußen. Die stickige Nachtluft hüllte ihn sofort ein wie eine schwüle Umarmung.

Ometow nickte ihm zu und schlenderte weiter, während Hain zu ihm ging. Eine Zeitlang sprach keiner von ihnen. Dann setzte sich Hain auf eine der Steinbänke, um seine Knie zu entlasten.

»Leo«, sagte er, während er nach seiner Hemdbrust griff und sich damit Luft zufächelte, »ich muß Ihnen ein paar Sachen sagen.«

Ometow blieb stehen und rauchte seine Zigarette zu Ende.

»Okay.«

Hain sah ihn an. »Nachdem wir heute nachmittag mit Cate gesprochen hatten«, begann er langsam, »nachdem sie von diesen beiden Unbekannten geschlagen worden war, gingen mir zwei Dinge im Kopf herum. Erstens: Als Cate ein bißchen zögerte bei Ihrem Vorschlag, sie solle Irina sagen, Stepanov hätte sie geprügelt – weil sie Angst hatte, Irina selbst könnte irgendwie dahinterstecken und wissen, daß sie log –, haben Sie ihr versichert, das sei nicht der Fall. Sie sagten: ›Ich kann mir nicht vorstellen, wie sie davon erfahren haben sollte.‹« Hain machte eine Pause. »Leo, wie konnten Sie so sicher sein? Verdammt, mir scheint es unmöglich, daß Sie *wissen* konnten, daß Irina *es nicht* wissen konnte.

Zweitens: Diese Typen haben Schmirgelpapier benutzt. Ihrem

eigenen Bericht zufolge war sie nicht wirklich verletzt. Nur ein paar Abschürfungen.« Wieder hielt er inne. »Das ist ein alter Trick, Leo. Läßt es so aussehen, als sei viel Schaden angerichtet worden, obwohl das in Wirklichkeit gar nicht der Fall ist.« Hain schüttelte den Kopf. »Scheiße, Leo. Sie haben das arrangiert, nicht?«

Ometow starrte ihn an. Er hob seine Zigarette, zog daran und starrte ihn weiter an, während er eine weiße Rauchwolke ausstieß.

»Ja«, sagte er, »habe ich. Heute früh, als ich mit Ihnen frühstücken ging, habe ich von einem Telefon in der Herrentoilette aus Stepanov angerufen. Er hat das in die Wege geleitet.«

»Großer Gott, Mann. Solchen Scheiß können Sie doch nicht machen!«

Ometow ließ seine Zigarette auf den Steinboden fallen und trat sie mit der Schuhspitze aus.

»Curtis, sagen Sie mir ehrlich, Sie wünschten, ich hätte es nicht getan«, sagte er. Seine Augen blickten ausdruckslos. Als Hain nicht antwortete, sprach er weiter.

»Es war einfach unumgänglich. Sie haben sie nicht verletzt. Sie mußte erschüttert sein, echt erschüttert. Also hab ich's getan.«

»Es hat vielleicht funktioniert, Leo, aber Sie sind nicht derjenige, der die Prügel bezieht, wenn das jemals rauskommt.«

»Ich werd's keinem erzählen«, sagte Ometow kühl.

Hain schüttelte den Kopf. Er wußte, daß Ometow recht hatte. Das Manöver hatte funktioniert. Es hatte ihre Beziehung schneller gefestigt, als es sonst in der kurzen Zeit, die ihnen zur Verfügung stand, möglich gewesen wäre. Und es war vollkommen unmoralisch.

Aber es war passiert. Und es stimmte, Hain konnte nicht behaupten, von den Resultaten enttäuscht zu sein.

»Wir dürfen jetzt nicht zimperlich sein«, sagte Ometow. »Ich habe schon zu viele Leute sterben sehen, weil ich Krupatin nicht stoppen konnte. Meinen Glauben an das moralisch richtige Verhalten habe ich schon lange verloren. Was wir dadurch gewonnen haben, war die Sache wert. Ich würde nicht zögern, es noch mal zu tun. Tut mir leid.«

Er nahm seine Zigaretten heraus, schüttelte eine aus dem Päckchen und zündete sie an.

»Mein Freund«, sagte Ometow, »Sie werden Sergej Krupatin niemals kriegen, wenn Sie auf dem Boden einen Strich ziehen und sagen: ›Bis hierher und nicht weiter.‹ Nein. Unmöglich. Wenn der Strich da ist, dann müssen Sie irgendwann die Entscheidung treffen, ihn zu überschreiten. Wissen Sie, warum? Weil er dort lebt – und tötet. Auf der anderen Seite des Strichs.«

EINUNDFÜNFZIG

Nachdem Cate ihre Hilfe zugesagt hatte, verschwand Irinas Melancholie, und sie war sofort voller Elan.

»Wir haben nicht viel Zeit«, sagte sie. »Wir müssen duschen.«

Und sie duschten. Zusammen. Irina bestand darauf.

Doch außer ihrer Nacktheit hatte das Duschen nichts Erotisches an sich. Es war eine praktische und, wie sich herausstellte, fröhliche Angelegenheit.

Die Dusche war so groß, daß sie schon fast ein Raum war. Eine breite Kachelbank lief an drei Seitenwänden entlang, und das Wasser strömte aus einem halben Dutzend Duschköpfen. Sie wuschen sich gegenseitig und hockten auf der Bank, während Irina angeregt plauderte wie von Nachbarin zu Nachbarin über den Gartenzaun.

Cate verlor jedes Zeitgefühl, doch sie bemerkte, daß Irina das nicht tat. Sie trug als Armband eine goldene Uhr und schaute einoder zweimal darauf. Cate hatte das Gefühl, diese müßige Zerstreuung sei nur eine seltsame Atempause, bevor das Unbekannte über ihnen zusammenschlug.

Und dann, ehe Cate sich's versah, waren sie fertig. Irina hatte Cate angewiesen, das schönste Kleid zu nehmen, das sie bei sich hatte und ihr geholfen, genau die richtige Menge Make-up aufzulegen, um ihre Abschürfungen zu verdecken, die sich als minimal erwiesen, nachdem die Rötung verblaßt war.

Nun stand Irina vor dem mannshohen Spiegel im Schlafzimmer ihrer Suite. Ihr dichtes, leicht gewelltes Goldhaar war aus dem Gesicht frisiert und im Nacken zu einem Chignon gesteckt. Eine rauchschwarze Perle schmückte jedes Ohr. Ihr Abendkleid war ebenfalls schwarz, tief ausgeschnitten und wurde nur von Spaghettiträgern auf den bloßen Schultern gehalten; der Stoff lag um Brust und Taille eng an und fiel dann lose und fließend bis knapp über die Knie. Sie war hinreißend schön.

Sie wandte sich vom Spiegel ab, schaute auf ihre Armbanduhr, nahm ihre schwarze Unterarmtasche und straffte die Schultern. Wieder gab sie Cate mit Gesten zu verstehen, sie solle schweigen, und Cate spürte plötzlich erneut ein hohles Gefühl im Magen.

Sie winkte Cate, ihr zu folgen, und sie gingen durch das Schlafzimmer in ein Wohnzimmer und dann in den Salon. Irina sah sich nach Cate um, öffnete vorsichtig die Tür der Suite, und sie traten hinaus auf den Gang. Dann schritt sie zu Cates Überraschung durch den breiten Korridor und ein paar Stufen hinunter zur nächsten Suite auf der anderen Seite. Sie klopfte zweimal. Die Tür wurde sofort geöffnet, und sie traten ein.

Sie standen mitten im Salon einer weiteren luxuriösen Suite und hörten vier elegant gekleideten jungen Männern bei einem nüchternen, leisen Dialog auf italienisch zu. Ihre Diskussion schien um strategische Vorgänge, um Logistik zu gehen; anscheinend handelte es sich nicht um Entscheidungen, sondern um den richtigen Zeitpunkt. Man legte die Köpfe schräg, sah auf die Armbanduhren. Dunkle Augen verständigten sich mit anderen dunklen Augen, und endlich nickten alle übereinstimmend.

Irina sprach während der ganzen Zeit kein Wort. Tatsächlich schien sie sich kaum um die Vorgänge zu kümmern. Außer den Italienern und ihnen hielten sich noch zwei Männer im Raum auf, beide Amerikaner. Einer, um die Dreißig, trug Kopfhörer auf dem kurzgeschnittenen Haar und saß vor einem Tisch mit elektronischen Geräten, der denen im FBI-Stützpunkt gar nicht unähnlich war. Der andere Mann war in mittleren Jahren, saß in einem Sessel, hatte einen Notizblock auf dem Schoß liegen und rauchte. Auf den beiden Armlehnen seines Sessels stand je ein Telefon. Auch er hörte den Italienern nicht zu; seine Augen musterten Irinas kaum verhüllten Körper unablässig von oben bis unten. Irina ignorierte ihn, als sei er ein Teil des Sessels, in dem er saß.

Cates Sinne arbeiteten fieberhaft; sie versuchte, soviel wie möglich in allen Einzelheiten in sich aufzunehmen: die Gesichter, die Nationalitäten, die Geräte, das Aussehen der Anwesenden, ihre Manierismen, ihr Verhalten, die allgemeine Atmosphäre des Augenblicks. Es waren vielleicht drei oder vier Minuten vergangen, als sie sah, daß Irina sie anschaute. Als sich ihre Blicke begegneten, nahm Irina sie am Arm, und sie gingen zur Seite.

»Hör zu, Catherine«, sagte Irina und hakte Cate unter. »Du mußt heute nacht sehr clever sein. Du mußt eine Schauspielerin sein. Du mußt bei allem, was ich tue, so natürlich mitmachen, als hättest du vorher gewußt, was passieren wird. Ich kann dir nicht im voraus sagen, was das sein wird. Ich weiß selbst nicht alles, aber du mußt mir vollkommen vertrauen und tun, was ich sage. Das ist entscheidend. Verstehst du?«

»Ja, ich verstehe«, sagte Cate. Sie begriff, daß sie sich am Rand eines reißenden Strudels befand und seine unheilvolle Saugkraft spürte.

»Signora«, sagte einer der jungen Italiener, der ihnen gefolgt war, »wir müssen jetzt gehen.«

Die Italiener benutzten keine Ausweichmanöver wie beim letzten Mal, sondern führten die beiden Frauen einfach diskret über die Innentreppen und durch Hintertüren zu einem großen Mercedes vor einem der rückwärtigen Eingänge des Château. Anscheinend wollten sie sich ganz auf ihr Talent verlassen, eventuelle Verfolger auf dem Weg zu ihrem Bestimmungsort abzuschütteln.

»Okay, darauf haben wir gewartet«, sagte Hain; die Anspannung war seiner Stimme anzuhören, obwohl er sich zur Ruhe zwang. Ometow, Ann und Erika saßen über ihre Notizblöcke gebeugt an den mit Technologie vollgepackten Tischen, fixierten irgendeinen Punkt im Nichts und konzentrierten sich ganz auf das, was sie von Cate hörten.

»Jernigan«, fügte Hain hinzu, »verlassen Sie das Hotel nicht mit diesen Leuten. Bleiben Sie da. Lassen Sie sie gehen. Wir wollen das nicht vermasseln.«

»Ja, verstanden«, sagte Jernigan. »Das ist italienisch. Sie reden italienisch, das steht fest. Haben Sie irgendwelche Informationen über diese Typen?«

»Wir nehmen an, daß es Carlo Bontates Leute sind, aber die Computer haben bei den Fotos nichts ausgespuckt, also sind wir nicht sicher. Strey, kann von Ihren Agenten jemand italienisch? Wir verstehen hier kein Wort.«

»Ich kümmere mich schon darum«, sagte Strey.

»Sie sagt nicht viel«, sagte Ann. »Sie redet nicht ...«

»Verdammt, sie kann nicht reden«, sagte Hain ungeduldig. »Denken Sie darüber nach.«

»Was ist mit Stepanov und den beiden anderen?« fragte Erika.

»Wir haben sie«, sagte Jernigan. »Sie sind damit beschäftigt, Verfolger abzuschütteln.«

Zwei Stunden zuvor war Walerij Wolkow plötzlich wieder im Hotel erschienen. Eine halbe Stunde später waren Wolkow und Izwarin in Stepanovs Suite aufgetaucht und hatten ihm erklärt, sie müßten ein paar Freunde aufsuchen – ein durchsichtiger Vorwand, um verwanztes Gebiet zu verlassen –, und sie waren alle zusammen weggegangen. Die drei Männer hatten das Hotel verlassen, so daß Stepanov sich nicht mit Hain hatte in Verbindung setzen können.

»Was ist, wenn sie am Ende alle am selben Ort sind?« fragte Jernigan. »Was sollen wir dann machen?«

»Ihr sollt euch zurückhalten. Bleibt bloß da weg. Cate und Irina haben Priorität. Wir wollen Irina nicht mißtrauisch machen.«

»Und was ist, wenn Krupatin auftaucht?«

»Wir melden uns wieder bei euch.«

ZWEIUNDFÜNFZIG

Trotz der nackten Angst, die sie in ihrer Situation empfand, blieb Cate schweigend sitzen und versuchte, sich soviel wie möglich von dem einzuprägen, was um sie herum geschah.

Während der ersten fünfundvierzig Meilen blieben sie in dem riesigen Mercedes und fuhren auf den verschiedensten Routen in

Houston herum. Der Fahrer kannte sich eindeutig in der Stadt aus. Der Beifahrersitz des Wagens war mit einer Konsole elektronischer Apparate ausgestattet, die ein ganz in seine Arbeit vertiefter junger Mann bediente. Sie hatten einen Polizei-Scanner mit ein paar elektronischen Zusatzgeräten, die der junge Sizilianer mit der Virtuosität eines Musikers handhabte, und nach fünfzehn Minuten gelang ihm das unglaubliche Kunststück, sichere Kanäle zu finden. Auf den Straßen hatten sie eigene Überwachungswagen postiert, die nach ihnen Ausschau hielten.

Nach fünfundvierzig Minuten fuhren sie in eines der riesigen Parkhäuser. Dort kurvten sie mehrere Stockwerke tief in den Untergrund und hielten neben einem dunklen Lincoln. Cate, Irina und ihre Eskorte stiegen aus dem Mercedes, und zwei Frauen aus einem anderen Auto mit der gleichen Anzahl von Begleitern nahmen darin Platz. Einige der automatischen Fenster des Lincolns gingen herunter, so daß die Männer sich untereinander verständigen konnten, und Cate sah, daß auch auf dem Rücksitz dieses Wagens zwei Frauen saßen. Ein echter oder vorgetäuschter Wechsel der Fahrzeuge war eine Routinemaßnahme. Eines der beiden Autos war ein Köder. Aber in diesem Fall würden es sogar zwei Köder sein, denn Cate und Irina stiegen in keines davon.

Zusammen mit ihren Begleitern gingen sie zu den Aufzügen, die sie mehrere Stockwerke aufwärts in das unterirdische Tunnelsystem beförderten, das sich unter den Straßen und Gebäuden der Houstoner Innenstadt dahinzog. Als sie die erste Tunnelkreuzung erreichten, warteten dort zwei Elektrokarren auf sie. Ihre jungen Begleiter trugen Kopfhörer und blieben in ständiger Verbindung mit irgend jemandem, und so bewegten sie sich durch das Tunnelsystem und glitten lautlos durch die Unterwelt mehrerer Wolkenkratzer. Die Tunnel waren hell erleuchtet und um diese Uhrzeit still und leer. Endlich erreichten sie einen weiteren Aufzug. Dieser brachte sie auf eine andere Parkebene und zu einem anderen Lincoln, der die gleiche üppige Ausstattung aufwies wie der Mercedes. Sie stiegen in den Lincoln, und der Fahrer kurvte über diverse Rampen wieder auf Fahrbahnhöhe und bog eine Meile von ihrem Einstiegpunkt entfernt in eine Straße der City ein.

Wenn sie observiert worden wären, hätte man dieses Manöver

nur schwer verfolgen können. Es wäre sogar extrem schwierig gewesen ohne die entscheidende Tatsache, daß Cate dabei war.

Nach den Manövern in der Innenstadt begann der dunkle Lincoln die viele hundert Meilen langen Freeways und Mautstraßen zu befahren, die die Stadt durchquerten und umrundeten. Die Funkgeräte knackten; blaue, rote und grüne Lichter blinkten an der Konsole vor dem Beifahrersitz, und ein Lichtstreifen zog ein blitzendes Wellenmuster wie ein Sonargerät.

Schließlich bogen sie in eine Schotterstraße ein, die zu den flachen Wiesen an der Küste führte, und schalteten die Scheinwerfer aus. Ringsum am Horizont funkelten die Lichter der City und der Vororte. Zwei der Männer nahmen eine kleine Kiste von der Größe einer Batterie aus dem Kofferraum, verbanden sie mit einer Antennenschüssel und stellten sie auf die Motorhaube des Wagens. Während sich die Antenne drehte, studierten sie die Instrumententafel und schauten gelegentlich in den Nachthimmel empor.

Wegen der Klimaanlage ließen sie den Motor des Lincoln laufen, doch als sie die Türen öffneten, roch man im Wagen trotzdem den vollen, saftigen Duft von feuchtem Gras. Während der ganzen Zeit saß Irina schweigend da. Gelegentlich schaute sie auf die Uhr, ganz in ihre Gedanken versunken.

Die hintere Tür des Wagens wurde geöffnet, und einer der jungen Italiener schaute herein.

»Signorina«, sagte er zu Irina, »wir glauben, daß es jetzt okay ist, zu dem Treffen zu gehen.«

»Fein. Sehr gut«, sagte Irina.

Der Mann schloß die Tür. Er und sein Partner nahmen das Gerät von der Motorhaube, zerlegten es auf dem Dach des Wagens und packten es wieder in den Kofferraum. Dann glitt der lange, dunkle Lincoln wie eine schwere Wildkatze durch das hohe Gras.

»Irgendwas von den Russen?«

Jernigans Stimme konnte seinen Ärger nicht verhehlen. »Wir haben sie verloren.«

»Oh, Scheiße, um Gottes willen, Neil…«

»Hören Sie«, sagte Jernigan barsch, »wenn Sie eine lückenlose

Observierung wollen, dann müssen Sie mir eben genug Leute geben.«

»Okay, okay«, entschuldigte sich Hain.

»Sie gingen zu einem verdammten Rockets-Spiel im Sumnit«, erklärte Jernigan. »Parkten in einer der Garagen und teilten sich. Danach haben wir sie nicht mehr gesehen.«

»Diese Typen sind nicht aus der Stadt, Neil. Wie zum Teufel können sie sich so bewegen, daß...«

»Tja, richtig. Nun, wir denken, daß sich jeder an einen der Aulows oder Semenjakows gehängt hat, die hier mit Stepanov arbeiten. Sie müssen das vorher geplant haben. Wir haben alle ihre Autonummern und halten Ausschau nach ihnen. Wir überwachen auch alle Taxirufe in dieser Gegend. Wir haben alle Sicherheitsstellen im Umkreis von fünf Blocks alarmiert, und sie beobachten mit ihren Kameras alle Ein- und Ausgänge. Ich meine, wir tun, was wir können, aber...«

»Aber was?«

»Na ja, Scheiße, wenn sie sich so aufteilen, Curtis, dann sind sie einfach zu verdammt weit auseinander.«

Stepanov und Pawel Aulow erreichten als erste die Global-Maritime-Kais östlich des Wendebeckens am Houstoner Schiffskanal, einer schlammigen, stinkenden Wasserstraße, die von der Galveston Bay fünfzig Meilen landeinwärts führte und den östlichen Rand der Stadt bildete. Die flachen Gründe des Bayou, die den Schiffskanal flankierten, waren das Äquivalent für den Schmutz unter den Fingernägeln des internationalen Handels, der sich ein paar Meilen weiter in Form glitzernder Wolkenkratzer sehr viel ansehnlicher präsentierte. Hier verwandelten sich der Papierkrieg und die Milliarden von Daten, die durch helle, sterile Glasfaserkabel strömten, in nüchterne Realität zwischen Meilen von Schiffswerften und Gleisanlagen, Öltanklagern, riesigen Raffinerien, Chemiewerken, Industrielagerhöfen und zahllosen Kais.

Global Maritime bestand aus einer Ansammlung von Lagerhallen auf der Südseite des Kanals, wo stets eine Kollektion von Tankern an den Kais vor Anker lag, riesige Rümpfe, die rostigen Dreck in das trübe Wasser des Kanals abließen, während Krangerüste in der von den Docks erhellten Nacht unter unbekannten Frachten ächzten.

Valentin Stepanov stand auf dem schmutzigen Zementboden und schaute in die höhlenartigen Eingeweide einer Lagerhalle, die von der TransEuro Shipping Ltd. angemietet war. Der Gestank in dieser speziellen Halle war überwältigend, denn hier wurden Hunderte von Paletten mit Tierhäuten gelagert, die aus Brasilien kamen und nach Europa verschifft wurden. Die Häute, die roh von frisch geschlachtetem Vieh versandt wurden, waren flach aufeinandergestapelt, jede großzügig mit Salz bestreut, damit sie nicht faulte. Blut- und Fettreste sickerten aus den Häuten und vermischten sich mit dem Salz zu einer dicklichen Brühe, die das Fell der darunterliegenden Häute durchtränkte, an den Seiten der einzelnen Stapel herausrann und auf dem Boden eine sirupartige Masse bildete, die ekelerregend stank. Eben der Gestank machte die Paletten mit den Häuten so wertvoll für Stepanovs Drogenhandel. Diese spezielle Operation war eine, die er seinen neuen Partnern vom FBI hatte verheimlichen können.

Er stand neben Aulow, die Hände in den Taschen, und betrachtete Hunderte von Paletten mit Häuten, die anderthalb Meter hoch gestapelt waren und sich in langen Reihen mit schmalen Zwischenräumen über hundert Meter erstreckten.

»Also waren die Höhlungen diesmal größer«, sagte er.

»O ja, ungefähr zwei Drittel Meter tief, fast zwei Meter lang und über einen Meter breit.« Aulow grinste. »Fast wie ein Sarg.« Aulow war mit zwei Worten zu beschreiben: grob und gerissen. »Diese hier wurden in Maracaibo in Venezuela beladen. Ich war selbst dabei. Sie nahmen ungefähr ein Dutzend Häute runter, schnitten eine Vertiefung mit diesen Maßen in die Mitte des Stapels und legten die Plastiksäcke mit Kokain rein. Wir füllen die Lücke bis oben, drücken alles gut und solide fest, legen das Dutzend Häute wieder obendrauf und schnüren den Packen wie Bauholz mit Metallbändern auf die Paletten. So ist alles fest verpackt.«

»Und noch immer keine Probleme mit den Hunden?«

Aulow lachte. »Wenn ein Hund auch nur die halbe Reihe hinter sich hat, ist seine Nase schon nicht mehr zu gebrauchen. Einer der sichersten Versandwege, die wir je hatten.«

»Das sind 1,36 Kubikmeter Kokain«, sagte Stepanov, berechnete rasch den Straßenverkaufswert und genoß das Resultat, das dabei herauskam.

»Pro Palette«, sagte Aulow. »Hier sind über zweihundert Paletten, und fünfundzwanzig davon enthalten Kokain; wir haben sie über die ganze Lagerhalle verteilt.«

»Und wieviel Bargeld bringt man in den Löchern unter, wenn das Kokain entladen ist?«

»Tja, da waren wir enttäuscht. Komischerweise wiegt der Anteil der Häute, die wir wegnehmen, um die Höhlungen zu schneiden, ungefähr genausoviel wie das Kokain, das wir reinlegen. Dadurch sind die Gewichtsunterschiede bei der Waage am Zoll nur gering. Sie gestatten fünfzehn Prozent Abweichung pro Palette, wegen des unterschiedlichen Gewichts der Häute. Da haben wir also ein bißchen Spielraum. Aber Bargeld ist schwerer. Wir bringen nur drei Millionen pro Palette unter. Also sind jetzt nur… fünfundsiebzig Millionen hier, unterwegs nach Europoort in den Niederlanden.«

»Wie lange schon?«

»Die Häute sind vor zwei Wochen angekommen. Wir können nur zwei Paletten pro Nacht öffnen, das Kokain rausnehmen und das Geld reinlegen, also sind wir erst vor zwei Nächten fertig geworden.«

»Wann geht die Ladung ab?«

»In drei Tagen. Übermorgen werden die Paletten auf das Schiff verladen, das da draußen liegt. Es ist ein französischer Frachter.«

Sie hörten Stimmen in der Nähe des Eingangs zur Lagerhalle, drehten sich um und gingen ein Stück zurück, um Izwarin und Wolkow zu treffen, die mit ihren jeweiligen Eskorten angekommen waren.

»Großer Gott.« Izwarin keuchte, als er in der breiten Öffnung des Tors auf dem Kai stand, und hielt sich die Hand vor die Nase. In seiner adretten Kleidung wirkte er wie eine bleiche Blume vor dem dunklen Rumpf des Frachters hinter ihm.

Wolkow trat zu ihm. »Großer Gott.« Er runzelte die Stirn.

Izwarin drehte sich um. »Diese brillante Idee stammt von dir, Walerij. Ich warte hier draußen.«

»Ich will sehen, wie es gemacht wird«, sagte Wolkow. »Ich bin derjenige, der das Zeug am anderen Ende bewegen muß. Und du wirst dir das jetzt verdammt noch mal auch ansehen.«

Stepanov wandte sich an Aulow. »Wir wollen in eine Ladung reinsehen.«

Aulow nickte einem der Begleiter zu, die mit Wolkow gekommen waren. Dieser trug eine Zange mit langen Griffen und war dabei, Arbeitshandschuhe überzustreifen.

»Gehen wir zu einer der hinteren Paletten, nicht so nah am Eingang«, sagte Aulow.

Hintereinander folgten sie dem Mann mit der Zange durch verschiedene Lücken zwischen den Paletten bis zum hintersten Teil der Lagerhalle. Sie gingen langsamer, als der Mann die Nummern der Paletten prüfte und dann stehenblieb.

»Diese«, sagte er zu Stepanov.

»Okay.«

Der Mann schob die Zange unter das erste flache Metallband und drückte die Griffe zusammen. Er ging um die Palette herum, zerschnitt auch das zweite Band und hob dann mit einem weiteren Mann von Aulow, der ebenfalls Arbeitshandschuhe trug, die obersten Häute ab, zog sie von der Palette und legte sie auf die nächste. Sofort wurde der Gestank stärker, als sie das gelagerte rohe Fleisch aufdeckten; eine sirupartige Flüssigkeit rann aus den abgehobenen Häuten.

Izwarin keuchte, hustete und würgte beinahe.

Sie packten noch eine Handvoll Häute, hoben sie ab, schoben sie zur Seite und enthüllten eine rechteckige Höhlung, die in die Mitte des Häutestapels geschnitten war.

Stepanov und Wolkow traten vor und spähten hinein.

»Was zum Teufel ist das?« sagte Stepanov, richtete sich auf und drehte sich um. »Das ist leer.«

Wolkow gab aus seiner schallgedämpften Smith & Wesson zwei kurze Schüsse aus nächster Nähe ab. Sie trafen Stepanovs Nasenrücken und bliesen ihm den Hinterkopf weg. Izwarin hatte nicht einmal Zeit, die Hände herunterzunehmen, bevor ihn Aulows zwei Schüsse ins rechte Ohr trafen und seine linke Schädelhälfte davonfliegen ließen.

»Stepanov ist groß«, sagte Wolkow zu einem der Männer mit den Handschuhen, während er zurücktrat, um der dunklen Blutlache auszuweichen, die sich unter Stepanovs zertrümmertem Schädel auf dem Betonboden bildete. »Ihr müßt das Loch in den Häuten vielleicht ein bißchen länger machen.«

Der Lincoln bog um eine Ecke der Global-Maritime-Lagerhalle und hielt an. Durch das Funkgerät wurde italienisch gesprochen. Dann glitt der Lincoln auf einem Kai weiter bis zum Tor der Lagerhalle. Als er wieder anhielt, flog die Tür auf der Beifahrerseite auf, und einer der jungen Sizilianer stieg aus und öffnete Irina die Tür.

Irina wandte sich an Cate. »Warte hier«, sagte sie und schwang die Beine nach draußen. Dann hielt sie inne. Sie drehte sich noch einmal um und sah Cate an. »Wenn ich's mir recht überlege, Catherine, solltest du besser doch mitkommen. Ich möchte dir etwas zeigen, damit du begreifst, was später passieren wird.«

Cate nickte. Sofort wurde auch ihre Tür geöffnet, und sie stieg vor einem riesigen Frachter aus, der sie in zwanzig Meter Entfernung überragte. Sie hörte das Wasser von weit oben aus den Bilgen am schmutzigen Bug des Schiffes in den Kanal fließen. Plötzlich standen wie aus dem Nichts ein halbes Dutzend Italiener mit gut sichtbaren, aber nicht gezogenen Waffen um sie herum.

Der Kanal roch so durchdringend nach Petroleum, Schlamm und Müll, daß sie die Gesichter verzogen, doch das war nichts im Vergleich zu dem geradezu atemberaubenden Gestank, der ihre Nüstern traf, als sie das düstere, höhlenartige Lagerhaus betraten. Wolkow wartete rauchend gleich hinter dem Tor auf sie. Er warf einen raschen, mißbilligenden Blick auf Cate.

»Walerij, das ist meine Entscheidung«, sagte Irina.

Er protestierte nicht weiter, drehte sich um und ging in das Lagerhaus. Cate spürte, wie sich bei dem ekelhaften Geruch ihr Magen hob; unwillkürlich legte sie die Hand über Mund und Nase. Sie erkannte sofort, womit die Paletten beladen waren, und aus irgendeinem Grund kam es ihr alptraumhaft vor.

Cate hielt den Blick fest auf Irina gerichtet, die vor ihr ging. Die weit ausschreitenden langen Beine und die sinnlichen Hüften bewegten sich rhythmisch unter dem Saum des schwarzen Kleides. Der blonde Haarknoten saß makellos, und sie trug den Kopf hoch und stolz erhoben. Nahezu paradiesische Schönheit und Symmetrie freiwillig auf dem seltsamen Weg in Korridore aus verwesendem Fleisch.

Endlich blieben alle ein paar Meter vor einer teilweise entladenen Palette mit Häuten stehen. Irina trat allein an die Palette heran und schaute hinein. Cate bemerkte, daß ihr Gesicht keinen Ekel ausdrückte. Sie schien nicht vor dem Schmutz und Gestank der Paletten mit den Häuten zurückzuschrecken. Alle blieben stehen und warteten auf sie.

Irina drehte sich um. »Catherine.«

Einer der Italiener nahm Cates Arm und trat mit ihr vor. Irina drehte sich wieder um, streckte die Hand aus und sagte: »Walerij?«

Als Cate am Rand der Palette stand, sah sie die Vertiefung, in der eine Leiche lag, auf der Seite, nicht ganz so zusammengerollt wie ein Fötus, den Kopf geneigt. Überall war Blut. Cates Herz wich von seinem natürlichen Rhythmus ab und pochte hart gegen ihr Brustbein. Sie erkannte Stepanov, der da in seinem eigenen Blut, in einem Kokon aus fremdem Fleisch schlief.

»Er ist schon tot«, sagte Irina. »Zumindest sieht er tot aus, nicht?« Sie hob die Hand und feuerte die Waffe ab. Stepanovs Körper zuckte einmal, zweimal, dreimal.

Cates Beine schienen unter ihr nachzugeben, und sie spürte den Arm des Sizilianers um ihre Taille.

»Jetzt bist du frei von Valentin Stepanov«, sagte Irina. »Hier drüben«, fuhr sie fort und trat an eine andere Palette, »ist Grigorij Izwarin.«

Wieder hob sie die Waffe, wieder feuerte sie rasch hintereinander drei gedämpfte Schüsse ab.

»Das wäre erledigt«, sagte sie, drehte sich um und gab Wolkow die Waffe zurück.

»Jernigan!« brüllte Hain in das Funkgerät. »Wo zum Teufel sind sie? Schnell!«

»Sieht aus, als käme das Signal aus der Nähe des Schiffskanals… von den Kais… äh, irgendwo zwischen den Wendebecken und Brady Island – näher am Wendebecken.«

»Curtis«, sagte Ann ruhig und versuchte ihren Zorn zu beherrschen, als sie Hain über die Geräte hinweg anstarrte, die auf den Tischen standen, »würden Sie mir vielleicht erklären, was ich da eben gehört habe, verdammt noch mal? Ist unser Mann in diesem Lagerhaus soeben umgelegt worden? War es das?«

»Ich weiß nicht«, sagte Hain. »Hat sich angehört, als habe man ihn getötet, ja, aber ich glaube nicht, daß sie das getan hat…«

»Sie hat gesagt: ›Er ist schon tot‹«, unterbrach Jernigan. »Sie wollte sichergehen – so hat es sich für mich angehört; sie wollte sichergehen.«

»Herrgott, Leo.« Ann schüttelte den Kopf, als sie sich Ometow zuwandte. »Das war verflucht kaltblütig, Leo?«

»Ja, ja, ich weiß.« Ometow machte ein grimmiges Gesicht.

»Sie hat ›Walerij‹ gesagt«, sagte Erika knapp. »Sie und Wolkow stecken zusammen da drin.«

»Ach, so deuten Sie das?« fragte Hain. »Ich hab seinen Namen auch gehört, aber ich weiß nicht, was zum Teufel sie damit gemeint hat. Sind Sie sicher, daß sie mit ihm und nicht über ihn geredet hat?«

»Ja was denn sonst, verdammt?« Ann war wütend. »Es war wie ein Befehl. Sie hat ›Walerij‹ gesagt, wissen Sie, wie ein Kommando.«

»Ich hab die Schüsse gehört«, sagte Hain. »Und Izwarin. Sie haben ihn ebenfalls getötet.«

»Sie wollte, daß Cate sieht, was sie macht«, sagte Erika. »Sie hat sie mitgenommen, damit sie es sich ansieht.«

»Ich weiß nicht…«, sagte Ometow unschlüssig.

»Für mich hat es sich auch so angehört«, sagte Ann.

»Was bedeutet das?« fragte Hain. Es war nicht klar, an wen er die Frage richtete.

»Sie sind wieder in den Autos«, sagte Jernigan. »Sie bewegen sich.«

»Was ist das? Weint sie etwa?« sagte Anns Stimme zwischen den Übertragungsgeräuschen aus dem Lincoln.

»Wieder die verdammten Italiener«, murmelte Jernigan. »Sie bewegen sich ...«

»Jernigan«, brüllte Hain, »wo zum Teufel sind Sie?«

»Navigation Boulevard.«

»Ziehen Sie etwa Posten zusammen ...?«

»Nein. Soll ich denn?«

»Nein, nein, bloß nicht«, bestätigte Hain rasch. »Wir wollen sie nicht erschrecken, nicht jetzt. Der Peilsender leistet gute Arbeit. Lassen Sie sie gehen. Wir wollen sie nicht nervös machen.«

Hain wandte sich an Ometow. »Was bedeutet das, Leo?« fragte er barsch. »Es hat sich angehört, als hätte Wolkow die beiden umgelegt, bevor Cate kam, und Irina hat es vorher gewußt, nicht? Was bedeutet das – arbeitet sie für Krupatin, oder fällt sie ihm in den Rücken? Und was ist mit Wolkow?«

»Und Bontate?« sagte Erika. »Leo, die Leute da bei Irina sind *Carlos* Männer.«

»Das wissen wir nicht«, sagte Ometow.

»Ach, kommen Sie.« Ann stöhnte.

»Das sind Carlos Männer«, beharrte Erika, »und sie waren in diese Morde verwickelt. Carlo wendet sich jetzt anscheinend gegen Krupatin. In Europa arbeiten sie seit fünf Jahren zusammen. Und nun das ...«

»Ich weiß nicht, ich weiß nicht«, murmelte Ometow.

»Izwarin war Krupatins oberster Leutnant in Europa«, beharrte Erika. »Stepanov war sein oberster Mann hier in den Staaten. Entweder haben sie was getan, was ihn denken ließ, er müßte sie ausschalten ...«

»Meine Güte«, unterbrach Ann, und ihre Augen weiteten sich, »glauben Sie, Krupatin hat rausgefunden, daß Stepanov für uns gearbeitet hat?«

»... oder Carlo geht jetzt gegen ihn vor«, schloß Erika.

»Wenn Bontate jetzt gegen ihn arbeitet, dann ist Walerij Wolkow offenbar auf seiner Seite«, sagte Hain.

»Vielleicht zieht Wolkow auch seinen eigenen Coup durch«, sagte Ann. »Alle wollen immer an die Spitze. Ich möchte wissen, wie diese unschuldige kleine Kunststudentin zu einem so verdammt eiskalten Luder geworden ist. Leo, ich glaube, für Sie ist das keine Überraschung.«

»Okay, Leute«, sagte Jernigan. »Sie sind jetzt aus dem Bereich der Hafenbehörden raus und auf dem Rückweg in die Stadt. Was ist mit den Männern, die noch im Lagerhaus sind, Curtis? Wollen Sie sie hochnehmen? Wolkow und wen immer er bei sich hat?«

»Wolkow ist nicht rausgekommen?«

»Nein. Rausgekommen ist nur ein Wagen, und das war der dunkle Lincoln. Die Italiener.«

»Nein!« warf Ometow ein. »Das ist offensichtlich ganz genau aufeinander abgestimmt. In dem Moment, in dem Sie sie hochnehmen, sind Carlo und vielleicht auch Krupatin sofort im Bilde.« Frustriert hielt er einen Moment inne. »Nicht vergessen – wir wollen Sergej Krupatin. Dazu haben wir all das in Gang gesetzt. Wir dürfen uns von solchen unvorhergesehenen Ereignissen nicht ablenken lassen.«

»Curtis, hier spricht Strey. Einer unserer Agenten, der Italienisch beherrscht, ist gerade in den Technikraum gekommen. Er muß sich erst die Bänder anhören, aber in ungefähr zwanzig Minuten wird er anfangen, live zu dolmetschen, was wir empfangen.«

»Besser spät als nie«, murmelte jemand.

»Danke, Ennis«, sagte Jernigan. »Okay, Leute, wir sind unterwegs vom Navigation Boulevard Richtung City.«

Während sie hektisch versuchten, sich über das Geschehen klarzuwerden, kamen von Cates Implantaten sporadische Übertragungen. Man hörte weitere auf italienisch geführte Gespräche, ruhig, präzise und entnervend unverständlich; dann folgte Geflüster, das alle veranlaßte, sich konzentriert vorzubeugen.

»Hör mir zu – hör mir zu, Catherine.« Irinas Stimme war leise und heiser. »Komm näher zu mir.« Jetzt war die Lautstärke intim, nah, gedämpft. Cate sagte keinen Ton.

»Catherine, was ich da getan habe, muß dir brutal vorgekommen sein. Aber ich mußte es tun. Die beiden Männer waren tot, aber ich mußte sichergehen. *Mein* Leben und deins hingen davon ab. Hör mir zu. Schhh … schhh.« Tröstende Laute. »Hör zu.« Flüstern, kaum hörbar. »Du steckst mitten in einer gefährlichen Situation. Nicht aus eigener Schuld, nur, weil du sie falsch eingeschätzt hast. Ein schlichter Irrtum dürfte eigentlich keine so schwerwiegenden Folgen haben, aber dagegen ist jetzt nichts mehr zu machen. Wichtig ist, daß uns von jetzt an keine Fehler mehr unterlaufen.«

»Von jetzt an …«

»Nein, nein, bitte – hör zu. Catherine!«

»Was geht hier eigentlich vor?« Cates Stimme klang ungeduldig, erschrocken.

Schweigen. Dann Irinas Stimme, leise, vorsichtig: »Ich bin dabei, mich aus einer sehr langen Sklaverei zu befreien. Und daran lasse ich mich durch nichts hindern. Durch nichts.« Pause. »Nicht mal durch dich, Catherine.«

Schweigen.

»Verstehst du, was ich sage?« fragte Irina.

Wieder ein kurzes Schweigen, dann sagte Cate: »Ja.« Ihre Stimme war ganz ruhig. »Ich verstehe.«

»Gut«, sagte Irina. »Jetzt hör mir zu, Catherine. Du mußt wissen, daß alles, was ich jetzt tue, dazu dient, uns das Leben zu retten. Wir sind in eine Schlangengrube gefallen. Du mußt Schlangen verstehen, wenn du irgendwie mit dem Leben davonkommen willst.«

»Warum hast du mich da reingezogen?« fragte Cate ruhig. Sie wußte selbst nicht, ob jetzt Cate oder Catherine sprach.

»Wo?«

»Wir sind nicht in diese Schlangengrube ›gefallen‹. Du hast meine Hand genommen und bist reingesprungen. Du hast gesagt, ich hätte Fehler gemacht, du hast ›Irrtum‹ gesagt – daß ich deswegen hier bin. Aber das stimmt nicht ganz, nicht? Ich hätte nicht darin verwickelt werden müssen – du hast mich reingezogen.«

»Du wolltest deine Tochter retten.«

»Ja, das wollte ich. Aber ich bin nicht dumm. Was da eben mit Stepanov und dem anderen passiert ist, die sind doch nicht umgebracht worden, um meine Tochter zu retten. Da laufen doch noch ganz andere Sachen. Er wäre ohnehin getötet worden, nicht? Und du hast mich heute nacht aus irgendeinem anderen Grund mitgenommen, oder? Das hat nichts mit meiner Tochter zu tun.«

In dem folgenden Schweigen tönten die Stimmen der jungen Sizilianer aus dem Funkgerät wie eine Unterhaltung zwischen Geistern.

»Ja, Catherine, du hast recht«, sagte Irina nach einer langen Pause. Ihre Stimme klang hart und gepreßt. »Ich werde dich nicht mehr belügen, weil unser Leben davon abhängt, daß du tust, was ich dir sage. Es stimmt, ich hab dich für meine Zwecke benutzt. Ich schäme mich deswegen nicht. Und ich würde es wieder tun. Mein Leben, alles, was ich bin, steht hier auf dem Spiel. Und deins jetzt auch.«

»Bist du wirklich beim russischen Geheimdienst?«

»Ja.«

»Was machst du dann, um Himmels willen? Warum sind hier keine Behörden beteiligt, Leute von der Regierung – irgendwer?«

»Hör mir zu. Ich hab dir meine Geschichte erzählt. Was ich jetzt hier mache, ist rein persönlich.«

»Um dein Leben zu retten.«

»Und das von Félia.«

»Selbst wenn du meins dafür opfern mußt.«

»Nein. Wenn ich sterbe, mußt du leben. Unter allen Umständen … dafür muß ich sorgen, vor allem anderen.«

Cate schüttelte frustriert den Kopf. »Das verstehe ich nicht.«

»Nein, jetzt noch nicht, aber das kommt noch. Nur eine Sache *mußt* du jetzt schon begreifen. Dein Leben ist an meins gebunden, sogar dein Körper. Vielleicht gerade jetzt vor allem dein Körper.«

»Mein *Körper*?«

»Der Mann, den wir gleich aufsuchen werden, ist ein Geschäftspartner von Sergej Krupatin. Er ist Asiate, ein Mann von ungeheurem Reichtum. Ich bringe ihm Nachrichten. Aber das ist nicht alles. Ich bringe ihm auch meinen Körper. Das gehört zum Geschäft.« Sie hielt inne. »Er hat eine Vorliebe für die *ménage à trois*.«

»Was?«

»Ich habe ihm etwas versprochen.«

»Mich!«

»Jemanden wie dich.«

»Du erwartest von mir, daß ich das mache, weil *du* es versprochen hast?«

»Wenn du bereit warst, Stepanov für Geld deinen Körper zu überlassen, dann sollte es dir nicht so schwerfallen, ihn diesem Mann zu geben, um dein Leben zu retten.«

»Um mein Leben zu retten?«

»Das ist die Situation, vor der wir jetzt stehen. Wenn ich nicht liefere, was ich versprochen habe, macht uns das beide verdächtig. Und diese Leute behandeln alles, was verdächtig ist, wie brandiges Fleisch – es wird radikal weggeschnitten.«

»Ich weiß nicht, ob ich das kann … mein Gott, ich weiß es wirklich nicht.«

»Ja, das hab ich einkalkuliert«, sagte Irina. »Dieser Mann ist wie ein Raubtier. Er wird schnell spüren, daß deine Schüchternheit, deine natürliche Angst und dein Widerstreben echt sind. Das wird es für ihn um so reizvoller machen.«

»Mein Gott, das ist unglaublich. Hast du … hast du denn gar kein Gewissen?«

»Gewissen?« Irina sprach dieses Wort mit einem leisen Stöhnen aus, in dem unverkennbar Sehnsucht anklang. »Liebe Catherine, du hast keine Ahnung, was du da sagst. Mein Herz ist aus Glas. Du hast keine Ahnung.«

VIERUNDFÜNFZIG

»Verdammte Scheiße«, sagte Hain bestürzt. Er betätigte den Kippschalter an seinem Mikrofon und wandte sich an Ometow. »Da haben wir's endlich. Diese Typen verhandeln, um in Amerika eine Kooperative zu errichten.«

Ometow nickte und rieb sich müde mit den Händen das Gesicht. »Wir sitzen hier und hören, wie sich all unsere schrecklichen Vorhersagen bewahrheiten. Sie bauen das Monstrum auf. Wer weiß, wie weit sie damit schon gekommen sind.«

»Aber es fällt irgendwie auseinander, Leo«, sagte Hain verwirrt. »Wichtige Leute sind tot, und sie sind alle aus einem Lager. Krupatin verliert wichtige Männer, und zwar nur er.«

»Nein, nein, nein. Wir können keine voreiligen Schlüsse ziehen«, sagte Ometow und legte skeptisch den Kopf schräg. »Wir wissen nicht, ob Sergej von Stepanovs Verrat gewußt hat, obwohl mich das nicht im geringsten überraschen würde. Vielleicht haben Carlo und Wei davon erfahren, und vielleicht war die Beseitigung Stepanovs eine ihrer Bedingungen für die Zustimmung, sich hier in Amerika mit Sergej zusammen zu organisieren. Vielleicht waren sie diejenigen, die Stepanovs Verrat entdeckt und Sergej davon berichtet haben. Wer weiß?«

»Und Izwarin?«

»Sein Ehrgeiz war bekannt. Er war übereifrig. Vielleicht hatte Sergej das satt oder wurde mißtrauisch. Paranoia ist sein Markenzeichen.«

»Nein«, sagte Hain. »Das überzeugt mich nicht. Ich glaube, sie wenden sich gegen Krupatin. Vielleicht hat er das kommen sehen und sich deshalb nicht blicken lassen.«

»Und wie erklären Sie dann Irinas Anwesenheit?«

»Scheiße, ich erkläre sie nicht«, sagte Hain. »Das ist Ihr Job.«

»Also gut, okay«, sagte Ometow, stützte den Ellbogen auf den Metalltisch und hob den Daumen. »Betrachten wir ein paar Möglichkeiten. Erstens: Irina hat die Morde für Sergej beaufsichtigt, der, aus welchen Gründen auch immer, Stepanov und Izwarin beseitigt haben wollte. Mit Hilfe von Wolkow, dem vertrauenswürdigen Leutnant aus seinen östlichen Operationen, der jetzt zweifellos eine höhere Stellung einnehmen wird, und mit Hilfe von Bontate. Das legt auch nahe, daß Sergej und Carlo enger zusammenarbeiten, als wir gedacht hatten. Daß zwei Organisationen auf diese Weise kooperieren, kommt nicht häufig vor. Aber hier sehen wir es, die Sizilianer betätigen sich dauernd als Eskorte für Irina.«

»Vielleicht ist Wei auch beteiligt«, schlug Erika vor, »nur wissen wir das noch nicht.«

»Okay, ja, das könnte sein«, räumte Ometow ein. Er fuhr fort: »Zweitens: Irina arbeitet für Bontate und vielleicht Wei und wendet sich tatsächlich gegen Sergej. Drittens, Irina hat sich mit Bontate verbündet und eingewilligt, ihm bei der Beseitigung von Krupatin und Wei zu helfen, seinen Hauptkonkurrenten. Es wäre einfacher, sie hier loszuwerden, fern von ihren besser organisierten Stellungen in Europa. Wenn das stimmt, dann unternehmen Carlos Leute vermutlich gleichzeitig etwas gegen die Organisationen der beiden in Europa. Wir sollten unsere dortigen Kollegen kontaktieren und feststellen, ob es eine Häufung von Morden gibt.«

»Aber weder Carlo noch Wei sind tot, Leo«, wandte Ann ein. Sie musterte den Russen über den Tisch hinweg. Ihr Gesicht war starr vor wachsender Ungeduld.

»Das ist richtig«, gab Ometow zu und sah auf die Uhr. »Aber es ist noch relativ früh am Abend«, sagte er mit einem sarkastischen Lächeln. »Und es verspricht eine lange Nacht zu werden.«

»Es gibt noch eine andere Möglichkeit«, sagte Hain.

»Welche?«

»Daß Irina noch immer für Sie arbeitet – und nur für Sie.«

Ometow ließ sich nicht einschüchtern.

»Ich wünschte, das wäre wahr, Curtis. Ich will Sie nicht belügen. Ich wünschte, es wäre wahr. Ich glaube, dann hätten wir eine Chance, Krupatin zu kriegen. Aber ehrlich gesagt, ich hätte keinen Grund, Stepanov und Izwarin umzubringen. Sie wären vielleicht wertvoller für mich, wenn sie leben würden – und reden.«

Hain sah Ometow an. Es war schwer zu entscheiden, ob der Russe hinterhältig oder nur freimütig war.

»Irina benimmt sich rätselhaft, Leo. Zuerst sagt sie dies, dann sagt sie etwas anderes. Was bedeutet das? Ist das typisch? Ist das ihre bevorzugte Arbeitsweise?«

Ometow schüttelte den Kopf. »Nein. Sie klingt beunruhigt. Ich glaube, sie sagt, was immer sie für nötig hält, um Cate bei der Stange zu halten.«

»Und dieses Gerede über die Gefahr für beide – wieviel davon ist Manipulation?«

Ometow wandte den Blick ab und zog die Mundwinkel nach unten. »Wer weiß? Ich weiß nicht mehr, was ich von diesem Drama noch glauben soll.« Er sah Hain an. »Sie haben eigene Akten über diesen Asiaten, nicht? Was ist Ihr Urteil?«

»Ich weiß es auch nicht«, gab Hain zu. »Tja, es ist schwer zu sagen.«

Schweigen trat ein, während beide Männer die unausgesprochene Übereinkunft zu rationalisieren versuchten, der Situation ihren Lauf zu lassen. Sie waren nahe, sehr nahe an drei Männern, die die internationalen Polizeibehörden an der Nase herumführten. Sollten sie diese einmalige Chance in Gefahr bringen, indem sie wegen einer ihrer Agentinnen unvorsichtig waren? Welche Art von Risiko würde es rechtfertigen, einen so unerwarteten Vorteil nicht zu nutzen? Sie würden sich für den Verlust von Stepanov verantworten. Aber schließlich war Stepanov Doppelagent gewesen, und solche Leute lebten nun einmal gefährlich. Cates

Sicherheit aber war etwas völlig anderes. Ihr Verlust war etwas, das Hain nicht gern würde erklären müssen. Trotzdem wollte keiner der beiden Männer die Frage ihrer Gefährdung wirklich offen erörtern. Insgeheim waren beide damit beschäftigt, und insgeheim beschlossen beide, eine ernsthafte Untersuchung des Problems aufzuschieben. Die Situation, in der Cate und Irina sich jetzt befanden, war ein unglaublicher Zufall. Die Jagd auf den russischen Fuchs hatte sie unerwartet auch in die Nähe der Schlupfwinkel des sizilianischen Leoparden und des asiatischen Tigers geführt. Dieser erstaunliche Umstand hatte auf Hains und Ometows moralische Maßstäbe die gleichen Auswirkungen wie Gier oder Geilheit auf viele andere Männer. Ihre Urteilskraft ging angesichts solcher Versuchungen in die Knie. Auf einmal erschien es gar nicht mehr so unvernünftig, nicht einzugreifen.

Ann Loder riß sich abrupt die Kopfhörer von den Ohren, sprang auf und fuhr sich mit beiden Händen ungeduldig durch das dunkle Haar.

»Mir wird einfach schlecht«, zischte sie und schaute auf die beiden Männer auf der anderen Tischseite herunter, »wenn ich sehe, wie Sie beide still und leise der Frage von Cates Sicherheit ausweichen.« Sie hielt inne und versuchte, ihre Stimme unter Kontrolle zu bringen. »Aber nicht nur das. Wir verschachern sie an diese Leute wie eine Hure. Sagen Sie mir die Wahrheit – kommt sich denn keiner von Ihnen wenigstens ein bißchen schäbig vor?«

Beide Männer starrten sie mit offenem Mund an, ehrlich verblüfft über ihren Ausbruch. Doch es war Erika, die antwortete.

»Sie haben doch schon früher Undercover-Agentinnen geführt. Haben Sie sich darüber noch nie Sorgen gemacht?«

»Nicht auf diese Weise.«

»Warum ist es jetzt anders?«

»Um ehrlich zu sein, ich hab nicht wirklich geglaubt, daß es soweit kommen würde.«

»Sagen Sie mir eins«, sagte Erika und wandte sich Ann nun ganz zu. »Sie haben schon öfter Männer in gefährliche Situationen gebracht, nicht?«

»Ja, sicher.« Ann nickte. Sie wußte, was jetzt kam.

»Und es bestand die Möglichkeit, daß diese Agenten jemanden töten müssen.«

»Ja.«

»Und Sie haben Männer in Situationen gebracht, wo die bestmögliche Taktik, Informationen von einer Frau zu bekommen, darin bestand, mit ihr zu schlafen?«

»Natürlich.«

»Sind Sie sich dabei schäbig vorgekommen?«

»Nein«, sagte Ann.

»Töten ist also nicht so schlimm wie Sex zu haben? Oder Sex zu haben, um Informationen zu bekommen, ist bei Männern nicht so schlimm wie bei Frauen?«

»Großer Gott, Erika, wir verlangen von ihr, daß sie sich vergewaltigen läßt.«

»Wäre es besser, wenn wir verlangen würden, daß sie jemanden umbringt?«

Ann sah Erika an, ohne zu antworten.

»Ihr Amerikaner«, beantwortete Erika ihre eigene Frage, »habt noch immer dieses merkwürdige Gefühl für moralische Imperative. Was ist der moralische Unterschied zwischen einem Mann und einer Frau? Wenn etwas gegen die Menschenwürde einer Person verstößt, verstößt es gegen die Würde aller Menschen. Wenn etwas bei einer Person erlaubt oder verboten ist, dann sollte es das auch bei allen anderen sein. Wir *alle* sind Menschen, nicht? Aber ihr Amerikaner, mein Gott, ihr produziert dauernd neue moralische Imperative, die die Geschlechter trennen. Männer dürfen in organisierten Gruppen für Regierungen töten, Frauen dürfen das nicht. Männer dürfen beim Sammeln von Geheiminformationen für den Staat routinemäßig Sex einsetzen, aber für Frauen ist das irgendwie eine unziemliche Kränkung. Tut mir leid, aber mir ist das fremd. Es ergibt keinen Sinn«, fügte sie tonlos hinzu. »Und es macht mich, offen gesagt, wütend, wenn ich die Amerikaner dauernd darüber jammern höre.«

»Die Vergewaltigung einer Agentin ist doch wohl nicht das gleiche wie die Verführungsstrategie eines männlichen Agenten«, gab Ann zurück.

»Hören Sie, Ann, wenn Cate diesem Sex zustimmt, dann ist es keine Vergewaltigung, das wissen Sie. Und bisher habe ich noch nicht gehört, daß sie ihre Codesignale benutzt hätte, um die Sache abzubrechen. Cate trifft ihre eigenen Entscheidungen, und ich bezweifle ernstlich, daß sie beschließt, sich vergewaltigen zu lassen.«

»Es wird Ihnen also nichts ausmachen, wenn Sie hören, wie diese Begegnung per Funk übertragen wird?«

»Doch, ja, es wird mir etwas ausmachen«, gab Erika zu. »Es ist eine grausame Wendung, das muß ich sagen. Aber ich glaube nicht, daß Cate etwas Schlimmeres tut oder auf sich nimmt als ein Mann in der gleichen Situation.« Sie zögerte. »Es tut mir Cates wegen leid – als Privatangelegenheit, nicht aus moralischen Gründen.«

»Herrgott.« Ann war noch immer wütend – wütend und frustriert.

»Wissen Sie irgendwas über Weis sexuelle Vorlieben? Wird es irgendwie riskant?« fragte sie schließlich.

»Das kommt darauf an, was Sie unter riskant verstehen.«

»Ist sie in Gefahr, dabei verletzt zu werden! Herrgott!« Ann konnte ihren Zorn nicht mehr zügeln. »Diese ganze Sache läuft verdammt weit aus dem Ruder! Es ist mir scheißegal, was Sie von *meinen* moralischen Maßstäben halten. Mir kommt es immer noch schäbig vor. Und *denen* sollte es auch schäbig vorkommen«, rief sie verächtlich und zeigte mit dem Finger über den Tisch.

»Ich habe die BKA-Akte über ihn gelesen«, sagte Erika. »Er hat eine Vorliebe für weiße Frauen.«

»Paarweise?«

»Wenn er sie paarweise bekommen kann.«

»Und ansonsten?«

»So ungefähr alles, würde ich sagen.«

»Scheiße!« Ann schüttelte heftig den Kopf und zog eine Grimasse. »Scheiße, Scheiße, Scheiße.« Sie blickte zur Decke, fühlte sich von den Umständen in die Enge getrieben, und sie hatte Angst, so ungern sie das auch zugab. »Wie in aller Welt soll sie hinterher damit leben?«

»Wenn Cate glaubt, daß wir nicht wissen, was sie getan hat, wird es erträglich sein«, sagte Erika. »Sie kann damit leben, solange sie nicht weiß, daß wir alles gehört haben.«

»Das ist der Grund für die Pflaster.«

»Diese gottverdammten Pflaster«, sagte Ann. »Das ist eine Lüge, mit der *ich* schwer werde leben können.«

»Ihr Problem ist, daß Sie zu sehr an sich denken, Ann. Wir müssen alles hören. Cates Sicherheit steht hier im Mittelpunkt, nicht unser Gewissen.«

»Scheiße, das ist doch gelogen«, sagte Ann und rollte die Augen. »Tatsache ist, wir sind so verdammt gierig nach Informationen, daß es uns eigentlich scheißegal ist, wie wir sie kriegen, selbst wenn wir dabei mit anhören müssen, wie Cate das Opfer bringt, sich vergewaltigen zu lassen. Und was ihre Sicherheit betrifft, das ist Quatsch. Wir alle wissen, so, wie das jetzt läuft, haben wir nicht die geringste Chance, sie rechtzeitig zu erreichen, wenn es anfängt, unangenehm zu werden. Das hat nichts mit ihrer Sicherheit zu tun.«

»Das mit den Pflastern war eine barmherzige Lüge«, beharrte Erika und wich damit dem anderen Thema aus. »Es liefert ihr einen psychologischen Ausweg.«

»Sauber!« Ann kochte. »Wir liefern *ihr* einen psychologischen Ausweg. Sie so anzulügen, war einfach schäbig. Okay, ich weiß, ›sie mußte das ja nicht machen‹. Aber sie hat es nicht gewußt, nicht wahr, in Wirklichkeit hat sie nicht gewußt, womit sie es hier zu tun hat. Als sie stillschweigend bereit war, sich für Recht und Ordnung ficken zu lassen, hat sie nicht gewußt, daß wir in ihr drinstecken und zuhören würden.«

Ihre Worte hingen in der Luft, schwebten zwischen den knackenden Geräuschen der Funkgeräte, dem Summen und Piepsen der Elektronik.

»Ich respektiere Ihre Gefühle«, sagte Hain mit nüchterner und beherrschter Stimme. »Aber Sie haben hier nichts zu sagen.«

»Fein«, sagte Ann wütend und sah alle nacheinander an. »Ich hoffe, das verfolgt uns alle, solange wir leben.«

FÜNFUNDFÜNFZIG

Aus dem Inneren des Lincoln war der Übergang von italienischer zu asiatischer Bewachung kaum zu bemerken, bis eine große Mercedes-Limousine auf einer baumbestandenen Straße den Lincoln überholte und eine andere sich dicht hinter ihn setzte. Die drei Autos verlangsamten die Fahrt, und ihre Reifen knirschten beruhigend auf dem Kies des Randstreifens.

Der Lincoln war sofort von Asiaten umgeben, die Kopfhörer mit kleinen Mikrofonen trugen wie Rockstars auf der Bühne. Zwei der Männer öffneten die hinteren Türen des Lincoln, und ohne ein einziges Wort nickten die Sizilianer den Frauen zu. Irina und Cate stiegen aus und wurden zum zweiten Mercedes geführt. Wieder wurden ihnen die Türen geöffnet, und sie stiegen in den geräumigen Innenraum, der kühl war und schwach nach Blumen duftete. Zwei Asiatinnen in feuerroten, modern geschnittenen Seidenkleidern mit tiefem Ausschnitt und kurzem Rock erwarteten sie dort.

Als die Türen sich schlossen und der Lincoln zwischen den beiden Mercedes-Limousinen anfuhr und verschwand, holten die beiden Asiatinnen mit langsamen Bewegungen seidene Tücher hervor, legten sie Cate und Irina über die Augen und banden sie behutsam fest. Dann setzte sich Cates Begleiterin sehr dicht zu ihr und nahm tröstend Cates Hand in ihre beiden kleinen Hände. Cate konnte ihr zartes Parfüm riechen. Die Stereoanlage der Limousine spielte Chopin – zumindest hielt Cate es für Chopin –, und weiche Klaviernoten perlten wie Wassertropfen durch den ansonsten stillen Innenraum des Wagens.

So fuhren sie eine Weile, deren Dauer Cate nicht bestimmen konnte. Sie spürte die Bewegung des Wagens und gelegentlich den sanften Zug der Schwerkraft, wenn die Limousine behutsam eine Kurve nahm. Sie war überrascht, wie genau sie die Hände der Frau fühlte, die zarten Finger, die sanft gerundeten Nägel. Hin und wieder spürte Cate das lange Haar der Frau, das ihre nackte Schulter streifte, und seltsamerweise spürte sie auch das Beben ihres Atems, so leicht wie ein flüchtiger Gedanke.

Die Limousine wurde langsamer und begann in leichten Kurven aufwärts zu fahren. Gleich darauf ließ Cates Begleiterin ihre Hand los und nahm ihr das Tuch von den Augen. Cate sah sich sofort nach Irina um, die ihren Blick erwiderte.

Kaum hatte sie aus dem Fenster der Limousine geschaut, spürte Cate, wie ihr Herz, das sich auf der Fahrt etwas beruhigt hatte, wieder heftig zu pochen begann. Das Haus war groß und modern und stand auf einer von terrassierten Gärten umgebenen Anhöhe. Die teilweise auf Träger gestützten Räume waren eigenartig und raffiniert beleuchtet. Cate sah sich kurz um, als sie die erste Reihe der steinernen Stufen erstiegen und stellte fest, daß das Grundstück ganz von hohen Mauern umgeben war; die gebogene Auffahrt von der tieferliegenden Straße her wurde von sanftem, indirektem Licht beleuchtet.

Die ausgefallene Architektur beeindruckte Cate, als sie zu viert eintraten und eine rote Steintreppe zwischen zwei leise flüsternden Wasserfällen auf schwarzem Granit zum ersten Stock hinaufgingen. Schweigend bogen sie in einen kahlen Gang ein, der nur durch den schwachen Lichtschimmer zu beiden Seiten der Decke angebrachter verdeckter Leuchtstoffröhren erhellt wurde.

Nach der Hälfte des Ganges wurde links eine Tür sichtbar, und man führte sie in einen Raum, der nicht groß war, durch seine Ausstattung und sein Design aber geräumig wirkte. Die Böden bestanden aus weißem Marmor, die fensterlosen Wände waren in einem üppigen Ockergelb gehalten, und wieder war die Decke indirekt beleuchtet. Der Raum war leer bis auf ein Dutzend verstreut aufgestellter Vitrinen, die auf etwa taillenhohen, zylindrischen Steinsäulen ruhten. In jeder der Vitrinen war eine Fülle goldener Artefakte aufgestellt wie in einem Museum.

Irina ging geradewegs auf die nächste Vitrine zu. Sie beugte sich vor, betrachtete den Inhalt und atmete hörbar ein.

»Großer Gott«, sagte sie. »Ich traue meinen Augen nicht.«

Cate trat neben sie, und Irina ging rasch zur nächsten Vitrine weiter und gab immer wieder leise Laute des Erstaunens von sich. Nach ein paar Augenblicken drehte sie sich zu Cate um, die ihr zu einer weiteren Vitrine gefolgt war.

»Das sind antike Schmuckstücke«, erklärte Irina, »die meisten aus Griechenland. Wahrscheinlich unschätzbar wertvoll.« Sie schaute in eine andere Vitrine. »Ohrgehänge, Armbänder, Broschen, Halsketten... mit Granaten und Smaragden, Kristall, Karneolen, buntem Glas...«

»Eine bemerkenswerte Sammlung, nicht wahr?« sagte ein Mann.

Cate zuckte zusammen und drehte sich nach dem Chinesen um, der in der Tür stand. Er hatte ein weißes Dinnerjacket, elegante schwarze Hosen und Opernslipper an. Zu dem weißen Hemd mit den hohen Kragenecken trug er eine schwarze Seidenfliege.

»Unglaublich, ja«, sagte Irina und blieb stehen. Der Mann sah Cate an. »Das ist Catherine Miles«, sagte Irina. Den Namen des Chinesen erwähnte sie nicht.

Der Mann trat näher an Cate heran, nahm ihre Hand, lächelte und verbeugte sich leicht aus der Taille.

»Ich bin entzückt, Sie kennenzulernen«, sagte er.

Cate nickte, unfähig zu sprechen. Er sah wesentlich besser aus, als sie erwartet hatte, obwohl sie nicht genau wußte, was sie eigentlich erwartet hatte.

Ohne Cates Hand loszulassen, führte er sie ein paar Schritte weiter in den Raum hinein.

»Natürlich, Irina, Sie haben recht«, sagte er. »Griechisch. Ein paar Stücke stammen von der Krim, einige aus den griechischen Kolonien in Italien und am östlichen Mittelmeer.«

»Ich kenne die Sammlung ähnlicher Stücke in der Eremitage gut«, sagte Irina. »Diese hier macht ihr Konkurrenz. Beneidenswert.«

»Ich würde sie nicht besitzen, wenn sie nicht beneidenswert wäre.« Der Chinese lächelte und sah Cate an. »Meine Lieblingsstücke sind die Ganymed-Anhänger und die weiblichen Anhänger«, sagte er und führte sie zu einer anderen Vitrine. »Die Figuren von Eros, den Sirenen, Aphrodite…«

Die Vitrine, vor der er stehenblieb, war ausschließlich diesen nackten Miniaturen gewidmet, die so detailliert gearbeitet waren, daß man bei manchen deutlich die Brustwarzen erkannte, obwohl die Stücke nicht mehr als vier Zentimeter maßen. Ein Objekt, ein Anhänger einer Halskette, stand sogar hinter einem Vergrößerungsglas, damit der Betrachter die Einzelheiten erkennen konnte.

Während sie sich vorbeugten, um den Gegenstand zu bewundern, betrat lautlos ein Dienstmädchen in schwarzer Tracht mit schwarzen Strümpfen den Raum und servierte ihnen hohe Gläser mit Champagner. Jeder nahm eins, und der Chinese setzte seinen Bericht über seine Sammlung fort. In einer Vitrine waren Fingerringe ausgestellt, viele mit erotischen Abbildungen, sowie Plättchen, die er als Appliqués bezeichnete, ebenfalls mit erotischen Szenen.

»Wann haben Sie diese Stücke gekauft?« fragte Irina. »Erst kürzlich?«

»Im Lauf der letzten fünf Jahre«, sagte er.

»Und Sie erweitern die Sammlung noch immer?«

»Wenn ich die richtigen Stücke finden kann.«

Er sah Cate an und lächelte. Seine funkelnden schwarzen Augen richteten sich auf ihre Brüste und musterten sie mit offener Anerkennung. Sie fand seinen Blick nicht beleidigend, obwohl ihre Gefühle in diesem Augenblick so chaotisch waren, daß sie selbst nicht recht wußte, was sie eigentlich empfand.

Sie schaute Irina an, deren Gesicht nichts verriet.

Der Champagner war köstlich, und alle leerten das erste Glas recht schnell. Ohne Aufforderung erschien das Mädchen mit neuen Gläsern. Der Chinese und Irina sprachen weiter über griechisches Gold, während sie zu dritt zwischen den Glasvitrinen einherschlenderten und die ausgestellten Stücke bewunderten. Der Mann hielt noch immer Cates Hand. Manchmal richtete er seine Antworten auf Irinas Fragen direkt an Cate, als habe sie die Frage gestellt. Manchmal, wenn sie von einer Vitrine zur nächsten gingen, ließ er Cates Hand los und legte den Arm um ihre Taille; hin und wieder ließ er seine Hand auch tiefer gleiten, und Cate spürte, wie seine Finger die Wölbung ihrer Pobacken erforschten.

Der Chinese wandte sich an sie. »Aber jetzt haben wir genug Gold gesehen.« Seine Zähne waren sehr weiß und absolut makellos. Tatsächlich war der ganze Mann makellos. Er hatte keine physischen Mängel, keine Narben, keine Pigmentflecke, kein Merkmal, das den Gesamteindruck beeinträchtigte.

Lächelnd beugte er sich zu ihr, näherte sein Gesicht ihrem Hals, bis seine Lippen ihren Haaransatz berührten. Es gelang ihr, normal zu atmen. Dann wanderten seine Lippen weiter zu ihren Schultern über das Schlüsselbein und tiefer zum Ansatz ihrer Brüste. Sie spürte deutlich, wie seine Zunge der Vertiefung zwischen den Brüsten zustrebte. Eine Gänsehaut überlief sie bis zum Nabel.

Er hob den Kopf, immer noch lächelnd.

»Ich möchte Ihnen oben etwas zeigen«, sagte er und nahm beide Frauen bei der Hand. »Da gibt es einen schönen Raum. Ich denke, er wird Ihnen beiden gefallen.«

Er ging zur entfernten Ecke des Raumes, wo eine Wendeltreppe aus weißem Marmor in die Wand eingelassen war. Da sie schmal war, gingen sie hintereinander, zuerst der Chinese, dann Irina. Cate folgte, die Augen fest auf die Stufen gerichtet.

Als sie die Treppe verließen, glaubte Cate, sich auf dem Dach des Hauses zu befinden. Tatsächlich standen sie in der Ecke eines geräumigen Zimmers. Die beiden Wände zu ihren Seiten bestanden aus poliertem Marmor in dunklem Jadegrün, die beiden anderen, ihnen gegenuber, aus Glas. Dahinter lag die Stadt und glitzerte in der Dunkelheit wie das Funkeln in den schwarzen Augen des Chinesen. Cate roch sofort wieder den Blumenduft und hörte Musik, eine weibliche Stimme, die auf deutsch sang, begleitet nur von den langsamen, klaren Tönen eines Klaviers.

In der Mitte des Dreiecks, das die beiden Glaswände bildeten, befand sich ein erhöhtes Oval aus poliertem, scharlachrotem Stein von der Größe eines Bettes, darauf die verschiedensten Kissen aus dunkelrotem Damast. Die Seiten des steinernen Podests waren mit einem Basrelief verziert, und als sie näher kamen, erkannte Cate die Darstellungen und sah, daß die Figuren kunstvoll und fein gemeißelt waren. Sie wußte zwar die Namen der Orte nicht, aber sie wußte, daß es sich um Reproduktionen erotischer Skulpturen in antiken indischen Tempeln handelte.

Auf drei Seiten und in Reichweite des elliptischen Steinpodests standen drei kleinere zylindrische Steinsäulen in der Höhe und Größe kleiner Tische. Auf einer davon lag ein Stapel dicker, mandarinroter Handtücher. Die zweite Säule hatte zwei in Stein gemeißelte Becken, eines höher als das andere; aus ihm floß Wasser in das tiefergelegene Becken. Die dritte Säule trug eine riesige Jadeschüssel mit bunten Früchten.

Cate brauchte einen Augenblick, um diese zeremoniellen Elemente in sich aufzunehmen, die Farben, die Architektur, die Textur von poliertem Stein und Glas, den Blumenduft, die helle Stimme des lyrischen deutschen Soprans – war das Schubert? Schumann? –, die Klaviernoten, rein, klar, melancholisch. Es war ein außergewöhnlicher Zusammenklang von Eindrücken, der sie überraschte und faszinierte.

Als das Unvermeidliche geschah, als sie spürte, wie der Chinese sie von hinten entkleidete, erinnerte sie sich daran, daß Irina gesagt hatte, ihre Nervosität werde für ihn ein Anreiz sein. Sie wollte sich nicht anders geben, als sie war. Als er sie umdrehte, hatte er sich bereits ausgezogen und sprach leise auf chinesisch zu ihr.

Während er sie weiter entkleidete, sah sie ihn an und merkte, daß sein Körper ebenso makellos war wie sein Gesicht. Selbst seine Erektion, deren Anblick sie gefürchtet hatte, war in ihren Proportionen verblüffend attraktiv. Sie empfand sie nicht als aggressiv oder beleidigend, sondern zu ihrem größten Erstaunen als anziehend und erotisch.

Er behandelte sie sanft, überrascht und fasziniert von ihrer Tätowierung und dem fehlenden Schamhaar. Als sie sich wieder umdrehten, lag Irina auf dem elliptischen roten Stein, in dessen polierter Oberfläche sich ihr nackter Körper spiegelte. Sie hatte ihr blondes Haar gelöst. Der phantasievolle Rahmen hob ihre Schönheit hervor, als sei er eigens für sie geschaffen worden, und der visuelle Eindruck war so stark, daß Cate einmal rasch einatmen mußte.

In diesem Augenblick erkannte sie, daß sie sich getäuscht hatte.

Dies war kein Ort für Vernunft, Kontrolle, Disziplin oder Zurückhaltung. Es war auch kein Ort für Konventionen. Cate verstand es zwar nicht, hatte es nie gesucht oder erlebt, doch sie konnte sich der Anziehung dessen, was sie auf dem scharlachroten Stein sah, nicht verweigern. Irina war unwiderstehlich – für Männer und Frauen.

Die Zeit verdichtete sich und dehnte sich aus. Manchmal schien eine einzelne Empfindung – ein Duft, ein Geschmack, eine Berührung – endlos zu dauern und so intensiv zu werden, daß sie sie verschlang, daß sie ganz und gar und unter Ausschluß aller anderen zu dieser einen Empfindung wurde. Dann wieder war sie überwältigt, weil alle ihre Sinne gleichzeitig angesprochen wurden, Tasten, Hören, Riechen, Fühlen, Sehen, so viele Wahrnehmungen in so kurzer Zeit, daß sie die Erfahrung nur als Explosion einer erhöhten erotischen Sensibilität empfinden konnte.

Die Sopranstimme klang klar und melancholisch, als käme sie aus dem fernen Äther.

Die Klaviernoten perlten anmutig und träumerisch wie Diamanten durch klares Quellwasser.

Die Weintrauben in der Fruchtschale waren groß, purpurrot und taufeucht; nur aufgrund von Weis ungeheurer Lust an Catherines Körper hatte Irina Zeit, sie für eine seiner größten Vorlieben zu benutzen.

Schon im Château hatte sie die Bakterienkapseln aus dem Adreßbuch genommen und in ein kleines Stück Nylon gewickelt, das sie von einer Strumpfhose abgeschnitten hatte. Als sie und Catherine sich anzogen, hatte sie das kleine Bündel heimlich in ihrem Haarknoten versteckt. Jetzt, während Wei mit Catherine beschäftigt war, wandte Irina sich ab und benutzte eine Haarnadel, um in vier von den Trauben je eine Kapsel zu schieben. Das dauerte nur wenige Augenblicke.

Dann drehte sie sich um, damit Wei sehen konnte, was sie tat, und schob die großen Trauben eine nach der anderen in ihre Vagina. Fünf Minuten später blickte sie auf ihn nieder und schaute lächelnd zu, wie er sie gierig mit der Zunge herausholte, eine nach der anderen. Er aß alle vier.

SECHSUNDFÜNFZIG

Sobald sie den Gesprächen entnahmen, daß Irina und Cate in Weis Haus angekommen waren, meldete sich Hain.

»Jernigan, wissen Sie, wo das ist?«

»Mousset 1511.«

»Unglaublich!« rief Hain begeistert und warf sich auf seinem Stuhl zurück. »Herrgott! Vor einer Stunde wußten wir nicht mal, daß der Kerl auf dem Kontinent ist. Jetzt kennen wir seine Adresse. Dieses Implantat ist *unglaublich*. Verdammt, man sollte es nicht für möglich halten!«

»Curtis?« Ann Loders Stimme klang diesmal ganz geschäftsmäßig, sie hatte ihre Emotionen wieder unter Kontrolle. »Wieviel Reaktionszeit haben wir, wenn wir Leute da reinschicken müssen?«

»Ich weiß nicht. Nicht viel. Wir werden nicht reingehen müssen«, sagte Hain.

»Aber falls doch?« beharrte Ann.

»Dann tun wir's«, antwortete Hain barsch. »Jetzt gibt's kein Zurück mehr. Sie ist da drin. Wir erfahren Sachen, die wir vorher nicht gewußt haben, und all das ist in den letzten zwölf Stunden passiert, Allmächtiger! Durch Cate – alles durch Cate. Also, Leute, wir stecken bis über die Ohren drin. Und wir rufen jetzt *nicht* die Kavallerie, noch nicht.«

»Das hab ich ja auch gar nicht vorgeschlagen«, sagte Ann mit beherrschter Stimme. »Ich frage nur für alle Fälle.«

»Okay, dann haben Sie meine Antwort.«

Alle, die Hain hörten, dachten das gleiche. In diesem Augenblick war Cate ausgeliefert. Sie alle taten so, als könne sie nicht in eine lebensbedrohliche Situation geraten. Sie mußten das aussitzen, was Hain als »das große Zittern« bezeichnete – wenn ein Agent sich so weit vorgewagt hatte, daß ihm keiner mehr helfen konnte. Sie konnten nur warten und zuhören und inbrünstig hoffen, daß sie nicht Laute hören würden, die ihnen für den Rest ihres Lebens Alpträume bescherten.

In den nächsten fünfzig Minuten lauschten sie Cates Sender in angespanntem Schweigen, bestehend aus Konzentration, Faszination, Verlegenheit, natürlicher Beklommenheit. Abgesehen von der Sopranstimme hörten sie selten ein Wort, nur Laute. Manchmal sagte Wei etwas auf chinesisch. Angestrengtes Atmen war zu hören. Und Stöhnen. Die Stimmen der Frauen waren nicht immer zu unterscheiden. Es gab lange Pausen, in denen man nur das Klavier hören konnte.

Cate lag rücklings auf dem roten Steinbett; die polierte Oberfläche war kühl an ihrem nackten Rücken und ihren Pobacken. Ihr Kopf ruhte auf einem der Damastkissen. Sie hatte sich gerade in den steinernen Becken gewaschen, und während ihre feuchte Haut an der Luft trocknete, prickelte sie leicht, als sei sie von einem dünnen Brausefilm überzogen.

Am Fuß des ovalen Bettes saß der Chinese allein, die bloßen Füße auf dem Jadeboden, den nackten Rücken ihr zugewandt, und rauchte Haschisch, in seine eigenen Gedanken versunken, während er die Lichter der City betrachtete und den einsamen Klängen des Klaviers lauschte.

Irina stand an den Steinbecken, in denen auch sie sich gerade gewaschen hatte. Sie kämmte ihr Haar, und Cate spürte, daß die grünen Augen sie musterten.

Nachdem Cate diesen Einsatz übernommen und einmal erkannt hatte, daß es kein Zurück mehr gab, hatte sie den Entschluß gefaßt, sich hinterher nicht zu quälen. Und doch spann ihr Gewissen sie in einen feinen Kokon aus Schuldgefühlen ein.

Allerdings war in der letzten Stunde etwas Außerordentliches geschehen; sie hatte eine Fülle widersprüchlicher Gefühle empfunden. Cate besaß keinerlei sexuelle Erfahrung mit Frauen, und sie zweifelte auch daran, daß es jemals dazu gekommen wäre, wenn es sich nicht um Irina gehandelt hätte. Irinas Schönheit war einfach unwiderstehlich, und der Sex mit ihr war so gut gewesen wie nur je mit einem Mann. Wenn Cate sich dessen schämte, was sie soeben getan hatte, dann galt das bloß für den Chinesen. Dessen, was mit Irina geschehen war, schämte sie sich nicht.

Sie wandte den Kopf und schaute nach Irina, die sie noch immer ansah, während sie ihr rotes Handtuch zusammenfaltete. Sie ließ das Handtuch auf den Jadeboden fallen, setzte sich auf den Stein, streckte sich aus und wandte sich Cate zu. Sie kuschelte sich in die Damastkissen und legte einen langen, anmutigen Arm über Cates Bauch.

»Alles in Ordnung?« fragte sie leise, das Gesicht dicht bei Cate, die ihren warmen Atem an ihrem Ohr spürte.

»Es geht mir gut«, sagte Cate. Sie flüsterten beinahe. Der Chinese ignorierte sie oder hörte sie nicht. »Ich muß mit dir reden.«

»Gut, worüber?«

Cate bewegte ein wenig den Kopf und schaute zum Fußende des Podests.

»Ach, vergiß ihn«, sagte Irina. Sie lehnte sich an Cate, bis ihre Körper sich in ihrer ganzen Länge berührten und ihre Brüste an Cates Brüsten lagen. Sie zog das rechte Knie an, und ihr langer Schenkel bewegte sich über Cates Beine. Cate spürte das feuchte Haar zwischen Irinas Beinen an ihrer Hüfte. Irinas Lippen berührten Cates Ohrläppchen, als sie sprach. »Im Augenblick hört er nichts, kümmert sich um nichts. Er raucht eine besondere Sorte Haschisch. Sehr stark. Er nimmt uns nicht wahr.«

Cate spürte, wie ihr Herz pochte. Aber sie mußte es wissen.

»Hast du ihm Drogen gegeben?« fragte sie. »Ist er deswegen so?«

»Nein. Warum fragst du?« Irina kuschelte sich an sie wie eine Schwester – nein, wie eine Geliebte. Der Blumenduft war dem süßen, harzigen Geruch von Haschisch gewichen. Wie Weihrauch stieg er spiralförmig in die stille Luft.

»Ich habe gesehen, wie du etwas mit den Trauben gemacht hast.«

Irina bewegte sich nicht. Nach einer langen Pause sagte sie: »Ich habe ihn umgebracht.« Ihre Stimme war nur ein heiseres Flüstern.

»Was?« Unwillkürlich mußte Cate den Chinesen noch einmal ansehen. »Wovon redest du?«

»Ich habe ihn umgebracht.«

Jede spürte den Atem der anderen. Cate wußte nicht, was sie sagen sollte.

»Das war einer der letzten Aufträge, die ich ausführen mußte, Catherine«, sagte Irina. »Ich hatte keine Wahl.«

»Allmächtiger Gott, wovon redest du?«

»Ich habe ihn vergiftet«, flüsterte Irina. »Ein sehr langsam wirkendes Gift – es wird ein paar Tage dauern.«

»O Gott …«

Irinas Arm über Cates Magen straffte sich. Ihr Gesicht kam näher. »Laß dich nicht von einem Augenblick der Freundlichkeit oder Schönheit verführen, die du vielleicht erlebst, wenn du mit solchen Leuten zusammen bist«, sagte sie. »Die Wahrheit ist, daß sie ein häßliches, grausames Leben führen. Das darfst du nie, nie vergessen.«

»Aber warum …«

»Pssst … flüstere, leise. Warum? Ich hab dir doch gesagt, ich muß für gewisse Leute gewisse Dinge erledigen.«

»Ometow …«

»Ometow?«

»Du hast gesagt, du müßtest ein paar Dinge für Ometow tun.«

»Nein, natürlich nicht für Ometow. Es spielt keine Rolle, für wen. Nach heute nacht werde ich es nie wieder tun müssen. Das war der letzte.«

Cate war sprachlos. *Das war der letzte. Der letzte?*

»Catherine, ich kann mir vorstellen, wie dir das vorkommen muß.« Irinas Lippen streiften Cates Ohr, als sie diese Worte flüsterte. »Es gibt eine unschuldige Art zu denken, an die ich mich nicht mehr erinnern kann.« Sie hielt inne. Ihre Hand an Cates Hüfte bewegte sich. »Aber denk nicht, ich sei böse. Versuche mich zu verstehen. Wenn Gott deine Seele in ein anderes Herz gelegt hätte … Wer weiß? Paß auf, daß du es dir in deiner eigenen Rechtschaffenheit nicht zu bequem machst.«

Cate war verblüfft; ihr wurde kalt in Irinas Umarmung. Sie sah den Chinesen wieder zwischen Irinas gespreizten Schenkeln knien und seinen eigenen Tod essen, während Irina sich zurücklehnte und auf ihn herunterlächelte. Cates Magen verkrampfte sich, ihr Mund wurde trocken.

»Jetzt muß ich zu Sergej«, sagte Irina.

»Jetzt?«

»Bald.« Sie strich mit der Hand über Cates Brustkorb und legte die Finger leicht um die Unterseite ihrer linken Brust. »Ich möchte, daß du mitkommst.«

»Was?« Cate erschrak. »Warum, was willst du mit mir?«

»Was ich mit dir will?«

»Olja, bitte… versteh mich doch. Ich habe Angst. Ich begreife das nicht. Ich fürchte mich… Ich weiß nicht mal, was ich sagen soll. Ich habe das hier getan – für dich. Ich weiß nicht, ob ich noch etwas tun kann.«

»Es ist ganz einfach«, sagte Irina. »Ich muß bei Sergej ein Päckchen abholen. Geld. Viel Geld. Gewöhnlich gibt er es mir in ein oder zwei kleinen Tüten. Ich könnte Hilfe beim Tragen brauchen.« Sie hielt inne. »Und ich werde dir für diesen Abend mehr geben, als Stepanov dir jemals gegeben hätte. Viel mehr.«

»Wird das auch nicht gefährlich?« fragte Cate zögernd. Sie ließ die Hand fallen, spürte die Innenseite von Irinas Schenkel und ließ die Hand liegen. »Ich meine, was ist mit Stepanov… und dem anderen?«

»Er weiß nicht, daß sie tot sind.«

»Woher weißt du das?«

»Das spielt keine Rolle. Du hast mein Wort. Es sind Mitteilungen arrangiert worden. Er glaubt, ich hätte getan, was er von mir wollte. Er braucht mich nur noch zu bezahlen.«

»Aber was ist mit mir? Er kennt mich nicht – was wird er tun, wenn er mich sieht?«

»Das laß nur meine Sorge sein.«

Cate schüttelte skeptisch den Kopf. »Ich weiß nicht – das macht mir angst. All das ist verrückt. Ich möchte dir helfen… wirklich, und Gott weiß, daß ich das Geld brauche, aber ich weiß nicht, wieviel ich noch aushalten kann.«

»Nein, kein Grund zur Angst«, sagte Irina beruhigend. »Ich hole mein Geld ab. Das ist alles.«

Cate bewegte ihre Hand auf der Innenseite von Irinas Schenkel. »Wie lange wird es dauern?« fragte sie.

»Ich muß ihn anrufen, um mir Anweisungen zu holen. Ich weiß nicht – nicht mehr als eine Stunde, denke ich.«

Cate wartete einen Augenblick und dachte nach.

»Und was ist mit deiner Tochter?«

»Sergej wird mir Instruktionen über sie geben, wenn ich ihn sehe. Ich habe meine Verpflichtungen ihm gegenüber erfüllt.«

Cate schwieg einen Moment. Sie erkannte jetzt, daß vieles von dem, was Irina ihr gesagt hatte, erfunden war. Sie hatte gesagt, sie habe Botschaften für Krupatin zu überbringen und Dinge für Ometow zu erledigen. Bislang hatte Cate davon noch nichts gesehen. Irina hatte gesagt, sie habe dem Chinesen außer Sex auch noch eine Nachricht zu geben. Cate hatte davon nichts gesehen. Es gab hier mehr Unsichtbares als Sichtbares, sehr viel mehr.

»Olja«, sagte Cate und drückte ihre Hand gegen die Innenseite von Irinas Schenkel, ohne recht zu wissen, was diese Geste vielleicht aussagte, »ich… ich möchte nicht sterben bei diesem… Alptraum.«

Irina ließ die Hand von Cates Brust fallen und umarmte sie. »Nein, nein, nein – niemals. Ich würde dich niemals in solche Gefahr bringen.«

Cate atmete die Luft ein, die Irinas Worte trug, spürte von neuem ihre verführerische Nacktheit, und sie fragte sich, welche von ihnen der anderen die größeren Lügen erzählte.

SIEBENUNDFÜNFZIG

»Allmächtiger Gott!« stöhnte Hain, ließ sich in seinem Stuhl zurückfallen, rieb sich mit den Handflächen die Augen und warf den Kopf nach hinten. »Scheiße!«

Ometow sagte nichts. Er schüttelte den Kopf und starrte intensiv auf die Lichter der elektronischen Konsole vor ihnen. Er hatte sehr still dagesessen und schweigend gelauscht.

Hain schaltete sein Mikrofon aus, hob den rechten Arm in die Luft und begann, mit der linken Hand seine rechte Schulter zu massieren. Ometow, der in den letzten paar Minuten auffallend still geworden war, zog einen Stuhl heran und legte seine Füße auf den Sitz. Hain nahm seinen Kaffeebecher, stützte ihn auf seinen Bauch und sah seinen russischen Kollegen an.

»Sie wußten das, nicht?« sagte Hain. Zum ersten Mal konnte er seinen Zorn nicht verhehlen.

Ometow betrachtete die blinkenden Lichter und schlürfte

seinen Kaffee. Seine runden Schultern wirkten niedergedrückt von der späten Stunde, der Spannung und der Last seiner eigenen, persönlichen Geschichte mit der Frau, von der sie sprachen. Er rieb sich mit der Hand die Stirn und schüttelte den Kopf.

»Ich weiß nicht, ob sie für Krupatin tötet«, sagte er. »Ich habe keinen Beweis. Aber ja, ich habe den Verdacht, daß sie es tut, ja.«

»Wie lange haben Sie den Verdacht schon?«

»Schon bevor ich sie in Venedig rekrutiert habe.«

»Mein Gott.« Hain war wütend. »Und Sie konnten ihn nie bestätigen?«

»Nein. Aber ich bin sicher, daß Krupatin sie für strategische Morde benutzt hat. Ihre Zielpersonen waren Zivilisten, Leute, deren Leben irgendwie mit seinem in Berührung gekommen war – Bankiers, Anwälte, Geschäftsleute, Politiker, mächtige Leute, die bereit waren, in die andere Richtung zu sehen, damit sie schnellen Reichtum aus seinen illegalen Geschäften schöpfen konnten, indem sie ihm Zugang zu legalen Unternehmen verschafften.«

»Warum bringt er sie dann um?«

»Die Dinge verändern sich.« Ometow zuckte mit den Schultern. »Sergej entscheidet, daß er ohne sie besser dran wäre, und dann schafft er sie sich vom Hals. Oder vielmehr, Irina tut das.«

»Verdammt.«

»Sie muß als einer seiner ›Chirurgen‹ angefangen haben«, murmelte Ometow und schaute in seinen Kaffeebecher, »der ein Leben nimmt, um ein anderes zu verschonen. Aber er ließ sie nie vom Haken. Wenn Sie einmal töten, um das Leben von jemandem zu retten, der als Geisel gehalten wird, dann ist das eine schreckliche Angelegenheit. Sie tun es, und es ist vorbei. Aber dann kommt er wieder auf Sie zu. Unglaublich. Ein Alptraum. Aber Sie haben die gleiche Wahl und treffen die gleiche Entscheidung. Dann kommt er noch mal. Und noch einmal. Und dann wachen Sie eines Tages auf, und es ist zu einer Lebensweise geworden. Aber die Geisel lebt immer noch.«

»Félia.«

Ometow nickte. »Ja, Félia.«

»Sie wird ihn töten«, sagte Ann unverblümt.

»Krupatin?« Ometow schüttelte den Kopf, ohne sie anzusehen.

Er wollte etwas sagen, schien es sich dann aber anders zu überlegen. »Ich weiß nicht.«

Ann schnaubte angewidert. »Ich weiß es«, sagte sie. »Sie wird ihm das Gesicht wegpusten.«

»Warten Sie einen Moment.« Erika sah alle nacheinander eindringlich an. »Stepanov. Izwarin. Wei. Und vielleicht Krupatin.« Sie legte den Kopf schief. »Wer erscheint hier nicht auf der Bildfläche?«

»Bontate«, sagte Hain rasch. »Sie ist zu den Sizilianern übergelaufen.«

»Und wer noch?«

»Wolkow«, sagte Ometow, nickte langsam, sah Erika an und erkannte, was sie dachte. »Sie haben recht… ja, genau. Irina legt Krupatin um. Sie ist Wolkows Chance.«

»Herrgott!« fluchte Hain. »Das ist ja nicht zu fassen.«

»Und was machen wir, Curt?« fragte Ann. »Lassen wir sie das tun?«

»Wer glaubt ihre Geschichte über Wei?« fragte Ometow. »Über das Gift?«

»Scheiße, ich glaube sie«, sagte Hain.

Ometow hob zögernd die Hand, während er einen Schluck Kaffee trank.

»Okay«, sagte er und wischte sich den Mund ab. »Was ist, wenn Irina Krupatin nicht töten wird? Was ist, wenn … ich weiß nicht … wenn sie diese eine, letzte Täuschung noch durchziehen muß, bevor Krupatin ihre Tochter freiläßt? Was, wenn all das ein Versuch Krupatins ist, Verräter aufzuscheuchen? Stepanov. Izwarin. Und jetzt, weil er bereit war, mit Irina zu intrigieren, Wolkow.«

»Und was ist dann mit Wei?« fragte Hain.

Erika nickte. »Und Bontate?«

»Was mit denen ist, ist mir scheißegal.« Ann konnte ihre Ungeduld nicht länger zügeln. »Wir diskutieren nicht die Fragen, die wir hier eigentlich diskutieren müßten.«

Hain sah sie an. »Okay.«

»Lassen wir das zur Sammlung von Informationen einfach weiterlaufen?« fragte sie. »Greifen wir ein? Was machen wir mit Cate?«

»Letzte Frage zuerst«, sagte Hain. »Ist sie sicher?« Er sah sich im Zimmer um. Niemand antwortete sofort. Dann nickte Ometow langsam.

»Ja. Ich weiß nicht, ob irgend jemand um sie herum sicher ist, aber ich glaube, sie ist es.«

Erika antwortete nicht gleich, aber als sie sprach, begann sie mit langsamem Kopfschütteln.

»Tut mir leid«, sagte sie. »Ich bin wieder anderer Meinung. Wie wir gesehen haben, stehen wir hier vor einer Menge unbeantworteter Fragen. Wir wissen nicht, was all das für Cate bedeutet. Was, wenn sie entdeckt worden wäre? Oder, falls nicht, wenn sie nach allem, was sie gesehen hat, als Risiko betrachtet wird, das man nicht ignorieren kann? Wenn nicht von Irina, dann vielleicht von Wolkow? Oder von Bontate? Diese Männer brauchen nur ein Wort zu sagen, und es gibt Cate nicht mehr.«

»Und noch eine Möglichkeit, die wir nicht erwähnt haben«, warf Ann ein. »Was ist, wenn es in Weis Lager jemanden gibt, der im Grunde in der gleichen Situation ist wie Wolkow in Krupatins Lager, ein ehrgeiziger Judas? Vielleicht hat Irina sich insgeheim auch mit einer Fraktion bei den Chinesen verabredet, auf eine Art, die wir nicht mitbekommen haben.«

»Ich dachte, Sie hätten die Theorien satt«, sagte Hain.

»Tatsache ist, Curtis«, sagte Ann ruhig, »wir haben dieses Ding nicht mehr im Griff. Wei, Bontate – wir haben nicht gewußt, daß sie mit drinhängen. Krupatins unerklärliches Verhalten. Wir dachten, er käme zu einem direkten Treffen mit seinen Leuten hierher. Unser Agent ist getötet worden. Unsere Undercover-Agentin hat – Scheiße – Sex mit seiner Mörderin, ihrer ›besten Freundin‹. Hört sich das für Sie so an, als sei alles unter Kontrolle? Hört sich das für Sie stabil an?« Sie hielt inne. »Was werden Sie den Typen in Washington erzählen, wenn wir sie verlieren?« Sie sah ihn an. »Was werden Sie Ennis Strey erzählen?«

Ein langes Schweigen folgte, während Hain und Ann sich anstarrten. Dann nahm Hain seine großen Füße von dem Stuhl, auf dem sie gelegen hatten, und sagte: »Scheiße, das hier ist eine verdeckte Goldader. Ich will Krupatins Stimme hören. Ich will ihn über diese gottverdammten Implantate atmen hören. Solange wir bloß ein Bündel verquaster Theorien haben, haben wir gar nichts. Wo ist Bontate? Wessen verdammte Verschwörung ist das überhaupt? Wer hat hier das Sagen? Wenn Krupatin verdrängt werden soll, dann von wem? Wenn alle diese Typen – Wei Tsing, Carlo Bontate, Sergej Krupatin – am Ende des Tages tot sind, wer zum Teufel nimmt dann ihre Plätze ein? Ihr wißt verdammt gut, wenn wir nicht wissen, wer die neuen Spieler sind, dann können wir wieder bei Null anfangen. Wir *müssen* wissen, wer diesen Organisationen Befehle gibt, wenn der Staub sich legt, oder wir stehen schlechter da als am Anfang.«

Er verstummte und sah Ann Loder an.

»Und Cate ist unsere einzige Hoffnung, die Antworten auf diese Fragen zu finden.« Er schüttelte den Kopf. »Kommt nicht in Frage, daß ich an diesem Punkt den Stöpsel rausziehe. Wir müssen den Mumm haben, das durchzustehen. Ich meine, diese Organisationen machen vor unseren Augen einen Gezeitenwandel durch. Wenn Cate nicht mittendrin wäre, wüßten wir nicht nur nicht, daß diese Leute sich hier getroffen haben, wir wüßten auch nicht, daß anscheinend ein paar neue Typen übernehmen werden. Gott weiß, wie lange wir gebraucht hätten, um das rauszufinden. Und in der Zwischenzeit wären sie gewachsen und hätten sich ausgebreitet. Und hätten die Nase weit vorn.«

Hains Gesicht hatte sich gerötet. Er war es leid, daß Ann ihn kritisierte; er war es leid, seine Entscheidungen vor seinen eigenen Leuten rechtfertigen zu müssen. Er knallte seinen Kaffeebecher neben seinen Kopfhörer auf den Tisch.

»Wir sind für Aufklärung zuständig, nicht für Operationen«, fügte er hinzu. »Also werden wir aufklären und Informationen sammeln. Wir werden die Abteilung Operationen nicht rufen und riskieren, daß die verdammten Cowboys das Ding in den Sand setzen. Im Augenblick will ich nicht mal, daß der Scheiß*wind* sich dreht. Cate ist im Begriff, mit Sergej Krupatin im selben Zimmer zu sein, und ich will nicht, daß das durch *irgendwas* vermasselt wird. Schon gar nicht durch irgendeine blödsinnige, knieweiche Theorie.« Noch immer starrte er Ann finster an. »Wir sitzen still und *hören* zu.«

Er drehte sich auf seinem Stuhl um, packte seine Kopfhörer,

rammte sie sich auf die Ohren, bediente den Kippschalter des Funkgeräts.

»Jernigan, wie ist der letzte Stand?«

Cate würde sich selbst überlassen bleiben.

ACHTUNDFÜNFZIG

Sie zogen sich schnell an. Irina bewegte sich plötzlich mit einer Eile, die keinen anderen Grund zu haben schien als Cates Zustimmung, mit ihr zu gehen. Es dauerte nur Minuten, bis sie ihre Kleider übergestreift hatten; dann ging Irina, ihre Schuhe in der Hand, zu dem Chinesen.

Sie hockte sich neben ihn und betrachtete ihn und sein Profil aus der Nähe, während er auf die Lichter der Stadt starrte. Er rauchte nicht mehr, sondern schaute nur noch.

»Wir gehen«, sagte sie.

Er reagierte nicht. Sie sah ihn einen Moment an. Er nahm nichts wahr. Sie streckte den Arm aus und legte die Hand auf sein nacktes Bein, schaute ihn noch immer an. Beide schwiegen. Dann stand sie auf, und sie und Cate verließen den Raum aus grünem Marmor und Glas, verließen das kleine Universum, in dem Cate die verblüffendsten Empfindungen ihres Lebens erfahren hatte.

Als sie aus dem Goldraum im Untergeschoß traten, kamen ihnen in dem langen, indirekt beleuchteten Gang die beiden Asiatinnen entgegen, die mit ihnen in der Limousine gefahren waren, führten sie durch einen Hinterausgang aus dem Haus und zu den Rücksitzen eines silbernen Jaguar. Eine der Frauen fuhr den Wagen, die andere saß neben ihr auf dem Beifahrersitz. Beide trugen Kopfhörer und Mikrofone wie die Männer, die früher am Abend den Mercedes der Sizilianer abgepaßt hatten, und hielten ständig eine leise Funkverbindung mit anderen aufrecht.

Cate und Irina schauten schweigend aus den Fenstern. Nach einer Weile nahm Irina Cates Hand, sah aber weiter hinaus auf die Stadt. Es war nicht so sehr eine Geste der Zuneigung als eine des Trostes; vielleicht suchte sie auch selbst Trost.

Cate verlor das Zeitgefühl, starrte aus dem Fenster, und ihre Gedanken rasten. Sie fragte sich, ob Hain und die anderen in Panik geraten waren, als sie ihr Implantat mit Pflaster bedeckt hatte – beim Anziehen hatte sie es heimlich wieder abgerissen –, und überlegte, ob sie etwas sagen sollte, damit ihre Kollegen sich wieder orientieren konnten.

Plötzlich fuhr der Wagen an den Straßenrand und hielt unter dem Blätterdach einer langen Baumreihe. Sie hatte nicht aufgepaßt, glaubte aber, im Memorial Park zu sein. Sie warf Irina einen raschen Blick zu.

»Alles in Ordnung«, sagte Irina ohne Erklärung.

Nach wenigen Augenblicken hielt ein Taxi und parkte genau vor ihnen. Die Frau auf dem Beifahrersitz drehte sich zu ihnen um.

»Das Taxi wird Sie in Ihr Hotel zurückbringen«, sagte sie, und dann stiegen die beiden Asiatinnen aus dem Jaguar und öffneten ihnen die beiden Hintertüren.

Nach wenigen Augenblicken saßen sie im Taxi und fuhren zurück in Richtung City. Binnen weniger als zehn Minuten erkannte Cate, daß sie sich wieder dem Château Touraine näherten. In diesem Moment bat Irina den Fahrer, auf den Parkplatz eines Supermarktes zu fahren.

»Ich muß jemanden anrufen«, sagte sie und schaute in ihre Tasche. Sie nahm eine Karte heraus. »Es dauert nicht lange.«

»Okay. Ich schau mal nach, ob es hier eine Toilette gibt.«

Irina nahm das kaum zur Kenntnis; beide Frauen stiegen aus dem Taxi und baten den Chauffeur, auf sie zu warten. Irina ging geradewegs zu einem Telefonhäuschen, während Cate das Geschäft betrat, nach den Waschräumen fragte und an Kartons mit Vorräten und Putzmitteln vorbei zum hinteren Teil des Ladens ging, wo sich ein kleiner Waschraum befand. Sie schaltete das Licht ein, trat ein und zog die Tür hinter sich zu. Der Raum stank, der Fußboden war klebrig.

»Okay«, begann sie; sie sprach schnell und leise. »Die letzte Stunde habe ich im Haus eines Chinesen verbracht. Ihr habt gehört, was Irina mir über ihn gesagt hat, also wißt ihr, daß er mit Krupatin arbeitet. Nur eine Sache ist passiert, die ihr wissen solltet – ich habe gesehen, wie Irina etwas mit ein paar Weintrauben gemacht hat, die der Mann später gegessen hat. Ich habe danach gefragt. Sie behauptet, sie hätte ihn vergiftet. Mit einem langsam wirkenden Gift. Ich weiß nicht, ob das… Außerdem glaube ich, daß sie Mordaufträge für Krupatin erledigt.«

Jemand klopfte an die Tür.

»Meine Güte.« Rasch riß Cate ihr Kleid hoch, zog den Slip herunter und hockte sich auf die Toilette; es klopfte wieder, und die Tür wurde aufgestoßen. Es war Irina.

»Wir müssen uns beeilen. Komm.«

»Okay, okay, ich komme schon.«

Irina schloß die Tür, und Cate stand rasch auf und zog ihren Slip hoch. Erst in diesem Augenblick erkannte sie, daß die Toilette verstopft war und Toilettenpapier und Urin im Becken standen. Sie trat zurück und zog ihr Kleid herunter. Ihr Herz hämmerte.

Nachdem sie wieder im Taxi saßen, dauerte es kaum zehn Minuten, bis sie in die Einfahrt bogen, die zum Hotel führte. Der Portier stand im weichen Licht unter dem Vordach. Er lächelte sie freundlich an, als kämen sie von einem ruhigen Abendessen zurück.

Als sie sicher in Irinas Suite waren, ging sie schnurstracks zum Kamin im Wohnraum. Sie kniete vor die Öffnung nieder, griff in den Rauchfang und hantierte an etwas herum, das sie offensichtlich dort versteckt hatte. Als es ihr schließlich gelungen war, es loszumachen, zog sie ein kleines Paket heraus, das in braunes Ölpapier eingeschlagen war. Auf dem Teppich zwischen den Sofas vor dem Kamin kniend, begann sie, das Päckchen zu öffnen.

Mit überraschender Geschwindigkeit setzte sie eine SIG-Sauer P220 zusammen, eine 9-mm-Selbstlade-Pistole mit einem Schalldämpfer aus Chrom, den sie auf den Lauf setzte und festschraubte.

»Wozu brauchst du eine Waffe?« fragte Cate ängstlich. »Ich dachte, wir würden bloß Geld abholen.«

»Das tun wir auch«, sagte Irina. »Aber es ist eine Menge Geld, und ich möchte nicht, daß uns das jemand wegnimmt.« Sie stand auf und schaute auf ihr schwarzes Abendkleid herunter. »Komm, ziehen wir die Sachen aus.« Mit der P220 in einer und einer Schachtel Munition in der anderen Hand sah sie auf die Uhr, ging ins Schlafzimmer, warf Pistole und Munition aufs Bett und begann ihr Kleid auszuziehen.

Nachdem sich beide umgezogen hatten, trug Irina ein langes Hemdblusenkleid aus marineblauer Seide mit blassen, elfenbeinfarbenen Mondwinden. Ihr Haar war wieder zu einem frischen, glatten Chignon frisiert, und sie sah aus wie eine verwöhnte Gesellschaftsdame aus einem der Villages im Westen von Houston. Unschuldig und schön, eine Magnolienblüte mit einer braunen Einsiedlerspinne im cremefarbenen Mittelpunkt ihrer Schönheit.

Sie beugte sich über das Bett, öffnete die Munitionsschachtel, nahm das Magazin aus der P220 und lud neun Schuß. Dann rammte sie das Magazin wieder in die Waffe und zog den Schlitten zurück, so daß eine Patrone in die Kammer glitt. Mit einer beiläufigen Daumenbewegung sicherte sie die Pistole. Ihre Routiniertheit war verwirrend, und Cate fiel auf, daß ihr Verhalten sich deutlich verändert hatte. Ihre Konzentration war so intensiv, daß sie sich sogar anders bewegte, sparsamer, mehr zielgerichtet als anmutig.

Sie sah auf die Uhr. Rasch schlug sie die Decken ihres Bettes zurück, zog eins der Laken heraus, faltete es auf Handtaschengröße zusammen und klemmte es sich unter den Arm.

»Jetzt müssen wir gehen«, sagte sie.

»Wozu brauchst du das Laken?« fragte Cate. Doch Irina antwortete nicht. Sie war schon auf dem Weg aus dem Schlafzimmer.

Mit dem Lift fuhren sie nach unten in die geräumige Halle. Nach wenigen Augenblicken waren sie draußen unter dem Vordach und stiegen in ein wartendes Taxi, das soeben vorgefahren war.

»He, hallo«, sagte die Fahrerin überrascht und strahlte sie über die Rückenlehne ihres Sitzes hinweg an. »Ich will verdammt sein. Sie müssen meine Karte also doch aufgehoben haben.«

»Natürlich habe ich das«, sagte Irina und lächelte liebenswürdig. »Dachten Sie, ich würde sie nicht aufheben?«

Die Taxifahrerin, eine Frau Mitte Dreißig, zuckte mit den Schultern. »Na ja, man weiß ja nie.« Sie trug ihr Haar männlich kurz geschnitten und hatte eine Zigarette hinter dem Ohr. Sie war dünn, aber ziemlich kräftig.

»Also, Mädels, wohin soll's denn gehen?« Sie grinste, als teilten sie ein Geheimnis, und war offensichtlich entzückt, sie in ihrem Wagen zu haben.

»Wir haben da ein kleines Problem«, sagte Irina. »Wir dachten, Sie wären vielleicht genau die richtige Person, um uns zu helfen.«

»Ich werde tun, was ich kann«, sagte die Frau. Cate sah ihre Lizenz am Armaturenbrett, konnte aber vom Rücksitz aus den Namen nicht lesen.

»Es wird vielleicht zwanzig Minuten dauern«, sagte Irina, »und wir werden uns Ihnen gegenüber sehr großzügig zeigen.«

»Zwanzig Minuten?« Die Frau hielt inne. »Und wie großzügig würden Sie sein, Schätzchen?« Sie warf Cate einen Blick zu, und ihr Grinsen wurde noch breiter.

»Wir würden Ihnen mit Vergnügen fünfhundert Dollar bezahlen.«

Die Frau zog die Augenbrauen hoch. »Wow! Das ist ein ziemlich stolzer Preis für eine halbe Stunde.« Sie zögerte und runzelte die Stirn. »Aber ich muß doch nicht gegen irgendwelche Gesetze verstoßen, oder?«

»O nein, natürlich nicht.«

»Dann bin ich dabei«, sagte die Frau.

»Gut. Ich werde Ihnen unterwegs alles erklären.«

Die Frau gab über Funk ihre Fuhre durch. Sie hatte vor dem Château Touraine zwei Fahrgäste aufgenommen und fuhr sie zu den Burlewood-Eigentumswohnungen, gleich an der Westheimer. Die Fahrt war nicht weit, und die ganze Zeit plauderte Irina mit der Fahrerin; sie gab sich kokett, fast verführerisch, was seine Wirkung nicht verfehlte.

Als sie in Burlewood ankamen, fuhr die Fahrerin mit ihnen in die Tiefgarage und parkte an einer abgelegenen Stelle ganz am Ende der Wagenreihe. Irina und Cate stiegen aus, und die Fahrerin öffnete den Kofferraum. Irina breitete das Laken auf dem Boden des Kofferraums aus, der zum Glück geräumig und sauber war. Dann kletterten Cate und Irina hinein und machten es sich so bequem wie möglich. Als sie fertig waren, schloß die Fahrerin vorsichtig die Klappe und klopfte zweimal auf den Deckel, als der Verschluß einschnappte. Cate lag an Irinas Körper geschmiegt wie eine schlafende Geliebte, doch der enge, dunkle Raum machte sie nervös.

»Alles wird gut«, sagte Irina. »Du bist in Sicherheit.« Sie umarmte Cate sanft. Dann ließ die Fahrerin den Motor an.

Als sie die Burlewood-Garage verließen, gab die Fahrerin über Funk durch, sie habe ihre beiden Fahrgäste abgesetzt und werde in einer nahen Imbißstube einen Kaffee trinken. Bei der Imbißstube kaufte sie eine Tasse Kaffee und einen Doughnut und plauderte ein Weilchen mit der Kellnerin. Dann ging sie wieder hinaus zu ihrem Wagen.

Sie fädelte sich erneut in den Verkehr ein und gab nach fünf Minuten über Funk durch, sie habe Fahrgäste auf der Fountainview aufgegabelt und bringe sie zu einem Haus in Park West. Dann wendete sie und fuhr in die entgegengesetzte Richtung.

Die Amberson Towers waren drei fünfundzwanzig Stockwerke hohe Gebäude mit Eigentumswohnungen; die drei Türme bildeten ein Dreieck, waren ungefähr einen Block voneinander entfernt, und zwischen ihnen erstreckte sich eine dichtbewaldete Grünfläche. Nachdem das Taxi die gewundene Auffahrt entlanggefahren war, die sich vor den drei Türmen befand, näherte es sich der Einfahrt der Parkgarage von Amberson II, dem mittleren Gebäude. Die Fahrerin hielt vor der Schranke, tippte den entsprechenden Code ein, und die Schranke hob sich; sie fuhren die Rampe hinunter und in die Tiefgarage.

Die Garage reichte drei Stockwerke tief unter die Erde, doch die Fahrerin nahm eine der Zufahrten zur zweiten Ebene und fand einen Parkplatz. Sie stellte den Motor ab, stieg rasch aus und öffnete den Kofferraum.

»Alles okay?« fragte sie und half zuerst Cate und dann Irina aus dem Kofferraum. »Scheiße, ich hab doch gewußt, daß es da drin heiß sein würde. Und hier unten ist es nicht viel besser.«

Cate schwitzte tatsächlich, doch mehr aus Nervosität als wegen der Hitze. Im Kofferraum des Wagens war es noch enger gewesen, als sie befürchtet hatte.

»Alles okay?« fragte die Fahrerin nochmals. Cate sah, daß sie Cowboystiefel trug.

»Ja, alles in Ordnung«, antwortete Irina für sie beide und strich ihr Kleid glatt. »Haben Sie gesehen, ob uns irgend jemand gefolgt ist?«

»Ich weiß nicht. Zuerst war da vielleicht dieser einzelne Wagen, ein Mercedes. Er fuhr langsam an der Imbißstube vorbei und dann weiter. Aber nach Burlewood hab ich ihn nicht mehr gesehen. Und in die Amberson-Einfahrt ist mir keiner gefolgt.«

»Ausgezeichnet.« Irina öffnete ihre Tasche und zählte der Fahrerin siebenhundert Dollar in die Hand.

»Sieben!« Die Frau fächerte die Scheine auseinander.

»Zwei mehr, damit Sie uns vergessen, wenn irgend jemand Sie später fragen sollte«, sagte Irina. Sie beugte sich vor und küßte die Fahrerin auf den Mund. Die Frau sah aus, als werde sie gleich zerfließen.

»Haben Sie meine Karte noch?« stammelte sie.

»Aber ja.« Irina lächelte. »Ich werde sie aufheben.«

Die Frau strahlte. »Hören Sie, Schätzchen, sollten Sie mich je brauchen, ich stehe zu Ihrer Verfügung.« Sie zögerte, ihre Neugier war absoluter Faszination gewichen. Sie hatte eindeutig Angst, diese hinreißende Frau niemals wiederzusehen. »Paßt auf euch auf, ihr beiden«, sagte sie schließlich und stopfte das Geld in die Tasche ihrer engen Jeans. Dann drehte sie sich um, stieg in ihr Taxi und verließ die Garage.

NEUNUNDFÜNFZIG

Kaum war das Taxi um die Ecke gebogen und außer Sicht, eilte Irina auf die nächste Treppe zu, ohne ein Wort zu sagen. Cate folgte. Doch statt nach oben gingen sie nach unten; ihre Schritte knirschten auf den Zementstufen, jede Bewegung, jeder Stoß gegen das Geländer aus zusammengeschweißten Rohren hallte von den harten Betonflächen wider.

Die Treppe endete an der nächsten Tür. Sie waren im untersten Stockwerk der Garage. Irina öffnete die Tür vorsichtig und schaute hinaus. Als sie zufrieden war, trat sie hinaus, und Cate folgte ihr den ersten Durchgang entlang, vorbei an den hinteren

Stoßstangen der geparkten Wagen. Irina ging ganz nach hinten bis zum Ende der Parkebene, wo sich ein kleiner, von Maschendraht eingezäunter Raum befand.

Cate nahm an, daß es sich um eine Art elektrischen Transformator handelte, eine Strom- oder Relaisstation. Irina stand unmittelbar vor dem türgroßen Gitter, drehte sich um und betrachtete die letzte Autoreihe in der Garage. Dann ging sie schnurstracks auf ein rotes Auto zu, das ihnen gegenüberstand – Cate erkannte den Aufkleber einer Autovermietung –, kniete nieder, griff unter das Schild mit der Zulassungsnummer und zog ein kleines Päckchen heraus. Es handelte sich um eine Sicherheitskarte aus Plastik und vier Schlüssel, mit Klebeband zusammengeheftet. Sie betrachtete die Schlüssel, während sie zur Tür zurückkehrte, und benutzte dann einen davon, um das Vorhängeschloß zu öffnen, das den Türriegel sicherte.

Innerhalb des Drahtverschlags war der Boden feucht und schmutzig, und es roch nach heißen Elektrokabeln. Ein warmer, trockener Luftzug kam von einem riesigen Ventilator mit Flügeln, die so groß waren wie Cate. Als sie drinnen waren, griff Irina durch den Maschendraht, versperrte die Tür hinter ihnen und ging dann zum anderen Ende der röhrenden Maschine auf der Rückseite des Verschlags, wo sich eine Metalltür befand. Irina benutzte den anderen Schlüssel, um sie zu öffnen. Sie zog die Tür auf, hielt inne, griff auf den Boden, tastete einen Augenblick herum und hob dann eine Taschenlampe auf, die senkrecht direkt hinter dem Türrahmen gestanden hatte.

»Sergej ist immer so präzise bei seinen Plänen«, sagte sie. »Nie vergißt er auch nur die kleinste Einzelheit.«

Doch Irina schaltete die Taschenlampe nicht ein. Sie tastete die Wand ab, bis sie einen Lichtschalter fand, und machte Licht.

Vor ihnen lag ein langer, schmaler Tunnel. Schwache Glühbirnen erhellten, so weit man sehen konnte, ein endloses Gewirr von Kabeln.

»Wohin führt der Gang?« fragte Cate.

Irina stand da und schaute in den langen Tunnel.

»Zu Sergej«, sagte sie. »Und noch weiter.«

Irina vergewisserte sich, daß die Tür hinter ihnen geschlossen war, drehte sich um und ging los. Cate folgte dicht hinter ihr. Der Tunnel diente eindeutig zur Wartung der zahllosen Leitungen, die die drei Wohntürme mit Strom versorgten. Die Luft in dem engen Gang war muffig und roch nach Beton, und als sie weitergingen, beschrieb er eine Kurve. Offenbar bewegte sie sich auf eines der benachbarten Gebäude zu, doch da sie sich beim Hinunterfahren in die Tiefgarage mit dem Taxi und anschließend auf der Treppe viele Male im Kreis gedreht hatten, hatte Cate keine Ahnung, in welche Richtung sie jetzt gingen, zu Amberson I oder Amberson III.

Der Weg durch den engen Wartungstunnel zum nächsten Gebäude dauerte nicht länger als fünfzehn Minuten, obwohl ihn Cate als quälend weit empfand. Die Symbolik ihrer Situation entging Cate nicht. Vielleicht hatte sie nicht nur hier, sondern auch in anderer Hinsicht die Orientierung verloren.

Cate starrte auf Irinas Rücken und versuchte, die elektrischen Kabel ringsum zu ignorieren. In dem Augenblick, in dem Irina die trüben Lampen eingeschaltet hatte, waren ihr die schwarzen Drähte wie ein monströses Gewirr von Dämmen vorgekommen, und jetzt, während sie und Irina diesen heißen, feuchten Gang durchschritten, wurde sie den Gedanken nicht los, daß sie sich durch die Eingeweide des Todes bewegten.

Diese melodramatische Vorstellung wich jedoch sofort, als sie Irina mit den Schlüsseln klappern hörte und feststellte, daß sie sich einer weiteren Tür näherten.

»Mach die Tür nicht auf.«

Beim Klang der Stimme fuhren die beiden Frauen herum, konnten aber nicht gleich sehen, woher sie kam. Dann erkannten sie vor dem Hintergrund eines schwarzen Spinngewebes aus Drähten und Kabeln in etwa drei Meter Entfernung schattenhaft einen Teil einer männlichen Gestalt. Das schwache Licht über ihnen erfaßte ihn nur von der Taille abwärts, so daß sie bloß seine Beine bis zum Saum des Jacketts sehen konnten.

»Sergej!« Irinas Stimme war unsicher. »Was ist los? Warum bist du hier?«

»Ist das die Frau?«

»Du hast doch gesagt, wir sollten nach oben kommen.«

»Ich hab's mir anders überlegt.« Seine Hände waren nicht sichtbar. »Wie heißen Sie?«

Cate war schwindlig. »Catherine.«

»Und wen kennen Sie, der mich kennt?«

Cates Verstand ließ sie im Stich. Seine Stimme klang kultivierter, als sie angenommen hatte, und irgendwie schüchterte sie das ein. Sein Englisch hatte einen Akzent, war aber präzise.

»Valentin Stepanov«, sagte sie.

»Und – wissen Sie etwas über mich?«

Cate starrte in das Dunkel über den Hosen. Wovon in aller Welt redete er? Was hatte Irina ihm erzählt? Ihr Hirn war ebenso ausgetrocknet wie ihr Mund.

»Du kannst doch nicht erwarten, daß sie hier in einem dunklen Gang über einen Verräter redet«, sagte Irina mit einer Spur von Entrüstung. Sie hatte sich wieder gefangen. »Wer ist sonst noch hier? Hast du das Geld, um sie für ihre Information zu bezahlen? Sie weiß es nicht. Ich weiß es nicht. Daß es so ablaufen sollte, hast du nicht gesagt. Wir haben nicht die ganze Nacht Zeit. Valentin wird sie vermissen. Sie wird Erklärungen abgeben müssen. Wenn du mit ihr etwas regeln willst, müssen wir die Zeit nutzen.«

Irina sprach hastig; heiser; ihr Bühnenflüstern verlor sich im kränklichen Licht zwischen den Zementwänden.

Krupatin sagte nichts. Er verlagerte sein Gewicht auf den anderen Fuß, und der körnige Boden knirschte unter den Ledersohlen seiner Schuhe.

Cates Gedanken flogen hin und her wie Pingpongbälle; sie versuchte, Irinas Andeutungen sinnvoll zusammenzufügen. Anscheinend hatte Irina Krupatin erzählt, Cate habe ihm Informationen über Stepanovs Verrat zu verkaufen, doch irgend etwas war schiefgegangen. Wenn Irina von Cate erwartet hätte, daß sie eine derartige Geschichte vom Stapel ließ, dann hätte sie sie darauf vorbereitet. Nein, Irina hatte eindeutig nicht mit diesem Zusammentreffen gerechnet.

»Gib mir deine Tasche«, sagte Krupatin zu Irina.

Zu Cates Überraschung händigte Irina sie ihm sofort aus. Er schob sich den Trageriemen über die Schulter, ohne hineinzusehen.

»Und Ihre.« Cate reichte ihm ihre Tasche, und er hängte sie sich ebenfalls über die Schulter. »Okay«, sagte er. »Geht vor.«

Irina schloß die Tür auf. Sie traten aus dem Tunnel in ein Pendant des Maschinenraums, durch den sie gekommen waren. Als gingen sie denselben Weg wieder zurück – was durchaus möglich war; Cate war allmählich völlig desorientiert. Sie erreichten den Aufzug. Sie fuhren bis zum Erdgeschoß, denn weiter reichte der Lift nicht. Als sich die Türen öffneten, waren sie mehr als zehn Meter von gläsernen Doppeltüren entfernt, durch die Cate die Eingangshalle des Gebäudes sehen konnte.

Irina trat aus dem Lift, ging geradewegs auf die Türen zu und führte die magnetische Sicherheitskarte durch den an der Wand angebrachten Kasten. Das elektronische Schloß der Türen sprang auf.

Sie drückten einen Türflügel auf und gingen in die Mitte der Halle; Cate bemerkte, daß der Tresen des Wachmanns unbesetzt war. Sie zweifelte daran, daß ein Gebäude dieser Klasse nicht rund um die Uhr bewacht wurde. Die Abwesenheit des Wachmanns alarmierte sie.

Zu dritt gingen sie um die geschwungene Marmortheke herum, die zwei Stufen über dem Niveau der Halle lag und mit drei Fernsehschirmen ausgestattet war, auf denen farbige Überwachungsbilder flimmerten, die niemand sah. Als sie den Aufzug erreichten, stiegen sie alle drei ein.

»Dreht euch zur Wand«, sagte Krupatin.

Sie gehorchten, die Türen schlossen sich, und Krupatin drückte auf einen Knopf. Der Lift begann seinen Aufstieg. Als die Türen sich wieder öffneten, befahl Krupatin ihnen, auf den Boden zu schauen, während sie ausstiegen. Cate hörte, daß er hinter ihnen auf vier oder fünf Knöpfe des Aufzugs drückte, ehe die Türen sich wieder schlossen.

Nur drei Wohnungstüren gingen von dem kleinen Vorraum ab, jede davon am Ende eines eigenen, kuppelförmigen Korridors. Krupatins Tür lag direkt vor ihnen. Sie trug keine Nummer. Cate hatte keine Ahnung, wo sie war.

Krupatin öffnete die Tür.

»Einen Moment«, sagte er und trat vor ihnen ein. Er ging zu

einem Schaltbrett an der Wand des Vorraums und drehte eine Wählscheibe. Ein Bildschirm leuchtete auf. »Irina, du zuerst«, sagte er.

Irina ging durch den Vorraum, während Krupatin auf den Bildschirm schaute.

»Jetzt Sie«, sagte er zu Cate. Sie folgte Irina durch die Tür, die offenbar mit irgendeiner Art von Scanner versehen war. Zufrieden schaltete Krupatin den Bildschirm aus und zog die Eingangstür zu. Cate hörte ein elektronisches Schloß einrasten.

Er sagte Irina, wohin sie gehen sollte, und folgte ihnen in ein Wohnzimmer mit Blick über die Stadt.

Doch im Gegensatz zu der offenen Weite des Blicks aus Weis seltsamem Raum bot dieser die Aussicht auf einen Wald von Hochhäusern, die wie leuchtende Trabanten im nächtlichen Weltraum wirkten. Dahinter erstreckte sich ein Meer glitzernder Lichter bis zum Horizont und zu den warmen, bewegten Wassern des Golfs von Mexiko.

Krupatin ging an ihnen vorbei weiter in den Raum hinein; seine graue Silhouette hob sich von den Lichtern ab wie von einem Ozean aus Pailletten. Soweit Cate erkennen konnte, war das Zimmer modern eingerichtet, unauffällige elfenbeinfarbene Sofas und Sessel, gläserne Couchtische, glatte, teure Möbel. Krupatin nahm die beiden Umhängetaschen von der Schulter, warf sie auf einen Sessel und goß sich einen Drink ein. Den beiden Frauen bot er nichts an.

»Was soll das alles?« fragte er, nahm einen Schluck aus seinem Glas und stellte es dann auf einen Beistelltisch neben dem Sessel. Er schaltete eine Lampe ein, die eine Lichtinsel schuf und sein Gesicht beleuchtete. Wieder war Cate überrascht. Er sah gut aus. Sein gut geschnittenes, graumeliertes Haar und der sauber gestutzte Schnurrbart schmeichelten seinem ovalen Gesicht und der geraden Nase. Er trug einen dunkelgrauen zweireihigen Anzug und ein blaugestreiftes Hemd, aber keine Krawatte.

Im Licht der Lampe bückte Krupatin sich, nahm Irinas Tasche und öffnete sie. Er holte die SIG-Sauer heraus und legte sie auf den Tisch neben seinen Drink. Dann untersuchte er Cates Tasche, fand keine Waffe und warf sie wieder auf den Sessel.

»Zuallererst«, sagte Irina, »Wei ist erledigt.«

»Ich weiß«, sagte Krupatin und nahm seinen Drink wieder in die Hand.

Irina schwieg, und Cate spürte, wie ihr Körper sich versteifte.

»Du weißt es?«

»Ja, verdammt, natürlich weiß ich es.«

Irina starrte ihn an. »Wer?«

Krupatin nahm noch einen Schluck, sah sie über den Rand seines Glases hinweg an, genoß ihre Überraschung, schien aber zu überlegen, ob er darauf eingehen sollte oder nicht.

»Eines seiner chinesischen Hausmädchen«, sagte er schließlich grinsend. »Die, die du in Paris so tröstlich gefunden hast. Außerdem hast du sie gesehen, als du dich das erste Mal mit Wei und Bontate in dem roten Zimmer getroffen hast. Sie hat das... das Schauspiel heute nacht beobachtet. Sie hat gesagt, du wärst eine gute kleine Hure gewesen, Irina.« Er drehte den Kopf ein wenig in Cates Richtung. »Ihr wart beide gut.«

Cates Gesicht brannte.

»Hat sie dir von Valentin Stepanov erzählt?« fragte Irina. »Hat sie dir von Grigorij Izwarin erzählt?«

»Nein«, sagte Krupatin, »hat sie nicht.«

»Du bist von Verrätern umgeben, Sergej. Deine Organisation verfault von innen.«

SECHZIG

»Jernigan! Jernigan!« brüllte Hain in das Mikrofon. Alle im Stützpunkt starrten ihn mit offenem Mund an. Jeder war instinktiv aufgesprungen, als Cates Signal verstummte.

»Ich weiß nicht... ich weiß nicht«, sagte Jernigan gerade.

»Sie war im Aufzug«, schrie Hain. »Sie sind in Krupatins Wohnung gegangen. Was ist passiert?«

»Mann, ihr Signal ist bloß noch eine flache Linie. Das ist alles.« Jernigans Stimme klang beunruhigt.

»Beide? Auch nichts von dem Peilsender?«

»Nichts – einfach gar nichts.«

»Was bedeutet das, Curtis?« Es war Ennis Strey aus dem Technikraum der Niederlassung.

»Herrgott, ich weiß nicht. Neil, holen Sie Geller ans Telefon, finden Sie raus, was das sein könnte.«

»Wir müssen da jemanden hinschicken«, sagte Ann kurz angebunden, eine Hand in die Hüfte gestützt. Mit der anderen strich sie sich nervös das dichte, drahtige Haar aus dem Gesicht. »Wir – Strey, haben Sie Leute, die hingehen können?«

»Das ist Jernigans Sache, aber natürlich haben wir Leute …«

»Verdammt, einen Augenblick«, brüllte Hain. »Wir wissen nicht, was da läuft …«

»Scheiße, darum geht's ja gerade«, rief Ann.

»… und ich schicke da keine Leute rein, bevor ich nicht weiß, ob das Signal aus irgendwelchen elektronischen Gründen ausgefallen ist, die nichts zu tun haben mit …«

»Curtis«, sagte Erika, die um den Tisch herumging, »sie hat recht. Für mich hat es sich angehört, als hätte Irina Krupatin über Cate belogen. Cate hat das nicht gewußt. Ich glaube, daß Ann vorhin recht hatte. Ich glaube, Irina wird ihn umbringen.«

»Also, für mich sieht das nicht so aus!« schrie Hain. »Er hat ihr die verdammte Kanone weggenommen.«

»Alles mögliche könnte passieren«, beharrte Erika.

»Wir werden warten« – wütend zeigte Hain über den Tisch hinweg mit dem Finger auf Ann –, »bis wir von Geller hören.« Plötzlich herrschte Schweigen. »Ihr seid einfach unprofessionell – reißt euch zusammen!« Sein Gesicht war grau.

»Wie viele Stockwerke hat das Gebäude?« fragte Ometow ruhig. Er rieb sich die Stirn, schaute nach unten und dachte nach.

»Fünfundzwanzig«, sagte jemand. »Hier spricht Parmley. Neil ist auf einer anderen Leitung, versucht Geller zu erreichen. Der Computer sagt uns, daß es ein Komplex mit Eigentumswohnungen ist, drei Wohntürme namens Amberson Towers. Jeder der Türme hat fünfundzwanzig Stockwerke.«

»Und meiner Erinnerung nach hat Mr. Geller gesagt, daß Ihr Computer uns nicht verraten kann, in welchem Stockwerk sie sich befindet.«

»Richtig.«

Alle wußten, worauf er hinauswollte. Selbst wenn sie jetzt eine Eingreiftruppe hinschickten, würde es eine frustrierende Verzögerung geben, bis sie Krupatins Wohnung gefunden hatten.

Wieder schwiegen alle und sahen Curtis Hain an, der sie wütend musterte wie ein alter Löwe, der mit dem Rücken zu einer Felswand steht.

»Curt.« Das war Ennis Strey. Er wollte eine Antwort. Die richtige Antwort.

Es dauerte noch einen Augenblick, bis Hain sich geschlagen gab.

»Okay, Parmley, verdammt. Sagen Sie Jernigan, er soll mit dem Eingreifteam losziehen. Aber bei Gott, sagen Sie ihm, daß ich will, daß... es... *leise*... bleibt. Falls das in die Hose geht, dann sagen Sie ihm, daß ich den Rest meiner Scheißkarriere damit verbringen werde, die Namen der Idioten auswendig zu lernen, die das verbockt haben.«

Keiner hatte auch nur einen Moment vergessen, daß Curtis Hain für das Washingtoner Büro arbeitete. Parmley antwortete erst nach drei Sekunden Schweigen.

»Ich werd's ihm sagen, Sir.«

EINUNDSECHZIG

»Verfault von innen...« Krupatin nickte, schaute zu Boden und runzelte die Stirn, als denke er über das Gewicht dieser Neuigkeit nach. Er schien sich über sie lustig zu machen. Cate sah Irina an, die Krupatins überhebliches Spiel durchschaute und ihn starr vor Demütigung und Groll musterte.

Krupatin blickte auf. »Irina, du kannst eine so verdammt dämliche Kuh sein«, sagte er. »Ich weiß wirklich nicht, wie du all diese Jahre überlebt hast, von einem Mord zum anderen, ohne daß es dich selbst erwischt hat.«

Irina schien sprachlos. Sie stand da mit hängenden Armen wie ein Schulmädchen vor dem Direktor.

Krupatin ging einen Schritt auf sie zu, eine Hand lässig in der Tasche, den Drink in der anderen, als sei er auf einer Cocktailparty.

»Du mußt dir wohl erst zusammenreimen, was hier in Amerika passiert ist, was?« Er sah Cate an und richtete seine Augen dann wieder auf Irina. »Valentin Stepanov ist ein Informant des FBI. Ich weiß das. Grigorij Izwarin sitzt mir schon zu lange im Nacken mit seinem häßlichen Ehrgeiz. Das weiß ich auch.« Er schlürfte seinen Drink. »Du hast Walerij Wolkow nicht erwähnt.« In gespielter Überraschung zog er die Augenbrauen hoch. »Nein?«

Irina sagte nichts.

Krupatin trat noch einen Schritt vor, wandte aber seine Aufmerksamkeit Cate zu.

»Was ist passiert?« fragte er. »Hat Valentin stöhnend seine verräterischen Träume ausgeplaudert, als er sich auf Ihrem Bauch wälzte? Und Sie haben ihn an Ihre Freundin hier verpfiffen? Geld? Sie wollen Geld? Sie machen die Beine breit und wollen Geld. Sie machen den Mund auf und wollen Geld.«

»Sergej, bitte.«

Krupatin fuhr wütend herum, die Zähne gefletscht, bereit, seinen Zorn an Irina auszulassen. Doch noch während er sich umwandte, sah er ihren ausgestreckten Arm, sah, was passieren würde, schrie auf, riß die Arme vor sein Gesicht, drehte sich von ihr weg nach hinten, keuchend, hustend, ächzend.

Irina war ebenfalls in Bewegung, hechtete nach dem Tisch, auf dem ihre SIG-Sauer lag, packte sie, ohne anzuhalten, verfolgte den flüchtenden Krupatin wie eine Spinne, die sich über eine ins Netz gegangene Fliege hermacht.

»Verdammte Scheiße! Verdammte... verdammte...« Krupatin rollte auf dem Boden herum, erhob sich auf die Knie, tastete sich am Barschrank vorbei, Flaschen umwerfend, riß eine Tür auf, hinter der sich eine Spüle verbarg, drehte den Wasserhahn auf und hielt sein Gesicht unter den Strahl. Er knurrte, fluchte, hustete und spuckte.

Plötzlich war Irina bei ihm und drückte ihm den Schalldämpfer der Pistole an die Schläfe, während Wasser auf sie beide spritzte. Sie zitterte, und ihr Gesicht war verzerrt. Krupatin erstarrte, als er erkannte, was da seine Schläfe berührte. Cate machte sich auf den

Schuß gefaßt. Nichts passierte. Man hörte nur das Wasser plätschern. Keiner bewegte sich. Krupatin hing vorgebeugt über der Spüle, den Kopf seitlich gedreht, und bemühte sich blinzelnd, aus seinen Augen zu spülen, was immer sie ihm ins Gesicht gesprüht hatte.

Unerwartet stieß Irina sich von ihm ab, als sei er aussätzig, und trat zurück, bis sie außer Reichweite war. Er rang nach Luft, während sie sich nach hinten tastete, ohne den Kopf zu wenden. Krupatin, noch immer über das Becken gebeugt, schien unter dem Wasserstrahl Zuflucht zu suchen, um seine Gedanken zu sammeln.

»Bleib weg von ihm«, sagte Irina zu Cate. »Komm her zu mir.«

Beide Frauen entfernten sich von den zerbrochenen Flaschen am Barschrank und bewegten sich in die Mitte des Raumes.

»Ich verbrenne«, sagte Cate. »Ich fühle mich, als würde ich brennen. Mir ist so heiß.«

»Entspann dich«, sagte Irina. Sie keuchte. »Atme tief ein.«

Einen Augenblick lang sagte niemand etwas. Die beiden Frauen beobachteten Krupatin wie einen betäubten Wolf, rechneten jeden Augenblick damit, daß er aufheulen, sich umdrehen und sie anspringen würde. Doch er tat nichts dergleichen. Schließlich drehte er den Wasserhahn zu, tastete im Schrank herum, bis er ein Handtuch fand, und hielt es sich vors Gesicht. Langsam drehte er sich um und lehnte sich an die Spüle.

»Ich möchte mich setzen«, sagte er durch das Handtuch.

Irina zögerte. »Dann geh«, sagte sie.

Krupatin betupfte sein Gesicht und ging an den zerbrochenen Flaschen vorbei zu einem der beiden Sofas, die im rechten Winkel zueinander und mit einem gläsernen Couchtisch in der Mitte vor den Aussichtsfenstern standen. Schwer ließ er sich auf das Sofa fallen und versuchte, zu Atem zu kommen. Irina trat hinter das andere Sofa, so daß sich dieses und der Couchtisch zwischen ihr und Krupatin befanden.

»Du blöde Kuh«, sagte er schniefend und sah zu ihr auf. »Du hast den größten Fehler deines Lebens gemacht.«

Irina war jetzt gefaßter. Und konzentriert.

»Nein, Sergej. Ich habe Glück gehabt.«

Er schüttelte den Kopf. »Dein Leben ist total verkorkst. So war es immer, und das wird sich nie ändern. Es ist dein Schicksal.«

»Ich habe Glück gehabt, weil ich lange genug gelebt habe, um dein Ende zu sehen. Mein Schicksal, Sergej, ist auch deins. Wir sind zusammen hier angekommen. Du hast mich zu dem gemacht, was ich bin, und dabei hast du deinen eigenen Tod geschaffen.«

»Hör mal«, sagte Krupatin müde, »wenn du mich erschießen willst, dann los, tu es. Ich habe keine Lust, mir deine Philosophie anzuhören.«

Irina schüttelte den Kopf. »Zuerst bekommst du eine kurze Lektion.«

»Na, wunderbar«, sagte er säuerlich.

»Ich verbrenne«, sagte Cate. »Meine Güte, ist es hier heiß.«

»Was zum Teufel brabbelt sie da?« Krupatin schaute sie an. Er fuhr sich mit den Fingern durch die Haare und zog seinen Anzug glatt.

»Heute abend hat Walerij Wolkow Stepanov und Izwarin getötet.«

»Na, dann hat ja wenigstens etwas geklappt, nicht?«

»Aber er hat sie nicht für dich getötet.«

»Ist mir doch scheißegal, warum er sie getötet hat. Ich wollte ihren Tod, und sie sind tot.«

»Er hat sie für uns umgebracht.«

Krupatin nickte monoton.

»Für Wolkow, mich und Bontate.«

»Carlo Bontate.« Er machte eine Pause. »Der verdammte schmierige Scheißsizilianer.« Wieder hielt er inne. »Was ist mit dem albernen Chinesen?«

»Ich habe ihm die Kapseln gegeben.«

Krupatin schnaubte amüsiert. »Im Ernst?«

»Ich habe ihn für Wolkow und Bontate umgebracht.«

Diesmal tat Krupatin das Gehörte nicht einfach ab. Er hielt das Handtuch im Schoß und schaute Irina an.

»Es hat einen Aufstand gegeben, Sergej«, sagte Irina mit beinahe freundlicher Stimme, als überbringe sie einem einfältigen Menschen eine schlechte Nachricht. »Du bist ein toter Mann. Jetzt ist

Walerij Wolkow derjenige, den alle fürchten müssen. Morgen kommt ein neuer Tag – ohne dich.«

»Warum sollte ich das glauben?«

»Ich habe mit Wolkow und Bontate einen Deal gemacht. Ich wußte, du würdest mich umbringen lassen, wenn das hier vorbei ist.«

»Das wußtest du?« Krupatin schnaubte verächtlich. »Mein Gott, du blöde Schlampe. Deine Phantasie ist zu nichts zu gebrauchen.« Trotz seines Spotts konnte er das, was er da hörte, offenbar nur schwer verdauen.

»Ich bin zu Bontate gegangen. Wir machten einen Deal. Er wollte Wolkow dabeihaben.«

»Warum? Wieso nahm er an, Walerij würde mitmachen?«

»Seine Leute hatten ihn darüber informiert, daß Wolkow dich aus dem Weg haben wollte. Wolkow wartete nur auf den richtigen Zeitpunkt.«

»Das glaube ich nicht.«

»Und Ometow hat mir das gleiche gesagt. Daher wußte ich, daß Bontate die Wahrheit sagt.«

Krupatin schwieg. Er schaute zu Boden. »Scheiße. Leo Ometow.«

»Ja, Leo.«

Krupatin schüttelte den Kopf. »Ich weiß wirklich nicht, warum ich ihn nicht schon längst habe töten lassen.« Er blickte auf. »Also hast du eingewilligt, mich zu töten.«

»Nein, ich habe nicht ›eingewilligt‹, dich zu töten, Sergej. Ich habe darum gebeten. Ich betrachte das als Tat ohne jede moralische Zweideutigkeit.«

»Ach Gott, hör dich doch bloß reden – ›moralische Zweideutigkeit‹. Du bist ekelhaft, du bist Schorf am Arsch der Gesellschaft, und du willst über Moral reden. Sag mir nur, was für dich dabei rausspringt!«

»Was für mich dabei *rausspringt*?« Die Frage schien sie zu erstaunen.

»Ja. Was? Eine Beförderung? Bringst du jetzt keine Leute mehr um, sondern steigst zur Hure auf? Oder was? Ein Häuschen auf dem Land?«

»*Meine* Tochter!« schrie sie. »Du weißt, warum ich so gelebt habe – du weißt es!«

»Ach Gott«, brummte Krupatin, ihr ins Wort fallend. »Nicht schon wieder dieses Gejammere über das ...«

»Halt den Mund!« kreischte Irina. »Sprich es nicht aus.« Sie stürmte um das Sofa herum, die SIG-Sauer auf Krupatins Gesicht gerichtet, während sie den Kaffeetisch auf die Seite stieß und eine Kristallvase nach der Glaswand schleuderte. Ohne anzuhalten, kletterte sie, vor Wut außer sich, auf das Sofa, kniete sich rittlings über ihn, packte mit der linken Hand sein Haar und hielt ihm den Schalldämpfer an die Lippen.

»Mach den Mund auf!«

Er gehorchte nicht.

»Gott *verfluche* deine Seele!« schrie sie. Sie zog die Pistole zurück und rammte den Schalldämpfer dann in Krupatins Mund; seine Zähne splitterten, seine Lippen bluteten, und er jaulte vor Schmerz auf.

Cate hörte das Klicken der Sicherung.

»Nein! Irina!« Cate dachte nicht nach; sie redete ohne Überlegung, impulsiv. »Hör mir zu – hör mir zu.» Rasch trat sie näher, bis sie wußte, daß Irina sie aus dem Augenwinkel sehen konnte. »Irina, hör mir zu. Ich bin Undercover-Agentin des FBI.«

Irina und Krupatin erstarrten für einen zeitlosen, gewichtslosen Moment, sahen sich mit steinernen Augen an, und all die verworrenen und verzerrten Leidenschaften, die sie während der endlosen Jahre zusammengeschmiedet hatten, verdichteten sich in diesem knappen Augenblick zwischen dem, was war, und dem, was sein würde.

»Krupatin hat recht.« Cate sprach hastig, um den kommenden Geschehnissen eine andere Wendung zu geben. »Stepanov hat als Informant für das FBI gearbeitet. Ich habe mit ihm zusammengearbeitet. Sie wußten, daß Krupatin nach Houston kommen würde. Stepanov sollte sie zu ihm führen. Irina, tu das nicht.«

Irinas Augen waren weit aufgerissen. Sie war in höchster Erregung. Krupatin schluckte und versuchte, nicht an seinem eigenen Blut zu würgen, das unter dem Schalldämpfer hervor über sein Kinn sickerte.

»Irina!« Hektisch versuchte Cate, Irinas Aufmerksamkeit zu gewinnen. »Hör mir zu … Das FBI, sie hören uns, in diesem Augenblick – sie sind unterwegs. Überlaß mir die Waffe; überlaß mir Krupatin. Verschwinde von hier. Sie wollen nur ihn. Wenn du bleibst, wirst du umgebracht, oder sie sperren dich ins Gefängnis. Auf jeden Fall wäre es schrecklich für Félia. Verstehst du das nicht? Du hast Geld. Du kannst sie wegbringen. Ihr beide könnt verschwinden. Du weißt, wie man das macht.«

»Nein.« Irina schüttelte den Kopf. »Unmöglich. Sie … Die Vereinbarung lautet … Das ist die Bedingung.«

Krupatins Augen blickten starr auf Irina; sein Kopf war nach hinten geneigt, und Blut rann aus seinem Mund auf seinen Anzug.

Cate konnte ihr eigenes Herz pochen hören. Sie konnte die Zeit vergehen hören wie einen Seufzer.

Plötzlich zog Krupatin die Hand unter einem Sofakissen hervor und rammte sie zwischen Irinas gespreizte Beine. Es gab zwei Explosionen, als er in ihr Becken feuerte, und Cate sah einen Schwall von Blut und Gewebe zwischen ihren Gesäßbacken austreten und ihr Kleid hochblasen.

ZWEIUNDSECHZIG

Es war unglaublich, aber Irinas SIG-Sauer ging nicht in Krupatins Mund los. Im gleichen Moment, in dem er seine eigene Waffe abfeuerte, warf er den Kopf zur Seite und nach hinten. Irinas reflexhafter Schuß verfehlte sein Gesicht, riß ihm einen Teil des Ohrs ab und versengte seine Kinnlade. Krupatin sprang auf, so daß Irina in ihrem Schock stürzte. Die SIG-Sauer flog durch die Luft in Cates Richtung und an ihr vorbei. Die Waffe landete auf dem Parkettboden und rutschte bis zum Fuß der gläsernen Wand.

Ohne nachzudenken stürmte Cate durch den Raum, packte die Pistole, ließ sich auf ein Knie fallen und zielte mit ausgestreckten Armen, die Waffe in beiden Händen. Krupatin war inzwischen auf halbem Weg zur Eingangstür; er wirbelte herum und hob zitternd einen Arm, um zu schießen.

Seine Waffe hatte keinen Schalldämpfer, und die Schüsse knallten ohrenbetäubend. Auch Cate schoß und spürte den Rückstoß der SIG, hörte aber beim Lärm von Krupatins Pistole ihre eigenen Schüsse nicht. Sie sah nur das Aufblitzen des Mündungsfeuers und hörte splitterndes Glas.

Krupatin war in die Knie gegangen, rappelte sich aber wieder hoch und taumelte zur Tür, drehte sich erneut um, schoß nochmals. Dann war er draußen im Vorraum. Cate taumelte hinter ihm her. Es gelang ihr, die Eingangstür zu erreichen, und sie sah ihn den Aufzugsknopf betätigen. Sie feuerte zweimal, und ihre Schüsse trafen über seinem Kopf die Tür des Aufzugs. Als er herumwirbelte, fuhr sie zurück, da sie den folgenden Knall erwartet hatte; sie schaute erneut um die Ecke und hörte, wie die Tür zum Treppenhaus geöffnet wurde.

»Mein Gott, mein Gott, mein Gott, hört ihr mich denn nicht? Er geht die Treppe runter – die Treppe, er geht die Treppe runter!« schrie sie. »Hier ist jemand verletzt, hört ihr mich – verletzt!«

Sie prüfte den Lauf der SIG. In der Kammer war eine Patrone, und sie glaubte, es sei die letzte. Sie versuchte, die Schüsse zu zählen, doch dann gab sie es auf.

Sie stand in der Eingangstür und sah sich nach Irina um, die aufzustehen versuchte. Großer Gott. Ihre Gesten, ihr schockierter Ausdruck nahm ihr alles Menschliche. Sie war keine Frau, sondern ein schwer verwundetes Tier, das nicht begriff, wie ihm geschah.

Cate riß ein Bild von der Wand und packte einen kleinen Stuhl, der im Vorraum stand. Sie klemmte den Stuhl in die Tür des Apartments, rannte zur Treppenhaustür, öffnete sie und rammte das Bild zwischen Türstock und Tür, damit sie nicht hinter ihr ins Schloß fallen konnte. Dann blieb sie stehen und lauschte. Sie konnte Krupatin die Treppe hinuntergehen hören.

Sie folgte ihm, stolperte über fünf oder sechs Stufen und übersprang dann die letzten, landete auf dem Treppenabsatz. Das gleiche tat sie bei der nächsten, übernächsten und der folgenden Treppe, ehe sie stehenblieb, um zu lauschen. Nichts. Aber sie sah Blut auf den Zementstufen. Dann hörte sie, daß er sich bewegte, näher jetzt. Zwei Treppen tiefer.

Wieder rannte sie, stolperte, sprang. Auf den Stufen war viel

Blut, und sie sah lange, blutverschmierte Streifen an der Wand. Sie mußte ihn getroffen haben. Vielleicht in die Seite oder in den Bauch. Er wurde jedenfalls eindeutig langsamer.

Stille.

Sie wartete. Dann hörte sie, wie er sich direkt hinter der nächsten Ecke bewegte.

»Komm schon«, sagte er; das leere Treppenhaus ließ seine schwache Stimme hallen. »Ich bringe dich um.«

Sie nahm ganz langsam eine Stufe nach der anderen, bis sie ihn sah; er saß in der Ecke des nächsten Treppenabsatzes, von den Wänden gestützt. Er zielte auf sie, aber er schoß nicht, als sie um die Ecke spähte. Er war zu schwach, um einen unsicheren Schuß auf ein kleines Ziel zu riskieren.

»Werfen Sie die Waffe weg, so daß ich sie sehen kann«, sagte sie.

»Geh zur Hölle.«

Cate dachte an Irina oben, die allein starb. O Gott, dachte sie, laß sie nicht allein sterben. Cate war außer sich. Da fiel ihr ein kleiner Abfalleimer aus Plastik ein, den sie auf dem nächsthöheren Treppenabsatz vor der Etagentür hatte stehen sehen. Sie schlüpfte aus ihren Schuhen.

»Ich sag's Ihnen noch einmal«, rief sie und eilte die Stufen hinauf zu dem Abfalleimer. Krupatin schrie ihr etwas zu, aber sie konnte ihn nicht verstehen. Der Plastikeimer enthielt ein paar verbogene Kleiderbügel aus Draht. Sie warf sie auf den Boden. Dann lief sie wieder nach unten. Sie blieb stehen, wo Krupatin sie nicht sehen konnte, knöpfte ihr Kleid auf und stieg heraus. Sie steckte den Plastikeimer in das Oberteil des Kleides, schloß ein paar Knöpfe, damit er nicht herausfiel, und zog den Gürtel eng, damit der Eimer nicht nach unten wegrutschen konnte.

»Krupatin«, sagte sie. »Ihre letzte Chance.«

Er antwortete nicht. Sie beugte sich leicht vor und sah sein angezogenes Knie auf dem Boden. Er hatte sich nicht bewegt.

»Okay«, sagte sie. »Wenn Sie es so haben wollen…«

Sie warf das Kleid auf den Treppenabsatz; der Plastikeimer gab ihm für einen Augenblick ein Volumen, der Rock flatterte, ein großes Ziel – etwas, worauf er schießen konnte. Und er tat es. Sie hörte drei Schüsse. Der Eimer flog zurück, schlug unter dem Aufprall der aus kürzester Entfernung abgefeuerten Schüsse gegen die Wand. Dann hörte sie ein anderes Geräusch: *klickklickklick, klick.*

Cate ging um die Mauerecke und stieg die letzten Stufen zum Treppenabsatz hinunter, wo Krupatin kauerte. Er war schweißgebadet zusammengesunken, blutete aus dem Bauch, aus dem Mund. Sie starrten einander an, und dann warf er unversehens die Waffe nach ihr, traf sie in die Seite.

Sie starrten sich weiter an.

»Das solltest du dir noch mal überlegen«, sagte er. »Hast du eine Ahnung, wieviel Geld ich dir geben könnte? Unauffindbar. Auf ein belgisches Konto.«

Cate trat zu ihm und hielt ihm die SIG-Sauer an die Stirn. Krupatin sagte nichts, schluckte und begann, unwillkürlich zu urinieren.

»Verdammt sollst du sein!« Er schlug mit dem Arm nach ihr, aber es war ein schlaffer, zittriger Schlag. Blut strömte aus seinem Bauch.

Cate dachte nach. Einen Schuß mit aufgesetzter Waffe würde sie erklären müssen. Sie nahm die Pistole von seinem Kopf. Sie hob ihr Kleid auf, öffnete die Knöpfe und zog den Plastikeimer heraus. Dann hängte sie sich das Kleid über den Arm, stieg fünf Stufen hoch, drehte sich um, zielte und schoß.

DREIUNDSECHZIG

Nachdem sie in ihr Kleid geschlüpft war – Krupatins drei Schüsse hatten drei Löcher gerissen, je eins in die Taille, die linke Brust und den Rock –, rannte sie, so schnell sie konnte, die Treppe hoch. Sie war weiter nach unten gelaufen, als sie vermutet hatte. Alle Treppenabsätze sahen gleich aus. Hatte jemand das Bild weggenommen? War sie schon daran vorbei? Dann bog sie um eine Ecke und sah es.

Als sie Krupatins Tür aufriß, war die ganze Wohnung wieder

dunkel. Sie mußten die Lampen kaputtgemacht haben. Cate konnte keinen Lichtschalter finden und entdeckte schließlich eine weitere Tischlampe in der Nähe des Sofas, wo sie Irina zurückgelassen hatte. Sie legte die Waffe weg, suchte hektisch nach dem Schalter, und als sie ihn gefunden hatte, war sie erstaunt über all das Blut und darüber, wie es in dem schwachen Licht glänzte. Irina war nicht da.

Dann bemerkte sie die Blutspur auf dem Teppich, die um die Ecke in einen Flur führte.

»Irina!« Sie rannte den breiten Korridor entlang, der leicht gebogen an einer Art Büro vorbei zu einem Schlafzimmer führte. Als sie es betrat, hörte sie in dem Badezimmer um die Ecke etwas auf einen Fliesenboden fallen.

Sie rannte an großen Fenstern mit Blick auf die City vorbei, streifte ein rundes Bett und erreichte das Badezimmer. Es war riesengroß und durch gläserne Doppeltüren vom Schlafzimmer abgetrennt. Die dunklen, kobaltblauen Fliesen glänzten vor Sauberkeit, über Eck angebrachte, raumhohe Spiegel ließen es noch größer wirken. Es gab einen breiten Frisiertisch und eine riesige Dusche ohne Wände in der Mitte, unter der ein rundes, vertieftes Marmorbecken das Wasser auffing.

Vor den Fenstern stand eine lange Badewanne aus winzigen, glänzend goldenen Fliesen. Eine Blutspur führte über den Fliesenboden zur Wanne. Irina saß darin.

»O Gott… Gott…« Cate rannte zu ihr und kniete sich hin.

Irina lag zurückgelehnt in der Wanne, den Rock bis zur Taille hochgezogen, einen Stapel weißer, blutgetränkter Handtücher zwischen den Beinen. Sie hielt sie mit beiden Händen fest. Sie war leichenblaß und schwitzte heftig.

»Hast du ihn erwischt?« Ihre Stimme war brüchig.

»Ich habe ihn getötet«, sagte Cate. Sie sprang auf, lief zum Frisiertisch und nahm noch ein Handtuch. Wo zum Teufel *blieben* die anderen? Auf dem Rückweg zur Wanne faltete sie das Handtuch und schob es unter Irinas Kopf, der auf den goldenen Fliesen ruhte. Wieder kniete sie sich neben die Wanne. Sie merkte, daß sie weinte, frustriert, entsetzt, erschöpft.

Irina spannte kurz die Mundwinkel an. »Es war mein Fehler. Wir waren uns so nah. Ich hätte ihn erschießen sollen, als er sich über das Spülbecken beugte. Es wäre ganz einfach gewesen. Dann wäre es vorbei gewesen... wir waren uns so nah.«

»Herrgott, Irina.« Cate schluchzte. Was immer ihr gestattet hatte, ihre Gefühle bis zu diesem Moment unter Kontrolle zu halten, war längst nicht mehr da.

Eine Zeitlang hörte man nur ihr Weinen.

»Ich glaube nicht, daß das aufhören wird«, sagte Irina, hob den Kopf und schaute auf den Packen Handtücher zwischen ihren Beinen. Blut sickerte aus den vollgesogenen Bündel in den Abfluß. Cate konnte es tröpfeln hören.

»Das kommt wieder in Ordnung«, sagte Cate, eine törichte Feststellung angesichts dessen, was sie beide sehen konnten.

Irina lächelte. Es war ein trockenes, dürres Lächeln; ihre Lippen waren von der Dehydrierung durch den Schock wie taub.

»Ich hatte keine Ahnung, daß du vom FBI bist«, sagte sie. »Du warst sehr... sehr gut, Catherine.« Sie hielt inne. »Du heißt doch Catherine?«

»Ja.« Das Eingeständnis blieb Cate beinah in der Kehle stecken.

»Du warst sehr gut, ja, aber... Sag mir, ich hatte geglaubt, du hättest mich wirklich... hättest mich wirklich gern. Das hast du doch, oder? Es war nicht alles gespielt. Wir waren Freundinnen, richtige Freundinnen.«

»Ich... Natürlich. Mehr als das. Ich hab angefangen, dich zu lieben«, sagte Cate und wußte nicht genau, ob sie log oder die Wahrheit sagte und was das wirklich bedeutete. Sie spürte, wie ihr die Tränen aus den Augen liefen.

»Ja, das hatten wir.« Irina nickte. Ihr Chignon löste sich, das goldblonde Haar fiel ihr in den Nacken.

O Gott, lieber Gott. Cate konnte es kaum ertragen.

»Wir haben noch ein bißchen Zeit«, sagte Irina. »Ich würde gern reden.« Sie schluckte, versuchte, in ihrem Mund ein wenig Feuchtigkeit zu finden.

Cate sprang auf, holte ein Glas Wasser und half ihr beim Trinken. Irina ließ beide Hände auf den Handtüchern liegen.

»Ich habe acht Menschen getötet, Catherine«, sagte Irina. »Ich möchte, daß du das weißt, weil... weil...« Sie seufzte und schluckte. »Weißt du … wenn ich die Möglichkeit hatte, bin ich in die Kirche gegangen und habe gebetet. Ich habe nicht für meine Seele gebetet. Ich habe um die Fähigkeit gebetet, die Leute zu töten, die ich töten sollte. Ich habe zu Gott gebetet: Bitte, nimm den Mann in Prag. Bitte, nimm den Mann in Rom, den Mann in Mailand, die Frau in Bern. Nimm sie, bitte, Gott, und rette meine Félia vor diesem Teufel Krupatin. Das hört sich schrecklich an, ich weiß.« Sie schluckte. »Und es war schrecklich. Aber für mich war es nicht so schrecklich wie das, was passiert wäre, wenn ich versagt hätte. Jedes Gebet um den Tod war auch ein Gebet um Leben.« Sie hielt inne. »Was soll ich nur denken? Ist es möglich, daß Gott solche Gebete erhört hat?« Sie schaute auf ihre Beine nieder. »Tja, das wäre verwirrend, nicht? Aber ich glaube, er hat es getan, und dafür bin ich dankbar.«

Sie betrachtete das Blut, das zwischen ihren Beinen austrat.

»Blut aus meinen Adern«, murmelte Irina. »Rot auf Gold. Auf Ikonen ist das eine der schönsten Farbkombinationen.« Sie war nachdenklich, ihr Gesichtsausdruck heiter. »Da gibt es eine Ikone in Venedig, fünfzehntes Jahrhundert, aus Kreta, glaube ich; eine schönere Verwendung von Rot und Gold habe ich nie gesehen. Maria Magdalena steht vor dem auferstandenen Christus. Christi Gewänder sind dunkel, mit goldenen Glanzlichtern, und Maria … trägt einen scharlachroten Umhang. *Noli me tangere*, sagt er – ›Rühre mich nicht an‹.«

Sie hob den Kopf und schaute noch mal zwischen ihre Beine. »Lieber Gott – das ist sehr schlimm, glaube ich.« Sie ließ den Kopf wieder auf das Handtuch sinken und schloß die Augen. Nach einem Moment schlug sie sie wieder auf und fuhr fort.

»Glaubst du an Gott, Catherine?«

Cate nahm an, daß sie das tat. Sie nickte.

»Er hat mir ein Herz aus Glas gegeben«, sagte Irina sachlich. »Erinnerst du dich, daß ich dir das schon mal gesagt habe? Ich habe es nicht verlangt, dieses Herz aus Glas. Es war ein Geschenk.« Sie wartete, als wollte sie etwas vergehen lassen – einen Schmerz, vielleicht; eine Benommenheit. »Es ist hart, das gläserne Herz. Nichts dringt ein. Es hat keinen Duft und keine Weichheit. Fühlt sich kalt an. Es hört keine Musik, sieht kein Licht …«

Wieder verstummte sie. Schleim sammelte sich in ihrer Kehle, und sie mußte husten. Ihre Augenlider wurden schwer. Sie atmete krampfhaft, dann fuhr sie fort.

»Aber es ist auch zerbrechlich, so zerbrechlich. Wenn Félia lächelte … raste mein Herz. Wenn sie lachte, bebte es so, daß es fast zerbrach. Wenn sie meine Wange küßte, zerfiel es zu Staub.« Sie hielt inne. »Ein Herz aus Glas. Hart … und zerbrechlich. Ich brauchte beides … um zu überleben. Und am Ende gerettet zu werden. Gott ist Gnade, sogar für die Verdammten.«

Cate schluchzte haltlos. Im Geiste konnte sie das Blut über jede der winzigen Goldfliesen rinnen hören, leiser als ein Flüstern.

Nach einer kleinen Weile schlug Irina zum letzten Mal die Augen auf, nur ein wenig, so daß Cate bloß einen schmalen grünen Schimmer sah.

»Wenn ich tot bin«, sagte sie mit trockenen Lippen, »nimm das Medaillon.«

In dem Schweigen, das folgte, wurde Irina vor dem goldenen Hintergrund immer blasser. Als die Nacht dem Ende zuging, wurde ihr schönes Gesicht reglos und schlaff. Und dann, nur Augenblicke, bevor der Himmel im Osten hell wurde, spürte Cate plötzlich die Stille im Raum, und sie wußte, daß sie jetzt ganz allein war.

EPILOG

Rom, Anfang Mai, zehn Monate später

Sie saß im Vorzimmer des Büros Documenti Ufficiali im zweiten Stock des Palazzo di Giustizia. Beamte gingen in diesem Vorraum ein und aus; er war so groß wie ein Haus, mit Terrazzo-Boden, einer sechs Meter hohen Decke, holzvertäfelten Wänden und vier Meter hohen Holztüren, die in die verschiedenen Büros führten. Die harten Ledersohlen italienischer Schuhe hallten in dem riesigen Raum wider, Stimmen hingen in der kühlen Luft. Das höhlenartige alte Travertin-Gebäude hatte noch nicht genug von der strahlenden Frühlingssonne in sich aufgenommen, um die winterkalten Steine zu erwärmen.

Sie warteten seit mehr als einer halben Stunde, sie und zwei Männer, zu dritt an einer Seite des riesigen Raumes zusammengedrängt. Ein Mann wickelte ein Bonbon aus; das Zellophanpapier knisterte wie die Vögel, die in trockenem, winterlichem Laub scharrten. Aber der Winter war vorüber, jetzt war Frühling, und von ihrem Platz aus konnte Cate durch die hohen Fenster auf der anderen Seite des Raumes das Laub der Kastanien am gegenüberliegenden Tiber-Ufer sehen. Die Azaleen auf der Spanischen Treppe standen in voller Blüte, und die Bäume probierten noch aus, welche Grünschattierung ihnen am besten stand.

»Signora Cuevas.«

Der Klang ihres Namens verblüffte sie. Sie sah sich um; in einer der riesigen Türen stand ein junger Mann in einem locker sitzenden italienischen Anzug, einen Stapel Papiere unter den Arm geklemmt. Er sah sie an, und die beiden Männer, die in diesem leeren Raum eine Dreiviertelstunde lang ihre Gefährten waren, sahen sie ebenfalls an.

»Ja«, sagte sie und stand auf.

»Hier entlang, bitte«, sagte der junge Mann.

Sie betraten ein anderes, wesentlich kleineres Vorzimmer und gingen dann in einen langen, hohen Raum, der außer zwölf Stühlen mit geraden Rückenlehnen an den Wänden kaum Möbel enthielt. An den blaßgelben Wänden hingen riesige Gemälde, Porträts vergessener Männer aus anderen Jahrhunderten. Am hinteren Ende des Raumes stand ein wuchtiger Barockschreibtisch mit goldenen Verzierungen an Front und Beinen; seine Platte war mit ordentlichen Aktenstapeln bedeckt. Zwei goldfarbene Lampen gaben gedämpftes Licht. Hinter dem Schreibtisch saß ein kleiner, kahl werdender Mann mit präzise geschnittenem schwarzen Schnurrbart.

»Signora Cuevas«, sagte er und erhob sich, als sie sich seinem Schreibtisch näherte. Er stellte sich vor. »Bitte, nehmen Sie Platz.«

Cate betrachtete ihn genau und fragte sich, ob er nervös war oder sich freute, jemandem einen Dienst erweisen zu können, ob er es gegen seinen Willen tat, aber keine andere Wahl hatte, oder ob er ein Kriecher und nur zu gern gefällig war. Seinem Gesicht war nichts davon anzumerken.

»Ich habe alle Papiere für Sie hier«, sagte er und kam gleich zur Sache. Er ergriff einen Packen Dokumente in einem dicken Ordner, der mit hellrotem Band zugebunden war, und reichte ihn ihr. »Schauen Sie ihn sich an und vergewissern Sie sich, daß alles zu Ihrer Zufriedenheit vorbereitet ist.«

»Ich kann kein Italienisch«, sagte sie und legte den Ordner auf ihren Schoß, »und außerdem würde ich die komplizierten juristischen Bestimmungen ohnehin nicht verstehen. Ich vertraue darauf, daß Sie alles angemessen geregelt haben. Ich werde dafür sorgen, daß die richtigen Leute von Ihrer Tüchtigkeit erfahren.«

Darauf machte er eine kleine Verbeugung und lächelte, doch die Erwähnung der »richtigen Leute« ließ das Lächeln etwas schief ausfallen. Vermutlich betete er zu Gott, daß er nichts falsch gemacht hatte.

Cate stand auf und schüttelte ihm die Hand. »Nochmals vielen Dank«, sagte sie.

/enn ich sonst noch etwas für Sie tun kann«, fügte er rasch ,zu, »dann melden Sie sich bitte sofort bei mir. Ich werde mit ɜm größten Vergnügen behilflich sein. *Arrivederci.*«

Es war ein weiter Weg zurück in ihr kleines Hotel in der Nähe der Piazza di Spagna, aber das machte ihr nichts aus. Jetzt, da sie die Dokumente hatte, richteten ihre Gedanken sich auf die Zusammenkunft am Nachmittag.

Im Hotelgarten nahm sie im gefleckten Schatten einer Laube ein leichtes Mittagessen ein und bestellte sich danach noch ein zusätzliches Glas Wein. Als ihre Armbanduhr zwei Uhr zeigte, bezahlte sie, verließ das Hotel und blieb am Eingang vor den weinumrankten Mauern gegenüber der Piazza stehen, die Dokumente unter dem Arm.

Ein dunkler Mercedes fuhr von der anderen Seite der Piazza vor den Hoteleingang und hielt an. Ein junger Mann stieg aus und näherte sich ihr.

»Signora Cuevas?«

Sie nickte. Er öffnete die hintere Tür des Mercedes, und sie stieg ein. Sie versuchte erst gar nicht, sich den Weg zu merken, den sie nahmen, sondern lehnte sich einfach zurück und schaute aus dem Fenster auf die Straßen und Plätze von Rom. Der Wagen verließ die Innenstadt und fuhr auf schmalen Straßen in das bewaldete Hügelland, wo die Villen größer wurden und sich hinter eingezäunten Rasenflächen oder schön angelegten Parks verbargen.

Schließlich merkte sie, daß der Wagen langsamer wurde und in ein von hohen Mauern umgebenes Grundstück einbog. Ein Messingschild an einer der Torsäulen trug die Inschrift CONVENTO SANTA CECILIA DEI MONTI. Zypressen säumten den Kiesweg, der zum Hauptgebäude führte, einer prachtvollen Renaissancevilla.

Der Mercedes hielt vor dem Konvent, und der junge Mann stieg aus und öffnete ihr den Wagenschlag. Während sie ausstieg, kam eine lächelnde Nonne die Treppe der Villa hinunter. Ihr weißes Gewand und ihr weißer Schleier leuchteten in der Nachmittagssonne.

»Mrs. Cuevas? Ich bin Schwester Sabina«, sagte sie in sehr

gutem Englisch mit starkem Akzent. »Bitte, kommen Sie herein. Wir freuen uns sehr über Ihren Besuch.«

Schwester Sabina war um die Dreißig, vermutete Cate, und sie war überaus charmant. Zusammen schritten sie durch die großen Räume des alten Klosters, vorbei an Gruppen anderer Nonnen und einzelnen Schwestern, durch Korridore, Innenhöfe und Loggien. Schließlich erreichten sie über eine offene Galerie einen großen, wunderbar gepflegten Garten.

Cate konnte sich gar nicht an den Gedanken gewöhnen, daß sie überall, wohin sie ging, erwartet und willkommen geheißen wurde. Alles war perfekt vorbereitet.

»Ihr Freund ist kurz vor Ihnen eingetroffen«, sagte Schwester Sabina, und dann ging sie langsamer, blieb stehen und wies mit der Hand auf eine abgeschiedene Ecke des Gartens, wo ein Mann allein auf einer Bank saß und in die Wasserfontäne eines Brunnens auf der anderen Seite des Weges starrte.

»Haben Sie vielen Dank«, sagte Cate, und Schwester Sabina drehte sich um und verließ sie.

Der Mann blickte auf und erhob sich, als sie näher kam. Er trug Anzug und Krawatte, was sie nicht erwartet hatte, und war ein wenig größer, als sie nach den Fotos angenommen hatte; seine Haut war etwas rötlicher, sein Gesicht etwas freundlicher. Doch keines der Fotos hatte sie auf seine Augen vorbereitet. Sie waren verblüffend, leuchtend bernsteinfarben wie Pyritkristalle und von langen, bräunlichen Wimpern beschattet. Er rauchte eine Zigarette, nahm diese aber in die linke Hand, um sie zu begrüßen. Sie gaben sich die Hand, ohne sich förmlich vorzustellen.

»Bitte, setzen Sie sich«, sagte er, und zusammen nahmen sie auf der Bank vor dem Brunnen und einem Beet mit kirschroten Blüten Platz. Er wies mit dem Kopf auf den Ordner mit dem hellroten Band. »Alles ist arrangiert, hoffe ich.«

»Ich weiß nicht«, sagte Cate. »Ich habe dem Mann gesagt, daß ich mich auf sein Wort verlasse.«

»Ach, machen Sie sich keine Sorgen.« Bontate lächelte. »Die italienische Regierung wird Ihnen in dieser Sache keine Schwierigkeiten machen und die Amerikaner auch nicht. Bevor Sie gehen, werden die Schwestern drinnen die Dokumente mit einem Hau-

Siegel und Stempel versehen müssen, damit sie rechtsgültig d, weil das Kloster hier die zuständige Amtsstelle ist.« Er auchte. Er sah sie an. »Für mich ist das sehr amüsant. Carlo hilft dem FBI.«

»Nein«, sagte Cate. »Sie helfen mir, nicht dem FBI.«

»Oh, ja, okay.« Er lächelte wieder. »Ich vermute, daß die es Ihnen nicht leichtgemacht haben.«

»Nein, da haben Sie recht. Das haben sie nicht getan.«

»Sie können sich vorstellen«, sagte er und blies den Rauch in die Nachmittagshitze, »wie überrascht ich war, als ich diesen... Antrag von Ihnen erhielt. Nach all dem.«

»Ja. Tatsächlich war ich selbst überrascht, daß ich das getan habe.«

Sie schwiegen beide für einen Moment. Im Klostergarten war es still bis auf das Zirpen der Zikaden.

»Na ja, die Welt ist jedenfalls ohne Sergej Krupatin besser dran«, sagte Bontate, ließ seine Zigarette fallen und trat sie auf dem Kies aus. Cate dachte daran, wie unpassend eine Zigarettenkippe sich in dieser makellosen Umgebung ausnahm. Auf seiner Seite der Bank lagen schon mehrere. »Aber um Irina tut es mir leid.«

Cate sagte nichts.

»Er war wirklich ein Schweinehund«, sagte Bontate.

»Ist Wolkow denn besser?« fragte sie.

»Besser?« Bontate zuckte mit den Achseln. »Kommt drauf an, was Sie mit ›besser‹ meinen. Wenigstens ist er anders.«

»Inwiefern ist er anders?«

»Nun, er ist nicht verrückt. Das ist schon etwas. Und er hat seinen Teil der Vereinbarung mit Irina gehalten, obwohl sie tot war. Immerhin.«

Eine weitere Pause trat ein.

»Sie arbeiten also noch immer mit ihm?« fragte Cate.

Bontate sah weiter den Brunnen an und lächelte langsam. »Darüber sollten wir wirklich nicht reden.«

»Was ist mit der chinesischen Organisation passiert? Wissen die inzwischen, was da gelaufen ist?«

»Nun, er hat sehr lange gebraucht, um zu sterben. Das war

überaus schlau eingefädelt. Leute werden eben krank. Darüber gibt es nicht viel zu sagen.«

Noch immer betrachtete er den Brunnen. Sein Plätschern begleitete den Gesang der Zikaden.

»Ich möchte Ihnen danken«, sagte Cate. »Ich weiß, daß es nicht leicht war.«

»Auch ich hatte es ihr versprochen«, sagte er. »Einige von uns haben bestimmte Moralvorstellungen.« Er machte eine Pause. »Wissen Sie, ich war ihr etwas schuldig. Sie hätte uns alle drei umbringen können.«

Durch die Bäume im Garten hörte sie Stimmen, und Cate sah sich um.

»Zwei von den Schwestern sind mit den Mädchen spazierengegangen«, erklärte Bontate.

»*Den* Mädchen?«

Jetzt kamen die Stimmen näher, und hinter zwei Palmen am sonnenbesprenkelten Weg wurden zwei Nonnen in blendendem Weiß sichtbar, zwischen ihnen zwei kleine, ungefähr sechsjährige Mädchen in sehr ähnlichen weißen Spitzenkleidern, fleckenlosen weißen Söckchen und schwarzen Schuhen. Eines der Mädchen war dunkel wie eine Zigeunerin und hatte langes, tiefschwarzes Haar. An einer Schnur führte die Kleine ein geflecktes Huhn mit sich.

»Das ist meine Tochter Stefania«, sagte Bontate liebevoll.

Das andere Mädchen ließ Cate das Herz stillstehen. Sie war blaß wie eine Gardenie, dichtes, langes Blondhaar fiel ihr wie gesponnenes Gold auf die schmalen Schultern. Mit neugierigen meergrünen Augen schaute sie Cate fast lächelnd an.

»Und das ... ist Félia.«

Cate hätte beinahe den Ordner mit den Dokumenten fallen lassen, die dieses Kind zu ihrer Adoptivtochter machten. So plötzlich, daß sie erschrak, sprangen ihr Tränen in die Augen. Während sie langsam auf dem Kiesweg niederkniete und den Ordner aus der Hand legte, trat Félia zögernd auf sie zu, als verstünde sie, was unmöglich zu verstehen war. Cate lächelte, und in diesem Augenblick wußte sie, daß sie das Richtige getan hatte. Solange dieses Kind atmete, würde es das Gedenken an die Liebe seiner Mutter wach-

n. Irinas inbrünstige Liebe zu diesem Kind würde in den agschalen des Jüngsten Gerichts gewiß all das Böse und die aurigkeit aufwiegen, die einen so großen Teil ihres Lebens ausgemacht hatten. Félia würde ein lebendiges Requiem für ihre Mutter sein, ein beständiges Gebet, eine Erinnerung an all die Leidenschaften, die im Lauf eines Lebens vom menschlichen Herzen Besitz ergreifen und deren größte die Liebe ist.